武则天

杨焕亭 著

③ 魂归大唐

长江出版传媒　长江文艺出版社

目 录

第一章

冤上冤宰辅遭贬　妒亦恨男宠焚情

延载元年(公元694年)腊月二十五日,彭泽县狱吏王谦一大早起来,发现天空竟飘着雪花。江南气候温暖,骤然飘起几朵雪花,倒让王谦的心里湿润多了。

洛阳的狱吏官有多大王谦不知道,但他明白自己就是个看管嫌犯的角色。这个县城,谁的官都比自己高,谁都可以对自己撒气,而他就只能找犯人发发火。

这些年,彭泽令换了一茬又一茬,没有谁注意关在这里的囚徒,有的县令从到任至离开,都不知道监狱在县城哪个角落。王谦也有了天不收、地不管的感觉。平日里,只要囚犯们不闹事越狱,他便不怎么为难他们。他对狱卒们也是这样说的:"当差居官,为的吃穿。你等只要把犯人看管好,大家就相安无事。"

可自去年七月狄仁杰来这里任了县令之后,他的逍遥日子就结束了。

狄县令到任的第五天,就到监狱来巡察。他沿着各个牢房转了一圈,回到狱吏住的地方,看到墙角的一堆酒瓶,眉头皱了起来,正色道:"狱者,相告以罪名者,乃人之悔过洗心之处。狱吏终日醉酒,以己之昏昏,焉能使人之昭昭?"

王谦看了看狄仁杰,心想这里有几个不是亡命之徒,希图他们改过,岂非梦语?但这话到了舌尖上都成了顺从和谦恭:"卑职谨遵大人之命!"

狄仁杰问道:"前任县令大人来过么?"

王谦摇了摇头。

见状,狄仁杰就叹息道:"所谓不知者不为罪,没有人提醒他们,也难怪。"但他已经打定主意,牢狱从自己任内开始,要成为宣示礼义、明晓荣辱的所在。

"你先从自己做起,将所住一室打扫干净。本县过几日还要来查看的,若是知而不改,定不能饶恕。"狄仁杰又吩咐王谦道,"自明日起,你要做两件事情:一是每日带领嫌犯习读礼义、法典,使其明了犯罪的缘由,从而对判决心服口服;二是要允许有冤情的犯人诉讼,我当亲自调阅案卷,重审甄别。"

王谦虽然唯唯诺诺,却未从内心接受。孰料过了些日子,狄仁杰果真又来了,所幸他将一切做得妥帖,才免受责罚。又过了些日子,狄仁杰果真开堂审案,当堂改判了三件错案,已报司刑寺死刑的几名犯人放声大哭,直呼"狄青天"。

而更令王谦惊讶的是,当年重阳节,狄仁杰竟命府衙为犯人送来月饼,还带了话说道:"大人言道,犯人也是人。当此节庆之际,思念缘亲,人之常情。月饼虽不值几钱,却可唤醒善端。"

屈指数来,如今已经是腊月二十五日,再有五天就是新年,尚不知狄大人还会有何新招。王谦打了一个哈欠,伸了伸懒腰,开始打扫自己的房间。刚刚扫了一笤帚,却看见县丞从门外进来了,他赶忙出门迎接:"大人一大早来牢狱,必是有要事。"

"还真让你猜对了。狄大人一会儿要来与囚犯叙话,我来就是来看看。牢狱要干净,囚犯要规矩,千万不可惊扰了狄大人。"

王谦道:"这个是自然,卑职这就去安排。自狄大人初来查看之后,天天都扫,现今通畅明亮,了无杂尘,大人随时可以来看。"

"好! 如此我便回县衙复命去了。"

上午巳时时分,狄仁杰踩着雪花来到彭泽县牢狱。王谦发现陪同的只有县丞一人,并未带县尉和衙役。他心想这县令大人也真是够胆大的,也不怕囚犯闹事? 他一边出门迎接,一边暗地叮嘱随身狱丞加强戒备。

狄仁杰似乎看出了狱吏的意思, 笑了笑道:"狱吏大概对本县未带衙役不解吧? 荀卿子曰:'性也者,吾所不能为也,然而可化也。积也者,非吾所有也,然而可为也。'我相信,经过一年的礼仪教化,囚犯中当有不少人会改恶行善而恻隐、仁爱之心发也。"

王谦虽然承认狄仁杰的话有道理,但仍然不敢掉以轻心,便回道:"大人在年关之际来探视牢狱,囚犯们闻之,当感戴不已。"

"不! 本县今日来可不仅仅是探视,尚有一事与你商量。年节之际,人皆有思亲恋家之心,我想从囚犯中选一些罪轻而又认罪伏法者,令其回家与家人团聚,年后依旧归来服刑,如何?"

王谦闻言,两眼就呆了,半晌才回过神来,"扑通"一声跪倒在地道:"大人你就饶了卑职吧。您把他们放回去,若是他们从此啸聚山泽,杀人越货,闹出人命案来,卑职如何担待得起?"

狄仁杰上前扶道:"你快起来,我这不是与你商议么?"

王谦怎么都不起来,就一句话:"大人若是执意要放,就请先免了卑职这小小的从九品官。然后任杀任剐,听凭处治。"

"唉,你起来说话吧!"狄仁杰双手扶起王谦,心中五味杂陈。他从并州入仕,先后做过几次地方官,特别是这次到彭泽一年多,他查阅了大量累积的案卷,改判了不少错案,其中不少是因为地方上恶少欺男霸女,欺行霸市,恃强凌弱,逼得百姓无路可走才犯罪的。他明白这些人该依律治罪,但他相信这些人本性不坏。当然,他也不是没有考虑此举的后果,若王谦的担忧不幸言中,他这个县令……

狄仁杰拿起笔写下一张纸条,声明节庆期间,若放归囚犯有不归者,情愿领罪,与狱吏无涉。他盖上县令的印鉴,郑重交到王谦手上道:"这个你妥为保管,该放心了吧!"

"非卑职怕事,实在是关乎一家性命。"王谦说罢,又在纸上列出了六个平日里行为规矩,且罪行较轻的囚犯。狄仁杰大致看了看,有些人的名字他在复审案件中大致知晓,尤其是那个叫李三的,只因当初妻子被人霸占,怒而误伤人命。如今案情理清,县衙已缉拿恶少,但李三毕竟有命案在身,须服刑期满,算起来再有半年即可出狱了。

王谦在一旁插话道:"这个李三认罪态度好,徭役十分勤快。"

狄仁杰满意地看了一眼王谦道:"狱吏一年来教化有方,就照这个名单传他们前来问话。"

不一刻,囚犯们都被带了过来,狄仁杰一一询问了他们在狱中的情况。囚犯们纷纷说自狄大人到任后,牢狱境况大大改善,冤情得以申诉,他们深感大人的大恩大德,定要改恶从善,早日与家人团聚。

"你等能如此想,本县自然备感欣慰。"狄仁杰捋着美髯道,"本县今日来此,就是要再给你等一个改过自新的机会。本县从王狱吏口中得知,你等在服刑期间循规蹈矩,明大义,知律令,恶念日去,善心复萌。因此本县决定今年节庆之际,放你等回家与亲人团聚,可愿否?"

囚犯们面面相觑,半晌不敢说话,以为是在做梦。县丞在一旁大声提醒道:"还不谢过大人。"

"狄大人恩德,如同再造。"囚犯们这才哗啦啦跪倒在地,个中激动者,头磕得"砰砰"作响。

"且慢,本县也不是毫无约束地放你等回去。子曰:'人而无信,不知其可也。大车无輗,小车无軏,其何以行之哉',本县放你等回去,你等亦须守信,正月初五务必返回,有敢不归者,本县派人缉拿归案,从重治罪,明白么?"狄仁杰站起来在跪倒的人群前走了一圈,回到座上又道,"你等回家缺少路资,本县特在俸禄中拿出些分送你等。现由狱吏逐一分发,可为妻女添置些许年货,也算一片心意。你们需将指印留下,以备查找。"

五个囚犯领了钱币,披着雪花踏上归途。狄仁杰长舒了一口气,回头却见李三一人站在那里垂泪。未等狄仁杰问话,李三就说道:"当年小人之妻含羞受辱,一气之下悬梁自尽,小人才杀了那歹人。小人被捕后,父母忧心忡忡,不久相继离去,小人现今是家破人亡,成了天地间漂泊之人了。"

"哦?"狄仁杰沉默了。他的心很不平静,好好一个乡民,就这样毁了。这世道好人不能扬眉吐气,恶人不能得到惩罚,还算是清平世界么?回想起在京城那些日子,被拘于推事院所承受的煎熬,狄仁杰对李三的心境多了许多的理解。他转过身来,对王谦道:"李三过年就由你来安排,自此时起,他不必再回到牢房了。"说着,他又要县丞拿出些钱币交给王谦,作为李三年节期间的费用。

安排好这一切,出了牢狱门,雪渐渐地大了,看来这个年注定是要与雪为伴了。骑在马上,回看身后,马蹄印一串一串,深深浅浅,狄仁杰不禁感喟流年似水,整天忙于公务,连家书都很少捎回去,尚不知妻儿在神都境况如何。离开京城时,夫人卧病在床,中间虽然去过两次信探问,夫人都说早已康复。可相濡以沫数十载,他知道她的性格,再苦再难,她都会咬牙忍着。

一朵雪花落在额头,冰凉凉的,狄仁杰伸手擦掉雪水的当儿,心事就转到了儿子身上。在他到彭泽令任上不久时,曾接到狄光远的来信,叙说太子深陷韦团儿和庞氏两案中,本来几近弥合的母子情感又复崩裂,武承嗣等人乘机又掀起废立风波,多亏内史李昭德数次净谏,徐有功据理抗辩,才躲过一劫。但自那以后,就再也没有儿子的消息了。

突然间,坐骑在地上磕得"嘣嘣"响,死活不愿往前走了,狄仁杰抬头一看,自己想事太专心了,到了县府门前却全然不知。主簿发现大人回府,一边沏茶，一边看着外面说道："这江南也怪，从来不下雪，一下起来就老大，只是苦了穷人了。卑职刚才在县门巷发现一位老者，衣衫褴褛，躺在雪地里。卑职不忍看他冻死，就拿了旧棉衣为他御寒，还劝他回去。"

"他要有家可归，为何困倒街头？"狄仁杰说罢，就朝外走，主簿紧紧跟上。来到县门巷拐弯处，人早无踪影。回来的路上，狄仁杰告诉主簿，今后遇见鳏寡孤独之人，定要禀告他知道。

重新回到后堂，主簿把一封来自神都的信件呈给狄仁杰。他一看笔迹，就知道是李昭德来的，心中甚是高兴。现今，能够在朝堂上与武承嗣之流抗衡的，也就是李昭德、娄师德和姚璹了。

李昭德在信中告诉狄仁杰，说来俊臣、王弘义之流因为收受嫌犯贿赂巨大而被革职，来俊臣贬谪同州当了参军，王弘义被流放琼州。行至中途，被武承嗣等人假敕追回为由，遣人杖杀之。

狄仁杰读着读着，禁不住自语道："多行不义必自毙。"

但随之他的脸色就不那么好看了。李昭德告诉他一个惊破心胆的消息，说狄光远为了替太子辩冤，当着陛下的面剖腹明志，幸亏御医沈南璆抢救，才幸免一死。此举为太子洗刷了冤情，使得太子躲过一劫。看看时间，那还是发生在长寿二年春节的事情，转瞬都一年了，但无论是夫人还是儿子，都没有向他透露一个字。李昭德在信的末尾说，他因为遭武承嗣等人陷害，已被贬为南宾尉了。

这究竟是怎么回事？狄仁杰牙齿中发出"咝咝"的声音，整个人都觉得冷了。南宾属钦州，境内多异族。狄仁杰放下信，在室内踱着步子，心就随着飘飘荡荡的雪花，追着李昭德去了。可李昭德人在路上，行无定所，他就是想写封信安慰安慰，都不知道该投向哪里……

当晚，狄仁杰草草用了些饭菜，就进了书房给儿子和夫人写信。一旦铺开绢帛，他的心就如长江的波浪，难以平复——

　　　光儿刚烈，剖腹辩冤，忠勇可嘉。然事发经年，隐而不禀，乃不孝也，须知身体发肤，受之父母，焉可轻易伤之。所幸太子冤明，陛下恩至，此天佑大周矣！

　　　彭泽岁暮，雪落寒深，遥望神都，魂牵梦绕，你母春秋高，身心交病，尔须早晚床前尽孝，未可稍有懈怠。为父远在江南僻地，心力不济。唯托云传书，多所探问，待有一日回朝，举家团聚，幸莫大焉。

狄仁杰在信的末尾，还特意向狄光远询问李昭德被贬谪的缘由……这样折腾下来，到封好信笺，腊月二十六日的晨曦已临窗而至了。

冬日的运河已经封冻，水路阻塞，李昭德骑着马，沿运河西岸一路南下。从正三品一下子沦为九品，自然也就没有了前呼后拥的卫士，一路上只有书童做伴。虽然无雪，但一路上天气总是雾蒙蒙的，一里外就很难看清田野村庄了，只有结了霜的冬麦倔强地站在寒风中。

李昭德裹了裹身上的外氅，手搭凉棚朝前望去，不远处有一户人家，门前似乎飘着酒旗，想来该是一处酒家，便对书童道："天气寒冷，你我且到前面暖暖身子。"

书童回道："谨遵大人吩咐，小的先到前面打听打听。"

那年轻的背影让李昭德心头温暖了几许，他下得马来，站在运河边，看河面封冻如镜，在神都的遭遇油然浮上心头。

一切似乎都事发偶然，但现今想起来，他显然是被别人陷害了。

先是延载元年五月，武承嗣率两万六千余人上书，要求上尊号曰"越古金轮圣神皇帝"。此议一出，朝野欢呼，只有刚刚被任命为夏官尚书、武威道总管王孝杰与检校内史李昭德犯颜诤谏，以为陛下前已加尊号甚多，远逾于先帝，现今再加，必致身心之累，劝告皇上放弃。可正在兴头上的武曌一句也听不进去，坚持于则天楼受了尊号，大赦天下，改元延载。

李昭德本来还要谏言朝廷改元频繁，可武曌没有给他这个机会。从那时候起，李昭德就知道皇帝对自己心存芥蒂了。

这事过去刚刚两个月，洛阳及周边正闹大旱，一天朝会上，武三思上奏说府库空虚，建筑天枢费用紧缺，谏言皇上加征农器赋，以充实府库。

武曌虽然对尊周贬唐的天枢很上心，但在增加赋税这件事上，她还是比较谨慎的，于是要李昭德召集宰辅集议，武承嗣参加。

集议在同心阁举行，结果意见却大相径庭。武承嗣等人力主加赋，而李昭德、姚璹、王孝杰和苏味道等人则一致认为今年京畿春旱、夏旱相接，百姓苦不堪言，非但不能加赋，还要减赋。

集议没有解决，又上了廷议，李昭德陈述不能加赋的情由，自然又遭到武承嗣、武三思煽动的凤阁舍人逢弘敏等人的围攻。逢弘敏得武承嗣面授机宜，直指李昭德凭恃陛下委与，颇专权使气，人多疾之。

　　王孝杰、姚璹自然又指责武承嗣等人诬忠为奸……如此一来，加收农器赋之议便不了了之了。但是，武承嗣、武三思等人从那天朝会上武曌眉宇不经意的一颤，知道逄弘敏击中了皇帝软肋，便紧接着唆动一位在武成殿担任长上果毅(唐代的宿卫官职)的郑注，据逄弘敏之见写了《石论》数千言，极言权臣之害，并托了每晚侍寝的沈南璆带给武曌。

　　虽然武曌严厉责备了沈南璆不该介入朝臣之间的是非，但她还是把郑注的文章带到了武成殿，用批阅奏章的时间逐字逐句地研读了郑注的文字，内心渐渐布满了阴霾。

　　之后发生的一件事，则直接导致李昭德命运的急转直下。

　　冬十月，洛阳的寒气似乎比往年来得早了些。从坊间到宫宇，万木萧瑟、千花凋敝。可这天一大早起来，武曌却发现武成殿花坛前的一棵梨树上新开了一朵梨花，迎着晨光，显得分外耀眼。恰在这时，姚璹、苏味道等前来奏事，见此情景，纷纷道此乃大周祥瑞之兆。

　　武曌的脸上立刻就如梨花一样的绚烂，并吩咐张尚宫悉心照料此花。

　　她的话音刚落，就听见司马道上传来一个瓮声瓮气的声音：“诸位之言差矣！”

　　大家回头去看，原来是李昭德。姚璹平日里与李昭德交好，见状低声制止道：“因为罢免农器赋一事陛下多日来心境灰暗。此事又不关兴废，不就是图个陛下高兴么？大人何必认真？”

　　“为取悦于上，就可以言不及义么？如此，君其愧为我友矣！”李昭德说着话，来到武曌面前，“今草木荒落，而独此发荣，阴阳不时，咎在臣等。”

　　一句话噎得几位宰相半晌说不出话来，苏味道见状，为了缓和气氛，便急忙吟出一首七绝——

　　　　岁暮寒正浓，此花至发新。
　　　　天地知人意，冬深先报春。

　　武曌却笑了，上前抚着李昭德的肩膀赞道：“爱卿真宰相矣！”大家的心这才放了下来。

　　可是不久，李昭德便被贬为南宾尉。他至此才明白，武曌并没有原谅他，但他自以为问心无愧，更感激几年来陛下对他的信任，使他能够有所作为。临行时，他到武成殿向武曌辞行，却被那位叫作郑注的长上果毅挡在殿外。

想到此处，书童回来了，见李昭德黯然神伤，劝道："大人，事已至此，您还是想开些吧！"

延载元年腊月是小月，二十九日这天中午，他们来到杭州，准备从这里转道西南，前往南宾。

除夕的杭州，人们都忙着迎接新春，一街两行的灯笼，烘托出浓浓的年味儿。如果还是往日，这里的州刺史早该出城迎接了，可他现在是什么？一个偏远穷县的九品县尉，人家断然不会理他。李昭德打算找一家僻静的客栈住下，等过了正月初五再起程。可主仆二人从东走到西，始知所有的店铺都早早地打烊关门，回家过年去了。在西头最后一家客栈前，李昭德看了看书童，脸上露出无奈的笑道："看来你我今日是注定要露宿街头了。"

书童上前敲了很长时间，只听"吱呀"一声门开了，露出一张店小二模样的脸，冷冰冰道："都什么时候了，还敲门？"

书童道："我与我家主人急着赶路，不料误了投宿。请店家方便一二，可否留住几天？"

店小二忙摇头道："这个小的可做不了主，我家主人回家过年了，我只是看门护院而已。看你们也不像恶人，我就给你们指条路吧。从这里一直往西走，在西湖西边天竺山稽留峰下有一法净禅寺，也许可以栖身。"

李昭德在一旁听了，忙谢过店小二，将行李放上马背，两人步行朝稽留峰下而来。好在无雨，路不难走，半日即到了。

这寺院四面环山，景色优美，寺内传出的悠悠钟磬声在残阳中随风飘向远方。过了山门，沿着石台阶一步步到得寺前，书童正要上前问话，却被李昭德拦住，他亲自对正在门前打扫的小和尚施了一礼道："这位师父，在下这里有礼了。"

小和尚一抬头，见是两个外地人，连忙还礼。

"敢问寺院住持可在？"

"法师正在法堂说经，"小和尚挂着扫帚问，"施主有事么？"

李昭德说道："烦请师父禀报住持，就说有两位洛阳访者，恳请拜见。"

小和尚点了点头道："二位少待。"

不一会儿，就见一位大约年过六旬的老者披一领杏黄棉袈裟，手捻佛珠出现在寺门口，见了李昭德，先合十了念一句"南无阿弥陀佛"，才彬彬有礼地问道："二位施主是要找贫僧么？"

李昭德细细一看，禁不住就叫出了声："哎呀！怎么会是法师呢？"

住持也吃惊道:"这不是李内史么？快快有请。"

小和尚一看住持与来者熟悉，忙牵了马到马厩，然后带书童到室内取暖喝茶。

而此时，住持了悟已与李昭德在方丈室品茗说话了。谈起前年白马寺佛事，了悟记忆犹新。当时的李昭德作为皇帝的近臣那是寸步不离左右的，可眼下……于是便问道:"今日除夕，李相不在神都过节，为何风尘仆仆来到此处？是要回乡探亲么？"

李昭德喝了香茗，身上暖和多了，感慨道:"在下乃长安雍州人氏，岂会南辕北辙到此探亲？实不相瞒，内史一职于在下已成往事。"随即将事情的来龙去脉说了一遍，末了道,"在下原知此去山高水远，本拟在神都过完年再启程，无奈圣命难违，只好黯然登程了。"

了悟法师虽已不在红尘间，可李昭德的遭际还是让他内心波澜迭起。不过在他看来，李昭德命运中也许就该有此一劫。他为李昭德续了茶水，再回身坐下时，慈眉下的一双慧眼便又恢复了水波不兴的平静:"贫僧远离红尘，不闻宦海沉浮，名利得失。然我佛向来以为四大皆空，此空非虚无之空，乃言有无皆无定数，即所谓既有，既无，既无有，既无无，此为恒常之法。佛家讲究'一切皆空，唯自性永存'，自性即佛性。如此说来，宦海也该如此，施主不必纠结。"

李昭德听着、想着，觉得法师说得很有道理。人世间本就没有铁定的官位，又何必为一时之得失而苦恼呢？他从蒲团上起身，恭敬地向了悟法师敬茶道:"法师一席话如醍醐灌顶，在下一路上的烦恼尽去了。今日除夕，得遇法师，可谓三生有幸。"

了悟道:"既是逢了年节，施主不妨多住些日子，清静心性，远离凡事，也少了诸多苦恼。只是佛门吃斋诵经，委屈施主了。"

除夕当晚，寺院里佛烛高照，分外通明。众僧齐集，先在法堂诵经，然后到膳室吃团圆饭。了悟法师本来打算让李昭德在别室用膳，但此时他的心已经被佛法浸染，执意要与大家一起进餐，了悟以为难能可贵，便答应了。

走进膳室，映入李昭德眼帘的是亮亮的一片杏黄，原来佛门也有除旧布新的习惯，今夜大家都穿了新袈裟或者百衲衣。至于膳食，则与平日无异，图的就是个气氛。书童与和尚们坐在一起，李昭德则与了悟法师和几位寺院的职司一起。

没有酒，没有肉，没有喧哗，每个僧人心头的新岁都是平静庄严的。一口斋食入口,李昭德的思绪倏然回到了京都,想着夫人与儿女们,眼睛就潮湿了。

饭后,了悟法师邀李昭德巡看了藏经楼,又从浩如烟海的经卷中选了几卷赠给他道:"贫僧知道施主此去南宾,穷乡僻壤,每日诵诵经卷,心底的尘埃便会一扫而光。"

子夜,了悟法师又邀李昭德与众僧一起敲钟,随着洪亮的钟声传向远方,新的一年到来了。李昭德想,此刻万象神宫中也一定是张灯结彩,向世人宣示武周的赫赫威势。临行前,武承嗣一伙人就上书要加武曌为慈氏越古金轮圣神皇帝,他不能理解,皇上为何对这些虚名如此钟情呢?

他的心绪变化被了悟法师看得清清楚楚,无奈地摇了摇头。

夜深了,寝堂内传来僧众们酣甜的鼾声,李昭德却毫无睡意,他侧身看了看不远处的书童,发现他也没有睡。

"想家了?"李昭德在黑暗中问道。

"嗯。"

但李昭德听得出,书童的喉头哽咽了,他一定很思念家人,便无奈地安慰道:"跟着老夫委屈你了。"

书童没有回答,过了一会儿,书童翻了一个身问道:"大人也想家么?"

"岁交新旧,人之常情。老夫知道你家在长沙,你孤身一人在神都讨生活,如今又与老夫一起远赴他乡,连累你了。"

书童终于忍不住哭出了声。李昭德觉得自己到这法净禅寺,也许就是上天的旨意,让他在此有了新的领悟。是的,三品宰相怎样,九品县尉又怎样,最后不都化为了尘土?要紧的是心清气静地活好当世。

"过了正月初五,就登程,不可因官卑职微而懈怠。"他这样想着,打了个哈欠,就听见了远处传来的鸡鸣……

神都也迎来了新的一年。

武曌欣然接受了武承嗣等人的谏言,尊号慈氏越古金轮圣神皇帝。

近年来,每加一次加尊号,朝廷就要改元,延载年号刚刚不到一年,又于(公元694年)正月改元"证圣",朝臣们也无人敢进言。正月初二,武曌在则天楼举行了盛大的庆典。

武承嗣与武三思终于实现了在魏王府定下的三大凤愿:为陛下寻找一个新的男宠;建成与明堂处同等重要地位的天枢;将李昭德最终赶出神

都。因此二人眉飞色舞,分外高兴。

看着武曌日渐蹒跚的背影,武承嗣那冷却的愿望再度炽热起来:李昭德走了,改立国嗣之事也许会重新回到陛下的心头。想到此处,他看了武三思一眼。

武三思自然明白他的意思,低声道:"下一步就将那个懦弱的李旦……"随即发现了只隔几步远的上官婉儿,话随之就变了,"知制诰安好!"

上官婉儿回了武三思一个柔笑,接下来却说了一句:"王爷这回称心了吧!"

武三思当然明白她话里的意思,他们兄弟处心积虑的事情,没有一件能瞒过上官婉儿。

可这一切又如何能逃过太平公主的杏眼呢?她拉了拉身边亦步亦趋的武攸暨,撇了撇嘴。武攸暨见状,不解地问道:"怎么了?"

公主失落得什么也没说。唉,他永远只能是武承嗣的走卒,成不了气候。亲历了改立国嗣风波的太平公主最瞧不起的就是武氏兄弟一到顺境就得意忘形的浅薄,他们以为只要驱逐了李昭德,就扫除了立嗣路上的障碍?笑话,你等这副模样,如何能够承继大周基业?但这江山到底该谁来掌管呢?陛下之后,除了她太平公主,无论李唐宗室还是武周家族,没有第二个人。她身上的血,一半属于李氏,一半归于武氏,太宗遗风、陛下性格铸就了她的果断、刚毅和善于权谋,而这正是皇帝所必需的资质。她现在越来越觉得,两位表兄谋求立嗣的图谋无异于梦语,她绝不会让武承嗣的图谋得逞。

太平公主看着前面搀扶着陛下的沈南璆,便紧走了两步。

沈南璆不是薛怀义,不管朝臣们怎样猜度他与陛下的关系,他都是太医署堂而皇之派遣到皇帝身边的御医,他的职责就是呵护陛下的安康。

"沈太医!"太平公主温柔地喊了一声。

"见过公主。"沈南璆转过脸来见是太平公主,立即应道。然后又一心一意地伺候在武曌身边,直到她在则天楼落座,并与武承嗣说话去了,才抽身来向太平公主回礼。

"在陛下身边还习惯么?"

沈南璆尴尬地笑了笑,算是回答。他的确不知道该如何回答,大家都心知肚明。

太平公主也不再问下去,只是叮嘱他小心谨慎。

在他们说话的当儿,陪同的大臣们也借着庆典之前的机会互致新春的祝贺。

新任内史豆卢钦望向杜景俭、姚璹、韦巨源，打拱道："向各位大人恭贺新春。"

几位回礼道："同喜同贺。"

来自长安京兆的豆卢钦望，虽然是因族望荫庇而入仕，可数十年来，却与那些纨绔子弟不同，他慎微慎独，在垂拱二年被任为司宾卿，现在虽然代李昭德为内史，可他知道自己无论是从威望还是能力都不及李昭德。因此，李相离开神都时，他亲自登门相送，一时在朝野传为佳话。

与他有所不同，凤阁侍郎、同凤阁鸾台平章事杜景俭却是出于明经科考，才得以进入仕途。当年曾经与来俊臣、周兴、徐有功、侯思止等专理制狱，却因秉公重据而常遭到来、侯弹劾。但他凭着以柔克刚的性格，多次化险为夷。因此，他和文昌左丞、同凤阁鸾台平章事姚璹，文昌右丞、同凤阁鸾台平章事韦巨源都是同李昭德过从较密的同僚。

李昭德被贬九品县尉，他们也曾表示要上书陛下，却被李昭德拦住："昭德者，区区臣僚耳，何须诸位不惜玉碎而辩之？朝廷多一忠良，则奸佞何敢妄为？社稷为大，吾为轻，君等慎之。"

如今他们回想起来，觉得李相可谓知圣朝情势深矣！

几人正说着话，听见鼓乐喧天，笙竽高奏，便收住话头，入了宰辅阵列。

程序一道道走过，庆典进入高潮，九百个乐师高奏雅乐，武曌面对天地，接受尊号。武承嗣秉承皇帝旨意，宣布改元证圣，大赦天下。武曌在雅韵高蹈的浓烈氛围中移驾端门，举行酺会。

端门是洛阳皇城的正门，正月里在这举行酺会，象征大周王朝的升平。朝廷还特地在这一天为彰显皇德，允许百姓聚众饮酒。

相比于则天楼的加封盛典，酺会就带了轻松和自由，从午后一直到夜里酉时，歌声、鼓乐、欢舞，一浪高过一浪。其间，最为宏大的是根据武曌诗歌演绎的歌舞，一千四百多人的歌舞队伍掀起的歌潮，宛若春雷滚过洛阳上空：

神功不测兮运阴阳，包藏万宇兮孕八荒。
天符既出兮帝业昌，愿临明祀兮降祯祥。

武曌写这首诗的时候，洛阳才被确定为神都后不久，高宗也不过四十左右，这诗就是专为他写的。她讴歌大唐的运符阴阳、包藏万宇，她期待上苍降吉祥于大唐,说到底都是因为爱着这个掌握着社稷命运的男人。时过境迁,现在她的感觉完全不一样了,似乎它就是久藏玄机的预言,都应在了今天大周的基业上。

武曌环顾左右,武承嗣心领神会,立即起身邀沈南璆起舞。有他这一表率,大臣们纷纷起舞,连武攸暨也笨拙地加入了。武三思自然不会放过与上官婉儿同舞的机会,他上前做了个邀约的姿态,上官婉儿也不拒绝,二人一边跳舞,一边说话。几圈下来,上官婉儿一时香汗浮额了。回到座上,上官婉儿饮下一杯酒,忽然五内翻腾,急忙捂了口。

"今夜恐怕要出事。"她有这个参验,前几次都很灵验。

看到上官婉儿脸上蜡黄,武三思忙问道:"姑娘这是怎么了?"

上官婉儿摇了摇头,莞尔一笑道:"没什么,只是有些疲倦。"

太平公主举起手中的酒杯,脸上写满了温暖,盛赞道:"儿臣见眼前盛世光景,此皆为陛下恩泽也。"

武曌饮了一杯,目光中流露出淡淡的忧伤:"光阴如白驹过隙,朕若再年轻二十岁,亦翩翩起舞矣!"

"陛下身心康健,社稷福祉。"太平公主连忙劝慰。可她的目光投向武承嗣和武三思,意味深长道,"只是几位表兄不能安分守己,举止颇为乖张,陛下还要细心教导。"

此话一出口,武曌便明白她下面要说什么,所以并不直接应对,却把目光转向舞场。只见左金吾将军武懿宗穿过人群朝这边走来了,他顾不上与太平公主打招呼,就有些神色慌张地在武曌耳边低语了几句,武曌的眉毛颤悠了片刻,但很快就恢复了平静,依旧看眼前的舞蹈。

见状,太平公主问道:"发生了何事,看他六神无主的样子。"

"没什么。"武曌淡然地回答,但她的眼睛已经告诉太平公主,加封号带来的愉悦正在消退……

呀!这半日只管节庆,怎么就没有看到薛怀义呢……太平公主的眉头皱了起来,她立刻断定,刚才武懿宗所报之事,定是与薛怀义有关。

火是从明堂的纻麻大佛像的脚底烧起的,因为佛像巨大,当初不得不改用纻麻空腹来制作,现在却都成了引火的绝佳材料。当第一团火从足可以容纳数十人的佛像指尖燃起时,站在坑道里的薛怀义望着蹿向夜空的火苗放声大笑:"烧吧!让这一切化为乌有,化为灰烬。"

可是当大火烧向佛像隆起的胸脯时,薛怀义又满脸恐惧地跪倒了,他捶打着地坑墙壁,从指缝间涌出两股热泪:"陛下,怀义……"

大火已经漫过了佛像线条柔美的脖颈,蛇信子一样的火苗正吞噬着那丰腴柔美的额头,这一切多么熟悉。陛下的皮肤永远是光润的,丝绸般的绵柔。他不能容忍另外一个男人在她的身上留下痕迹,他要在自己的心底将这一切抹去。然而,那又是多么痛苦的折磨。

皇上加尊号的庆典之前,薛怀义是收到了殿中监的请柬的。可那不是发给皇上的"宝儿"的,是给白马寺住持、鄂国公的。那一刻,他忽然发现自己已经将近一年没有受到陛下的召见了。他看着手中的请柬,一股无以名状的心火骤然冲向头顶,他屏退身边的僧人,将自己喝得酩酊大醉,跌跌撞撞地来到明堂,乘着夜色,举起了手中的火把。

他觉得浑身灼热,仰头望去,大火已烧到佛像的头顶。他的心就一阵阵疼痛,仿佛那大火正在燃化皇上高耸的发髻。

此时,纻麻燃起的火苗掉进地坑,正一步步剥夺他逃生的空间。薛怀义害怕了,他踉踉跄跄爬出地坑,这才发现,风助火势,火借风威,整个明堂都葬身火海了。远远望去,神都半边天都被映得通红,他隐隐约约地看见,皇宫禁卫们正在奔走救火……

薛怀义终于彻底酒醒了,他意识到这一回祸闯大了,是他亲手将自己苦心建起来的明堂毁于一炬了,一旦皇上知道了事情的真相,岂能饶过他?

薛怀义略一思索,便迅速佯装救火,一边大喊着"救火",一边朝左金吾将军武懿宗身边跑去:"将军,发生了什么事?"

武懿宗闻到一股酒气,有些不屑地回道:"大师没有看到众人正在救火么?"

薛怀义赧颜地摇了摇头道:"贫僧昨夜喝了点酒,睡梦里听到人声嘈杂,就赶来看看。"接着,他环顾了周围的火势,顿时捶胸顿足道,"明堂!明堂!这可是陛下明政教之场所,祭祀、朝会、庆赏、选士大殿之所在,如何就毁于一旦了啊……"

第二章

一把火开谏言路　满腹怨杀骄恣人

二月的寒风让禁卫们汲井扑火陷入"杯水车薪"的尴尬,以致大火到天明才渐渐熄灭。但烟尘没有及时消散,神都的大街小巷弥漫着刺鼻的呛味,沿街的店铺都不得不关了门。

太阳刚刚从伊河升起的时候,秋官尚书娄师德,文昌左丞、同凤阁鸾台平章事姚璹,文昌左相、魏王武承嗣,梁王武三思等就赶到了明堂废墟。武懿宗正指挥禁卫收拾着,见宰相们来了,便上前迎接。

眼前的情景让大臣们面面相觑,且不说纻麻佛像早已化为灰烬,明堂上高一丈饰以黄金的铁凤也被烧得面目全非,至于上为圆盖、高二百九十四尺的主体建筑,因为是以木为瓦,更是首当其冲地被大火吞没,如今只剩下残垣断壁,未散的黑烟随风围着人们飘荡……

姚璹问身边走着的武懿宗道:"听说将军昨夜一直在此救火?"

武懿宗回道:"朝廷新春醮会,末将率禁卫巡察时路过此处,发现从天堂地坑里蹿出一股火苗,'呼'地就烧着了纻麻佛像。末将命禁卫就近取水灭火,孰料火势太大,水泼上去就化为蒸汽。不一刻,三层天堂便被火势吞没了,并且向明堂蔓延。末将急忙禀奏陛下,可等末将回来时,半座城都被映红了。"

"可曾发现可疑之人?"姚璹又问道。

"并不曾看见可疑之人,只是在末将离开醮会回到明堂时,看见怀义大师双手提着大桶投身救火,后来见火势失控,便跪倒在地放声大哭。"

武承嗣摸着留有余温的一段枯木,很久没有松开。自从火起,他就不相信这是天火,此刻,他的朝靴踩过满地灰烬,眼睛却不漏过任何蛛丝马迹。忽然，一颗散落在地上的佛珠映入他的眼帘。他捡起佛珠，翻来覆去地看着。当他顺着佛珠的纹路将近来宫里宫外发生的事情梳理了一番后，骤然张开了嘴，半天都合不拢："天哪，莫非是他……"

武承嗣相信自己的判断，除了薛怀义，还有谁会对皇上经常莅临的"万象神宫"有如此大的怨恨呢？唉！男女之间，有多少剪不断、理还乱的纠葛啊，只是薛怀义这次真是太过头了，只怕是性命不保了。他将佛珠悄悄地藏进自己的衣襟，才继续朝前走。

在过去的几年里，无论是武承嗣还是武三思都对薛怀义格外谦恭，为他牵过马，扶过镫，而薛怀义也先后帮他们对付了李孝逸、狄仁杰等人。而且薛怀义还是武三思通过太平公主推荐到皇上身边的，一旦真相败露，他们能脱干系么？突然，他发现娄师德手中也握着一颗佛珠，朝野谁不知道娄师德是个眼睛里揉不得沙子的人呢？武承嗣立刻一脸惊讶地来到娄师德面前问道："娄大人这佛珠是从火场捡到的么？"

"据此可以推断，纵火者当是一位僧人。"娄师德点了点头。

武承嗣心底"咯噔"一声，但他却极力地轻描淡写："大人的推论不无道理，不过昨夜救火之人中亦不乏僧人，疾走之间佛珠掉落也是情理之中，怎知就一定是纵火者呢？娄大人办案一向重证据，想来此次也当谨慎。"

姚璹一向处事缜密，他在入阁后就建议武曌撰写《时政记》，受到褒扬。此时他从娄师德手中接过佛珠，端详片刻后道："僧人之举，在有罪无罪两可之间。如果是僧人纵火，必在着火后逃离现场，不可能留下佛珠。若是僧人救火，那根据佛珠的位置推断，他也许已丧生火海。只是尸骨不见踪影，这很奇怪啊！"这话显然把大家的思路又朝前推了一步。

娄师德见状便道："姚大人所见甚卓。此案重大，下官之意可由魏王把查看结果禀奏陛下，由陛下裁度。"

武承嗣正担心薛怀义与此案有关，娄师德的话正顺了他的心思，忙不迭答道："既是诸位大人相托，本王也不推辞，当如实将今日所见禀奏陛下。"接着他又将话锋一转，对娄师德道，"陛下既已诏命大人查案，本王以为不可以今日所见为止，我等应务必查明真相，缉拿真凶。"

娄师德点头道："下官身为秋官尚书，务拿真凶，责无旁贷。"

事情说完，大家各自散去。当明堂废墟上只留下姚璹和娄师德时，他们彼此看了一眼，似乎都有许多话要说。

娄师德先开口道："大人若是不忙，我等不妨走走？"

姚璹当下要驭手退避，两人便有意识地放慢了脚步。

娄师德小声问道："大人对明堂火灾如何看？"

姚璹抬头看了看周围，确信无人才说道："如此明显的案子，还需查么？下官料定，此火定是薛怀义所纵。"

"哦？大人为何如此肯定？"

闻言，姚璹就讲了前些日子他看到的情景。一天，他到白马寺拜访薛怀义，本想就天枢工料成色不够之事询问，却不料在住持门外竟听见武三思正和薛怀义在里面说话。他觉得自己来得不是时候，正准备离去，谁知此时就听见了薛怀义"人不畏死，奈何以死惧之，逼急了，一把火烧了明堂"的吼声："所以，昨夜下官一听到火灾的消息，这声音便再度回到耳际。大人说说，这火不是他纵的，又会是何人？"

娄师德不得不承认姚璹说得有道理，但他很快想到了武曌，又问："大人以为，陛下会如何处置此事？"

姚璹摇了摇头，讳莫如深。

娄师德就在心里笑他奸猾，心里明明白白，却还装糊涂。娄师德相信，此时姚璹心里所想的定与自己毫无二致。这件案子一定会让陛下很伤心，很尴尬。当初是她不顾朝臣劝阻要薛怀义主持明堂修建的，现今正是他亲手毁了她引以为傲的"神宫"，她该如何接受这个事实呢？

娄师德也并不点破，双手打拱道："朝野无人不知大人为人精细，下官体谅大人的难处，你我各回署中去吧！"

姚璹回礼，并用力握了握娄师德的手……

的确，明堂火灾就像一把刀子，刺得武曌胸口绞痛。尽管当武懿宗前来禀奏火情时，她不动声色地继续酬会，可那只是顾全大局罢了。其实，她的心早就乱了。

第二天她便破例遣散了朝会，要宰相们前往明堂查看火灾，自己则回到武成殿，进了内室就卧榻不语了。她一闭上眼睛，烧红了半边天的神都、大火蔓延的天堂、一层层溃塌的明堂，便纷乱而又灼热地从脑际飘过。她的足尖剧烈地疼痛，浑身燥热，有一种要被融化的恐惧，似乎那火烧毁的不是纻麻做的佛像，而是她日益老去的躯体。她似乎感到那火已经烧到了她的脖颈，灼热的大火烘烤得她喘不过气来，继而又点燃了她的长发，"呲啦、呲啦"的声音揪扯着她的脏腑，剧烈的疼痛从血管蔓向全身，而熊熊火焰中伸出的赫然是薛怀义结实的五指。恍惚间，她听见一个宫女说道："陛下刚服药躺下，知制诰大人待会儿再来好么？"

"既然陛下不适，那我就不进去了。"上官婉儿明白，皇上的病都因昨夜大火而起。她料定这火与薛怀义脱不开干系，便暗暗埋怨这鲁莽的和尚不知深浅，再怎么说，明堂也凝结着他与陛下的情分，岂能说烧就烧了呢？

她正要转身离去，就听见殿内传来武曌的声音："外面说话的可是婉儿？进来吧！"

进了殿，上官婉儿大吃一惊，昨日醮会上神采奕奕的皇上一夜间竟变得如此憔悴了，她的心便一阵阵地疼。当时她就坐在皇上身边，当武懿宗禀奏火情时，她一下子就猜到了纵火者。世间许多事往往知之愈甚，伤之愈烈。皇上这几年对薛怀义恩宠有加，所以一旦撕裂伤口，那血就止不住地往外流。

上官婉儿将文书放在案头，才过来向武曌行礼。武曌抬起疲倦的眼睛问道："有紧要的奏章么？"

"陛下不适，还是……"

"拿过来。"武曌不等上官婉儿说完，就挣扎着从榻上起来道，"朕岂能以一己之身而误社稷大事？有何要紧事，速奏朕听。"

上官婉儿一听这话便很感动，道："陛下可曾记得，前几年河内有一老尼乎？"

武曌略微一想便记起来了，三年前，有司奏河内有老尼叫武什方者，自言能配长生不老药，武曌曾遣乘驿前去采药，可食后毫无功效，于是问道："可是武什方？"

"陛下好记性，司宾卿奏说，这个老尼昼食一麻一米，夜却烹羊宴乐，左右拥有子弟近百人，淫秽奢靡无所不为。更有甚者，明堂火灾后，她竟要求见皇上表示唁慰。"

"罢了！"武曌挥手打断了上官婉儿的禀奏，"她放言可知来生前世，怎不知明堂起火？如此蟊贼，岂能容得？传朕旨意，命人前往河内捕之，其徒皆没为官婢。至于武什方，一俟发现，即行绞杀。"

"谨旨。"上官婉儿嘴里答着，心却收紧了。皇上虽然人在病中，可杀起人来依旧果断决然，毫不犹豫。

她正想着，武曌有些沙哑的声音又在耳边响起来了："前些日子，夏官署奏突厥来犯，朕命王孝杰为朔方道行军总管，北上抵御，不知可有消息？"

"王将军北去，一路浩浩荡荡，眼下已与敌接战，不日将有战报传来，陛下就安心养病吧！至于还有不急表章，等陛下康复之后再阅不迟。"上官婉儿说着,准备告辞出殿。可就在这一刻,她从武曌的目光中读出了孤独和忧伤。

"你先不要急着走,近前来陪朕说说话。"武曌指了指榻前的机凳道。

这情景在以往的时光里也是有过的,但今天的感觉明显不同。皇上已完全没了刚才处理国政时的果断,此刻,她深藏在心底的脆弱一瞬间飞上了眉宇。她伸出手,轻轻地在上官婉儿掌心摩挲:"你怎样看昨夜的火灾?"

"这……"上官婉儿迟疑了片刻,决计不隐瞒自己的看法,"依微臣看来,昨夜纵火案案情清楚,不待查而明了。"

"哦?"

"臣虽尚无证据在手,可从情感上推论,凶手非薛怀义莫属。"上官婉儿点到为止,并没有提及沈南璆,她想皇上一定想到了。

闻言,武曌的眉头微微颤动,心也"咯噔"一声,仿佛被什么东西刺了一下,生生地疼。唉!还是婉儿知道自己的心,便叹了一口气道:"这个怀义,这件事情让朕很难堪,很伤心。"

"陛下欲如何处置?"

"这也正是朕的为难之处。"武曌从上官婉儿的掌心抽回手,"当初是朕要他主持明堂修建的,后又册封他为国公,并多次任命他为行军道总管,甚至将王孝杰这样的百战将军置于他的属下。他如今有负朕望,若不处置,朕作为一国之君,又该如何面对群臣?"

上官婉儿眨了眨眼睛,她知道武曌在想什么,于是委婉地说道:"微臣倒有一谏言,陛下可命魏王亲查此案,面授机宜,但云'工徒'误烧纻麻佛像,酿成火灾,再从牢狱中随便提一人杀之,既可平息朝野议论,又可为薛怀义开脱。"

"眼下也只能如此。"武曌沉思片刻,随即眼睛一闪,立即又做出一个决定,"不仅如此,朕还要命他主持新明堂的修建。"

"陛下……"

武曌长叹一声道:"他自幼以卖脂粉为生,不识朝野大礼,情有可原。不过,他毕竟伺候朕这么多年,朕也就饶恕他这一次,再有罔视朝纲之举,朕绝不宽恕。"

上官婉儿很唏嘘,心想再厉害的女人,也有一颗柔软的心。

三天以后,司刑寺在神都广张告示,对纵火的"工徒"处以腰斩,监斩官是司刑少卿皇甫文备。皇上之所以让这样的高官监斩一个"工徒",正是要朝野明白她对此案的重视。

接着,武曌在朝会上宣布,任命薛怀义为新明堂营建使。

朝臣们轰然喧哗片刻之后,立即静下来,齐声道:"陛下圣明。"

"众位爱卿!"武曌伸开双臂高声道,"明堂者,朕布政之所,今毁于一旦,朕之不德,上天以灾异谴朕。明日朕将亲往宗庙祭祀,以告先灵。姚璹何在?"

"微臣在。"姚璹出列答道。

"由内侍府拟制,颁布天下,广开言路,凡直言朝纲积弊,而言之有据,持之有故,论之成理者,朕将擢拔赏赐。"

"遵旨。"随着姚璹一声回答,朝臣们的脸上布满了阳光,大殿里的空气似乎也活泛了许多。在姚璹的记忆里,似乎自总章选制之后,朝廷就再也没有过这样轻松的气氛了。

姚璹的思绪正翻卷间,武曌又道:"姚爱卿,你的《时政记》当记下这个日子,包括朕在宗庙前的忏悔。"

闻言,大臣们又是一番感慨。

娄师德对这个结果很困惑,出了大殿,他避开武承嗣等人的目光,拉了拉姚璹的衣袖问道:"陛下怎么了,弄一出李代桃僵来,下官作为秋官尚书,真是无颜面对律令啊!"

姚璹闻言就笑道:"一向豁达的娄大人怎么忽然糊涂了,不这样处置,陛下的脸上如何过得去?"

"即便如此,也不该让那个狂徒再主持明堂重建啊!"

"这你就不明白了,陛下这叫欲擒故纵,后面的文章且拭目以待吧!"

接下来的日子里,上官婉儿向武曌转来不少奏疏,大臣们各抒己见,围绕朝廷大倡佛事及续建明堂之事,很快形成两种对立的意见。

一个叫刘承庆的七品左拾遗上疏道:"火发既从麻主,后及总章明堂,所营佛舍,恐劳无益,故微臣以为,应该罢修明堂,将财力用于周济州县灾情和军需。"他还批评朝廷大臣没有责任感,说既然明堂乃统和天人之所,一旦焚毁,朝臣们却无动于衷,照旧酺会宴饮,岂非作壁上观。

同样一件事情,专职记录皇上每日起居的左史张鼎却认为:"今既火流王屋,弥显大周之祥,陛下何须自责于宗庙?"

通事舍人逄敏则据理驳斥道:"近来有人论及明堂失火,举弥勒佛成道时,有天魔烧宫,七宝台须臾散坏为例,试图以祥瑞之象解之,微臣以为此皆妄言邪说。臣乞陛下体恤民情,无戾天人之心而兴不急之役,如此则兆人蒙赖,福禄无穷。"

武曌将这些奏折大体上翻了翻,抬头问上官婉儿道:"你觉得这些谏言如何?"

上官婉儿也不隐晦自己的看法,直言道:"陛下仔细看看就不难发现,所呈奏章者皆七品以下职吏,宰相们却缄口不言,恐怕他们说得再多,分量也还是不够。当然,他们敢于说话,总比战战兢兢强多了。"

武曌闻言点了点头:"你有没有留意,有两个人至今也没有奏章来。"

"陛下说的是狄仁杰与李昭德吧!"

"嗯!此二人见事明,知人智,往日朕对他们恩遇不浅,本不该沉默啊!"

上官婉儿沉思片刻后道:"二位大人大概也是碍于现今官阶太低,故而犹豫彷徨吧?"

"呵呵!他们两人可不一样。你去对秋官尚书娄师德说,让他以老友身份向狄仁杰、李昭德去信,就说朕想听到他们的陈言。"

哦?好个精明的皇上!上官婉儿心里想。

证圣年间的二月,洛阳依然春寒料峭,但彭泽却已是春暖花开的季节,春雨霏霏的日子。常常是一夜风雨,清晨起来,县城的街巷就会传来农家女子卖杏花的吟唱——

> 春色方盈野,枝枝绽翠英。
> 依稀映村坞,烂漫开山城。
> 好折待宾客,金盘衬红琼。

狄仁杰被这绵长的叫卖声唤醒,一看窗外雨停了,院里的花坛里落了几朵被风雨打落的玫瑰,心就顿然颤动起来。匆匆洗漱之后,他来到花坛前,见那花瓣都带了泥渍,面目全非了,只从残留的粉色中散发出淡淡的香。

"一夜天上雨,窗前几落红啊!"狄仁杰讷讷自语,然后弯下腰捧起落花,慢慢地散入花坛内的泥土,"明年今日,且看花神归来,艳香如故,可记得这护花的落红?"

书童见老爷去了花坛,忙跟了来,狄仁杰的一番话他全听进去了,暗笑老爷华发霜鬓,倒怜香惜玉起来了。狄仁杰一眼就看出了书童的心思,笑道:"鬼精灵,难道只有年轻人才感慨落花么?老夫乃借花惜才也。"

　　狄仁杰说的可是心里话。在李昭德离开神都后，内史豆卢钦望、同凤阁鸾台平章事杜景俭、韦巨源、苏味道等人也因附会李昭德而遭到武承嗣等人的弹劾，一个个都离开了。韦巨源被贬麟州，杜景俭被贬溧州，豆卢钦望去了赵州，苏味道去了集州，他们可都是大周的栋梁啊！

　　现在，一场大火之后，朝廷又要朝臣们直言，岂非画饼？所以，尽管朝廷的敕令到了多日，狄仁杰依旧如故。回到二堂，看到案头多了一束杏花，主簿正在清理案头的文书。狄仁杰走到花瓶前嗅了嗅，便问这花可是他买的？主簿点了点头道："街头卖花女子大都家境贫寒，多买一束花，也许可以帮他们一把。"

　　收拾好案头，主簿又拿起一封信给狄仁杰道："今晨刚到，看封签就知道是神都来的。"

　　"嗯！田舍翁来当说客了。"狄仁杰说着抽出书信。

　　主簿不明就里，在一旁疑惑地问道："田舍翁是何人？"

　　狄仁杰笑了笑道："田舍翁者，秋官尚书也。因心宽体胖，举止迟缓，故而戏呼田舍翁。他可是个了不得的人物。"

　　娄师德在信中热情地问候他，又对彭泽二月的春景表示向往，接着话锋一转，不无批评地写道——

　　　　江都二月，桃烟柳雨，春水涣涣，大人沉溺于其间而不思社稷兴亡乎？春景如画，春风醉魂，大人迷恋于其间而不知黎民之疾苦焉？今陛下之制已下，求振兴朝纲之真言，谋固本强基之良谋，至今月余，未见大人一字，竟为何故？

　　　　恭敬而逊，听从而敏，不敢有以私抉择也，不敢有以私取与也，是以顺上为志，是事圣君之义也。今陛下大略经国，睿韬御臣，海内咸服。大人素以孝、忠、廉称之为大义，岂可因私怨而缄其口，因逢挫而折其锐，因奸人而和其光，在下观之，绝非大人之所志者也……

　　合上信札，狄仁杰的微笑就上了眉毛，这哪里是田舍翁的意思，分明是陛下坐不住了，催他说话呢。

　　狄仁杰站起来，在室内踱着步子。虽然在武曌身边履职的时间不算长，但他自认为是了解皇上的，她无法摆脱武氏宗亲的羁绊，往往因此而做出些不妥的事情。可她作为一代女皇，在军国大事上从不含糊，却也是事实。也许,当初她将自己和任知古、裴行本几位贬谪京外,亦有自己的无奈。因此,来彭泽这几年,只要有朝廷官员来巡察,总会带来皇上的慰问。现在见了娄师德的信,仿佛听见了武曌的召唤。

狄仁杰忽然觉得浑身发热,便下意识地向案头走去,却不料此时主簿带着一位三十岁左右的年轻人走了进来。

那年轻人玉树临风、文质彬彬,见了狄仁杰忙大礼参拜道:"小生久闻大人声誉,今日终得一见,真是三生有幸。"

见狄仁杰一脸诧异,主簿忙介绍:"此乃获嘉县主簿刘知几,春游到此,久仰大人品格,欲当面聆教。"

"唐突之举,还望大人海涵。"刘知几接上了主簿的话茬。

狄仁杰一眼就喜欢上了这年轻人,当下沏茶叙话,得知刘知几生于显庆年间,于永隆年间取进士,授怀州获嘉主簿。他自幼喜爱治史,也曾上书陈奏朝弊。狄仁杰记起来了,那是他从宁州刺史任上回到朝廷不久,任地官侍郎、同凤阁鸾台平章事时,曾接到过一道来自获嘉的上书,抨击朝廷任用来俊臣、周兴之流,祸乱朝纲,言辞犀利、锋芒毕露,他当时出于保护这位青年才俊的考虑,悄悄将之压了下来。

于是,这一对忘年交又亲近了许多,狄仁杰对主簿道:"老夫向来不事铺张,你去采买几样时兴菜蔬,就在后堂为刘大人接风。"

主簿领命离去,狄仁杰又问道:"眼下朝廷敕令已发往各地,征集直言,大人有何见地,不妨说来听听。"

刘知几看了一眼狄仁杰,有些忐忑地说道:"不瞒大人,晚辈正拟定了一份上疏,只是才疏学浅,欲请大人定夺。"说着,他便从衣袖中拿出文稿呈与狄仁杰。

狄仁杰接过文稿,一边看,一边就念出了声——

用事俗多顽悖,时罕廉隅,为善者不预恩光,作恶者独承侥幸⋯⋯

刘知几一口气列举了四条,条条切中时弊,读得狄仁杰眉飞色舞,连呼:"后生可畏,后生可畏!像大人这样的才秀,担任主簿岂不屈才?老夫要亲自上书皇上,举荐大人到朝廷为社稷尽力。"狄仁杰难以抑制心中的欣喜。

狄仁杰激动地铺开了绢帛,奋笔疾书起来。他先写了一道奏章,除了推介刘知几等个年轻人外,还特别强调:"知几所述,亦臣平日所虑,望陛下明察之,慎思之,畅纳之。臣虽处江湖之远,然没有一日不牵萦陛下!"

接着,他又写了一封给娄师德的信,介绍了刘知几的才思和见解,希望能够推介一二。封好信笺,狄仁杰对刘知几说道:"你到京都后,可直接去找两人,一人乃秋官尚书娄师德,一人乃鸾台凤阁平章事姚璹,他们都会向陛下举荐的。"

刘知几万分感动,拱手道:"外界传狄大人做事雷厉风行,今日一见,果然不同凡响。大人在上,请受晚辈一拜。"

正在此时,主簿进来通传,说饭菜已经备好。狄仁杰急忙扶起刘知几道:"言重了,言重了。饭菜已经备好,我等就入席吧,边吃边说。"

姚璹这些日子很烦闷,作为复建明堂和新建天枢的监使,每日除了处理署中公务外,还必须带人到工地上查看进度。可他却已经多日没在工地上见到新明堂营建使薛怀义了,这令他很恼火。

这日,太阳刚刚升起,姚璹没有去署中,而是直接到了工地,他希望在这里能看到薛怀义,与他认真谈一谈。

几位监工见宰相到工地巡查,纷纷上前见礼。可问到营建使大人在何处时,几位监工先是支支吾吾,见姚璹一脸的肃然,只好如实相告:"营建使昨夜喝得酩酊大醉,已被送回了白马寺,现在大概还没醒呢!"

姚璹叹了一口气,继续朝前走,他的心也烦乱了。材料横七竖八地堆放在道上,以致他不得不绕道而行;刚刚雕琢的瓦当,不但文理粗糙,与旧明堂的图文不可比拟,甚至比坊间的还要差。这让他心里很不舒服,黑着脸呵斥道:"如此粗糙的做工,如何向陛下交代?"

其中一位年龄稍长的监工闻言,就面露难色道:"不仅大人如此看,小人们也有同感,可此事小人们说了不算,须得怀义大师发话。小人也曾禀报大师,可他却让小人不要管。"

一向温文尔雅的姚璹此时已是怒发冲冠,回身厉声道:"复建明堂乃陛下旨意,你等是要抗旨么?立即重做,否则,本官定不轻饶。"

这边正说着话,那边却传来了吵闹声。姚璹有些疑惑,问道:"何人在此喧闹?"

一位中年监工回道:"那位穿僧服的也是监工,是怀义大师从白马寺调来的,他经常克扣工匠饷钱,定是为此吵闹。"

"岂有此理!你去传话,若再有人无理取闹,定发秋官牢狱治罪。"姚璹对为首的监工说完,便拂袖转身去了白马寺……

薛怀义从醉乡中醒来时,太阳已经爬上树梢,他长长地出了一口浊气,昨夜与武三思饮酒的情景还历历在目。

武三思显然是带着皇上的旨意来的,要他遵守佛家戒规,不再饮酒,以免污了白马寺的名声。还要他体味皇上这次没有深究明堂纵火案,反而要他担任复建明堂营建使的深意,专心致志地营建好新明堂和天枢,以报陛下的恩典:"陛下的性格想来大师不会不知道,宗室反叛,顷刻雪崩,况大师一人乎?有道是'识时务者为俊杰',愿大师审时度势,不可再生沉沦之念。若大师一意孤行,恐怕到时连本王与魏王都救不了您。"随后,武三思举起手中的酒杯接着道,"念及多年来与大师交好,今晚本王最后敬您一杯,希望大师以后好自为之。"

哼!你武三思算什么东西?想当年我得宠于陛下之际,你等兄弟为我牵马坠镫,今日竟然也教训起我来了。什么摈弃积怨?是她喜新厌旧,现今倒怪罪起我来了。我若是对她身边睡着另外一个男人无动于衷,还算是男人么?薛怀义刚从一位小和尚手中接过热茶,却因想起这些烦心事而怒气冲天,把热茶也砸了出去。小和尚机敏地躲过,在薛怀义"滚出去"的骂声中退了出去。

"我这是怎么了?"薛怀义在心底问自己,颓然跌坐在蒲团上发起呆来。

一切的一切,都怪那个该杀的沈南璆,若没有他中道邀宠,何来后起的风波?若没有他兜售什么推拿术,又怎么能到皇上身边呢?薛怀义想起这些就浑身灼热,怒气冲天。他举起佛龛前的香炉就朝外面摔去,却不意落在迎门而来的姚璹脚边,他不由得惊出一身冷汗,尴尬地收敛住发狂的目光,上前合十施礼道:"不知大人驾到,贫僧失礼了。"

姚璹也是一头的冷汗,道:"若非下官躲避及时,大师这一炉下去,又是一条人命。"

薛怀义唤来小和尚匆忙打扫了一下,这才招呼姚璹落座:"不知大人今日驾到,有何赐教?"

姚璹喝了一口茶,心里定了许多,正色道:"陛下以大师为营建使,下官为监使,你我二人本该通力合作。可下官今晨巡察工地时,场面混乱,工匠怠工,僧人克扣工钱,大师当严查严惩,方不负陛下重托。"

薛怀义刚刚平息的怒火因姚璹这一句话再度复燃,眼露凶光道:"大人是在指责贫僧么?"

姚璹以宰辅的身份道："下官耳闻目睹,岂能有假?大师若视而不见听而不闻,难免获罪于朝廷,陛下若怪罪下来……"

"罢了!"薛怀义一甩袍袖,出口的话也凌厉了,"姚璹!你休拿陛下压我,我在陛下身边时,你不知在何处?"

"放肆!"姚璹满脸涨红,指着薛怀义的鼻尖呵斥道,"岂有此理,大师竟说出这样的话来,不唯污了陛下名声,也污了这佛门净地。"

孰料薛怀义闻言,仰天大笑道："佛门?若非陛下图一时之快,贫僧岂能屈身这灭绝人欲的地方。"

话说到这个地步,姚璹自知已无退路,冲到薛怀义面前道："你如此不顾廉耻,已犯下弥天大罪,本官要奏明陛下,拘你入诏狱。"

"拘捕贫僧?只怕你没有这个能耐。念你乃一朝宰辅,今日且饶了你,速速滚下山去。若再敢兴师上门,休怪我杖下无情。"薛怀义言罢,便对着外面喊道,"来人,送客!"

拉开住持室的门,姚璹大吃一惊,一百多名棍僧个个面带杀气。看来,这薛怀义早有逆鳞之备啊!

从白马寺出来,姚璹就直奔武成殿。

"哦!他果真想杀了沈太医?"武曌在听了姚璹的陈奏后,并不惊慌。

"仅仅一个沈太医也就罢了。"姚璹心有余悸,"微臣最担心这狂徒举止出格,干出危害陛下的蠢事。"

"呵呵!从他疯癫之日起,朕就有所防备。"

"哦?"姚璹惊异于武曌的先见之明。

"今日朕就让爱卿见识见识。"说着,武曌便要武钦让后花园演武的警跸到大殿来。

武钦去了不一会儿,百余名女警跸齐刷刷地站在了大殿前,一个个披戴银色盔甲,着粉红色战袍,身佩青锋宝剑,腰挎震天弓,英姿飒爽。为首的队史双手抱拳,向武曌行礼,说话的声音铿锵而刚毅："后宫警跸集结完毕,请陛下训示。"

姚璹看了这阵容,心里很是震撼。不知年过七旬的陛下什么时候竟有了这样一支训练有素的内宫女警跸?

"姚大人要见证你等功夫,不妨演示一番。"

"遵旨!"女队史转身对警跸们命令道,"王伍长出列,为陛下和姚大人演示利剑劈石。"

年轻的王伍长看上去并不那么勇猛,甚至还有些娇弱。但见她很平静地走出队列,从殿门外搬来一块石头,放在殿中央,竟然大气不喘。然后她从腰间抽出寒光闪闪的宝剑,运足气力,"嗨"地大喝一声朝石头砍去。姚璹还没有看清她是如何发力的,石头已经碎成两半。

接下来,女警跸们又演示了擒拿术。

武曌侧脸去看身旁目瞪口呆的姚璹,禁不住笑了:"爱卿感觉如何?"

姚璹这才回过神来,忙回答道:"有如此警跸,陛下可高枕无忧了。"

"呵呵,爱卿过奖了。"武曌收回目光,对女队史道,"你等退下吧。"

看着女警跸们步伐整齐地退出,武曌低声对姚璹说了几句话,姚璹的脸上露出吃惊的神色,问道:"这样可以么?"

"你只管遵照朕的意思去办。"武曌的脸上很平静。

接下来的日子一切都很平静,似乎什么事情也没有发生。姚璹不但在朝会上照常禀奏朝事,散朝后就到工地转转,而且专事去向薛怀义表示了道歉。他告诉薛怀义,陛下听说他到白马寺后,严厉斥责了他,还说陛下最挂念的人其实就是大师。

这些话让薛怀义躁动的心渐渐平复下来,其实事后他也觉得那天过于鲁莽,只是嘴上不说罢了。

眼看着证圣年间的上巳节一天天临近了。这一天,薛怀义正在明堂就安置"明堂鼎"之事与几位监工商议,宫里的张尚宫却到了,并要求与薛怀义单独说话。

"陛下真的要见贫僧?"薛怀义满腹狐疑地看着张尚宫。

作为在武曌身边尽职数十年的老内官,张尚宫对武曌与薛怀义长达十年的情感纠葛也知道个大概。当武曌要她前往白马寺约见薛怀义时,她并没有看出什么异样。所以,她给薛怀义的回答是肯定的:"不错,陛下旨意,大师于今晚酉时到瑶光殿。"

"陛下再没说其他话么?陛下的心情还好么?"

"陛下今日的心情很好,还分外牵挂明堂与天枢的进展。"

"嗯!陛下没有忘记贫僧。"薛怀义脸上的紧张渐渐退去,"请尚宫转奏陛下,贫僧定会准时参见陛下的。"他彬彬有礼地送张尚宫出了山门,直看到她的轿舆消失在大道尽头,才收回目光。

看来明堂一把火让皇上清醒了。薛怀义心想,得意地笑了笑,开始收拾自己的容装。他让小和尚烧了满满一锅水,一遍一遍地试了水温,又撒了菊花，才惬意地躺了进去……

夕阳在苍山背后坠落，急不可耐的薛怀义一人骑马出了寺院，向洛阳城中匆匆而来。来到应天门前，薛怀义却见楚王武攸暨早已在门口迎候："陛下在瑶光殿等候大师，请大师交出佩剑和马匹，步行前往。"

薛怀义并没有多虑，就将腰间的佩剑交出，自己随禁卫走了进去。皇宫即使在初春也是松柏苍郁、碧树葱茏的。瑶光殿在宫城深处，中间隔着一段夹道的松柏林，因此其他地段都有宫灯，唯独这一段黑魆魆如墨。

薛怀义也担任过行军大总管，但眼下黑黑的夜色和幽深的松林让他心头生出莫名的恐惧，他下意识地摸了一下腰间的宝剑，才想起已在入门时被武攸暨收缴了。若此时从松林中拥出一批刺客，他是必死无疑。可当不远处瑶光殿的灯光映出武曌熟悉的身影时，他释然了。薛怀义抻了抻袈裟，迈着自信的步伐朝灯光走去。

就在这时，松树林里冲出一群禁卫，未及他回过神来，就把他装进了一布袋。

"你们要干什么？贫僧可是陛下召见入宫的，你等不怕犯欺君之罪么？"

"事到如今，你还这样愚蠢。"这声音如此熟悉！对了，是太平公主。

"公主为何如此？贫僧不明白。"

"哼！我今天就让你死得明白。"太平公主让女警跸们用绳索将布袋捆严实，只让薛怀义露出头来。他这才看清，刚才捉拿他的不是宫廷禁卫，而是一群身穿夜行衣的女子。

"你等是何人，竟敢拘捕贫僧？"薛怀义仍色厉内荏地问道。

"看来你还不明白，她们都是对付你的后宫警跸。陛下早已知晓你乃明堂纵火元凶，然念及你建堂有功，不予追究，且任为复建明堂使。孰料你不思悔改，行为狂悖，触怒凤颜。我今奉陛下旨意在此擒拿。"太平公主冰冷地向众人使了个眼色，大喝一声，"来人！将逆贼薛怀义就地处以缢刑。"

一道白绫很快缠上薛怀义的脖颈，他知道一切都完了……那一刻，他的脑子一片空白，仿佛白马寺粉白的墙面。

第三章

洛阳宫中梦如艳　营州边塞战犹酣

白马寺后院的塔林里新增了一座浮屠，因薛怀义生前的地位，这塔比其他的都要高大。三月春风吹过的时候，塔顶上总会浮霭缭绕，久久不去，仿佛不愿远行的魂灵。代理住持怀清的眼睛被浮霭模糊了，他面塔而立，双手合十，默默诵祷。怀义的尸体被送来时，是卯时三刻。听司宾寺崇玄署的官员说，他的尸体是在城墙一角找到的，依据痕迹判断，是被人缢死的。

一代法师，遭此劫难，武曌闻之，不胜惋惜，降旨要司宾寺做佛事超度。

佛事整整做了三天。怀清尽管在理智上认同死如再生、死如换衣的道理，可在情感上，他不能接受怀义被缢死的现实。大师早年以卖脂粉为生，可自从任白马寺住持后，常年习武健身，平日三五贼人奈何不得，岂能轻易死于绳缢之下？诸事烦恼，可耳边却响起了怀空的声音："皇上要来寺院做佛事，崇玄署命全寺僧众到山门前接驾。"

怀清率僧众到山门前时，皇上浩浩荡荡、威仪赫赫的仪仗队已然可见，他的脸也一下子肃然了。这是怀清第一次作为住持接驾，心中不免忐忑。

车辇来到山门前，武懿宗将禁卫部署在寺院周围，仪仗则跟随皇上之后。陪同皇上同来的有上官婉儿、武承嗣、姚璹。武曌掀开绢帘，面前合十而立的僧众让她久在尘世的心一下子就清净了。

怀清上前施礼道："白马寺代理住持怀清恭迎圣驾。"

武曌道一声"免礼"，便向寺中走去。

眼前的一切都是这样熟悉，石牌坊、放生池、石拱桥，留下几多风雨痕迹；天王殿、大佛殿崔嵬嵯峨，旧貌依然，静立在碧树葱茏中。在怀清的引导下，武曌一行来到大雄宝殿，向"三世佛"行礼，武钦代表皇上献了贡品、上了香烛,然后来到法堂,听法师讲经。

武曌看似很专注地聆听着,其实内心早已五味杂陈。这是她第二次来白马寺,第一次还是在她任命薛怀义为白马寺住持不久时,那也是她最惬意的一次佛院之行。

那一天,薛怀义一直陪伴在左右,不厌其烦地向她讲述这里的一切。她感觉得出他目光里的深情,恰似一条无形的丝带,绕着她旋转。在放生桥前,她从薛怀义手中接过一条红鲤时,眼睛就湿润了,骤然想起在感业寺的那些落魄的日子,王皇后也与她一起放生过一条红鲤。

欢悦的时光如梦一般,来得快,去得更是不知不觉,转眼十年过去,等她再度来到这法堂聆听讲经时,却已是物是人非了。这一切,让武曌睫毛下的泪儿悠悠地颤,别有一番酸涩。

人世间只有"情"这东西,恩恩怨怨、枝枝蔓蔓,最是说不清。它可以令人神魂颠倒,还可以让人反目成仇。这也许就是佛家所谓"报恩、报怨、讨债、还债"的"四缘"吧?三界通苦,乐会变成苦,苦可不会变成乐,也许,缘分注定她与他在十年前相遇,又在证圣元年春天缘尽恩绝吧。

武曌默默擦了擦潮湿的眼角。她的这个细微的举止,被陪坐在一旁的上官婉儿收入眼底,也不禁唏嘘不已。武曌曾像一个初嫁的姑娘对她说起过他们之间的浪漫,甚至是小别扭。但谁也没有想到,薛怀义竟然会做出如此出格的事情,毁掉了自己。她暗暗收回目光,由皇上想到了自己,不知道武三思怎么今天没有陪着皇上来。

她同武三思之间牵绊也有几年了,在这个深宫里,他似乎成了她情感的小榭。他每一次进宫,都会到她那里去。可风暴过去,他就匆匆地离去,她顿时就会觉得心里空落落的。

前些日子,武三思来找她,说是天枢即将建成,皇上命他在为捐资者竖的碑上写一篇文章,颂大周之德。他平日里写写公文尚可应付,可要写这传之后世的碑文,他就有些捉襟见肘了。他第一个想到的就是上官婉儿,在两人拥抱温存时,她也就无法拒绝了。她熬了一个通宵,就把一篇文采斐然、情感激扬的文字放到了他的面前。那一天,他们在一起相拥相吻了许久,彼此都不说话,她坐在他的怀里,就那么静静地待着。

可她也有烦恼,武三思是有家室的王爷,而她也不愿意去做妾,两人就这么明明暗暗地拖着。可这一拖,流走的可是青春年华啊,眼看着都三十一岁了……上官婉儿心里发酸,无言地低下了头。

　　此时,讲经也已到了尾声,怀清便请皇上到方丈室品茗,武曌婉言谢绝了,要崇玄令向寺院行了布施,然后吩咐怀清道:"你陪朕去塔林看看吧! "

　　"遵旨。"于是一干人在怀清导引下来到了寺院后面,武曌一眼就看出了薛怀义的寿塔,它鹤立鸡群地站在那里,仿佛他雄健的身姿。

　　姚璹知道,皇上为明堂被毁之事很震怒,且明知此案的真凶是薛怀义。薛怀义之死是否与此有关,他不知道。可让皇上来这种地方,他又总觉不妥,于是上前劝道:"塔林风大,陛下还是不过去为好。"

　　武承嗣清楚武曌来塔林的目的,他倒觉得让皇上从此做个了结,也未必不是好事,便从旁插话道:"既是陛下有意看看塔林,还是请法师前面引路。"

　　武曌见状,摆了摆手道:"不必了,塔林又不是很大,朕就是想一个人静静地站一会儿。"

　　武承嗣闻言,吩咐武懿宗将羽林卫在塔林周围散开,臣僚们也自觉地与皇上拉开了距离。

　　踩着刚刚散去露珠的林草,拨开花落叶碧的迎春柔枝,走过几座佛塔,薛怀义的寿塔就在面前了。因为是新塔,周围很干净,没有一棵杂草;新砌的塔砖在春日下看去很宁静,与旁边长满绿苔的寿塔相比,似乎更庄严些;塔周弥散着泥土的芳香和火窑的呛味,几只燕子绕着塔顶旋转,叽叽喳喳地唱着春歌。

　　武曌闭目合掌,面塔而立,似乎看见薛怀义落拓不羁的眼睛和宽阔的胸膛。她没有眼泪,没有忧伤,只有在心头打着旋涡,却是无论如何也飞不上舌尖的话语,默默地诉说给眼前的亡灵——

　　怀义,朕今日来看你,你知道么? 朕与你厮守十年,对于你,是不忍,又不能容忍。朕念及昔日情分,一次次地原谅你,可你不知进退,竟然纵火焚毁明堂,实伤朕心矣! 朕命你复建明堂,本是给你改过之机,可你……你有今日,咎由自取,怨不得别人。你若是佛性尚在,这里有朕抄写的两份经文,今日赠予你。望你早日超度托生,勿再于梦中相扰。

　　随后,武曌将两篇手抄的经文燃化,看着橘黄色的火苗在空中飞舞,她决然地转身离开。此刻,在她心里回旋的就只有一句话——一切都已过去。

　　臣僚们见走出塔林的武曌脸上轻松多了,便知皇上的心境不错。怀清建议道:"陛下每日案牍劳累,既是来到鄙寺,不妨多住几日。"

武曌决然地回绝道："不必了,朕即刻就回神都。起驾。"

"陛下有旨,起驾回宫。"武钦尖细的嗓音便在寺院里回响……

沈南璆原以为皇上去了白马寺,他便可以松泛一日,于是便回到了太医署。秦鸣鹤见他回来,自是十分高兴,拉他品茗叙话,询问他在宫中的情况。

沈南璆怎么说呢?不管他愿不愿意,总是做了。好在场面上他是一个御医,这一点就比薛怀义少招许多非议,而且他也从未与臣僚们发生过龃龉。

一想到薛怀义,他的心里便沉重了。他很清楚,薛怀义所有的怨恨都与自己脱不了干系,可这能怪得了自己么?常言道"伴君如伴虎",也许薛怀义的今天,就是自己的明天!一想到这里,他就愈发高兴不起来了,说话也就常常走神。

"你是遇到不顺心的事了吧?"

"唉!"沈南璆摇了摇头,"没有,就是深宫大院看不到师父,心里清冷。"

秦鸣鹤笑道："呆子,书念得太多了,像你我这样,命都在别人手中握着呢,哪能由着性子来。"

沈南璆的眼睛就潮湿了。唉,知南璆者,师父也!皇上虽然年届七旬,可求之无度的情欲让他有点招架不住。他是御医,深知春药调动人欲的同时,也摧残着人的生命。

秦鸣鹤任太医令多年,武曌的一切他都清清楚楚,自然不难理解沈南璆的苦衷,便安慰道："陛下今天去了白马寺,也许要暂住一段时间,你就好好地在太医署待着,养养身子吧!"

可就在此时,门外传来武钦的声音："陛下口谕,宣沈南璆进宫。"

秦鸣鹤的心就"咯噔"一声,回来得好快呀!

沈南璆起身向太医令行了礼,道："师父,徒儿这就回宫中去了。"

瑶光殿的灯烛已经点燃一片灿烂,那明亮的光线穿破刚刚落幕的夜色,使得寒冷的三月也变得温情脉脉。

在司马门前下了轿舆,沈南璆踟蹰地走向瑶光殿,路过那片松树林时,他不由自主地打了一个寒战。据说薛怀义就是在这里被人缢死的,他似乎觉得松林里也有一双眼睛在看着自己,便本能地加快了脚步。

在距瑶光殿几十步远时,他惊异地发现,瑶光殿的幔帐换了,由杏黄色换成了玫瑰红,窗棂上映出一个丰腴的、长发披肩的人影——皇上回来了。沈南璆不自觉地打了一个哆嗦,心想着加快步子,可脚却是不听使唤。

见沈南璆来了,武钦便隔着殿门禀奏道："沈太医到了,等待陛下召见。"

里面便传出武曌轻柔的声音："宣他进来。"

沈南璆进了殿门，一阵奇香沁入心脾。他环顾左右，似乎并无奇花异草装点。哦！那奇香不是来自别处，就是从武曌身上散发出来的。伺候皇上这么长时间，他第一次闻到如此奇异的香味。沈南璆刚才的紧张也被这奇香消解，迅速恢复了平静。

沈南璆不知道的是，武曌为了这个夜晚，从白马寺回到瑶光殿就命张尚宫帮她沐浴了。韦香随庐陵王远行了，但她留下的香药却成了武曌驻颜的秘诀。

沈南璆觉得一切都宛若梦境，躺在他面前，穿着一身薄如蝉翼的睡衣的武曌，哪里还有半点朝堂上的威严？

"沈爱卿，"武曌含情脉脉道，"到朕跟前来。"

"陛下。"

还没等他跪倒在地，武曌伸手一拉，他就到了她的怀抱，两颊上留下那一双纤手拂过的酥然："朕是不是已经老了？"

"不！"沈南璆有些惶恐，"陛下春色不减，艳丽如初。"

武曌把沈南璆抱得更紧，她身上散发的香气让他双目迷离了……

直到黎明时分，这场风暴才终于过去，沈南璆离开的时候，启明星已经升起。

武曌很快就入睡了，这一夜她果然没有梦到薛怀义，等她醒来时，已是辰时三刻了。阳光从窗棂间偷偷进来，窥探她残留在眼角的情痕，睫毛间的笑意。武曌一睁开眼睛，就看见张尚宫，便问道："朕睡过头了，有事么？"

"刚才武公公来了，说秋官尚书娄师德大人求见。"

"哦！朕知道了，让他少待。"武曌便起身梳洗……等她将一切收拾妥当，一个时辰已过去了。

"宣娄师德进殿！"

娄师德挪动着像肉球一样的身子进了瑶光殿，那臃肿的憨态逗得武曌笑问道："爱卿一大早来，有何好事禀奏呢？"

"启奏陛下，狄大人上书了。"

"这个怀英，终于还是说话了。"武曌从娄师德手中接过上书，大体一看，便自语道，"怀英怎么了？自己不说话，却道刘知几的话就是他的话，这刘知几何许人也？"

娄师德按照狄仁杰给自己的信中的描述，大略介绍了刘知几的情况。武曌想起来了,昨日去白马寺前,上官婉儿转过一道上书,好像就是获嘉县主簿刘知几的。当时她急着去白马寺,就放下了。

娄师德道:"狄大人极言他乃一代才俊,可堪大用。"

"哦!怀英都说好,当不会差。"

武曌打开刘知几的上书,先是被那一手蝇头小楷吸引了,接着读下去,就仿佛听到惊涛骇浪拍打石岸的声音——

皇业权舆,天地开辟,嗣君即位,黎元更始,则时藉非常之庆,以申再造之恩。今六合清晏而赦令不息,近则一年再降,远则每岁无遗,至于违法悖礼之徒,无赖不仁之辈,编户则寇攘为业,当官则赃贿是求。而元日之朝,指期天泽,重阳之节,仁降皇恩,如其忖度,咸果释免。或有名垂结正,罪将断决,窃行货贿,方便规求,故致稽延,毕沾宽宥。用使俗多顽悖,时罕廉隅,为善者不预恩光,作恶者独承侥幸。古语曰:"小人之幸,君子之不幸。"斯之谓也。望陛下而今而后,颇节于赦,使黎民知禁,奸宄肃清。

海内具僚九品以上,每岁逢赦,必赐阶勋,至于朝野宴集,公私聚会,绯服众于青衣,象板多于木笏,皆荣非德举,位罕才升,不知何者为妍蚩,何者为美恶。臣望自今以后,稍息私恩,使有善者逾效忠勤,无才者咸知勉励。

陛下临朝践极,取士太广,六品以下职事清官,遂乃方之土芥,比之沙砾,若遂不加沙汰,臣恐有秽皇风。

今之牧伯迁代太速,倏来忽往,蓬转萍流,既怀苟且之谋,何暇循良之政!望自今刺史非三岁以上不可迁官,仍明察功过,尤甄赏罚。

武曌反复看了,不由得"咦"了一声道:"这个刘知几远在僻乡,见事倒明,切中时弊啊!"

尤其让武曌震撼的是关于朝廷冗官的评说,与当年的正字陈子昂可以比肩。多年来科举取人,开了才路,但与此同时,六品以上官员汗牛充栋,徒添朝廷重负,身在京城的官员久在其间,却不闻其弊。她顿生了要见一见这年轻人的冲动。

娄师德知道皇上看进去了,趁热打铁道:"此人现在殿外等候陛下召见。"

武曌闻言笑道:"人常言青云有路,依朕看来,他是青云有门。你说说,若非怀英推荐,爱卿引荐,他一个小小主簿岂能见朕?宣他进来。"

武钦听罢,站在殿门口高呼:"陛下有旨,刘知几觐见。"

正在塾门等候的刘知几不敢相信，高居琼台的皇上会召见他区区一个九品主簿。直到武钦连喊了几声，他才仓皇地跑到殿门口，向武钦道谢。

武钦笑道："刘大人别客气了，还是进去见皇上吧！"

刘知几应了一声，提起袍裾，向殿门迈开了自信的步伐。

洛阳！曾是刘知几梦想的起航处。永隆元年（公元680年），二十九岁的他第一次来到洛阳。那时候的他就像河里的鱼儿不经意间游进了江水，满目都是滔天波浪。京都对他来说一切都是新鲜的，宽阔的街道、高耸的楼宇、来往的车驾、繁华的坊间，让待了数十年的彭城在他心中一下子寥落起来。

但他没有心情流连于京都的亭台歌榭、繁华盛景，他是为着功名而来的，他忘不了临行时父亲的殷殷嘱托、母亲的默默送别、乡亲的热望期待，便在京郊寺院里寻了一处安静的居处，开始温习功课。

他投考的是进士科，考试要求考生按照特定题目创作诗、赋，有时也会加入帖经。刘知几自小精通辞赋，又熟稔帖经，因此他从容应对，写了一篇洋洋洒洒的赋，议论朝政积弊，谏言整顿纲纪。此卷恰被刚刚从高丽归来的新任太子左庶子、同中书门下三品刘仁轨看重，特地将他的文稿拿给武曌看。

武曌看了刘知几的试卷，心境颇为复杂，一方面，觉得他才华横溢，见识敏捷，纵论朝政，鞭辟入里；另一方面，又为他的锋芒毕露而惋惜，思虑半天，便以年轻之故而任命其为获嘉主簿。

这是刘知几人生道路上的第一次挫折，从此，他在获嘉一待就是十五年。若非他这次南下遇见狄仁杰，他是绝不会再到京城的。

一条长长的司马道，他用了整整十五年，自然有着说不清的感慨，但他明白，眼下不是感慨的时候，他将要面对的是一位九域震颤的君王。

"微臣刘知几参见陛下。"他不敢抬头，眼睛盯着地面，两腿一个劲地打哆嗦。他就在心里嘲笑自己，埋怨自己，你是干什么来了？不就是响应朝廷号令，畅言朝政么？

武曌俯视下面，并要他抬起头来。在四目相对的那一刻，武曌竟怦然心动，没想到写出如此犀利文章的竟是一位如此俊朗的年轻人，于是道："卿之所奏，直指积弊，朕甚重之。站起来说话。"

"谢陛下。"

"朕宣你来，就是希望你能将上书所陈当面对朕讲讲，即便言语有误，朕也不予追究。"

娄师德见状，忙转身对刘知几道："陛下命你说话，你就放胆说吧！"

刘知几略思片刻，抬头道："微臣还是从来神都后的见闻说起吧！"

说起来，那就是昨天的事情。辞别娄相，刘知几来到端门外的坊间，找了名为"东来顺"的客栈住下。简单地用了饭菜，他尚觉不那么累，便出了客栈，沿端门大街一路漫步。沿途身边不断走过红男绿女，让人眼花缭乱，确与京外有很大的不同。他正目随心动地看着，就听见耳边传来了一阵马蹄声，接着就有卫兵高喊"闪开"，正埋头挑选货物的百姓立刻慌了手脚，纷纷向两边散开，有躲闪不及的，肩头便被鞭子抽出了血印。

他刚刚躲进路旁的一家酒肆，就见一位少年策马而过，在他的身后，跟着十几名卫士。他心里不快，便问惊魂未定的店家："谁家少年如此狂妄，光天化日之下，抽打百姓？"

店家一把捂住他的嘴道："公子，此乃京都，千万忌口。"

刘知几应道："在下从彭泽来，店家太谨慎了。"

店家闻听是外地人，这才小心翼翼地朝门外看了看，压低声音道："不瞒公子，刚才过去的正是当今魏王武承嗣之子武延基。"

"哦！"刘知几明白了，怪不得这样飞扬跋扈，不仅是亲王的儿子，更是皇帝的侄孙，他下意识地摸了摸怀中写给陛下的上书，可见自己远在江湖担忧的，都在京城应验了。

娄师德听到此处，暗地朝刘知几使眼色。可话说到这个份上，刘知几也无法刹住了，干脆直谏道："臣闻商君有言，'法之行自上犯之'，今陛下临朝践极，须知社稷之固，在民心，民心之顺，在正法。正法之途，在表率。陛下亲戚，同气连心，若不能约之以法，必伤民心。请陛下明察。"

"有这等事？"武曌一转脸，就对娄师德道，"自古王子犯法，与庶民同罪。爱卿下去后详查，若果真如此，绝不姑息。"

话虽是这样说，可关于武延基的消息还是让她心里很不舒服，尤其是当着娄师德的面，这让她脸上很过不去，看来此人尚需历练打磨啊。

武曌起身，来到大殿中央，眉目间露出由衷的喜悦："怀英眼力不错，爱卿乃可造之才。你且留在京城，就在定王武攸暨的府中任仓曹。"

娄师德没想到皇上会做这样的决定，但也不好再说什么，只能回应"遵旨"，他正要带刘知几出去，武曌却要他留下。

出得殿来，刘知几看看神都的天，如昨日一样的湛蓝，风，如昨日一样的轻柔，但他忽然就有了难言的落寞。虽说定王府仓曹，官阶在从七品，但对他来说，志向却不在此。

他在司马道上来回盘桓,一看到娄师德从殿内出来,就走上前去,先是感谢他的举荐,接着道:"下官还是回获嘉吧,反正都是做事。"

娄师德就在心中感叹年轻人少经历,受不得挫折,便劝慰道:"皇命如天,岂能视作儿戏?既来之,则安之,你就安心待在定王府。我这就带你去定王府应卯,有机会老夫会相机举荐的。"娄师德还告诉刘知几,刚才皇上留下他,是要他赴任武威道兵马副总管,协助王孝杰与吐蕃大战,不日就要离开京城。

皇上在任命娄师德为武威道副总管的同时,又任他为左肃政大夫,其他检校的职务不变,表面看,这是一种信任,但不知为什么,他的心头总有一种说不清的隐忧。

四月,武三思兄弟鼓动许久的天枢终于建成,天枢高一百五十尺,直径达到十二尺,八面各径五尺,下为铁山,周一百七十尺,以铜铸蟠龙环绕而上,上为腾云呈露盘,直径三丈,四龙人立捧火珠,高一丈。武曌亲为榜书——大周万国颂德天枢。

重阳那天,武曌率群臣于神都南郊祭祀天地,同时加号天册金轮大圣皇帝,改元天册万岁,这也是年初以来的第二次改元。

李昭德、娄师德离京后,同鸾台平章事姚璹觉得很孤单,宰辅们集议时,纷纷顺着武承嗣的语气说话,他虽然很委婉地提出改元频繁,不利于朝政稳定,但还是遭到了武承嗣的当面指责,他干脆就不说话了。即便如此,皇上还是很快知道了他的态度。好在天枢是他监督建成的,皇上也就没有计较。

武曌在这一年精力似乎格外健旺。这不,刚刚进入腊月,她又冒着严寒到嵩山举行了封禅大典,距上次改元这才三个月,又改元万岁登封,免天下百姓赋税一年,君臣大酺九日。

时间推移到了万岁登封元年三月,新明堂落成,高二百九十四尺,方三百尺,比之旧明堂规模小多了,号曰"通天宫"。武曌为之举行了盛大的庆典,大赦天下,在第三次改元不到四个月后,再度改元万岁通天。

姚璹的心境便日复一日地沉重,过去有心结,还可以找娄师德、李昭德等人说说,现在,他只能一人默默地承受。他唯一能做的,就在《时政记》中记下这些,也许多年后,后世会对这一段历史做出评价。

然而,危机却在这一片歌舞升平中暗暗地降临了。

先是新任夏官侍郎、同凤阁鸾台平章事的孙元亨奏报,说王孝杰与娄师德与吐蕃大战于素罗汗山,周兵大败。武曌盛怒之下,贬王孝杰为庶人,娄师德为原州员外司马。据宣诏回来的太监说,娄师德在接到皇上的敕命后,竟然如释重负,连道:"亦善,亦善!"

武曌听后,仰天长叹:"唯田舍夫能若此矣。"

五月的一天,朝会刚刚结束,孙元亨就到武成殿奏报,说营州契丹松漠都督、归诚州刺史孙万荣举兵反叛,已经杀了都督赵文翙。

武曌闻言,举在空中的朱笔凝滞了:"怎么会呢?朕不是严令赵文翙谨慎么?"

孙元亨解释道:"叛乱起因恰恰是因为赵文翙的刚愎自用。"

"哦……"

地域辽阔、水草丰美、稼穑丰盛的营州,是大周疆域上的一颗明珠。它东至辽河,南至大海,北至秦长城。在这河水滔滔、层峦叠翠的土地上,汉、契丹诸族用自己的汗水和情爱编织着岁月的悲欢沉浮,命运的浮云苍狗。

这里曾经牧歌阵阵,也曾经禾香百里。太宗对华夷爱之如一的恩泽,周年温暖着汉与契丹百姓的心。不管朝廷派到这里实施"羁縻"的官员怎样与土著的酋长们明争暗斗,在百姓的心中,他们都是情同手足的兄弟。可这种淡远而又温馨的和睦相处在赵文翙任营州都督后便不复存在了。

赵文翙可谓春风得意,他刚刚四十三岁就当上了营州都督,这不仅因为他平日里处事干练,也因为前任都督终老任上,他则因为常年担任长史而近水楼台先得了月。他自认为太宗以来朝廷推行的"羁縻"之策过于怀柔,而对付契丹人的最好办法就是加重他们的赋税,使他们对朝廷俯首帖耳。

恰逢万岁通天元年三月以来,营州遭遇春荒饥馑,居住在此的契丹人食不果腹,饿殍遍野。新任长史便将这一情况禀报给赵文翙,希望他能上奏朝廷予以赈济,方见陛下恩泽。

闻言,赵文翙冷笑道:"陛下的恩泽大如天,怎么可以施给这些蛮夷呢?他们过去长期寇边犯境,现在是上苍报应。"

"这?"长史一听这话便为难道,"契丹酋长都在帐外等候大人回复呢。"

"哦!是要造反么?"

赵文翙走出帐外,契丹酋长带领他的族人要进来,被卫士拦挡在阶前。一看到都督大人出帐,酋长便伏地痛哭道:"恳请都督大人开仓赈济,救救族人吧。"

这情景不但没让赵文翙生出恻隐之心,反而让他很不愉快,大声呵斥道："你等要试本官的锋刃么？来人，将酋长拿下，有再敢僭越者，杀无赦。"

酋长年高，曾在童年时代听过不少太宗体恤异族的往事，可眼前今非昔比的情势让他十分伤心，站起来便道："身为大周官员，不张陛下恩德，反而草芥百姓，将军杀我一人可，请放过族人老小。"说罢，他趁卫士们没注意，奋力朝行营门前的拴马桩撞去，霎时鲜血奔涌，气绝身亡了。

跟随他来寻求朝廷赈济的契丹父老见酋长死于非命，顿时燃起熊熊怒火，朝前冲去。眼看着潮水般的人群压了过来，赵文翙也有些慌神，喝令卫士拦截。卫士得了将令，一个个举起战刀，向手无寸铁的百姓砍去，不一会儿，营前已是尸横一片。

赵文翙知道，这消息如果被陈兵营州两侧的契丹降将，松漠都督李尽忠、归诚州刺史孙万荣知道，必会星夜报往神都，陛下追究下来，他难保项上人头。

当日午后，在府兵移走尸体后，他速速传来录事参军，要他草拟奏章，飞报朝廷，说契丹人反叛，被大周营州都督赵文翙察觉，当场斩敌首级四百。

录事参军有些疑惑，便道："卑职清点过，只有一百五十人啊！"

闻言，赵文翙不耐烦道："就照我说的去写，啰嗦什么。"

奏章送走后半个时辰，长史进来一脸无奈地说道："将军此举，实不慎矣，若契丹降将李尽忠真反了，如之奈何？"

赵文翙一甩袍袖道："一群乌合之众，惧他作甚？我正好借机磨剑。"

发生在营州都督府前的血案，很快就传到了李尽忠的行辕。

从族系上说，李尽忠属于酋长一族，他的祖先李窟哥当年之所以冒着杀头的危险归顺大唐，也是向往太宗的恩泽。显庆五年（公元660年），李窟哥死，继任松漠都督的阿卜固率契丹诸部与奚族连兵叛唐，不久兵败，唐高宗因他乃李窟哥之孙，封为武卫大将军、松漠都督，统领契丹八部。

谁料如今酋长反倒死于大周将军剑下，他的心顿时碎了，对着营州方向放声大哭："大父之亡，天柱崩塌，奇耻大辱，岂能干休。"言罢，他抽出腰间的宝剑，朝着案几一角砍去，案几顿时失了一角，"不杀赵文翙，吾形同此案。"

傍晚时分，从西北方向飘来团团彤云，夹带着凝重的黑色，很快覆盖了营州上空。到了申时三刻，狂风大作，紧接着，鸡蛋大的冰雹倾天而下，五月的松漠大地，冷若寒冬。到了酉时二刻，又转为大暴雨。

李尽忠走出穹庐，抬头看着黑魆魆的天空。大雨下在冰雹上，脚踩上去，发出"吭哧、吭哧"的声响，他不由得道一句"此乃天助我也"。他当即传来长史、别驾和司马,他们都是契丹人,当年跟着李尽忠一起归了大唐。

待大家坐定,李尽忠给每个人盛了一碗马奶酒,然后抽出小刀,在腕上一拉,那殷红的血就滴进酒中,其他的几位也都一一效法做了。李尽忠举起酒道:"我等当年归顺大唐,乃因高宗秉承太宗之策,以夷人自治,孰料今营州都督赵文翙不体民情,不尊圣意,饥不加赈济,视酋长为奴仆,又杀我大父。此仇不报,我等还是人么?"

长史仰起脖子,将一碗血酒饮尽,将碗摔在地上道:"请将军下令,下官宰了这狂徒,为酋长报仇。"

众人也都相互碰杯,饮出一身虎胆,纷纷发誓,要向赵文翙讨还血债。

李尽忠放下酒碗道:"今夜狂风、冷雹、大雨,赵贼料定我军不会在这样的天气进攻,我军即来个出其不意,杀了此贼。"

"杀了此贼!"

李尽忠当下部署,亥时一刻举兵,由长史率五百人马攻打营州东门,别驾率一千人马攻打西门,他自己与司马一道攻打正北门,直冲营州都督府,亲取赵文翙首级。

事情果然不出李尽忠所料,当冰雹降临时,营州都督府长史匆匆赶到行营,请赵文翙警惕李尽忠军夜间偷袭。赵文翙呷了一口烈酒,眼睛里就布满了不屑:"这样的天气,他契丹人不要命了?放心吧。"

长史勉强应付了几句,起身告辞,出了都督府,他长叹一声"营州休矣",便消失在风雨中。

其实,赵文翙也不仅仅是轻敌,他也有着自己难以诉说的烦恼。他自从军起,从什长到旅帅,直到左卫将军、营州都督,却从来没有进京的机会,甚至南下的机会也没有给他。他一想起武三思、武承嗣这些人,既不能治国理政,又不能戎马戍边,头上却罩着一顶顶桂冠,他就很不平:"什么将相本无种,扯淡!"

赵文翙喝得酩酊大醉,带着复杂的心绪进入梦乡,因为只有在梦里,他才能感受到峨冠博带的荣耀,感受到厮杀的快感。他就坐在皇上的身边,皇上的恩泽如太阳一样暖暖地照在他的肩头。他梦见儿子们都被封为卫府的将军,甲胄披身,盔缨飘飘,跟随着他驰骋在洛水岸边。他看见妻子凤冠祎衣,莲步轻轻,被一群丫鬟、侍女簇拥着,登上去龙门山的大船。那船,张灯结彩,瑰丽辉煌,被滔滔伊河水推向远方。人生之幸莫过于封妻荫子,他都拥有了,夫复何求?

没想到一阵急促的脚步声打破了他的美梦,他睁开惺忪的眼睛,长史站在帐前,语不成句地禀报道:"大人,大事不好了,李尽忠从北门攻进来了。"

"什么?你说什么?"赵文翙从酒意中倏然醒来,他无论如何也不能相信李尽忠会这么快就打进来。他欲起身,却觉得头脑昏昏,脚底失重,差点跌倒,长史要上前扶他,被他用力推开,"你扶我干吗?速去东门拒敌呀?"

"东门已经与敌接战,敌军攻势猛烈,我军正严防死守。"

"那么西门呢?"

"据下官所知,西门乃敌军最强者,守之亦难,恐怕……"

"你快去西门督战,只要西门不开,正面之敌就无法施展。"

赵文翙的话刚刚落音,就听见门外传来一声"报",一位队史进来禀报道:"禀将军,西门已被攻破,敌军正和北门之敌会合,向都督府奔来。"

这消息让赵文翙颓然跌坐在地毡上,仰天长叹一声"此天灭我赵文翙矣",随即从腰间拔出宝剑,飞身上马,朝府门外奔去。他的侍卫也不敢怠慢,紧追着都督的背影,把一串带着烟尘的蹄波留在了营州大地。

赵文翙冲上街头,眼前烟尘滚滚,耳边杀声连天。逃难的百姓、从北门败下来的官兵和追击的敌军,拥满街头。他一手提刀,一手搭凉棚朝远处看,潮水般的叛军正滚滚而来,他来不及多想,横刀就向前面冲去,眼看着几个营州百姓便做了铁蹄下的肉酱。

这时营州司马也向他冲来,隔着包围敌军高喊:"赵大人,末将在此。"

"司马救我!"赵文翙一边回答,一边来到司马面前。两人合兵一处,朝叛军比较薄弱的东门冲去,他手起刀落,血肉飞溅;所到之处,人头落地,连他自己也分辨不清哪些是叛军,哪些是自己的属下。

他们刚刚冲出一段,就听见耳边传来一声怒吼:"赵贼哪里逃?"原是李尽忠率领一队叛军,拦住了去路。

赵文翙扶了扶头盔,指着旗帜下的李尽忠骂道:"好个逆贼,陛下待你不薄,你不思报效朝廷,却起兵造反,该当死罪。"

李尽忠在马上回应道:"逆贼!若非你违逆圣意,杀了酋长,何来今天兵戎相见?还不下马投降,我可饶你不死!"

赵文翙被骂得满面蒙羞,也不答话,举刀直取李尽忠。李尽忠轻轻一闪,避过刀锋,顺势一枪,刺向赵文翙咽喉。赵文翙见状,忙举刀挡开,两人在马上大战十几个回合,赵文翙气力渐渐不支,趁机拨马跳出圈外,营州司马便上来接战,两人战至五个回合,李尽忠卖出一个破绽,司马求胜心切,向前扑来,不料一个闪空跌落马下,李尽忠一枪上去,结果了他的性命。待他拔出枪尖,赵文翙却已策马跑出一箭之地。

李尽忠追出一段,立马高处搭箭射去,不偏不倚,正中赵文翙后心。随后冲到跟前,下马割了赵文翙首级。他望着城头的契丹旗帜,长啸一声"仇报",这洪亮的声音荡起久久的回声。

太阳刚刚从草原升起的时候,战事已经结束了。录事参军早早地将李尽忠行营搬到了营州城中。待一切部署停当,长史、别驾和司马们也都到了。

待大家坐定后,李尽忠命人将赵文翙的首级置于案头,要录事参军去请内兄、归诚州刺史孙万荣前来参加酋长祭祀仪式。话音未了,帐外就传来说话声:"不用请,我来了。"

李尽忠知道孙万荣先自到了,忙率属官们起身迎接。

孙万荣在李尽忠对面坐下,一脸严肃地说道:"祭奠大父可择定吉日,眼下最要紧的是善后。"

"请兄长明示!"李尽忠道。

孙万荣喝了一口奶茶,平静了一下情绪道:"营州素为大周重镇,朝廷闻营州兵变,必派大军讨伐,我等若无应对之策,何以拒敌?"

"还是兄长虑事周全,此事我在杀了赵文翙后已有所虑。似我等这样归顺的将领,是两边都不待见,大周视我等为异类,契丹视我等为叛逆,如今又复叛周,纵然回归,契丹岂能容我?故小弟决定以营州为据,以兄长为于越(摄政王),今日在场的各位司马、别驾当为宰相,另立汗国,诸位以为如何?"

众人齐声道:"大汗圣明。"

李尽忠骤然被人呼为大汗,倒有些不习惯,挥了挥手道:"当务之急乃抗击周军来犯,我决计亲任兵马大元帅,广募兵卒,以兄长为先锋,率军却敌。"

"遵大汗旨意。"

众人散去后,李尽忠又留下孙万荣,具体安排了进击崇州事宜,之后又谈了自己的想法:"崇州乃北方重镇,历来为兵家必争之地。占据崇州,南可以弯弓图神都,北可以拓展疆域,兄长务必一战即胜,壮我军威。"

孙万荣拍着胸脯道:"此次非我要反大周,实在是因为赵文翙欺人太甚,大汗放心,为兄当一举拿下崇州,将之据为我立国后第一城。"

随后,两双手紧紧地握在一起,他们似乎听见,崇州城下已是杀声震天了……

第四章

梁王受命赴辽西　王师败北硖石谷

万岁通天元年(公元 695 年)五月初,由左鹰扬卫将军曹仁师等二十八位将军率领的平叛大军浩浩荡荡北上了。曹仁师任前军总管,张玄遇为右金吾卫大将军,麻仁节为副总管,燕匪石、宗怀昌为后军总管。

朝廷大军过了黄河,日夜兼程,五月底先头军队便已到达了与营州毗邻的平州。正为叛军攻势凌厉而惊惶不安的平州刺史看到朝廷大军到了,顿时愁眉大展,亲自到城外迎接。

当晚,平州刺史在城内设宴为将军们接风,夜深席散后,曹仁师、张玄遇、李多祚、麻仁节四位主将都留在了行辕,听平州刺史介绍军情。

平州刺史命膳厨给每人烧了一碗酸辣醒酒汤,又沏了解渴的大碗花茶,这才开始说话:"不瞒各位将军,叛军此次起兵,乃赵文翙将军刚愎自用,违逆太宗'羁縻'之策所致。多年积怨一朝爆发,叛军振臂高呼,从者数万。眼下营州周围的几个州治所均已失陷,崇州讨击副使钦寂被擒,敌将围安东,欲使钦寂劝降,可他大义凛然,对着城楼守将裴玄珪喊道:'狂贼天殃,灭在朝夕,公但励兵谨守,以全中节。'言罢,便慷慨赴死。贼众正欲攻打卢龙城,下官闭城坚守,等待援军,若禾苗之盼甘霖矣。"

闻言,曹仁师问道:"依大人之见,可有破敌之策?"

平州刺史皱了皱眉头道:"契丹人虽归附大周多年,但游牧习性未改,常常是倏忽即来,倏忽即去,战机殊难捕捉。我军若贸然深入,反而为敌所陷。"

左威卫大将军李多祚出身靺鞨族,自小就在辽西长大,他归附唐朝后,很快就以武功赢得高宗和武曌的关注,三十一岁就做到了右金吾将军,掌管京师宿卫,奔走于皇宫之间。听得刺史一番话,他便接话道:"刺史大人所言甚是。末将本辽西人,熟知契丹人用兵之法,我军不可不慎。"

麻仁节虽然略知兵务,但久居京城,致力农桑,根本没有想到皇上会点自己的将,如今这一番议兵,他先自怯战了。

曹仁师沉吟片刻后道:"今夜就到这里吧,各位且去歇息,待我与李将军商议之后再做定夺。"

当行辕内只剩下曹、李两人时,曹仁师望着窗外,一轮明月悬挂在树梢,虽是五月麦黄天气,但辽西夜间还是清凉有加,他裹了裹身上的战袍对李多祚道:"月明风清,将军若是不累,与我出去走走如何?"

李多祚点了点头。两人走出行辕,踩着月光洒下的碎银,追着潮湿的水汽一路前行。远方传来几声凄厉的鸮鸣,愈益增添了战前的宁静。不远处,青龙河的涛声在夜里也显得格外响亮。此情此景,最易勾起征人的追忆。

"我听说当年李广就曾在此驻军,匈奴闻之不敢南下牧马。"曹仁师道。

李多祚点了点头道:"此一时彼一时也。当年飞将军戎马一生,在云中、朔方、雁门、龙城各处驻军,知己知彼。此次我集结之大军,久在中原,未经战阵,末将心中实无把握……"

曹仁师登上一个小冈子,远远望去,燕山若隐若现的,就像浓浓淡淡的水墨画,他们此刻的心情也是如此。曹仁师知道李多祚要说什么,自己之所以被点将,完全是因为王孝杰、娄师德索罗汗山之役失败,被降罪免职的缘故。他知道,皇上此次并未完全将军队调遣的权力交给他,而是以他为二十八位将军之首,临时节制军务罢了。这一点,他相信李多祚也看出来了。曹仁师也明白,若论起排兵布阵,他不能与王孝杰相比;论阵前鼓动士气,他比之狄仁杰也望尘莫及。因此在过了黄河之后,他的心就日复一日地沉重了。

而李多祚接下来的话,更是让他惊异于其人的见事之明:"如果末将没有猜错,皇上很快就会再遣朝中王公前来节制大军的。"

"李将军何以见得?"

"将军不妨详察,此次朝廷调集府卫二十八位大将北上,又恰在李尽忠、孙万荣反叛之际,陛下岂能放心?"

"嗯!"曹仁师转身往回走去,一阵风来,他不禁打了一个寒战,也将慌乱的心境掩盖了过去。李多祚说得很有道理,他侧过脸打量着这位靺鞨族将军,中原的日子已改变了他的肤色,只有那双眼睛还保留着民族特征,"那依将军之见,这仗应该怎么打?"

一队哨兵巡逻过来,李多祚打住话头,看着队伍走远才说道:"眼下贼众势头正猛,全是因赵文翙的刚愎自用激起的,尤其是契丹人李尽忠、孙万荣很能打仗,我军不宜正面接战,可在平州周围部署两道防线,拒敌于城外,以防龙城失守。另外我可派一万军马由几位将军率领,在营州、檀州之间寻找战机,小股歼敌,不可恋战,等待朝廷援军到来。"

"此议正合我意,如此甚好,就依将军。"曹仁师点了点头。

出乎曹仁师预料的是,第二天军前会议上,竟没有一位将军对战局部署提出异议。可在寻机歼敌的将军人选上,却有不少人极尽推诿,找种种理由要留下来守城。李多祚实在看不下去了,遂提出由他率领麾下出城扰敌。

整个六月,大周军队据守龙城,却始终没有见到叛军前来攻城。但曹仁师一刻也不敢松懈,每日都巡视城内和城外,提醒将士不可松懈。果然,一个大雨滂沱的夜晚,李尽忠派遣别帅何阿小前来偷袭,被驻守在城外的张玄遇部击退,之后便再也没有遭遇大的袭扰。

与此同时,李多祚在檀州与营州之间广阔的草原上与叛军也有过几次交锋,都小有斩获。

七月,皇上的诏命就到了行辕,以梁王、春官尚书武三思为临榆关道安抚大使,文昌左相、同凤阁鸾台平章事姚璹为副使,以备战役的扩大。

三天以后,有使者来报,说大使行营就设在距卢龙不足百里之地的守捉城,并要各路将军即刻到行营议事。曹仁师与李多祚、张玄遇商定,由麻仁节等将领坚守平州,他们三人与刺史一起前往谒见大使。

守捉城在临榆关南部平原,城池坚固,城楼高耸,大周旌旗迎风招展。自唐以来,它就是朝廷专为控辽西、固中原而构筑的要塞。平日里除了驻军和粮草库外,并没有百姓定居。由守捉城往北,是丘陵,再往北,就是地形复杂的山地。那山地如一道屏障,拱卫着这座虽不大,却为兵家要地的城池。曹仁师一行从山口进入,还需走二十里地,翻过一座山才能看见艳阳下的城池。

在走出山口的那一刻,李多祚回望葫芦状的山道,惊魂未定地赞道:"此可谓一夫当关万夫莫开啊,设行营于此,乃有高人谋也!"

战马一旦进入平原,便撒开四蹄,不一刻就到了守捉城下。

武三思与姚璹早在行辕等候多时,四位将军先后与安抚正副二使见过礼,即开始军前会议。先自然是平州刺史禀报了前方战事,李多祚随后大体禀报了朝廷大军到达平州后的战况,最后道:"两月之久,两军胜负参半,我军虽未大胜,然李尽忠贼流南下之势锐减。吾等坚守,以待王爷定局。"

曹仁师知道,武三思兼着春官尚书,掌控朝廷官员的升贬臧否,故而说话十分谨慎:"王爷驾到,定会运筹帷幄,末将等随时听候调遣。"

闻言,武三思的两腮随即尴尬地颤动了一下,这微妙的表情只有姚璹读得懂,从来没有经过战阵的武三思又能拿出什么御敌良策呢?

果然,武三思说道:"本王之职在于防敌,至于如何制胜,还得仰赖各位将军勠力同心。大捷之后,本王当奏明陛下,擢拔赏赐。"

后半句话倒是实在,他有这权力。姚璹心里这样想,嘴里却道:"诸位将军有何破敌之策,不妨畅所欲言。"

听了这话,曹仁师建议道:"据探哨禀报,平州城西百里有东西硖石谷,谷道狭窄,好进难出。依末将之见,我军不妨以平州为战场,与敌展开决战,驱敌于硖石谷内,然后守住谷口两端,且不说斩杀敌首若探囊取物,即便围而不打,不出数日,敌粮草断绝,不战自溃,则我军胜券在握矣。"

"将军慎言!"曹仁师话音刚落,李多祚就反驳道,"东西硖石谷虽在平州境内,可素来为契丹与大周必争之地。契丹人对它分外熟悉,岂肯轻易进入。依末将之见,我军应北上幽州与张九节大人合兵,寻找战机。"

张玄遇则反对道:"李大人之言,未免舍近求远。末将不信,我二十八位府卫将军会抵不过李尽忠、孙万荣这群乌合之众。"

伴着将军们的陈言,武三思的眼睛在曹仁师、李多祚和姚璹的脸上来回扫过,心中却一点头绪也没有。他这些年的心思都花在了谋立皇太子、排斥异己上,哪懂得什么排兵布阵。

"姚大人以为如何呢?"最后,武三思把焦点转到了姚璹身上。

姚璹也十分不自在,文官出身的他,对于兵法,不能说一无所知,但多限于纸上走马,从未经历过实战。武三思把事情推给他,他也没有理由回避,只得硬着头皮道:"下官以为李将军之言不可不深思,他毕竟生于此地,山水皆在胸中。"

"王爷,据末将所知,此乃王爷首次主战,朝野瞩目,陛下盛望集于一身。王爷若犹豫彷徨,失去战机,则悔之晚矣。还请王爷三思。"张玄遇又劝道。

一石入水,波澜顿兴。武三思不会忘记临行前皇上凝重的目光,她对第一次出战的侄子道:"梁王任重,朕于神都静候佳音。"他不会忘记,上官婉儿深情而又眷恋的眼睛,在她的居室,上官婉儿勾着他的脖颈落下深吻,红红的唇印直到此刻仿佛还在散香:"朝野素来轻看武氏兄弟,三思,你该为陛下争光,为武氏争气才对。"两个女人,一样的情怀,若自己优柔寡断,有朝一日回京,将如何面对她们?

武三思收回思绪,俨然有了决策者的气度,他用力拍打着案几道:"本王决计在平州与敌决战。曹仁师、张玄遇、麻仁节三位将军,务必驱敌进西峡石谷。李多祚将军在平州城西与敌接战,旨在诱敌,不可贪功。其余将军围敌于平州城外,使之不能外逃。"

"遵命。"

随着众位将军齐刷刷的回应,姚璹知道一切已成定局,可作为副使,他深感自己责任重大。知侄莫如姑母,皇上要自己跟随武三思来前线,他自然明白皇上的担忧。他现在所能做的,就是提醒各位将军:"兵法云,知己知彼,百战不殆。各位将军务必通晓敌情,方可做决断。"

武三思对即将开打的战局却很乐观,晚饭以后,他甚至还召来驻扎在守捉城的部将问此地可有歌舞竽笙享用。部将回应道:"边城烽烟连年,了无歌舞留滞。军中倒是有当地人的角抵,不知大人可有兴趣?"

武三思问:"好看么?"

"角手养体,王爷养眼。"

武三思一听,遂要部将去邀姚璹。姚璹借口身累婉谢了,一人在行辕赏月散步。

淡淡的月光给守捉城镀上了一层水银,皎洁而又温柔。不远处偶尔传来的低沉角声,告诉他这是距神都遥远的边城。风不凉,吹在身上很舒服;路不宽,可蜿蜒向前,也有曲径通幽之趣味。两三名卫士在不远处跟着,任他一人漫步。而他又想起了在神都时,那场关于讨逆用人的争论。

那一天,武曌接到来自营州的边报,一下子就怒了,她一方面埋怨赵文翙违背"羁縻"之策,另一方面怒斥李尽忠、孙万荣不思朝廷恩惠,当殿怒道:"将李尽忠改名李尽灭,孙万荣改名孙万斩。"

满朝的大臣们又是一片附和之声,姚璹却在暗自叹息皇上还是太感情用事。好在朝议很快地转向挂帅讨逆的人选,姚璹很自然地想到了王孝杰和娄师德。

"启奏陛下!"姚璹撩起袍袖,出列奏道,"臣以为当此之际,陛下须审慎选人。依臣之见,宜速召王孝杰、娄师德回朝,北上讨贼。"

检校夏官侍郎、同凤阁鸾台平章事孙元亨也曾在王孝杰麾下当职,深知他韬略在胸、指挥若定,因此也站出来举荐王孝杰担任北征主帅。

武承嗣却站出来反对道:"王孝杰、娄师德战吐蕃大败而回,刚刚受到朝廷责罚,复又召回,大周律令岂非儿戏?"

姚璹力争道："王爷所言虽是，但下官以为个人荣辱进退事小，国家存亡事大。当今贼势迅猛，非王、娄二位莫能御。"

"大人之言，未免言过其实。王、娄既是帅才，何以大败而归，使大周蒙羞于吐蕃？"武三思当即列举曹仁师、张玄遇等数十位将军道，"我大周地广万里，猛将如云，非只王孝杰一人。大人左一个王孝杰，右一个娄师德，却无视府卫众将，意欲何为？"

武曌一直在静听争论，而她的心亦随着词锋语箭上下翻卷。她不能不承认姚璹所言皆是实情，她也没有忘记四镇大捷后，她曾给予了王孝杰"贞观中，西境在四镇，其后不善守，弃之吐蕃。今故土尽复，孝杰之功也"的褒奖，可对她来说，边关的安定重要，皇上的尊严亦不可少。毕竟对王孝杰、娄师德的处置才刚刚过去三个月，武承嗣说得也不是没有道理。何况，起用新人也是她常有的举止。

武曌决计终止这场无谓的争论，她从案后站起来，挥了挥宽大的衮服，丹墀内便很快安静下来了："众位爱卿！边城告急，你等在此唇枪舌剑，于事无补。朕意已决，调曹仁师等二十八位府卫将军即日北上讨贼，务求必胜。"

皇上没有给姚璹申辩的机会，这使他有些闷闷不乐，他实在是为即将拉开的战局担忧。散朝后，他发现孙元亨没有走远，显然是在等他。当他们并肩而行的时候，孙元亨对皇上的决定大惑不解："二十八位将军出征，岂能没有总管？群龙无首，岂能操胜券？"

其实，这一点姚璹在退朝时就想到了，只是他也不明白皇上之意，遂对孙元亨道："陛下之意，着实费解。大人在夏官署履职，有消息当告知老夫。"

姚璹在文昌阁任职，居文昌左相武承嗣之下，但一般性的公务都是他处置的。六月底的一天，他刚刚签发了皇上将长安李氏崇尊庙改为太庙、拒受大食国进献狮子的诏书，武成殿的太监武钦便来了，说是皇上有急事召见。

姚璹急急地赶到武成殿，却见皇上一脸的愁容。

"都是朕虑事不足。"武曌没有等姚璹行君臣之礼，就很坦荡地说道，"从平州传来消息，大军因无主将节制，遇事相互推诿，战事进展缓慢，以致贼众在攻取营州、檀州后，又向幽州进发。此朕之不德也。"

姚璹心中顿时生出微澜，避开皇上的话道："陛下召臣来是……"

武曌示意姚璹在对面坐下后才道："朕反复思虑，欲遣三思为临榆关道安抚大使，前往平州防敌南侵，不知爱卿意下如何？"

姚璹没有说话，继续专注地听着，武曌接着道："先皇（武士彟）曾是大唐名将,朕的几位兄长虽无大功,也还差强人意。只是承嗣、三思、攸暨、攸宜几个未历战阵,却身居高位,朝野颇有微词,故而朕才考虑让他出征……"

姚璹明白了,皇上至今也没有完全放弃立武氏为太子的念想。可即便如此,也不能拿社稷做赌注啊。心里虽这样想,可他说出口的话就变委婉多了:"陛下将心迹坦言于微臣,臣不胜感激。梁王任左卫将军,现今又主事春官署,担此重任,未尝不可,只是……"

"朕知道,三思无排兵布阵经验,加之平日骄矜,因此朕欲以爱卿为副使。一则,爱卿遇事沉静多思;二则爱卿中直敢言,朕放心。"

"陛下……臣对军务知之寥寥,还是请王孝杰将军……"

可姚璹的话还没有说完,就被武曌打断了:"至于王将军,朕自认比爱卿知之更深。可他毕竟临阵有失,朕作为一国之君,若朝令夕改,岂能让天下心服?朕又该如何面对那些战死疆场上的子弟?此事无须再议,今日爱卿回府上料理好家事,即刻随三思北上。"

一阵风吹来,打断了姚璹的思绪。他对武三思的好大喜功分外担忧,若是叛军在碛石谷设一支伏兵,引官军入谷,必致官军覆没,他不能看着将士们做无谓的牺牲。抬头看看夜空,已是月上中天,他转身就朝武三思的行营走去。

武三思刚刚看过了驻军表演的角抵,正在沐浴。一名当地女子将一瓢瓢热水顺着他的脊梁缓缓浇下,他的血脉顿时活跃起来。女子纤细的手指轻轻抚过他的肌肤时,他的心便如脱缰的野马。

他抚摸着女子被蒸汽洇成桃色的脸颊,目光中荡漾着贪婪的流波。那女子难免有些紧张,呼吸也不均匀起来:"王爷……"

"嘿嘿……"武三思趁着热气的蒸腾,忽地站起来。那女子便益发地惊慌,想躲开,孰料武三思顺势一拉,女子便跌入浴盆,武三思三两下就把她身上的衣裳脱了个精光……

就在巅峰时刻,卫士突然在外禀报,说姚璹求见。

他偾张的血液迅速退潮,在心底大骂姚璹坏了他的好事:"回去告诉他,就说本王累了,有何事明日再说不迟。"

卫士嗫嚅道:"姚大人说,他有紧急军情要……"

"白日刚刚议完,现在有何军情?不见!"

……

"哈哈!周朝竟遣了这样一个绣花枕头来,此天助我也。"李尽忠一口将酒灌进腹中,从银盘中撕一块羊肉,大嚼大咽道。

"大汗圣明!"孙万荣举起酒杯,与在座的几位将军"当"地碰了一下,酒就下了肚。比起李尽忠,孙万荣显得更成熟持重。当他与李尽忠的目光碰在一起时,就把思忖许久的谋虑和盘托出了:"尽管武三思并非王孝杰,姚璹也非娄师德,可官军将领二十八位,军旅二十余万,我军在数量上还是略逊一筹。因此依臣看来,此战只能智取而不能强攻。"

"哦?"李尽忠放下手中的银碗,侧过脸来,"请兄长详细说来。"

"大汗可还记得,当初我军攻下营州后,曾俘获周军数百人,现在正好派上用场。臣可放他们出去,传言我军因粮草不济而不能自存,闻官军至,欲降朝廷。敌闻之必趁势而来,我军于西硖石谷设伏,一举歼敌,定然大胜。"

李尽忠沉思须臾,道:"此确为一条妙计,只是不知哪位将军愿意前往诈降?"

别帅李楷固将啃光的骨头扔到了穹庐一角,从地毡上站起来打拱道:"末将愿往,末将定会把官军引入谷中。"

"别帅追随我多年,见事机敏,足智多谋,必能诱敌深入。来,换大碗!"李尽忠的眼睛顿时亮了,看李楷固连饮三大碗马奶酒,脸膛发红,就开心地大笑,"那个妖女不是改我的名字为李尽灭么?依我看,该送给武三思一个'武三灭'才对。"

话刚说完,穹庐内便传出一阵大笑,惊得草丛中的芦雁冲天而上,向南飞去。

孙万荣任何时候都是冷静的,待大家笑声散后,他又道:"武氏动辄为人改名,此不值一提,我等亦无须介怀。当务之急,是要实施诱敌之策,李别帅率领骆务整、何阿小两位将军在西硖石谷埋伏,大汗率大军在幽州、营州间与敌周旋,务必造成我军未进硖石谷之假象。"

"好!就依兄长。"

商议完毕,一干人出了穹庐,举目西望,橘红色的夕阳渐渐沉入青山背后,暮色拉开了幽深的帷幕……

第二天,李楷固遣录事参军到营州地牢"慰劳"战俘。打开地牢,一股阴风夹带着霉味扑面而来,录事参军急忙掩了鼻翼。在看守军士的引导下,录事参军沿着长满绿苔的潮湿台阶下到地牢,借着昏黄的灯光,看到数百双饥饿的眼睛直勾勾地看着他,心里不禁生怕,干咳了两声,才使自己的心平静下来:"本官奉李楷固将军之命,放你等出去。"

狱卒便打开地牢,战俘们将信将疑地跟着军士上到地面,白花花的阳光刺得他们睁不开眼。录事参军要随身的军士将战俘分成几排,席地而坐。又对身后的军厨挥了挥手,只见几位军士抬着几只大木桶,里面盛满了刚煮开的糠粥,热气腾腾。

待将糠粥分发给每一位战俘后,录事参军说道:"李将军有言,养你等则无食,杀了你等又不忍,故决定卖个人情,放你等回去。"

坐在最前面的一位大汉,看样子是一位旅帅,三两口就将糠粥喝完,还将残渣舔得干干净净,放下碗时,眼里就充满了狐疑:"真的放我等回去?"

"李将军言出即行,岂会诓骗你等?"录事参军说着,来到旅帅面前,"不瞒足下,李将军现今对反叛朝廷悔之深矣,欲重归大周,由此已与李尽忠反目。请足下回到周军大营,将此情转告曹仁师将军,就说我军饥寒不能自存,唯俟官军至即降矣。"说着,他又把一串钱放在旅帅手上,"路上做个盘缠,这里还有李将军一封信札,请足下务必转交曹将军。"

见状,战俘们这才心安理得地散去。

两天以后,战俘便已到了曹仁师的军营,带头的旅帅详细地向他陈说了被释放的过程,还特别转交了李楷固的信札。曹仁师打开信札一看,果然满是归降之言——

> 李尽忠欺瞒众将,倏然反叛,天理不容。楷固自归顺大周以来,备受皇恩,泽被举族,岂能为人鹰犬,助纣为虐。闻朝廷大军至,乃若枯木逢春,引领南望。
>
> 为避与李贼同流合污,楷固乃将所部隐于西硖石谷口。一俟官军到来,即率本部人马出山迎接。切切此意,天日可见。

合上书札,曹仁师大喜过望,如果说前几日的议军上,他毫不犹豫地站在武三思一边,是因为他春官尚书的头衔,那眼前的这封书札,使他强烈地感到立功的机会来了。于是,他立即传张玄遇、麻仁节、李多祚前来帐中议事。

曹仁师完完整整地将李楷固的信念给诸将听,他们脸上浮现的是兴奋,是跃跃欲试的热情,是建功立业的躁动。可是,他却没有从李多祚那里看到任何回应。

"信札虽由我方俘虏带回,亦不能证明其真假,"李多祚道,"若是敌于硖石谷暗设伏兵,我军即面临全军覆没之危险。再说白纸黑字,他就不怕我们将之转给李尽忠么?还是禀告安抚使大人定夺吧。"

李多祚的一番话噎得曹仁师说不出话来,只好遣军中校尉当日快马驰往守捉城请示。结果,武三思不顾姚璹的劝解,竟然允准受降,还嘲笑姚璹畏缩不前。

当晚酉时,校尉从守捉城行辕赶回,曹仁师再度部署受降事宜,自信道:"以我数倍于敌之兵力,还怕他反悔么?"他还提议由李多祚任前军先锋,可是被他婉言谢绝了。

"各位大人,非末将临阵拒命,盖因敌军狡诈,末将不得不防,末将愿率领本部人马趁夜色潜入硖石谷口密林中,近可以随时接应我军,远可以钳制驰援之敌。"李多祚言罢,便起身告辞了。

卯时三刻,曹仁师、张玄遇和麻仁节诸部大军,踩着黎明的露水出发了,辰时一刻,西峡石谷便已经在望了。

三位将军驻马眺望,但见谷口草色葱郁,林木密扎,而就在这密林里,藏着李多祚的军队。一想到这位出身靺鞨族的将领,麻仁节就忘不了他昨夜忧郁的眸子,加上一路进军过于顺利,让他对李楷固的意图也多了疑虑。他便勒住了马头,对身旁的张玄遇道:"将军不觉得我军一路太顺利了么?"

张玄遇甩了甩马鞭道:"末将也觉得疑点重重,李尽忠大军哪里去了?"

闻言,曹仁师笑道:"二位将军何须多虑。我听说李尽忠正在北边与驻守幽州的清边前道副总管张九节周旋,根本无暇顾及李楷固。再说,李将军欲降我军的密札,岂能让李尽忠知晓?"说罢,他打马朝前飞驰而去,掌旗官扛着写有"周"字和"曹"字的大旗紧跟其后。

大军刚刚进谷口时,道路还算宽敞,可越往里走越狭窄,深入一二里地后,竟只能容一队人马行走。曹仁师抬头看天,也只得见一线的天空,他的心渐渐地悬到了半空,便问紧随其后的张玄遇:"军中可有本地人?"

张玄遇忙吩咐校尉去找。不一会儿,来了一位士卒,自称曾在此地戍边,知道这西峡石谷又名黄麞谷,因谷内常有大量黄麞出没而得名:"此谷地势险要,外宽内窄,行走不便,深入其间,回旋很难。"

曹仁师听着,不由倒吸了一口冷气,难道真让李多祚言中了?可事到如今,退回已无可能,他只有让身边的校尉吩咐下去:"军队呈长蛇状推进,将士随时准备迎战!"

麻仁节的队伍走在最后,刚至谷口处,他便接到校尉传来的消息,霎时心里变得不安起来。可这般部署也是武三思的意思,他若中途退却,回京定也难逃牢狱之灾,便对身边的司马道:"传令下去,谨慎行进,提高警觉,以防敌军埋伏。"

队伍又向前推进了将近五里地,山间又起了大雾,乳白色的雾霭乘着山风,从这座山头飘向那座山头,缠绕在褐色的山石周围,以致一两丈之外的景物看上去都模模糊糊的。

曹仁师催动坐骑登上一高坡,环顾峡谷两岸,林深树密,却依然看不见李楷固的旗帜,心中益发地慌乱。正在这时,却听见前面传来一阵吵嚷声,他便命人前去探问。校尉去了不一会儿,便带回几名老者,这几人见了曹仁师纳头便拜,声称是奉李将军之命在此迎接官军。

曹仁师很疑惑,问道:"那李将军现在何处?"

其中一位老者道:"由此进深约五里地,有一开阔地带,半坡有一山洞,李将军的人马就在那里等候。"

曹仁师脸上没有一丝笑意,对老者道:"我等奉皇上之命,前来剿灭贼寇,你须从实禀报,若有半点诓骗,我手中的利剑随时可结果你等性命。"

老者忙不迭道:"小人怎敢欺瞒大人,就是大人不杀小人,李将军也不会饶过小人的。"

"好,你前面带路。"

曹仁师打马冲下山坡,走在队伍前面。可当他们来到谷底道上时,却发现大批老牛瘦马占道,大军难以通行,老者上前驱赶良久,牛马仍怡然自得,毫无所动。

老者见状便站在道旁,朝山谷深处高声大喊:"此乃谁家牛马,怎可阻挡官军前行?"那声音在山谷间荡起此起彼伏的回声,传到数里之外。

"唉!你对牛言语,与对石说话何异?"曹仁师吩咐步军缓行,自己率骑兵向前赶去。

就在这时,两山的密林中传出一阵鼓噪,接着,仿佛一场大雨倾盆而下,喊杀声迅速覆盖了整个山谷。

万千利箭随即从山坡上倾泻而下,眼看着官军一片又一片倒在了谷底的小溪旁。曹仁师情知受骗,抬眼寻找老者,见他正欲逃走,便追上前去一剑刺穿了他。

本就疲惫至极的官军此刻更加混乱不堪,想活命者,凭借自己的气力将同伍者推到前面作为挡箭牌;欲逃命者,踩着别人的身体向山崖后面躲去;

年老迟缓者,则纷纷被踩死脚下……不一会儿,鲜血染红了溪水,尸体挡住了水流,很快在曹仁师面前形成一处殷红的水洼。

曹仁师愤怒了,他挥动着宝剑,一连砍杀了数名临阵脱逃者,才使得队伍暂时稳定下来。

待曹仁师命令撤退时,后面的路已被堵死,最要命的是叛军已从山林间涌出,"活捉曹仁师"的喊声潮水般向他涌来。他知道已无退路,只有拼死一搏了。他冲到一股叛军面前,手起刀落,几名叛军霎时倒地,可顷刻又有一批叛军冲了上来。他只顾杀敌,却没想到这时从山崖背后飞来数根飞索,套住了他的脚踝、手腕和脖颈。

曹仁师手中的刀"当啷"一声掉在了地上。他很快被拥上来的叛军捆绑结实,向峡谷深处的山洞押去。他回看身后接二连三倒在血泊中的属下,沮丧地低下了头……

再说张玄遇当时也被李楷固的司马截断了,与曹仁师首尾不能相顾,如同一条蛇,被抖散了腰骨,只有被动挨打,毫无还手之力。张玄遇很快就被叛军的飞索擒获了,在被押往李楷固行营的路上,他一直屈辱地低着头。

深入黄麞谷十里地处,便是李楷固的营寨。这真是一个得天独厚的所在!山道拐弯处,矗立着一面山崖,崖面齐刷刷的,仿佛神工斧凿一般,中间一个供人出入的洞门,进了洞门,才是一片开阔地。溪水潺潺,碧草青青,林子间露出绣了契丹图腾的旗帜——那是一头狼,虽然因为相隔甚远,有些模糊,但仍能感受到它的凶狠。

"如果没有赵文翙的刚愎自用,自己岂能为敌所虏?赵文翙真该死!"张玄遇暗地里骂道。正想时,一行人已经进了洞口,回看身后,巨大的洞门竟然闭上了。他不能不惊异于李楷固的狡诈,有谁能想到他会把行营设在这里呢?而此处距平州不过百里,刺史为何就没有发现这藏兵要地呢?

张玄遇被押进营帐时,才发现曹仁师和麻仁节也被捆来了,三人一照面,就从彼此的目光中读出了无言的愧疚。此时,他们心里都想起了一个人——李多祚,他不是在谷口密林中埋伏么?

……

李多祚透过密林的缝隙,看着曹仁师等将的人马一路向黄麞谷内移动,渐渐离开了他的视线。在辽西长大的李多祚虽然没有到过黄麞谷,但兵法上"利而诱之,乱而取之,实而备之,强而避之,怒而扰之,卑而骄之,佚而劳之,亲而离之"的道理他是懂得的,士气正盛的李楷固怎么可能在这种情况下投降呢？他显然是看透了曹仁师的立功心切，故"利而诱之"，再利用官军地形不熟的弱点，"乱而取之"。

想到此处，李多祚唤来所部司马，要他带五百人马悄悄出林，顺着河谷，潜入谷口埋伏，随时接应官军。

可半个时辰过去了，一切都是平静的。

一个时辰过去了，仍然没有消息。

这种诡谲的宁静让李多祚内心更是不安，他悄悄来到密林边缘，守候在一丛灌木背后，以便能够在第一时间获得来自谷内的消息。

八月正午的太阳让人燥热万分，李多祚发现握着剑柄的手早已出了汗。忽然，他的目光定格了，而且吃惊地张大了嘴。

司马竟带着一干人，顺着河谷朝密林这边跑来了！

出事了！

果然，带兵的司马一进密林，就扑倒在李多祚面前，大声道："将军，完了，一切都完了！"他告诉李多祚，大军在深入谷中八里地时遭到了李楷固的伏击，被截为三节，死伤弟兄无数……

"那三位将军呢？"

"三位将军……三位将军被叛军飞索擒获，押走了。"司马回道。

李多祚呆了，他的忧心终于成了现实。

"一局失而全局失哦！武三思，我看你如何向陛下交代？"李多祚跌坐在草地上讷讷自语。

司马又道："请将军下令，末将率领一队人马，进谷去救三位将军。"

"糊涂！"李多祚摇了摇头道，"敌有所备，贸然进谷，非但不能救三位将军，还必将全军覆没。"

"难道就此罢休么？"

"不！此次贼众反叛，咎在赵文翙，若非他杀了酋长，断不会酿成事变。据我所知，李楷固一向忠于大周，只不过乃李尽忠属下，只有勉力随之。因此，三位将军性命当暂无大忧。我担心的倒是守捉城那边……"一想到这层，李多祚眉宇间瞬间拧成了疙瘩，他"嗖"地从腰间拔出宝剑，对司马道，"快，传令下去，移师临榆关。"

"遵命！"司马转身而去。

李多祚又对录事参军道："你速遣人驰往平州城和守捉城，将这里的战况通报诸位将领和安抚使大人，让他们在平州城布防，严防贼众南下。"

武曌睁开惺忪的眼睛,发现阳光透过窗棂在殿门口投下鲜亮的光晕,煞是耀眼:"现在是何时了?"

张尚宫站在帷帐外轻声回答:"陛下,已是辰时二刻。"

"哦!今日不逢早朝,朕睡过了。"武曌微微笑了笑,伸开酸困的双臂,很舒服地眯着眼睛,懒懒地说道,"扶朕起来。"

于是,随着张尚宫的传唤,几名宫娥小心翼翼地鱼贯而入,扶她起身来到梳妆台前。用了整整一个时辰,宫娥们终于让武曌神采奕奕了。

刚刚坐定,武钦就来禀奏,说上官婉儿求见。武曌一挥手,便宣她进来了。

上官婉儿带给武曌一个新消息,说吐蕃使节带了宰相钦陵的信札,请求和亲。

武曌道:"眼下我军正与叛军对战,无暇西顾,和亲不失为上策。"

"微臣也是这么认为的。"

"那依你看,该让谁去呢?"

上官婉儿眉头皱了一下道:"有一个人最为合适,他久与吐蕃交战,熟悉其风土人情。只是现在被贬了……"

"哦!你说的是娄师德。"

上官婉儿点了点头。

武曌犹豫了片刻道:"你所言极是。朕以为他虽新败,无统兵排阵之资,然充邦交使未尝不可。你替朕拟一道敕令,宣原州员外司马娄师德即日进京,担任出使吐蕃使节,商议和亲事宜。"她又转脸对武钦道,"传朕旨意,明日早朝,朕要在含元殿见吐蕃使节。"

武钦道一声"遵旨",就出殿去了。

当殿内只留下两人时,上官婉儿的话语中就多了对前方战事的牵挂:"也不知讨伐李贼的战事如何了,至今竟仍无战报。"她话面上虽是担心讨逆平叛的战局,眼里却流溢着对武三思的惦念。

武曌对此事本也十分纳闷,正要问上官婉儿,不料她倒先提起来了,于是便道:"明日早朝,也许孙元亨就会有消息传来。朕一想起让三思前去督战,心里就很不安,他毕竟是第一次。"

两人正说着话,一位太监进来禀奏道:"孙元亨大人有紧急军情禀奏。"于是,两个女人的心瞬时都被这消息吊了起来。

孙元亨一接到战报，不敢有丝毫怠慢，急忙连走带跑地进宫来了。待跪倒在武曌面前时，他已经气喘吁吁了："陛下，前方传来战报，我军在平州城西之硖石谷遭到叛军伏击，两万人马战死，曹仁师、张玄遇、麻仁节三位将军被俘。敌气焰嚣张，正欲北夺幽州，南下平州。"

武曌闻言，急得身子剧烈前倾，喘着粗气问道："武三思现在何处？"

"梁王与安抚副使姚璹驻军临榆关之守捉城，得李多祚将军护卫，敌未能靠近一步。临榆关北部之山峰，重峦叠嶂，十分险要，李将军于此布重兵，却敌于山外。"

闻言，上官婉儿的脸色这才平静下来。

武曌听说武三思安然无恙，也松了一口气，这才想起追究战败之责，遂颓然长叹道："三思无能，误朕大计。"言罢，她双目紧闭，疲惫地向后靠去……

第五章

李尽忠再设伏局　娄师德舌战钦陵

八月十七日，踩着大周将士的尸体，李楷固、骆务整押解着曹仁师、张玄遇和麻仁节回到了营州大营，李尽忠和孙万荣已等候多时了。李楷固与骆务整骑着高头战马，气宇轩昂地走在队伍前面，他们身后则是契丹猎猎林立的狼旗和李楷固、骆务整的军旗，接着是押解曹仁师三人的囚车。

走过吊桥，曹仁师艰难地抬头四顾，战后的营州满目疮痍，只有道路两旁整齐的士卒阵容让他感受到李尽忠治军的严谨。曹仁师此刻也怨不了别人，只怨自己求胜心切，以致酿成数万部属陈尸峡谷的惨剧。

作为前军总管，他清楚自己的分量，李尽忠当然不会放过他。可是他自幼饱受父训，深知为仁由己，是求生以害仁，还是杀身以成仁，他必须做出选择。他已经错了一次，绝不能再错。与其苟且于契丹人膝下，毋宁慨然而死，也能稍减自己的愧疚。

下定决心后，曹仁师含笑面对高秋，视道旁的士卒如秋草。他的这种情态，深深地感染了临街观看的百姓，都对他投来钦敬的目光。

曹仁师情绪的变化都被李楷固收入眼底，可如此强大的阵容，对他来说却形同乌有，这让他有些懊丧。正所谓"人不畏死，奈何以死惧之"，看来，征服曹仁师这样的将军，恐怕还是攻心要紧。

李、骆二人在大帐前下了马，不一会儿，帐内就传出李尽忠的声音："将三位俘虏押进来。"

几位士卒打开囚车，曹仁师迈着艰难的步履出了囚笼，只因他昨日被飞索拉下马时，脚被荆棘扎伤了，至今仍然红肿，实在是剧痛难忍。一位士卒见状便要上来扶他，却被一把推开："本将军会走，何须扶持。"

他回头打量了同为俘虏的张玄遇和麻仁节，却见他们灰溜溜地垂头低眉，心里便极不舒服："二位这是怎么了？堂堂大周将领，岂能被叛贼小视？打起精神来。"

三人被推进大帐，曹仁师见正中虎皮椅上端坐着一位将军，断定就是李尽忠，遂转过脸站在了大帐中央。年轻的骆务整见状大声呵斥道："如今已成败军之将，为何见了大汗不跪？"

他这话一出口，立即就有两名武士从后猛踢三人的膝盖。李尽忠拦住，并下令为三位卸了镣铐。

"怎么样？"李尽忠围着三人转了一圈，"嘿嘿"地笑出了声，"首战即败，曹将军做何感想？"

曹仁师不屑地看了李尽忠一眼，凛然道："胜败乃兵家常事。倒是将军身为朝廷都督，背信弃义，不得人心，迟早难逃弃市！将军若是能听我一言，早日迷途知返，我可在陛下面前陈奏缘由，兴许还能饶你等性命。"

孙万荣听罢，放声大笑道："将军此言未免异想天开。武氏改唐为周，违天意，逆人心，天下人共诛之。将军不思择主之过，反为鹰犬，竟还放言劝降，本帅只要一声令下，即可让你身首异处！"

"我今落入你手，绝无生还之念。士可杀而不可辱，要杀要剐任你处置，要我降你，乃痴心妄想，白日做梦。"

曹仁师这句话激怒了李尽忠，他从牙缝里挤出两声冷笑道："你想激怒我让你速死，谈何容易，来人！"

早已等在帐外的刀斧手闻言立即冲了进来。李尽忠大声吼道："将贼将曹仁师押往校场，用铁钩穿透锁骨，吊于高杆，用弯刀一片一片剐其肉！我不信，他的骨头能硬过刀俎！"

"逆贼！你等不得好死……"曹仁师被推推搡搡出帐时放声叫骂不休，直到脖颈被紧紧勒住，还从喉咙里发出模糊不清的声音。

李楷固跟随李尽忠多年，可还是第一次看到他如此凶狠，再看看跪在地上的张玄遇和麻仁节，面如死灰、恐惧万分。他正要说话，却被李尽忠用眼色拦住，对卫士道："押他们到校场，让他们瞧瞧我如何惩治朝廷爪牙。"又对孙万荣等属下道，"你等不妨去看看热闹，那惨叫声可是下酒的绝妙音乐。"

路上，孙万荣不解地问道："如此贼将，一刀结果了性命，何其痛快！大汗如此，不知有何用意？"

李尽忠笑道："兄长可知'战者心战也'的道理？想营州校场，昔日乃周军演武场，今却被我做了处决俘虏的刑场，不仅能震慑张玄遇、麻仁节之流，若是传到洛阳，那个妖媚还不气死？"

李楷固又问道："那为何又要刀剐而死？"

李尽忠指了指身后，大家立即明白了，原来是为了从精神上打垮张玄遇和麻仁节。

只见校场上被吊起的曹仁师已被剥光了上衣，两只锋利的弯钩从锁骨穿过，鲜血顺着前胸落到地上。他已昏厥过几次了，都被冷水泼醒，虽然声音弱了许多，但叫骂之声一直不绝："逆贼！你倒行逆施，天诛之，地灭之，人噬之，不得好死。"

李尽忠向骆务整点头示意后，骆务整来到曹仁师面前问道："只要你一句话，投不投降？"

"生死已置之度外，不必多言。"

骆务整向两位行刑兵挥了挥手，他们便一个向曹仁师的小腿剐去，一个向他的脚底割去，曹仁师一声惨叫便又昏了过去。行刑兵又一刀一刀地剐，每剐一次，都会让曹仁师浑身战栗。另外两个行刑兵抬着一桶凉水，朝他泼去，曹仁师一激灵，又醒来，但已是体无全肤。

骆务整再问："投不投降？"

曹仁师拼尽力气，朝骆务整喷出一口血，骂道："逆贼！纵然千刀万剐，我也会忠于朝廷。"

骆务整大怒，对行刑兵声嘶力竭地喊道："剐！剐！将他的头剐掉，心掏出来煎了下酒。"

在行刑兵的刀锋一次次挥向曹仁师时，李尽忠捅了捅身边的孙万荣，又指了指囚笼里的张玄遇和麻仁节，只见两人筛糠般地颤抖，几于昏厥。

"哼！这叫杀鸡儆猴，他们害怕了吧！"

曹仁师此刻已断了气息，血染红了大片土地，散发出刺鼻的腥味。那刀剐在曹仁师身上，却疼在张玄遇身上，他两颊剧烈地抽搐着，说话的声音也十分微弱："大汗饶命，末将愿意投降。"

麻仁节跟着张玄遇道："大汗要末将做什么，末将若有违命，甘愿领罪。"

李尽忠见目的已经达到，便吩咐把曹仁师的尸体放下来，可怜曹仁师已没有一块好肉。随着锁骨的断裂，他扑通一声摔倒在血泊中，脸上的愤怒凝固在眉宇间，像一把剑直刺李尽忠的眼睛。

李尽忠的心暗暗颤抖着，一股风从脊梁掠过，冷飕飕地直向胸膛窜。他在松漠任都督多年,杀人无数,但还是第一次见到如此钢骨烈烈的将军!

其实,最震撼的还要数李楷固。要说朝廷这些年对契丹将领并不薄,只是因为赵文翙恃势傲物,才招致兵变。世事难料啊,说不定何时自己也会成为朝廷战俘,那时候,他将如何面对?

李尽忠深深地向曹仁师鞠了一躬,对骆务整道:"我平生最敬忠义节烈之士,曹仁师虽死,风骨犹存,以将军礼厚葬,勒碑颂祀。"

接下来,就是审讯张玄遇和麻仁节了。李尽忠自信地断定,这二人的精神和意志已被刚才血淋淋的一幕彻底摧毁了。可令他没有想到的是,当他们回到大帐时,清扫战场的别帅何阿小却带来一个意外的消息:"刚才在西硖石谷掩埋双方士卒身体时,捡到一方行军总管的印玺。"

"呈上来。"李尽忠接过何阿小手中的印玺,端详良久,又让孙万荣和李楷固看了。

李楷固将这方印玺在手掌心翻来覆去地品鉴了一番,末了很肯定地说道:"此乃前军总管印玺无异……"

可他的话还没有说完,就被李尽忠的大笑打断,三位将军把目光投了过来,不约而同地问道:"大汗为何发笑?"

李尽忠收了笑容道:"硖石谷之战乃天助我也,有了这方印鉴,还怕周朝军队不听调遣么?"

孙万荣立即伸出大拇指道:"大汗圣明!如此灭官军如探囊取物,指日可待矣!"

李尽忠让何阿小近前来附耳说了几句,何阿小道一声"遵命",便转身出帐去了。

李楷固见此有些疑惑,便道:"大汗这葫芦里卖的啥药?不妨明白告诉臣。"

李尽忠含笑答道:"待会儿自见分晓。"

不一会儿,帐外传来通报之声:"张玄遇、麻仁节带到!"

李楷固抬头去看,张、麻二人已脱去了脏兮兮的战袍,换上干净清爽的契丹服装,一进帐就双双跪倒在李尽忠面前,连连求饶。

李尽忠上前扶起二人道:"二位将军受惊了,快快赐座。"

但张玄遇、麻仁节还是战战兢兢地不敢落座,直至李尽忠强按下去,两人才惶惶不安地坐了。

李尽忠回到座上,大度地说道:"二位将军愿意归附,乃本汗之幸!武氏专权,百川沸腾,天怒人怨,两位将军弃暗投明,不失为明智之举。"

张玄遇、麻仁节尴尬地笑了笑,没有说话。

李尽忠又有意提示道:"二位仔细想想,方才在大战中可有遗漏之物?"

两人都茫然地摇了摇头。

李尽忠从案头拿起一方红绸包裹的东西,神秘地笑了笑道:"将军不妨打开看看。"

张玄遇一看红绸和那东西的形状,就知道是印玺,不禁暗暗埋怨曹仁师,为何不把印玺交与平州城中军正保管,带在身上干什么?他解开红绸,银印在眼前闪闪发光,映得他眼睛有些酸涩。他怎么会忘记出征那天,武承嗣代表皇上将前军总管的印玺交给曹仁师的那一幕呢?他又如何会忘记皇上"务求扫平叛贼"的叮嘱呢?可如今,这一切都过去了……因此,当他把印玺还给李尽忠时,出口的话显得轻描淡写:"哦!这是皇上……武氏颁给曹仁师的总管印玺,现在曹仁师已死,不过废物一件,大汗何必看重。"

"不!大有用场!"李尽忠看了看身边的几位将军,站起来在张玄遇与麻仁节身边转了两圈,若有所思道,"不是还有二十五位将军么?"

张玄遇、麻仁节茫然地看着李尽忠,他猛然回转身,冷冷地说道:"若本汗没有记错,周军的后军总管乃燕匪石、宗怀昌两位将军。"

见张玄遇点了点头,李尽忠继续道:"若两位将军能够修一文牒督促他们来攻,则于契丹功莫大焉!本汗不仅要重重赏赐,且要加官晋爵。若有一日拿下神都,定以两位将军为国公!"

张玄遇这才明白……唉!投降,果真是一杯苦酒,无异于饮鸩止渴啊!至于麻仁节,从背弃朝廷的那一刻起,他就再无荣辱之分,盘桓在心间的唯有"苟活"二字,遂问道:"不知大汗要末将写些什么?"

李尽忠毫不迟疑地说道:"官军已破贼,若至营州,军将皆斩,兵不叙勋。"

张玄遇不禁在心底倒吸一口冷气:"这与自己亲手杀死同僚何异?"

正在他犹豫之际,麻仁节却已从何阿小手中接过笔。他展开绢帛,依照李尽忠的吩咐书文牒一封,又按程序封签,盖上总管印玺,交给了李尽忠。

李尽忠看了看,没有纰漏,才对何阿小道:"送两位将军下面歇息,好生款待。"

李楷固从内心感慨李尽忠精通韬略,善于用兵,忙打拱道:"大汗运筹帷幄,臣断定经过此役,周军不复再战矣!"

军前会议当下商定，由李尽忠、孙万荣率军在幽州峡谷设伏，李楷固进军临榆关，直取守捉城。李楷固觉得这简直就是上苍的恩赐，若是武三思被俘，那"守捉城"就名副其实了。

且说后军总管燕匪石和副总管宗怀昌率领的十四位将军到达辽西后，眼见得营州被占，崇州失守，遂将拒敌重点放在了幽州外围。在和清边道副总管张九节商议后，决计张坚守幽州，燕、宗二人负责外围拒敌。因此，在李楷固、骆务整硖石谷伏击官军时，孙万荣率军攻打幽州却失利了。

气焰甚盛的孙万荣部在鏖战三日后，忽然撤退了，燕匪石终于松了一口气。这一天，他在巡营归来时，远远瞧见一骑飞驰来到自己面前，那人翻身下马打拱道："请问大人，燕总管现在何处？卑职从平州来，有紧急军情禀报。"

"我就是，你是……"

来人仔细看了看燕匪石道："卑职乃曹仁师将军信使。"说着，他从行囊里拿出一封信札，燕匪石接过来见封口处果然盖着总管印鉴，便收起信札，问起曹仁师军近况。

来人道："张将军率前军在硖石谷伏击贼军，大获全胜，期与将军会师于营州。"

"哦！"燕匪石沉吟一声，吩咐录事参军道："安排信使歇息，本将军很快就会有信让他带回。"

燕匪石到了军帐中才打开信札，只见几行冷冰冰的字映入眼帘——官军已破贼，若至营州，军将皆斩，兵不叙勋。他倒吸一口冷气，就勃然变色了："岂有此理，同为三军总管，他凭什么用这种语气对本将军说话？难道就因为打了胜仗了？若无我等在此牵制贼军，何来硖石谷之胜？"

宗怀昌毕竟年龄稍长一些，不像燕匪石那样冲动，他从案头拿起信札，反复看了几遍后道："印鉴虽系总管印玺，然这话的口气倒似出于梁王，他不是以安抚使身份节制诸军么？"

"哦！"燕匪石想了想，还真有些道理，便问道："那依将军之见，我等该如何应对？"

宗怀昌皱了皱眉头道："如若真是梁王发话，你我都得谨慎应对才是。他现今得宠于陛下，我等若不遵命，则难逃获罪下场。末将以为应向张九节副总管申明梁王之命，要他百倍警觉，我军则移师营州。"

燕匪石又问行军路线，宗怀昌道："从幽州到营州，走官道最近，却也最易遭敌伏击。末将之意,不如走幽州峡谷西道,其西边山势险峻,贼众绝不会想到我军会选择此路。"

"好,就依将军!"

当下他们便派了二人,一人进幽州城向张九节禀报新军情;一人知会各路将领,第二天亥时出发,在辰时二刻入峡谷。燕匪石又写了亲笔信,交与信使带走了。

当后军将领们闻知官军收复营州的"捷报"后,士气顿时高涨起来,行军的速度比往常快了许多,刚刚辰时一刻,前锋便已经进了峡谷。

启明星在东方眨着晶亮的眼睛,一弯残月还悬挂在西边山顶,间或还有鸟儿成群结队地向高空飞去,这情景引起了燕匪石的警觉,他问并辔而行的宗怀昌:"前面有惊鸟飞起,该不会有埋伏吧?"

宗怀昌的心也因此布满犹疑,但他随之释然,信当不会被贼军截获,退一步说,敌军纵然知道了,也不会如此神速。如此想着,他挥了挥手中的马鞭道:"也许是猛兽袭巢而惊鸟,将军过于谨慎了。"但燕匪石还是要传令兵提醒诸将,随时做好大战准备。

队伍又前行了大约两个时辰,倒也平安无事,燕匪石的心这才落了地。

进入崎岖山道后,道路上满是碎石,踩上去脚底生疼,遇见小山岭会有矮小的隧洞,只是无法骑行。燕匪石曾到过雁门关,据说那里的隧洞是前人用大火将石头烧得滚烫,然后激以冷水,冷热交替,石质粉碎。眼前这短短的一段隧洞,不知要经过多少次火烧水激,他由衷地感慨先贤的智慧。

正午时分,几万人马终于全部进入谷内,前后绵延数十里。八月的太阳加上翻山越岭,官兵们此刻已疲惫不堪。基于一路上平静无事,宗怀昌便提出让将士们就地暂作歇息,吃些糇粮。

"此时此刻此地歇息,我总觉不妥,还是等过了峡谷再宿营不迟。"燕匪石应道。

可宗怀昌坚持道:"将军不必过于谨慎,眼看峡谷已然走了一半路程,敌军若是伏击,早动刀枪了。"

"那好!传令下去,歇息片刻,吃罢糇粮,即刻开拔。"

燕匪石的话音刚落,只听耳边"嗖"的一声,从暗处射来一支箭,不偏不倚,正中宗怀昌咽喉,他只说了"有埋伏"三个字,就直勾勾地瞪着眼倒地气绝了。

燕匪石大惊,忙手搭凉棚朝后看。天哪,刚才所过之处,火光熊熊,尘烟弥漫。队伍已完全被困在箭雨之下,成片成片地掉进溪水。事已至此,他也无暇顾及后面十数里外的军队了。他唯一的选择就是朝前冲,尽快突围到峡谷的下一个出口。

燕匪石挥动宝剑,对身边的官兵大呼:"冲啊……冲出峡谷。"

不久,他就发现这一切都是徒劳的。此地据峡谷出口还有至少五里,叛军早已在那里张网以待。他只得在几位卫士的护卫下进了隧洞,凭借山石,躲避弓箭的袭击。过了大约半个时辰,身边的卫士已全都阵亡了,只留下遍体鳞伤的他。燕匪石此刻才明白,那封信是个圈套。

这时候,半山坡传来倒海翻江般的呼喊,说官军已败,要他识时务,明前程,投降便可以获得赏赐。

他明白,摆在面前的只有两条路,要么投降,这样可以保住性命,但溃塌的是气节,留下的是千古骂名;要么以身殉职,取义成仁,丢掉的是生命,留下的是名节。

燕匪石很自责,一切过失皆在自己。他只有以死明志,才足以告慰两万多将士。他走出隧洞,面对群山高喊一声"陛下!臣有负圣望",宝剑在脖颈间划开一道口子,随后跃入了白云缭绕的山崖。

李尽忠、孙万荣就在河对面的山谷间,燕匪石落入峡谷的身影他们看得清清楚楚,两人对视了一眼,一句话也没有说。

但李楷固的进军,却并不如预见的那样顺利,他在榆关北部的峡谷口遭到了左威卫大将军李多祚有序而顽强的抵抗。

他们一个是契丹族将领,一个是靺鞨族出身,都是喝辽西水长大的,这里的每一道山,每一座梁,都烙着他们的印记。战场相遇,可谓棋逢对手,不过,李多祚早到了一步,抢占了先机。

李多祚一到榆关,就骑马沿着山道巡视了一番,那葫芦状的峡谷走向,那翁郁葱茏的林茂山青,都让他由衷地感叹这是一处易守难攻的要冲,更是伏击歼敌的绝佳之处。而这里又是通往守捉城的唯一路径,因此只要守住榆关,叛军休想前进一步。

回到行营,李多祚立即召集几位司马、校尉帐下议军,命令两位司马率三千人马在丘陵地带设伏,自己则率领五千人马在山口截击叛军。

五天以后,他们便与李楷固的前锋别帅骆务整在关口遭遇。沉浸在新胜兴奋中的骆务整根本没有把小小的榆关放在眼里,可他先后发动两次攻击,都被击退了。骆务整这才有些焦虑了,第二天干脆自己亲率部下攻城。李多祚便派一位校尉接战,两人厮杀方十几个回合,校尉拨马便向关内败走,骆务整则得意扬扬地催马在后紧追。当他坐骑的前蹄刚上吊桥,城头上的守军便奋力拉起吊桥,骆务整连人带马瞬间翻倒,被早已埋伏在关门两旁密林中的官军当下拿住。

骆务整被押进李多祚帐中却并不下跪,倔强地站在大帐中央道:"本将军数闻李将军骁勇善战,精通兵法,可惜乃武氏爪牙!今日既是落在将军之手,并无生还之愿,只求将军来痛快点。"

李多祚并不生气,微笑着上前为骆务整解开绳索道:"我不与你计较,准备放你回去。"

骆务整狐疑地看了看李多祚,没有说话,倒是李多祚大度地说道:"我言出即行,绝无设局诓骗之意。不过,我想请将军带几句话给李楷固将军。"

李多祚吩咐属下给骆务整看座,又沏了上好的茶为他压惊,这才说道:"将军就在辽西,想来也熟知榆关地形,可谓一夫当关,万夫莫敌。何况我早已料到将军要来袭击我军行营,因此已于数日前在此严阵以待,岂能轻易让你过关?请将军思虑,自我等归顺朝廷以来,屡受皇恩,以都督之职自治,朝廷还多次为辽西百姓免除税赋。此次兵变,乃赵文翙一意孤行,背主妄为之举。还请将军转告李将军,若能回归大周,我将在陛下面前力奏,保诸位同享圣恩。何必大动兵戈,令百姓遭殃,生灵涂炭。"

这一番话语重心长,入理入心,骆务整不知该怎样回答。李多祚见状又道:"我并不要二位将军立马回答,何时想通,尽快告知就是。"

骆务整便起身告辞,李多祚亲自骑马送出二里地,才马上作别。

待李多祚回到行营,几位校尉围上来,纷纷道:"骆务整在硖石谷杀我数万将士,今日既被我擒获,就该用他祭奠亡灵,将军却怀柔绥靖,将之释放,这是何意?"

李多祚笑道:"兵法云,攻心为上,攻城为下,我放走一个骆务整,等于退敌三万。于今以后,叛军不再会顾榆关而蠢动了。"说完,他唤来录事参军道,"速将今日战况,快马上报守捉城梁王知晓。"

当晚,李多祚在行营设宴,招待将士,酒至半酣时他起身举杯道:"兵者,诡道也。尽管我对骆务整晓之以理,动之以情,可两军交战,变数甚多,小胜不可大骄,我全军将士须得严守榆关。守住榆关,就是守住守捉城;守住守捉城,陛下才能运筹于帷幄之中,决胜于千里之外。"

校尉、司马们齐声回应:"遵将军之命!"

娄师德接到朝廷的诏命后,心中暗暗吃惊,他刚刚离京半年,边城竟然发生了如此大的变故。尽管三月间被贬原州时,他把一切看得很淡然,一笑而别。那是因为他相信,皇上一定会在适当的时机让他出山的,只是没料到会如此之快。

他向原州刺史辞行,刺史当下就要设宴钱行,娄师德拦住道:"下官多蒙刺史关顾,在原州甚是愉快。此次应召回京,乃因朝廷事急,切不可劳动大人,更不必兴师动众。"刺史见他态度坚决,也不便勉强。

第二天卯时三刻,原州城还在梦乡之中,娄师德便悄悄离开了,一路东去,踏上了回京的征程。

战马疾驰,娄师德的心却比战马还要急,他通知沿途驿站,换马人不停,只在打尖时才歇息片刻。他已是六十五岁高龄的老人,如此颠簸,等回到京城,他整个人都散了架。夫人看他灰头土脸的样子,心酸得直流泪,他却笑着道:"老夫这不是好好地回来了么?请夫人速上些茶饭,老夫饿坏了。"

执料饭菜端上桌时,他却已躺靠着座椅上睡去了,鼾声在堂中回荡,夫人摆了摆手,吩咐丫鬟们下去,自己却静静地坐在一旁抹眼泪。

这一睡就是三个时辰,等到他从梦中醒来时,洛阳已是暮色沉沉了。夫人将热好的饭菜再端上桌,看着娄师德狼吞虎咽,在一旁由衷道:"原州地僻天远,妾担心老爷身体受不了,现在看来,人倒是没有瘦。"

这一句话说得娄师德哈哈大笑:"老夫这身板,喝口凉水都发胖,还能瘦得了?"

"老爷总是这样,没心没肺的样子。"

娄师德此时吃饱了,他放下碗筷,看着夫人道:"倒是夫人这几个月,白发添了不少。"

两人正说着话,就听见门口有了人声,夫人闻声便说道:"云儿回来了。"

说着话,娄云进来了,见是父亲回来了,不禁喜出望外,忙来见礼。

娄云现在与狄光远同在太子宫中供职,他是仓曹参军,专管太子宫中器物采买,虽官阶比之狄光远低了两级,但两人相处甚笃。娄师德问到太子近况,娄云回道:"太子的生活一如往常,近来边患和邦交之事不断,朝廷根本顾不上太子。好在太子现在心静如水,倒也相安无事。"

娄师德很欣慰,太子这些年学会了韬光养晦,明白了这是自保的唯一途径。自李显偏居房州后,他就是李唐宗室在神都唯一的血脉了。

"太子身系国脉，你等定要百般小心，不可疏忽。"娄师德嘱咐儿子道。

娄云接着又告诉他，朝廷与契丹的战事很不顺利，娄师德皱了一下眉头道："此事与你无关，你只需履行本职即可。时间不早了，去看看你妻儿吧！"

娄云向父母施了礼，这才回自己住所去了。看着儿子的背影，娄师德自言自语道："陛下性多疑，他若不谨言慎行，会殃及太子啊。"

第二天一大早，娄师德就来到瑶光殿觐见武曌。

娄师德归来，给武曌抑郁的心境投进了一缕阳光。她吩咐宫娥给娄师德赐座后，第一句话就道："素罗汗山之战，我军大败，朝野哗然，朕将爱卿贬谪原州，也是为了平息舆情，爱卿还要体谅朕的苦衷。"

娄师德依旧是一副乐天的模样，真诚地说道："微臣身为肃边道行军副总管，本乃死罪，谢陛下宽恕之恩。"

武曌就喜欢娄师德的这一点，顾大局而略枝节。

两人遂将话题转到邦交和战事上来。听武曌介绍完与契丹两战皆败的消息，娄师德也不隐瞒自己的看法道："恕臣直言，梁王久在京城，论起筹建'天枢'，功莫大焉。然其虽为将军，却从无战阵之实，运筹难免力不从心。"

武曌闻言就有些尴尬，道："朕当初也是希望他能到前线历练历练，以当大任，孰料他让朕甚是失望。前日，他通过婉儿转来上书，极言榆关之危，竟然恳请朕召他回京！"

其实在武三思任安抚使的消息传到原州时，娄师德就参透了武曌的心思，但此刻他并不点破，而是问道："前方可有战报？"

"三思上书不久，安抚副使姚璹发来战报，说左威卫大将军李多祚在榆关痛击叛军之骆务整部，大获全胜，敌进攻之气焰得到遏制。"

"好！"娄师德击节道，"现正是宣梁王回京的好时机啊！"

是啊！武曌的双眼瞬间闪起了光彩，心想此时调梁王回京，有榆关大胜为据，朝野当不会说三道四。这个娄师德，回来得真是时候！于是，她转身对武钦道："你去向知制诰传朕的旨意，敕命武三思将军中诸事交与姚璹，即刻回京。"

然榆关之役的胜利又岂能消除损兵近十万之众带给武曌的羞辱？她从案头的文书中摘出一件，交给娄师德道："朕已命上官婉儿拟定了一道敕令，爱卿不妨看看，直陈所见。"

娄师德接过文书，但见上面赫然写着——天下系囚及庶士家奴骁勇者，官赏其直，发以击契丹……

娄师德收起敕令,吃惊地看着武曌道:"微臣不敢妄加揣测,敢问此议是出于陛下之思,还是来自臣下?"

"契丹背信弃义,杀我边吏,朕欲发国中之兵讨之,有何不可?"

娄师德提起袍裾,跪倒在武曌面前,劝谏道:"陛下万万不可!"他并不等武曌发问,就接着道,"陛下欲免天下罪人及募诸色奴充兵讨契丹,此乃权宜之计,非天子之兵也。且陛下掌国政,四海晏然,刑狱久清,罪人极少;而奴多怯弱,不惯远行,纵其募集,未足可用。况今天下忠臣义士万分未用其一,契丹小孽,假命待诛,何劳免罪赎奴,损国大体?臣恐此策未能威示天下矣。"

武曌闻言有些不高兴,道:"朕的二十八位骁将遇契丹而顷刻瓦解,乃大周奇耻大辱,不雪此恨,朕何以堪?"

娄师德见状便转换了语气道:"臣闻此前陛下已下制,山东近边诸州置武骑团兵,如若以同州刺史、建安王、右武卫大将军武攸宜为清边道总管,以讨契丹,此安邦定国,平叛击贼之上策也。"

闻言,武曌的情绪这才有了转换,娄师德忙接着道:"兵不在多而在精。滥竽充数,于国无利,请陛下明察!"

话说到此处,已十分明确,武曌便再没有坚持己见,很自然地把话题转向了应对吐蕃上,她告诉娄师德道:"吐蕃宰相钦陵遣使来和亲,朕一月前在含元殿召见他,使者竟要我大周归还龟兹等四镇,真是岂有此理。"

"何止欺人太甚,简直就是趁火打劫。"娄师德满面义愤,"四镇乃大周国土,吐蕃屡次侵噬,赖陛下神威,长寿元年收复,何来归还一说,此强盗之论也。"

"爱卿所言甚是。朕命司宾寺留住吐蕃使节,正是要宣爱卿回京,钦命为使节赴逻些面见钦陵,申明大义,勿使其徒生事端,扰朕平叛大计。"

"微臣定不负陛下圣望。"

"朕亦为爱卿安危计,欲遣一位左卫将军率骑兵同行,如何?"

"谢陛下隆恩,臣为大周使节,道义在身,岂能为彼所胁迫。况率兵前往,亦非睦邻之姿。"娄师德说罢,便起身告辞,"臣今日就去驿馆与吐蕃使节商定行期。"

望着娄师德臃肿、宽厚而蹒跚的背影,武曌想起许多往事,情不自禁道:"板荡识诤臣啊!"

九月初,娄师德便率使团从洛阳出发前往吐蕃。秋已渐渐地来了,洛阳道旁的槐树叶子已是金灿灿的一片。一路西行,田里的糜谷飘香,看来又是好收成啊。回眸洛阳城，娄师德忽地就生出一丝缱绻之情。

他本是郑州原武人，但一生中几次赴任或者担任钦差，都是向西北方向而去，这大概也是与西北的缘分吧！不擅作诗的他此刻竟也情之所至，于马上随口赋了一首《西行》：

> 持节负命去，秋色云悠悠。
> 秦山千浪起，黄水一怀收。
> 青春忆还在，华鬓愁上流。
> 啾啾班马啸，皇命系节头。

李牧也曾跟随娄师德巡视河源、鄯州，深知他生来就是乐天性格。可今天这五律却是如此沉重，令他一时很是感慨。

是的！娄师德情知此行不同于往常，不仅因为周军当下连遭惨败，更因自己刚经历了素罗汗山一役的惨败。此刻虽刚刚离开神都，他就能想象得出钦陵那盛气凌人的模样。

发生在万岁通天元年的素罗汗山大战，是大周在长寿元年收复四镇五年后主动发起的一场战争。当时武承嗣等人提出，将之作为彰显天册金轮大圣皇帝神威的战役来打，唯一可以说得过去的依据是钦陵与新赞普之间有矛盾，大周可趁乱得利。正在兴头上的陛下并不怎么了解吐蕃军的战力，当即任命王孝杰为行军总管、娄师德为副总管，出兵征讨，而拒听谏言。

那是一场多么惨烈的战事啊！虽已屡次与大周军队对阵，而且胜多败少的吐蕃军对十万官军的滚滚而来也很震惊。开始几战，大周军都略占优势，当年大胜而收复四镇的王孝杰因此而生了轻敌之念，谁知老谋深算的钦陵很快就看出了这一点，随即以"诱敌"之策应对，悲剧就这样开始了。

吐蕃军败退今素罗汗山口，貌似坚持顽强抵抗，可开打没两个时辰，就丢下数十具尸体向深山逃去。那一刻，娄师德警觉了，他快马赶到正欲挥师进山的王孝杰身边道："穷寇莫追，我军还是鸣金收兵，明日再图歼敌之机。"

王孝杰不屑地看一眼娄师德道："钦陵军仓皇逃窜，此时不击，更待何时？"

娄师德却并不计较王孝杰的轻慢，继续劝道："常言道，兵不厌诈，岂知不是诱我之策？"

王孝杰道："有如此用将士生命诱敌的么？将军没有看到吐蕃将士尸横

遍野么？我亦知兵无常势，若敌真败，而我失去歼敌之机，陛下追究下来，那将如何应对？"

娄师德见王孝杰执意要攻，于是退而求其次，要求自己带一支军伍跟随其后，一旦有变，也好呼应。

"好！就依大人。"

可才过了三个时辰，悲剧就发生了。将近八万周军被埋伏在素罗汗山的十万吐蕃军团团围住。双方大战两天两夜，到第三天天明时，王孝杰的周围堆满了将士的尸骸，鲜血顺着河谷流到山口……

娄师德率领剩余的两万人马沿山行进十里，却终未见吐蕃军踪影，他担心在此遭遇伏击，急忙撤了出来。岂知钦陵的儿子早在归途中等着他，双方就在素罗汗山前展开厮杀，周军在丢下近千具尸体之后，终于突围到安西都护府辖内。

娄师德与王孝杰再一次见面就是在神都了。据王孝杰所言，他被吐蕃军俘获后，误被当作吐蕃人给释放了，他当时很惭愧自己没有听娄师德的劝告。

在朝堂上，面对同僚们的指责和抨击，娄师德并未推诿，而是与王孝杰一起承担责任，也一起受到了武曌的贬谪。

如今走在西行路上，他很怀念王孝杰。是的！他有时候很鲁莽，缺乏细密的思考，但他有一颗忠于朝廷的心。

十月底，娄师德终于到了吐蕃国都逻些。举目北望，圣山白雪皑皑，雄踞在瓦蓝的天空下；沿着逻些河畔，是数里长的穹庐和寺庙建筑，甚是壮观。十月，逻些天气已转冷，逻些河也进入了一年的宁静期，清悠悠地从城下流过，诉说着这个国度的偏远与散淡。

吐蕃使节向娄师德介绍道："此山名为喜马拉雅，梵语乃'雪域'之意。"

"为何贵国国都名为'逻些'呢？"

吐蕃使节答道："吐蕃语中，逻些意为'佛地'或'圣地'。"

二人聊着，便已到了城下。

钦陵作为"论"，在城外迎接娄师德。到吐蕃驿馆后，他宴请使团，吃的是牛羊肉，喝的是青稞酒和马奶酒，一色的银器，豪奢而又华美。席间，女奴们先后进来跳舞，劝酒。如不接受敬酒，则歌不止。

钦陵端起酒碗，不无挑衅地说道："战场上胜负已见，酒场上总不至于如素罗汗山之战那样吧！"说着，几位窈窕舞女便袅袅婷婷地围着娄师德唱起劝酒歌来。

娄师德满脸涨得通红，怒视钦陵良久，却忽然转而笑道："兵者，国之凶器也。两国交战，生灵涂炭，本使奉诏前来，非为挑衅，乃在睦邻。大人不必让舞女劝酒，本使当奉陪之。"

李牧知道娄师德年高，不胜酒力，便上前道："如此好酒，就由下官代大人饮了吧！"没想到娄师德挥手将他拨开，仰起脖子，竟一口气连干了三碗，那气度让在座的各位惊呆了。

"看来这位娄大人不比王尚书，须得小心应对。"钦陵对坐在一旁的副相小声道。

第二天的议婚在钦陵府上进行。他决计以战胜国的姿态迎接大周的使节，为归还四镇之事铺平道路。因此，从穹庐到街道的路口，全都铺上了猩红色的地毡，更站满了刀光闪闪的卫队，空气中弥漫着一股肃杀之气。

娄师德从踩上地毡的那一刻就猜透了钦陵的心思，他挺直身板，气宇轩昂地从卫队前走过，似乎眼前林立的不是吐蕃士卒，而是一群羊或者石头罢了。

双方坐定后，钦陵命女奴们献上奶茶，接着举起银碗，高声道："此次娄使君莅临逻些，商谈和亲事宜，请先饮了这杯，我等就说正事吧！"

娄师德以礼相还道："既是贵国提出和亲，有何请求，不妨直言。本使能断者当断，不能断者当奏明陛下。"

钦陵击掌道："使君果然痛快。想来使君不难明白，我吐蕃在与大周大战而胜之际提出和亲，足见睦邻诚意。"

"大人此言差矣。"娄师德打断钦陵的话道，"今日之会，既为和亲，当不该节外生枝，大人战事之言喋喋不休，本使实在看不出有何诚意。"

钦陵在吐蕃素以知书达理而著称，不料却败给了娄师德，一时被噎得回不上话来。

"昨日多饮了些酒，一时失言，还望使君见谅。我意……"钦陵特意打量了坐在对面的娄师德，看他形容淡定，才接着道，"既是和亲，贵国不妨也拿出些诚意，请从龟兹四镇撤去大兵……"

"大人又走题了。"娄师德根本没有打算给钦陵留有余地，站起身来到他面前，振振有词道，"大人邀本使前来，原为和亲，孰料大人闭口不谈婚礼，却又生出四镇撤兵之事，岂非南辕北辙？四镇十姓，与吐蕃本殊，今请撤军，岂非有兼并之志？"

"这……"钦陵见自己的心思被娄师德戳破，脸上不免尴尬，"使君误解了,吐蕃苟贪土地,则东侵甘凉,何须窥利于万里之外乎?"

"哈哈哈!大人果然精明。"娄师德一个转身,回到自己座上,饮下一碗奶茶,又侃侃而谈道,"安西四镇自隋朝起,就归我朝辖内,已历数十载。其间虽被吐蕃屡次掠夺,然心向我朝之志未移,所谓人心向背,社稷之本,大人不可以不察。占得土地,未必占得人心,此理昭然,不待雄辩。"接着,娄师德话锋一转道,"两国邦交,要在诚信。不以诚信交之,则不得也。孔子曰:'己所不欲,勿施于人。'贵国若是欲我罢四镇之兵,那就请先还曾经归附我之吐谷浑。"

钦陵呆了,他完全没想到娄师德会剑走偏锋。吐谷浑紧靠吐蕃,乃吐蕃东邻,先是归顺唐朝,后复入吐蕃。娄师德此举,着实击中要害。

但还没等他回过神来,娄师德的声音又在耳边响起来了:"新赞普春秋日富,正当风华,完婚乃国之大事,亦大周之乐见之事。大周皇帝尽心玉成佳缘,还望大人不要妄生枝节,促成两国万世睦邻,岂非青史留名之善举……"

"这个……哈哈哈……"娄师德听着这笑声,就知道钦陵承认自己败了。

果然,钦陵朝着帐后高喊道:"呈聘礼上来……"

一队侍女便捧着礼盒鱼贯而入,乐队奏起了高亢而又华美的雪域雅曲……

第六章

偏师智借默啜部　临危受命狄仁杰

在娄师德出使逻些的日子里，武三思已经奉诏从营州前线回来了。

此刻他虽已坐在了上官婉儿面前，但回忆起李楷固攻打榆关的情景，他仍惊魂未定："若非李多祚将军严防死守，我差点就见不到姑娘了。"

上官婉儿的眼睛湿漉漉的，一副欲说还休的伤感。她细细地打量武三思，人黑了，脸瘦了一圈。多年厮守，她深知他的心神绝不是耗在了运筹调度上，而是在担惊受怕中丢了魂。唉！他虽出身将门，祖辈功勋卓著，可到了他这一辈，就没有几个能上阵杀敌的。以陛下慧明，为何知其不可为而为之呢？

这些心底的叹息和焦虑，伴随着前方战报一次又一次折磨着上官婉儿，让她常常在睡梦中惊醒。现在他终于回来了，活生生地坐在面前，往日她那萦萦于怀的思念都化作晶莹的泪花。

武三思为上官婉儿擦去泪水，温柔地说道："我这不是好好的么？"

"多亏了娄师德，若非他及时谏言，王爷哪能如此快回来呢？每日战报上看到的都是数日前的情况，为何我二十八位将军不敌李尽忠和孙万荣，是我军衰微，还是贼众强势？"

这一提，武三思才下心头的惊悚又重新爬上眉头，他一把拥过上官婉儿，似乎生离死别就在眼前："哎！姑娘是没有见过那阵势啊！一场硖石谷战役下来，我军损失三万余众，五位将军。逃出来的士卒说，漫山遍野的契丹兵一个个都杀红了眼。"隔着朝服，上官婉儿都能感觉到武三思的战栗。过了许久，他才恢复到常态，看着自己心爱的女人，不禁赧颜，"让姑娘见笑了。"

"好在一切都已过去，你还是回来了，回来了就好。"上官婉儿轻轻地吻着武三思的额头，像是抚慰一个受了惊吓的孩子。

可武三思并没有因上官婉儿的安抚而轻松。上官婉儿告诉他,皇上不甘失败,已调集军队全力对敌,除任命武攸宜为清边道总管,张九节继续任副总管外,已经急敕狄仁杰回京,商议讨敌大计:"你今日来是要见陛下么?你要如实将战况禀奏,以便朝廷判断敌我情势,运筹破敌方略。"

"这……"

不等武三思说话,上官婉儿就捂住了他的嘴:"千万不可因为我军损失惨重而隐瞒真相,皇上是以榆关之役大胜为由调王爷回京的,至于硖石谷与幽州峡谷之失,责在曹仁师、燕匪石。"

纤纤素指散发出淡淡的兰香,拨开了武三思的顾虑。这该是何等聪明的女人!武三思伸出双臂便要拥抱,上官婉儿笑着推开道:"时候不早了,王爷该去拜见陛下了。"

武三思讪讪地笑了笑,起身告辞。

转过一畦开得正盛的菊花,又绕过一座假山,便是瑶光殿后面的秋池了。眼前败落的残荷,又让武三思不禁想起了战场的惨景……一阵秋风掠过,吹落几片黄叶,他的目光转向了前方。咦!从司马道上过来的,不正是刚刚归来的狄仁杰么?

武三思紧走两步,热络地招呼道:"狄大人何时回京的?"

狄仁杰也打拱道:"彭泽令狄仁杰见过王爷。"

武三思忙摆了摆手:"陛下召大人回京,定有重任。"

狄仁杰笑道:"若非王爷到平州,陛下也不会如此着急催下官回京啊!"

两人心照不宣地哈哈大笑,狄仁杰说了一声"请",将武三思让在了前面。

九月底,正是彭泽收获的季节,狄仁杰又带着县府衙役到城外五里地的仁义村,帮当地百姓收割稼禾。自狄仁杰到任后,每年这个时节,县府衙门的主簿、衙役乃至捕快们,都得跟着狄大人下田劳作。

今秋狄大人更是别出心裁,竟要狱吏王谦带牢狱里安分守己的刑徒也来帮忙。王谦有些为难道:"在县里干些杂役尚可,将之放于田间,若起了纷争,或趁机逃走,卑职可担待不起。"

"你怎么总是前惧狼后怕虎的,不是还有我么?之前连续两年年节放他们回家,不都按时回来了么?子曰,泛爱众而亲仁。只要我等公正仁义,人都是会向善的。"

　　见狄仁杰亲自下田,下属们自然也很踊跃。仁义村的里正见县令亲自帮乡亲们收割,自是十分感动。见日上三竿,天气渐渐转热,富户的女人们煮了甘甜的酪醴为大家解渴。里正先给狄仁杰盛了一碗,道:"这酪醴是本地米所酿,醇厚甘甜,大人先饮一碗解解渴。"

　　狄仁杰心宽体胖,站起来接碗时不免气喘吁吁,叹一声"廉颇老矣",接过碗尝了一口,果然甘美爽心,忙问:"刑徒们可有?"

　　里正回答说:"有!有!已经差人送去了。"

　　狄仁杰放下碗正要弯腰收割时,却听见从路边传来"狄大人……狄老爷"的呼唤,他回身一看,原来是县衙值守的户曹。

　　户曹气喘吁吁地一路小跑过来,禀报道:"大人,朝廷的使节来了,说是陛下要召大人回京呢。"

　　其实,自听到这个消息时起,狄仁杰的心已经在回京的路上了。前些日子,狄光远来信说营州方向战事吃紧,他便没有一刻不牵系的。

　　彭泽县的三老、里正听说狄大人要回京,纷纷赶到县衙,提出由各村自费设宴为大人饯行;有的村甚至还将新收的大米拉了好几包,说是要大人带给家人尝鲜。傍晚,王谦也来拜见狄仁杰,说犯人们想要当面给狄大人叩几个头,感谢他的恩德。

　　面对这些火辣辣的话语和目光,狄仁杰感慨颇深。在京城时,同僚们对来俊臣之流的严刑酷法总喜欢用"人在做,天在看"来自我宽慰,可天是什么呢?是"四时行焉,百物兴焉"么?天!就是百姓啊!

　　"各位父老!"狄仁杰动情地说道,"怀英在彭泽四年,赖父老乡亲厚爱,县境移风易俗,民心和顺。怀英感戴万分。现正是收割季节,请大家暂且回去,怀英还有些公务要交代,临行时一定向众位辞行。"

　　第三天卯时一刻,天空星云密布,彭泽万籁俱寂,狄仁杰悄悄起身,将一封信留在了县衙的公案上,带着书童出了县府大门,向江边走去。他将在那里乘船逆流北上,以最快的速度回洛阳。

　　"大人!您看!"借着熹微的星光,书童最先发现了聚集在江边的人群。

　　"呀!民心如天!"狄仁杰不由得惊叹一声,黑压压的送行百姓不知什么时候已守候在此。他再也忍不住了,任由两行热泪流下。

　　"民心如天,赵文翙不懂此理,故违逆民情;你武三思不明此理,故而畏敌如虎,临阵怯战。须知道义在我,蝱贼岂能得逞?"武曌严厉的斥责,狄仁杰在外面听得清清楚楚,他忍不住咳嗽了两声。

"是怀英回来了么？快快进来。"

"臣狄仁杰参见吾皇陛下,万岁万万岁。"

随着一声"平身",狄仁杰与武曌的目光相遇了,彼此从对方的眼里看出了久别重逢的喜悦。武曌转脸对武三思道:"战况朕已大致了解,你先退下。"

见武三思出殿后,武曌便问:"刚才朕的话怀英都听见了？"在所有的朝臣中,皇上唯一对他直呼其字。见狄仁杰点了点头,武曌又道,"今番调爱卿回京,正是因为贼众势猛,战事吃紧。武三思从前方回来说,贼众在攻占营州、崇州后,近来又准备攻打冀州,河北震动,人心惶恐。朕欲任爱卿为魏州刺史,前去御敌。"

不等武曌征求意见,狄仁杰就起身道:"臣定不负圣命,与清边道总管武攸宜、副总管张九节、安抚副使姚璹同心同德,克敌于河北。"

闻言,武曌心中十分感慨,这就是狄怀英,进而不惧湍流,退而毫无怨恨,此君子之德也。但这话只在她心底盘旋,她了解狄仁杰的性格,他要的不是赞誉,而是信任。

"朕有一则来自突厥的上表,爱卿不妨一观。"武曌说着,从案头拿起文书递给武钦。

从武钦手中接过上表,狄仁杰将其大体浏览了一遍,眉宇间就露出了微微的笑意。

表奏是东突厥可汗阿史那默啜写给武曌的,他在表奏中恳请皇上接纳他为义子,并希望能在大周朝廷中为自己的女儿择婿,他还愿意率部为大周讨契丹,以换取河西的突厥人。

放下表奏,狄仁杰就明白了武曌的意思,道:"陛下之意,是否要微臣去见默啜,说动他助我大周平叛？"

武曌不禁笑出了声:"就是你最懂朕啊。朕就任你为宣慰使,前往东突厥宣大周册封诏书,命其即日出兵河北,合力击敌。朕还为爱卿物色了一位副使,摄司宾卿田归道。"

"微臣谨遵陛下旨意,不过……"

"爱卿有话不妨直说。"

狄仁杰道:"借师驱敌,古已有之。如信陵君之窃符救赵是也。然则,依臣观之,契丹、突厥不通礼义,常会出尔反尔。陛下亦须防之。"

武曌点头叹道:"爱卿之言亦朕之所虑也,可眼下借助突厥,乃因其在辽东,随近逐便。爱卿到了黑沙城后,也要洞察毫末,见微知著才是。"

"请陛下放心,一旦有变,微臣定当表奏陛下。"

话虽这样说,但当狄仁杰出了瑶光殿,走在司马道上的时候,就有了泰山压肩的重负感。究竟先走哪一步才能扭转当下的被动,他必须精心筹划。

十月中,狄仁杰一路风尘来到阴山脚下。在使团一行刚刚进入阴山峡谷时,狄仁杰便先遣一判官快马传信,因此,他们到达阴山北麓的黑沙城外五里地时,就看到了迎接的人群。

年轻的默啜可汗与他的弟弟默咄左厢察、兄长默矩右厢察(相当于匈奴的左右贤王)肃然端坐,台下是各个叶户统领的各"设"军队,每面旗帜上都根据本设军力绣着一匹奔跑的狼。

"禀奏大汗,大周使者据此已不足二里!"

"再迎!"默啜挥了挥手。

待骑士离开后,默咄左厢察不解地问道:"周军在河北节节败退,大汗不助李尽忠部,却要认大周皇帝为母,究竟是何原因?"

默啜诡谲地笑了笑道:"李尽忠虽我突厥部落,却独霸一方,掠我领地,杀我兄弟。我早欲灭之,奈何其先投靠大唐,继之背倚大周,我奈何不得。此次其却与大周为敌,鹬蚌相争,正是我等借刀杀人之良机,何乐而不为?"

默矩摇了摇头道:"即便李尽忠被灭,大周也未必会将辽西、河北之李尽忠领地予我。"

"兄长此言,见识浅矣。此次兵乱,乃因赵文翙违逆'羁縻'之策,我若助其灭掉李尽忠,周朝对此地鞭长莫及,定然继续'羁縻'自治,那你说说,这地该是谁的呢?"

经他如此一说,左右厢察豁然开朗,拊掌大笑道:"大汗高见。"

说话间,骑士又来禀奏,说大周使节到了。兄弟三人急忙刹住话头,走下阅兵台。他们远远地瞧见一队人马朝城门口走来,为首的一位身材魁梧、气势不凡,想来就是大周使节。三人忙依照周朝礼节,上前行礼:"恭迎大周使节。"

狄仁杰还礼道:"本使奉诏前来,庆贺大汗被大周皇帝陛下纳为义子。"

默啜率领左右厢察拜倒在地,高呼"陛下万岁万万岁"。

见状,狄仁杰捧起诏书,高声念道:

制曰:默啜可汗身处边隅,情驰魏阙,求为朕子,朕甚慰藉。着即册封左卫大将军、迁善可汗,其下左右厢察、叶户、设等比此赏赐,各授官阶。并命率部进击李尽忠叛贼,不负圣命,钦此。

狄仁杰的余音未了,军阵里便已爆发此起彼伏的声浪:"皇上万岁!"

在欢呼声中,狄仁杰受邀登上阅兵台,尽管在猎猎旌旗中,他时不时会看到"周"字旗飘扬,而且尺幅上也比部落旗大,可他知道这只是矫饰罢了。副使田归道看了突厥部的阵容,不相信他们会为了大周而进击契丹,欲附耳问狄仁杰,却被他用眼色拦住

当晚,默啜可汗在王庭设宴款待大周使团。粗犷的草原鹰舞、婀娜的女子群舞,伴随着美酒,演绎出突厥人的彪悍和热情。尤其是默啜可汗精心安排的劝酒女子,个个都是豪饮。

狄仁杰先给三位王爷敬了酒,接着说道:"客随主便,自古亦然。本使既是到了王爷本部,自当入乡随俗。不过,只是畅饮未免单调,大周有行令之趣,输者饮之,如何?"

默啜觉得很新奇,问道:"敢问使君,如何行令?"

狄仁杰笑道:"副使田大人颇通此道,不妨介绍一二。"

田归道遂起身施礼:"由我使团出两名曹掾,殿下出两名女子。一人说一四字语,后者接上四字的首字该是前者的尾字,断接者饮。"

双方商定,由左厢察默咄和狄仁杰监赛。

默啜当然不知道,中原文化博大精深,妙语瀚海,两名曹掾平日饮酒,就多以此决胜负,如今自然是应付裕如。而那些妖冶多姿的突厥女子却处处被动,三轮下来,酒全让劝酒女子喝了。

狄仁杰见好就收,对默啜道:"饮酒原为庆贺,恰到好处甚佳。殿下还是说说何时出兵吧!"

默啜年轻,自继位后从未到过神都,今日见神都来人有如此风度与才华,心里肃然起敬,当即道:"三日后出兵南下,解冀州之围。"

"好!本使在魏州静候佳音。"狄仁杰拉着田归道给默啜热情地敬酒。

回到驿馆,田归道便迫不及待问道:"大人真相信突厥会出兵么?"

狄仁杰将了将美髯道:"彼今归之,必有所图。他是为了攫取更多的土地而战,陛下早看清楚了这一点。眼下只是为了借力打力而已。契丹、突厥向来不睦,此番他们是想趁火打劫罢了。"

"如此说,陛下也不相信突厥会归顺我朝啊……"田归道感叹道。

"魏州刺史独孤思庄因畏敌怯战,已被朝廷免官并拘捕回京,我明日就要奔赴魏州履职了。这里还请田大人费心运筹,一定要看着默啜出兵,再回京复旨。"

田归道听闻狄仁杰要走了,不免心里没底:"借军克敌,乃陛下决策,下官不敢懈怠。只是大人这一走,下官就是临时有事,也缺个商议之人。"

狄仁杰握着田归道的手,目光中充满了期待:"道义在胸,大人放胆处置。我回京后,定在陛下面前多加举荐。"

……

十天以后,狄仁杰赶到魏州治所贵乡城时,留守魏州的长史禀报了一个令他十分振奋的消息:"十月二十二日,李尽忠因劳累过度,吐血身亡,现在由孙万荣统兵。突厥默啜可汗趁契丹举丧之际,奔袭松漠城,以致他一下子乱了阵脚。听说田归道大人星夜将之禀奏朝廷,陛下遂晋拜默啜为颉跌利施大单于、立功报国可汗。"

"哦!"狄仁杰闻言,觉得皇上对前方战事不甚了了,对突厥人的性格也知之甚少,因小胜而喜形于色,晋拜甚高。可木已成舟,他只能察微知著,先保境安民,直面契丹的进攻再说吧。

长史并没有察觉到狄仁杰微妙的心理变化,继续禀报道:"孙万荣在安葬李尽忠之后,立即发兵攻克冀州,现正往瀛洲方向而去。只要他们取了瀛洲,魏州就完全暴露在叛军面前了。"

闻言,狄仁杰的表情立刻凝重起来,当务之急是先加固魏州城防,研判破敌之策。

午后,狄仁杰传来长史,让他陪同自己到城中各处看看。

从州府出来向西而去,街道上全是人。因为战乱,大多数人都住在临时搭建的席棚里。他们一个个衣衫褴褛,有的人似乎很久都没洗过脸了,辨不清男女老少。每隔一里地,就有官府的人或善心的富户在给难民施粥,人们都争先恐后地举着碗抢着。

狄仁杰看着心里很不是滋味,长史也是满脸的无奈。再往前走,就到了孔庙。庙门前也有一间粥棚,难民们正在抢粥喝,有两个年轻人为插队打了起来。长史上前大声喝道:"都是魏州的父老乡亲,为了一碗粥而在先师庙前大打出手,这成何体统!"长史又唤来一位维持秩序的旅帅,要他多加注意。

离开粥棚,狄仁杰问道:"贼众尚在冀州,为何城中有如此多难民?"

长史回道:"独孤刺史担心叛军猝至,故而将百姓尽驱城内。"

狄仁杰不由得在心里叹息,堂堂大周刺史畏敌如此,难怪叛军会势如破竹。

回到府中,狄仁杰便要长史召集各路司马、别驾商议魏州防务。他分析了敌我态势后道:"孙万荣突遭突厥袭掠,一时回不过神来,无暇顾及魏州,此正是我加强防务的大好时机。眼下我们要做好三件事:一、由长史出面遣散流入城中的难民,令其回到村庄,一如往常。再拨一队人马白日协助百姓耕作,夜晚布好岗哨,防敌来袭。叛军来攻,见我军民协力同心,必自退。二、城中将士与百姓一起加固城池,多备滚木、礌石、麻油,将其置于城墙之上。第三件事最重要,就是要清查混入城中的奸细,绝不能让贼人弄清虚实。"

一位司马说道:"其他都好说,就是这清查奸细最是难办。他们往往混迹于百姓之中,实在难辨。"

狄仁杰笑道:"你可闻车辙马迹之说么?所谓飘风冻雨,聊窃比于先驱;车辙马迹,遂周行于天下。人世间没有不留痕迹的事。你附耳来……"

司马听着,频频点头道:"末将明白了,这就去安排。"

众位将军散去后,狄仁杰留下长史道:"大人还需做一件事情。我即刻修书两封,一封给清边道总管武攸宜将军,请他坚守渔阳,务必不让叛军南下。一封是给守捉城的安抚副使姚璹大人,请他命仍在辽西、河北的将军们利用默啜出兵的大好时机出击,如此,不用数月,则战场形势转矣。"

冬日的魏州,天黑得早,难民们被遣散回乡后,城中的大街小巷一下子清静了许多。酉时二刻时分,店铺已经纷纷关门,街上冷清清的,只有巡逻的士兵来回穿梭。

约莫亥时一刻,一个黑影顺着墙根向前溜去,逢见夜巡官兵,立即藏在阴影处,他来到城门口,与一位守门的士卒暗语几句,便又朝回走,就在这时,狄仁杰附耳密授机宜的司马率领官军冲了出来,将两人押解到州府。长史审问之后,这两人果然都是潜入城中的叛军细作。长史当下命令将两位奸细斩首,封锁城中所有消息,城内人一律不许外出,城外人则必须凭借州府发放的"门籍"入城。

孙万荣得知魏州刺史独孤思庄被治罪后,主职空缺,群龙无首,城中百姓,人心惶惶,便立即要何阿小南下攻城,以壮士气。

何阿小率领所部来到据魏州城十里的之梁庄镇安营,即刻派探哨去打探军情,设法与城中的细作接头。

可探马一去两日没有任何消息,他就有些不安起来。第三天午后,他的不安逐渐转为焦虑,连上好羊肉也没有胃口,而是心事重重地来到寨外,朝远处张望。

不一会儿,有两骑向营寨奔来,马蹄荡起的烟尘淹没了他们的身影。及至来到何阿小面前,才发现正是他派出去的探马。谁知探马一见是主将,心弦一松,翻落马下便不省人事了。

何阿小急忙命卫士将其抬入帐内,灌了水,探马才慢慢苏醒过来。

问到魏州军情,探马回道:"卑职奉将军之命,意欲混进城中刺探军情,与我军细作接头。可周军管制甚严,凡入城者,须凭借门籍,上面盖有官府印信,卑职实难得逞。不过卑职在城外芦苇丛中隐身两夜,倒是看到了许多可疑之处。"

"哦?你快说。"

探马喘了几口气道:"此前孙大帅不是说魏州百姓被悉数驱入城中了么?可据卑职所见,魏州四围百姓安之如常,每日田间劳作,间有军人协助耕作;年轻人受训习武,全无大战降临的惊慌。"

闻言,何阿小惊异道:"你可知眼下魏州守将是何人么?"

"禀将军,卑职听说前任刺史因为不敢与我军接战,已被治罪拘捕,现任刺史乃狄仁杰。"

"狄仁杰……此人听来好熟悉啊!"何阿小心想,便在帐中来回踱步,沉思不语。周围的部将们大气都不敢喘一下,生怕搅扰了他的思路。

眼看着太阳西斜,卫士便悄悄上前小心翼翼道:"将军还是吃过饭再说吧,午间只吃了一点……"

就在这时,何阿小发话了:"传令下去,今夜子时撤军,转战瀛洲。"

第二天一大早,狄仁杰刚刚洗漱完毕,就见长史兴冲冲地来了,人还没进门,声音就先到了:"大人果然神机妙算!"

狄仁杰笑道:"有何消息,让足下如此欣悦?"

"果然不出大人所料,贼将何阿小于昨夜子时撤兵了。"

狄仁杰听后忽然觉得有些疲倦,闭上双眼,良久吐出一句话:"老夫又唱了一出空城计哦!"

"今番我军之空城计,与昔日孔明之空城计殊非一事。孔明空城乃真空也,我军之空城,实有备也。"

"嗯!有备才能无患。贼众虽撤,然未必不会卷土重来,我军须常备不懈。

即刻命人打探消息，一旦瀛洲吃紧，当立即驰援……"狄仁杰又叮嘱道。

长史告退后，狄仁杰便开始翻看案头的文书，他第一眼看到的就是姚璹的回信，说尽管突厥默啜部参战，但贼众的气焰并没有从根本上得到遏制，孙万荣的大军已经攻取冀州，冀州刺史陆贾积死于乱军之中。姚璹还在信中沉痛地反思——

> 兵法云，"故知兵之将，民之司命，国家安危之主也；进不求名，退不避罪，唯民是保，而利合于主，国之宝也。"夫汉武之卫青、霍去病者，斯将帅也；贞观之李靖、李勣亦将帅也！然则，此役之我军，将不以民为保，帅不以尊君为德，进则畏敌怯战，退则避罪诿过，何以操胜券而卫社稷？冀州失陷，军民震恐。仆虽一介书生，然报国之志犹在，唯乞大人，进言陛下，早日召王孝杰将军归朝受命，力挽危局。否则，大周危矣！

字里行间，寂然凝虑，狄仁杰不禁感喟道："贤哉姚公，下官与君声求气应，息息相通啊。"

但接下来的一封信却让狄仁杰的心境蒙上了一层阴影。信是武安王、清边道总管武攸宜发来的，字里行间都透着一股悲凉之气——

> 贼众气焰甚盛，我军难以克敌，黄麞谷一役，元气大伤；幽州谷遭伏，再添冰霜。吾虽有报国之志，然乏回天之力，当一城自保，等待朝廷援军……

"唉！这是一个王爷该说的话么？"

冬日午间的阳光从窗口射进来，洒在狄仁杰的肩头，天空中一只孤独的大雁朝南飞去，狄仁杰的心也随着大雁回到了神都。一想到回京那天在瑶光殿前见到武三思的情景，他的心就愈发沉重，就在那次拜见皇上时，他还对武攸宜任清边道总管满怀信心……可现在看来，是他高看他武攸宜了。

"将者，智、信、仁、勇、严也。当今朝廷，据此五德者，舍王孝杰其谁？"狄仁杰讷讷自语。

当王孝杰与娄师德三月在素罗汗山战败时，狄仁杰尚在彭泽的山水间，当他接到娄师德赴原州途中的来信时，十分吃惊。尽管他知道自己也无法改变定局，但在他奉旨离京时，还是去看望了赋闲在家的王孝杰。当时他随府令来到后院时，王孝杰正与府役对剑，他时而拦腰横削，时而纵深腾跃，时而长剑反撩,时而猛虎穿心,身似星云,势若猛虎,看得狄仁杰眼花缭乱。

直至练罢,王孝杰才发现站在一旁的狄仁杰,忙把手中宝剑扔给府役,上前见礼道:"不知大人驾到,还请恕罪。"

狄仁杰笑道:"看大人的剑法,就知道心没有冷。"

回到书房后,狄仁杰告诉王孝杰,河北战事吃紧,他奉诏即将奔赴魏州,特来看看他。王孝杰摩挲双手,一副无奈的样子:"马思边草,雕盼云雷,为将者之心,没有一时不系着边关,可⋯⋯"

下面的话他没有说,狄仁杰也很无奈,只能安慰道:"陛下因战事失利,一时凤颜愠怒,过一段时间,定会召将军回朝的。"

王孝杰的眼睛就红了,道:"大人此去,任重泰山,唯愿能砥柱中流,建功边关。"

"论起治政,我尚能勉力为之,然若论统兵打仗,非将军莫属。一俟有机会,我定要向皇上谏言重新起用将军。我此次北上还有一重任,就是作为朝廷使者,接纳突厥可汗默啜为皇上义子,并说服他出兵共击契丹,将军如何看待这事?"

王孝杰将茶杯捧在手中,良久道:"突厥乃虎狼之师,引其入战,无异于饮鸩止渴,必有后患。"

"我也这么看,只是圣命难违啊。"⋯⋯

想到此处,长史进来打断了他的思绪,小声附耳道:"大人,李楷固、骆务整现已兵临瀛洲城下。瀛洲刺史急求武攸宜总管驰援,孰料他竟不敢出兵。"

"可恶!速遣张司马率军两千前往驰援,不得有误。"狄仁杰当即下令。

长史离开后,狄仁杰觉得是时候举荐王孝杰了。他疾步走向书案,铺开绢帛,奋笔写道:

> 大周宣慰使魏州刺史臣狄仁杰叩见吾皇陛下:
> 冀州陷落,瀛洲告急⋯⋯

孙万荣攻取冀州后,不仅将城中财物抢掠一空,还将那些妙龄女子分配给将士享用,之后让李尽忠的妹夫乙冤留守,自己则率李楷固、骆务整直奔瀛洲,在子牙河西岸安营扎寨,等待来自魏州的消息。

冬日的子牙河两岸一片枯槁,寥落的柳林枝头上偶尔可以看见一两片枯叶孤零零地迎风瑟缩,结了冰的河面上笼罩着一层雾气,使得太阳也显得格外惨淡。孙万荣远远望去,瀛洲城仿佛浮在云霭上的一座仙城,琼楼半掩,欲露还藏,平添了几分神秘。

自举事以来,大军披靡,铁蹄所向,狼烟遍地。可他万万没有想到,可恶的突厥可汗阿史那默啜竟会袭击他的后院——松漠,还将李尽忠和自己的妻子押解到了黑沙城。

消息是由从松漠逃出来的乙冤带来的。那天晨曦初露,乙冤率领余部进了营州城,一见面就扑倒在孙万荣的面前追悔道:"大帅,松漠完了!"

孙万荣让卫士递给乙冤一皮囊水,问道:"你如何是这副模样,松漠怎么样了?"

"阿史那默啜派军夜袭了松漠。"乙冤喝了口水,定了定神接着道,"进攻松漠的是突厥左厢察默咄,我军只防着大周军队,却不承想他们会自天而降。敌军打进都督府时,姐姐仓皇起身,只带小外甥出了门,却不承想被突厥士卒缚了,押往了默咄大营。默咄看阿姐年轻美貌,竟要纳为偏室。阿姐死不从命,挣脱士卒,触拴马桩而死,小外甥则被默咄部下摔死了。"

孙万荣再也忍不住了,一把揪住乙冤的衣领撕心裂肺地吼道:"贼军入侵时,你在何处?为何不救夫人母子。乙冤,你罪该万死!"

乙冤满眼恐惧,语不成句道:"小弟……小弟发现阿姐被劫,忙率军去救,无奈寡不敌众。后来听说姐姐已死,便于夜色中拼杀突围了。"

"默咄!我要食你骨,啖你肉,血洗黑沙城!"孙万荣将乙冤推倒在地,对着外面大吼,"来人,传令,打回松漠去!"

但他举在空中的手,却被另一只胳膊架住了,他回头一看,正是别帅李楷固。李楷固按下孙万荣的胳膊,劝道:"大帅少安毋躁,松漠被袭,末将亦义愤填膺,可当务之急,是剿灭周朝二十万大军。"

"难道就这样善罢甘休么?"

"当然不。突厥为何忽然夜袭松漠,其缘由尚不得知。末将是担心周朝暗遣使厚贿默啜,许以松漠之地。否则,默啜岂能贸然出兵?"

"这个我倒是没有想到。"

"请大帅权衡,若我军再回松漠,必被周军抄了后路,危亡之机临矣。眼下,我军当全力攻取周朝州县,一旦将其逐出辽西、河北,默啜自然慑于我军威势,不敢再妄动。"

孙万荣当下接受了李楷固的劝诫,随后一举攻下冀州,挥师瀛洲,使北边的幽州孤悬一隅。

接连的大胜冲淡了孙万荣因夫人之死而生出的沉郁,对大军纵横辽西、河北充满了自信。可下一步该怎么做,他却没有了主意。他与李尽忠起事,就是不满赵文翙的借大恃强,根本没有想过要去问鼎洛阳。现在,李尽忠已死,他虽然统领大军,却没有接过"可汗"称谓,仍以"大帅"号令上下。此刻,当他漫步在子牙河岸时,心里很乱,攻下瀛洲以后又该怎么办呢?

太阳升起来了,晨雾渐渐散去,尽管他穿着皮袍,寒意依旧侵袭到他的脊梁,他转身对卫士道:"回大营,传两位别帅议事。"

大帐里,木炭燃起的火很温暖,孙万荣哈了一口气,鼻子上、眉毛上便是水珠。看着李楷固与骆务整,他便说道:"冀州得手,瀛洲在握,不久魏州也将成我囊中之物。今天召两位将军来,就是想听听大家日后的打算。"

李楷固端起银碗喝了一口马奶酒,觉得浑身都是清爽的,开口问道:"难道大帅依仅满足于攻城略地么?"

孙万荣听出李楷固话里有话,便道:"将军有何建议,不妨直说。"

李楷固道:"兵法云,'王者之道,厚爱其民也,令民与上同意,与众相得。'自夺取冀州后,末将一直想,默啜出兵,必是受了周朝恩惠。然我军重于战而轻于人心,居无定所,久而久之,人心必散。我军何不谋一号令天下之策,如此则师出有名。"

骆务整看了一眼李楷固道:"你不必转弯子了,该怎么做就直说吧。"

李楷固握了握拳道:"虽然武氏称帝,可当今天下,大周臣僚中不少人仍然以李唐为正统,假若我军提出'归我庐陵王'之号,岂非直击武氏软肋?"

闻言,孙万荣的目光凝定了:"怎么说?"

"末将知道,可汗李姓,乃太宗先帝所赐,若我军以'归我庐陵王'为号,天下忠于李唐者必群起而应之,如此,我军何必只盘桓于辽西、河北,洛阳亦可以去得。"

李楷固一番话,让孙万荣与骆务整豁然开朗,由衷感佩他的胸怀大略。武氏不是指斥契丹出尔反尔,背信弃义?如此一来,我等反倒成为匡复正义之师了。

骆务整顺着李楷固的思路道:"我军自举事以来,屡经战阵,将士疲劳,若能一次说服瀛洲刺史许闻倒戈,这不是不战而屈人之兵么?"

闻言,孙万荣大喜过望,当即命军中曹掾修书一封,派人送给许闻。随即又命随军文士将"归我庐陵王"书成告示,在瀛洲城外广为张贴。如此没几天,从瀛洲到营州,从魏州到平州,"归我庐陵王"的口号就传遍了。

这天，孙万荣正在帐中询问各地对号令的反应时，攻打魏州的何阿小归来了。他禀奏了魏州军情，不无惭愧地自责。

孙万荣问道："魏州刺史独孤思庄不是畏兵怯战么，何以会无功而回？"

何阿小答道："大帅有所不知，独孤思庄已被治罪，现任刺史乃狄仁杰。"

"狄仁杰！此人曾拜周朝宰相，足智多谋，善于用兵，也难怪。"孙万荣非但没有怪罪何阿小，反而以"合于利则动，不合于利而止"之论而释然。

何阿小很惊诧，几日不见，大帅如何变得斯文了。

孙万荣将军前会议的商定向何阿小叙说了一遍，并命他带上书信，第二日就进城游说瀛洲刺史许闻。

"归我庐陵王"的告示很快就被周军细作送到镇守临榆关的李多祚那里，他一见自然不敢耽误，立即亲自送往安抚副使姚璹处。

姚璹斟酌告示的文字，惊异叛军中竟有如此高人。若此号令传遍州县，必然会使这些年韬光养晦的李氏遗脉蠢蠢欲动，到时候免不了又是一场血雨腥风！

姚璹收起告示后问道："依将军看，叛军中何人有此高议邃论？"

李多祚不假思索道："此人非李楷固莫属。上次临榆关之战，末将曾要骆务整带话给他，要他审时度势，良禽择木。"

姚璹感慨如此多谋善断的将领，竟然不能为朝廷所用，而他更为担忧的是瀛洲之战，刺史许闻肯定不是他的对手。再由李楷固想到武攸宜兄弟，姚璹更是百感交集，这武氏兄弟，一个任安抚使，却不思退敌之策；一个则空有将军称谓，闻敌人鼙鼓就心惊胆战……

想想当下的局面，姚璹的脑际便不断出现瀛洲城破，尸骨遍地的画面。身为朝廷安抚大臣，他深感责任重大，便一步上前对李多祚道："事急矣！请将军留两千人马坚守临榆关，亲率大军奔赴瀛洲驰援。务必使许闻坚守拒敌，不可弃城投降。"

李多祚双手抱拳道："请大人放心，末将即刻发兵瀛洲。"

其实前不久，在狄仁杰上书举荐王孝杰出山之际，姚璹也向朝廷写了同样内容的奏章，想来也该到神都了吧！

郭纬一大早赶来庄静殿，才发现已经迟到了，李旦早已就着灯火伏案作画了。画面上，霰雪飞舞，寒意潇潇，几棵枯树，寂然而立，枝头一只鹊鸟，瑟瑟其身。

李旦听见脚步声,抬头看了一眼问道:"今日为何到迟了?"

郭纬眨了眨眼睛道:"老臣在路上遇见武公公了。"

李旦"哦"了一声,继续埋头作画,郭纬忙近前一步道:"殿下可知,朝廷出大事了。"

"什么大事都与我没有关系。这画已经画了几天,今天无论如何是要收尾的。"李旦依旧在纸上走笔。

郭纬见状不免很着急,道:"这回可真与殿下关系大着呢。"

李旦总算是停住了笔:"何事能与我有关系?皇上凤体康健,朝政百事顺畅,边关晏然无事,这些都有皇上呢,我就一心作画吧!"说着,他在笔洗里涮了下笔,搅起几许涟漪,但顷刻间又平静下来。

郭纬憋得难受,脱口而出道:"辽西契丹李尽忠反了,朝廷派大军讨逆,战事不顺。"

李旦仍无回应,这事他是第一次听说,但他相信陛下的威势,贼众断不会长久,而且越是在这个时候,自己就越是要缄口谨慎,免得给儿子们招来杀身之祸。

"贼众为了笼络人心,以'归我庐陵王'号令天下李氏宗室响应,说是要匡复大唐。"郭纬说这话时声音很低,只有他和李旦能听见。

这一回李旦眼睛睁大了,目光也专注了:"这些贼人,这是要陷皇兄于不忠不孝啊!"

"谁说不是呢?"郭纬尖着嗓子道,"再说殿下乃钦定国嗣,贼众抬出庐陵王,这意欲何为?"

闻言,李旦就笑了:"皇兄为太子时,尚能监国,而我完全是一个人偶,当不当又有何要紧呢?若皇上真愿意迎庐陵王归京,我倒想将太子之位让出。"

"万万不可!殿下难道准备永远做这孤立枝头的鹊鸟么?眼下,正是殿下说话的时机,依老臣之意,殿下可上书皇上,声讨贼众,阻止庐陵王归京。"

"糊涂!"李旦一甩袍袖道,"你以为贼众真要拥戴庐陵王么?这是蛊惑人心,依陛下的性格,非但不能接受,甚至会置皇兄于死地。"

郭纬很吃惊,原来李旦并非置身风雨之外,他对朝事洞若观火啊!沉默了一小会儿,李旦吩咐道:"你速去告知狄光远与娄云,要他们派心腹之人出京,奔赴巴陵王、彭城王、临淄王处,要他们千万按捺住,不可受贼众蛊惑。"

郭纬愣住了,半天没有反应。

李旦见状急了,大喊一声:"去呀!"

第七章

张氏兄弟入禁中　尚书英魂断悬崖

神宫元年（公元 697 年）二月，娄师德从逻些回到了神都。他带回了一个让武曌欣慰的消息，钦陵不再索要安西四镇，两国达成和亲之议，永结盟好，不再起战事。

"爱卿不虚此行，朕心甚慰。"武曌放下娄师德的奏章，脸上多日来第一次有了笑意，"田舍翁三寸巧舌，独战钦陵幕僚，也是大周奇事一桩！这一趟逻些之行，爱卿是益发发福了呀！"

娄师德憨憨一笑道："身体发肤，受之父母，奈何？"

武曌道："爱卿说说，那盛气凌人的钦陵怎的就放弃了四镇呢？"

娄师德自信地回道："道义在我，人心在我，赖陛下神威，钦陵其奈我何？只要吐蕃不生事端，皇上运筹帷幄，尽可专心平叛。于此而言，真圣皇矣。"

"爱卿这张嘴，真乃舌灿莲花，慢说钦陵，死人都能说活了。"一句话说得武曌笑出了声，她又转身对伺候在一旁的武钦道，"传朕旨意，任娄师德凤阁侍郎、同凤阁鸾台平章事。"

娄师德至此方才明白，皇上外放他果然是为平息舆情。

待娄师德谢完恩，话题很自然地转到当前战事上来。武曌毫不隐瞒对武三思、武攸宜几位侄子的愤懑，感叹先尊英雄一世，后人却一个个都是粪土之墙……

娄师德只是静静地听着，完全理解皇上的焦虑，便趁机道："国家有事，王孝杰怎么可以赋闲在家呢？"

武曌就暗笑娄师德，也回他一个调侃："爱卿如此聪颖，为何未老迟暮？王将军已在路上了。"

"啊！"娄师德满心感佩,忙道,"陛下圣明,起用良将,必可扭转局势。"

"你们啊! 姚璹上书,接着狄怀英也上奏,都举荐王孝杰,朕要再不召回,岂非太无器量? 明日朕就召几位宰相进宫,选一家大人或者王公的女儿,朕要封她为怡和公主,赴吐蕃和亲。"

"陛下圣明! "娄师德言罢,起身便欲告辞。

武曌却摆了摆手,示意他在对面坐下,从案头拿起一道奏章问道:"徐有功此人爱卿还记得吧? "

"哦! 记得,他不是审过窦妃母亲庞氏'厌胜'案么? "娄师德至今还清楚地记得,当时徐有功闯进武成殿的直言敢谏,倏忽之间,他已被流放四年了,皇上怎么忽然想起了他?

"有人写了一份奏章,谏言朕重新起用他,爱卿怎样看? "

娄师德将武钦递来的奏章浏览了一遍,就大体摸清了皇上的思路,便顺势道:"徐有功蹈道依仁,固守诚节,臣以为陛下召他回京,圣明之举也。"

"哦! 你也这样看。"武曌的兴趣便被娄师德调动起来了,"那依爱卿看,如今谁可与徐有功相比? "

闻言,娄师德眉眼中溢着笑回道:"四海至广,人物至多,臣不敢妄言,然若问臣所见闻,唯徐公一人耳! "

武曌的身子向前移了移:"徐有功与汉张释之相比如何? "

娄师德回道:"陛下博古通今,可臣以为,释之不过逢文帝时天下晏然,故所行者甚易;徐公逢革命之秋,属唯新之运。李唐遗老,包藏祸心,使人主有疑,如周兴、来俊臣,乃尧年之饕餮、穷奇、梼杌、浑敦四凶也,而徐公守死善道,忠贞不改,所行者难。难易之间,优劣见矣! "

"难得爱卿如此敢言直谏,朕知道了。"

就这样,徐有功被擢升为左台殿中侍御史。

武曌又问:"姚元崇这个人你熟悉么? 前些日子,狄怀英从魏州上书,举荐其人。"

闻言,娄师德感慨狄仁杰的惜才爱才,于是回道:"元崇承继乃父遗风,精文习武,正当盛年,乃可造之才。"

"爱卿所见与朕甚同。朕见他所报战报,剖析如流,拟擢升其为夏官侍郎,爱卿以为可否? "

"陛下圣明! "

娄师德觉得这趟宫进得很值。走出瑶光殿,他想到了曾与自己一道共事的李昭德,有机会也该在皇上面前提提他了……如此想着,他便已到了司马道口,正要上车,见前面銮驾、仪仗已塞了道路,禁卫们挥动马鞭驱赶着行人。娄师德不禁皱了皱眉头问道:"这是哪家公主,如此排场?"

"是太平公主的车驾。"驭手应道。

娄师德这才注意到,走在仪仗前面的两位骑马男子,一位是楚王武攸暨,另一位生得玉树临风、面如敷粉,似乎有些面生。

扑面不寒二月风。太平公主坐在车辇内,缓缓地掀开帘子朝外看,粉色的纬帘经过春阳的照射将她的两颊染成了胭脂色,那着意修饰过的眉毛也就益发地立体起来。

不管边关的战事再紧,太平公主依然打着自己的小算盘。近来,她的心思都用在为陛下寻找新欢上。薛怀义死了,沈南璆成了唯一厮守在陛下身边的男人,其实他也是太平公主引荐给皇上的。要从陛下那边说,倒是对这沈南璆很满意,可太平公主却渐渐地觉得他不入眼了。这沈南璆太书生气,他虽然人在宫内,心却还是惦念着太医署,惦记着那些把脉开药的琐碎日子。有几次,他竟然暗地里对太平公主表示想回太医署,这岂非不识时务?她太平公主是何等人物,没有她,他沈南璆怎么可能进入皇上的视线?可几年过去了,他居然一点表示都没有,这岂非忘恩负义?

其实太平公主当初在太医署第一眼看到沈南璆时,就对他很倾心了。有几次,她趁着武攸暨外出,便请沈南璆前来对饮,甚至还为了他沐浴更衣、秋波频频,可他始终没有回应。太平公主心里逐渐厌恶,若不是陛下处处护着,他早已成了她的刀下之鬼。

"哼!我就来个李代桃僵,让你死不了,却也活不好。"太平公主心底暗地打定了主意。

二月二惊蛰那天,她与武攸暨到郊外的神都苑游玩。

神都苑坐落在洢水西岸,与东岸的上阳宫隔河相望。当初高宗为了排解武曌的梦魇,移驾洛阳,特命户部郎中韦泰真为大匠,在前隋苑囿基础上修建了神都苑,以供皇后游玩。如今,经过数十年经营,它已经成了一座分为几个不同游览区、方圆数里的皇家园林了。

北方的春天本还含着料峭的寒意,可神都苑内却已郁郁葱葱,一片苍翠。尤其是栽植在曲径周围的翠竹,在春阳的照耀下,那绿就显得分外有层次,外面是嫩绿,越往里走,就越绿得深沉。穿过翠竹,远远地便望见一大片梅树,枝头花朵开得正盛,疏影横斜、暗香浮动、层层叠叠,煞是好看。人花相映，太平公主顿时心花怒放，心也香了，人也香了，两腮绯红，不断地向武攸暨身边靠。可武攸暨却毫无反应，一双眼睛只盯着梅林边走过来的一群女子，全然不知太平公主在旁边杏眼怒目了。

太平公主毕竟是皇家贵胄，大庭广众的不便发作，只是把一口牙咬得"咯咯"响，向宫娥们喝了一声"开道"，便径自来到一泓碧水前。池边的垂柳还没有发芽，枯黄柔软的枝条在风中抖动着软软的身子，微风拂过水面，荡起阵阵涟漪。就在这时，太平公主的目光凝滞了，情不自禁捂住了樱口。

原来码头上坐着一位垂钓的男子，只见他着一身浅绿色圆领翻袍窄袖棉衫，没有合上颈下胸上的一段衣襟，而让其自然松开垂下，形成一个翻领的样子，头戴一顶黑色幞头，两边各有一硬角，从鬓角处露出乌黑的头发，于是那皮肤就被衬得格外白皙，显然，他很懂得时尚，绝不像沈南璆那般古板。太平公主也见过不少俊美的男子，却还没有见过如此皓雪凝脂、丰肌秀骨的，不知哪家父母生得如此的玉面男儿？在她印象中，大概已故的表兄贺兰敏之在他面前，也要稍逊一筹吧！

此男子身旁放着一个鱼篓，鱼竿没入水里，他就在那里静静地等待，忽然，水面上起了些许的微澜，接着那浮标就忽悠悠地下垂了几次。那人迅速地拉起鱼竿，果然是一条足有半斤的红鲤鱼，摇摇摆摆地溅了一池的水花。他将鱼儿放进鱼篓，姿势真是潇洒极了。当他抬头的那一刻，就与太平公主痴痴的目光相遇了。

太平公主忙收回目光，对身边的宫娥低声道："你去传他过来。"

宫娥刚要离去，却又被公主叫住嘱咐道："你举止须有礼，千万不可惊吓了他。"

宫娥去了不一会儿，那男子就过来了，向太平公主施了一礼道："下官见过公主。"

太平显得有几分矜持，道："敢问大人在何处高就？"

男子答道："下官乃春官郎中张昌宗，今日闲来无事，故而来此垂钓，不想惊动了公主，还请恕罪。"

太平公主忙道："无妨！大人真可谓年轻有为。若是有空，不如就在前面的亭子间小坐如何？我命宫娥们备了些酒菜，咱们可边浅酌边叙话。"

张昌宗求之不得，拱手道："恭敬不如从命。"

两人正说着话，武攸暨恰好走过来了，所谓相形见绌，武攸暨也被张昌宗的风流倜傥震撼了，在太平公主面前越发没有自信了。如是平常在府中，他这半晌不见人，早已遭到呵斥，可如今当着外人的面，太平公主还是顾及了他的面子，遂引见了。随后，三人来到亭子间，太平公主举起酒杯道："今日得遇张大人，也算是一件快事，我先饮为敬了。"

张昌宗急忙陪饮，之后又回敬公主夫妇。

酒过三巡，太平公主问道："看大人如此仙姿秀骨，不知可懂音律？"

"不瞒公主，下官自幼随父亲学过琵琶，只是今日走得匆忙……"

"这不需大人费心。"说完，太平公主转脸对武攸暨道，"烦劳王爷去这神都苑乐坊借琵琶一件，以尽雅兴。"

武攸暨怎么会看不出她眼中的春波潋滟？可即使对太平公主的支使有一百个不愿意，他也不敢不照做，只好悻悻而去。

这空当，太平公主没有说话，就那么痴痴地看着面前的男人。张昌宗偶尔回看一眼，公主那热辣辣的眼神就让他有种被烁熔的感觉，他浑身燥热，很不自在。待他的目光转向梅林时，就为那一树寒香而动心，于是离席折了一枝红梅回来，对太平公主道："初次见面，未有礼赠，权以梅花为礼吧！"言罢，他竟轻轻把那梅花插在了公主鬓边。

这些举动，让太平公主心中自是十分熨帖。

正此时，武攸暨回来了。他不但借来了琵琶，而且带了几名美艳的乐伎。太平公主见此就有些不高兴，倒是张昌宗很豁达道："有乐伎合奏，自是别有一番情趣。"当下，他怀抱琵琶，随口就唱出一首《太平公主山亭侍宴》来：

> 淮南有小山，嬴女隐其间。
> 折桂芙蓉浦，吹箫明月湾。
> 扇掩将雏曲，钗承堕马鬟。
> 欢情本无限，莫掩洛城关。

一曲奏完，太平公主就两面潮红，眼见得醉入情海了。

张昌宗就这样走进了太平公主的眼界，也走进了她的府邸。武攸暨自然是心知肚明，却也只能装糊涂罢了。

一天，太平公主向张昌宗提出，有意将他引荐到皇上身边。他沉默了片刻就答应了，他想，自己命运的转机到了。

太平公主的车辇停在了司马门前，下了车子，她对武攸暨道："我要与张大人一起去见陛下，你就在此等候吧。"言罢，太平公主彬彬有礼地对张昌宗道了一声"请"，便踏上了司马道。

武钦在瑶光殿外守着，见太平公主带着一个男人进来，便上前见礼。

太平公主问道："陛下还在忙么？"

"回公主，陛下刚刚听完娄大人的陈奏，有些累，躺下了。"

"哦！那烦劳公公进去看看，陛下睡着否，就说我求见。"

武曌的确有些累，斜倚在榻上闭目假寐，睫毛还在悠悠地颤。她近来常常做梦，梦见前方不断吃败仗，就连沈南璆的推拿也无法让她安眠了。刚才武钦提出是不是传沈南璆来，她也拒绝了。

她怎么能睡得着呢？虽说李尽忠已死，可那个孙万荣的势力却越来越大。前方那么多将领，除了李多祚屡建战功外，其余人竟都不堪一击，她不得不重新召回王孝杰。她现在担心的是，王孝杰因雪耻心切而冒进，因此临行前，她曾反复叮嘱，遇事要多与狄仁杰和姚璹商议。

武钦再度进来时，脚步很轻，但还是被武曌听见了："有事么？"

"陛下，太平公主求见。"

"宣她进来！"武曌睁开眼睛坐了起来。

太平公主按例向陛下施礼、问候，武曌也没太注意，蓦地看见她身边的美貌男子，倒是吃了一惊，不由得问道："他……"

太平公主介绍道："他就是儿臣前些日子向陛下奏过的张昌宗，现在春官署任郎中。"

张昌宗还是第一次面圣，不免战战兢兢："微臣叩见陛下，万岁万万岁！"

"抬起头来！"武曌说着，便仔细端详起来，这一看不要紧，那人仿佛是一束光照进了她的眼睛，她惊异于朝内真是藏宝隐珠，竟有如此美貌男子！

武曌记得在和高宗相爱时，曾读过宋玉的《登徒子好色赋》："著粉则太白，施朱则太赤；眉如翠羽，肌如白雪；腰如束素，齿如含贝；嫣然一笑，惑阳城，迷下蔡"，如今想来，这段话用来描述眼前这男子是最贴切不过了。

武曌的心绪变化，太平公主都捕捉到了，她相信他不久就会博得皇上的欢心的。

"陛下！"太平公主近前一步道，"听说您近来身心不宁，夜间少眠，儿臣特荐张大人为您分忧。"

"好，你等起来说话。"武曌挥了挥手，又问张昌宗，"朕近日气血不畅，健忘少眠，公主荐你来为朕分忧，你可有良方？"

张昌宗何等聪明，立即领会了皇上的意思，答道："微臣有一兄长名易之，现在司仆寺骅骝署任尚乘奉御。他不但精通音律，且能炼制丹药，可延年益寿。如陛下有意，微臣改日带他来见。"

"比之爱卿如何？"

太平公主在一旁回道："这兄弟俩可谓是神都双璧，易之比之其弟，有过之而无不及。"

武曌闻言大悦，拊掌道："如此，你兄弟二人都来，朕定当病痛消除、神清气爽，只是你等出入宫中，须合情合理……朕就任你为云麾将军，行使左千牛中郎将职务。张易之为司卫少卿，赐住宅一处。"

张昌宗听后自是从心底感谢太平公主，他现在要做的就是把握好这千载良机。他"扑通"一声跪倒，额头贴着地面道："谢陛下隆恩！微臣日后任陛下驱使，虽九死而无悔。"

太平公主见火候已到，借故武攸暨还在府上等候，得体地告退了。武曌也不挽留，看着她出了殿，随后，她又对武钦耳语几句，武钦便追出门去，喊道："公主留步，陛下口谕，命沈南璆回太医署，要公主不要为难他。"

"我明白！"太平公主回身去看时，粉色的幔帐已经拉上，张尚宫带着宫娥们纷纷退出瑶光殿，在阶下肃立……

有道是"人唯求旧，器唯求新"。武曌此刻却是人求新，身上的器也求新。张昌宗给她的一切都是全新的，他远比沈南璆会揣摩她的需要。武曌在精神恍惚中仿佛回到了与李治相拥的岁月，那时她总称他为"九郎"……如今，她便唤这张昌宗为"六郎"。

夏官尚书、清边道总管王孝杰到达平州前几天，就已经知会魏州刺史狄仁杰、安抚副使姚璹和前军总管张九节在平州城相聚，共商破敌大计。与王孝杰同来的还有羽林将军苏宏晖，此人曾跟随薛怀义讨过突厥，结果还没等到两军接战，敌便自退了，薛怀义和他都受到了皇上赏赐。

旧友重逢，说起坎坷人生，不禁感慨万千。王孝杰很坦荡，为自己在素罗汗山的大败而羞愧，觉得皇上贬自己为庶人正当其罪。

"陛下在用人之际，召下官出山，下官不胜感激，必将戴罪建功，奋力杀敌。只是下官初到前阵，对敌情不甚了了，还请各位大人不吝赐教。"

张九节道："敌欲进军檀州，已被击退。"

狄仁杰则道："同仇敌忾，乃我边将之责，还是请平州刺史大人向总管介绍军情吧。"

平州刺史大致介绍了近来战况,着重言突厥默啜部参战以后,对敌挫之较大。可孙万荣麾下的几名战将李楷固、骆务整、何阿小都颇有战力,故而眼下尚无败敌之势。

狄仁杰见他说完,便接着道:"眼下,田归道尚在黑沙城,默啜不放其回神都。下官所忧者,突厥人唯利是图,若是在孙万荣利诱下临阵倒戈,则我军形势危矣。因此下官也已去信田副使,要他镇定应对,巧与敌周旋。"

"大人此言甚是。"姚璹变换了一下姿势道,"下官已接到朝廷诏命,不日即返京赴长安留守,因此临榆关镇守就仰赖李多祚将军了。"

"请大人放心,临榆关有末将坚守,绝不让他们前进一步。"

大家此时都有一个感觉,就是官军急需打一场胜仗来鼓舞士气。苏宏晖是第一次与契丹作战,不免求胜心切,他端起案头的茶水,仰起脖子灌进腹中,手按剑柄道:"我军此次调集十七万众,又有王尚书坐镇统帅,何愁不能破敌?末将愿率三万人马为先锋,灭敌威风。"

他这话说得很豪爽,但李多祚却从中嗅出了轻敌的气味,因此苏宏晖话音刚落,他便接上话茬:"将军初到前方,还是多听听狄公和姚大人之言。"

闻言,苏宏晖不以为然:"久闻将军骁勇善战,孰料说出这一番话来,未免长敌人威风,灭自己志气。"

见状,狄仁杰正要说话,却见王孝杰站了起来,目光炯炯地环顾了一周道:"下官倒觉得苏将军所言不无道理。若说骄兵,叛军正是骄横至极,彼连胜我军,气焰嚣张,必然料定我军不敢轻易进击,我正好出其不意,攻其不备。因此下官决计将李楷固、骆务整部驱赶进东碛石谷聚歼,不知各位以为如何?"

"万万不可!"狄仁杰匆忙站起来,来到王孝杰面前,眉毛凝成一个疙瘩,"将军须知,我军黄麞谷之败正在于峡谷。若敌于东石碛谷设伏,我军奈何?"

"那依大人之见呢?"

"下官之意,我军应以目前兵众之势,与渔阳之武攸宜部成掎角之势,将敌分割包围。如此,则贼众首尾不能相顾,只有招架之功,毫无还手之力,必被我军分而食之,此操胜之大计也。"

此刻,姚璹也在一旁劝王孝杰谨慎。

王孝杰笑了笑道:"大人之计,乃分散军力,恐怕是未能歼敌而为敌所灭。下官既受皇命统帅三军,自然得负其责,若是此举导致战败,下官自当回神都领罪。"

话说到这个份上，狄仁杰与姚璹一时默然。王孝杰回到案头，便命李多祚率军继续坚守临榆关，警惕贼众取道海上逃窜；狄仁杰率本部人马在魏州至瀛洲间布防；另遣人知会武攸宜以防叛军攻取幽州；张九节据守檀州；他自己则亲率本部人马与苏宏晖一起在平州以西与敌决战。

王孝杰印堂发红，双手抱拳道："诸位，下官以身许国，效命疆场，只有勇往直前，绝不退缩怯敌。请各位监督，下官若畏缩不前，全军共诛之。同理，诸位中有贻误战机者，莫怪军法无情。"

大家纷纷表示要勠力同心，共战强敌，当日便各自回营寨备战去了。

狄仁杰是最后一个离开的。当年狄仁杰尚在相位时，王孝杰还只是右鹰扬卫将军，收复四镇后，他官至夏官尚书、同凤阁鸾台平章事，而那时的狄仁杰却正被诬陷而身陷囹圄。但狄仁杰的政绩和声名王孝杰是清楚的，因此，他向来十分尊重这位长自己十岁的同僚。

看到狄仁杰没有离开的意思，他便上前问道："下官知道此次能够重新出山，皆大人与姚大人力谏。今日天色不早了，大人就在营中且待一夜，下官略备水酒，以表谢忱。"

狄仁杰将了将美髯道："我向来从简，酒水有无并不重要，我只是想知道大人为何急于要与敌决战？"

王孝杰给狄仁杰的杯中续上茶水，才在他对面坐下来，目光中带着严肃和些许忧伤道："大人也知道，素罗汗山一战，下官罪该万死。可此次陛下不仅任下官为清边道行军总管，且恢复了夏官尚书之职，陛下如此隆恩，下官唯有以死相报。"

狄仁杰能理解王孝杰急于雪耻的心境，但这也是最可怕的，为将者感情用事，往往会蔽大局而拘于一隅。喝了一口热茶后，狄仁杰让自己平静下来道："大人之心，我岂能不知？然兵法云：'十则围之，五则攻之，倍则分之，敌则能战之，少则能逃之，不若则能避之。故小敌之坚，大敌之擒也'。"说着，狄仁杰便来到地图前，指着营州、冀州失守后敌我双方的情势图接着道，"眼下我军众而敌寡，加之默啜部参战，故而我军从容而敌焦虑。我军只需将孙万荣部分割包围，断其粮草，不用半月，敌自乱矣。"

王孝杰诚恳地点头道："大人所言不无道理，然兵法又云：'其用战也，胜久则顿兵挫锐，攻城则力屈，久暴师则国用不足。'我军远道而来，只宜速战。大人以为然否？"

　　见狄仁杰陷入了沉思，王孝杰又接着道："下官一向敬重大人，为将者最忌优柔寡断，因此请大人给下官一次雪耻的机会吧。"

　　两人正说着话，就见一旅帅进来禀报，说探马已经探听清楚，近来孙万荣欲图幽州。在平州周围的乃是骆务整所部，人马不足两万。

　　王孝杰闻言大喜，当下便立即传来行军参谋，要他将军情禀报给苏将军，两天以后进击平州西之骆务整。

　　王孝杰因这及时的情报而心境十分明朗，当下要录事参军通知军厨备好酒菜，他要与狄仁杰畅饮。不料狄仁杰却拦住道："现在还不是庆功之时，大人决计要战，我也不强拦。然为万全之计，我回到魏州后，将寻机出击李楷固、何阿小，以解幽州之急。"说罢，他便出帐去了。

　　看着狄仁杰打马而去的背影，王孝杰高声道："等到全歼叛军，下官定与大人一醉方休。"

　　而事实上，在平州以西迂回的不仅只有孙万荣的别帅骆务整，还有何阿小。王孝杰要与叛军决战的消息很快通过平州城中的细作传到骆务整的帐中，他立即请来何阿小商议。

　　长寿元年王孝杰率领大军一举攻克安西四镇的往事，仍留在骆务整的记忆中，他的骁勇善战曾令西域诸国，包括最为强盛的吐蕃都闻风而怯。所以，骆务整从情报中感到了自开战以来从未有过的压力。他跟对面的何阿小说道："武氏此次调集十七万官军，由王孝杰节制，敌众我寡，如之奈何？"

　　何阿小却从容地喝了一口奶茶，笑道："末将潜入敌营的细作也传来消息，说王孝杰求胜心切，故而拒绝狄仁杰的劝告，定要与我军决战，足见其气躁。"接着，何阿小指指地图上的东石硖谷道，"就在此处设伏，必能胜敌。"

　　骆务整见状，摇了摇头："将军之言，未免轻敌。曹仁师等人已在西硖石谷吃过一次亏，他们不会再上钩的。"

　　"所谓兵不厌诈。王孝杰目前只知骆将军在平州西，而不知末将也在此，因此末将可秘密潜往东硖石谷口密林中埋伏，将军则摆出一副决战的架势，与之接战后再撤往谷中，待诱敌深入后，末将将谷口封住，敢保万无一失。"

　　"好！若是王孝杰真的上钩，他就死定了。"骆务整也觉得此计可行。

　　三月十二日夜间，平州下了一场春雨，细蒙蒙的，悄然无声。本来已椭圆的朗朗明月便被黑云遮住了，远山近水也就陷入了朦胧之中。王孝杰觉得这正是歼敌的大好时机，便命令部属，子时用饭，丑时出兵。

　　披着朦胧月色，骑兵一直向西行进了两个多时辰，沿途虽不断遇到小股阻击，但很快都被官军击散了。眼看着辰时已到，曙光初现，却还是没有看见叛军主力，苏宏晖这才感到犹疑，忙命行军参谋向王孝杰禀报，并放缓了行军速度，增派了探哨前去打探。

行军参谋刚刚驱马离去，苏宏晖就看见前面的一道土坡背后忽然火光冲天，马蹄杂沓，片刻之间，万千人马便已旌旗林立地出现在官军面前。为首的一位将军浓眉阔唇，肩披长发，身披铁色盔甲，骑一匹黑色军马，手持大刀，站立阵前，那就是叛军主将骆务整了。

骆务整镇定地走出军阵，高声喊道："来将可是夏官尚书王孝杰？"

苏宏晖挥动手中的铜锤回应道："杀鸡焉用牛刀？本将军乃左羽林卫将军苏宏晖，还不快快下马受死。"

骆务整也不生气，反而打拱道："武周倒行逆施，契丹可汗奋而举义，乃在迎回庐陵王，匡复唐室。将军若是明白人，不如阵前倒戈，共取神都如何？"

苏宏晖没想到骆务整会抬出庐陵王，他现在面对骆务整这一番说辞，真不知该如何回答，只有挥动铜锤喊道："杀啊！"身后的大军随即便如潮水般向叛军冲去。

苏宏晖舞动一双铜锤冲到骆务整面前，二人大战了约二十回合，却忽然不见了骆务整的踪影。几位"小将"却将苏宏晖团团围住，可他们并不恋战，一拨刚刚打上几个回合，另一拨就上来替换，宛若大海波涛，一波未平，一波又起。苏宏晖左冲右突，虽杀伤士卒不少，却冲不出去。待他寻机抬头远望时，但见高坡上有一面旗帜，四角还配有无数面小旗帜，大旗挥动，军队便移动，卷起一个个漩涡。

"呀！我军入了敌军的鱼鳞阵。"苏宏晖十分吃惊，契丹人中竟然有如此熟悉阵法的将领。他一面挥动兵器护身，一面环顾四周，只见己方的骑兵纷纷倒地，鲜血四溅。他情知再战必陷敌人重重包围，于是拨转马头，大喊一声"撤"，便向来路奔去。

他才冲出去几十步，就看见王孝杰迎面杀过来了，两人相遇，苏宏晖气喘吁吁道："我军误入敌人的鱼鳞阵，总管现在回撤还来得及，再打下去，会越陷越深。"

王孝杰横刀立马，脸色铁青道："主将临阵慌乱，必一乱俱乱。杀回去，不用片刻，敌将自散。"

苏宏晖将信将疑地回转马头，对部下大喝一声"杀啊"，便率先冲到敌阵边缘。果然刚才呈层层漩涡的叛军，忽然纷纷散开，把一直站在门旗下指挥阵法的骆务整暴露在官军面前。

骆务整一看阵法被破,也无心恋战,虚晃几刀便率部向西逃去,一路上丢下干粮、弓箭、盾牌无数。

苏宏晖来到王孝杰面前,看到他镇定自若,仿佛临池的垂钓者,再回想自己刚才张皇失措的样子很是惭愧,额头上汗津津地说道:"方才叛军将我军围了个水泄不通,为何忽然乱了阵脚?"

王孝杰挥了挥手中的马鞭道:"兵者,技阵之道也,无非阴阳五行之术。以阳而立者,阴必能破之,有相生必有相克。敌之鱼鳞阵,最惧背后遭遇打击。在将军刚刚冲入敌阵后,我即遣一名校尉率军从敌后攻入敌阵,此正其薄弱处,距门旗最近,故敌即乱耳!"说完,王孝杰下马沿着高坡走了一圈,又对身边的苏宏晖道,"契丹人行军民合一之制,军士参战,盔甲、干粮自备,故而逃走时,丢下许多随身携带的器物。告诉将士,不要贪恋战利品,迅速集结队伍直追疲敌,论功行赏。贻误战机者,杀无赦。"言罢,他招呼着身后的卫士,向前飞驰而去。

再说骆务整大军西去二百里,于第二天中午,才在一处叫作太平镇的村子停下来。他并不扎营寨,而是就地住宿。之后派人赶往东石碛谷口,禀报密林中设伏的别帅何阿小,诱敌之策已经成功。

回想起昨日的高坡大战,骆务整很为死伤的部属心痛,这诱饵代价太大,那可是数百条生命啊!不知道昨日大战,有多少妻子从此没了丈夫,多少母亲从此没了儿子,多少孩子失去了父亲。

大军一驻扎下来,他就命军中祭司悼念亡灵,并亲率麾下几位将军面向东北方向,取血和酒,焚烧祭品,礼拜上香。之后,他向身边的将军吩咐道:"派遣探哨打探周军消息,不可松懈。"

第二天破晓,骆务整刚一醒来,派出去的探哨就来禀报,说王孝杰正率领万余人朝西边追来。骆务整闻言,大呼一声:"好!鱼儿终于上钩了。传令各路将军,不可恋战,兵往东碛石谷,在谷口与敌决战。"一转念头,骆务整重新唤回传令的卫队队帅道,"告诉各位将军,留一部分人,临行前将镇上的百姓全部杀光。"

"这……他们手无寸铁……"

骆务整怒吼了一声:"不要问……尽管去传令。"

正午巳时,王孝杰、苏宏晖率领官军赶到太平镇时,呈现在眼前的是漫天大火,一具具被砍掉头颅的尸体散乱在街道两旁,到处弥漫着血腥味。他驱马来到第二条街,看到一队契丹军人正在焚烧房屋,一位老者带着全家老小跪倒在地,恳求手下留情,招来的却是契丹人的放声狂笑:"哈哈哈!你去找官军求情吧!"

那队帅一挥手,部下手起刀落,这一家人顿时倒在了血泊中。

王孝杰被眼前的情景激怒了,挥动手中的宝剑大喊:"杀了这些畜生。"

官军的骑兵飞驰而过,明晃晃的战刀在空中闪出一道寒光,大约过了半个时辰,留下屠镇的契丹军人便被全部剿灭了。旅帅带着几位从火中救出的百姓到总管面前,他们一见王孝杰,就跪在地上千恩万谢。

王孝杰很惭愧,如果自己早到半个时辰,这古镇也不至于葬身火海。他上前扶起乡亲,喉头有些哽咽道:"快起来,怪我来迟了。"

百姓中一位长者告诉他,贼众屠镇后,朝东硖石谷方向去了。王孝杰便命卫队将随身带的干粮分一部分给百姓,又对身边的行军参谋道:"传令下去,兵发东硖石谷。"

大约一个时辰后,前锋部队来报,说发现窜往东硖石谷的贼军丢弃的盔甲,隔一里地,还可以看见贼军的旗帜。

闻言,王孝杰又命令道:"命令前锋部队,紧紧咬住不放。"

"遵命!"

王孝杰又向另一位行军参谋命令道:"速去禀报苏总管,加快行军速度。"

大军行进到距硖石谷二里地时,前面烟尘滚滚,火光冲天,喊杀声阵阵,官军已然遭遇贼众主力。一霎时,素罗汗山的惨败、被贬为庶民的煎熬、太平镇百姓的呻吟,全都化为奔涌的热血,直冲王孝杰的心头。他两腿狠击马腹,战马便奋起一跃,四蹄闪着火花,冲到敌军阵前大吼一声:"贼将,纳命来!"

骆务整一看王孝杰必欲取之的势头,就知道太平镇的屠杀激怒了他。面对飞速而来的大刀,他忙伸出长枪迎战,两人大战数十回合,骆务整的胳臂被王孝杰的大刀震得发麻,有几次若非躲闪及时,他就被取了项上人头。为此,他不能不惊异于年近五旬的老将军身手仍如此矫健。

战到三十回合时,骆务整卖了一个破绽,转身就向东硖石谷内奔去。王孝杰大吼一声,挥动大刀便追了上去。官军见敌军败北,便也在各自司马的率领下,潮水般地追随着主帅的身影而去,一路上又取了数百叛军的首级。

与西峡石谷相比,东硖石谷并不算长,骆务整的军队且战且退,王孝杰紧追不舍,进到峡谷深处时,道路越来越窄,紧紧跟随在身边的行军参谋劝道："将军谨慎，卑职怀疑此乃敌人诱兵之策。"

王孝杰虽然也心存犹疑，看他很快又否定了这个想法，兵法云"利而诱之，乱而取之，实而备之，强而避之，怒而桡之"，贼众若是真的诱我深入，必不恋战，为何几天来两军咬得很紧呢？他自信敌军必是寡不敌众，仓皇逃窜。他看了看幽深的山谷，对行军参谋道："世间哪有用近千人为诱饵的将军，须知不爱惜士卒，此为将之大忌也。传令各路司马，不可彷徨，弃马步行，奋力杀敌，有功者赏，退却者斩。"

可到了峡谷内的叛军却不恋战了，只是一个劲儿地朝峡谷深处撤退，直到南谷口在望时，才放慢了行军的速度，摆出一副决战的架势。

王孝杰又一次对自己的判断充满自信，以为全歼贼众的时刻到了，挥手指着侧面的高坡，对行军参谋道："传令下去，将我军大旗插上去，全军以旗为号，呈锋矢阵，主军先进击敌军，两翼襄助，背靠山崖，进可攻，退可守，胜券在握。"

卫队旅帅刚刚把军旗插上高坡，未及王孝杰发令，却听见两面坡上轰隆隆的一阵吼声传来，他定神去看，从峡谷两山间推下的滚木礌石，直朝官军冲来，接着，猛雨一般的火箭射向谷底，顷刻间，滚木被火箭燃成一片火海，滚滚浓烟遮住了王孝杰的视线，耳畔充满凄厉恐惧的喊声。

王孝杰蒙了，茫然自语道："不是只有骆务整一部么？为何还有埋伏？"但他顾不得多想，挥动大刀对着谷底喊道，"朝谷口突围，冲出去就活命。"

可不一会儿，已浑身鲜血的司马来报："谷口已经被贼军封住，强行突围，只是死路一条。"

"苏宏晖呢？他为何不来驰援？"

"从进入峡谷以后，就没有看到他！"司马摇了摇头。

王孝杰绝望了，仰天长啸："上苍，你果真要孝杰葬身于此么？"

这时候，就听见谷口传来骆务整的喊话："王将军，我素来敬重将军。武氏倒行逆施，人神共愤，将军晓明大义，何不投靠孙大帅，吾等勠力同心，迎回庐陵王，光复唐室。"

王孝杰心头一动，贼众果然打着迎回庐陵王的旗号，他沉思片刻，并不直接回应骆务整的劝降："本将军有今日乃天意也，与朝廷无涉。若有胆量，放马过来，谁取谁的首级亦未可知。"

骆务整并不应战，挥了挥手中的短刀，大呼一声："拿下王孝杰者，赏獐皮四张。"

　　叛军立即朝着这边拥来,王孝杰推了一把行军参谋道:"不要管我,你一定要设法逃出去,将实情禀奏朝廷。"

　　行军参谋凛然道:"卑职就是死,也要与大人死在一起。"

　　王孝杰厉声道:"糊涂!你要让本将军蒙冤么?"

　　"卑职一定回神都禀奏实情。"行军参谋擦一把眼泪,说完便转身在一丛灌木中隐去。

　　敌军此时已冲上来了,王孝杰率领仅剩的几名卫队士卒朝山顶退去。等到得山顶,才发现跟随的旅帅和卫士不知何时均已战死。但叛军并不放过自己,仍然蜂拥而来,"活捉王孝杰"的喊声在山谷间此起彼伏,回荡不已。

　　他的左胳膊中了一箭,鲜血直淌,随后腰间又被砍了一刀,钻心的疼痛,他用宝剑支撑着疲累的身子,回眸去看,身后苍山如海,残阳如血,染红了幽深的山谷。

　　王孝杰擦了擦嘴角的血,惨淡地笑了笑:"想不到我戎马一生,竟然让青山掩埋了忠骨。"

　　他一步一步地挪到悬崖边缘,回身看了一眼包抄上来的叛军,大喊一声"陛下,臣就此拜别了",之后便纵身跃入了山谷。

第八章

九鼎不抵边事紧　狄公智识破危局

就在李尽忠、孙万荣反叛之时，武承嗣却在忙一件让他姑母凤颜大悦的事情。

事情缘于万岁通天元年二月新明堂(通天宫)落成之日，皇上于通天宫大宴群臣之时，武三思因全力推进天枢建成，深得武曌欢心，所以她常召武三思进宫侍宴，有时还毫无来由地赏赐他许多玉器、布帛。当时武承嗣的内心受到了强烈的冲击，皇上如此看重三思，是不是有改立国嗣……这个字眼一旦出现在脑海，就立刻让他芒刺在背，惶恐不安。那共御外敌的情绪迅速被兄弟阋于墙的嫉妒所取代，他决计要把姑母那颗飘摇不定的心拽回来。

一天，他闷闷不乐地独自一人到神都苑踏春，遇到了白马寺住持怀清。品茗之间，武承嗣把自己的心结说与怀清听了。怀清闻言，举起茶杯道："贫僧以为，眼下就有一件大事殿下可以做得轰轰烈烈。"

"哦？还请大师明示。"武承嗣脖子伸得老长，一副急不可耐的样子。

"殿下请想，神都诸神器中尚缺什么？"怀清故作神秘。

武承嗣想了半天，仍不得要领，憋着红脸道："本王想不出来，大师还是直说吧！"

怀清撩了撩袈裟，正襟危坐道："据贫僧所知，禹收九牧之金，铸九鼎。皆尝亨鬺上帝鬼神。遭圣则兴，鼎迁于夏商。周德衰，宋之社亡，鼎乃沦没，伏而不见，故汉武曾铸鼎荆山。今之明堂、天枢贵为神器，然则，非国柄之征也。今陛下君临天下七载有余，四海富庶，天下咸归，正铸鼎佳期。若能复铸九鼎，必再显君威，岂不善哉！"

武承嗣闻言大喜，连道："大师一言，如醍醐灌顶，本王回京就向陛下谏言铸鼎。"

不久的朝会上,武承嗣便上奏,提请由他督铸九鼎,以表天下咸宁。朝臣们知道,这样的事即便有人反对,也难成气候。况且,包括娄师德、姚璹等宰相也认为鼎乃国之征象,社稷之基,不可不铸。于是,许久不曾有过的一致局面出现了。

对武承嗣此举,上官婉儿自然看得十分清楚。一天,武三思来时,她便若明若暗地将自己的感觉告诉了他,并道:"你堂兄是怕你与他在陛下面前争宠吧?"

武三思听后十分感佩,叹气道:"我岂能看不到?可他毕竟是兄长,不好闹得太僵罢了。"

上官婉儿见状便宽慰道:"殿下无须担心,年轻就是资本。只要有机会,定会赢得陛下之心。"

这之后,武三思便被任命为安抚使了,也正是此任让他陷入了尴尬。

一年来,武承嗣奔走于司府寺、尚方监,又到各州县铜山采矿冶铜,如今总算是大功告成。四月的一天,他兴冲冲地来到瑶光殿奏道:"陛下,九鼎均已铸成,请陛下明示安放之处。"

这些天,武曌正在为前方战事不顺而烦恼。王孝杰已奔赴清边道,可至今也没有消息传来,她不免有些焦虑。武承嗣带来的消息恰如一阵清风,吹散了她心头的阴霾。她想这也许是一个好兆头,预示着平叛局面将好转。

"难得你如此忠心,朕会记着的。"武曌笑着对武承嗣道,"九鼎一成,万世咸安。此上天赐国寿于大周矣,九鼎就安放在通天宫吧。"

"微臣遵旨,明日就徙九鼎于通天宫。请陛下亲临观鼎。"

"好!"武曌爽快地答应了,并且还让太子和几位宰辅皆陪同前往。

这是自营建万象神宫(旧明堂)以来最为盛大的迁徙工程。天刚亮,玄武门内长长的街道上就挤满了人,其间有参与搬运的牙宿卫兵,也有来观看盛况的百姓。九鼎的铸造,严格依据《尚书·禹贡》所分之冀、兖、青、徐、扬、荆、豫、梁、雍九州,一州一鼎。因神都居于豫州,所以豫州鼎高一丈八尺,重二百石;余皆丈四尺,上面图刻当地山川、物产,共用铜五十六万七百余斤。因九鼎乃社稷之征,故司仆寺秉承武曌旨意知会朝野臣僚,都要参与搬运。

太阳刚刚露出城头,武曌与太子李旦的车辇就出了皇宫,向玄武门而来,沿途仪仗整肃、鼓乐喧天。武曌今日的心情比前几日好多了,她期冀九鼎能给大周带来兴盛,使乱臣贼子伏法,使外夷臣服。随着车毂轰隆隆地转动,她也顾盼左右,感受着春天的葳蕤勃发。

而李旦的心情就不一样了,这一年来他是第一次陪伴皇上外出。他的脸色有些苍白,神情木然,似乎窗外的花开花谢、鸟飞鸟来与他没有任何关系,当然也没有任何人与他亲近。

在有过几位臣子因私下拜见太子而被杀、被囚之后,便再也没有大臣敢走进东宫了,遑论是在这样的场合。不过,李旦早已对此司空见惯,他很自觉地与大臣们保持距离,甚至连偶尔的目光交会都没有。

刚刚应召回京,即将赴任长安的姚璹在人群中看到了李昭德,他就明白娄师德的谏言皇上是听进去了。可李昭德如今的官衔只是监察御史。

李昭德自然也看到了姚璹,当年的众位宰相,如今只有姚璹和娄师德还在相位了。也正是因为他们,自己才有这重新出山的机会,于是他满怀感激地来到姚璹面前,拱手作揖道:“见过姚大人。”

“听说大人回京,下官甚感欣慰。”姚璹连忙回礼,可抬起头时,他就从李昭德的眉宇间捕捉到了难以拂去的忧伤。在这样的场合,说什么都是多余的,便只感慨了一句,“回来了就好。”

“呵呵!李大人回京了?”正此时,来俊臣从旁边插了进来,狡黠的目光在李昭德身上滴溜溜地转。

李昭德不冷不热地答道:“还好上苍有眼,没死了。蒙陛下恩重,我又回来了。”

刚刚升任洛阳令的来俊臣早已将流放的往事置于脑后了,志得意满道:“几年流放,大人该明白些为官之道了吧?”

李昭德冰冷地扫了来俊臣一眼,丢下一句“子非鱼,焉知鱼之乐”,便转身离开了。来俊臣不屑的目光追着李昭德的身影很久,才慢慢移开:“哼!焉知鱼之乐?你能知道本官之乐么?神都的好女人都让本官尝了鲜,你能享受得了么?”

“哟,来大人和谁说话呢?”不知什么时候,武三思从身后走了过来。

来俊臣吓了一跳,一脸的尴尬,忙搪塞了过去,便告辞离开了。

武三思也快步向拉纤的队伍走去,自然地站在了朝臣、宿卫前面,拉紧了绳索。

不过谁都明白,朝臣拉纤不过是形式而已,如此笨重的铜鼎,自然非人力所能移动。每一个铜鼎前,都有几头很壮实的牛和白象,可即便如此,当司仆寺官员挥动手中的旗子,负责赶牛和白象的宿卫伴随着鼓乐的节奏,齐刷刷地驱赶牲畜时,那铜鼎移动的速度依旧很慢。

> 嗨呀! 嗨呀!
> 九鼎成呀,嗨呀嗨呀!
> 国运盛呀,嗨呀嗨呀!
> 万民乐呀,嗨呀嗨呀!
> 天下定呀,嗨呀嗨呀!
> ……

号子声从玄武门开始,一路撼天动地,滚滚而来。令观者惊异的是,那些拉鼎的牛和白象似乎也懂得人语,行进的步子竟然能齐刷刷地踩在鼓点上。这情景让坐在通天宫观景台上的武曌很惊诧,她觉得此时此刻,距天最近、距神最近的就是她,她就是上天派遣到人间治世的。

武曌看了看身边的上官婉儿和几位宰相,那喷珠泻玉般的诗句就含香出口了——

> 羲农首出,轩昊膺期。
> 唐虞继踵,汤禹乘时。
> 天下光宅,海内雍熙。
> 上玄降鉴,方建隆基。

武承嗣在旁边听了,忙唤太乐署的官员把武曌的诗作记录下来,并命其谱成歌曲,广为传唱,使之家喻户晓。

武曌的目光追着武承嗣忙碌的背影,心事再度飘忽起来,自问道:"难道武氏一门真的没有可以承继社稷的人么?"

终于,豫州铜鼎到了指定的位置。巨大的鼎身被太阳照得闪闪发光,武曌的丹凤眼也被耀得眯成了一条线,武承嗣出列奏道:"陛下,微臣尚有一事禀报。九鼎新成,绽光炳耀,可久而久之,日晒雨淋,即生铜锈,斑驳其面,不忍目睹。"

武曌睁开眼睛,打量着矗立在面前的豫州鼎,沉思片刻后道:"朕闻金色历久弥光,若每尊铜鼎以千两黄金涂之,岂非一劳永逸?"

"陛下圣明。臣立即命尚方监去办理。"武承嗣迅速回应。

"不可!"

谁知此时从旁边传来一个洪亮的声音,武承嗣转脸去看,正是姚璹,他禁不住在心里骂道:"迂腐老儿,又来搅局。"

姚璹并不在乎武承嗣满脸的不悦,上前奏道:"臣闻九鼎乃神器,贵于天质自然;且臣观其五彩焕炳相杂,不必以金色为炫耀。请陛下收回成命。"

他的奏言立即得到了娄师德、李昭德等人的响应。

娄师德附言道:"九鼎者,国权也,乃彰皇上德配于天,享国长久之意。所谓道法自然,非人之伪。见素抱朴,现其本真,守其纯朴。眼下边事吃紧,省下资财,可充边用。请陛下明察。"

至于李昭德,因回朝不久,虽刚锋未折,然措辞却是谨慎多了:"陛下圣明,自有圣裁。"

几位大臣的话武曌是听进去了,尤其是娄师德的一句话最为关键,平叛未果而倾金饰鼎,民心必不顺,但她同时也对武承嗣的忠诚颇为赞赏。

为难之际,武曌便将脸转向上官婉儿,上官婉儿心领神会地缓缓起身,来到武曌面前道:"微臣以为,众位大人所言皆出于社稷之怀,忠君之心。臣闻《易经·杂卦》云'革去故也,鼎取新也',武周革命,除旧布新,金饰九鼎,非不能,而在时也。臣以为,平定叛贼,乾坤勘定之日再行涂金,为时未晚。"

她这一番话,左右逢源,武曌很满意地环顾了一下周围的几位大臣,顺势道:"知制诰所言甚合朕意,此事再议。武承嗣听旨,高奏雅乐,上太牢,祭祀上天。"

……

安放九鼎的仪式一直持续到傍晚才宣告结束,姚璹的车驾驶入坊间门时,道路两旁的灯火渐次放明,店铺、酒肆里座无虚席,洛阳的暮色,在春日里显得生机勃勃。

姚璹有些累,便要驭手松开马缰,一任马儿散淡地穿行在熙来攘往的人流中。他知道,自己的累很大程度来自内心的压力。今日白天,自己坏了武承嗣的好事,他迟早会在朝堂上伺机报复。自己之所以能够走到今天,一次又一次地避过构陷,全凭他温婉而又豁达的性格,谨慎而又圆润的处事方式,但他今天却迷惑了,无法判断皇上接受自己谏言到底出于什么心理?

但他并不后悔,从临榆关回来后,他几乎每夜都在噩梦中盘桓,他在梦中看到一队队官兵倒在血泊中,一群群百姓被砍下首级。醒来后,便独自一人来到前厅枯坐,眼见得人日益地消瘦了。他这样子,让妻儿都有些害怕。

"唉！你等未经战阵,哪知何谓生灵涂炭啊！"姚璹感叹道。

也正因为这种情结给了他勇气,使他在那样的场合阻止了一场浪费府库资财的奢华。千两黄金,对皇室也许不算什么,但它可抚恤多少阵亡将士的亲属啊！作为一朝宰辅,能不思忖么?

府门前的灯笼在夜色中显得有些昏黄,驭手"吁"的一声,马儿就停下了,府令立即上前搀扶,不想却被他推开了,并问府上有没有什么事情。

府令压低声音道:"禀老爷,来了一位不速之客。"

"哦?"姚璹的眉毛不经意地颤动了一下,但很快就恢复了平静。待回到府中,在中堂坐下,夫人命丫鬟沏了茶,又要张罗饭菜,姚璹才摆了摆手道:"老夫已在外面用过,快说来者何人?"

夫人有些仓皇道:"妾身也不知道,他衣衫褴褛,蓬头垢面,只说是要见老爷,妾身命丫鬟安排其洗漱、用饭之后,现正在前厅等候。"

姚璹没有说话,起身来到前厅,但见一汉子正对着青灯发痴,便问道:"敢问足下尊姓大名,有何事来找老夫?"

那人回过身看见姚璹,便"扑通"一声跪倒在地道:"启禀大人,大事不好了。"

"你不必慌张,且慢慢道来。"

来人回道:"卑职是夏官侍郎、清边道总管王孝杰将军的行军参谋。王将军在平州以西之东硖石谷遭到叛军伏击,以身殉国了。"

"啊！"姚璹颓然跌坐在椅子上,半天说不出话来。回京前议军会上的争论还历历在目,没想到悲剧这么快就发生了。一时之间,他只觉得天旋地转,眼前一片模糊。行军参谋顿时慌了神,忙上前扶着姚璹。

姚璹抬起蜡黄的脸问道:"老夫只是觉得事出突然,不妨事。你快告诉我,前军总管苏宏晖怎么样了?"

"听说苏将军已经脱逃,不知去向。王将军罹难前反复叮嘱,要卑职到神都拜见姚大人,请大人速奏陛下知道真相。"行军参谋又道。

姚璹顿觉事情严重了,便让夫人安排行军参谋到别院厢房歇息,随后对府令道:"军情紧急,老夫要进宫。"

府令有些迟疑道:"天色已晚,老爷还是等明日上朝时再禀奏陛下吧！"

"国家大事,老夫心中有数。备车。"

夜色沉沉,酒肆里传出狂热的猜拳行令声、斗鸡声,沉浸在升平之中的人们没有谁关注一辆马车的来去,但姚璹产生了一种幻觉,似乎觉得每双眼睛都在盯着他。

禁卫虽然常常看到姚璹出入宫禁,但还是严格地验看了他的门藉,这才放行。姚璹心中有事,讷讷点头示意,人已经向里面奔去了。

瑶光殿的幔帐拉得严严实实,武钦、张尚宫以及一班宫娥、太监在廊下伺候。

姚璹把武钦叫到一边道:"烦请公公速速禀奏陛下,边关有紧急军情来了。"

武钦挠了挠头,一副为难的样子。皇上正和张昌宗、张易之兄弟悱恻缠绵,他这会儿奏事,惹恼了凤颜……可他也从姚璹焦虑的目光中看出,事情不仅紧急,还很严重。思虑了片刻,他隔着殿门怯生生地说道:"陛下,姚大人求见,说边关有紧急军情。"

过了好一会儿,武曌才应道:"张尚宫可在?"

"奴婢在!"张尚宫应声进去,就见武曌躺在皇榻上,左边是张昌宗,右边是张易之,便躬身而立道,"陛下有何吩咐?"

武曌吩咐道:"领他们从后门到偏殿歇息,服侍朕起来。"

又过了半个时辰,武钦从殿内出来,尖着嗓子传道:"陛下有旨,宣姚璹觐见。"

等到姚璹走进大殿的时候,武曌已正襟危坐、满目威严了。听罢姚璹的奏报,她的丹凤眼睁得老大:"你说什么?你再说一遍!"

及至确认王孝杰以身殉国、苏宏晖临阵脱逃、武攸宜闭城怯战后,只听"啪"的一声,她的手击打着皇榻的扶手大怒道:"苏宏晖该杀,武攸宜误国。"

姚璹没有接话,沉默地站在那里。武曌颓然地垂下头,过了好一会儿又问道:"狄仁杰呢?他不是去了魏州么?"

姚璹回道:"微臣在临榆关行营时,狄大人就在魏州率军民击退了叛将何阿小。"

武曌眉毛此时已凝成一对"翅膀",方才放纵的欢愉被冲得了然无痕,代之而起的是极度的恼怒:"好个孙万荣,大周带甲百万,岂容你小儿践踏!传朕旨意,以左金吾将军武懿宗为神兵道大总管,与右豹韬卫将军何迦密将兵击契丹。命狄仁杰在魏州、平州间拘捕苏宏晖。追封王孝杰为夏官尚书、耿国公。"

"遵旨!"姚璹退出瑶光殿时已是子时,新的一天开始了。

王孝杰喋血东石硖谷的消息在朝臣间引起了强烈震动,第二天早朝前,这也自然成了大臣们的中心话题:"知道么?王孝杰将军殉国了。"

"天哪!连王孝杰都败在叛军手下,那还有谁能为帅出战呢?"

武懿宗是中途来的,他根本没有想到这件事会与自己有关。他近来很得意,正月,朝廷接到一件刺史密谋反叛的密报,武曌将此案交与他办理,他趁机将平日与自己过不去的夏官侍郎、同凤阁鸾台平章事孙元亨等三十六人投入监狱,酷刑之后尽诛,连坐亲属流放达千人之多,因此受到武曌的赏赐。现在,看着同僚们如惊弓之鸟的样子,他蔑视道:"你等未见贼面,先惧之不已,还是陛下的股肱之臣么?"

姚璹和刚刚进来的娄师德听了这话,相互交换了一下眼色,什么话也没有说,先进含元殿去了。

朝会的中心议题就是增兵讨逆,当武懿宗接到任命他为神兵道总管,即日率军出征的诏命时,他呆了,姑奶奶怎么会将这样的事摊在自己头上呢?他的骨头霎时就软瘫了,"扑通"一声跪倒在地道:"陛下,臣……"

但他的话立即被武曌的愤怒打断了:"国有危难,你不该担当么?你立即领兵出征,抗旨者杀无赦。"

"微臣……遵旨。"他跪了许久,皇上也没让他平身,而是兀自退朝了。

子夜时分,当率残部逃到魏州的苏宏晖被接到刺史府时,一见到狄仁杰就放声大哭,悲凉的哭声揪着狄仁杰的心:"大人,末将罪该万死啊!"

狄仁杰无奈道:"早知今日,何必当初?你不该临阵脱逃,见死不救啊!"

苏宏晖抽动着肩膀,断断续续地说道:"叛军不是一部,何阿小竟然也在!末将眼看三万余众被围在东石硖谷,箭矢如雨,血流成河,末将也曾欲救援,可从谷口密林间冲出的何阿小将末将所部堵在了谷口,末将力战,方得以脱身。"

"王尚书呢?"

"末将不得而知。"苏宏晖惭愧地低下了头。

"将军且起来说话,你我均为臣僚,无尊卑之分,你如此,折杀老夫了。"狄仁杰扶起苏宏晖,命厨房准备饭菜。

在苏宏晖吃饭的当儿,狄仁杰来回踱着步子,他暗地埋怨王孝杰聪明一世,糊涂一时,为何会被敌军的诱兵之计所惑呢?放在别人身上,也许可以宽恕,可你王孝杰是身经百战的大将军啊!三万精锐都葬送在你的手里,哎……

不过,王孝杰即使铸成大错,也还是忠良之错,壮士之错。他也许已死于乱军之中了,这是沉雄悲壮的,而不会如张玄遇之流的奴颜婢膝;他也许还活着,他活着也必是反躬自问,内心饱受炙烤。

狄仁杰的心境十分复杂,尽管朝廷没有诏命他统帅十四万余众,然而作为魏州刺史,他必须尽快筹谋寻机打一仗,挫挫敌人的嚣张气焰。

第二天一大早,狄仁杰便在院子里练剑,见苏宏晖来了,便收了势,将剑交给卫士,约他到书房说话。待上茶的丫鬟退出后,狄仁杰方问苏宏晖道:"将军下一步有何打算?"

"末将心里很乱,还请大人明示。"

等苏宏晖一杯茶入了腹,狄仁杰给他续上茶才道:"东硖石谷之失,王尚书固然有责,然将军临危退出,难辞其咎。老夫估计,朝廷不久就会有追责的诏书下来。"狄仁杰用"临危退出"这个温和的辞藻,是为了避免太伤苏宏晖的自尊,"不知将军之后军,尚有多少人马?"

苏宏晖如实回道:"东硖石谷损伤万余士卒,眼下末将麾下尚有四万人马,均在平州城外屯驻,由副总管统领。"

闻言,狄仁杰击掌道:"如此甚好。请将军修书一封,老夫派快马送往平州行营,留两万人马镇守平州。其余人调来魏州,在贵乡东北之沙麓山伏击李楷固、骆务整。若我军一举获胜,老夫愿陈情皇上,免除将军临阵脱逃之罪。"

东硖石谷一战,苏宏晖尚惊魂未定,听闻此语,便满腹疑窦地看着狄仁杰道:"叛军奸诈狡黠,岂能上钩?"

狄仁杰满怀信心道:"老夫到任后,曾实地勘察过地形。这沙麓山起自贵乡东北向东南延伸,五道近似平行起伏的山梁酷似五只顾盼左右、相互呼应的梅花鹿。此山高峨巉崿,东临黄河,为魏冀之咽喉,河北之锁钥,中原之屏障。敌若南下,必经此地。"

狄仁杰一番话让苏宏晖茅塞顿开,他起身拱手道:"末将愿听大人调遣。"

狄仁杰摇了摇头,又笑道:"老夫也就是个州刺史,大局还得总管来定。"

五天以后,后军副总管率领两万将士在魏州城外安营扎寨,同时带来了一悲一忧两条消息。所悲者,清边道总管王孝杰拒敌劝降,跳下悬崖,以身殉国;所忧者,驻守渔阳之武攸宜闻王孝杰大败,大为震恐,不敢轻进,致敌攻陷幽州城邑,武攸宜遣将攻之,数日不克,仓皇退回渔阳去了。现何阿小与孙万荣会合,骆务整与李楷固会合,正欲南下再攻魏州,进逼洛阳。

"好,这可是不请自到啊!"狄仁杰闻之大喜,接着便操着并州口音为众位将领分析敌我形势,建议兵分三路:一路坚守城池;一路北上阻击叛军,打着苏宏晖残部的旗号,迷惑敌军;一路则前往沙麓山设伏。

狄仁杰还要将士们多备绞索,务必生擒李楷固与骆务整。副总管闻言有些不解,问道:"此二人皆叛军骁将,双手血迹斑斑,军中皆以杀之方能断敌臂膀,大人却要生擒,岂不冷了将士的心?"

苏宏晖使眼色截住了副总管的话头,打圆场道:"狄大人如此安排,必有深意,无须多虑。"

当下决计,魏州长史率州司马、别驾与百姓一起坚守城池,副总管率军与敌正面接战,狄仁杰和苏宏晖到沙麓山腹地埋伏。

散会前,狄仁杰又强调道:"城中守军不可轻易出城应战;阻击之军不可恋战,不可怯战,要给敌人以虽力战而不能胜的印象;伏击之军不可躁动,待敌深入后方可出击。大军行动只禀于将军得知,以免走漏消息。"

送走各位将军,狄仁杰屈指算来,据东石硖谷之役过去已经一个月,打完这一仗,朝廷的旨意也该到了。他便回身看了一眼苏宏晖,语重心长地说道:"生死在此一举,务请将军珍视。"

苏宏晖没有说话,他掂得出这话的分量,自己已错了一次,绝不能再错第二次……

刚刚过了望日,月色如银地洒在战火频仍的河北大地。月光下,山川、村落仿佛皴染的水墨画,浓浓淡淡两相宜;扬花的麦田散发出清幽的芬芳,偶尔有露水从麦叶滴落到地上,发出脆脆的低吟。穿过麦田间的官道,前面就是一片密林。据说这是齐僖公时栽植的,前后绵延数里,至今已有千年,最老的松树已有几人合抱粗了。

骆务整眯着眼睛,望着黑森森的密林很久没有离开,低声道:"此处若有一支伏兵,我军休矣。"

李楷固勒住马头,觉得很有道理,他唤来一位小将,要他遣士卒到前面林子边打探,大队则停止行进,等待消息。

大约过了半个时辰,一位队帅带着几名士卒回来禀报道:"卑职沿着林间小径向周围搜索了二里地,没有伏兵。"

李楷固拢了拢垂到前面的长发道:"看来东硖石谷一战,周军已吓破了胆,大概早已闻风而逃了吧!"说罢,他与骆务整相互看了看,发出得意的笑声。但他还是叮嘱队伍疾行穿过松林,千万不可掉以轻心。

五里路的森林,用了也有一刻时间,前面露出依稀光亮,正是晨曦初露之时,李楷固看了一眼骆务整道:"狄仁杰也不过如此啊!"

可当队伍再前进二里地时,一骑飞驰而来禀报道:"前锋部队已与官军接战。"

李楷固道一声"再探",扬起鞭子,在马屁股上狠狠地抽了几下,越过步军,朝前奔去。隔着百步远,果然看见一位中年将军挥舞一杆长枪,左冲右突,契丹军则成片倒地。一位将军拍马上前,战了不到五个回合,就被挑下马去。自开战以来,还未见自己所部如此不经打,李楷固不禁怒从心头起,冲到阵前大喝一声:"何方狂徒,敢于本将军面前撒野?"

"本将乃大周讨逆军后军副总管!"那中年将军顺手就是一枪,朝李楷固迎面刺来。李楷固急忙挥刀架住,但他从内心根本没有将这副总管放在眼里,总管苏宏晖都落荒而逃,区区一个副总管竟负隅顽抗,真是不知深浅。两人在马上刀来枪往,交战数十回合,眼见得中年将军气喘吁吁,力不能敌,便虚晃一枪,调转马头朝西南方向跑去。

叛军中几位将军追出一里地,被从后面赶上来的李楷固拦住道:"看样子,此并非周军主力,乃苏宏晖残部,无须穷追。我军目标在魏州,速去告知骆将军,向沙麓山进发。"

太阳从黄河的浪涛中跃上晴空,金色的光芒照着西岸的沙麓山。与矗立在河东岸的太行山相比,这山其实算不上高,在春阳下呈现出北方山脉的苍茫雄浑,山谷间树木不多,但大小沟壑纵横错落,曲折蜿蜒。

队伍行进了半晌,一位队帅跑上前禀报道:"骆将军要将军警惕敌人埋伏。"

李楷固看了看远方起伏的山梁,便笑骆务整过于谨慎。且不说苏宏晖在东石硖谷逃走,至今了无消息,也不说狄仁杰坚守魏州,自顾不暇,单说这沟道内草枯树疏,怎么藏得住兵呢?

"回告骆将军,就说我知道了。"之后,李楷固转脸对身旁的将军校尉道,"急令全军快速出谷,直取魏州。"

队伍前进了大约五里,有旅帅来报,说前面山体垮塌,巨石挡住了去路。

李楷固抬头看看朗朗晴天道:"既未下雨,何来垮塌?命将士移走巨石,继续前进。"

"遵命。"旅帅转过身去,正要下沟,迎面一支箭射过来,正中咽喉,他便"哼哧"一声,滚下沟去。接着,箭雨从四面八方倾泻而来,队伍顿时大乱,士兵们有被箭矢射杀的,有为了躲避箭矢而相互踩踏的,当下死了不少。

"速令队伍一直向前,不可滞留,否则全军有覆没之危。"李楷固这才意识到事情的严重,挥动大刀拨开一支支飞来的箭矢,冲下土台大喊一声,"冲出沙麓山,直取魏州城。"

几位将军也跟着他喊,一时间山谷里"冲出沙麓山,直取魏州城"的喊声此起彼伏。叛军在李楷固的率领下,一直向南冲击。有道是"两军相逢勇者胜",求生的本能使得契丹将士不顾一切,他们奋勇杀敌的气概再一次让山梁背后的苏宏晖震撼,不由自主地看了看狄仁杰。

狄仁杰手将美髯,镇定自若,示意身边的卫队旅帅挥动大旗,正在沟底阻击敌军的周军便迅速转进一条小沟,不见了踪影。

李楷固仿佛觉得进了一座迷宫,这时候只听见一阵喊杀声从另一条沟道震天而至,可让他百思不解的是,这支队伍只有喊杀声,却不见人影。他不敢多想,率领队伍继续向南冲击了一里地,又发现前面的路被一棵倒下来的大树拦住,他于是两腿狠击马腹,试图越过大树,可没想到马的前蹄刚刚落地,就落入青草覆盖的陷阱,战马一阵嘶鸣,四蹄被连钩拉住,摔倒在地。

李楷固立马被绑了,押解到狄仁杰和苏宏晖面前。狄仁杰笑道:"百密总有一疏,一向胜券在握的李将军不会想到,有一天会马失前蹄吧?"

李楷固看了一眼苏宏晖,轻蔑道:"没有想到,你会逃到这里。"

苏宏晖脸上极不自然地抽搐了一下,对旅帅道:"将叛贼押到魏州城。"

旅帅带着几名士卒正要押李楷固离去,狄仁杰在身后嘱咐道:"李将军早年事我大周,屡建战功,不可慢待了。"

说完,狄仁杰转身来到一大群契丹俘虏面前高声道:"两军交战,各为其主,殊非得已。今本官告知各位,契丹归顺大唐,后事大周,华夷一体,情同袍泽,各位若愿意放下兵器,仍为我大周子民,共享圣恩,本官将不予追究。"

俘虏们纷纷拜倒在地,山呼"感谢陛下圣恩,感谢大人不杀之恩"。

三天以后,李楷固在魏州城里看到了同样被俘的骆务整。他们同被关在州府后面的房间中,虽然派有重兵看守,却是好酒好肉地款待。

这一天用过晚饭,两位将军下了一会儿棋,李楷固心不在焉,连输两盘,顿时兴味索然,喊着要喝酒。旅帅让他稍等,不一会儿,不但送了酒,还带了几样小菜。

"呵呵!狄老这是要送我等上路吧?"

"管他呢!落在周军手里,我就没有打算活着出去。今日有酒今日醉吧!"

骆务整毫不在意。

酒过三巡，两人的脸逐渐热了起来，话也没有边际地多了起来。

说到被俘经过，骆务整至今仍十分佩服狄仁杰的出人意料。当他从前来报信的卫士口中得知李楷固的军队遭遇埋伏时，他也曾命令部下试图从来路冲出去，孰料还没到山口，就被折返的苏宏晖军副总管堵住，终因埋伏的绊马索而被擒获。

骆务整叹了一口气道："没想到，你我会在囚室内重逢。"

李楷固没有接骆务整的话。其实，从被俘的那天起，他的心就没有平静过。从去年五月至今，他跟随李尽忠与孙万荣转战河北，攻城略地，可至今唯一能够站得住脚的理由就是赵文翙杀了酋长，增加了赋税而已。至于其他，却是再也没有了。想到此处，李楷固说道："大汗病逝，孙大帅主事。不论战事如何顺利，我总在想这仗是怎么打起来的，为了什么？"

骆务整夹了一块牛肉送进口中，说话便显得不那么顺畅："这还用问么？若不是那个赵文翙杀酋长，加重赋税，怎么可能打起来呢？"

"哎，说到底，这仗是因为赵文翙而起，与朝廷并无关系啊……"

骆务整疑惑道："怎么没有关系？赵文翙是朝廷命官，没有皇帝的旨意，他怎敢蔑视大唐以来的'羁縻'之策呢？"

"可你看看狄仁杰，他不也是代表朝廷的声音呢？我等在东硖石谷斩杀万余周军首级，被杀是必然的，可如今却还能在此饮酒叙话。王孝杰不足畏，苏宏晖不在话下，只有这狄仁杰才是最难捉摸的呀。"李楷固感叹道。

经他这么一说，骆务整也道："临榆关战役时，末将也曾被李多祚擒过一次，李多祚不仅放了我，还要我带话给将军你，说此次兵变乃赵文翙一意孤行，背主妄为之举。若能回归大周，他将在皇上面前力奏，保享圣恩。狄仁杰既不杀，也不放，难道也有劝降之念么？"

正此时，门外传来一阵爽朗的笑声，两人一惊，转过头来，却是狄仁杰从门外进来了。两人并无行礼的打算，都坐在那里没有动，倒是狄仁杰打躬作揖道："都是老夫关照不周，让两位将军受惊了，万请海涵。"

这一举止，使得李、骆两人有些不好意思。狄仁杰让看守添了一双筷子，笑道："老夫今日有些空闲，来与将军饮上几杯。老夫在宁州任刺史时，就曾听说两位将军骁勇，多次为朝廷建立战功，今日得见真乃三生有幸。请举杯，接受老夫的敬意。"

见狄仁杰谈笑风生，待他们如老友重逢，李、骆两人也不好矜持下去。李楷固先举杯回道:"末将亦是闻大人断案神奇。今日一见,果然气度不凡。"

狄仁杰忙摆手道:"那都是抬举老夫之语罢了,千万不可信,来来来,饮酒,饮酒。"

放下酒杯,狄仁杰笑眯眯地说道:"方才骆将军所言,老夫都听到了。老夫绝无劝降之意,只是有些心里话说与二位,全当老友推心置腹。"

见两人没有抵触的意思,狄仁杰的语气越发和风细雨,从大汉与匈奴和亲,说到昭君出塞;从蔡琰的胡笳十八拍说到倭国遣唐使在长安的留诗;从武德九年刚刚即位的唐太宗亲临渭水,与突厥颉利可汗结盟说到唐朝便有大量突厥、契丹将领在朝为官……他饱含真情,娓娓道来,说得二人十分动容,末了道:"太宗先帝有言,'自古贵中华轻夷狄,朕能独爱如一'。然则,忠奸暴良,每朝难免,二位将军岂能以赵文翙之罪迁怒于朝廷,遗祸于百姓,致使生灵涂炭,山川蒙尘?"说完,狄仁杰又邀李楷固与骆务整喝了几杯,临走时留下一句话,"将军有何请求,随时可以告知老夫。"

第二天一大早,狄仁杰正在府院练剑,录事参军便前来禀报,说李楷固与骆务整要见他。

狄仁杰收起剑器,洗漱一毕来到后堂,李楷固与骆务整已在厅中等候。一见面狄仁杰便问道:"二位将军昨夜睡得可好?"

李楷固忙起身施礼道:"听罢大人一席话,末将夜不能寐。"

狄仁杰哈哈大笑,连道:"罪过罪过。"

骆务整接过李楷固的话道:"不瞒大人,这话李多祚将军也说过。只是经大人昨夜一番分析,末将的心更透彻了。只是……"

"将军的担忧老夫明白。只要将军归顺朝廷,老夫敢保将军无恙,不仅如此,还要举荐将军担任要职,建功于大周。"

"谢大人,末将愿与孙贼决裂,重归大周。"李楷固、骆务整听闻此言双双跪倒在狄仁杰面前。

"好!老夫今日就上奏朝廷,陈明缘由。"这是狄仁杰最快慰的日子。

六月,狄仁杰忽然接到快马来报,说新任清边道副总管娄师德,前军总管、右武卫将军沙吒忠义率领二十万大军已驻扎在平州行营,娄副总管不日即到魏州前线。

"呵!田舍翁来了。"狄仁杰眉宇顿然展开。他相信娄师德的到来,必将加快平叛的步伐,他也得为苏宏晖之事准备好说辞了。

娄师德来了，一见面狄仁杰便打趣道："听说大人前往逻些商议和亲，牛羊肉吃得脑满肠肥，眼看着又胖了。"

"彼此！彼此！"娄师德在狄仁杰肩膀上打了一拳，指着狄仁杰的便便大腹笑道，"在平州行辕就听说大人巧设伏局，克敌制胜的消息了，可喜可贺啊！"接着他又看了看左右问道，"苏宏晖呢？让他接旨。"

狄仁杰命录事参军前去寻他来。苏宏晖正与李楷固、骆务整在校场观兵，听说来了朝廷钦差，慌忙驱马来到府门，拜见了娄师德。娄师德整了整衣冠，严肃地捧起诏书念道：

制曰：夏官尚书、左鹰扬将军王孝杰，以身殉国，加封夏官尚书、耿国公。查前军总管苏宏晖，临阵脱逃，着即斩以徇。钦此。

娄师德宣读完诏书，高声喊道："来人！将苏宏晖推出斩首。"

苏宏晖顿时面如死灰，把求救的目光投向了狄仁杰。

狄仁杰从容地上前对娄师德说道："先让他接了旨再说吧。"

苏宏晖战战兢兢地接过诏书，行叩拜大礼："微臣谢陛下隆恩。"头却是贴着地面不肯起来。

娄师德正要再喝令行刑，狄仁杰却摇了摇头道："此间还有些隐情，大人能否待我陈明缘由再行刑？"

娄师德一听，便吩咐属下将苏宏晖暂时羁押起来。

苏宏晖一走，娄师德扭动着臃肿的身子道："你这个狄怀英，葫芦里卖的什么药？"

狄仁杰依旧不肯明说，只是笑道："我带大人去个地方就明白了。"

随后，二人便一起驱马来到了沙麓山。刚刚过去半个多月的战场，还残留着官军与叛军厮杀留下的痕迹。两人沿着谷道前行了五里地，又折了回来。路上，狄仁杰对自己只字不提，而是把一切归功于苏宏晖："苏将军在东硖石谷临阵退却，实属不该。可君子之过，如日月之食，更之可贵。大人以为如何？"

娄师德一到平州行营就听到军营里纷纷传说沙麓山大捷，狄仁杰神算的故事，可此时他却避而不谈。这样的胸怀，满朝又有几人？娄师德明白了狄仁杰的心思，便顺势道："既是如此，老夫将奏明朝廷，言明苏将军功过。"

说到娄师德任清边道副总管之事，狄仁杰又问道："前些日子，皇上不是任左金吾将军武懿宗为神兵道行军总管了吗？为何至今不见人呢？"

娄师德无奈地笑了笑说道："武大人听说王孝杰将军东石硖谷殉国，心生恐惧，军队未进幽、冀，就匆匆撤到相州(今河南安阳)去了。"

狄仁杰惊讶道："怪不得前日大人到来之前，长史说何阿小占了赵州。唉！他如此鼠胆，还妄称将军，心中不愧乎？"

回城的途中，娄师德告诉狄仁杰，自他来到魏州后，朝廷的人事又发生了许多变化。前年被召回京任司仆少卿的来俊臣近来竟升了洛阳令，其罗织罪名、陷害忠良的恶习丝毫未改。二月间才回到朝廷任监察御史的李昭德看不惯来贼作为，被诬陷谋反，再度投入牢狱，已于六月中斩首了。

"庆父不死，鲁难未已啊！李相若非大人苦谏，陛下也不会召他回京。"狄仁杰听到此处，长叹一声，回忆起延载元年李昭德被贬，在冬日沿着运河南下，转道彭泽看望自己的情景，"当初陛下有言，有李相在朝，她才能夜间安寝，为何后来就……"

"唉！他的性格太刚烈。当时营建天枢，府库拮据，武三思提出要增加赋税，可又恰逢洛阳旱灾，李相坚决反对，故而获罪。"

"此所谓峣峣者易折。"狄仁杰也很无奈。

"大人也许还不知道，张昌宗、张易之兄弟入侍禁中了。"娄师德继续道。

狄仁杰立马明白了娄师德话里的意思，挥了挥手道："此陛下私室之事，不说也罢。"

"理虽然是这个理，我所担心者，这些人若与武承嗣兄弟沆瀣一气，狼狈为奸，朝廷还有清明和安宁么？"娄师德又叹了一口气。

"嗯！大人所虑甚是，这一层我倒是没有想到。"

娄师德接着狄仁杰的感喟道："其实，在我离京时此事已现端倪。那天我到瑶光殿向陛下辞行，偶遇前来请安的太子。听他的随身太监郭纬说，太子欲向陛下上书逊位国嗣，你说这……"

这一回狄仁杰认真了，他干脆勒住马头，两人就在沙麓山北的密林边缘停了下来："唉！他太软弱，怎么可以轻言逊位呢？"

"武氏兄弟觊觎国嗣之心不泯，若彼得逞，大周社稷危矣。"

狄仁杰沉思片刻，计上心来："我到任后，经常听到贼众打出'还位庐陵王'的旗号，大人看这样……"说着便附耳过去。

"回京后，我会相机行事，绝不让武氏兄弟图谋得逞。"娄师德点了点头。

午间的太阳，将两位老臣的影子投在地上，浓重而又真切。

第九章

来俊臣触山自毙　孙万荣途穷路末

有道是祸从口出。九鼎安放仪式过去了好久，来俊臣还没有走出惶恐，在署中处置政务时，他常常走神。他一遍又一遍地问自己，那天在李昭德背后的一番自语，武三思到底听见了没有，听了多少，若是他暗中禀奏给皇上，自己还能活命么？

恰在这时，主簿从外面进来，见他一脸苍白便问道："大人是不舒服么？"来俊臣就借势以精神不佳为由，将手头的文卷交给主簿处理，回府去了。

一进府门，就见夫人王氏弱柳扶风的正与丫鬟说话的背影，来俊臣也无心打照面，径自进书房去了。

要说这王氏也算是名门望族出身，在门阀兴盛的南北朝时期，祖先曾与陇西李氏、清河崔氏、范阳卢氏、荥阳郑氏等七族并列为五姓七族高门，享受着门阀世族的荣耀。王氏生得粉面桃腮，窈窕婀娜，本已许给一位叫作段简的豪门弟子，孰料一个踏青的偶然机会，被以猎艳为乐的来俊臣看见。他于是矫皇上的诏命将之强夺了过来，段简只有忍气吞声。

自从王氏进门后，其他的女人都被来俊臣冷落到一边，王氏也把昔日父母之命、媒妁之言的段简忘了，一心一意地与他厮守。可好景不长，没过多久，夫君便积习难改，不断地纳妾，王氏徒生嫉恨，却是无奈，生怕自己闹将起来，给族人带来祸患。

夕阳把余晖投在窗棂上，蔫蔫的，没有一丝生机。来俊臣坐在案头，东翻西找，可连他自己也说不清在寻找什么。忽然，他的目光定格在架上的一卷书上，久久没有离开。那是他精心编纂的《罗织经》，那一年他才三十七岁，还在侍御史任上。自从长寿二年被流放京外做了通州参军后，他已经很久没有翻看了。

展开书卷,那抄写得工整规范的蝇头小楷是那么亲切,如果没有它,也就没有后来的推事院,他也就不会有得宠于皇上的机会。可这《罗织经》里透出的一张张沾满血污的面孔,又让他触目惊心,似乎那些惨叫声就在耳边,一天也没有远去。

来俊臣一篇一篇地读下去,待读到"为人臣者,虽至亲亦忍绝,纵为恶亦不让"时,他放下了书卷,在室内来回踱着步子。皇上现在最大的心病是什么呢,不就是担心自己最亲近的人谋反么?李弘死了,李贤死了,李显流放了,就剩下个明哲保身,不闻朝政的李旦。如今觊觎太子之位的,都是武氏一门的宗室……

"嗯!与其坐以待毙,毋宁先下手为强。只有击倒对方,才能保护自己!"来俊臣坐下来,铺开稿纸,可只写了"吾皇陛下"几个字,笔就停在手上不动了。他深知此举的利害,他要告的都是皇上的至爱近亲,不是她的侄儿,就是她的女儿……稍有不慎自己就会粉身碎骨,还会祸及家人。他开始回忆这些年有关武氏兄弟和太平公主的每一件事,甚至每一个细节。

在武曌接受狄仁杰、李昭德的谏言,两度搁置改立国嗣后,武承嗣竟然曾当着薛怀义的面狂称皇上的江山就是靠他武氏兄弟,才得以一次又一次化险为夷的,还说"若是有一天离开我等,皇上的龙位怕是一天也坐不下去",这不是存心谋反?还有,皇上遣梁王为榆关道安抚大使,孰料他竟怠于酒色,按兵不动……

至于那个从长相到秉性都酷似武曌,专横跋扈、自以为是,把一个个美男子引荐给陛下的太平公主,更是野心勃勃。表面上看来,她是为皇上效力,实际上却是盯着含元殿的龙位。据说,薛怀义生前与之过从甚密,谁知有无苟且之事,而明堂的被焚,肯定也与她脱不了干系……

来俊臣的目光闪亮,透着老狼一样的绿光。他自信地笑了笑,不再犹豫,在端砚里饱蘸浓墨,漫漫思绪奔涌出心堤,哗啦啦地流淌在绢帛上。

来俊臣并不像侯思止一般不学无术,除了施行酷法,别的一窍不通,他不但文笔流畅,且书法很见功力,不一刻,洋洋洒洒千字的奏章就写成了。文末,来俊臣写道:

　　臣本布衣,蒙陛下不弃,得以近沐圣恩,万死而无以回报。臣深知魏王、梁王皆陛下至亲,公主乃金枝玉叶,然为人臣者,唯以忠于陛下为念,社稷大计为系,故而,臣不敢饰垢掩疵,窜端匿迹,请陛下明察。

搁笔抬望,夜色沉沉,更漏已经过了酉时,来俊臣这才觉得腹中饥饿,便对外面喊道:"来人!"

府令应声进来,来俊臣吩咐道:"备些酒菜,传夫人与其他几位过来,陪老夫饮几杯。"

接下来的日子,来俊臣一如既往地出入于洛阳府公署,朝堂上每每与武承嗣、武三思相逢,他总是恭敬有加,而内心却是七上八下的,也不知皇上会如何圣断。

六月的一天,上官婉儿到瑶光殿呈送阅后的奏章,便被留下说话。武曌拿起一封密札递给她道:"知制诰以为此检举如何?有几分可信?"

上官婉儿打开一看,自是一阵惊惧,这密札显然是通过铜匦直送皇上的。她万万没想到,武承嗣的鹰犬来俊臣竟然会回过头来反咬一口!看完奏章后,她只觉得整个脊梁一阵阵发凉,一时之间竟无言以对。

武曌眉宇间掠过一缕伤感,感叹道:"朕一生心怀社稷,情牵黎首,不意竟众叛亲离,儿子们相继背朕而去,如今连自己的女儿、侄子都相继发难,不亦悲乎?"

上官婉儿见皇上如此沉重,便基于平日对来俊臣的了解说道:"微臣绝不相信奏章中的所谓事实。微臣以为,此来大人挟嫌报复之举,说魏王、梁王谋反,这怎么可能?没有陛下,哪有魏王、梁王?二位王爷心知肚明,岂会忘恩负义?"

"你所说不无道理,可朕数度搁置改立国嗣之事也是事实,他们难免心生妄念。"

上官婉儿回道:"依微臣看来,妄念难免,谋反断不可能。他们非李氏宗室,为何要冒身首异处之险,与陛下为敌呢?"

武曌点了点头,来到殿中央与上官婉儿面对面地站着,上官婉儿的头自然地就微微下垂,一副恭谨不苟、执事笃敬的样子。武曌喜欢的正是她这一点,任何时候,都镇定自若,颇有分寸。

"爱卿实事求是,朕甚慰之。"武曌拉着婉儿的手摩挲道,"所以,朕要把此事交与爱卿去办,勿负朕望。"

"这,微臣并非御史,岂能……"上官婉儿有些惶恐。

"正因为此案不便御史台插手,朕才让你去办,懂么?"

"微臣谨遵陛下旨意。"

上官婉儿自是明白这其中的道理，只是她现在心很乱。孰料一回到居所，武三思已在等她了。武三思本来是要进宫禀奏处决李昭德、孙元亨之后，左肃政台、夏官署缺员的递补事宜的，却还是忍不住要来看看上官婉儿。这已是他十多年的习惯了。

也许是心急脚快的缘故，上官婉儿微微娇喘着，脸颊泛红，眉宇间多了些许仓皇。见了武三思，她也不搭话，径直往自己的卧室走去。她这样子让武三思不解，便跟了进来，掩上门就要搂抱。她轻轻推开，瞟了一眼道："都何时了，你还有心思……"

"怎么了？"

"怎么了？哼，你等好大的胆子，竟敢谋反，该当何罪？"

武三思就笑道："姑娘说笑了，也不该拿如此严肃的话题打趣。我深受皇恩，报之不尽，何来谋反之说？再说我乃武氏血脉，何谈谋反？"

上官婉儿平静了一下心绪，继续道："没有？那为何被人密告？而且证据确凿，难道冤枉了你们兄弟不成？"

说完这些，上官婉儿自己都吓了一跳。皇上要求暗查，自己倒先说了出去……弄不好要担上欺君的罪名。可她已经顾不得这些了，一定要保护自己心爱的人！她已经失去了李贤，不能再失去武三思！

上官婉儿告诉武三思，告密信是通过铜匦呈送的，因此她没有看到。她看着武三思，就是不明白昔日唯魏王马首是瞻的来俊臣是什么时候与他反目的呢？

"想来王爷定是触到了来贼的软肋，才招致他反目的。"

武三思自然比上官婉儿更为震惊，这个消息就像一记重拳击在他的心上，可他思虑良久仍不得要领，不禁懊恼不已。上官婉儿便在一旁提醒道："你再想想，他有何秘事被王爷得知，让他不安？"

"哦！"武三思想起来了，"在安置九鼎那天，我曾在人群中看见来俊臣与李昭德说话，大概是因为话不投机，李昭德断然转身离去。我只听见来俊臣很阴沉地说了一句：'神都的好女人都让本官尝了鲜，你能享受得了么？'我也没有多想，就上前询问，他却支支吾吾，匆匆离去了。不知此事与告密有无关系？"

上官婉儿听罢，拍手道："这就对了，他是担心王爷将这句话禀奏皇上，故而恶人先行，欲置王爷于死地。"

经上官婉儿这样一分析，武三思更感事态的严重，尽管武攸与自己是姑侄，可皇上生性多疑，连亲生的儿子都不能容忍，遑论外戚。武三思忽地起身，眉宇间就带了怒色："好个来贼！早年若非魏王百般提携，他怎能上达天听？如今得鱼而忘筌，以怨报德。我径直向皇上禀奏，让他不死也得脱层皮！"

上官婉儿不禁在心里埋怨两位亲王实乏识人之明，怎么能与这样的小人同流合污呢？她向武三思身边挪了挪，话语却很温软："此事没那么简单，既要击倒来贼，还要消除陛下的疑虑，这里边尚须细细谋划，王爷还是与魏王、公主商议之后再行定夺吧。"

武三思听罢，便紧紧地拥住上官婉儿，感受她的心跳和气息，也感谢上天将她给了自己。他捧着上官婉儿柔嫩的脸颊，给了一个深吻，便转身去了瑶光殿。

当天，武三思便约了太平公主一起到了魏王府上，将来俊臣密告他们谋反一事说了一遍。太平公主闻言十分吃惊，道："怎么会呢？来俊臣诬告谁也不会诬告二位表兄吧？正所谓'滴水之恩，涌泉相报'，即便不报，也不能反咬一口吧？至于我么，平日与此贼素无来往，为何会受此池鱼之殃呢？"

闻言，武承嗣的脸就变了颜色，他知道太平公主向来瞧不起他们兄弟，可此时此刻，他必须让她明白，从那封告密的信札送到皇上案头起，她的命运就和他们息息相关了。他起身来到太平公主身边，以兄长的语气说道："公主此言差矣。岂不闻池鱼林木乎？我最近读《淮南子·说山训》，'楚王亡其猿，而林木为之残；宋君亡其珠，池中鱼为之殚'，来贼既已将你我兄妹一并告密，一旦陛下查将下来，公主岂能免祸？"

太平公主想想也是，加之她本就看来俊臣不顺眼，便道："整倒我的人尚未出生呢！来贼虎口拔牙，我岂能饶他？二位表兄说说，此事该当如何？"

三人正说着，府令忽然来报，说有一位叫作卫遂中的人有要事禀报。

"卫遂中？他不是来俊臣属下么？他来做甚？就说本王身子欠安，不见。"

武三思眼睛转了转劝道："兄长还是去见见吧，说不定有利于我等的消息呢！"

武承嗣离去大约一刻时间，等到回来时，脸上就充满了喜悦，刚进大门就朗声道："这卫遂中来得太及时了！原来来俊臣宴客时，卫遂中不期而至，却因身份太低被拦在门外。他一时心结气郁，就到本王府上告状来了。"接着，武承嗣告诉武三思和太平公主，"卫遂中举报了三件大事，件件都可将来贼推上断头台。"

太平公主一脸的不屑："哪三件事？王兄快别卖关子了。"

武承嗣呷了一口茶道："其一，来贼在府中排列砾石为靶，上书朝臣名字，每日以石击之，击到谁，谁就会被以谋反罪投入牢狱。前几日，就投到了你我兄弟名下。来贼当时就对卫遂中道：'休怪本官查他，此乃天意也。'其二，这来贼好色，辄遇美女，必欲得之。常矫诏以强娶。此乃欺君之罪。其三，他常于府中自比后赵皇帝石勒，这些岂非谋反之罪？"

武承嗣的话音刚落，武三思就迫不及待地接上话茬："来贼确有此言。"

太平公主听着，眉毛就微微地颤动起来，高声道："有这三条，来俊臣就死定了。"她踱了一圈，重新落座后，就有了新主意，立即建议把当今太子也拉进来，"那个曾当过豫王府司马的刘祎之，不就是被来贼审讯致死的么？"

武三思有些担心道："太子已多年不问政事，岂能对此事上心？"

太平公主当场就笑武三思迂腐："奏章上签上他的名字，事后告知他即可。皇兄胆小，岂能不应？"

武承嗣觉得太平公主说得有理，三人当下商定，由武三思执笔起草奏章，由上官婉儿转给皇上。

六月的一天，一大早，武曌就召上官婉儿到瑶光殿，询问武氏兄弟谋反一案的暗查结果。上官婉儿禀奏道："微臣奉陛下旨意暗访了不少朝臣，发现来大人举报之谋反事多为猜度，并无事实细节，很难立论。"

上官婉儿说这些话时，语速非常缓慢，一双明澈的眼睛暗暗打量着皇上情绪的变化，但她没有获得任何信息。这种少有的平静告诉她，皇上并未打消疑虑。于是，她从众多案卷中抽出武三思的奏章道："这里有一道与来大人有关的奏章，请陛下过目。"

武曌浏览了奏章后，平静的情绪倏然被打破了，别的不说，单是矫诏强娶民女一项，就足以令她凤颜大怒；至于他自比后赵皇帝石勒，更是罪该万死。看来上官婉儿说得对，与来俊臣举报武承嗣兄弟的奏章相比，这道奏章不仅有事发的时间、地点，事情经过也很具体。

但武曌并未表现出来，上官婉儿与武三思之间的关系，她多少有些耳闻，放在别人身上，她是绝不容许的。可上官婉儿太像年轻时的自己了，她也就睁一只眼闭一只眼。何况，尽管来俊臣所判的不乏冤案，但扫除了她称帝路上的许多障碍。武曌将奏章轻轻放到案头，只说了一句话："朕知道了，你退下吧！"

上官婉儿向皇上施礼后，踯躅着出了瑶光殿。

一连多日过去,武曌似乎忘记了来俊臣的案子,一切都显得异乎寻常的平静。这无论对于来俊臣,还是武氏兄弟,都是蚀骨的折磨。

"事久则变,你我不可不防。"在太平公主府上,武承嗣忧心忡忡地说道。

太平公主漂亮的眉毛就皱在了一处,她承认表兄所言有理,绝不能让李贤、李显的悲剧在自己身上发生。

此时,武攸暨从外面进来,小眼睛转了转,神秘地说道:"有一个人,定能在此案上说上话的。"

太平公主转过身来,一脸的不屑:"你平日木讷,会想起什么人来?"

当着王兄的面被太平公主抢白,武攸暨的脸上就有些挂不住了,憋了一口气道:"张易之。"

"怎么将他们兄弟忘了!"太平公主一拍手,"呀"了一声,说着便向武承嗣拱手道,"此事不劳表兄费心,交给我得了。"

张昌宗、张易之兄弟这些日子可真是春风得意,他们获得的可是令人侧目的前程。他们不是糊涂人,深知这一切都是太平公主引荐而来,因此,当太平公主约他们见面时,张易之立即就答应了。

太平公主早早就在府上泡了玫瑰花瓣澡,又用兰香将自己的袆衣熏得芬芳怡人,这才来到坊间深巷张易之的宅院。

进了宅院,转过萧墙,沿着花草装点的小径一路走来,太平公主便惊异于母亲的出手大方。这宅院虽说比不上皇宫的雕梁画栋,从外面看来也极不起眼,可里面却曲径通幽。单单那树木参天、亭榭相望、碧池清荷的花园,都足足占了这坊间三分之一的面积。

张易之早已在门口恭候公主。他是何等聪明的男人,从两人先后礼节地走进客厅那一刻起,他就读出了公主眼里的秋波。因此,在茶点上齐后,就将侍女们全都打发了出去。

掩上门,太平公主的脸就笑成了一朵花,关切地询问道:"大人在陛下身边,还习惯么?"

张易之用一句"皇恩浩荡"做了回应,太平公主当然明白话里的意思。二人说着话,便心领神会地向卧榻走去……在满足了需求之后,二人重新坐在客厅里说话。

太平公主把来俊臣不思报恩,在皇上面前诬告武氏兄弟的经过都说给张易之听了,也没有隐瞒陛下在这件事情上的举棋不定。

"五郎!"太平公主情不自禁地拉起张易之的手,来回摩挲着。

"嗯！"张易之理了理乌黑的长发，回了太平公主一个深吻。

太平公主接着问道："五郎能否在陛下那里问问，她将怎样处理来俊臣谋反案？"

张易之立即拱手道："在下愿为公主鞍前马后。"

眼见得时间不早，太平公主起身告辞，临别时斜睨着张易之道："五郎！你可不要忘了我！"

张易之当晚就在皇榻上将太平公主的担忧委婉地提了出来："来俊臣作恶多端，人神共愤，实该千刀万剐，方能平息朝野之恨。"

武曌一边搂着张昌宗，一边搂着张易之，说了一句"朕知道了"，却是再无二话。张易之见状，也不好再说什么。

事实上，张易之的话的确让武曌心动了，这么多人都来告来俊臣，可谓千夫所指，看来也不好再护着他了，但她真正下这个决心却是几天之后了。

这一天，姚璹奉旨即将离开神都赴长安留守，前来向武曌辞行。

武曌动情道："太宗之陵、先帝之陵均在长安，朕百年之后，也将去陪伴先帝，爱卿到了长安，代朕扫墓祭灵，朕将不胜欣慰。"

"老臣年迈，此一去能否回到神都，尚在两可。微臣临行之际，有句话想陈奏陛下。"姚璹说着便提起袍裾，就跪倒在地，"来俊臣者，国之蟊贼、蠹毒，若不除之，国无宁日，请陛下明察。"

武曌起身扶起姚璹，恳切地说道："爱卿拳拳忠贞之心，朕甚感之。此事朕会依律处置的，爱卿但去无虑。"

三天以后的朝会上，武钦宣读了皇上的诏书，以谋反罪将来俊臣下狱。不久，在前线的娄师德与狄仁杰分别接到了儿子从神都寄来的信。

娄云在信中说道："尽管来俊臣已下狱，然陛下念其有功于国，欲赦之。一个叫吉顼的人在陛下身边任奉辇。有一日，陛下乘马游园，吉顼执辔，陛下问以外事，吉顼回答说，外人唯愿来俊臣死。陛下曰，俊臣有功于国，朕方思赦之。吉顼曰，来俊臣聚结不逞，诬构良善，赃贿如山，冤魂塞路，国之贼也，何足惜哉？陛下圣明，终于将其斩首了。"

狄光远在信中说："来俊臣被斩首后，仇家争噉其肉，恃须而尽，抉眼剥面，披腹出心，践踏成泥。陛下闻之，方知天下人皆恶之，乃下制数其罪状。且曰：'宜加赤族之诛，以雪苍生之愤，可准法籍没其家。'神都百姓闻之，奔走相贺于路曰：'自今眠者背始贴席矣。'"

放下信札，狄仁杰双目湿润了，口中讷讷道："此岂万家之贺？国之梦魇，于此挥去;朝制灾难,于此终结。先帝闻之,当含笑九泉矣。"

临窗而立,狄仁杰忽然觉得,比起国家的噩梦,个人的沉浮都显得多么微不足道。他感到遗憾的是,李昭德没有看到这一天。他默默来到州府后院,燃起一炷香,双手作揖道:"李相,你可以瞑目了。"

进一步想下去,狄仁杰又觉得这消息实在没有多少分量。来俊臣为何能够肆虐达十四年之久呢? 如果没有武承嗣、武三思之流的怂恿和蒙蔽圣听,他又怎么可能以一介御史而残害忠良呢? 他们才是真正的罪魁祸首。

可不管怎么说,总算是除了一个祸害。他觉得应该将这个消息告诉娄师德,他们需要趁着朝内的好势头,一举剿灭孙万荣部。

所谓心有灵犀,狄仁杰想到的,娄师德也想到了。收起儿子娄云的信,娄师德笑得很开心,他猜想狄光远一定也将这个好消息告诉了狄仁杰。

当年他与狄仁杰同朝为官时, 耿介中直的狄仁杰经常当着皇上的面向他发难。但他却不计较这些,反而常在武曌面前褒扬狄仁杰见事敏、办事公正。当皇上告诉狄仁杰这一切时,狄仁杰深受感动,竟亲自登门向他致意,两人从此便成为莫逆之交。而有意思的是,他们的儿子都在太子府中供职,这岂非前世修来的机缘。

娄师德想到此处,对着外面喊道:"来人,速去魏州请狄大人前来行辕议军……"

娄师德并不知道,此时,在突厥牙帐黑沙城,一场舌尖上的争夺战正在激烈展开。

这一天,田归道来到默啜的穹庐,转达了朝廷对他们进击松漠的褒奖。默啜闻之大喜,立即吩咐摆下酒宴,款待田归道。席间,默啜兄弟盛赞大周人才济济,尤其是像田归道这样的文士。

田归道却并不为其盛赞所惑,他知道默啜之所以愿意为朝廷效力,就是盯着辽西大片的土地和牛羊,他必须谨防他们因不能得偿所愿而阵前倒戈。田归道举起银碗, 向默啜可汗敬了酒, 又来到默咄左厢察和默矩右厢察面前,将碗里的马奶酒一饮而尽道:"大周地广万里,甲兵如云,良将如雨。孙万荣不自量力,图谋反叛,岂非螳臂当车? "

默咄和默矩纷纷以礼相还,不约而同道:"使君之言,金声玉振,令吾等心悦诚服。"

田归道回到座上, 就不失时机地向默啜可汗表达了辞行之意:"我大军陈兵辽西,不日即大举进攻,收复冀州。狄仁杰大人正在魏州前线巧布奇兵,弹指退敌,故而请大汗允准本使回朝复旨。"

"喝酒!喝酒!使君既是奉诏而来,也不在这一日两日。眼下战事正急,路途常有叛军出没,若有个闪失,我何以面对大周皇帝?"默啜笑着说完,又示意田归道坐下饮酒。

田归道心头一沉,他从默啜的眼里听出了其欲将使团作为人质的狡黠。他正欲坚决辞行,却进来一位将军对默啜附耳说了些什么。默啜的脸色立刻变得严峻了,对田归道道:"天色不早了,今日酒足饭饱,还请使君早些歇息,我尚有些事情要处理。"

"好!大汗既是有要事,本使就不打扰了,就此告辞。"

田归道出得穹庐,扫视了一下周围,就在来来往往的人群中发现了穿有契丹服饰的身影。他们正被几位叶户陪着,向默啜的穹庐走去。

一定是契丹的说客。

田归道回去后立即要身边的卫士化装成突厥人连夜潜出城去,将这一消息禀报狄仁杰;又遣一耳目,悄悄埋伏在默啜穹庐不远处的草丛中打探消息。

田归道看得没有错,此时坐在默啜穹庐里的正是孙万荣的三位使者。他们带来了一个让默啜兄弟十分震惊的消息——大周夏官尚书、左鹰扬将军王孝杰率领的讨逆军在东石硖谷被契丹军伏击,三万之众无一生还,王孝杰跌崖而死:"孙大帅要本使告诉大汗,契丹与突厥虽有龃龉,然同属夷族,只要大汗与我联手共敌周军,不仅不计前嫌,而且江山可以分享。"

这消息显然与方才田归道所言大相径庭。默啜捻着短须沉默良久,深觉使者所言不差,中原与突厥纵非血亲,人心隔腹,难保死了一个赵文翙,不会再来一个张文翙?

默啜与左厢察默咄耳语几句,对外面喊道:"来人,拿绯袍来。"

不一刻,女奴奉上绯袍,默咄依礼道:"突厥礼节,尊贵客人必赠绯袍,请使君转告孙大帅,本汗不日将举兵南下,共击周军。"

宾主双方举起酒碗,"当"地碰在一起,那声音让伏在草丛中的大周耳目大吃一惊,心中大骂默啜有奶就是娘,急忙回去禀告田归道。

田归道深知危机降临,可使命在肩,他不但要设法阻止默啜与朝廷为敌,更要为使团数十人的安危负责。果然连续两天,他要见默啜,都被卫士拦在穹庐外,却看见大批突厥的骑兵离开黑沙城。第三天,田归道再次来到默啜穹庐,上前道:"请禀报大汗,就说大周副使田归道求见。"

卫士也不搭话，只管目不斜视地望着前方，田归道干脆趁卫士一不留心，闯了进去。

这时候的默啜早已非前日的样子，他冰冷的目光盯着田归道，大声喝道："何人如此大胆，敢闯大营，还不拿下！"

卫士应声进来，四把刀架在了田归道的脖子上，耳际传来队帅的喝问："见了大汗，为何不拜？"

田归道也不搭话，反而哈哈大笑道："大汗如此出尔反尔，何以取信于天下？纵然大汗无视礼仪，杀了本使也难掩你背信弃义的罪名。"

默啜大吼一声："拉出去砍了。"

田归道环顾周围，弹了弹冠冕上的灰尘，镇定自若道："大汗执意要杀本使，也该待本使陈明利害，再杀不迟。"

话音刚落，就听见门外人声嘈杂，一个人扯着嗓子高声喊："田大人，你可在里面？狄大人有战报来了。"

这声音让默啜吃了一惊，他无法判断狄仁杰送来了什么消息，可来人的音调那么高亢欣喜，莫非是大周军队胜了？默啜可汗刚刚被契丹使者怂恿起来的反心又开始动摇了……虽然他仍存怒容，说话的声音却是柔和多了："让他进来！"

那人一进来，见到如此情景便跪倒在地道："参见大汗、田大人，狄大人有战报来，我军在沙麓山大获全胜，契丹别帅李楷固、骆务整已归降大周，在娄师德总管帐下听命。"

田归道这才松了一口气，笑了笑道："看来本使不用多说什么了。"

来人又从腰间解下两个包裹，扔在地毡上道："这是前来黑沙城的契丹的第二批使者，卑职已经结果了他们的性命，如今交与大汗处置。"

默啜呆了半日，不知道该如何应对。这时，左厢察默咄进得帐来，对默啜耳语了几句。默啜随之便急忙上前，将田归道拉到身边坐下道："方才不过是一场误会，都是孙万荣的使者假传信息蛊惑，还请使君海涵。"

田归道打心眼里感谢狄仁杰，若非他命旅帅将战报及时传回，今天可就性命难保了。他大度地笑了笑道："大周有言，君子之过，从不惮改。还是请大汗发兵吧！本使也要回神都向陛下复旨了。"

默啜可汗急忙道："请使君回到神都务必转达我的诚意，突厥归附大周，绝不食言。自此刻起，我军将发兵新城，一举灭之。"

孙万荣这几日一直心神不定,总觉得有什么事情要发生。他甚至不知道"夺下幽州"对他来说,究竟是胜利还是沉重的负担。

也不知是自己过于乐观,还是细作送来的情报有误,原以为渔阳定是不堪一击的,谁知清边道副总管竟将自己紧紧缠住,不能克,也无法脱身。更要紧的是,李楷固、骆务整、何阿小几位别帅自东石硖谷之战后,就一直没有音信,幽州实际上已成为一座孤城。

他本来是想借东石硖谷伏击大胜之机一举拿下幽州,并在此自立为可汗,再兵指神都的。可现在看来,事情并不似想象的那么简单。

不久,他就得到消息,狄仁杰在沙麓山伏击了李楷固、骆务整所部,二人在狄仁杰的说服下竟重新回归大周。这消息让孙万荣惊呆了,他实在无法相信这是事实,怔忡了许久才清醒过来,大声道:"英明的狼神啊,你真的要眼睁睁地看着契丹被剿灭么?"

当日,孙万荣急急召集了所部将军、军师议军,大家都有一种感觉,懦弱怯战的武攸宜一定是受了高人的指点,才能够如此镇定地对幽州围而不打,看来他们是要消磨契丹军的意志,以达不攻自乱的目的啊。

在众说纷纭之时,军师却一直没有说话,孙万荣便问道:"军师为何沉默不语?"

军师见主帅问起,便拂了拂袖口的灰尘,站起来环顾了一下诸位将领道:"诸位所言,皆乃实情。自李、骆二人倒戈之后,天时地利人和之优势已尽去。依我看来,当务之急莫过于自保,因此新城之危不能不虑。"

新城是孙万荣在节节胜利的情势下,于营州东南四百里处构筑的一座城池,专门用以囤积从战场上掠取的财物,并安置本军的老弱病残。若新城失守,则契丹军无以据守。

孙万荣欣慰军师的见事清明,便道:"军师能如此想,必是已有破敌之策。军师不妨讲来,我洗耳恭听。"

军师清了清喉咙便道:"周军北来,长途疲累,虽有良将,尚不足畏。所畏者,乃突厥人耳。彼在我军后方,若是偷袭,则我无还手之力。可据卑职观之,突厥之顺服周朝,无非图我契丹之土地人众而已,大帅不妨派遣使者前往说项,许诺破周军后,与之分土,必离间其与周朝关系,解除我军后顾之忧。如此,则克周军也许有望。"

孙万荣闻之大喜过望,当即派遣三名使者前往黑沙城,然而却一去半月,毫无音信。他急忙又要军师选军中之佼佼者两名,再度北上,可至今仍无音信,孙万荣便陷入了起兵以来前所未有的焦虑和不安。

夕阳在城西的燕山群峰后缓缓落下,把漫天晚霞洒向长空。孙万荣登上城头,举目远眺,周军营寨的旗帜在几里外迎风飘扬。攻城的鼓声虽暂远去,连绵的角声却呜咽着哀愁。

刀枪相见的一天过去了,周军除了一部分骑兵还在来回巡逻外,步兵已就地用餐了。回头再看看城头上的契丹兵,都是一副饥饿难耐的模样,与刚刚进城时判若两人,他的心里就很不好受。

回想起一年前的五月,他与李尽忠起兵时,是何等的兵强马壮!那时节,周军在他们眼里简直不堪一击,接二连三的胜利让他们觉得拿下神都也是指日可待。也正是这一点,支撑他在李尽忠病逝后坚持了下来。可如今他明白了,周朝不只是武攸宜、武三思,还有智慧过人的狄仁杰、娄师德啊!

西天最后一缕晚霞渐渐失去了亮丽,当六月的热风拂过眉头时,孙万荣忽然就有了深深的寂寞。他的祖父孙敖曹曾是隋朝的光禄大夫,武德四年归附了唐朝,唐高祖便将营州城交给了他,授辽州总管,那时也算是封疆大吏,独霸一方。就是他孙万荣,在垂拱年间不也被当今皇上授了左玉钤将军、归诚州刺史么?可如今……李楷固、骆务整可以重新归降,可他不能。

回到大帐,军厨已送来了肥嫩的牛羊肉,可他没有胃口,只是随意喝了几口马奶酒就躺下了。可没过多久,他就被军师唤醒,说是他的妹夫、新城守将乙冤逃到幽州来了。

孙万荣"呼"地从榻上跳起来,才发现乙冤已跪在了他面前。

"怎么回事?"孙万荣厉声问道。

乙冤放声大哭:"新城完了。突厥兵受周朝蛊惑,杀了我使者,又攻我新城,我拼死抵抗,可寡不敌众,突厥军尽杀我老弱病残,掠囚女及财物而去。"

孙万荣顿觉精神恍惚、天旋地转,霎时昏了过去,军师忙传医官来,经过一番救治,他才醒转过来。

军师见状,一副欲言又止的模样,孙万荣的心就提到了半空:"周军是否攻城了?军师快说。"

军师这才咬了咬牙道:"方才城头值守的将军来报,周军已经趁着夜色攻城了……"

话还没说完,一位将军便仓皇地奔进来禀报:"依附我军的奚人见大势已去,遂开了北门,迎接周军进城了。大帅还是趁敌军尚未到帅府,从东门突围吧。"

孙万荣铁青着脸，从腰间拔出宝剑，仰天长啸道："此天亡我也！即便如此，本帅当与幽州共存亡。"说罢，他就要朝外冲，却被将军拦腰死死抱住。

这时又冲进来几位将军齐声道："请大帅率军突围，吾等誓死追随大帅，粉身碎骨在所不惜。"

军师也上前劝道："留得今日身，方图明日事，大帅速速从东门突围吧！"

孙万荣见状，无奈道："好，本帅就此离去，来日定当与诸位共享天下。"言罢，他便匆匆上马，朝东门而去了。

阳光普照时，孙万荣和他的骑兵终于在距离幽州五十里的燕山南麓暂时刹住了脚步。回看幽州方向，曾经巍然的城楼不见踪影，曾经的营帐连属不见踪影，曾经的元帅大帐也不见踪影，跟在他身边的军士也只剩下区区两千余骑了。

将士们分食了仅剩的一些干粮，从谷底取来溪水解了渴。孙万荣则靠着一棵树，闭着眼睛养神。

在这六月的天气，披着铁甲厮杀奔走，战袍早已被汗水浸透，粘在身上，十分难受，嗓子眼更是干得冒火。队帅用头盔盛了水来，孙万荣喝了一口，这昔日苦涩的沟水，今日却是如此甘甜。

孙万荣舔了舔嘴唇的水珠问道："下一步我军该作何打算？"

军师道："于今之计，只有重回辽东再作打算。此地距山林太近，恐有伏兵，不宜久留。"

孙万荣便唤来将军，要他整顿人马，正要继续东行，"嗖"的一声，一箭从密林中射来，正中军师胸部，军师霎时口吐鲜血而亡。孙万荣情知遭遇了埋伏，大喊一声"上马"，便率先向东奔去了。

埋伏在密林中的娄师德眼看着叛军纷纷落马，便不由得感喟，难怪契丹军久攻不克，单是他们以生命保护主帅的气概就足以说明。他身旁的李多祚道："请总管大人允许末将率一千人马，捉那孙贼回来。"

娄师德笑了笑道："强弩之末，何劳将军动干戈？老夫料定，张九节将军正在前面等着呢，我等还是静待佳音吧！"

这是神功元年(公元697年)六月三十日，正是头伏，酷热的太阳炙烤着幽东大地，在张九节一路追杀下，孙万荣身边仅剩十余骑。

人马疲劳到了极点，饥饿到了极点，意志低落到了极点。太阳就像钉在天空一般，奔走了几里，抬头看去，它似乎没有任何移动。军士们一见到潞水河，便纷纷奔了过去，将头浸在水中半晌不愿意出来。

　　干粮早已吃完了,大家都饥肠辘辘的,孙万荣便让几位军士到附近的农家找些吃的,只留了队帅一人在身边应急。

　　坐在树荫下,孙万荣的眼睛潮湿了。自出了幽州城后,他发现自己变得格外脆弱。回想这一年,简直像一场梦,可这梦到今天大概也就醒了。

　　队帅巡视了一圈后,回到孙万荣身边道:"大人,若能够得朝廷宽恕,归降也不失为一条活路。"

　　"你是要投降吗?"孙万荣立刻警惕了,目光一下子变得十分犀利。

　　队帅回避着他的怒视道:"卑职只是不想大人痛苦。"

　　孙万荣颓然地靠在土坡上,讷讷道:"今欲归周,定难宽恕,归突厥亦死,归新罗亦死,将安之乎?"

　　"与其如此痛苦,倒不如让卑职为大人解痛吧。"队帅说着便从背后刺了孙万荣一刀,孙万荣只说了一个"你"字,就倒在了栗子树下……

第十章

立嗣又起新风雨 化险方迎旧血亲

一场风雨终于过去。随着大片失地的收复，狄仁杰也升任了幽州都督，武攸宜、娄师德则率领大军凯旋。在神功元年(公元697年)的朝会上，围绕如何处置善后之事，群臣又发生了激烈的争论。退避相州的武懿宗奏请："河北百姓从贼者请尽除之。"此议一出，立即遭到朝臣的一致反对。

首先是娄师德出列奏道："百姓素无武备，力不胜贼，苟从之以求生，岂有叛国之心？恳请陛下赦之无罪。"

武懿宗不以为然，争辩道："河北民风彪悍，素为贼众所用，杀之方能震慑一方，保社稷平安。娄大人乃朝廷重臣，为何替刁民开脱？"

娄师德不屑地看了一眼武懿宗道："将军有二十万大军尚且不敢对阵，贼众滋蔓，又欲诿罪于乡野迕误之人。此事传将出去，岂不让天下人耻笑？"

闻言，武懿宗的脸顿时涨得通红，无言以对。

见娄师德出头，平日对武氏飞扬跋扈早已心怀愤懑的官员们都纷纷站出来说话。其中一位名叫王求礼的左拾遗甚至奏道："武懿宗为臣不忠，若非他临阵脱逃，河北百姓岂会遭此屈辱？应杀之以谢天下。"

司刑卿杜景俭虽不像王求礼那样激愤，但同样认为河北百姓皆胁从之人，应原谅之。

证圣初年，杜景俭就被武承嗣诬为李昭德党徒受到牵累，贬为溱州刺史的，直至来俊臣伏法后，才被召回神都。

令武懿宗十分不解的是，武承嗣竟然没有出来为自己说话，他侧目看了几次，武承嗣都视而不见。其实，武承嗣又何尝愿意看到武懿宗遭抨击呢？只是他作为三军总管临阵退却，自然是罪无可恕，自己又能说什么呢？

　　皇上虽然平日对武氏家族多有偏袒，可像这样战场畏敌的行为她是绝不能容忍的。果然，武曌义正词严道："诸位爱卿，孙贼一死，河北平定。诸卿所奏，正合朕意，对胁从百姓不予追究，令其归田安居乐业，以显圣朝仁政。"

　　"陛下圣明！"大臣们齐声感叹，但朝臣们没有听到任何对武懿宗的处置，不免感到很失望，但也都默然不语。

　　接下来，武曌当朝宣诏："以太子宫尹豆卢钦望为文昌右相、同凤阁鸾台三品；娄师德继续任纳言。"

　　本来朝会到这时已近尾声，大家谁也没有准备，只想快些散朝，武曌突然问道："昔者来俊臣、周兴按狱，多连引朝臣，云其谋反；国有常法，朕安敢违！中间疑其不实，使近臣就狱有问，得其手状，皆自承服，朕不以为疑。自周兴、来俊臣死，不复闻有反者。然则，前死者难道真的没有冤枉么？"这话问得突然，朝臣们一时都愣在了那里。

　　武承嗣依旧保持了沉默，不是他没有听懂皇上的话，而是担心会引火烧身，那些案子，哪一件不是他亲自授意的呢？如果皇上心血来潮要将这些人昭雪平反，自己岂非自招其祸？

　　此时，夏官侍郎姚崇出列说话了。武曌的眼睛顿时一亮，自平叛以来，她越来越觉得这个姚崇的举止言语都很遂她的意。

　　"自垂拱以来坐谋反死者，率皆来俊臣、周兴等罗织罪名，自以为功。陛下虽使近臣问之，近臣亦不能自保，何敢对案情提出异议？再说，所问者若有反复，惧遭重刑，不如速死。赖天启理心，兴等伏诛。因此，臣以百口为陛下保，自今内外之臣无复反者。若微有实状，臣请受知而不告之罪。"

　　听话听音，姚崇这番话不仅将以往的冤案与皇上的关系彻底撇清了，还盛赞了皇上亲自将来俊臣、周兴之流治罪是圣明之举，说得武曌凤颜大悦。更重要的是，他并无追究冤案的意思，而断言将不会再有谋反之人，可以说各方都不得罪。

　　因此，武承嗣追着姚崇的话尾道："姚大人之言，金声玉振。臣请陛下重赏姚大人。"

　　武曌顺势道："传朕旨意，赐姚崇钱千缗。"

　　可总有人会追究历史积案的，去年刚刚被召回京城、任左肃政台殿中侍御史的徐有功，就对姚崇的话不以为然，出列奏道："前任洛阳令魏元忠，当年在平定徐敬业叛乱时曾担任军中监理，多次出计胜敌，战功卓著，班师后被陛下任为司刑正，进而迁洛阳令。但最终被来俊臣、侯思止陷害，流放岭南。当初审案时,微臣亦在司刑寺,多次申明其为冤案,却未昭雪,今二贼伏诛,当还他一个清白。"

闻言,武曌就觉得姚崇与徐有功一柔一刚,所奏均甚是有理,便当朝下旨召魏元忠回京,任肃政台中丞。

娄师德、豆卢钦望、杜景俭等人交换了一下眼色,感慨徐有功此奏真是太及时了。特别是杜景俭,曾与徐有功二人因与来俊臣、周兴等人在审案上思路相左,主张重证据、轻刑罚而被称之为"徐杜",此时的他自是十分欣慰,当年的徐有功又回来了。

娄师德借机又禀道:"幽州都督狄仁杰,在魏州刺史任上平叛有功,应予褒奖。"

武曌闻言,在心里就开心地笑了,这两人如今真是珠联璧合,甚是默契。其实,就是娄师德不说,她也对狄仁杰有了新的打算。武曌抬起头,看了一眼娄师德道:"爱卿所奏,正合朕意。朕对怀英的安置早有打算,不久就会有消息的。"

散朝以后,刚回朝的几位朝臣都有说有笑地相携着离开,武承嗣却阴沉地望着几位的背影,心事渐渐地沉重了。他实在不明白,皇上这是怎么了?把那些罪臣纷纷召回神都,这以后还有平安日子过么?不过他觉得,武氏一族在皇上心中还是有地位的,起码武懿宗并未受到惩罚。

十月,朝廷下诏,以幽州都督狄仁杰为鸾台侍郎、杜景俭为凤阁侍郎,两人同为平章事。至此,垂拱以来受排挤的臣僚都回来了。这也是狄仁杰第二次入阁成为宰相,几度沉浮,他自己也是感慨万千。

回京之后,狄仁杰的第一道奏章就是谏言皇上继续"羁縻"之策,对四夷以安抚为主,他在奏章里道——

> 省军费于远方,并甲兵于塞上,使夷狄无侵侮之患可矣。何必穷其窟穴,与蝼蚁校长短哉?但当敕边兵,远斥候,聚资粮,待其自致,然后击之,以逸待劳则战士力倍,以主御客则我得其便……

狄仁杰这番奏言很快获得了武曌的首肯。当武承嗣等人弹劾狄仁杰上任之初就欲松懈军防时,反而遭到了她的申斥:"你等昧于大局,但凡你等有狄怀英一半,朕也就高枕无忧矣!"

武承嗣一惊,皇上这话似乎在什么地方说过?哦!他记起来了,当初皇上

137

也是这样看李昭德的。从瑶光殿出来，武承嗣闷闷不乐。回到府上，就见武三思、武攸宜、武懿宗都在府上等候多时了。说起平叛，众人就一肚子委屈。

武懿宗道："小弟且不说了，攸宜乃行军总管，平叛凯旋，为何皇上的赏赐倒不如那个狄仁杰、娄师德？"

武三思长叹一声，责备武懿宗道："都是你坏了武氏的名声，你最大的不该就是未见贼寇而先撤军。结果，让皇上在大臣面前颜面无存，自然也影响了建安王的赏赐。"

武懿宗轻蔑一笑道："王兄还好意思说小弟，王兄不也是畏敌怯战，躲在临榆关不敢出来么？"

闻此，武三思的脸就"唰"地红了，正要发作，却被从外面进来的武承嗣喝住道："奸人在为重聚神都而弹冠相庆，你等还有心思在此内斗，传将出去，不仅皇上伤心，更让奸人耻笑。"

大家这才安静下来，一心听武承嗣说话。

武承嗣讲了弹劾狄仁杰，却遭到皇上斥责的情况，然后分析道："眼下朝廷情势，与李昭德当年在相位时十分相近，甚至皇上说的话都如出一辙。只要这些人在朝堂多待一天，你我就多一分风险。因此，我等该同心同德，定要将那狄贼、娄贼赶出朝堂。"

武承嗣问起东宫境况，武三思道："近日知制诰奉旨到太子府上探看，说是李旦整日作画为乐，对朝事越发地冷淡了，翻来覆去的也就那一句话，'一切唯陛下之命是从'罢了。"

"那皇上怎么看呢？"

"知制诰说，皇上听后，沉默良久，接着就感叹自己与高宗风云一生，儿子却是扶不起来的蓬蒿。"武三思咽了一口唾沫继续道，"听说皇上还发制命太子监国，可太子死活不受。"

武攸宜就笑道："太子还算是个明白人，皇上是在试探他呢！"

武三思很赞同武攸宜的看法，也说道："你我兄弟皆是亲王，不管怎么说都上过战场，皇上春秋日高，不得不重新考虑国嗣大计。"

武承嗣听到此处，眉头就凝结在了一起。河北战事刚起时，他曾担心皇上命武三思出征，是欲立他为国嗣，因而纠结了好一阵子，好在他竟寸功未立。现在若重议改立国嗣，舍他其谁？但这事情总须有人推动，便试探道："知制诰整日与皇上在一起，可否推动一二？"

武三思面露难色道："皇上只是让知制诰批阅文书奏章，起草诏书制诰，并未让她过问朝政啊。"

两人正踯躅间，却听见武懿宗说了一句："有两人可以说动皇上。"

"快说，谁可当此任？"

"张昌宗、张易之啊！"

武承嗣静思片刻，但旋即摇头道："不可！皇上向来公私分明，断不会任他们议论朝政的。"

武三思却狡黠地笑了，心想堂兄在朝这么多年，为何如此古板？古往今来，有多少君王抵得住甜言蜜语呢？何况皇上再怎么说也是个女人。但到了嘴边，他却并未多言："兄长不试试怎么知道呢？"

"好！"武承嗣当下与几位兄弟商定，由武三思出面，邀请张昌宗、张易之兄弟到白马寺赏秋。

十月的白马寺沉浸在一片秋色中。禅林中的枫叶红了，仿佛烟霞从天而落，殷红如火，秋风拂过，落霞满地，踩上去软绵绵的；与红枫形成鲜明对照的是，大雄宝殿背后郁郁葱葱的松柏；再往后的塔林间，除了松树，还有槐树，更是满目金色；走过放生桥，就是放生池，金鳞翔水，浪花翻卷，好一派深秋美景。为了迎接张氏兄弟，怀清法师遵照武承嗣的吩咐，将禅院的小径扫了一遍又一遍。

上午巳时一刻，对面的坡上便来了一队人马。怀清忙对站在身边的怀空道："快去知会僧众，在山门前迎接魏王一行。"

那队人马到了山门前，怀清发现，魏王武承嗣、梁王武三思竟把自己的马交给卫士牵着，却分别为张昌宗和张易之兄弟牵马。

"前面是上坡，大人小心。"武承嗣对坐在马上的张昌宗道，"大人若有个闪失，小王如何向陛下交代？"

闻言，张昌宗的脸就微微红了，可很快又恢复了正常，微微点头道："多谢王爷提醒。"

眼看到了坡坎边缘，都能看见山门了，张易之的坐骑前蹄却磕到了石头，差点摔倒。武三思顿时变了脸色，急忙上前护卫。随后，他擦了一把额头的汗珠，说话的声音都变了："大人受惊了，小王……"

张易之轻松道："没事没事，王爷不必惊慌！"

直到在山门前下马，武承嗣和武三思悬着的心才总算落了地。随后，一众人等便在怀清法师的导引下来到了茶室，职司奉上了香茗。

放下茶杯，张昌宗问道："王爷请我兄弟来此，想必不仅是为了喝一杯茶,也不单单是为了赏秋吧?"

武承嗣转脸对怀清道:"不逢佛事,我等在此闲叙,法师有事先去忙吧。"

怀清闻言,便知趣地退了出去。

武三思站在门后,直看到怀清的身影转过法堂,消失在松林间,才掩了门。他吩咐随从抬来两只箱子,打开箱盖,但见金光闪闪,耀得张氏兄弟睁不开眼睛。

武承嗣说道:"大人侍奉陛下,小王深感欣慰,无以相赠,就将这些西域奇珍送与大人赏玩。"

张昌宗忙摆手道:"王爷这是为何,下官怎敢收如此贵重的礼物?"

武三思狡黠道:"大人收下了,小王才好说事。"

张易之捧起箱内的珍奇古玩看了看,见其间不乏珍品,便道:"恭敬不如从命,我兄弟暂且收下,王爷有话不妨直说。"

见张昌宗兄弟接受了赠礼,武承嗣这才将近来朝廷任吏的变化述说了一遍,末了才道明邀请二人前来赏秋的原因:"想来两位大人也知道,太子入主东宫已有七年,可平庸无奇、毫无建树,仅醉心于声色翰墨,此岂是储君之所为?如此下去,大周社稷将何以为续?小王思之,不免忧心。"

张昌宗立即明白了,看来二人果然是为了改立国嗣之事啊。

"你我同事一主,陛下的性格你是知道的,"张昌宗想了想,"陛下向来不喜欢将私情带进公事,因此……"

"所以,才请两位大人到郊外的白马寺商议呀,"武三思立即接上话道,"不过,小王知道两位大人一向干练通达,定能玉成此事,还请不要推辞。"

话说到这个份上,张昌宗也不好推却,侧过脸看了看张易之,两人会意地点了点头道:"王爷所托,下官当不遗余力,但所谓谋事在人,成事在天,且看王爷的造化吧!"

武承嗣赶忙谢过,调侃道:"大人何时也开始参佛理了?"

张易之拊掌大笑道:"大人难道忘了'白沙在涅与之俱黑,蓬生麻中不扶自直'的道理?侍奉皇上,岂能不潜心向佛?"

张昌宗将杯中的最后一口茶喝完,起身道:"既是来到了这佛门净地,理当进香拜佛,向善放生,烦劳王爷安排一二。"

"那是当然!"武三思说着便叫来手下吩咐了几句,四人便一起来到大雄宝殿,早有寺中的职司持了香火在那里等待,四人便都上了香,许了愿。

从大雄宝殿出来,过了放生桥,已有几名职司在那里等着,旁边放了两只木桶，一个里面存了小龟，一个里面放了几条鱼；另外还有两只鸟笼，分别装着喜鹊和翠鸟。

张昌宗很谦恭道："王爷请！"

武承嗣便放飞了一只喜鹊，祈愿自己能如这喜鹊一般飞向一个好前程。张易之选了翠鸟，他放飞天空，仰头看了许久，为鸟儿也是为自己。武三思则选了鱼，取其如鱼得水之意。张昌宗是最后一个放生的，他捧着小龟，瞅着它的小眼睛看了好大一会儿，才放进水中，他是希望自己青春永驻。

至此，各位也不虚此行了。因此，每个人回看山门时，都是满面春风。

二张一回到宅院，府令就告诉他们，瑶光殿来人了，传两位大人午后申时从北门进宫，申时三刻与皇上共进晚膳。

"知道了。"张昌宗嘴上这样说，心中却是不快。说起来，自己也是云麾将军，为何还必须走北门呢？难道南门就只能走宰相么？当然这念头他也只是想想，很快就过去了，一心等待夜晚的到来。

申时二刻，兄弟俩各自乘了自己的车子到了瑶光殿，张尚宫带着尚衣、尚食等几位在殿门口等候，看见两位，上前导引他们进去。两人坐了片刻，就听见武钦尖着嗓子喊道："陛下驾到！"

"微臣恭迎陛下。"两人急忙起身跪迎。

武曌情之所至地在张易之脸上拧了一把道："平身吧！"

张昌宗兄弟轮流向武曌敬酒。武曌问他们白日都去了哪里，张易之抢先回答说去了龙门寺。他知道白马寺乃皇上伤情之处，怕自家兄弟不小心说出口惹皇上不高兴。

张昌宗立即明白了兄长的意思，忙接道："微臣随兄长到龙门寺为皇上祈福了。"

闻言，武曌就分外高兴："难得你们心中挂记着朕，朕就赐你等饮酒。"

席间，张昌宗几次示意张易之，但他都装作没看见，依旧小心翼翼地吃饭。可他们这些微妙的交流又怎么瞒得过武曌呢？她饮了一杯酒问道："两位爱卿是有话要对朕说么？"

"这……"

"有话就说，不必吞吞吐吐。"武曌放下筷子，一本正经。

张昌宗沉吟片刻，谨慎地说道："微臣是怕惹陛下不高兴。"

武曌笑了，温婉地说道："自两位爱卿陪伴以来，朕身心健旺、愉悦情畅，有话尽可说，朕不怪罪就是。"

"微臣也是为社稷虑。"张宗昌这才放胆将重启改立国嗣之议奏给了武曌,末了还强调道,"陛下开启武周革命,四海咸归。李氏宗室,虽经打压,木摇而叶落,然至今暗流依然。前不久李尽忠反叛,打的就是匡复李唐宗室的旗号,足见革命之难。何况立嗣事关国运,望陛下慎思远虑。"

张昌宗说话时, 显得诚惶诚恐, 赶紧又补充道:"微臣明白不该妄议朝政,可微臣为陛下计,不吐不快,请陛下治罪。"

出乎张家兄弟预料的是,武曌并没有生气,反而很欣慰地说道:"这事在李尽忠反叛时朕就想过,只是尚有诸多顾忌。两位爱卿既然陈奏,朕当然不会不考虑的,吃饭吧!"

饭后,武曌要张尚宫安排宫娥们为张昌宗、张易之兄弟沐浴。张昌宗有点受宠若惊,往常都是先在宫外沐浴之后才进宫的,今日享受殊遇,足以证明他们的话皇上听进去了。

第二天,张昌宗就把皇上的态度转告给了武承嗣。

圣历元年(公元 698 年)春节过后的第一次朝会后,武曌特地留下了鸾台侍郎狄仁杰。自万岁通天元年以来,武曌总喜欢在瑶光殿批阅奏章,今日转到武成殿,狄仁杰立刻意识到皇上必有大事要问。

一向在群臣面前不苟言笑的武曌与狄仁杰说起话来总是很随和。如今也一样,君臣虽然分尊卑而坐,但说话的气氛很随便。武曌坐定后问道:"近来有不少大臣谏言朕改立承嗣为太子,朕想听听,爱卿如何看待此事?"

狄仁杰不答反问道:"不知哪家大人言出此议?"

武曌笑了笑道:"这就不是爱卿该打听的事了, 朕只想知道爱卿的看法。"

狄仁杰从容地回道:"臣铭感陛下恩泽浩荡,与臣坦然相谈,为此臣不敢隐情。臣以为文皇帝(唐太宗谥号为文皇帝)栉风沐雨,亲冒锋镝,以定天下,传之子孙。大帝(唐高宗谥号天皇大帝)以二子托陛下,今陛下乃欲移之他族,非天意耳。且姑侄与母子孰亲?想必陛下不难分辨。"

武曌依然固执道:"子与侄皆朕血亲, 无厚薄之分。朕只是以为旦儿平庸,难当大任,故欲改立承嗣,有何不可?"

狄仁杰依旧从容地阐述:"一为子,一为侄,在陛下虽无厚薄之分,然在太子、魏王,却有远近之别。陛下立子,则千秋万岁之后陪享太庙,承继无穷;立侄,则未闻侄为天子而为姑立庙者也。"

武曌也不生气，她就喜欢狄仁杰直率却不违礼的说话方式，便也畅言道："爱卿此言，未免危言耸听。此朕之家事，爱卿不宜干预。"

狄仁杰并不退后，坚持道："陛下之言，不无道理。可王者以四海为家，四海之内，孰非臣妾，何者不为陛下家事？君为元首，臣为股肱，义同一体，况臣为宰相，岂能不管呢？"

"你这张嘴呀……"武曌指着狄仁杰，接着轻松而欢快地说道，"好了！今日就此打住，容朕思虑之后，再做决策。"

狄仁杰出了武成殿，就要回署中，刚刚上了车，却被喊住，他回头望去，原来是娄师德，遂先拱手行礼道："娄大人，下官这厢有礼了。"

娄师德腆着大肚子摇摇晃晃地过来了，他告诉狄仁杰道："我大概不会在神都待太长时间了，皇上已经要我继续任检校营田大使了，免不了又要西行。听与张昌宗、张易之同为控鹤监供奉的吉顼说，陛下近来又在酝酿改立国嗣之议，我心中甚是不安啊！"

控鹤监是武曌专为招纳男宠而设立的"公署"，由张易之、张昌宗掌管，并设有丞、主簿等官。

狄仁杰点了点头道："不是听闻，而是真有其事。今天皇上就找下官征求看法了，不过，下官持理禀奏，该说的也都说了。"

娄师德赞同狄仁杰的处事态度，也欣慰自己当初没看错人："记得在平州前线，君我曾经有约，要迎回庐陵王。"

狄仁杰感慨道："如何能忘呢？"

娄师德当即表示："看来，我也要进宫面见皇上，表明对改立国嗣一事的看法，绝不能让武氏觊觎储君的图谋得逞。"

说完话，两人便在司马道口别过了。

武曌没想到，走了一个狄仁杰，又来了个娄师德。本来心中有些不快，可田舍翁臃肿的身姿让她生不起气来。况且，娄师德并没有直接说出此行的目的，而是先提起了营田之事："据微臣近来查访，各地营田将中，确有人有盗卖军粮之嫌。微臣决计等春耕开始就西行巡查，断然将嫌犯捉拿归案，以正朝纲。"

武曌就喜欢娄师德这种做事方式，点头道："有爱卿出马，朕就高枕无忧了。"

娄师德谢了皇上的夸奖，接着就把改立国嗣的传闻提了出来。武曌闻言先是一愣，接着就坦然地告诉他道："近来有不少朝臣谏言，但朕只是咨询了宰相，并未决定。"

"陛下万不可改立国嗣。"娄师德二话没说就跪倒在武曌面前，言辞恳切，"叛乱刚平，战火方息，陛下又复改立国嗣，若有外贼借机作乱，岂非得不偿失？"

武曌"咦"了一声，这一层她的确没有想到，忙上前扶起娄师德道："爱卿所言有理，改立国嗣乃是大计，朕岂可随意为之？待朕缜密思考后再说。"

"陛下圣明！"娄师德见机便起身告辞。

武曌竟将他送到殿门口，特别叮嘱道："西行巡检，山高路遥，爱卿珍重。"

武曌没有想到，改立国嗣的动议将朝臣分为两股。鸾台侍郎、同凤阁鸾台平章事王方庆，同凤阁鸾台三品王及善等随后也相继上书劝阻。武曌的心陷入了平叛后从未有过的纷乱，似乎连张昌宗、张易之侍寝也无法排解。有时候，她也会无端地发怒，将二人赶出寝殿。

张昌宗、张易之十分惶恐，忙将此境况告知武承嗣、武三思。二人除了大骂狄仁杰、娄师德之外，却也拿不出对策。

一天，张昌宗、张易之在控鹤监遇见任右肃政台中丞的吉顼，闲聊起皇上近来的喜怒无常。吉顼没头没脑地说了一句："解铃还须系铃人。"

"足下此言何意？愿闻其详。"

吉顼眨了眨眼睛问道："二位近来可在皇上面前提到改立国嗣一事？"见二人不置可否，吉顼就压低了声音接着道，"改立国嗣一事早在垂拱年间就起过风波，这么多年过去了，大人重提旧事，必有缘由。如能告知下官，兴许可以为两位大人解忧。"

张易之也压低声音道："吾等兄弟只管侍奉皇上，哪有闲情管这些事情。只是两位王爷有求，吾等兄弟不便拒绝罢了。"

"哦？原来是这样。"吉顼来到两人面前，有点面授机宜的做派，"既是如此，话已带到，大人也算对得起王爷了。从今之后，切勿在皇上面前再提此事。如此，陛下定会凤颜大展的。"

张昌宗心头的重压这才有所缓解，连道："听君一席话，如醍醐灌顶。"

从此以后，张昌宗、张易之一心一意侍寝，再没有从他们口中听到关于国嗣的只言半语。

大约半个月后，正是桃花落罢、梨花开放的时节，武钦到署中宣达皇上口谕："听闻神都苑梨花怒放,传狄仁杰陪朕前去赏梨花。"

狄仁杰将手头的公务放下,跟着武钦来见武曌。这一对君臣,一个锦心绣肠,一个目达耳通。狄仁杰知道,皇上宣他绝不仅仅是赏花踏春,恐怕离不了改立国嗣这个话题。

果然,当他来到瑶光殿门前时,只有皇上的銮驾威赫赫地排列在司马道上。他正四处张望,却听见辇内传来武曌的声音:"别看了,朕今日就宣了爱卿一人。"

这可是平日朝臣们极少享受到的殊遇。狄仁杰愉快地上了车,并且自然地担任了导引,武曌由衷地点了点头。

待武曌和狄仁杰走在满目的花潮雪海中时,满身都染了淡淡的花香,肩头还时不时地落了一两片花瓣。武曌在花色的映衬下,皮肤益发显得白皙,她踱着很悠闲的步子,足尖偶尔染上点点清露,便有种清凉的惬意。兴致来了,武曌还会摘一朵花在掌心把玩。武钦与张尚宫很少见到皇上如此消闲,只有狄仁杰透过她优雅的一颦一笑,感受到了她心头的云翻浪卷。

等狄仁杰从后面赶上来时,武曌将手中花瓣扔在地上,看了一眼他道:"朕今日有几梦,百思而不得其解,爱卿可愿为朕解之?"

狄仁杰道:"臣早年曾读过几天易书,愿为陛下分忧。"

武曌转过一个弯,放慢了脚步道:"数日前,朕梦见一鹦鹉,双翼皆折,几不能动,醒后颇感奇异。爱卿以为此梦预示着什么?"

狄仁杰捻了捻美髯,若有所思道:"启奏陛下,微臣浅陋,窃以为鹉者乃陛下姓氏之意象也;折翅者,乃指陛下二子也。"

"果真如此?"

狄仁杰并未直接作答,却借着孔子的话道:"子曰,祭神如神在。陛下信则有之,不信乃臣姑妄说之,陛下不妨姑妄听之。"

武曌沉吟不应,过了一会儿,却又把第二个梦说给狄仁杰听:"朕前日夜间,梦见自己与人双陆(下棋),频不见胜,这又是为何?"

狄仁杰掐了掐指头说:"双陆不能胜,盖宫中无二子也。此是上天之意,假此以示陛下,安可久虚备位哉?"

这一回武曌真的惊诧了:"近来朕一直所想之事皆断于朕的胸中,爱卿为何知之甚详?"

狄仁杰笑看着武曌道:"臣上观乾象,无易主之文,中察人心,实未厌唐德。陛下可曾记得?当年突厥犯边,陛下使梁王招募兵卒,月余而不到千人;

后庐陵王踵之,未及二旬而得五万人众;陛下再忆此次平叛,为何贼众要以'归我庐陵王'为号?以此观之,人心尚可测之,而天意万不可违。"

武曌的脚步在梨园中心的空地上停住了,过了好大一会儿才道:"爱卿为朕解梦,今乃应矣。朕欲立太子,何人可得?"

狄仁杰觉得话说到这个地步,是该帮助皇帝厘清轻重的时候了,便道:"陛下内有贤子,外有贤侄,取舍详择,断在宸衷啊!"

这话武曌听着顺耳,狄仁杰果然滴水不漏。他并不像李昭德那样将武氏侄子说得一无是处,可所有的褒贬却都在不言中了。一个"宸衷",便把抉择的权力呈给了皇上。

两人一直沉默地走完梨园曲径,来到林子边缘时,武曌又说话了:"爱卿真乃孔明在世,朕有圣子,不过……"

狄仁杰立即接上武曌的话道:"微臣明白陛下之意,毕竟陛下亲手废了庐陵王的帝位,现今召回,有损圣誉。臣倒有一谏言,不知当否?"

"爱卿快说。"

"可托词庐陵王有疾,召殿下、王妃、诸子偕行,回京疗疾。既不揪扯旧事,又显陛下圣恩,岂不两利?"

"哎!你这个狄怀英,这心思都是从何处学来的,朕真不知道……"武曌的笑声中带了明显的轻松,望着面前的狄仁杰,忽想假若当初偏信了来俊臣的谗言将他斩了,岂会有今日的君臣对语?

纠结了数十日的改立国嗣一事终于有了决定,武曌忽然觉得这三月的风分外和煦,太阳也分外亮丽。

不久的朝会上,武曌便宣布:"房州来书,报庐陵王身体有疾,着派得力臣僚前往,接其回京疗疾。"

但武曌毕竟不是狄仁杰,一旦坐上龙案,她不得不平衡各方的情绪。她知道武承嗣和武三思并非浑噩糊涂之人,而且他们数十年来一直追随自己,没有功劳也有苦劳。因此武曌也罢去了极力阻止改立国嗣的王方庆的鸾台侍郎、同凤阁鸾台平章事的职务,任命其为麟台监,罢去杜景俭凤阁侍郎、同凤阁鸾台平章事,任命其为秋官尚书。喧闹非常的第二次改立国嗣之议就此浪息波平。

三月的房州,气候较之汉江以北,就显得有些热了。各种花草树木都呈现出一年中最为勃发葳蕤的样子,满山的野花姹紫嫣红,染香了每一条溪水，染红了洒在山谷间的阳光，也迷醉了每一条山径。

丹江从三月起已进入汛期，汹涌而又磅礴。

但对李显来说，这一切都已司空见惯，季节在他心中早已混沌一片了，他每日无非就是日出而作，日落而息罢了。如今，他站在丹江口，望着滔滔远去的江水，记忆都模模糊糊的。那离京时的泪洒行道，那迢迢南下的风餐露宿，那走过关门岩前的思愤，那二次迁回房州时的担惊受怕，似乎都很清晰，又似乎都很淡远。转眼，他已是四十三岁的人了。

往事并不如烟，有几件事情他是刻骨铭心的。一是光宅元年徐敬业谋反时，先是以雍王李贤尚在人世为号，事情败露后，又打起了"还政庐陵王"的旗号。那是他噩梦如魇的日子，他暗暗叫苦，埋怨徐敬业不识时务，以卵击石，更担心将自己牵扯进去；那也是他完全被当作囚犯的日子，王府周围终日满布岗哨，甚至连如厕都要向岗哨禀报。好在徐敬业起兵如雪崩，来得快也败得快，自始至终没有一人到房州见他，他才得以躲过一劫。

李显是很有自知之明的，他自知治国不能与长兄比，论才干也不能望已故太子李贤项背，论起地位，李旦如今还是国嗣。可他就是不明白，为什么谋反者都以他为号呢？垂拱四年（公元 688 年），当他在房州度过三十二岁生日时，出席酒宴的房州长史带给他一个晴天霹雳的消息："博州刺史李冲起兵反叛，以'归政庐陵王'为号。"他当时就吓昏了……再者，前不久的松漠都督李尽忠反叛，同样打出了"还位庐陵王"的旗号。他为此而提心吊胆了将近一年时间，直到孙万荣败落被杀之后才得以安心。

他就这样被一次又一次的心灵折磨催白了双鬓，刚刚四十三岁，就老态尽显。更让他痛苦的是，长子李重润年已十六。高宗在世时，非常喜欢他，曾立其为皇太孙。随着他帝位被废，儿子受到株连，也贬为了庶人，这些年跟着自己饱受磨难，尚不知何时能回到神都。而后宫嫔妃生的三个儿子究在何处，他更是茫然无知。

陪伴在旁的房州长史深谙庐陵王此时的心境，便劝道："时候不早了，王爷还是回化龙王城吧！

李显点了点头，转身上了马，狠抽一鞭，向南奔去了。

李显结束了这次经刺史大人允准的春游，两日后回到了房州治所。他万万没有想到，居然有朝廷使节在此等他。来人乃天官署职方员外郎徐彦伯，早年做过永寿尉、同州司兵参军等职。

房州刺史刘琛忙将徐彦伯介绍给李显。徐彦伯上前依大礼参拜，李显一时间很是惶恐,除了当年狄仁杰来此时有过大礼参拜,多年了,他几乎已经忘记了自己身份,以致很久才反应过来:"爱……爱卿平身。"

徐彦伯在行过君臣之礼后,才站起来道:"庐陵王接旨!"

李显又是一愣,旋即清醒过来,忙跪倒在地,高呼"吾皇万岁万万岁!"

制曰:朕闻庐陵王远在房州,体多疾患,萦萦系念,着即偕其妃、诸子归京疗疾。钦此!

房州府内静极了,只听得到徐彦伯的气息。

李显的脑海中一片空白,就像冬日里银光皑皑的莽原,分不清何处起伏,何处凹陷。这究竟是怎么回事?惶恐之后,接下来就是浑身战栗,脸色苍白。他已经十来年没有回神都了,此次回去是否意味着自己生命的终结?

看着面前的李显,徐彦伯心中也掠过不尽的悲凉,高声道:"庐陵王谢恩!"

可没有人回应。他一连喊了三声,才听到房州刺史刘琛在一旁提醒:"大人提请殿下谢恩呢!"

"谢陛下隆恩。"李显这才如梦方醒,继之大声道,"陛下要儿臣死,儿臣不敢不死。何必要押回神都呢?"

徐彦伯闻言长叹一声,上前跪倒在李显面前道:"殿下少安毋躁,请允准臣奏明原委。"

于是,他将神都如何围绕改立国嗣而生的风雨,狄仁杰、娄师德等人如何进言皇上都述说一遍,末了劝道:"陛下在神都夜夜梦中看到殿下,醒后遥望南天,殷殷念记,泪湿衫袖。请殿下打点行装,早日起程,皇上还等着呢!"

听到这些后,李显的情绪这才稳定下来,唏嘘抽泣道:"陛下,儿臣没有一天不思念您啊!"

其实,眼前这个结局也是房州刺史刘琛有所预感的。他至今还记得前任刺史任杰离任时对他的一片肺腑之言。那天,任杰在酒至半酣之际说道:"刘大人,州中其他事务均已列在清册,下官就不多说了。可城西二十里地的化龙王城乃庐陵王居处,还请大人多加关照。"

"还请大人明示。"

"庐陵王如今虽在蛰伏,但与李贤太子境遇不同,说不定哪天就翻过身来。为此大人须知进退,不可被奸佞所惑。"

此刻,刘琛便惊异于任杰的见事之明,忙上前搀扶着李显道:"微臣恭喜殿下。"

李显已恢复了情绪,对刘琛说道:"我在房州十年,亏得两任刺史大人关顾。回神都以后,我定当奏明陛下,以期擢拔。"

房州夜色,远峰如黛;月明星稀,清风徐徐。众人被浓烈的土著酒喝得共入醉乡,直到夜阑之际,李显方回驿馆。

一道诏书,让李显的安危成为房州的要事。当夜,驿馆周围一连布了三道岗哨。刘琛又遣司马率了十数名高手在屋顶、屋角暗处守护。

第二天,李显一觉醒来,已是红日临窗。他起身一看,徐彦伯和刘琛正在门外说话,不禁感慨自己睡过了。多少年来,他还是第一次如此心神笃定地进入梦乡。

吃过早饭,刘琛便陪同徐彦伯出城,沿着化龙河谷行了约二十里地,王城就一点一点地映入了眼帘。城门大开,房州府别驾率领值守列队恭迎,城门外的广场上彩旗飘飘,李显又是一阵不解。

刘琛紧催坐骑,追上李显道:"昨日后半晌微臣就命别驾率军前来部署了,王妃正在等候殿下呢!"

李显点了点头,眼睛湿润润的,鞭策胯下的战马,朝城内奔去。他的心不禁五味杂陈,是的,物是人非,十四年风雨迷离,他已不认识这个世间了。曾让他沐浴恩泽的皇皇大唐不复存在了,他即将回到的神都,是大周王朝的国都;他现在既不是大唐的皇帝,更不是大唐的亲王,而是大周的庐陵王;十四年的隔山隔水,使他与母亲的关系也发生了很大的变化,离开时,她还是大唐的太后,而今她已是大周的皇帝。他不知该如何去适应这一切。

韦香就在宫门前站着,隔着老远,他就闻到了从她身上散发的香味。一夜皇都风,俨然两代人,站在他面前的韦妃雪肤丽质、光彩照人、粉黛蛾眉、朱唇饱满。在这一刻,他忽然想起垂拱四年狄仁杰来访后,他曾拥着韦香说的一句话:"异时幸复见天日,当唯卿所欲,不相禁制。"

李显忘情地翻身下马,跑上前去与韦香紧紧地抱在一起。

"殿下有出头之日了!"韦香的哭声在耳边回响,"殿下,我们终于盼到这一天了。"

第十一章

残梦一缕随烟散　沧桑满眼思让宫

六月，一夜南风吹黄了神都城郊的夏禾，也吹来了北方突厥的使节。

因平叛有功，受到朝廷册封的颉跌利施大单于、立功报国可汗默啜，在致武曌的上书中希望能兑现战前的诺言，让自己的女儿与大周的王公子弟通婚。担任此次使节的不是别人，正是左厢察默咄。

面对大周皇帝，默咄虽然礼数周全，但话语间分明带了夸功邀赏的意思，说若非突厥出兵，孙万荣之败断不会如雪崩冰释，朝夕溃散……

武曌越听越不明白，问道："这些朕早已知道，不是敕封默啜为报国可汗了么？"

闻此，默咄便挑明了道："陛下可曾记得？战事正酣时，大汗曾遣使者来，愿以陛下为义母，并求以女儿与大周和亲。现战乱平息，乾坤清朗，陛下却迟迟没有回音，大汗不免心中纠结。"

武曌心头一惊，前几个月，为处置战后事宜和改立国嗣之议，分了不少神，倒把这事搁置了，于是很大度地说道："泱泱大周，言而有信，岂能毁约？只是战事方平，善后诸事堆积，故而延宕。还请使君回去告诉你家大汗，朕当尽快选佳婿与公主成婚。"随后，武曌转脸对代理司宾卿杨齐庄道，"请左厢察到驿馆歇息，朕与诸位爱卿商议之后，便可回复。"

默咄走后，武曌的心里很不是滋味。默咄的话软中带硬，显然不单是为了联姻而来。这事当初是由狄仁杰出使黑沙城签约的，好在他现今就在阁中，正待要武钦去宣，却不料武三思来求见了。他带给武曌一个十分揪心的消息：太子太保、魏王武承嗣病了多日，请求陛下准告，暂不能上朝议事。

闻言，武曌的心顿时就"咯噔"了一下，也没有心思召狄仁杰了，转而对武钦道："移驾魏王府,朕要亲往探视。"

武钦答应了一声,命身边的太监到殿中省备齐补品,又要张尚宫去太医署传秦鸣鹤。等这一切安排妥当,已是巳时一刻。

皇上的车辇出了重光门,转入东城区,从宣仁门进去,就到了魏王府坐落的景行坊。

六匹纯色的马载着武曌,也载着她的思绪在天地间回旋。从咸亨元年(公元 670 年)她将武承嗣从流放地召回到眼下,恍惚之间已二十八年了。他从宗正卿到宰相,其间虽有沉浮,却从来没有离开过自己左右。当初若没有他的提醒,她就不可能重用北门学士而将那些掣肘的臣僚排斥在外,也不可能向高宗提出"十二建言"。那时候,如果没有武承嗣的推动,她就不可能那么顺利地称帝。可如今他却在进入知天命之年时病倒了。别人不了解他,武曌却最清楚武承嗣的病根,两次改立国嗣的风波对他的打击太大了。可武曌也感到很无奈,有些事情,即使她也无法扭转天意人心。

"魏王府到了,请陛下下车。"武钦禀奏之后,张尚宫上前伺候。

在府门前迎接的是武承嗣的夫人和他的两个儿子,长子是右羽林将军武延基,次子是淮阳王武延秀。武延秀已经二十四岁了,比他父亲归京时还大一岁,眉眼、身板乃至说话的声音,都太像武承嗣了。

"妾恭迎圣驾。"

"微臣武延基、武延秀接驾。"

"平身!"武曌在说话的当儿,看着武延基和武延秀,眼睛就湿润了。

"在羽林将军任上你还顺心吧?"

武延基忙回答:"启奏陛下,臣年纪轻轻就被授予右羽林将军,臣深感陛下的恩德。"

"你能如此想,朕甚欣慰。"武曌点了点头。

再看看眼前的武延秀,这孩子早年在突厥当质子的情景便涌上了心头。

说起来那是光宅元年(公元 684 年)的事情了,这年十一月,朝廷以天官尚书韦待价为总兵,发兵讨吐蕃。为安定东陲,时为太后的武曌趁着西突厥可汗亡,十姓无主,部落散亡之际,擢升突厥兴昔亡之子左豹韬卫翊府中郎将元庆为左玉钤将军,兼崑陵都护,袭兴昔亡可汗,押五咄陆部落。为了表示朝廷的诚意,当时就选了十岁的武延秀代李唐宗室入突厥为质子,这一去就是五年。武曌记得很清楚,当武承嗣带着归来的儿子跪倒在武成殿时,她惊呆了。大漠的风沙,草原的牛羊肉已将初晓人事的武延秀养成了一个腰圆膀粗的少年。他目光中少了中原人的憨厚而嵌入了草原人的野性;他舌尖上滚出的是流利的突厥语;他举手投足间都带了突厥人的彪悍。

那一天,武曌破例地用宫廷御酒为侄孙接风,席间,武延秀着突厥服,登牧人靴,为太后跳了一曲潇洒奔放的胡旋舞,看得武曌赞不绝口。不久,她就发现,王族中的少年纷纷学起了胡旋舞,再过一些日子,武钦就向她禀奏,说整个神都大街小巷都兴起了胡旋舞。转眼间,他已是可以站在朝堂上与狄仁杰、娄师德等一班老臣一起议事的淮阳王了。

武曌向他们母子点了点头,便在其导引下来到前厅。武曌略吃了点茶便问:"承嗣的病如何了? 为何不早早禀奏朕知道?"

夫人忙回奏道:"老爷说陛下日理万机,国政邦交,事事挂心,他既不能为陛下分忧,就更不敢打扰了。"

闻言,武曌转脸向随行的秦鸣鹤吩咐:"速去后堂为魏王诊治。"

"微臣遵旨。"随后,秦鸣鹤随武延秀到后堂去了。

大约一刻之后,秦鸣鹤回到前厅禀奏道:"臣观王爷舌苔,呈白淡之状,观之脉象,弦细迟滞,乃肝气郁结,无以疏通,积而成疾之故。"

"可有疏泄之径?"

"王爷之疾,非一日之故。只是平日忙于朝事,未能早察,一旦爆发,其势甚猛。所谓病来如山倒,病去若抽丝,须慢慢调养才是。微臣开了几剂汤药,服下之后,当有好转。"秦鸣鹤拱手道。

"那魏王的精神如何?"武曌又问。

秦鸣鹤答道:"昨夜大概睡得好,这会儿精神尚好。"

武曌闻此言,便撩起裙裾起身道:"既是如此,朕就到后堂看看。"

夫人见状,自是慌了手脚,诚惶诚恐地劝阻道:"陛下能来,妾已是铭感肺腑,怎敢劳动圣驾?"

"朕不只是皇上,还是承嗣的姑母,去看看又何妨,不是还有秦太医跟着么?"武曌言罢,径直离开客厅,向后堂走去。

武承嗣这会儿正对着墙壁发呆,因为身子虚弱,加上六月的天气,头上汗津津的。此刻,他看见窗外有一只折翅的鸟儿,几次想奋力飞过墙去,却每一次都重重摔在地上,发出阵阵哀鸣。

睹物思人,这鸟儿的命运与自己何其相似。早年,因父亲与姑母之间的情感纠葛,下一辈人也被殃及。皇后一句冠冕堂皇的谏言,就把他一家赶到了偏远的岭南,而且一去就是多年。等他回到神都时,父亲已是岭南的一抔黄土了。老实说,那时候的他对堂姑母怀有深深的怨恨,在绝望中甚至决计今生都不再见她。

可世事无常,一场围绕废后的纷争,让姑母将他召回了身边。他也开始一心一意地辅佐姑母,帮她把称帝路上的一个个政敌置于死地。天授元年九月七日,武曌正式登基称帝,改国号为周。也就是从那时开始,他觉得李旦的太子之位应该是他的。

他相信,皇上也是这样想的。于是,他时而借助于舆情推动,时而借助于朝内各种关节,试图造成必欲代之的局面。可他唯独没有想到的是,在这个朝廷里,皇上也不可能为所欲为。两次改立国嗣的失败,让他身心俱疲……正在这时,他看到了窗前的两个人影。

那不是李义府和许敬宗么?那"李猫"依旧笑容可掬,许敬宗依旧狡黠干练,他们的目光中含着不尽的意味,似乎想说些什么,可武承嗣只看到他们口唇嚅动,怎么也听不见声音;他们似乎很想走到自己窗前,却又只见其身体摇晃,不见其迈动脚步,就连那招手的姿势也显得虚无缥缈。

"李大人,许大人!"武承嗣呼唤着,可等他再度定神去看时,却什么也没有。

武承嗣突然觉得浑身很冷,一个劲地打寒战,就在这时,他听到了武钦的嗓音:"陛下驾到!"

接着,就是武曌责备的声音:"他患疾在身,你惊吓了他如何是好?"

哦,真的是皇上来了。武承嗣转过脸来,就看见了姑母温暖的笑容,他极力挣扎着要起身,却被武曌按住道:"你有病在身,不必拘礼了。"

"微臣还思谋着要将国史编纂完成,可……"武承嗣不无歉意地说道。

武曌在榻前坐下,从目光到话语中都充溢着温柔和慈爱:"朕已让秦太医替你把过脉,你乃劳累所致,并无大碍,只要精心调养,即可康复。"

"谢陛下隆恩。秦太医纵有回春妙术,臣这病恐怕无力回天了。"武承嗣长叹一声,言罢潸然泪下。

武曌当然明白武承嗣话里的意思,可在这样的场合,她只能回避这个话题道:"爱卿何出此言?大周能人异士如雨,岂能医不好你的病?朕还等着你上朝议事呢!"

说到朝事,武承嗣强打起精神道:"微臣听延秀说,突厥的颉跌利施大单于默啜派了使者来神都,重提和亲之议。"

"朕正要听听爱卿之见呢。"武曌点了点头。

"这……"

武曌不等他继续便接着道:"朕欲以淮阳王为婿，前往黑沙城接颉妍公主为妃。"

"陛下……微臣……"武承嗣怎么也想不到皇上竟会做如此的安排。

武曌却并未等武承嗣把话说完,也未顾及身后武承嗣夫人的泪花蓬蓬,便道:"朕如此考虑,一则延秀早年曾经质于突厥,知晓突厥语,熟悉突厥人情风俗;二则,此次和亲不同于以往,是突厥颉妍公主嫁到神都,而非我中原之女远嫁突厥。三则,与突厥和亲,原是朕借兵与默啜时的承诺,况且他已是朕的义子,与你情同手足,和亲有利于两国讲信修睦。此利国利民之举,你何乐而不为呢?"

武承嗣还想挽回,孰料还没有开口,武延秀却"扑通"一声跪倒在地道:"微臣谢陛下赐婚,微臣愿前往黑沙城完婚。"

武承嗣根本不知道,武延秀早在黑沙城当质子时,就爱上了美丽的颉妍公主。那时候,默啜让他向颉妍公主教授大周语言,而颉妍公主也乐于教他草原的刀剑之术。不知有多少次他们外出狩猎,就在草原上找一块地方拢起大火,然后一起分享猎来的美味。

一次,他们一起到草原上学习跑马,却因为太专注而贻误了时辰。眼看着天色已晚,突然还从山梁后冲过来一群狼。从小在神都长大的武延秀何时见过这种场面,顿时就陷入惊慌之中。倒是颉妍公主镇定自若地伸出胳膊,让武延秀骑到自己的马上,然后撕下袍裾做成火把,随从们见状也高举起火把,狼群终于退却了。从那一刻起,武延秀就把颉妍公主藏在了心底。转眼八年过去了,他想,颉妍公主一定出落得更加婀娜可人了。

武延秀满心欢喜地接受和亲,让武曌的心一下子轻松了许多,她上前扶起武延秀,转脸要武钦宣达旨意,还命尚衣局加紧准备小王爷和亲礼服和颉妍公主的婚服,择定吉日,前往黑沙城。

事情到了这个份上,武承嗣夫妇也无话可说,只有谢恩罢了。

第二天朝会上,武曌便宣诏:"特命淮阳王武延秀入突厥,纳颉妍公主为妃。另遣豹韬卫大将军阎知微以春官尚书名义、杨齐庄以司宾卿名义,押金帛送之。"

高宗时的宰相、画家阎立本的侄孙阎知微立即出列道:"微臣一定不负圣命,平安接回颉妍公主。"

但他的话音刚落,就有人反对道:"臣以为此事不妥。"

武曌抬头一看，竟是凤阁舍人张柬之。她记得永昌元年（公元689年）的贤良科目召试时，他以六旬高龄，于千人中对答策问，名列第一，一时传为佳话。现在该是六十有六了，竟然还是满面红光，精神矍铄。

张柬之举起笏板激动道："自古未有中原亲王娶夷狄女者，请陛下三思。"

但是，曾经出使突厥的田归道却不这么认为："微臣倒不认为中原亲王不可娶夷狄之女。汉时，昭君可以出塞，今默啜之女当然亦可入中原和亲。臣所担忧者，乃默啜可汗不守誓约，中途变卦。所以臣以为可两手应之：一者，陈兵于河北、辽西，以应不测；二者，力促和亲。"

"田大人所奏实乃危言耸听。默啜者，陛下之义子；颉妍者，陛下之义孙；淮阳王者，陛下之侄孙，和亲修睦，足见陛下胸纳四海，包举宇内之气概，张、田二位大人多所指摘，不知是何居心？"对两位大人的建议，阎知微不以为然。

见自己的建议被驳斥，田归道便不依了，面红耳赤道："阎大人此言，才是别有用心。"

大家各执一词，武曌却没有直接表态，而是转向狄仁杰问道："狄爱卿如何观之？"

狄仁杰撩了撩衣袖，平静地出列回道："和亲之约，本是微臣奉旨前往黑沙城与默啜可汗所签。现叛乱已平，大周自当践行诺言，早日和亲，以取信于天下。不过毕竟是和夷族联姻，因此诸事须有礼有节，以防出错，贻笑天下。如此，微臣欲保举一人为监军，则大事成矣。"

"谁？"

狄仁杰撩了撩衣袖奏道："监察御史裴怀古大人可担此任。"

武曌想了想，这裴怀古应该是仪凤二年举贤良而得以入仕的，官声不错，且有狄仁杰保举，当能胜任，遂问道："裴怀古在么？"

裴怀古应声出列。

武曌道："朕命你为和亲监军，你须尽职尽责，不得有误。"

"臣领旨。"裴怀古领旨退回班内。

狄仁杰继续拱手道："然兵者，国之大事，不可不察，故有备才能无患。陛下不妨令河北、辽西诸州加强戒备，以防不测。不过，此宜密行之。"

武曌十分欣赏狄仁杰见微知著，不偏于一隅的见识，当即表示："命司常寺以易学为经，择定出行吉日；密传朕旨意到河北、辽西诸州，务必强军备，精武备。"

如此安排完毕，武曌正欲宣布散朝，可张柬之却再度说话了："子曰，夷狄之有君，不如诸夏之无也。泱泱大周，屈从突厥，有损国威，臣以死谏言，请陛下收回和亲之约。"

这一回武曌就不依了，如此不识时务，岂能待在朝堂，遂道："传朕旨意，任张柬之为合州刺史，即日离京，不可久留。散朝……"

张柬之之事让武曌十分郁闷，回到武成殿后，她闭上了疲倦的眼睛，极力想把诸多烦恼赶出心苑。可就在这时，武钦却来禀奏，说武三思求见。武曌心底禁不住"咯噔"一下，似乎有一种不祥的预感，忽地，她从榻上坐起来道："速宣他觐见。"

武三思几乎是跌跌撞撞走进大殿的，他一看见武曌，就号啕大哭地拜倒在地："陛下，魏王他……"

"魏王怎么了？"

"魏王薨了……陛下……"

闻言，武曌一下子就跌坐在龙椅上了……

从魏王府吊唁回来，李旦把自己关进了庄静殿，很久没有出来。

郭纬隔着殿门叫了几声，都没有回应。他悄悄推开殿门，却发现李旦在面壁垂泪，唏嘘不止。郭纬便困惑不已，这个作恶多端的魏王，十四年来，几度对太子身边的人大肆杀伐，几度欲将太子取而代之，对这样的国贼，纵死百回亦何足惜？可太子为何如此伤心呢？

李旦抬头见郭纬一副大惑不解的样子，便道："唉，我非为魏王而悲，乃悲世事之无常也。"

闻言，郭纬便默然不语了。

世事最怕看穿，一旦看穿，所有的"有"都会易为"无"，所有的"有所谓"也都会显得十分"无谓"，李旦现在就是这种心境。前半日，当他在武承嗣灵前的挽幛上写下"鹤归华表"四个大字时，他不禁想，高冠巨辇、黄罗伞盖、威赫赫一世，终了难免化为黄土；茅屋草舍、粗茶淡饭，最终要驾返泉台，空赚得亲人几滴眼泪而已。假若当初自己不仅仅让出帝位，就连这太子之位也让给那武承嗣，如今又将会是怎样的境地呢？

在魏王府，他还见到了李显。虽然他知道，李显早在三月底就回到了神都，兄弟俩却一直没有机会见面。太子因有过朝臣来拜见而招杀身之祸的教训,所以,他很谨慎,从来没有过请皇兄进宫的想法。庐陵王也很自觉,他不仅在向陛下问安时,从来不提及太子,甚至连去东宫的打算都没有。

可如今终有机会重逢相见了,两人却有些陌生了,一时间也不知该从何说起。到底还是李显长几岁,他主动上前向李旦行了礼。可终究二人也只客套地互问了些一别多年的境遇,说了几句不痛不痒的闲话罢了。

这情景,让随来吊唁的两家的妃子,豆卢妃与韦妃都各自感慨着。在温良顺贞的豆卢妃看来,兄弟俩是可怜相逢不相语,对望几成陌路人。然在韦香看来,乃是李旦放不下太子的架子,在皇兄面前装矜持,一时话里就带了刺儿:"太子殿下这些年高居东宫,宫娥成群,出有高车,居有华室,哪能记得房州有个庐陵王呢?"

豆卢妃从十五岁就入宫为李旦孺人,数十年来,慈惠秀发,敦悫素静,面对韦妃的刻薄,只以笑脸相陪罢了。倒是韦妃的冷嘲热讽让李显甚为忐忑不安,生怕被武曌知道,招来祸端,草草寒暄几句,便匆匆作别了。

这时候,门外传来女人的说话声,还有一个少年的声音,是豆卢妃与临淄王李隆基来了。

这声音让李旦的思绪骤然回到长寿元年那个多雪的正月,刘妃和窦妃进宫面圣,却从此一去不回,七岁的李隆基从此没了亲娘。那一夜,在李隆基为躲避祸乱离京奔赴荆楚时,李旦便让他拜了贤淑善良的豆卢妃为继母。让李旦欣慰的是,六年来,这对母子二人情同亲生。

母子二人此时已进得殿来,与李旦见过礼,便坐下来说话。

李隆基已脱去少时的稚嫩,成长为一个翩翩少年,言谈举止间都流露出太宗的气度。这让李旦暗暗生出无言的惭愧,自己今生是无望了,唯愿他将来有一天能光复大唐基业。

说起去魏王府吊唁之事,李隆基大惑不解道:"表舅父仅为一介亲王,何况他一生并无建树,薨后皇上却要诸王和州县官员均去吊唁,未免小题大做。"

这话一出口,惊出李旦一身冷汗,忙以严厉的目光拦住话头:"慎终追远,人之常情,陛下旨意,岂能不尊?你休得胡言乱语。"

豆卢妃也在一旁劝道:"殿下亦乃亲王,举止当合礼仪,不可造次。"

"武承嗣几度唆使他人上书,要求改立他为国嗣,孩儿就不明白了,当今天下,到底是谁家之天下?即便是陛下,不也是李唐的门媳么?"李隆基依旧心中不平。

闻言,豆卢妃的脸色骤然就变了,怒道:"你这孩子越说越不像话,还让你父亲活不活?"

李隆基急忙起身,向豆卢妃谢罪道:"孩儿也是一时激愤,仅在宫中发发怨气,到了外面,孩儿自有分寸。"

"好了!你们兄弟平日天各一方,难得见一次面,去和他们说说话吧!"李旦挥了挥手,无力地说道。

见此,李隆基便起身告辞了,李旦看着他出殿的背影嘱咐道:"记住,莫谈朝事。"

"孩儿明白了。"李隆基嘴上虽这样回答,心里却想,父亲一生胆小谨慎,何日才能匡复李唐社稷?

待庄静殿只剩下李旦与豆卢妃时,李旦吩咐郭纬道:"掩上殿门,我有话要与豆卢妃说。"

四下无人之后,李旦发现,豆卢妃的眼眶红红的,知道她还在为魏王府吊唁时与韦妃的龃龉而伤心,便劝慰道:"你进宫多年,她那个性格你还不知道,何必计较?"

豆卢妃惨然一笑道:"妾哪是和她计较,妾就是觉得殿下太委屈了。"

"委屈?不,我不委屈。我正要和你说呢,现在皇兄已经回来,我打算将太子还给他。"

"这又是为何?"

李旦拉着豆卢妃的手,慢慢地摩挲道:"在东宫多年,我所受的折磨爱妃也感同身受。爱妃不妨想想,世间还会有何人连自己的亲人都保护不了?有何人在身边的近臣惨遭杀戮时爱莫能助呢?又有哪一朝的太子被朝臣们视为灾祸而不敢亲近呢?这种日子与牢狱何异?我实在不愿见亲人怆然垂泪,提心吊胆;再者,他为兄,我为弟,若不是当初他犯错,这太子本就是他的。"

豆卢妃沉默良久,抬起头时,那泪水便淌个不停:"妾何尝不能理会殿下的难处,妾唯殿下之命是从就是了。"

"好。爱妃可差袁尚宫出宫一次,请豆卢钦望把我的上书转呈给皇上。他此次回京后,颇受陛下看重,定能向皇上奏明我的意思。"

"好!就依殿下。"豆卢妃依偎在李旦怀中道。

李旦紧紧地拥着豆卢妃,就觉得自己肩上的责任很重。她也不过三十七岁,可已有了零星的白发。他轻轻地拔下一根,讷讷道:"都是我连累了你。"

豆卢妃默然不语,将泪水咽回,起身来到案头,为李旦研墨。看着砚台中一圈圈的墨痕,她觉得这些年她和李旦不正如这砚中墨吗?无论如何都走不出皇上设定的墨池。

第二天一大早,豆卢钦望便接到了李旦的上书,心境非常复杂。他深知这些年太子备受煎熬,身心俱伤,也深谙他此时选择退却的明智。可更换储君,毕竟是一件撼动朝野的大事,自己的荣辱进退且不说,他担心一旦皇上起了疑心,又会把许多朝臣牵扯进去。

他把李旦的上书翻来覆去地看,一时倒没了主意。这样盘桓半日,一个人的身影忽然从心底跳了出来。是的,这样的事情该去找狄仁杰,他才智过人,颖悟绝伦,定会回筹转策,处置得当的。

豆卢钦望豁然开朗,不敢迁延,立即要府令备了车子,直奔鸾台而来。

而此时,狄仁杰正在署中与田归道谈论武延秀赴突厥的事情。

田归道道:"一天夜间,下官的一位幕府巡街回来,发现突厥使者左厢察默啜趁着夜色向阎知微将军府方向去了,幕府感到奇怪,便暗中跟了上去,发现那车子后面装着一只箱子,到了府门前,阎将军出来迎接,还命人将那箱子抬了进去。默啜在阎府待了大约一个时辰,直到午夜亥时三刻才出来。大人明鉴,一国使节,其行为当磊落光明,见一位我朝的将领,完全可以正大光明,为何要选深夜呢?"

狄仁杰认真地听着,也觉得事情蹊跷。可这毕竟只是捕风捉影,没有拿到实据,便道:"大人所言,确是值得关注。在证据不足的情况下只能提高警觉,暗中监视。老夫要亲自嘱咐司宾杨齐庄大人,让他一路多加警惕,万不可掉以轻心。今日所议之事,只你我二人知道,万不可外传。还望大人告知幕府,定要谨言慎行,不可走漏消息。否则,酿成邦交是非,难以收拾。"

"这个下官自然知道,请大人放心。"田归道起身告辞,狄仁杰送至公署门口,心里很不平静。说来这个阎知微也是相门之后,他的祖父阎立本当年颇受臣僚尊重,当时夏官尚书姜恪以战功擢升左相,阎立本以绘画擢升右相,时人有"左相宣威沙漠,右相驰誉丹青"之美谈,为何会有这样的子孙呢?他转而又想当年凌烟阁二十四功臣的孙辈,能够横刀立马、傲立朝堂的,可谓凤毛麟角。

"唉!谈何五世而斩,刚刚三世就衰竭了哦!"想到此处,狄仁杰兀自叹道。

"呵呵!什么三世而衰呢?"这时,身后传来豆卢钦望的笑声。

听到笑声,狄仁杰一转身道:"哦?是豆卢大人。为何这么早就来了呢?"

"进内间说话。"豆卢钦望说着,就往里走。

狄仁杰跟了进来,笑问道:"何事如此神秘?"

"大人看看这个。"豆卢钦望在狄仁杰的对面坐了下来,顺手递出文书。

狄仁杰接过文书打开一看,心想果然不出所料,庐陵王刚回京三个月,太子就提出逊位的请求,这绝非一时意气之举,乃是见可而退、殉国忘己的明智选择。合上文书,狄仁杰便道:"太子以国为重,删华就素,可亲可敬。"

"请大人明示。"

"大人不妨想想,当初二妃失踪,殿下犹能忍辱受屈,退求自保,乃因武承嗣觊觎储君之位。今日境况大有所异,庐陵王归来,兄弟之间当有伯仲,太子此时辞让,乃不忍兄弟反目矣。"

豆卢钦望若有所悟,问道:"太子给皇上的上书该如何处置?"

狄仁杰便答应与豆卢钦望一起面见武曌。

二人来到瑶光殿,发现武钦在殿外立着,便上前问话,武钦告诉他们,阎知微大人正向皇上奏事。

狄仁杰眉头皱了皱,没有说话,内心却多了一份沉重。如果田归道所言属实,那么这趟和亲成与不成,就在两可了……

田归道的观察没错,前几日夜间默啜送的一箱金子,就让阎知微明白了突厥人此次急于和亲不过是一个借口,其真正的目的还是那一片曾被契丹人占据的土地。

阎知微当然清楚,接下了这箱金子对自己意味着什么?刚开始,他还坚决推却,可默啜的一番话让他彻底地瘫软了:"大汗久仰大人,才命本使深夜拜会。今晚大人接了这金子,你我就是朋友,若是拒绝,明日早朝时本使就把大人的事情禀奏给大周皇上,到那时,恐怕大人难逃通敌叛国、腰斩都亭的下场吧!"

如今,他站在武曌面前,一想起昨夜的情景,依旧不寒而栗,但事已至此,不管前方是高山还是深渊,他都得往前走。

"陛下,突厥使节默啜希望六月底,最迟七月初,和亲队伍就得出发,说默啜可汗早已做好了准备。微臣以为,彼有诚意,我须应之。"阎知微奏道。

"不可!"武曌闻言怒道,"魏王殒薨,举国致哀。此时让淮阳王远赴大漠,于国礼不合,于孝道有违。"

阎知微仍不死心,道:"魏王去世,微臣哀之甚矣,然微臣担心,如此迁延,恐怕又起战事。"

武曌一拍龙案,大声道:"他是在威胁朕么?默啜既已上书甘为朕子,就当以大周臣僚事朕,今以战事相挟,毫无道理。你去对那默啜说,朕意已决,八月淮阳王武延秀前往黑沙城,不再更改。"

闻此,阎知微暗暗叫苦,不知该如何回复默啜,但看到武曌凛然冰冷的神色,他也不敢多言,道一声"微臣遵旨",就退出了瑶光殿。他一路低着头,竟没有发现在墊门候召的狄仁杰和豆卢钦望。

"气杀朕了。"武曌一看见狄仁杰与豆卢钦望,就直言阎知微带来的不快,"作为春官尚书,竟唯异族意志是从,这成何体统?"

听罢武曌的叙述,狄仁杰已认定了田归道的怀疑,遂道:"如此看来,田大人谏言陛下两手为之,并非事出无因。陛下可于和亲队伍启程之日,敕命河北各州,秣马厉兵,枕戈待旦,以防不测。正所谓凡事预则立,不预则废。"

豆卢钦望接着道:"狄大人所言极是,微臣也以为只有敢战方能言和。"

"明日早朝,朕就命夏官署去办。二位爱卿有事么?"武曌点了点头。

豆卢钦望看了看狄仁杰,狄仁杰也不回避,呈上了李旦的上书。

> 贾生曰:"弟爱兄谓之悌。"故其为人也孝悌,而好犯上者鲜矣。不好犯上,而好作乱者,未之有也。君子务本,本立而道生。夫至亲者莫若骨肉,至爱者莫如手足,曩昔皇兄显远在房州,儿臣勉为国嗣。今皇兄归宫,母子相聚,兄弟重逢,不亦喜乎?弟之事兄,乃为仁之本欤,本于此,儿臣恳请陛下下旨,改立皇兄为嗣。儿臣当以臃肿之姿,随于后……

看到这里,武曌心头便起了微澜,问道:"二位爱卿怎么看?"

"微臣以为,太子所择,乃慎思慎行之举,绝非一时冲动。"豆卢钦望先说了自己的看法。

"豆卢大人所言甚是。殿下礼让,循于长幼有序,本于仁爱孝悌,意在安于社稷,体陛下仁心,磊落光明,必成千古佳话。"狄仁杰接着附议。

见两位股肱之臣如此说,武曌的眉头展开了,但说出的话仍留下了很大的空间:"旦儿聪颖,慈孝悌友,虽言辞恳切,然旦与显皆朕之骨肉,容朕思虑之后再做定夺。"

"陛下圣明。"狄仁杰与豆卢钦望同时行礼。

出了瑶光殿,豆卢钦望擦了擦额头的汗水道:"下官一直提心吊胆,生怕陛下生疑,殃及臣僚,现在好了……"

狄仁杰捋了捋胡须，默默含笑，没有回答。皇上的心思他看得清清楚楚，看来李显立为国嗣的时间不远了……

梁山在七月的阳光下，烟岚缭绕，安卧在山顶的乾陵也显得若隐若现。远远望去，北峰十分险峻，与之相比，南面的两座山峰就显得低了。天空一碧如洗，似乎多一丝云彩都会破坏这纯净与蔚蓝。当年奉旨主持修筑这座与昭陵遥遥对望的帝王陵墓的两位大臣韦待价与韦泰真均已作古，只有这庞大的建筑群仍在诉说着岁月的沧桑。

上午方辰时二刻，乾州刺史、好畤县令、乾陵陵台署的陵台令就已带领署丞和录事在神道口等候。陵台令不住地手搭凉棚向远处眺望，生怕怠慢了前来乾陵参拜的庐陵王。

约莫上午巳时二刻，从山下驶来一队前呼后拥的人马，虽不及皇上的銮驾那样整肃，但也显出赳赳气象。

回到神都三个月后，武曌才恩准李显前往乾陵。

接旨后，李显有了鸟儿飞出囚笼的快慰，韦香则更甚，受了这么多年委屈，自然将之视为扬眉吐气的征象，早早就要尚衣局为自己准备了庄重而又绮丽的袆衣和礼服，她就是要借长安之行告诉世人，当年那个颇得宠于武曌的韦妃——不——是当年的韦皇后又回来了。

一干人晓行夜宿，于六月底到达长安，上任几个月的长安留守姚璹出城十里迎接。当晚，就在昔日的麟德殿举行宴会，席间筝笙高奏，歌舞翩跹，李显仿佛又回到了做皇帝的岁月。

夜阑酒散，姚璹奏请庐陵王安居在含凉殿，说它紧邻太液池，碧树掩映，正是避暑的好去处。

夜风习习，新月如钩，李显与韦香临池依偎，静听池中鱼儿荡起"叮咚"水声，仿佛夜曲般的惬意。人在这种时候，是最容易浮想联翩的。

韦香牵着李显的衣袖道："回神都三个月了，陛下为何对殿下没有安置之意呢？"

李显倒没奢求，道："十四年房州苦守，能够回到神都已属万幸。我只想过几天消停日子，岂敢有非分之想？"

"殿下怎么可以这样想呢？我们回京所为何来？不就是要把失去的重新拿回来么？那个李旦算什么，李弘、李贤之后，太子本来就应该是殿下的，如今回来了，他就应该主动让出来。"

李显的心头就多了一层烦恼,正色道:"立嗣大计,事关国脉,岂能说改就改,还是遵照陛下的旨意行事吧!"

韦香闻言却不依:"妾一回神都就派人打听了,狄仁杰和娄师德等臣僚都打算谏言皇上,立殿下为太子,殿下何不找他们……"

"还是等回去再说吧!"李显还是不想此时谈及此事。

韦香推了一把李显,撒娇道:"当初在房州,殿下可是说过,'异时幸复见天日,当唯卿所欲,不相禁制'的。如今这是怎么了?"

李显听后没有说话,只是沉默不语。

乾陵。不知不觉,父皇已在这里长眠了十四个春秋了。如今陛下远在洛阳,长安日益凋敝,陵前的幼苗已浓荫遮蔽,父皇独自一人躺在这大地深处是否寂寞呢?

长安留守姚璹在一旁提醒道:"殿下!乾陵到了。"

"哦!"李显下得车来,四周立刻布满了禁卫。

道口,乾州刺史、好畤县令、陵台令等跪倒了一片:"微臣恭候殿下驾临。"

"平身!"李显说着,挽起从另外一辆车上下来的韦香。

姚璹示意陵台令在前面带路,他则亲自陪同李显从神道口起步,慢步而上。

"这道边的翁仲都是陛下当年钦点的,要与真人一般无二,守卫皇陵。"

"这个本王知道,陛下曾将韦待价和韦泰真宣到跟前,亲自查看了乾陵图。"李显点了点头。

"这些石雕狮子和鸵鸟,当年都是工匠们依照实物雕刻的,很真切,听说来自西域各国。"陵台令不失时机地禀奏。

"哦!"李显的泪水已不自觉地模糊了双眼。在一里多长的神道两旁,那排列有序、肃穆庄严、仪态迥异的翁仲,那形神毕肖、刀工精细、线条流畅的瑞兽,那昂首对视、胸如张弓、跃跃欲飞的天马,可都是在他去了房州之后才完成的。

弘道元年十二月八日,是李显毕生难忘的日子。父皇在那天凌晨卯时三刻,疲惫地走完了他五十四岁的人生,怀着不尽的牵挂走了,而他就在父皇的遗体前接受遗诏登基。与其说,父皇是因头风而驾崩,毋宁说是两个儿子的命运揉碎了他那颗过早苍老的心。

一干人接着来到了朱雀门外,这里矗立着一座碑亭,内置高二丈一尺的巨碑。陵台令介绍道:"此碑为方形,顶、身、座共七节,表示日、月、金、木、水、火、土,寓意先帝文治武功光照天下,顶部为庑殿式,屋檐四角雕刻一力士石像,檐雕斗拱中间为五节碑身,下为碑座,各部分用榫卯相接……"

陵台令还要再说下去,却被李显挥手拦住了:"不必再说了,这碑本王很清楚。"

仰头站在碑前,李显细细地默读着上面那些熟悉的文字,他不能不感佩陛下的才气卓绝。不管她与父皇在漫长的厮守中有过多少次的政见相左和情感龃龉,但他相信,在撰写这些文字时,她是怀着深深的追念之情的。当时,陛下可足足用了两个通宵才将碑文撰成。只是让他没有想到的是,这些文字刚刚被刻上碑石之上,他就从帝位上跌落下来……

想到此处,他还是毅然转身离开了。而且他已从韦香的目光中读出了一种难以抑制的愤懑,他生怕她在这时说出什么不得体的话来。再者,每读一行文字,他就会想起被废时那种蚀骨的痛,那些被岁月抹平的伤口便会被再度撕开。

再往上走就是献殿,县令担心李显太累,奏请他乘轿舆上陵,却被李显婉拒了。

从献殿出来,拾级而上,便登上了陵顶。南望乳峰,浮云苍茫;东顾昭陵,九嵏绕翠;北眺莽原,沃野绵延;西观眼底,村舍点点。秦中锦绣,一览无余。李显问身边的乾州刺史道:"本王在房州时,听说陛下恩准将李贤皇兄陪葬昭陵了?"

"确实如此。安放灵柩那天,州、县官员都前往祭奠了。"乾州刺史答道。

"好!本王明日就前往昭陵祭奠太宗皇帝,看望皇兄。"

李显先后用了十多天时间,参拜了乾陵、昭陵。等他回到长安城时,已是七月半了。本来依照姚璹的安排还要前往老子庙的,可一纸来自神都的六百里加急打断了他的行程。他已被皇上册封为太子了,皇上要他尽快赶回去,参加册封大典。

李显有些蒙了,盯着制书,半天回不过神来:"这是为何,这是为何……"

倒是韦香欣喜若狂地摇着李显的肩膀,连声道:"殿下,终于有出头之日了。"

随行的人已是齐刷刷地跪了一地:"恭喜太子殿下,贺喜太子殿下……"

第十二章

默啜毁约兴兵衅　狄公奉旨再出征

圣历元年(公元698年)八月,武承嗣之子、淮阳王武延秀离开神都,前往黑沙城迎娶颉妍公主。行前,他陪着母亲去了魏宣王陵前祭拜。面对日渐衰老、泣不成声的母亲,武延秀流下了泪水。他觉得父王这一生,最对不起的就是母亲,他只顾着谋求太子之位,并为此而弄得朝野厌之,却总对母亲不闻不问,让她孤守寂寞。

虽说此次前往突厥和亲乃皇上钦命,但他自己也慷慨应命,只是唯一牵挂的还是琴断朱弦的母亲。因此,在出行前的日子里,他特地向皇上请告,在家中陪伴母亲。武延秀尽其所能地向母亲描绘了颉妍公主,说她的性格并不像她的父亲那样狡黠多变,说她螓首蛾眉,善解人意,他此去不久就会带她回来,母亲一定会喜欢的。

魏王夫人还能说什么呢? 她只能抚着儿子的头叮嘱道:"你虽说业已成年,可在娘的眼里终究还是个孩子。塞外风高野旷、人烟稀少,早晚要注意增减衣裳。"

临行的前一天,武延秀到瑶光殿向武曌辞行。武曌的心境就酸酸的,刚刚送走父亲,儿子又要远行,她也觉得太仓促了。可她是一国君主,言出即行,怎么好再迁延行程呢?便嘱咐道:"爱卿此去,身负修睦邦交重任,望你大局为重,遵循礼义,不卑不亢,勿负朕望。"

接着,武曌宣阎知微、杨齐庄进殿,大概询问了和亲礼品的准备情况。阎知微禀奏:"此去除了金银以外,还备了玉器百件、绢帛两千匹,为颉妍公主备的祎衣、礼服也都一应俱全。"

武曌点了点头,又问杨齐庄道:"那个默啜还在神都么?"

杨齐庄回道:"默咄明日来向陛下辞行。"

武曌点了点头道:"对突厥使节要以礼相待,彼乃我大周北境屏藩,切不可失了国体。"

这话让阎知微心头"咯噔"一声,皇上是什么意思?难道她听到了什么风声?但他旋即释然,深信自己与默咄相见并无他人知晓,当即表示道:"臣奉旨出使突厥,乃为宣大周国威,播大周礼义,彰大周恩泽。子曰:三军可以夺帅,匹夫不可以夺志。何况臣为一国使者,宁可玉碎,也要护大周尊严。"

听了这一番慷慨激昂的陈词,武曌很欢悦,看来自己的眼光不错:"爱卿怀乡报国之志,朕深解矣!明日出发时,朕将遣宰相到定鼎门外送别,为淮阳王与诸位爱卿'祖道',以祈平安。"

武延秀、阎知微、杨齐庄为皇上的恩典深深感动,齐刷刷跪倒在地:"谢陛下隆恩。"

长长的车队和运送礼物的卫队呈"之"字形在草原上匆匆奔走,塞外的风将旗帜吹得哗啦啦直响,映出金色秋阳的温暖;身后的阴山波浪般地向西翻涌,白云在遥远的天际悠悠漫步,珍珠般的羊群伴随着阵阵牧歌"咩咩"相应——

> 阴山高啊!高不过突厥汉子的肩膀,
> 大黑河长啊!长不过妹妹对哥哥的情。
> 是雄鹰,就该破云而飞,
> 是骏马,就该驮着妹妹去寻找幸福。
> 只要哥哥的马缰系着我的心,
> 就跟你走到天尽头。

这歌声该是多么熟悉啊!九年前,刚刚十五岁的武延秀便常在这样的歌声中把颉妍公主托上马背,在草原深处奔驰。那种情感是多么的天真无邪啊,纯得如大黑河的水一样,看得见河底水草的每一片叶子。谁也没有想到,多年后他们会真正地走到一起。一想到这,武延秀问身边的默咄道:"颉妍公主还好么?"

默咄狡黠地笑了笑道:"好!颉妍公主出落得越来越漂亮,她正盼望着大唐的王爷呢!"

大唐？武延秀心头一怔，但也只是一瞬，这也许是他们多年的习惯，毕竟大周立国时间不长。但他细微的表情变化还是引起了阎知微的注意，他催马上前低声道："殿下不要在意，在突厥人眼里，唐、周素来混为一谈。"

武延秀的确没有在意，他如今最关心的是能够尽快见到公主："请问左厢察，我何时可以见到公主？"

默咄眯着眼睛看了看武延秀，笑道："殿下不用着急，公主是大汗的女儿，用你们的话说，她是金枝玉叶，岂能随随便便地嫁人，总要依照礼仪而行吧？"

武延秀的脸上流露出些许的不自然，为自己的迫不及待而暗中惭愧。他坐在马上，走过一顶顶穹庐的时候，想起了许多让他大惑不解的情景。

记得队伍刚刚过了长城，暮色降临，朔风乍起，默咄便建议就在长城脚下搭起帐篷过夜。阎知微和杨齐庄为武延秀单独安排了一顶帐篷，并且让武艺高强的禁卫值守。半夜里，他起身如厕时，发现值守的两名禁卫竟然靠着拴马桩呼呼入睡了。他正要大声呵斥，却不意间看到阎知微的帐篷亮着灯火，还映出一个熟悉的人影，那人正是默咄。他不由得满腹疑窦，便蹑手蹑脚地朝阎知微的帐篷移动脚步。谁知这时两位值守醒了，惊慌失措地来到他面前请罪。武延秀只得转身，问跟在身后的两名禁卫："你等何罪之有？"

年长的禁卫应道："阎尚书临歇息前交代，塞外偏僻，猛兽出没，要属下看护好殿下，尤其是夜间，不要轻易走动。谁料连日行走，人马疲惫，属下一不留神就睡着了。"

武延秀点了点头道："我就是如厕，便不追究你等失责了。"

队伍行进了两日，到第三日太阳升起时，队伍来到了黑沙城下。抬头望去，黑沙城头绣着狼图腾的大旗呼呼飘扬，并无张灯结彩的迹象，武延秀正有些疑惑，就听见默咄的副使对着城头上喊道："左厢察从洛阳归来，速速放下吊桥，让我等进去。"

武延秀又是不解，大周乃宗主国，突厥乃屏藩，既是结和亲之好，就该在城外五里迎接，为何城门紧闭？他记得突厥人一向能歌善舞，英武善射，岂能如此冰冷？他看了看阎知微和杨齐庄，两人面目严肃。在这样的场合，他也不好再问什么。

吊桥放下来后，默咄便来到武延秀面前道："请王爷进城。"

默咄走在前面。武延秀边走边观赏街道两旁的风物，却与九年前没什么两样，只是多了些富人住的穹庐。来往的当地突厥人看见浩浩荡荡的大周使

团,纷纷驻足观看,可人群中传出的议论让武延秀心中很不安:

"听说大唐使节是来和亲的。"

"可不!颉妍公主要嫁到中原去了。"

"看这年轻王爷生得英俊倜傥,不知是哪家王爷?"

"还能有哪家王爷?定是李唐宗室。"

武延秀回头看了那几个人一眼,他们便立即把目光转向他处。他心中的疑云就越发沉重了,便侧过脸低声问身边的阎知微:"阎尚书可知,这究竟是怎么回事?"

阎知微顿了顿,回答道:"殿下不必介意,平头百姓知道什么?"

"尚书再看看,这气氛像是结亲的样子么?"

"殿下多虑了,所谓客随主便,我们到了这里,可汗自会有妥当安排。"

"不!下官也觉得这其中必有蹊跷。"

阎知微转脸去看,说话的是随迎亲队伍而来的监军、监察御史裴怀古,他脸上立刻布满阴云道:"有何蹊跷?"

"大人难道看不出气氛有些异常么?"裴怀古尽量让自己的马靠近阎知微,低声道,"一国公主出嫁,都城毫无迹象,这正常么?"

其实阎知微也觉得默啜可汗做得太过分了。大军刚刚越过长城的那个晚上,默啜悄悄来到他的帐篷,言明和亲只是一个说辞,而真正的目的是要皇上将昔日契丹之土地人口赐予突厥。这让阎知微十分为难,他深知武曌的性格,便只口头答应相机行事。默啜当即表示了极大的不悦,指责大周言而无信,甚至道:"突厥世受李氏皇恩,若非河北战事,岂知大周?本使知阎大人素来心向北境,若是大汗做出不如人意之举,还望大人海涵。"

如今,面对裴知古的发问,他只有暗暗叫苦,却说不出话来。

送亲的大周使团终于到了突厥王城,右厢察默矩早已率将军、叶户、苏尼、特勤等大小官员在外迎接,这也让阎知微稍稍松了口气。

默啜上前与默矩耳语几句,转身对阎知微等人道:"本使已将诸君迎进王城,于后诸事皆由右厢察处置,本使就此告辞了。"说完,他施了一礼,翻身上马,率领卫队离开了。

见状,阎知微便率司宾卿杨齐庄与监军裴怀古近前见礼道:"大周使者阎知微送淮阳王武延秀赴黑沙城和亲,拜见默矩右厢察。"言罢,他便请武延秀与默矩见面。

一副络腮胡子的默矩虽然看起来有些凶悍,举止倒也彬彬有礼。当他来到武延秀面前时,看着这个在自己眼皮下长到十五岁的孩子,不免多打量了几眼。九年的岁月,已让当年稚嫩的弱苗长成了一位挺拔的男人。

待默矩见过监军裴怀古后,杨齐庄不失时机地朝司宾丞挥了挥手,司宾丞立即将礼单奉上。杨齐庄手捧礼单道:"大周皇帝陛下甚为看重王爷与颉妍公主之联姻,特命以金银各两千两,玉器百件、绢帛两千匹为聘礼,与为颉妍公主所备之袆衣、礼服一并呈上,请右厢察过目。"

默矩接过礼单浏览了一遍,便交给身边的礼宾官,然后对阎知微道:"大汗旨意,安排淮阳王及迎亲使团到驿馆歇息,明日在汗庭迎见大周使节。"

"右厢察大人,小王何时能见到颉妍公主?"闻言,武延秀不免有些急躁。

默矩凝了凝眉毛道:"王爷少安毋躁。我记得汉人有一句话叫入乡随俗,突厥自有突厥的婚俗,一切且待阎大人见过大汗,自有分晓。"

裴怀古听着这话心里不舒服,上前质问道:"大汗既已入大周为陛下义子,自当听从陛下旨意。可自大周迎亲使节入境以来,竟未见一灯一彩,这是何道理?"

阎知微见状,忙拦住裴怀古道:"右厢察所言,自有道理。所谓十里乡俗各异,况两国乎?就依右厢察之意。"

见状,默矩的脸上便流露出不经意的得意,派了一位叶户陪同武延秀与大周使团前去位于黑沙城西北角的驿馆区,又道:"我与阎大人进汗庭谒见大汗。"

说是驿馆区,实际上就是一簇穹庐。叶户对武延秀道:"王爷乃上宾,独住一庐。阎大人独住一庐,司宾卿与监军大人合住一庐,其余宾客四人一庐。值守由大周使节所带禁卫与突厥士卒同任,饮食起居皆随突厥。"

默矩与阎知微此时已来到了汗庭。阎知微觉得气氛紧张,从穹庐外半里路的地方起就布置了严密的岗哨,明晃晃的战刀队伍一直排到了汗庭门前,再看看那些卫兵们,一个个身材挺拔、目露凶光。阎知微先自怯了,悄悄地对默矩道:"两国结亲,本是喜事,为何剑拔弩张?"

默矩回道:"大人不必惊慌,此乃我突厥迎接上宾之礼。"

说话间,两人进了汗庭,阎知微上前施礼道:"大周使节、春官尚书阎知微奉陛下旨意,前来迎亲,拜见大汗。"

"好,赐座。"

阎知微在右厢察默矩身边的地毯上就座后,默啜便道:"和亲之议乃本汗所提,可听陛下遣武氏侄孙武延秀前来迎亲,此非本汗初衷!"

阎知微对他们的企图自是心知肚明，只是作为使节，场面上的文章他无论如何都是要做足的，便侧了侧身子道："本使不明白大汗所言，还请明示。"

默啜抚摸着硕大的耳环道："别人若是听不明白，本汗尚可宽谅。若是阎大人故作不明，就非突厥朋友了。"说完，他喝了一口马奶酒，眉眼里就带了讽刺，"本汗欲以女嫁与李氏，安用武氏儿邪？"

阎知微嗫嚅道："此乃陛下旨意，本使只是奉旨行事。"

默啜示意阎知微喝酒，继续道："突厥世受李氏之恩，闻李氏尽灭，唯留两儿，本汗当将兵辅之。"

闻言，阎知微心头一惊，这岂不是刚从前门驱走了孙万荣这头豺狼，却又从后门冲进了默啜这头猛虎？他正思谋着应对的言辞，默啜又高声笑道："本汗欲以阎大人为南面可汗，你我携手共图大举如何？"

这笑声阴森森的，阎知微不由得脊背发凉，他知道所谓南面可汗，也就是个小可汗，与儿皇帝无异。阎知微满脸都是尴尬和不自在："大汗说笑了，本使才疏学浅，岂能担此大任？"

默啜早已从默咄的飞鸽传书中全面了解了这个阎使节，知道只要再稍用力，便可奏效，于是朝外面喊道："来人！"

门外便立即冲进来四个荷刀侍卫，默啜道："看来阎大人是不给本汗面子了，那好，拉出去砍了，头颅挂在汗庭高杆上示众。"

一直坐在旁边看戏的默矩见火候已到，知道该是自己出面的时候了，便起身挡开了侍卫的战刀，来到默啜面前假意劝道："阎大人乃大周使节、突厥上宾，岂能擅杀？大汗且息雷霆之怒，待臣先劝说一二。"他又转过身来到阎知微面前，抚着他的肩膀道，"有道是识时务者为俊杰。武氏擅权，妄自称帝，人心尽失，大人又何必死守一道呢？大人如今已是人在船上，不行，大汗岂能放过大人？倒不如择木而栖，接受南面可汗的封赐，共图大事。"

"右厢察一席话令阎某豁然开朗，下官愿追随大汗，鞍前马后，听任驱使。"阎知微开始浑身筛糠般地抖个不停，心想事到如今，看来此次是不可能完成任务了，回去也是个死，不如……

"好！大人果真明白之人。"默啜一招手，早有女奴将南面可汗的官服、饰佩捧上来换了。但当阎知微从铜镜里看到自己身着异族服饰的模样时，不免心中五味杂陈，落魄失魂，目光也分外地离散了。

默矩围着阎知微转了一圈，虽说看着他如此装扮有些不伦不类，却仍是夸张地赞道："大人，不！南面可汗穿了这身服饰，披裘登靴，气宇轩昂啊！我先贺喜可汗了。"

阎知微回了默矩一个难为情的笑,心想从这一刻起,就一任命运之舟载着自己漂流了。

事情的发展如此残酷而又骤然,默啜随后便毫无顾忌地发出一道道旨意,每一声都让阎知微战栗不已——

"来人!将武延秀囚之别所。"

"传令杨齐庄、裴怀古立即投降,否则格杀勿论。"

"命小可汗匐俱为兵马元帅,左厢察默咄为副帅,即日随南面可汗兵发静难州,匡复李唐宗室。"

阎知微听完,更是一阵腿软。

颉妍公主已经二十二岁了,草原的风吹着她,草原的雨淋着她,草原的太阳晒着她,草原的牛羊肉滋养着她,可她还是生就了如雪的肌肤。她白玉般的脸庞上嵌着一双灿星一样的眼睛,明亮而又多情。

她骑着一匹名为"雪花"的白马,在夜色中穿越一座座穹庐,在她的身后,是一位叫玛娜的侍卫长。她娇羞地回过头去问道:"玛娜,你说武延秀还会是九年前的样子么?"

"嘻嘻!公主想他了?依玛娜说,他定是越来越风流倜傥了。"

"是么?想他傻乎乎的样子……"公主笑了,含嫣撒露。

"公主不说真心话。"玛娜轻抽马匹,跟上公主的脚步。但她发现公主脸上的笑意不知不觉已褪去了,代之而来的却是惆怅和叹息。

"公主怎么了,刚才还……"

颉妍公主摇了摇手,玛娜便收回话头,默默地跟着。

怎么跟玛娜说呢?当初父汗提出和亲时,她就在心底许了一个愿,希望这幸运能落到武延秀身上。不久,默咄飞鸽传书回来,真是武延秀!她的心一下子就乐开了花。她想象着当年那个浑小子如今成了什么样儿;他以亲王的身份外出,一定与自己一样前呼后拥吧;他站在朝堂上奏事时一定威风八面吧。她恨不得他立即飞到自己身边,甚至急不可耐地要玛娜派侍卫前去打探关于他的一切。

他来了,与他庞大的使团一起来了。可侍卫带来的消息却让她很失望,父汗竟因为他不是李氏血脉而要悔婚!她的心顿时碎了,她把女儿家的自尊和羞怯抛到一边,直接跑去汗庭质问父汗为何要撕毁婚约。

默啜却斥责了女儿,说这是国家之间的事情,并让身边的近卫送她回穹庐好生看管,绝不能让她与武延秀见面。

半夜里,公主借口天冷,命身边的侍卫轮番向看管他的队帅敬酒,直喝得他酩酊大醉。她和玛娜便蹑手蹑脚地来到马槽前,牵了"雪花"向外走去。

"公主,您真的决定辞别父母,跟随武王爷南去么?"

"嗯!"公主很认真地点了点头,"我已打定主意,生生世世和他在一起。"

两人正说着话,忽然听见一阵脚步声,原来是夜间的巡逻兵过来了,她们急忙寻找一道土墙隐蔽起来,等巡逻兵过后才继续上路。大约过了半个时辰,玛娜低声对颉妍公主道:"前面就是驿馆了。"

"小心,不要惊动侍卫。"公主小声嘱咐道。忽然,她美丽的眼睛睁大了,指着前面的火光道,"你看,那是怎么回事?"

驿馆区穹庐门前人声嘈杂,密集的火把映红了夜空,火光中传来一位叶户的声音:"淮阳王武延秀借迎亲之机,刺探突厥军情,本叶户奉大汗之命前来捉拿。来人,将武延秀锁了。"

一群突厥兵在队帅的带领下立刻冲进穹庐,不一会儿,武延秀被绑了推了出来。从另一座穹庐内推搡出来的是司宾卿杨齐庄,他显然被这突如其来的变故吓坏了,见了武延秀便哭丧着脸问道:"王爷,发生了什么事情?"

武延秀也迷茫地摇了摇头,问道:"敢问叶户,有何证据说明本王刺探军情?我乃大周亲王,岂能干出此等蝇营狗苟之事?"

叶户从腰间拿出一卷绢帛展开,但见上面绘有黑沙城山川形势图:"此物就是证据,殿下既是前来和亲,为何要偷偷绘制我黑沙城地图?"

武延秀怒骂道:"你等竟然诬陷本王,本王要见可汗。"

"哈哈哈!"叶户的笑声在夜里听起来益发狂放,"本叶户就是奉大汗之命前来捉拿你等的。"

叶户的属下便也跟着大笑,将武延秀围在中间推来推去。武延秀飞起一脚,将一名军士踢倒在地,却立即招来雨点般的拳打脚踢。正在这时,后面的穹庐发出一声"不得无礼"的怒吼,军士们吃了一惊,慌乱地回头看去,从火光中冲出的正是监军裴怀古,他的凛凛气度,让刚才狂放不羁的叶户和队帅都愣住了。

裴怀古用力推开人群,来到武延秀旁边,满怀自责道:"都是属下未能尽职,让王爷受惊了!"他为武延秀擦去嘴角的血迹,然后转身大声呵斥叶户和他的属下,"你等好生无礼,竟敢夜闯驿馆,绑架王爷,劫持副使。若是朝廷知晓你等背信弃义,你等必陷灭顶之灾。本官念及两国睦邻,劝你等迷途知返,否则……"

他的话还没有说完,却被杨齐庄截住了话头,弱怯怯道:"事到临头,大人就不要嘴硬了吧,还是保命要紧……"

"奴才!"裴怀古一口唾沫吐到杨齐庄脸上,"你说此话真是污了头上从四品的冠冕,陛下托重任于你等,你等竟屈膝变节,此乃大周之耻。有朝一日,回到朝堂,定逃不脱千刀万剐的结局。"

这话激起了叶户的怒火,大声道:"好个狂徒,不知死活!来人,给我打,看是他的骨头硬,还是老子的鞭子硬。"

军士们得令,都"呼"地上前把裴怀古按倒在地,马鞭暴风雨般地落在他的身上。裴怀古是个文官,哪里经得起如此痛打,不一会儿就昏厥过去了。

过了一会儿,叶户喝令属下住手,便押着武延秀和杨齐庄向牢狱方向而去。

看到这里,颉妍公主总算明白了,父汗不只是要毁掉和亲,还要反叛朝廷。国家交战,她管不了,可她绝不允许叶户将自己心爱的男人带走。她暗地向玛娜伸出一个指头朝前指去,玛娜会意,从腰间抽出弓箭,两人用满力气,只听"嗖"的两声,一支箭射中脖颈,一支箭正中左胸,两个军士应声倒地气绝身亡。叶户大惊,手举大刀大吼道:"谁敢劫持罪犯,还不出来受死!"

颉妍公主与玛娜将弓箭插回箭壶,手持马刀来到队伍面前,大声道:"本公主在此,谁敢妄为?"

见来人是公主,叶户忙上前行礼:"原来是公主。末将奉大汗之命,前来捉拿奸细。"

"笑话!堂堂大周亲王,为何一夜之间就成为奸细?分明是你等肆意陷害,还不放了王爷!"颉妍公主说罢,亲自上前要为武延秀解开绳索。

"公主,请不要让末将为难!"叶户欲上前阻拦,孰料玛娜的剑锋却架上了他的脖子。

就在这时,武延秀推开了公主的手。颉妍不解地看着他道:"你这是为何?难道甘愿被指为奸细吗?"

武延秀摇了摇头道:"我日思夜盼,就是有一天能够再见到公主。只是没有料到,是在这样的场合。"

"都是父汗背信弃义。"颉妍目光中闪烁着倔强的光芒,"颉妍要救王爷出去,你我到人迹罕至处,不要宝马香车,不要穿金戴银,就过百姓的日子。"

"傻瓜!"武延秀低下头,吻公主的头发道,"黑沙城防守严密,你以为真的能出去么?再说了,我一身清白,若是逃走,就永远也说不清了。"

"王爷……"

"公主……"武延秀抬起头,对叶户道,"我原是奉旨和亲,自然与公主之间有些私话要说,还请叶户命属下退后。"

闻言,颉妍公主也跟着道:"你等还不退后,是要本公主发怒么?"

见叶户吩咐属下散开,武延秀低声对公主道:"公主若欲与我结为连理,就遣身边可靠侍卫化装出城,连夜赶往神都,将这里的情况奏报陛下……"

"殿下保重!"颉妍红着脸转过头道,"若非淮阳王深明大义,本公主今天非杀了你这糊涂的叶户不可。"

"这么说,公主放末将走了?"叶户忙招呼众人离去。

"滚!"颉妍公主背过身去,直到押解武延秀与杨齐庄的队伍的脚步声渐行渐远……

册立新太子的大典虽已过去多日,入住东宫的李显依旧似在梦中。

这天,从瑶光殿请安后,一回到庄静殿,韦香就扯着李显的衣袖道:"殿下到底是怎么想的?既是立殿下为太子,就该允准参与朝政,为何形同闲人,除了请安,终日无所事事?"

李显感叹韦香还没有吸取教训,便道:"十四年了,刚刚回到神都,当年的老臣,判罪的判罪,老死的老死,朝堂上皆是陌生之人,我……"

"陌生怎么了?难道他们还敢将当朝太子不放在眼里?要依妾说,他们都是被皇上吓坏了胆。"韦香说着说着,忽然冒出了一句,"行将就木之人,还把持朝政,成何……"

"体统"两个字还没说出口,就被李显伸过来的手捂住了嘴:"爱妃,你不想活了?"

韦香这才意识到自己失言,也吓出了一身冷汗,她朝周围看了看,见没有人,脸色才恢复了正常。

李显对韦香道:"爱妃且回殿中歇息,我想在这里静一静。"

"殿下不可太软弱,该说的、该做的,就该放手去做,像相王那样,岂非笼中之鸟?"韦香还是不肯罢休。

李显没有回答,韦香什么时候告辞的,说了些什么,他全然没有印象。他这会儿脑子里都是陛下与李旦的影子。

当年在神都与王勃一起斗鸡的兄弟四人，如今只剩下两人，李显与李旦之间油然有了惺惺相惜的情感。如果不是大势所趋，李显宁可就住在宫外，让李旦留在东宫。

因此，当李显遵旨搬进东宫，李旦搬进相王府的那天，兄弟俩相拥而泣，久久不愿分开。在太监、宫娥们忙碌的当儿，李旦邀李显到偏殿品茶，动容地说道："这是小弟在东宫与兄长饮的最后一杯茶了。"

李显接过茶杯，细细打量李旦，心中就十分心疼，不知他是如何熬过这十四年的……由此不禁感慨道："为兄在房州十四载，对朝事知之杳杳，今后，如何与陛下相处，望弟弟不吝赐教。"

李旦低眉道："荀卿曰，类不悖虽久同理。你我虽然先后为太子，然有一点是相同的，就是不再是大唐的皇嗣，而是大周的储君。以小弟多年经历，唯陛下之命而是从乃太子本分，此其一；闭门静心，千万不可随意召臣下进宫，此其二；谨言慎行，以防祸出于口，此其三。"

李显频频点头，知道这简简单单的三条，都浸渍着痛苦的泪、臣僚的血。

李旦又问："陛下可命司宫监派新的太监到身边来？"

李显道："贴身太监依旧是王晖。"

李旦点了点头："这就对了，若是新人来……"

李显自然是懂李旦话里的意思。

如今入主东宫已有些时日了，他回想起刚才在瑶光殿问安时，陛下说的一番话，就陷入纠结矛盾之中。

今日请安后，武曌并不似往日的威严和冰冷，而要李显和韦香坐下来说话："有道是四十而不惑，显儿此次回来有何感想，不妨说与朕听。"

李显谨慎地看了看身边的韦妃道："陛下牵系儿臣身体，令儿臣铭感肺腑。此次回京，看到四海升平，民富物丰，臣僚勤勉，深感陛下治国实在可比秦皇汉武。"

这种常态的赞誉，武曌早已司空见惯，倒也不觉得有什么新鲜。她想知道的是李显与李旦究竟有哪些相异的地方？他内心究竟在想些什么？于是，她有意无意地把话题转到朝政上来："前日，朕要狄仁杰举荐尚书郎，他举荐了自己的儿子司府丞狄光嗣，太子如何看待此事？"

李显斟酌半天，还是选择了一句"请陛下明示"的话来回应，武曌索性就把石头再投出去："朕以为他内举不避亲，有昔日祁奚的风度。这个光嗣倒没有辜负其父的期待，拜地官员外郎后，很称职。朕喜欢的就是狄仁杰这样的光明磊落。"

祁奚这个掌故李显是了解的,对狄仁杰的举止他从内心也是认可的,但他只是道:"陛下知人善任,令儿臣惭愧之至。"

这样的谈话自然让武曌兴味索然,便挥了挥手道:"安也问了,话也说了,太子回去吧!"

如今想想,还好有李旦嘱咐的那三点啊!

李显正兀自想着,从窗外传来一阵女孩子的笑声,清脆而又鲜亮。哦!是惠儿,是他被废那年生下的婴儿,如今都长到十四岁了,像一朵含苞待放的花了。李显起身来到殿门前,李仙蕙轻盈的身影便映入他的眼帘。蕙儿长得与她的母亲韦香实在是像极了,尤其是一双眼睛,明澈中带着桀骜和倔强。这一会儿,她的心思都在捕蝶上,根本没有注意到有一道慈祥的目光正抚过她的肩头。

李显收回目光,脑际忽然浮现出另一个男孩的影像来,他不是别人,正是表弟武三思的儿子武延基。他离开京都时,这孩子也只有两岁,虽然回京以后没有见过面,但算算也该是谈婚论嫁的年龄了。哦!他们两个要是……那陛下应该会对自己更放心吧。

这念头令他自己都很吃惊,问自己是否自私。可当他想到李弘、李贤的结局时,又释然了。在夹缝里屈从地活着,不但需要一种勇气,还需要一些手段。在这一刻,他打定主意,背着韦香将自己所想禀奏陛下,只要她那一关过了,其余的都好说。

可第二天早晨,当他怀着思虑了半宿的想法走进瑶光殿时,遭遇的却是朝廷的巨大变故。

"言而无信、背信弃义、藐视圣朝,是可忍孰不可忍!"武曌横眉怒目,将突厥使节发来的文书扔给李显道,"你看看,也好知道邦交之难。"

> 与我蒸谷粮,种之而不生,一也;金银器皆行滥,非真物,二也;我与使者非紫皆夺之,三也;缯帛皆蔬恶,四也;我可汗女当嫁天子儿,武氏,小姓也,门户不敌,罔冒为婚,五也。我为此起兵,将取河北耳。

"岂有此理,岂有此理!"李显正看着,就听见武曌怒不可遏的声音,"来人,将突厥使节推出去斩首。"

"万万不可。"狄仁杰见状,忙上前奏道,"国之邦交,斩来使,乃大忌也,请陛下缓行。"

"难道就这样一任默啜罔视圣朝么？"

"当然不是！裴怀古大人历尽磨难回到神都，他当清楚黑沙城情势，陛下还是听听他的陈奏吧！"狄仁杰又道。

裴怀古脸上的伤疤犹存，一想起一路归来的艰辛，就百感交集。

那个草原的夜晚，让裴怀古一想起来就有些后怕。当他从昏迷中醒来后，武延秀已经被突厥兵带走了，他只觉得四面黢黑，冷风森森，浑身酸痛。这时候，他听见一位姑娘的声音，自称是颉妍公主的侍卫长。她为裴怀古换上一身突厥装束，又用公主的腰牌送他连夜出了城。

可就是这一身突厥服饰，让他在路过李多祚、李楷固将军驻地时险些丧命。眼看着城头上的军士就要放箭，他声嘶力竭地大喊："我乃大周御史裴怀古，速报李将军得知。"后来也是在他们的护送下，他才回到神都。他没有回自己的府上，就先去找狄仁杰。

但现在，当着皇上的面，他不想多谈个人遭遇，而是奏道："微臣以为，物必自腐，而后虫生。"

"哦？"武曌一下子就睁大了眼睛。

"据微臣所知，阎知微早在京都时就与默啜暗中勾结。及至到了黑沙城，他又受封为南面可汗，劫持了淮阳王，才致今日变故。不仅如此，阎知微还甘愿与虏联手，攻打赵州。他遣人在赵州城下踏歌《万岁乐》，赵州守将陈令英大骂：'尚书位任非轻，乃为虏踏歌，难道不感到羞愧么？'默啜大怒，遣将攻城，长史唐般若临阵倒戈，刺史高叡夫妇拒降被杀。"

"罢了！"武曌突然猛击案头，吓得李显手中的突厥来书都掉在了地上，忙转身跪倒在武曌面前，"陛下息怒，突厥乃蛮夷之族，能奈我大周何？"

"阎知微通敌卖国，若是被擒，朕定要将其碎尸万段。传朕旨意，裴怀古勇赴国难，迁为祠部员外郎。追赠高叡冬官尚书，谥曰节。改默啜为斩啜。"

裴怀古并不在意个人进退，他希望皇上速做决断，出兵河北，救黎民百姓于水火之中。他向武曌施了一礼，请求跟随大军出征，营救淮阳王。

这次武曌没有首先想到武氏宗族，而是将目光放在李显身上，她当然有自己的考虑。自武承嗣郁郁而终后，她也是心力交瘁，从此不再有武氏续嗣的念想，而对自己的儿子无形中亲近了许多。从徐敬业到李冲父子，从李尽忠到默啜，起兵无不以"复唐"为号，也许，太子出面会有助于事态尽快平息。

武曌看了看狄仁杰道："于今之计，在讨贼平逆，狄爱卿以为何人堪当统兵大任？"

狄仁杰几乎不假思索地回道："当然非太子殿下莫属。"

于是，武曌转脸看着李显道："狄怀英荐你为河北道兵马大元帅，你可愿否？"

武曌这话一出口，李显就慌了神。在他的记忆中，数十年来除了仪凤元年（公元 676 年），吐蕃寇鄯、廓、河、芳诸州，时任洛州牧的他被朝廷任命为洮州道行军元帅外，自己再也没有过统兵打仗的经历。而就连那时，他也根本就没有到过阵前。孰料二十多年过去，又遇兵燹，运乎？命乎？他为难地看一眼武曌，口中嗫嚅道："陛下，儿臣……儿臣……"

武曌见状很不高兴："你到底要说什么？"

"这……"

可当武曌从狄仁杰眼睛里读出满满的自信时，她的心境豁然开朗了，高声道："狄怀英听旨。"

"臣在！"狄仁杰赶忙挺了挺胸膛。

"朕任你为河北道行军副元帅。文昌右丞宋元爽为长史、右肃政台中丞崔献为司马、右肃政台中丞吉顼为监军使，裴怀古随军参谋，即刻募兵，发河北道御敌，不得有误。"

狄仁杰丝毫没有谦让，当即回道："微臣领旨。微臣定不负圣望，保境安民，护卫社稷。"

武曌便又对李显道："有怀英坐镇，太子不必担忧。出征之日，朕亲到外郭城外送行。"

事情到了这个地步，李显自然再无话说，施礼道："儿臣谢陛下恩典。"

接下来的日子，除了朝廷派遣司属卿武重规为天兵中道大总管，右武卫将军沙陀忠义为天兵西道总管，幽州都督张仁愿为天兵东道主管，率军三十万先行外。狄仁杰以"河北道兵马大元帅李显"的名义，在京畿招募兵卒。

"臣料定，百姓闻太子出任行军大元帅，必为陛下盛威所动，应者云集。"狄仁杰当着武曌的面说道。

事情的发展也确如狄仁杰所料，连日来，京畿各县的城镇所在处都挂起了募兵的招牌，从早到晚报名入军者络绎不绝，几天之内，数盈五万人。狄仁杰命宋元爽、崔献等人将所募兵马按照骑、步、弓弩等分类加紧整训，以应战事急需。其间，他邀请李显几次到校场观兵，鼓舞士气。李显从排兵布阵中深感狄仁杰文能辅国、武能挥兵，从而对战事操胜平添了许多信心。

依照唐制,太子任行军大元帅多不亲征,而以副帅主军。每次离开校场时,李显都会情不自禁地发出感慨:"有爱卿统军,不唯我无忧,陛下亦高枕无忧矣!"

但狄仁杰却以为太子以行军大元帅身份适时出现在将士面前是很有必要的,因此,李显每一次前来校场观兵时,他都不忘提醒太子披甲佩剑。

在操戈磨剑、淬火冶钢的紧张军训中,出征的日期一天天临近了。

这一天,喊杀连天的军营迎来了当朝皇上武曌。秋阳下,已经七十五岁高龄的武曌着一件桃花色的软甲,头戴紫金冠,身佩一支短剑,驱马来到正在演阵的将士面前。

狄仁杰吩咐宋元爽继续演阵,不必因皇上到来而停止,唯此方能见实战氛围,他自己则陪同皇上登上了阅兵台。将士们见皇上亲自来观阵,更加意气风发,一个个眼中有铁。在一个多时辰的排阵中,"敌"我双方展开激烈厮杀,一时演兵场上烟尘滚滚、马嘶矢鸣、星旗电戟、如火如荼。

武曌从十四岁进宫起,屡次看过太宗阅军,但以皇上身份登台观阵,这还是第一次。走下阅兵台时,武曌满怀喜悦地看了看身边的狄仁杰,由衷道:"怀英真帅才矣!朕明日将率百官在外郭城外为爱卿祖道。"

狄仁杰一撩战袍道:"谢陛下隆恩,臣将在军前迎候陛下与太子。"

"朕乃万邦之主,亲往慰军,可矣。至于太子……"武曌皱了一下眉头。

狄仁杰紧追两步,陪伴在武曌身边道:"臣以为太子莅临祖道,其利者三:一者身为行军大元帅,盟誓挥旌,乃职也;二者,太子虽立,外议犹疑未定,苟此命不易,丑虏不足平也,故太子赴外朝,乃安臣僚之心也;三者,太子殿下陪陛下阅兵,足见母子同心,朝野同力,揣测不待释而自平。请陛下虑明鉴。"

武曌手抚胸口,暗自惊叹狄仁杰思虑之密,这一层自己倒是没有想到,转而笑道:"就依爱卿,传朕口谕,知会太子,亲临祖道。"

"陛下圣明!"狄仁杰从内心感喟皇上的欣然从谏……

第十三章

扫眉才子溅血花　逸群儒帅安群黎

　　午后的秋风吹过宫苑，一片金色的柳叶轻盈地从窗口飞进来，落在上官婉儿临窗的书案上，也落进她的心池，她再也无心埋头在文稿、奏章里了。掀开半卷窗帘，一抹秋色盈眼而来，她不禁感叹岁月如此不经磨洗，转眼就是圣历元年(公元689年)十月了。她从案头捡起落叶，托在掌心，久久地凝视，因为忙于公务而淡去的惆怅就在这一刻迅速地飞上眉头。蓦然回首，她已进宫整整二十年了，那带着青涩的丽质天成、豆蔻碧玉，仿佛都是昨天的事情，可她如今已三十四岁了，已不再是当年那个出水芙蓉般的人儿了。

　　说起来她也是宰相之后，为什么就不能有个完美的归宿呢？自李贤殒命后，十几年来，她暗里将自己给了有家室的武三思，她不能不承认他给了她一个女人所需要的一切，可她深知，他不可能给她任何名分。陛下在高兴时也提到要为她寻一个可心的男人，可春来春去，一切都只是镜花水月，他究竟在哪里呢？上官婉儿掀开置放诗稿的匣奁，把那片落叶藏进去，可就在那一刻，她亲写的诗句跃入眼帘，让她伸出去的手又收回来了。

> 叶下洞庭初，思君万里余。
> 露浓香被冷，月落锦屏虚。
> 欲奏江南曲，贪封蓟北书。
> 书中无别意，惟怅久离居。

　　冷冷的月色，孤寂的身影，绵绵的思念，让她忍了又忍的眼泪再也抑制不住，"哗啦啦"地落在了发黄的纸上，新湿掩盖了旧痕。

这诗中的人永远都是一个模糊不清的形象，只在上官婉儿的记忆中清晰地活着。永隆元年对上官婉儿是一段泣血洒泪的日子，她心仪的李贤莫名其妙牵涉明崇俨被杀案中，时为皇后的武曌威逼高宗将之贬为庶人，迁往长安闭门思过。

李贤离京是一个秋风萧瑟的早晨，她不敢有任何的缱绻和眷恋，帮助皇后整理完奏章、文书后，她就把自己关在屋里，一夜没有合眼。后来，不断从长安传来消息，说他生活困顿，食不果腹、衣不遮体，那时候，她真的无法相信，皇后对亲生儿子也如此残酷。

李贤被害的过程她也很清楚，因此她也陷入了一生都无法摆脱的自责和悔恨。作为曾经的皇太子，不能回京为父皇守灵，这事若放在别的亲王身上，她也许不会那么激愤。可偏偏就是李贤，她无法保持旁观的心态了。如果不是那封信，李贤又怎么会丧命呢？太后传丘神勣到宫中，她是亲眼看到的。

李贤死的消息是丘神勣自蜀地归来，向太后邀功时她获知的，当时她的天一下子就塌了。但她什么也做不了，只能让他永远活在自己的诗中。

可这诗该怎么写，临到提笔时她却为难了。她不能因为自己的诗句给家人带来灾难。踯躅了多日，琢磨了多日，终于写就了这首《彩书怨》，那个让她痛彻心扉的男人被想象成蓟北的征人，而她也乘着怀想的翅膀，变成了江南的思妇。这不是她蘸着墨香，而是蘸着自己的血写就的心曲。之后，她又以同样的笔法写了《葬心赋》，收拾起那颗为爱而骚动的心：

> 夫心葬者，乃心死之故也。夫昔者尧据天下，英、娥不觅，沅江泪痕，泅成斑竹；子长风华，经纶满腹，皇皇史卷，穷究天人；兰芝素手，箜篌天音，锦织春色。奈何兮东风不与，怅怅然欢情至薄。汗青山卷，史录海翰，盖折腰摧眉者，哀莫大于心死，身葬莫过于心葬。举凡心葬者，孤影残阳，浑浑噩噩，苟安于奄息向晚，残喘于万念俱灰，意冷冷而壮心不在，情灰灰而泪洒沧溟，不易悲乎？
>
> 心死矣，身骨虽在，徒皮囊耳。

她知道，自己从此不复有爱，因而将自己放纵在茫茫人海中。所以当武三思走进她的生活时，她很快就接受了。而事实上，她是将自己一分为二了，"爱"给了心中的男人，身子给了眼前的男人。庆幸的是，武三思至今也没有看透她的心思。

上官婉儿收回思绪,谨慎地将黄叶夹在诗稿间,锁上匣匧,独自一人对着铜镜发呆。铜镜映出她并不年轻的面容,桃腮乌发,都已消磨在永远看不完、写不尽的文书和奏章中了。当年被皇上青睐而带到宫中,究竟是幸运还是不幸呢?在惶惶找不出答案之际,宫娥进来禀报:"大人,楚王来了。"

"哦!知道了。"她迅速擦掉腮边的泪水,整了整头发,站了起来。

前不久才从春官尚书擢升为内史的武三思丝毫没有春风得意,脸上反而是难以掩饰的仓皇,因此他也没有发现上官婉儿脸上的泪痕,一进门就道:"大事不好了。"

上官婉儿将案头的文书拢到一边,示意武三思坐下说话:"何事让王爷如此惊慌?"

武三思头垂在胸前,一副懊丧的样子:"唉!先行的几位总管怎么就如此不经战呢,突厥人在占据赵州之后,又先后攻取了飞狐、定州,杀了刺史孙彦高及吏民数千人,以致天兵西道总管沙陀忠义闻之,不敢轻易进军。昨夜,夏官尚书武攸宁接到前方战报,就来府上找我,却不敢去禀奏陛下。"

听完这些话,上官婉儿便感动武三思从不在自己面前隐瞒什么。可接下来他却把一个难题提了出来:"你也知道,我在平叛时的表现,陛下每每说起都耿耿于怀。如今战况如此,我作为内史前去禀奏,不是往刀口上撞么?"

上官婉儿看了看武三思,头就垂了下去,好久没有说话。武三思的心就一个劲地打鼓,摸不清她的心思。

过了一会儿,上官婉儿抬起头说道:"王爷有何话不妨直说。"

武三思面带惭愧道:"这消息,我想请姑娘……"

"我的职责就是向陛下递送文书,战报放在这里,我会于今日之内转呈皇上的。"上官婉儿说得很平静,其实内心很不情愿,可这由不了她,在武三思面前,她从来没有学会拒绝。

因为这件事,两人都没有心思再相互依偎了。上官婉儿命宫娥给武三思泡了茶,他这才发现上官婉儿脸上残留的泪痕,忙问道:"何人惹姑娘不高兴了?你告诉我,我为你出气。"

"'人生寄一世,奄忽若飙尘',回风动地起,秋草萋已绿。四时更变化,岁暮以何速啊!"上官婉儿怅然道。

她这是在无奈自己的身份,又埋怨他们之间这种暗里的情缘啊,武三思听了十分赧颜:"都是我的错,姑娘要打要罚,听凭裁决。"

"谁要你说这个?"上官婉儿转过身去擦泪水,"你们男人就是心粗。"

武三思叹一口气道:"人非草木,焉能无情? 我知道这些年亏了姑娘。可你也知道,进了这宫廷,人就是朝廷的,不!就是皇上的,身不由己了。可我敢对天盟誓,若有负于姑娘,雷霆焚之。"

"不许胡说。"上官婉儿捂住了武三思的嘴。

时候不早了,武三思吻了吻上官婉儿白皙的额头,起身告辞。

送走了武三思,上官婉儿便从案卷里抽出战报,细细地琢磨起来。说起来,三路"天兵"总计三十万人,怎么就挡不住默啜呢?不能耽搁了,必须立刻把前方战报呈送皇上。

她刚刚将文卷归好,就听见张尚宫在门外道:"知制诰在么?"

上官婉儿立即站起来,谦恭道:"下官在,请尚宫进来说话。"

张尚宫也老了, 几十年的宫廷岁月, 已把她变成了一个瘦骨嶙峋的老媪,可皇上至今也没有换人。此刻,上官婉儿从张尚宫身上,仿佛看到了以后的自己……

张尚宫是来传达皇上口谕的,说这些日子,知制诰为朝事操劳,不辞辛苦,人眼见得瘦了,要她过去陪皇上进晚膳。

"哦!"上官婉儿问道,"就陛下与下官么?"

"还有春官侍郎张昌宗、麟台监张易之两位大人。"

"下官明白了,请尚宫先行一步,下官还有些文书要呈送皇上批阅,随后就来。"

听说张昌宗要出席皇上的晚膳,上官婉儿的心又不能平静了。那一场邂逅是出乎上官婉儿预料的。七夕的酉时,她本是带了两个宫娥到瑶光殿后花园乞巧。孰料在她们焚香净手,面对星空拜谒之际,却从花荫深处走来一位男人的身影。他风流倜傥,口吐莲花,尤其是在七夕这个特别的日子,吟咏中就含了不尽的怜香惜玉——

> 七夕今何夕? 鹊桥相会时。
> 隔岸十二月,牵发心痴痴。
> 去岁见君面,红颜云鬓舒。
> 风雨经四季,美人已暮迟。

上官婉儿的心被这诗句顶得生疼,千般苦汁都在瞬间溢了出来,顺口就和了几句过去——

自云日暮迟,望月垂泪丝。

河汉几森森,相思复相思。

衔草织心结,环环与君知。

今世无缘聚,来生待有时。

这诗一出口,上官婉儿的脸腾地就红了。自己这是干什么呢?张昌宗是皇上的人,你和他在这七夕之夜和诗,是不想活了么?

心慌意乱中,她匆匆向张昌宗施了一礼,就带着两名宫娥落荒而逃了。回到居室,靠着门半天,她的心还"突突"地跳个不停。

最要命的是,就在张昌宗出现在自己面前的那一刻,她忽然发现,他居然与李贤那么像!不唯身材,连说话的声音都一般无二。第二天,当她捧着一大摞文书走进瑶光殿时,武曌立即就看出了她的疲倦。

"昨夜没睡好吧?眼圈都黑了。"武曌不无疼爱地要她珍惜身体,而她却像做了亏心事似的寻了理由搪塞,并且很快就告辞出来了。

事情倒也没有她想象的那么严重。以后的几个月里,日子水波未兴。她于是庆幸自己紧要关头的清醒。她总是有意地回避着张昌宗,远远地瞧见他就从小径绕开。她千不该万不该将他与逝去的李贤联系在一起,这意念一旦住进心灵,就如魔鬼一般挥之不去。

因此,当皇上要她陪膳时,她就担心这魔鬼从什么地方跳出来,让她难以自控。可皇命如天,她如何能违呢?张尚宫的脚步在门外消失很久了,她还是站在原地没动。

"去吧,一定要把握好自己,千万不可以引火烧身。"她提醒自己。

上官婉儿到时,膳食已经上齐,可皇上与两位张大人还没有到。谢天谢地,她可以利用这个时间整理自己的心情。眼前的晚膳并不复杂,但每一道菜都很精致。其中有一道菜她从来没有见过,上菜的宫娥告诉她道:"这道菜名为'雪夜桃花',是永徽年间皇上与先帝出游时最喜欢吃的,听说这菜名还是皇上给起的呢?"

上官婉儿就打心眼里感佩皇上的雅趣,正此时,就听见尚食的声音传了进来:"陛下驾到。"

上官婉儿忙垂手站立一旁,迎接武曌的到来。

四人入席后,武曌当然坐在上首,张氏兄弟陪侍两边,上官婉儿自然地就坐在下首,正好可以看见兄弟俩的冠玉明眸。

开席后张氏兄弟便轮流向皇上敬酒,然后是上官婉儿。可她全然没了平日的游刃有余,反而有些拘束地先向皇上敬了酒,又向张氏兄弟回敬。

武曌不经意间看见一旁的案几上堆了一摞文书,随口问道:"有要紧的么?"

上官婉儿答道:"有从河北前方来的战报。"

"战况如何?"

"不容乐观。叛军在攻下赵州后,又接连攻下了飞狐、定州。"

武曌闻言,脸色倏然就变了:"这些个无用的东西,连一顿饭都不让朕吃安生!拿过来朕看看。"

武曌看得很仔细,一边看一边推想武重规等人的战场得失。那些文字虽然简明,却含了诸多信息,可狄仁杰在何处,战报上并没有写。

"这个狄怀英出京多日了,为何还没有消息?"武曌自语着抬起头,可就在这一刻,她呆了。上官婉儿正痴痴地看着张昌宗,似乎已忘记了他人的存在。刹那间,一股怒火从心底喷出,武曌没有丝毫的犹豫,便对外面喊道,"来人!将这小贱人拉下去处以黥刑,让她永世不可狐媚。"

上官婉儿自知咎由自取,在被押下去的当儿,没有哭也没有求饶。倒是张氏兄弟吓坏了,双双跪倒在地,不断告饶。

武曌气喘吁吁道:"你等活腻了,竟敢当着朕的面暗送秋波。"

"请陛下明察。微臣自进宫以来,一心陪侍皇上,不敢有一丝懈怠,与知制诰从无往来。"张昌宗战战兢兢地辩解。

……

后半夜,上官婉儿从昏迷中醒来,发现自己躺在一间囚室里,额头一阵阵刺心的疼。她抬起手轻轻抚摸,有白色丝绢包裹,便知道自己真的受了黥刑。花容月貌毁于一旦,她禁不住涕泪双流,号啕恸哭起来。她哭自己的命途多舛,深陷宫苑而不能解脱;她哭自己青春不再,将自己最好的年华埋葬在了文山书海之中;她哭自己举止不慎,以致招来如此横祸。哭过了,痛过了,她便倚着墙看窗外的星星,可就连这秋天的星星看上去也是那么的冰冷无情,毫无暖意。

这时门响了,进来一位中年汉子,从衣着打扮看,他就是行刑人。他走到上官婉儿面前,很温和地问道:"知制诰醒了?"

她没有回答,只是冷冷地看了一眼。

汉子并不生气,反而满怀慰藉地说道:"大人的创口无大碍。"接着,他在上官婉儿面前坐下来,也不管她爱不爱听,只管述说自己的行刑过程,"姑娘如此娇容,小人怎忍毁之;可皇命在上,又不能不为。情急之间,小人在姑娘的额头雕出一朵梅花,待伤好后徒添新美,益发动人。菩萨慈悲,当知我心。"

上官婉儿的眸子此刻才由愤怒转向平和,由混沌转向明澈,仿佛幽深的湖水归于宁静,她不再顾及自己的身份,"扑通"一声跪倒在地,头埋了下去,久久不愿起来:"多谢大人妙术,来日出狱,当涌泉相报。"

"小人是不忍姑娘遭此厄运,故而此事只你知我知,千万不可传将出去,否则,小人就没命了。姑娘且好好将息,小人告退了。"汉子忙应道。

囚室恢复了宁静,上官婉儿开始回顾整个过程,她不能不承认自己在心里的确把张昌宗当成李贤了。当她从侧面去看张昌宗的时候,李贤一下子就活过来了,若不是面前坐着武曌和张易之,她几乎喊出了李贤的名字。而武曌的敏感也让她十分吃惊,她居然对男人的占有欲会如此之强!如果仅仅是误解倒不要紧,她是怕皇上哪天忽然动了杀机,那她真是步了祖父的后尘。上官婉儿想着,眼泪就不知不觉地流了下来……她也就在这纷乱的思绪中进了梦乡。

她又梦见了李贤,他依旧那样清新俊逸,只是眉宇间流溢出淡淡的惆怅,手中还捧着尚未注释完的《汉书》,口中念念有词:

> 种瓜黄台下,瓜熟子离离。
> 一摘使瓜好,再摘令瓜稀。
> 三摘尚自可,摘绝抱蔓归。

李贤在抬头的一瞬间,看见了上官婉儿,立即彬彬有礼地问道:"知制诰从何处来,又要到何处去?"

上官婉儿依礼参见了李贤,但心里却埋怨他怎的就不知道自己的心呢?难道他在太后的殿中时,没有感觉到自己从背后注视他的目光么?难道他没有体会到自己望云思念的那一份情么?难道他从向他透露高宗皇帝驾崩消息的信中触摸不到一颗女人灼热的心么?

李贤邀上官婉儿到一仙山的亭阁间小坐,那山似乎是飘在云端,她凭栏远望,就看见洛水滔滔淌过中原大地,看见神都瑶光殿的画栋雕梁。她收回目光,用温柔的目光抚着对面的李贤,他似乎多了几许仙气。他告诉她,每日闲暇时,他常在云间漫步,人间发生的一切他都尽收眼底,明堂是怎样着火的,薛怀义是怎样被杀的,刘妃与窦妃又是如何惨死在皇宫的,李旦为什么要把国嗣让与李显,每一个细节他都了如指掌。但他没有一个字提到皇上,她想,他是被伤得太深了吧。

忽然一阵风来,云聚云散,她眼巴巴地看着李贤踏云而去了,云层里传来他缥缈的声音:"我要回乾陵陪伴父皇去了……"

窗外的鸟鸣惊醒了上官婉儿的梦,她抬头看看囚室外,天色阴沉沉的,看来是下雨了……"唉!见之时,见非是见。见犹离见,见不能及啊!"上官婉儿伸了伸酸困的臂膀,决计忘记那梦中的温馨。

狄仁杰率军一路奔袭,于九月中到了赵州所辖之临城县。他在太行山东麓扎下了营寨,这里距突厥人所占据的赵州城不过八十里。

十万大军一路朝西北而来,到处都是战后的凄凉,一群群为躲避战事而南下的难民,脸上都浮着菜色。有的走着走着,就倒在了路边,悲思亲人的哭声此起彼伏。有几次,狄仁杰都让随军的将士将干粮拿出一部分周济老人和幼童。及至进了赵州境内,他才发现,这种救助无异于杯水车薪。

赵州,是一方多难的土地,它因地处幽州、冀州之要冲而备受关注。先是遭受到契丹孙万荣军的蹂躏,刺史被杀,黎民遭劫,还没有来得及喘一口气,又被默啜部占领,财物被抢掠一尽,百姓流离失所。

每逢有难民从身边经过,狄仁杰都要下马询问前方的敌情,一位老者告诉他道:"突厥人来去无定,防不胜防,尤其是那些弱女子被突厥人掠去,分给军士糟蹋,惨不忍睹。"

"官军呢?"

"别提他们了。他们听说突厥人要来,比百姓逃得还快。河北百姓现在说起幽州都督狄大人,还是怀念不已,都希望他能来救救我们啊。"那老者还告诉狄仁杰,最可恨的是那个投靠了突厥人的阎知微,竟帮突厥人屠杀百姓。

狄仁杰望着远方耸立的太行山,沉默许久后道:"请放心,我听说狄仁杰奉皇上旨意,正星夜赶往前线,不久你们就可以回家了。"

辞别了百姓,狄仁杰的心情格外沉重,今日之局面是他赴黑沙城借兵时就预料到的,也曾向皇上提醒过。可皇上当时处在对李尽忠、孙万荣背叛的激愤中,根本听不进去他和娄师德的谏言,以致养痈为患。

错已铸成,追亦无益,他的责任就是弥缝其阙而匡救其灾。军伍在临城一驻下来,他就要行军参谋传天兵西道总管沙陀忠义,幽州都督、天兵中道总管张仁愿速来议军。

正为突厥滥杀无辜而愁眉不展的沙陀忠义听闻狄仁杰来了,蒙在心头的阴云顿时散去了一半,立刻飞马到了临城。一见狄仁杰,他先自责道:"末将惭愧,未能克敌。"

狄仁杰正要搭话,侍卫来报,说张仁愿将军到了。狄仁杰急忙出帐迎接。

参加议军的除了两位总管,还有狄仁杰的长史宋元爽和监军裴怀古、司马崔献以及临城县令。

问到为何官军出师不利时,沙陀忠义感到十分憋屈。他是出身沙陀部落的将军,对突厥的残暴知之切肤。当年在族名是"处月"的年代,本是以朱邪为姓,在金娑山麓(今新疆维吾尔自治区博格达山)过着平静的日子。可有一天,西突厥阿史那部打进来了,杀了他们的部落首领,掳掠了他们的财物妇女,余部则不得不归降了唐朝,太宗以博大的胸襟接纳了,并且赐姓李。沙陀忠义每每想起本族苦难的历史,总是对大唐充满了感恩,因此也在平息西突厥的战争中屡建战功。

可这一次,沙陀忠义却在突厥的杀戮面前踟蹰了:"在我军到来之前,突厥杀掠赵、定二州万人,放言官军每前进一里,即杀所掠百姓一百人。末将慑于人命,只能持之,而不敢战之。"

闻言,狄仁杰愤而拍案道:"竟然以百姓为盾,与畜生何异?"

随后,狄仁杰转脸问天兵中道总管张仁愿道:"将军的伤情可有好转?陛下听说将军负伤,甚为关切,命我带了御药来。"

对张仁愿,狄仁杰还是比较了解的,他虽然出自渭南下邽农家,可自幼便文武双全,任殿中侍御史时,有大臣上门游说,要他在立武承嗣为太子的上书上联章,被他严词拒绝了。当突厥默矩部袭来时,他以幽州都督身份节制东道官军,奋力厮杀,屡次击退敌军。前不久在一场攻防战役中,他的左臂还中了箭。听说陛下赐药,他十分感动,对于不能克敌也更加自愧:"都是末将这不争气的胳膊。眼下,默咄部据守赵州,衽牵定州,臂及飞狐,表面看来不可一世。然细究详析,敌已有兵力分散之弊。"

狄仁杰闻言又问:"那依二位将军看,克敌之难在于何处?"

张仁愿长叹一声道:"敌已知我军投鼠忌器,从战事之始就裹挟百姓,故而我军不敢冒进。"

沙陀忠义接着道:"末将听说此议乃出自南面可汗阎知微之口,他作为曾经的朝廷命臣,认贼作父,残害百姓,实属十恶不赦。"

话说到这里,狄仁杰的思路也越来越清晰了。他起身在室内踱了一圈,眉头渐渐地展开了。

"诸位请来看。"狄仁杰挥了挥衣袖,来到地图前,"所谓上兵伐谋。谋在何处?即在人心。敌可以裹挟百姓,但人心不在彼处,而我却可以号令百姓勠力同心,共克敌军。"

张仁愿、沙陀忠义相互看了看打拱道:"请大人明示。"

狄仁杰指着赵州周围各县道:"距三城远郊各县,乃兵力不可及之处,饱受战事之苦。我军可与百姓一起,在赵州、定州城外另开新渠,将供城中的水源断开。我料定不出五日,敌必自乱。"

沙陀忠义问道:"此计虽好,无奈百姓粮食为敌所掠,空腹怎可退敌?"

"将军只说对了一半,确如兵法云'军无辎重则亡,无粮食则亡',因此我军不但要断敌之水,还要断其之粮,"狄仁杰说着,将脸转向长史宋元爽,"探马可已回来?"

宋元爽立马回道:"我军到达临城后,就派出探马探听敌军粮道,得知今日敌欲从临城往赵州运粮五百车。我军若途中伏击,不仅可断敌军给养,且可解百姓缺粮的燃眉之急,争取人心。"

宋元爽的话让两位总管豁然开朗,纷纷感佩狄仁杰思路开阔,当即表示回到营地后即着手部署,断敌水粮。

军情紧急,议军会散后,狄仁杰便立即召集帐下长史、司马部署前往赵州近郊断渠和截粮的兵力。

临城县令没有走,问狄仁杰县府该为平叛做些什么。

狄仁杰笑道:"不急,等截了粮食,自然是由县府主持赈济了。"

"请大人放心,下官定然秉公散粮,广布圣恩。"临城县令早闻狄仁杰在宁州任刺史时官声甚好,早已将他视作自己为官的楷模了。

第二天子夜时分,崔献便率领三千人马,埋伏在临城以西的蝎子沟。

河北的九月,天气已经比较寒冷了,凌晨的露水打湿了将士们的甲胄,崔献便让旅帅叮嘱军士,在敌人未进入伏击圈时,绝不可以轻动。

太阳已从太行山顶跃上了天空,金色的阳光洒向大地。崔献朝沟道里望去,却是空空荡荡的,根本没看到突厥押粮队伍的影子。他心中不免焦急起来,尽管当地百姓告诉他,此去赵州,蝎子沟是唯一的通道,但他还是传来身边的旅帅,要他越过前面的山梁,打探敌军的行踪。大约过了半个时辰,旅帅悄悄来报,说运粮队伍过来了。

崔献立即对身边的传令兵道:"擂鼓为号,发箭为令,先以弓弩手射杀,然后步军发起进攻。"

这话说了不大一会儿,就见突厥押粮的队伍浩浩荡荡地过来了,一共五百多辆车,都由全副武装的骑兵在护卫,前后拉开了两里多路。崔献按捺住心头的兴奋,眼睛一转也不转地盯着沟道,直到突厥军的队尾进了沟道时才命鼓手擂鼓。他随后举起弓箭,拉满强弓,向走在最前面的一位突厥叶户射去。与此同时,埋伏在两山丛林中的弓弩手万箭齐发,突厥军突遭袭击,顿时大乱。

只见密林中竖起一面"周"字大旗,步军见旗,一跃而起,朝沟道冲去,而此时突厥军失去了主将,早已无心恋战。一个时辰以后,蝎子沟横尸数百具。官军清点了所获,除了五百车粮食外,还收获了运往赵州的药物。

崔献的心潮翻滚,深为狄仁杰的料事如神、运筹帷幄而心悦诚服。

可最让他惊异的还是当天傍晚临城的赈粮场面。被战火驱赶得疲惫不堪的难民,听说临城县府要赈济粮食,从下午申时开始就聚集在了狄仁杰的营寨前面,队伍一直排到了一里外。

县令早早地就来了,除了叮嘱掌管衡器和量器的主簿要秉公分配外,还从领粮的百姓中推出一位老者监视赈粮过程:"狄大人有令,此次截获的突厥粮食一两不剩,全部分给百姓。大家不要拥挤,耐心等待。"

县令的话音刚落,难民们就跪倒了一片,高呼"狄青天",高呼"皇上万岁"。崔献至此才领会了狄仁杰所言"民心在我"的真谛。

有一位老者来到崔献面前,作了一揖道:"百姓希望能够拜见狄大人,请将军代为转达。"

崔献有些为难道:"狄大人军务繁忙,大家只管领粮,末将一定将大伙的盛意禀报大人。"

正在此时,营门内传出狄仁杰的声音:"不必禀报,我来了。"

"啊!那就是狄大人。"几位汉子不约而同地喊出声来。老者更是兴奋异常,分开人群来到狄仁杰面前,反复打量道,"您就是狄大人?"

狄仁杰捋捋胡须笑道:"不像么?"

老者一拍大腿道:"您不就是前几日向小民询问战况的那位大人么?"

狄仁杰定睛一看,忙打拱行礼道:"正是下官,老哥哥好眼力。"

"百姓们要见大人,末将担心……"崔献解释道。

狄仁杰摆了摆手，寻找一块高处面向大家而立，高声道："父老乡亲，狄某有礼了。"

"狄大人，狄大人……"人群中再次爆发出有力的声浪。

"有乡亲称老夫为父母官，狄某受之有愧，亦觉不妥。自古以来，为社稷出力流汗者何人？是天下百姓。为朝廷官吏供奉衣食者何人，还是天下百姓。因此该是民为官之父母，民为社稷之基。老夫奉陛下旨意前来平叛讨逆，离不开百姓鼎力相助，老夫在此谢过父老百姓了。"

"狄大人，这使不得！"老者急忙推辞。

"老哥哥，天理人心若此，你我就顺应了吧！"狄仁杰捋了捋胡须，扶起老者。他吩咐继续分粮，转身回营寨去了。

这场赈济用了好几个时辰，到深夜亥时方才分完最后一斛粮食。崔献进来禀报："许多青壮年虽然领了粮食，却不愿意散去，纷纷要求参军平叛，解救被默啜掠去的亲人。"

宋元爽闻言，顿时动容道："狄大人此举，深得民心啊。"

狄仁杰笑道："非老夫颖悟，古贤早有箴训，只是年深日久，我等都忘记了。眼下民心高涨，万不可挫。宋大人，我命你率领百姓连夜潜往赵州近郊，助我军开渠断水。白日于密林中潜伏，夜晚施工，三日之内，必要见效。"

宋元爽道一声"遵命"，出帐去了……

这一切，驻守在赵州城中的默啜一无所知，他还在得意于自己用百姓生命做赌注的办法，果然阻滞了官军的进攻。

大军进驻赵州城后，默啜便向可汗谏言："连日征战，将士疲劳，官军慑于我裹挟之百姓在营中，不敢逼近，借此机会，不如让将士歇息数日。"

"好。"默啜转了转眼睛道，"为防止官军袭击，你知会南面可汗，将防守官军之事悉数交与他。贻误战机者，本汗定斩不赦。"

"是。"默啜出了大帐就笑了。自幼喝草原牛奶长大的默啜，对于金银财宝并不稀罕，却对大周女人垂涎不已，她们和草原上的女子完全不同……

一回到自己的穹庐，默啜就召集所部之叶户、将军，部署休整事宜，接着便狞笑道："今日开戒，三日之内，你等可以尽情夺取大周的财物，尽情享用大周的女人，只为战事一开，奋勇杀敌，多斩官军首级，明白么？"

默啜的附离（侍卫）队帅觍着笑脸道："属下已经挑选了五名水灵灵的大周女子，供大人享用。"

默啜一听便一阵狂笑，那笑声掠过穹庐上空，久久回响……

一连数日,赵州城中都火光冲天,一幢幢民房被烧,一声声撕心裂肺的哭声从清晨绵延到日落西海,一具具尸体高悬在树梢、门楣……

这是九月的一天,默啜正与左厢察在帐中研判大周军情,附离急匆匆地进来禀报:"从临城方向押送粮草的一位小将军伤痕累累地回来了。"

闻言,默啜心头一惊,料知途中出事了,忙道:"速传他进来。"

小将军一进帐,就放声道:"大汗,出事了。"

听完陈奏,默啜呆了,厉声问道:"何人如此大胆,敢截本汗粮草。"

当他得知是狄仁杰部属所为后,牙齿恨得"咯噔"直响:"又是狄仁杰!本汗若是擒住他,定要剥了他的皮,抽了他的筋。"

但接下来的消息,带给他的不仅仅是吃惊,而是恐惧。连续两天,都有达干(统兵官)来报:"供城中用水的水渠忽然断水,军士食肉干,难以下咽;马匹食干草,萎靡不振。"

"这是怎么回事?"默啜一脸的迷茫,对达干怒吼道,"派人去查啊!"

"不用查了。"默咄扔掉空了的酒碗道,"定是狄仁杰令人破渠断水所致,臣这就遣属下出城夺水。"然而,他派出去的将军和军士也是一去不返。

正是暮色降临,默咄兄弟焦虑之际,一位军士带回了河北道兵马副元帅狄仁杰的一封信,他在信中写道——

> 前者可汗上表天朝,求为义子,又倡和亲之议,陛下游目骋怀,宽仁恢廓,恩及阴山,册封可汗,多有赏赐,讲信修睦。且于八月,以淮阳王赴黑沙城迎亲。孰料可汗言而无信,出乎尔者,反乎尔者,扣押使者,囚禁亲王,攻城略地,恣行无忌。陛下盛怒之下,发兵讨逆。本帅大军,所到之处,人心大振,箪食壶浆,十里相迎。此所谓得道多助者也。为城中百姓虑,今夜子时供水,丑时断流,乃在小惩大诫。万望悬崖勒马,勿再执迷不悟,一错再错,河北未得而漠北尽失。切切。

"危言耸听!"默啜将狄仁杰的信扔到地毡上。可当他得知大周军队防守甚严,他们众寡悬殊时,才真正感受到了狄仁杰的非同凡响。当下,默啜便重新拿起狄仁杰的信,与默咄一起细细分析其中每一个字的分量。

默咄沉思良久,不无感慨地说道:"狄仁杰断水又放水,足见其诡计多端,工于心计,非阎知微之流所能比。"

接连数日,从突厥军最初攻取的静难到定州、飞狐等地都纷纷传来战报。阎知微说沙陀忠义不断袭击突厥粮库,或火烧,或抢掠,粮荒已现端倪,担心再坚守下去,军心不攻自乱。默矩则在来书中说定州城中素来食沙河水,可近来官军对取水的突厥军频频出击,张仁愿又遣人在上游筑坝断水,城中陷入空前恐慌。

"狄仁杰这是釜底抽薪啊!这老儿精通兵法,殊难对付。"默啜叹道。

闻言,默啜也有些不耐烦了:"你就说怎么办吧?"

默啜从地毡上起身,来到地图前,望着漠北良久方道:"骑战乃我之长,守战乃我之短,今孤守一城一池乃以我之短对敌之长也。于今之计,就是撤回漠北,才能扭转战局。"

"难道要本汗将城池还给他们不成?"

"当然不是。"默啜诡秘地笑了笑道,"不是还有阎知微么?"

"你是说让阎知微收拾局面?"默啜睁大了眼睛,"彼乃平庸之辈,岂能与狄仁杰抗衡?"

"此等卖主求荣之辈,形同狗彘,留在突厥亦是祸害。倒不如驱使其与武周为敌,此谓鹬蚌相争,渔翁得利。"默啜挤了挤眼睛笑道。

默啜点了点头,道:"还有那个武延秀,该如何处置?"

"依眼下情势看,重提和亲,未免弄巧成拙,也一并交与阎知微处置,彼若归还了武延秀,武周定以为是突厥示好;彼若杀了他,那必遭武周除之,突厥也消了心头之患,岂不两利?"

闻言,默啜的脸上这才轻松了些。

三日后,阎知微来到赵州,默啜大摆盛宴招待。

酒菜上齐,阎知微抢先一步向默啜兄弟敬酒:"若非大汗,臣岂有今日?请大汗饮了这杯,聊表臣之忠心!"

默啜举起酒杯时,笑得格外温暖:"好说!好说!南面可汗深明大义,弃暗投明,本汗要敬你一杯。"

如此推杯换盏,酒过几巡,默啜问道:"草原的马奶酒可汗还喝得惯么?"

平心而论,阎知微根本不能闻马奶酒的腥味,但此时此刻,他绝不敢说出口,忙打拱答道:"喝得惯!喝得惯!"

默啜接着问道:"可汗是愿意做一国之君,还是准备随时回归武周呢?"

闻言,阎知微的脸色就变了,还没来得及吞的牛羊肉喷了出来:"左厢察是怀疑我的忠心么?"

默啜看着阎知微尴尬的样子,很是好笑,忍住道:"如此甚好!突厥视南面可汗为兄弟,故而才助你南下,连下飞狐、定州、赵州。大汗离开黑沙城日久,决计今日北归,欲将所占土地委与南面可汗。如此,北联突厥,南抗武周,此万世之业矣。"

这消息犹如晴空霹雳,阎知微一下子呆了:"大汗……您……要回黑沙城,那臣……"

"左厢察说得很明白,助你建国,赐你土地啊!"默啜语波不惊地说道。

"万万不可!"阎知微转身就跪倒在地毯上,声泪俱下,"臣抛妻弃子,投靠突厥,乃为安身立命。大汗北归,丢下微臣,岂非弃羊,迟早落入虎口。请大汗念在臣忠诚无二,带臣回黑沙城,臣定以死相随。"

闻言,默啜的脸色骤然冷峻了,吐出的每一个字都阴沉而暗含威胁:"南面可汗之意是想将诸州归还武周么?本汗之意已决,将所据四州连同武延秀悉数交与你,若是有背叛之意,本汗的脾气你是知道的。"

说完,默啜便哈哈大笑起来。这冷森森的笑声让阎知微不寒而栗,眼见得瘫倒了……

第十四章

天津桥武曌施威　瑶光殿皇亲盟誓

武三思到囚室来看望上官婉儿了。她一看见武三思，满腹的委屈都化成泪水："你怎么才来，你是来替我收尸的吧！"

武三思任上官婉儿使着性子，一直等到她情绪稍稍平静，才说皇上已经宽恕了她，并且要他接她回宫中打理政事。

上官婉儿没有说话，但她知道一定是武三思在皇上面前求了情，才使她得以赦免。

武三思托着上官婉儿的下颚，仔细地端详她的伤口，并让随行的太医沈南璆为她疗伤。沈南璆小心翼翼地打开缠在她头上的绢帛，待那红色的伤口渐露全貌的时候，就禁不住"啊"了一声，连道："知制诰大人真是因祸得福。"

武三思顺着沈南璆的手指看去，天哪！莫非上苍真的眷顾，那伤口恰似一朵绽开的红梅，镶嵌在上官婉儿的额心。她本就出水芙蓉，天生丽质，如今显得更加明艳动人了。

沈南璆赞道："前朝宫苑中女子，也有化梅花妆的，但大都是剪了梅花，贴在额头。似知制诰大人这样浑然天成，真是凤毛麟角。"

武三思拿出武曌赐给上官婉儿的祎衣要她换上，道："车驾就在外面，姑娘还是回宫中去吧！皇上正等着你去阅看奏章、文书呢。"

上官婉儿又是一阵伤感。进了这宫苑，她就无法把握自己了。皇上发怒了，可以把气撒在她身上；皇上高兴了，她也要跟着一起喜悦……

走出囚室，上官婉儿抬头看了看天，虽只有几日，却恍若隔世。九月的阳光对于刚出来的她似乎太刺眼了，她不得不手搭着凉棚，眯了眼。

路上，武三思告诉她道："皇上一早就宣我进了宫，说是前线战事吃紧，文书堆积如山。皇上很赏识你,总说你身上有她年轻时的影子。"

这样的话上官婉儿这些年来听过不止一次,这也许正是皇上宽容自己的一个重要原因。

"前方战事如何,狄大人那里有消息么?"

"这个狄仁杰还真不能小看。其他几路将军,三十多万人马,都不敌突厥叛军;狄仁杰十万将士,且多为新招募者,却将突厥打得节节败退,从前方来的战报说,突厥撤往漠北了。"

上官婉儿点了点头,觉得此时回去正是时候,皇上因为前方战局的扭转,心境转而明朗,也许风雨将会远去……

说着话,车驾已在司马门外停了下来,可下车的那一瞬间,上官婉儿的脚步忽然生出了一些犹豫,在车轼边踯躅了片刻。这次的牢狱之灾,让她对眼前的殿宇有了恍若隔世的陌生。她怯生生地回头看了一眼走在身边的武三思,希望从他那里获得鼓励:"陛下真的宽恕我了么?"

"陛下口谕,岂能有假?"

到了瑶光殿前,武三思对武钦道:"烦劳公公通禀,就说下官与上官婉儿求见。"

"王爷与大人稍候,咱家这就去禀明皇上。"武钦再出来的时候,便笑得如菊花般灿烂,尖细着嗓子喊道,"陛下有旨,宣梁王、知制诰觐见。"

风雨过后是丽日,霭云散去见蓝天。张昌宗的解释早已消除了武曌的疑云,况且天长日久的相互依赖,近来繁忙的国政和因为年高而带来的精力不济,都使她越来越离不开上官婉儿了。她对跪在面前的武三思与上官婉儿道:"抬起头来。"

武曌看似不经意地看了看上官婉儿的伤口,就禁不住"啊"了一声。那一朵暗香浓艳,开在眉心的梅花,把年过三十的上官婉儿衬托得红飞翠舞,益发端庄了。若非身份的顾忌,武曌差一点就发出"因祸得福"的感喟来。她走下龙位来到上官婉儿面前,伸出手指轻点疤痕,寂然无语,良久才道:"这梅花开在额心,整个人更水灵了。"

上官婉儿歔欷地拜倒在地,眼泪就扑簌簌地掉了下来:"谢陛下隆恩。"

"事情已经过去,你不必太多重负。"武曌看了看一旁的武三思道,"你也起来说话。"

武曌道了一声"赐座",宫娥便伺候武三思和上官婉儿入座。武曌接着对上官婉儿道:"近来朝事繁忙,朕不胜疲累,这些奏章朕委与你阅看,重大的呈朕批阅。"

"微臣遵旨。"

"眼下就有两道要紧的制书要起草。"武曌说着,从案头拿过一卷文书,"河北道兵马副帅狄仁杰上书,要安抚劫后百姓。你拟一道制书,令流散黎民悉归田业,朝廷免其一年赋税。另,阎知微、杨齐庄违背圣意,助敌反叛,又受封为突厥南面可汗,罪大恶极。制命河北道兵马副帅狄仁杰、天兵中道总管武重规、天兵西道总管沙陀忠义、天兵东道总管张仁愿围而歼之。"

上官婉儿点了点头道:"微臣下去就起草制书。"

武曌又转脸对武三思道:"命夏官侍郎姚崇六百里快马赴河北宣制。"

出了瑶光殿,上官婉儿看了一眼武三思:"多谢王爷在陛下面前求情。"

武三思闻言便道:"你我之间,说这些不觉得生分么?"

上官婉儿脸上有些发热,忙掩口含笑道:"那就不说了!今日政事急,改日再请王爷到舍下饮茶。"

武三思便不好再磨蹭,正要告别,却见迎面走来一群宫娥,一个个语笑嫣然、楚楚动人。到了二人面前,众人急忙行礼。其中一位宫娥眼尖,发现了上官婉儿眉心的梅花,围着她转了一圈惊呼道:"梅香扑面,大人这妆化得真是绝妙之至。"

这喊声顿时引起了宫娥们的注意,众人将上官婉儿团团围住,七嘴八舌地感叹这梅花画得栩栩如生、美不胜收,纷纷要她教授。

上官婉儿心头就荡起一阵酸楚,脸上却带着笑道:"陛下抬爱,已命名这妆为梅花妆。我今天有急务在身,改日一定转授。"

武三思见状,故作生气道:"你等在此围着知制诰闲话,若是陛下知道了,定让你等脱层皮。"宫娥们闻言,便立刻散去了。

上官婉儿回眸莞尔一笑道:"多谢王爷解围。"

武三思望着上官婉儿的背影,忽然就生出无言的怅然来。

只是让上官婉儿没有想到的是,她用鲜血染成的"梅花妆",竟在宫中流行开来,不几日,宫娥们的眉心便都有了一朵鲜艳的"梅花"。

事实上,姚崇将制书送到前线时,形势早已发生了翻天覆地的变化。

一夜醒来,突厥人已从赵州、定州、飞狐三地撤出,把这个烂摊子留给了阎知微和杨齐庄。

天气变得很阴沉,灰色的云块笼罩了赵州城头。阎知微偕杨齐庄登上城楼,朝远处的阳关尽头望去,只见被风吹起的尘埃裹挟着瑟缩摇曳的衰草绵延到远方的阴山,眼前一片苍茫。

阎知微这才有胆量大骂突厥人,要紧关头便抛下他们不管了,骂他们置誓约诚信于不顾,背信弃义。当他的目光落在城外的空旷地时,就看见新招募的军士正在演练,他们一个个驼背蛇腰,都是不堪一击的模样。

"依丞相看,我们能自救么?"

杨齐庄对"丞相"这个称呼很满意,前些日子,当着突厥人的面,他不得不扮演"左厢察"的角色。而今突厥人一撤,一切都恢复唐制,顺口多了,但这并不能缓解严酷的现实。他该怎样经营这一片满目疮痍的土地,怎样对待在这片土地上生活,而一心向着大周的臣民呢?他相信作为南面可汗,阎知微一定与自己一样,满怀着悔意。如果当初他们不是因为怕死,如果他们始终记着朝廷赋予的责任,如果他们如裴怀古一样的大义凛然,也不至于遭逢眼下的局面。他不是没有考虑再回到大周,但一想到武曌那威严而又冷峻的眼神和狄仁杰一干人鄙夷的目光,他就犹豫了。其实,他是有过一次可以逃离的机会的。那是在默啜刚刚占领赵州时,因为战事而流落突厥的唐室元老段志玄之子、承袭褒国公的段瓒,曾在一个月黑风高夜悄悄找到他,劝他趁突厥人入城不久、一切混乱之际,逃回神都去,可懦弱的他竟放弃了这个机会。

现在,一切都晚了。

上午巳时,他们才从城楼下来,拖着疲倦的身体回到赵州府邸。彼此看去,对方的眉毛、胡须上都结了一层霜。阎知微骂道:"如此蛮荒之地,才十一月竟冰天冷地,奈何?"

喝一口热茶暖了暖,两人将城头上的情景梳理了一番,就都沉默了。这时,录事参军来报,说默啜可汗遣一名叶户送淮阳王已到了城下。

闻报,阎知微的眼睛顿时亮了,忙道:"速令守城将士放下吊桥,迎接王爷,"接着便招呼杨齐庄,"长史与我同去吧。"

杨齐庄一惊,心想才半天时间,丞相又改称长史了?

武延秀衣着整洁,看上去精神焕发,似乎没有受到突厥人的折磨和摧残。他刚一下马,阎知微与杨齐庄就迎了上来,双双跪倒在武延秀面前道:"微臣阎知微、杨齐庄参见王爷。"

武延秀轻蔑的目光掠过二人的肩头,话里就带了揶揄的味道:"面前不是突厥南面可汗么?你先是出卖本王,受默啜三品朝服;继之又以南面可汗之名,欲主河北大周臣民;为何今日倒俯首称臣?本王真有些承受不起。"

听了这些话,阎知微脸上就红一道白一道的,支支吾吾道:"都是微臣一时糊涂,误入了默啜的陷阱,每思及此,悔愧交加。幸得殿下平安归来,不日微臣就送殿下到河北兵马副帅狄大人行辕。"

"哦!狄大人到了河北。"武延秀被囚禁在黑沙城,对外面的战事一无所知,"既是如此,本王便不在此滞留,速速送本王过去便是。"

阎知微急了,挪动双膝上前扯着武延秀的袍裾道:"微臣自知有负圣命,罪该万死,闻知王爷归来,于城中备了酒宴,为王爷压惊洗尘,请王爷赏光。"

杨齐庄和几位主簿、参军也在一旁相劝。如此推脱再三,武延秀才勉强答应。

在去酒楼的途中,武延秀目睹了城中巷间满目萧条、狼藉不堪,不时有乞丐迎着冷风沿门乞讨,方知因为自己和亲,竟惹得生灵涂炭,心中不免又沉重了许多。

宴席设在酒楼二层,武延秀来到雅间,并不急于入座,而是推开雕花门窗,凭栏远眺起来。赵州城风物顿时尽收他眼底,特别是看到横卧在洨河水面的赵州桥,虽历经战火,却依旧岿然屹立,抑郁的心境才稍有安慰,道:"历尽沧桑人各异,长虹尤知思君恩啊!人心不若物情,不亦悲乎?"

阎知微与杨齐庄听着,脸就发热,忙请武延秀入席。菜肴自不必说,酒也是当地有名的"燕山红"。阎知微举起酒杯,小心翼翼地敬道:"都是微臣无能,未能促成和亲,又误入迷途,为虎作伥,罪该万死。请殿下饮下这杯,微臣方敢落座。"

阎知微言罢,杨齐庄又跟上来道:"当初段瓒劝臣逃离,臣因牵挂王爷,故而失却时机,为敌所迫。请殿下受臣一敬。"

武延秀并不回应,自斟自饮,三巡过后方道:"二位请本王来,绝非只是叙旧忏悔,一定还有话要说,不妨直言。"

阎知微尴尬地笑了笑道:"殿下虽年纪轻轻,然见事机敏,臣感佩之至。"

武延秀的脸顿时拉了下来,道:"好!既是不说,那就请送本王前往狄大人行辕。"

阎知微与杨齐庄闻言,忙跪在武延秀面前道:"非是微臣不说,实在是愧不堪言。"

武延秀将头转向一边,道:"既有今日,何必当初?"

"殿下所言极是。"阎知微、杨齐庄接上话茬,"微臣自知罪孽深重,欲回归大周,戴罪立功,还请王爷在陛下和狄大人面前多多美言。"

"你等起来说话!"

"王爷若是不答应,微臣就一直跪在这里。"

"本王答应就是。"武延秀无奈地摇了摇头,他又沉思片刻后道,"战事平息,朝廷也许有制书安排善后事宜。你等不妨跟随本王前往临城,本王将相机斡旋,以明二位归朝之意,狄大人权衡利弊,自会原谅你等的。"

"这……"

"哼!二位如此迟疑不决,乃不信任本王。极好!那就权当本王没说。"

武延秀便欲起身下楼,却被阎知微伸手拦住:"王爷息怒,微臣亲护殿下前往狄大人行辕就是。"

而此时的临城行辕,姚崇已宣达完朝廷旨意,正与狄仁杰在大帐里说话。姚崇第一次以宰相的身份出使,这让狄仁杰十分欣慰。还在平息李尽忠、孙万荣叛乱期间,姚崇还在夏官署任郎中时,就因为对前方的战报剖析如流而受到狄仁杰的格外关注,后来他担任夏官侍郎,更是多次参与朝廷讨伐突厥战事的筹划。此人精通兵法、善谋多计,一直被狄仁杰视为知己。就连让太子李显出任兵马大元帅一议,虽出自狄仁杰之口,其实也源自姚崇。因此,狄仁杰在出任河北道兵马副帅向皇上辞行时,也极力推荐姚崇为同凤阁鸾台平章事。

姚崇自是十分感激狄仁杰的知遇之恩,道:"大人于陛下面前多次举荐,令元之铭感肺腑。"

狄仁杰却将之看作顺理成章的事情,当年娄师德不也是这么对自己的吗?想到娄师德,狄仁杰问道:"娄大人近来可好?"

姚崇感佩道:"娄大人以古稀之岁而任营田大使,奔波劳顿,真乃朝廷股肱之臣,元之楷模啊!"

狄仁杰点了点头:"他的引荐之情,也让我没齿难忘。"

说到战事,狄仁杰说道:"在默啜撤回漠北后,阎知微已是独木难撑,道穷途末。我已知会各路总管分进合击,相信不日即有战报传来。"

"大人用兵如神,元之自愧不如。"姚崇赞道。

"过誉了。"狄仁杰立即摇了摇手,旋即严肃起来,"自古兵民乃制胜之本。我不过上体陛下圣意,下依民心之所向而已。"

这两人相差了整整二十岁,却是无话不说、神交意会的忘年交。姚崇明白,作为副帅的狄仁杰最关心的还是太子的消息。利用续茶的机会,他便把话题换到了太子身上："本来太子听闻前方大捷,奏请亲自到临城劳军,却被皇上驳回,要他潜心读书,心无旁骛。"

狄仁杰没有回答姚崇的话,内心却是十分无奈,先帝二十二岁即位,可如今太子已经四十三岁,尚不能问涉国事,果真有一天宫车晏驾,他又能有什么作为呢?

午饭后,狄仁杰便陪同姚崇到行营以东的太行山麓转了一圈,说到在蝎子沟伏击敌军的运粮车队,狄仁杰极言此次能够逼突厥兵退漠北,河北百姓功不可没。他深有感触地说道:"此次我对'民乃社稷之基'有了更深的体味,正所谓'水可载舟亦可覆舟'矣。"

说者无意,而听者有心。姚崇从狄仁杰的话中捕捉到了先贤对于后秀的期待,情有所衷道:"与大人一席话,胜读十年书,元之谨受教矣。"

狄仁杰唯独没有想到,等他回到行辕时,局面竟出现了让他始料不及的变化。

走进营门,远远便瞧见长史宋元爽站在大帐前,心急火燎地朝外张望着。他一看见狄仁杰,急忙上前道:"大帅,淮阳王回来了。"

"哦?"狄仁杰二话没说,拉着姚崇进了大帐。帐内站着的一位年轻人,听见身后的脚步声,便回转身来,果然是武延秀!狄仁杰和姚崇忙双双见礼。

"殿下受惊了。"狄仁杰问候道。

武延秀大致叙述了突厥将自己交给阎知微、杨齐庄的经历,然后告诉狄仁杰和姚崇道:"二贼慑于朝廷大军合围,决计回归朝廷,并亲自送本王到了临城。刚一进大营,就被宋大人拘了,现正关在营寨里。"

狄仁杰听罢,双手击节道:"如此看来,河北之战胜局已定,此皆陛下运筹有章,神威震敌之故。"

"二贼就擒,该当如何处置?"见此,宋元爽插缝问道。

"多行不义必自毙。"狄仁杰说罢,看了一眼身边的姚崇。

姚崇立即就回应道:"阎知微为三品大臣,杨齐庄乃司宾卿,依律当由陛下圣裁。下官既是朝廷钦差,就将二贼押往神都,交由司刑寺羁押。待审清罪行后,上奏朝廷。"

一整个下午,官军大营上上下下都沉浸在喜悦之中,狄仁杰破例吩咐:"今晚于中军帐设宴,一则为平叛大胜,二则为淮阳王与姚崇大人饯行。"

酒至夜半,众人皆散,唯独姚崇没有走。狄仁杰命侍卫泡了上好的醒酒茶,两人便就着后半夜的月色,且饮且话别。

狄仁杰建议道:"阎知微、杨齐庄背主投敌,依律当斩,然其送还淮阳王,图归大周,罪不至死。还请大人上奏陛下,免其死罪。"

闻言,姚崇就为狄仁杰的宽宏大量而感动,当即表示定将此意转奏陛下,恳请从轻发落。

"从轻发落?岂非姑息养奸?"半个月后,当姚崇站在瑶光殿向武曌禀奏河北宣制之行时,她断然驳回了免去阎知微、杨齐庄死罪的谏言,"阎知微、杨齐庄二贼阳奉阴违,背主保命,险些致淮阳王埋骨异国;又另立汗国,上不忠君,下不恤民,敌国之奴,大周之贼,罪恶昭彰,朕若饶恕了他们,岂不冷了百姓的心?"说着说着,武曌的言语中就有些责怪狄仁杰和姚崇之意,"二卿皆宰辅之臣,国之栋梁,理当忠信以为质,端悫以为统,礼义以为文,伦类以为理,为何对国贼温良有加,真是糊涂。"

姚崇明白,此时固执己见定是于事无补,便不再辩解。武曌则拿起朱笔,在狄仁杰的奏章上毫不犹豫地批道——

> 阎、杨二贼,投敌卖国,罪大恶极,不死不足以正天理,平民愤,着即处磔刑于天津桥南,使百姓共射之。剉其骨,夷其三族。

"由秋官尚书杜景俭监斩。"末了,武曌又命道。

腊月初三,干旱了一冬的神都从凌晨子时起,便飘起了洋洋洒洒的雪花,到晨曦初露时,从洛阳宫到城头,从坊间到道路上都落了一层薄薄的雪。尤其是行道两旁的树木,被雪装点得粉玉琼瑶,仿佛带雨携露的梨花。

天津桥北的通天宫迎风兀立,昔日碧翠的琉璃瓦,撒上了洁白的雪;天枢耸天入云,在雪幕云气的笼罩下,显得朦朦胧胧。

卯时三刻,杂沓的脚步声打破了寂静。被惊破酣梦的胆大百姓悄悄推开窗户,便见桥南桥北三步一岗,五步一哨,军士们一个个荷枪持剑,禁不住捂住了自己的嘴:"天哪,又要处决哪家大人?"

天渐渐放亮,一切都清清楚楚地呈现在晨光中,人们这才发现,不仅仅是天津桥南北,押解囚犯到刑场必经的路上都岗哨林立,刀光闪闪。

辰时三刻,秋官尚书杜景俭踩着雪尘,策马来到了桥南。登上早已搭建好的监斩台,一阵冷风吹来,他禁不住打了一个寒战。跟随他前来的主簿急忙命卫士把木炭火盆挪到监斩案附近,杜景俭暖了暖手,清俊的脸上才泛起血色。他侧脸问了一下身边的主簿："武将军可曾到来？"

话音未了，就听见耳边传来左金吾将军武懿宗洪亮的声音。作为今天的行刑官，他深感肩头责任的重大，尤其是处决阎知微、杨齐庄这样的高官，更是不敢掉以轻心。

杜景俭邀武懿宗到炭盆前烤火，随口问道："陛下命百姓共射阎、杨二贼，射手可已备好？"

武懿宗在红红的炭火上烤了烤手，顿觉暖融融的，回道："早在皇上制命下达之时，就招募了五十名猎户出身的精壮男子。现严阵以待，单等行刑时间一到，即刻就位。"

杜景俭听后，脸上也轻松了许多。在朝堂上，这主意本就是武懿宗出的，现在由他来主持正好。

上午巳时三刻，两辆囚车在羽林卫的押解下，分开密密匝匝围观的百姓，向刑场中心走来。囚车轮毂碾碎了雪花，也碾碎了阎知微、杨齐庄的心。阎知微神情木然，目光呆滞，似乎生死已与他无关。走到今天，他说不上该不该后悔。在牢房的这些日子，他想了很多，其实当他从默啜手中接过南面可汗的衮袍开始，他就死了。当求生的希望幻灭后，他万念俱灰，形同腐尸。他没有看身边的杨齐庄，杨齐庄却艰难地转过脸来看他，他的木然和混沌让杨齐庄怀疑他已经死了。杨齐庄很懊悔，当初没有听从段瓒的劝告逃回神都。如今，他只希望死亡能来得痛快些。

午时三刻已到，杜景俭环顾刑场，只见羽林卫将百姓隔在数十丈外，五十名百姓分布在刽子手的周围。武懿宗已经登上观刑台，杜景俭便开始宣读皇上制书——

> 阎、杨二贼，投敌卖国，罪大恶极，不死不足以正天理，平民愤，着即处磔刑于天津桥南，使百姓共射之。剐其骨，夷其三族。

"吾皇万岁万万岁！"武懿宗回转身高呼，等他再转过身时，目光顿时插上了两把刀子，犀利而又威严地下令行刑。

只见身着大红衣裳的刽子手，往尖刀上喷了一口酒，缓缓来到囚犯面前，往他胸口喷了一口酒，说一声"皇命如天，休怪小人刀下无情"……阎知微和杨齐庄的肉体和灵魂就这样被肢解了，从第一刀的惨叫到声息魂去，每人都用了整整一个时辰。

两名主囚犯处决以后,第二批刽子手登台了,三百多口人又整整砍了一个时辰,直到午后申时三刻,才宣告结束。

这是一场让围观百姓最为荡魂慑魄的屠杀,每割一刀,人群中就会发出此起彼伏的惊叫,但这也是百姓最为快意的行刑。

在大胜突厥的喜悦中,王朝步入了圣历二年(公元699年)春天。与契丹、突厥连续三年的战事,消耗了大周的巨额资财,也让武曌心力交瘁,精神大不如前。正月十五一过,她便将朝事暂时委与太子处置,自己则带着张昌宗和张易之兄弟上了嵩山。

二月二日这天,天空响了几声雷,万物复苏,阳气上升,也唤醒了蛰伏了一冬的生灵。太子李显自是分外勤勉,辰时一刻,便已坐在东宫庄静殿等候朝臣奏事了。自光宅元年以来,这还是皇上第一次让他代为处理政事,他不由得陷入诚惶诚恐之中。他猜不透陛下的真正目的,却又找不到任何拒绝的理由,好在曾做过宰相的太子宾客豆卢钦望每日陪伴在身边,许多棘手的政事在他的点拨下,倒也处置得得体顺畅。

此时,太阳已升上洛阳城头,暖暖地洒在院内的花木上,昨日傍晚还秃秃的枝丫一夜间竟然长出淡红挂绿的嫩芽,鸭嘴一样的叶片上面挂满了露珠,看上去生机勃勃。李显的心境也因此变得明朗起来,信步走出了殿门,豆卢钦望已经在外候着了。

"你我君臣终日相伴,就不必太拘礼了,殿中说话。"李显一边说着,一边吩咐王晖看座。

李显从案卷中抽出夏官署和司宾寺的联名上书道:"爱卿看看,此事该如何处置?"

豆卢钦望接过奏章,浏览了一遍后收回目光,由衷地笑道:"看来与突厥这一仗打得值得。这不,吐蕃主动来降了。"

当初吐蕃赞普赤都松年幼,诸事悉决于钦陵兄弟,他们肆意攻城略地,为患大周王朝二十多年。及至赤都松年长,怕钦陵兄弟威胁王权,便暗地与论严谋杀之。于是,趁钦陵外出之际,赤都松诈云出猎,拘捕钦陵亲党二千余人,又遣使召钦陵兄弟归朝,却被拒绝。赤都松发兵讨之,钦陵大败。恰在这时,大周大败突厥兵,赤都松遂上书朝廷,将率部来降。

豆卢钦望收起奏章,轻舒一口气道:"微臣以为,此时正是受降良机,可此事关乎睦邻长远,恐怕还得禀奏陛下。"

李显点了点头:"我也是这个意思。虽说夷族来降,乃圣恩之故。但安边之事,甚为重要,不可稍有逾越。"

"微臣明日就起程前往嵩山,取陛下旨意。"豆卢钦望应道。

李显又拿起一份文书,不无感慨地说道:"有人弹劾文昌左丞宗楚客与其弟司农卿宗晋卿,坐赃贿满万余缗,广置宅第,陛下虽然将其贬为播州司马,将宗晋卿流放峰州。可我听说,太平公主到其宅第观览,竟然叹曰'见其居处,吾辈乃虚生耳'!"

"这些旧事,不说也罢。"豆卢钦望沉思片刻后劝道,可内心却想,从早年的李义府、许敬宗到当今的武三思、武懿宗,哪一个没有收受贿赂?可他们都是陛下的心腹,恐怕陛下也只是睁一只眼闭一只眼罢了。这个宗楚客,不也就是借着是皇上堂姐的儿子,才为所欲为的么?

李显立即明白了他的意思,两人便结束了这个话题。正要开始讲书,王晖却进来禀报道:"梁王武三思求见。"

李显一听,忙与豆卢钦望一起起身迎接。

武三思带来了一个十分不好的消息:"陛下在缑氏患疾,制给事中阎朝隐祝祷,传旨殿下与太子妃前往。"

李显立刻慌了,问道:"陛下正月出行时,精气尚佳,为何忽然就病了?"

"二月四日,陛下移驾缑氏城,拜谒升仙太子庙(周灵王太子姬晋)。一时触景生情而撰写碑文,并亲书'飞白体',盛赞升仙太子'骖鸾驭凤,升八景而戏仙庭;驾月乘云,驱百灵而朝上帝'的潇洒。大概是因为陛下用心过度,故而染疾。"武三思回道。

李显听着,眼睛就湿润了,当下传来王晖,准备车辇,疾疾赶往缑氏城。

武曌此时正躺在榻上,紧闭双目,一任张昌宗、张易之兄弟按摩着全身,以减轻筋骨的疼痛。

张昌宗的一举一动都很温柔,每按一处,都要低声询问:"陛下,轻些了么?"直到武曌明确地点头之后,才挪动自己的手指。但皇上的肌肤与初进宫时已不可同日而语了,不仅明显松弛了,也失去了往日的光泽。

张易之则手捧一方丝绢,用温水为皇上擦拭手心,据秦太医说,擦拭手心可以活血化瘀,舒展筋骨。他不知道,这样做是否可减轻皇上的痛苦。

武曌半睁开眼睛问道:"太子到了么?"

武钦低声回答:"梁王已回神都了,想必很快就会来的。"

"你等退下吧,朕想一人静一静。"武曌挥了挥手。

"请陛下安歇!"张昌宗说着,向张易之使了个眼色,两人双双退出殿去。

宫娥们也都百般小心地伺候在殿外,大气都不敢出一声。当内室鸦默鹊静的时候,武曌的心反倒不安静了。二月四日那天,她将亲书的"升仙太子碑"立在姬晋庙面前时,便想起了姬晋升仙的传说。相传姬晋升仙时,曾在嵩山对周室的侍从桓良说:"告我家人,七月七日待我于缑氏山头。"到了那天,家人来见,果然见其乘白鹤驻于山头,举手谢时人而去。

"若是朕有一天也能升仙,也该是上天的恩赐吧。"武曌当时就这样想。

谁想到,她从缑氏山归来后就生病了。躺在病榻上,她既牵挂朝政,担心太子不能应对与突厥战后的复杂局面;更忧心自己身后,太子与武氏宗族不能相容,惹起一场"诛杀诸吕"的朝乱。她觉得自己应该将这些事情做好,也算是对高宗和武氏先祖的一个交代。而最佳的机会,就是给事中阎朝隐为自己祝祷之际。因而前两天,她差武三思回神都通报了自己的病情。当然,她这样做也是要看看太子的反应。

这时,武钦在外面轻声禀奏:"太子请求觐见。"

"宣。"

李显和太子妃韦香一进大殿,就"扑通"一声跪倒在地,几乎是爬行着到武曌榻前:"陛下,都是儿臣不孝,儿臣罪该万死。天若有情,何不让儿臣代母采薪。"

李显凄凄惨惨的诉说,反而惹起武曌心中的烦乱,她睁开眼睛,看看榻前的一对夫妇道:"罢了,朕还没有死呢。"

李显与韦香便被吓得哭声戛然而止。

"朕偶患小恙,给事中阎朝隐欲为朕祝祷,朕传你等来,无非聊尽儿女之心而已。"言罢,武曌对武钦道,"宣阎朝隐进来祝祷。"

不一会儿,阎朝隐进到行宫大殿,他先行了礼,然后到偏殿沐浴。其间有两位童子抬了一条砧案上来,口含烈酒将案上的铁钉一一喷过,又燃了黄表,熏烧一遍,就见阎朝隐赤裸着上身从偏殿出来,童子便用蘸了酒的黄表将他的脊背擦拭了一遍。但见他吸了一口气,将那肚子鼓了起来,躺上了钉板,紧闭双目,口中念念有词道:

圣泽如东海,天文似北辰。
荷叶珠盘净,莲花宝盖新。

陛下制万国,臣作水心人。

李显夫妇就在一旁站着,眼见得一个个铁钉扎进阎朝隐的脊梁,韦香便紧闭了双目,李显也浑身打战,可待再看时,却不见有血点渗出。

大约过了一刻时间,只听阎朝隐大吼一声,从砧板上一跃而下,长舒一口气,来到武曌面前禀奏:"陛下,天帝慈恩,陛下小恙不日即可痊愈。"

武曌当即对李显夫妇和阎朝隐道:"朕的病经爱卿祝祷,已愈大半。"

李显暗中端详,皇上的气色较之初见时果然好了许多,便更感神奇。

"传朕口谕,赏阎爱卿银千两,帛百匹。"

送罢阎朝隐回来,武钦发现武曌竟已走下病榻,与李显夫妇坐在外室说话了。

李显向武曌禀奏了吐蕃赞普赤都松派遣使团来京,求为藩国的消息,武曌顿时凤颜大悦,当下要李显回京后,即刻命天兵军兵马副帅、陇右军大使娄师德、凤阁侍郎检校并州刺史魏元忠前去迎接。

李显又提到薛元超之子薛稷奏称自古无控鹤监一官,今设之有违道统,谏言罢之。武曌的脸色立时就阴沉了:"其父当年冥顽不化,其子又固执己见,什么古无此官?难道朕不能设一个么?太子乃国嗣,岂能耳软?传朕旨意,迁薛稷为水部郎中。"

韦香眼快,看到武曌脸上不高兴了,忙附和道:"陛下圣临天下,旷古迄今未有之也,设个控鹤监有何不可?"

见此,李显便不敢再有二话。

武曌脸上的表情这才活泛了些,把话题转到了自己所忧心的身后大计上来:"朕宣你来还有另一层意思。朕已赐你武姓,说来你与三思皆天潢贵胄。眼看朕春秋日高,所忧心者,唯恐你兄弟姐妹不能相容,故而朕不日回到神都,有意让你等于祖宗面前盟誓,相约善待彼此,不可内讧自残,不知你意下如何?"

李显忙不迭地回道:"谨遵陛下旨意。"

"好!你回朝后先知会诸位亲王公主,待朕回到神都后再做定夺。"

当晚,李显夫妇就在缑氏城行宫过夜,并陪武曌、张昌宗、张易之进了晚膳。

酒阑席散,回到殿中,掩了殿门,韦香就将憋了一肚子的话全倒了出来:"赐什么武姓?难道这样就能抹去李氏血脉的事实么?殿下在内心深处承认过自己是武显么？陛下竟还有盟誓之思,相王自不必说,先得问问武氏兄弟会不会守诺吧！真是笑话。"

"你这张嘴,难道被废的悲剧还要重演一次么？"李显惊慌失措地上前捂住了韦香的嘴。

韦香没有再辩解,暗地里却发誓迟早要将武氏一族斩尽杀绝……

二月十二日,武曌从嵩山回到了神都,直接入住瑶光殿。随着年事日高,她越来越不愿意待在武成殿,而更喜欢瑶光殿修竹撒翠、紫兰飘香的宁静和张氏兄弟的伺候。而今天,她要在这里等待的,却是一群让她牵肠挂肚的儿女宗亲。

在清亮的晨光里,太平公主与武攸暨第一个到了司马门前,正要下车上路,却发现身后不远处有一辆车子也停下了,从车上走下来的正是相王李旦。自李显回朝后,这兄妹俩已经许久没见面了。相互见了礼,一同上了司马道,话题自然集中在盟誓之事上。

"皇兄对陛下的旨意怎么看？"太平公主像是不经意地问道。

"陛下深谋远虑,兄唯陛下之命是从。"李旦回答得不假思索。

"皇兄倒是明白。"太平公主笑了笑,其实,她压根儿就不认为盟誓会有什么用处,武氏与李氏乃血海深仇,盟誓也只是表面文章罢了。何况,她一直觉得只有自己才配继承皇位,又怎么会与这些人修好？她正想着,就看见武三思、武攸宜、武懿宗、武攸宁四人也跟着过来了。

这四人中,武攸宁是最为斯文的一个,也是任职最多的一个。他十分羡慕的兄长武攸绪早早地就隐居了,而自己却置身于宗亲漩涡之中不能自拔,看着几位兄弟,他长叹一声道:"陛下如此做,也是为了武氏将来啊！"

这话一出口,就引来武懿宗一阵大笑:"将来？你以为李氏都是白痴么？依我之意,趁陛下精神尚可,干脆将那几个窝囊废除掉,直接扶三思登基罢了。"

武三思狠狠地瞪了武懿宗一眼,伸手指了指前面太平公主的背影,武懿宗忙收住了话头。

当他们各怀鬼胎地走进瑶光殿时,李显已先到了。

大家都是一副和颜悦色的样子,似乎李、武之间从来就是彼此礼让、相亲相爱的。他们齐刷刷地跪倒在瑶光殿的丹墀内,山呼:"吾皇万岁万万岁。太子千岁千千岁。"

这情景让武曌的眼睛顿时湿润了,愉快地道了一声:"赐座！"

她破例地没有坐在龙案里与儿女们说话,而是来到他们中间,大家自然把最中间的位置留给了她。离得这么近,武曌几乎可以听到他们每一个人的心跳和呼吸,他们投过来的每一丝目光都温暖着她苍老的心。

这一切,让武曌心潮翻卷,不能自已,她相信他们一定读懂了自己的用心,便说道:"朕今日召你等来的目的,想来你等早已知道。到圣历二年,朕已是七十六岁春秋。朕一生历经风云,虽不敢自比秦皇汉武,然则上无愧于苍天,下无愧于黎民。朕唯望者,乃百年之后,你等兄弟姊妹相谐友善,无起纷争,共铸大周基业,因此朕草拟誓文,树立约束。你等若无异议,朕将择定佳日,于明堂告之天地,铭于铁券,藏于史馆。武钦,替朕宣读誓文吧。"

"老臣遵旨。"武钦颤颤巍巍地从案头捧起由上官婉儿拟定的誓文,尖着嗓音念道——

夫昊天苍苍,而生万有之灵;金土茫茫,而养芸芸苍生。宗室根脉,绵延而不绝;同气连枝,情深而逾海。吾等皆乃武氏支脉,承皇天之雨露,沐大周之光泽。据此盟誓:肝胆相照,血浓于水,推诚相见,无彼此猜忌,无竞相残杀,孝人天下,泽流万世。若有违者,天谴者,人诛之,切切此誓。

随着武钦的落音,瑶光殿里霎时陷入了极度的安静,只有武曌呼吸的声音飘过每一个人的心头。显然,那重若千钧的措辞,那天谴人诛的警示,击中了每一个人心底的最软处。

过了许久,诸位宗亲才异口同声道:"泽流万世,切切此誓。"

此时,李显清晰地看见,两行热泪顺着武曌的眼角流到了腮边……

第十五章

铁券难消人心异　珠英怎掩风流迹

李显从瑶光殿一回到庄静殿，韦香就问道："有何要事，以至于母后必须将李氏兄弟与武氏兄弟都宣到瑶光殿问话？"

李显从宫娥手中接过茶杯，看着她退出殿门，才苦笑道："如今只有武氏，何来李氏？我和相王都被陛下赐姓武了。"

听到这话，韦香的眉毛一横，说话的声音就高了："殿下怎能如此说话？陛下煞费苦心，从谱牒中抹去了李氏血脉。然在妾看来，一纸赐姓岂能隔断血脉？殿下与相王生死都是唐室后人，任谁也改变不了。"

这话自然说出了李显的心声，但他也只岔开了话题："还不就是之前所言的盟誓之事……"

李显还没说完，韦香就笑了，前仰后合地揶揄道："真是白日做梦，靠一纸盟誓就能将李氏与武氏的血海深仇化解么？"

见状，李显很无奈，一任韦香在一旁絮絮叨叨。这么多年，无论是做皇上，还是做太子，每逢静下来时，他最喜欢做的一件事就是静静地打量韦香。他觉得韦香和陛下的性格颇为相似，她们都不甘心做个相夫教子的女人，而对社稷更为关注。

"殿下须牢牢记着，是谁将您从皇位上拉下来流于房州的；又是谁将高祖、太宗的锦绣家邦易为周朝的！"韦香来到李显身后，轻轻地抚着他的肩膀道，"殿下万不可忘记，您是太宗皇帝的嫡孙，不可忘记这江山姓李啊。"

李显回头看了一眼韦香道："可是以我眼下的处境，又能做些什么呢？"

"等待时机。"韦香果断地应道，"殿下不闻吕后驾崩，诸吕被诛之事么？眼下，陛下龙钟高岁，还能有……"

"罢了!"李显断然截住了韦香的话头,"不管我如何委屈,也不论她对我有多少误解,可她毕竟是我的亲生母亲,岂可……"

闻此,韦香顿时蛾眉倒竖道:"若是你等兄弟有太宗一半气度,也不至于有今日的遭际。妾的话殿下还是好好想想吧。"言罢,她便转身出殿去了。

李显一人呆坐了许久,心中也理不出个头绪来。

铁券存之史馆,接下来的日子倒也相安无事。太子、相王和武氏兄弟偶然在朝堂上相遇,也亲近了许多,武曌那颗悬着的心总算暂时放下了。而朝事仿佛也甚遂人意,喜事不断、佳音连连。

八月初,娄师德从陇右行营传来消息:"赤都松赞普率领臣下已从逻些起程,预计两个月后到达。"

八月中,吐谷浑部落一千四百帐请求内附。

几乎就在这同时,由于狄仁杰的大胜,西突厥的一支突骑施乌质勒遣其子遮驽来到神都。武曌命娄师德前往安抚,他便受到了突骑施乌质勒部落的最高礼遇。

一时之间,天下咸服。

武曌许久都没有过这样轻松的心境了,她的活力在从缑氏城回到瑶光殿后终于恢复了。

这是圣历二年八月的一大早,太子宾客豆卢钦望早早地起来,却没有去庄静殿,而是直奔了崇文馆。虽说已近中秋,但暑流残迹仍在街巷间游荡,等他走进讲书堂时,已是汗流浃背了。往常,李显总会在他行过君臣之礼后道声问候的,可今日却毫无回应。

豆卢钦望立即意识到,太子如此,定是与明堂盟誓有关。不过,太子没有主动说,他也不便深问,只是打开书卷问道:"微臣为殿下讲书吧?"他今天要讲的是皇上推荐的新书《贞观政要》,编纂者乃二十九岁的国史撰修吴兢。皇上将这部尚在修改中的书交给太子,意思也很明白,就是要他研习太宗的治政参验。

李显摇了摇头道:"我有些烦闷,豆卢大人可否陪我出去走走?"

"这……"豆卢钦望有些迟疑。

李显知道他是怕皇上追究,于是提起当年与李弘等化装出宫游走斗鸡场的往事。豆卢钦望明白,太子必是欲图躲开宫廷的耳目,有话要对他说。当下君臣换了商贾的服饰,只带了几名换了府役装束的羽林卫,连韦香都没有打招呼,就悄悄地出宫去了。

李显很谨慎,白马寺自然不能去,怀清与武三思、张昌宗和张易之过从甚密,那里必有他们的耳目;龙门寺更不能去,那里的圆觉法师是皇上钦封的住持。虽说佛门遁世,不染红尘,可究竟有几人能真正地做到呢?两人在街头徘徊了良久,豆卢钦望眉头一皱道:"有一去处煞是清静,殿下可愿一游?"

"不知爱卿所言何处?"

"芳华苑。"

"哦!此苑我儿时随父皇去过几次,后来就很少去了。"

豆卢钦望告诉李显,这芳华苑原是隋时洛阳宫城西苑,当年茂林修竹,碧水清流,亭台歌榭,相望于道。至于殿内陈设,更是珠玉满堂、奢华无比。贞观初年,太宗倡导节俭理政,西苑慢慢地就被冷落了。待高宗、武后又逐渐修建了许多名苑后,它就更萧条了。

一干人专拣小巷行走,李显边走边道:"我听闻那苑中夜半有厉鬼弄箫,可有此事?"

豆卢钦望笑道:"如此呓语,殿下也能相信?臣早前亦闻此说。后来,臣因李昭德案流落州县,便未能体察。前几年回京后,闲来无事便专去苑中体察了一番,原来箫声不是来自别处,乃在灵璧石与太湖石堆砌的假山上。每于夜阑人静之刻,风吹石孔,发而为声。臣便想起庄周曰:'大木百围之窍穴,似鼻,似口,似耳,似枅,似圈,似臼,似洼者,似污者。夫吹万不同,而使其自己也。'所以此非鬼魅弄箫,乃天籁之音也。"

"哦?流言止于智者啊。"李显感叹了一下。

秋日的芳华苑果然十分清静。枫叶还没有红,只是叶脉间些微有些色变;倒是刚刚开放的秋菊流光溢彩,金紫映日,淡淡的清香越过花墙,随风飘到面前,沁人心脾。豆卢钦望以管家的身份上前叩门,好一会儿才从门缝中露出一张老皱的脸来,睡眼惺忪的样子,问:"有何事?"

豆卢钦望指了指李显道:"我家老爷闲暇无事,想到苑中看看。"

老者不解地开门道:"这地方除了鬼,人谁来这里?"

豆卢钦望眉毛皱了皱,正欲发作,却被李显用眼色拦住了,他要扮作府役的禁卫塞了些银两,老者立刻转嗔为喜,双手打拱道:"老爷请进。"

进了园子,又是一番情景。前朝栽植的松柏如今都已长到了碗口粗,当年的殿宇楼台,依旧于秋色中肃立,只是朱颜不再,覆满了灰尘。早春开过的牡丹到了这个季节,已开始枯萎,有的下面还落了一层枯叶。正所谓绚烂至极归于平淡，也许是春天开得太绚烂，此刻它的叶子发黑、发黄，远不如枫叶那样耀眼。沿着曲径前行，李显不禁感叹起着江山兴废，人事代谢来："繁华亦是浮华，盛时即是衰时啊。"

豆卢钦望当然明白这话的意思，他看了看左右无人，禁卫们远远地在后面跟着，便道："殿下的苦衷微臣深知。想当年太宗……"

李显挥手拦住了豆卢钦望："往昔伤情之事就不回首了，爱卿以为，铁券盟誓有用么？"

"微臣以为，陛下此举恐怕是一厢情愿。不是殿下与相王要违背圣旨，而是武三思兄弟叔侄不会遵守盟约。"豆卢钦望回头看了看远方龙门山上的白云缭绕，继续道，"自武承嗣郁郁而终后，武门中觊觎太子之位的就是武三思了，他怎么可能遵照陛下旨意让社稷再回到殿下手中呢？虽说陛下已赐殿下武姓，可微臣相信，殿下心底绝不会忘了自己乃李唐血脉。不只殿下，就是臣下中姚璹、娄师德、狄仁杰、姚崇、张柬之等诸位大人，其身在周，其心亦在唐啊。否则，殿下怎会有重入东宫之机呢？"

李显点了点头，但没有说话。说起来也真奇怪，豆卢钦望乃李旦豆卢妃的伯父，如今却任李显的太子宾客，也许正因为如此，才使得他始终属意于李唐宗室。

豆卢钦望又道："曹孟德有言，神龟虽寿，犹有竟时，况乎人也。陛下百年之后，李、武终难一体，分道扬镳乃是必然，殿下不可不早虑。"

"那依爱卿之见，我该如何处之？"

"三国时，有名曹冏者，写了一部《六代论》，殿下可曾看过？"见李显不置可否，豆卢钦望继续道，"曹冏当年上书曹孟德，所谓'枝繁者荫根，条落者本孤''百足之虫，死而不僵'，以扶之者众也。譬之种树，久则深固其本根，茂盛其枝叶，若造次徙于山林之中，植于宫阙之下，虽壅之以黑坟，暖之以春日，犹不救于枯槁，而何暇繁育哉？"

对这番话，李显不太明白，问道："爱卿可否说得明白些？"

"微臣之意，殿下一定是听进去了。今日之域中，既非光宅之殃，又非垂拱之祸。殿下与相王膝下的几位王爷春秋渐富，羽翼渐丰，可悉心教之以御臣治政之术，以待来日。凡事预则立，不预则废啊！"

李显很吃惊于豆卢钦望的见事机敏。平日里他木讷少言，甚至有些枯燥乏味，孰料心思却是如此细密。面对太子宾客如此直言，他便也不再掩饰自己的想法了："爱卿所言，乃复兴大略，我深以为然。此事就交由爱卿去做，我若有一日重登龙庭,爱卿功莫大焉!"

闻言,豆卢钦望却十分谨慎道:"微臣谨遵殿下旨意。不过,陛下身边耳目甚多,就连殿下的东宫也无密可言。因此此事眼下只能暗中备之,不可留蛛丝马迹。"

李显点了点头,两人便继续朝前走。孰料走到小径尽头时,豆卢钦望却见不远处的楼阁后面有两个人影,疑惑道:"那不是武三思与武懿宗么?"

"咦?"李显倒吸了一口冷气,看着豆卢钦望问道,"爱卿不是说此地人迹罕至么?为何他们也在此?"

豆卢钦望茫然地摇了摇头,忙挥手让身后的禁卫藏进密林,自己则与李显原路返回,来到松林深处。

"王兄真以为太子与相王归心武氏宗室了么?"武懿宗手扶着楼前的一只拴马桩,若有所思地问道。

武三思则迈着缓慢的步子一边朝前走,一边摇了摇头道:"昔者楚成王乃一代霸主,然难逃儿子商臣刀俎之运,成王求曰:'寡人爱吃野味,已命御庖烹制熊掌,食之,虽死无恨。'然商臣不允。曹丕与子建,同出一母,七步吟诗,凄然泪下。况李氏之与武氏,名为皇亲,实乃仇雠,岂能两存?"

"可咱们已铭文盟誓了啊!"

"陛下善之善矣,岂能相信我等空言。"武三思理了理鬓角道,"陛下春秋日高,忧心身后,殊可理解。可仅凭铁券一件,恐难阻血雨腥风必来之势。"

武懿宗跟上武三思的脚步,说出了一番连他也十分吃惊的话来:"依小弟之见,趁着李氏宗室历经两次战乱,泉竭流涸、根朽叶枯,而我武氏方盛之际,兵谏陛下,废掉李显,立皇兄为太子,岂不除了心头之患?"

武三思转过脸来,反复打量眼前的武懿宗,忽然觉得不知从什么时候起,他好像变得陌生了。这个在平定契丹叛乱中闻敌而逃,置大周社稷于不顾的同宗兄弟居然还有此等心思。可武三思比谁都清楚,他们的对手不仅仅是李显兄弟,他们身后还有一大批如狄仁杰一样的追随者。娄师德、杜景俭、徐有功等自不必说,就连他们曾经寄予希望的天官侍郎、同凤阁鸾台平章事吉顼,不也站在李显那边了么。所以说,最要紧的不是宗室,而是拥立太子的那股力量。更让武三思忧虑的是,在接连与契丹、突厥的战事中,狄仁杰、娄师德、姚崇、魏元忠、姚璹等皆有建树,深得皇上倚重,而武氏兄弟却因怯敌而屡遭责备。在这个时候,自己若发动兵变,岂非自招其祸?

　　两人来到久已不曾修葺的鱼池前,绿色的水中尚有龟活着,那龟看起来十分宁静,安然伏于池中。然当它发现有食物游来时,便会毫不犹豫地出击。武三思指着一只觅食的乌龟道:"兄弟可曾想过,鱼类皆亡,为何乌龟独存?"

　　武懿宗摇了摇头道:"兄长何必卖关子,不妨直说。"

　　武三思就暗地里笑武懿宗愚笨,解释道:"龟之所以能够击败天敌而长寿,在于它静中求动,以待时机。"

　　武懿宗摸着脑袋道:"兄长的话小弟明白了,难道吾等眼下只能潜伏待机?"

　　"世间事有所为,有所不为,是无为也。"武三思离开鱼池,继续往前走,说话的声音就低多了,"当前能够做的无非五件事。其一,时刻盯着东宫,见其有觊觎皇位之心,即禀奏陛下,久而久之,皇上必生疑。其二,武攸暨虽然少思,然太平公主却是精明过人,彼虽李氏骨血,可素来与太子疏远,吾等举事,不可借重。其三,张昌宗兄弟不可不关注,当以金银厚贿之。其四,你我兄弟不可造次惹恼陛下,还当于朝事有所建树,方能抵消狄仁杰等人之影响。其五,弟为左金吾将军,京师禁卫当严治之,旅帅以上当为心腹,一旦有变,便可为我所用。"

　　武懿宗听后感佩武三思虑事周密,不禁为自己的孟浪而惭愧。武三思摆了摆手道:"自家兄弟,好听的话就不必说了,好自为之吧!"

　　话说到此,两人抬头看了看天色,已近午时,便觉腹中有些饥饿。出得园门,武三思问看门的老者道:"此处可有上好的酒家?"

　　老者道:"由此返回约二里地,有一家'翠红阁',店家乃附近有名的娇娥,人称'赛西施',酿得甘醇,大人不妨尝尝。"

　　武懿宗忙道:"今日小宴,小弟做东。"

　　"好!你打马前行。"说罢,一干人便向来路奔去。

　　这一切,李显与豆卢钦望在密林中看得清清楚楚,直到武三思及其卫队的身影驰出视线,李显才长长地舒了一口气道:"真所谓冤家路窄,今日这身商贾装扮若是让武三思看见,岂不又要在陛下面前搬弄是非?"

　　豆卢钦望更是惊出一身冷汗道:"殿下受惊了。"

　　李显的情绪再也提不起来了,道了一声"回宫",便上马朝相反的方向奔去了……

　　事实上,武三思兄弟并未能安安静静地用餐。他们刚刚坐下,就见随从匆匆上楼来对武三思耳语了几句,武三思立刻站起来说回去,便转身先下楼去了。

武懿宗跟着武三思出了店门,仍十分不解:"王兄为何……"

武三思双腿一夹马腹道:"娄师德死了。"

武懿宗轻松地"哦"了一声,道:"掐指算来,这老儿刚满七十岁,为何就走了? 不过也好,从此朝堂上又少了一位劲敌。"

武三思看了一眼武懿宗,就为他的头脑简单而叹息:"皇上可不这么想。"

当他们来到瑶光殿,武钦道:"狄仁杰和姚崇等已先到了,请王爷速速进殿去吧。"

瑶光殿中,武曌脸色严肃,目光中尽是哀伤,看了看面前的几位大臣道:"娄爱卿在河陇前后四十余年,恭勤不殆,民夷安之。未料却在赴陇右迎吐蕃赞普途中殒薨,其功在大周,义在天下,朕不胜伤悲。朕欲遣使臣前往会州迎灵柩,众卿以为谁能担当此任?"

姚崇出列道:"微臣愿往会州,迎娄大人灵柩回京。"

狄仁杰亦出列道:"娄大人一生沉厚宽仁,素有'腹中行舟'之谓,出将入相,安边辅国,忠诚可嘉。为此微臣奏请陛下,赐谥号以彰其德。"

"狄大人所言固然有理,可微臣听说娄大人巡察梁州屯田时,曾为犯罪乡里说情,此亦宽仁乎?"武三思有异议。

狄仁杰立即正色道:"王爷所闻乃传言耳,此事下官尽知,那人自称娄大人乡里,意图令其开释,后梁州都督许钦明以之告娄大人,娄大人言犯国法,即便是亲子亦不能舍,何况乡里? 极言许钦明不可因自己而宽恕罪犯。结果许都督为讨好娄大人,私下开释。此事是非清楚,不容颠倒,请陛下赐娄大人谥号'贞'。"

"准奏!"武曌很严肃地对武三思道,"有道是盖棺定论。娄爱卿一生磊落光明,你勿再吹毛求疵。身为内史,当效娄爱卿腹中行舟之风,切莫蝇营狗苟、心胸狭窄。误了自己事小,误了国事则无补矣。"

闻言,武三思脸涨得通红,低下头道:"微臣知罪了。"

武曌接着道:"你既为内史,娄爱卿的葬礼就由你去办。明日起,遣崇玄署出京勘定墓址,择定吉日,以国礼葬之。"

过了几天,武曌又任狄仁杰为纳言,居于宰相之首,主持朝事集议。

一日退朝后,武曌召狄仁杰到瑶光殿。君臣说到近来四方纷纷来附,武曌赞道:"此乃怀英精于运筹,恩威兼施之故。娄爱卿之后,爱卿堪当大任。"

"此皆陛下神威，微臣不过奉旨行事而已。"狄仁杰连忙拱手回应，他是何等的聪明，深知皇上宣自己来一定还有什么事要说与自己听——这已是君臣多年的习惯。

果然，武曌将铁券盟誓的事情提到狄仁杰面前，随后问道："朝野对朕此举怎么看？"

"微臣在署中倒是没有听到多少关于这事的议论，大概是因为此事乃陛下家事吧！"

"自古帝王之家，朝事与家事岂能分清？"武曌微微一叹，然后口气一转继续问道，"就以家事论，爱卿怎么看？"

狄仁杰闻言便笑道："陛下是想听微臣的心里话么？"

武则天嗔怪地看一眼狄仁杰道："朕何时让你说假话了？今日叙话，你不必顾忌。"

狄仁杰转过身，谦恭地回道："臣有一个比方，不知得不得体。若将一堆黄土合而为泥，塑形为一，可有争乎？"

"无争！"

狄仁杰接着又问道："若分半为佛，半为天尊，可有争乎？"

闻言，武曌就笑了："怀英要说什么呢？从来佛、道各行其道，岂能无争？"

"陛下所言极是。微臣要说的是，宗室、外戚各行其分，则天下安。今太子已立而外戚犹为王，乃陛下驱使他日必争，两不得安也。"

话说到这里，君臣都沉默了，大殿的气氛十分沉闷。最后还是狄仁杰打破了沉默道："微臣为大周社稷计，故而冒昧直言，请陛下恕罪。"

武曌抬起头，目光中就含了诸多无奈："朕亦知之，然业已如是，不可何如？故而才以铁券盟誓，存之史馆，以约束其行。"

狄仁杰起身道："微臣深谙陛下良苦用心。但愿诸王勠力同心，此便乃社稷之幸，黎民之幸，陛下之幸。"

这之后不久，武三思就与崇玄令一起上奏，说娄师德的墓址已经选好，在京北博浪县之黄河边。

武曌对这个墓址很满意，道："娄爱卿一生经营陇右，与河水为伴，观涛声而行，也算归有其所了。"

出殡那几天，天空接连下了几场雨，浓密的雨丝携带着灰色的霭云每日在黄河上空浮游，忽而浓重，待一阵雨后，又复薄明。送殡的狄仁杰仰天久望，对身边的姚崇说道："娄公殒薨，陛下致哀，苍天垂泪。此前世今生修为之故。相传民间有诗曰'中年涉事熟,欲学唾面娄',吾等虽不才,然当效娄公。"

武三思主持了安葬仪式,狄仁杰代皇上宣读了祭文——

哀哀娄公,杰出文武。道符忠孝,性与清白。四海慕其风范,千里仰其谈柄,一代名相,功著千秋,永垂不朽。

诵者声声含情,听者凄然泪下。其中有几位营田将军当初因疏于职守,受到娄师德的责罚,此后便幡然悔悟,屡建战功,擢拔晋升。他们怀着深深的敬意,哭倒在娄公墓前,百姓中也荡起一片哭声。

送葬的队伍散去后,狄仁杰和姚崇却没有走。

十月博浪的秋风夹带了丝丝寒意,吹到狄仁杰脸上,冰冷冰冷的,他的脸色便有些苍白。虽然早在魏州前线,他与娄师德就有过推心置腹的交谈,可当他站在墓前,看着燃化的纸钱黑蝴蝶一般在风中飞舞时,他仍对自己早期对娄公的处处发难自愧不已。

姚崇见状便上前劝慰道:"死者长已矣,大人还要节哀。眼看吐蕃赞普就要到京,大人任重责严,还要珍重身体啊。"

狄仁杰收回目光,看着眼前刚刚四十八岁的姚崇,便追忆起了娄公的知遇之恩,不禁动情道:"娄公风范,永垂千秋。他今一去,朝堂再无二人了。"

"狄大人所言,元之感同身受。"姚崇也沉浸在狄仁杰的讲述中,对他来说,狄公不也一样对自己有着知遇之恩么?

正午时分,狄仁杰与姚崇最后看了一眼墓园,才依依不舍地离去……

这还是吐蕃赞普赤都松第一次在中原过春节。自十月娄师德葬礼之后,狄仁杰与姚崇一回到京都就接到武曌的口谕,要他亲往长安迎接赞普到来。等他们星夜赶到西京时,便听闻赞普已经过了天水,直朝陈仓而来。狄仁杰不敢怠慢,便约长安留守姚璹直奔雍城等候。

等到见面,他们才发现赞普十分年轻,率领的使团也十分庞大,包括了曩论掣逋(内大相)、曩论觅零逋(内副相)、曩论充(内小相)等二百多人,他们带着献给大周朝廷的皮毛、牦牛、野羚羊等许多珍稀礼品。

自迁都洛阳后,长安城从来没有这样喧闹过。爆竹、锣鼓绘织的风景,一直绵延到驿馆门口,直到赞普踩着红地毡进了驿馆大门,仪式才告一段落。

年轻的赞普第一次到中原,一时眼花缭乱,一路东来,游长安、登华山,看看停停,等到了洛阳,已是十一月了。

十一月初,武曌在含枢殿召见了赤都松。当曩论掣逋巴桑代表赤都松呈上礼单时,武曌笑道:"赞普远道而来,朕甚欣慰,我朝秉承太宗大统,历来华夷一体,一视同仁。"

当日,武曌在含枢殿举行国宴,为赤都松洗尘。席间,赤都松盛赞中原文明,发誓要与大周修万世之好,绝不起战事。

武曌饮下赞普的敬酒,开怀地笑了。前后四五年,大周用数十万将士的生命,终于赢得了边境的和睦,而吐蕃重新来附,无疑是圣历二年邦交上最大的收获。

接下来的日子,狄仁杰又命司礼寺官员陪同赤都松遍游神都周围的秀美山川,尤其是到白马寺和龙门寺听过说法之后,赤都松的心离大周也更近了。除夕夜,赤都松又与武曌一起观看了烟花,那惊天动地的响声,那玉龙飞转的花灯,让他的心顿然回到了雪域高原,飞回到他的臣民身边。以往这个时候,在逻些,正是万民围着自己起舞的时候。因此,正月十五一过,他就向武曌辞行,带着大周赐予的数十车银器、丝绸,浩浩荡荡地踏上了归途。

狄仁杰又一次完美地完成了任务,并在正月十五后的第一次朝会上,代替武三思做了内史,而武三思则做了太子少保。

但是,狄仁杰不仅毫无喜悦,反而甚是忧心,武三思去做太子少保,这不是让太子又多了一分危险么?他清楚地知道,皇上会对武氏宗族褒贬,但绝不至于刑罚。就在这次朝会上,天官侍郎、同凤阁鸾台平章事吉顼就因为与武懿宗发生争执而被贬为了安固尉。其实就是吉顼说话的声音高了些,让皇上的面子过不去。

这一天,姚崇进了内侍官署,一见面就对狄仁杰道:"吉大人离京了。"

狄仁杰命主簿上茶道:"我已经知道了。"

姚崇便感叹道:"听武钦说,离京前,吉大人曾到瑶光殿向陛下辞行,说到李氏与武氏之间的关系,君臣都掉了泪。"

"哦!还有这回事?"狄仁杰对这个吉顼还是比较了解的。此人早年虽然糊涂,附和来俊臣等人,可后来却力劝张昌宗、张易之兄弟在陛下面前进言,迎李显回了京。他之所以无法在神都待下去,还在于默啜反叛之际,他当着皇上和满朝文武的面揶揄武三思招募月余,仅得数百人,而李显任兵马大元帅,不用数日募众五万,讽刺武氏诸王不得人心。

姚崇点了点头道:"前有上官仪,后有李昭德,今有吉顼,皆峣峣者易折之徒也,殊堪为训。"

"大人言之有理。"狄仁杰起身在署中信步道,"尺蠖之曲,以求伸也。大丈夫伸不难,难在曲也。既要不失操守,又要游刃有余,实属不易。"

"于此一点,大人乃元之楷模也。"

狄仁杰挥了挥手,算是将这件事情翻了过去。两人重新落座说话,狄仁杰问道:"大人来此,绝非为了讨一杯茶喝吧?"

姚崇放下杯子后道:"还真让大人猜中了。皇上要将控鹤监改为奉宸府,大人听说了么?"

"前几日觐见时,陛下提过,要我考虑考虑。"狄仁杰点了点头。

"那大人怎么看?"

"如果我没有猜错,此议必出于二张之口。"

姚崇不免有些想法:"陛下年事已高,在控鹤监养美少年甚众,未免有损先帝声誉。"

狄仁杰摇了摇手道:"此乃陛下私事,不问也罢。只是改为奉宸府,二张就可以堂而皇之地站在朝堂,故不可轻视。"

姚崇离开后,已是暮色将至,狄仁杰便也收拾回府。一路上他都在沉思,有几次,连驭手的呼唤都没有听见。

夕霞散尽的时候,狄仁杰才回到府中,儿子还没回来,夫人正与儿媳坐在前厅说话,二人听见老爷回来,忙起身迎接,并要丫鬟准备饭菜。

狄仁杰道:"老夫在外面用过了。"

少夫人便又命丫鬟上了茶水,掩上门先回房了。

狄仁杰问起狄光远的近况,夫人回道:"好多天没回府了。"

"哦?"狄仁杰有些诧异地睁大了眼睛。

夫人又道:"光远说,三年前张昌宗向陛下举荐洪州僧人胡超炼制长生不老药,耗资百万,近日药成,陛下服之,果然有效。陛下终日于内殿行乐,以太子与诸武作陪。武懿宗却每每借机奚落太子,因此他不胜郁闷。"

"嗯!"狄仁杰双手摩挲,眉头紧皱,他没有想到事情会是这样,想起白日与姚崇在署中所谈,他心里渐渐又沉重了,"他一门心思呵护太子,难怪无法回府上看看。夫人歇息去吧,老夫还要到书房坐一会儿。"

此刻,瑶光殿里却是歌舞翩跹,乐声大作,武三思与二张为武曌安排的宴乐才刚刚拉开帷幕。乐池四周围了一圈案几,上面摆放着各种果蔬、佳肴。

武曌坐在上首,身边有几名谨慎的宫娥伺候着。太子、武三思、武攸宜、太平公主和武攸暨等围乐池而坐,中间空出一片表演区。

今晚最引人瞩目的节目是张易之根据武曌《赠胡天师》谱曲的歌舞,一群若仙若灵、婀娜多姿的舞姬云朵一样地飘了进来,伴着太乐署乐师笙、竽、铙、钹的节奏,且歌且舞,摇曳多姿,身如春柳,目若秋水:

> 高人叶高志,山服往山家。
> 迢迢间风月,去去隔烟霞。
> 碧岫窥玄洞,玉灶炼丹砂。
> 今日星津上,延首望灵槎。

胡超今日着一身绣金红袈裟,内着杏黄色七衣。不管他内心如何不清净,在场面上还是不喝酒的,武曌便特地要内侍省给他上了茶。

他知道,历来的帝王到了这个年纪,都无法抗拒丹药能延年益寿之说。听着皇上的诗句,就知道她对仙境的神往了。他不失时机地举起茶杯,来到武曌面前,很恭谨地祝她万寿无疆。

武曌以酒对饮,眼睛里满是喜悦:"朕服了仙师的丹药,果然神清气爽,精力健旺。"

"仙师神丹,陛下精气,微臣深有所感。"张昌宗也不失时机地上前敬酒。

当他很诌媚地望着武曌的时候,皇上一伸手,纤纤的指尖就朝他光亮的额头戳过来了:"你个小东西,一张嘴专拣好听的说。"

这一切武三思等都视而不见,他们只管喝自己的酒,说自己的话。武三思饮了一口酒,夹了一块"凤凰肉"(鸵鸟肉)送进口中,得意地对身边的太平公主道:"胡天师的丹药可真是神啊,看皇上的气色,哪像是一个年过七旬的人呢?"

太平公主戏谑地看了一眼武三思道:"谁知道你等用了什么法子,专哄皇上高兴呢。"

武三思拍着胸口道:"天地良心,我可是忠心耿耿啊!"

武攸暨太老实,也不大关心李氏、武氏之间的纠葛,却是被舞姿翩翩的歌姬们弄得神魂颠倒,那样子,惹得太平公主杏眼圆睁,暗地拧了他一把。武攸暨却不解其中的情由,收回目光,嘟囔道:"这又是为何呢?"

太平公主最伤心的事,就是遵照陛下的旨意招了武攸暨为驸马。他不仅其貌不扬，更是没心没肺，上不了台面。

一曲终了，歌姬退下，可袅袅之音仍绕梁不散，在座诸位都惬意非常。武曌便邀大家饮酒，一众人等忙面向武曌山呼万岁，而新节目就在这呼声中上场了。

此乐舞的旋律刚健而又有力，舞伎如飓风般旋转，铿锵有声地"踢踏"，展示出高原人豪放、彪悍的性格。张易之贴着皇上的耳朵道："此乃赤都松赞普离京时留下的高原舞伎。"

突然，张昌宗穿着一件雪白的羽衣，乘一架木鹤，吹着笙上场了，那样子亦仙亦鸟，轻盈而又玄幻。而他吹的曲子不是别的，恰是武曌写的《催花诗》：

> 明朝游上苑，火急报春知。
> 花须连夜发，莫待晓风吹。

那是天授二年，即武曌登基第二年，卿相诈说花发，请陛下游上苑。武曌许之，但她明白，大臣们是想借此机会发难于她，便有了这首《催花诗》。谁料就在第二天凌晨，真的名花布苑，争奇斗艳，群臣咸服其异……

偏偏那天太平公主患病发热，没有看到百花是如何于寒冬腊月开放的，只是听武攸暨回来说，所有的花都应时而放，唯有牡丹不从，武曌一怒之下，将其火焚了。谁知第二年春天，那焦木上竟又长出嫩叶，开出嫣红。

此时，在座诸位纷纷称赞张昌宗乃仙人下凡。

武三思更是对自己的杰作很得意，前几天，他向陛下陈奏，极言张昌宗乃缑氏城仙太子姬晋的转世，是专来侍奉陛下的。

武曌竟然信了，真以为自己同仙人昼夜为伴。

张昌宗吹着笙来到武曌面前，驾鹤行三鞠躬礼，然后一招手，那些翩翩的吐蕃舞伎便都绕着他旋转，一时间内殿浪花翻飞，云霞交错。

武曌看着这一切，绯红扑面，兴奋不已。

张易之关心的还是将控鹤监改为奉宸府之事。这奏议是他提的，他并不满足于夜夜侍寝，而时刻想着要站在朝堂上议事。他趁着皇上心花怒放，很恭顺地问道："陛下，五郎听闻朝中有人对改控鹤监为奉宸府持有异议？"

武曌温柔地看了一眼张易之道："有异议何妨，他们谁敢违背朕的旨意么？"

"陛下神威，谁吃了熊心豹子胆敢违抗天命？微臣只是觉得最好有一个名义,省得成为朝野话柄。"

"五郎!"武曌伸出手,在张易之脸颊上摸了一把,那滑腻的手感让她很惬意,"那依你说,如何处置才好?"

张易之忙道:"微臣知陛下精通音律,深通书道,何不集天下文士,采儒、释、道诸家诗作,汇集成卷。既可功垂万世,又可塞奸佞之口,岂不两利?"

武曌迷离着一双凤眼道:"好!朕明日朝堂上就宣监察御史李峤召学士四十人进宫修书。朕干脆就名之为《三教珠英》,看他们还有何话说。"

"陛下圣明。"张易之适时地举起了酒杯。

胡超也不甘寂寞,趁着张易之敬酒的机会,凑上来道:"陛下,贫僧有一言不知当讲不当讲?"

"大师有话尽管说。"

胡超一脸虔诚地说道:"贫僧观陛下容貌,颇像卢那舍佛,故而,贫僧欲在神都造一巨佛,供天下人朝拜。请陛下恩准。"

闻言,武曌的眼睛顿时睁大了,薛怀义焚烧明堂佛像的情景霎时又闪回了脑际。这本是她多年来难以释怀的惋惜,而今,胡超竟然要来重圆她的残梦!她忽地坐直了身体道:"好!此事就由大师去办,若成,朕当重赏!"

此刻,太平公主一双精明的眼睛正左顾右盼着,场上每个人的一举一动她都没有放过。她厌烦五郎的轻佻,更鄙视武三思在二张面前的诌媚。当她将目光落在李显肩头时,心底就充满了同情。

唉!兄长何其孤独,没有人与他叙话,他也不屑于与别人搭讪,就只有一人喝闷酒。当然,他也没有忘记向陛下送上自己的祝福,可他仅此而已,仿佛这里发生的一切都与他没有任何关系。

李显其实并非古板的人,无论是在房州,还是回到神都,他对陛下养男宠之事都给予了充分的理解。可他实在看不惯他们居然公开当着儿女的面调情。因此,整个宴乐中,他都低着头,只顾想自己的心事,权当他们都不存在。他在心里庆幸韦香并没有来,否则,依她那样的性格,恐怕又要惹祸了。

正在这时,太平公主走过来敬酒,打断了他纷乱的思绪,对这位颇像母后的妹妹,他一向有些疏远和惧怕。

"谢御妹!"他举起酒杯刻板地回应着。

这种客套,让太平公主很不舒服:"这个酒宴上,唯有我二人是同胞,皇兄何必如此矜持呢?"

李显尴尬地看看她道:"御妹所言有理。"

太平公主建议道："皇兄若是不习惯,不妨到殿外走走。"

李显的目光便投向了武曌,太平公主是何等剔透的人,道："陛下这会儿哪里顾得上我等,走吧。"

李显这才小心翼翼地起身,跟在太平身后来到了殿外。

外面比殿内凉爽多了。夜风徐徐吹来,太平公主与李显并肩而立。他们仰望着星空,只见北斗星斗柄朝南,天枢、天璇、天玑、天权、玉衡、开阳、摇光七星呈勺状分布。太平公主颇有感触道："不知皇兄何时据北辰而众星拱之?"

李显没有正面回答,却道："御妹豁然练达,处事相宜,得陛下真传矣。"

"难道皇兄愿意这样一辈子身居东宫么?"太平公主却紧逼道。

"为兄别无所图,唯愿陛下寿比彭祖,则是你我之福也。"

闻言,太平公主有些伤心,武氏兄弟平庸,李氏兄弟又懦弱,怎就一个个扶不起呢……

他们之间的谈话进行不下去了。但李显说得没错,太平公主在心底不止一次地埋怨陛下,为了太子废立一事几度起伏,为何她的目光就总是盯着几个不成器的男人呢?不管怎么说,她都是高宗的亲生女儿啊,何况她在这群人中明显就出类拔萃啊!

"皇兄若有事须小妹协助,小妹定万死不辞。"

那一刻,李显心中起了些微的波澜,眼睛也有些湿润了。可他并不知道,就在前些日子,太平公主还宴请了羽林大将军李多祚等人,且馈赠甚厚。

不久,奉宸府就集中了不少的学士,其中有两人堪称翘楚,一个是监察御史李峤,一个是内供奉张说。

平心而论,两人对二张这样的绣花枕头共事并不情愿,可是皇命难违。

张说毕竟年轻,问李峤道："所谓《三教珠英》者,何也?"

李峤略思片刻道："顾名思义,当是将儒、释、道之英华采撷集纳成书之意吧!"

"呵呵!这倒有点意思,也算是奉宸府做了一件正事。"张说苦笑道。

"皇上旨意,我等当勉力为之。"

闻此,张说就笑李峤世故,但嘴里却不说,顺手拿起了文稿……

第十六章

度量如海纳百川　正气似虹纠帝错

之后的朝会上，武曌以召集学士撰修《三教珠英》的名义，冠冕堂皇地将控鹤监改为奉宸府，并任张易之为奉宸令，她还对炼制了长生不老药的胡超赏赐颇丰。不过，武曌没有将重新铸造巨佛之事提上朝会，而是让司常寺崇玄署的官员到瑶光殿筹谋，而负责此事的首选之人就是监察御史李峤。

这个李峤，以才思闻名，20 岁就中了进士，先后做过县尉等职，虽然晋升缓慢，可论起诗作，却与当过宰相的苏味道齐名。狄仁杰记得在彭泽任县令时，他就读过李峤的《风》，诗中感叹"解落三秋叶，能开二月花。过江千尺浪，入竹万竿斜"，显然是在暗喻仕途险恶，宦海沉浮。当时因自己的处境，他对这首诗印象颇深。入阁以后，李峤时不时地会到他府上叙话，还算彼此相通。所以狄仁杰是期待李峤进入内殿的，希望他能够抑制原来控鹤监的污浊之气，给奉宸府带来一股新风。

但不久之后又发生了一桩丑闻，与这奉宸府脱不了干系。

事情缘于张易之的弟弟张昌仪。张易之任了奉宸令后，张昌仪随之晋升为洛阳令。一个姓薛的人想入朝做官，便以五十金贿赂他。张昌仪收了贿赂，便将举荐信送到天官侍郎张锡那里。过了些日子，张锡发现举荐信不慎丢失了，便来找张昌仪询问。张昌仪却骂道："你怎么能这样对待我托付你的事情呢？我早已不记得了。"张锡窝了一肚子气，却碍于二张兄弟得势，只好忍气吞声地回到署中。他在各地举荐的贤良中搜到六十余名薛姓人选，却无法断定哪位是张昌仪所荐之人，干脆将其一律注册留官了。

这一天，新任纳言韦巨源到署中听说了此事，想立即上奏天听，可又一想到二张，他有所顾忌，便将此事告诉了狄仁杰。

听完整件事后，狄仁杰自然明白了韦巨源的来意，便道："既然韦大人有难处，明日老夫就进宫面圣，谏言惩处贪腐。"

韦巨源笑道："下官向来感佩大人敢言直谏，相信陛下一定能肃整纲纪。"

狄仁杰应道："选官任吏，本就是内史职责所系，老夫不过尽责而已。"

韦巨源随即起身告辞，狄仁杰也没有挽留，只是不明白这种胸无大局的人，皇上怎会任纳言呢？而他屡次推荐的张柬之，皇上却……

正想着，便见夏官侍郎、同凤阁鸾台平章事姚崇从门外进来了，还没有等打招呼，姚崇已经先一步行礼了："大人早啊！"

刚进了署门，姚崇就按捺不住心中的兴奋道："前方来报，左玉钤将军李楷固、右武卫将军骆务整征讨契丹残部，大胜归来，估计今日就可以到京了。"

"二位将军果然不负圣望。"狄仁杰立即吩咐侍卫备马，和姚崇、夏官署少卿、判官、主簿等出城迎接。

一路上，狄仁杰向姚崇谈起当初在皇上面前为二人担保的旧事，十分感慨。说完，他长舒一口气，双腿一夹，那马就撒开四蹄，腾起一阵烟尘。

姚崇望着狄仁杰的背影，感叹他已是七旬老翁，还如此矍铄，才思敏捷、真乃圣朝之幸，后学之幸啊。

一干人出了徽安门，飞驰五里，战马才渐渐地慢了下来。狄仁杰手搭凉棚眺望远处，可除了烟柳在风中舞动柔枝，大道尽头一个人影都没有，他便有些心急道："不是说今日到么，怎么还了无影踪呢？"

姚崇闻言就笑道："下官在署中公干，属下皆以为下官性急，未料今日比之大人，下官逊色了许多。"

闻言，狄仁杰便"哈哈"地笑出了声音："老夫不是想早些见到两位将军么？算起来经年有余了，彼等铁衣被身，风餐露宿。一想到他们，我等还有何理由不尽忠效命呢？"

太阳渐渐西移，狄仁杰身胖体宽，不耐日晒，汗水已湿透了官服。判官忙送上水囊，狄仁杰正要喝，却见远处飘扬而来的"周"字大旗。太阳下驰来一队骑兵，为首的将军穿一身银色铠甲，煞是威风。狄仁杰便将水囊递给判官，勒紧马缰朝前奔去。

无论是李楷固还是骆务整，都没有想到两位宰相会冒着酷暑前来迎接，他们一时惶恐，忙向后挥了挥手，待军伍停下脚步后，便翻身下马上前行礼：

"末将参见两位大人。"

"将军劳苦！"狄仁杰和姚崇还礼，说完一人捧上一只水囊给两位将军。

李楷固和骆务整接过水囊，一阵猛喝，才喘了口气说道："劳两位大人出城远接，末将深感不安。"

狄仁杰擦了擦额头的汗珠，乐呵呵道："剿灭契丹余党，北陲百姓重归安乐，将军功莫大焉。"

骆务整赞道："此皆陛下神威，大人运筹之故。"

"骆将军所甚是。当初若非大人在陛下面前力荐，末将岂有今日？"

"那都是猴年马月的事了，不提了。"狄仁杰挥了挥手，他看了看两位将军身后的将士，个个汗流满面，不无调侃地说道，"二位喝足了，可将士们还干渴呢？"于是，他转身对判官道，"速去府兵大营报知，就说李、骆将军凯旋，备好饭菜，不得延误。"

四人上马回城。狄仁杰让姚崇去禀奏陛下，自己则与李楷固等去了兵营，为归来的将士安排食宿。他忘不了当初在朝堂上提出接收李楷固等时，许多大臣都担心其为诈降。现在好了，他们不但诚心归顺，而且保境戍边，战功卓著。他只是担心神都的府兵会轻视他们。

果然，他刚刚走进营门，就看见帐篷前站着一堆人，并传来十分清晰的吵闹声。

"你等叛逆之徒，还与我等争占营盘，岂有此理，让开！"一个府兵高声呵斥着。

李楷固的部属也不相让，反唇相讥道："你等养尊处优，怎知我军与敌鏖战之苦？你有何资格在此大呼小叫？要说让，也是你等先让。"

"就不让，你能怎么样？"

"李将军奉陛下敕命班师，你敢不遵皇命？"

"别拿皇上吓唬我，我们武将军还是皇上的侄子呢！"

彼此唇枪舌剑，越说越气，但见武懿宗属下的旅帅大喝一声，操着家伙就冲了上去。李楷固属下的队正也招呼士卒亮开刀剑，眼看一场厮杀就在眼前。

狄仁杰上前站在两队士卒中间大声喊道："休得猖狂！本官乃内史狄仁杰，还不放下兵器。"

两队军士一听是狄仁杰，心里先自畏惧了，纷纷收了手。这时，李楷固和骆务整也赶来了，上前就给自己的队正一个耳光，骂道："此乃陛下高居之地,岂容你无理取闹?还不向狄大人请罪。"

队正委屈道:"都是他们先挑衅的。"

李楷固自然不好责备武懿宗的部下,只能对自己的部下骂道:"你还嘴硬,是想尝尝鞭子么?"

见状,骆务整在一旁劝道:"将军息怒。将军若是再罚,狄大人脸上也不好看。"

李楷固这才收了鞭子,对队正说道:"还不退下!"

处理完这事,李楷固和骆务整向狄仁杰作揖道:"都是末将等疏于管教,让大人见笑了,惭愧!"

"今日之事,老夫看得清清楚楚,不怪他们。"接着,狄仁杰便来到武懿宗的部属面前,和颜悦色道,"如果老夫没猜错,你等也是从平叛前线回来的吧!当初战场境况如何,老夫不说,想来你们心里也明白。若有良心,亦当自愧。"

狄仁杰见旅帅低下了头,说话的语气更加平和:"既然他们回到了神都,大家就是一体,何分你我?你等勠力同心,大周社稷才能稳固,是不是这个道理?"

旅帅嗫嚅道:"谢大人教诲,卑职明白了。"

眼看事情已经平息,狄仁杰也只点到为止,便对李楷固和骆务整说道:"我们到其他地方看看吧!"

狄仁杰一顶帐篷一顶帐篷地巡视,一旅一旅地询问,直到李、骆所部吃住都有了下落,才松了一口气。李楷固和骆务整十分感动,送狄仁杰到营寨门口才忽然想起,如此暑热天气,狄大人这大半天却滴水未进,顿时心生愧疚,忙命行军参谋拿来水囊。狄仁杰喝罢水,欲转身告辞,却见姚崇骑着马来了,满面喜色道:"陛下听闻大军凯旋,喜不自胜,钦定五日后在含枢殿接受献俘,并为两位将军洗尘。"

李楷固、骆务整闻言即刻双双跪倒在地,连呼"吾皇万岁万万岁"!

当夜,李楷固、骆务整却许久无法入眠。这些年命运颠簸,现在他们终于可以为将士们谋求到一个稳定的去处了,这也是最大的欣慰。虽然进入神都只有半天,但发生在身边的一切都让他们感到了朝廷的胸怀,特别是皇上要在含枢殿接受献俘,这是他们不曾想到的。

"真不知道见了皇上,该说些什么?"李楷固有些忐忑,自语道,"说来也奇怪,论杀起人来,我从不眨眼,不知为何现今却有点怯阵了?"

骆务整笑道："事到认真反成累,将军就不要多想了,车到山前,自有大道通衢。"

话虽这样说,但骆务整的心境并不比李楷固轻松。主要是下午那一场争吵在他的心头涂上了一层阴影。他想,这也许仅仅是个开始,今后会有更多的难堪等着他们。出生人死他不怕,他不能容忍的是被误解,被诬蔑,被轻视,还有始终摆不脱的"叛贼"二字。

不知不觉,外面雄鸡唱晓,李楷固起身洗漱。待他走出营房时,几位司马早已带着军队开始了演武布阵,此时喊杀声震天,他心头就很熨帖。

李楷固看了看骆务整,他已卸去甲胄,换上了朝服,不禁为自己的粗疏而笑了,他重新换了着装,又命一位司马率了军士,押解了战俘跟在后面,朝坐落在登封县石淙河畔的三阳宫飞驰而去。

从洛阳到三阳宫,全程一百四十里,本来不用半日即可到达,可因为押解着战俘,就慢了许多,直到日色将暮才到了石淙河畔。隔着半里路远,就听见哗啦啦的河水声,及至跟前,才发现河水汇聚成潭,两岸群峰林立,崖下潭水深幽。山涧鸟语花香,青峰耸秀,真是避暑的绝妙往处。

两人驱马沿着河岸走了一遭,便感到了皇上对他们的重视。只见河岸两边的驿馆门前停满了文臣武将的车子和战马,还不停地有人前来,足见这次含枢殿聚会的盛大。他们正四处看着,一位身着从四品朝服的官员问道:"来者可是李楷固、骆务整两位将军?"

两位忙还礼道:"正是末将!请问大人……"

"卑职乃司宫监从四品内侍,在这里已恭候将军多时。"说着,来人引他们来到一座驿馆门前道,"将军今夜就住在这里。膳食、起居自有人照顾,下官告辞了。"

刚刚送走内侍,又来了一位身穿从五品官服的官员,说是奉司刑少卿徐有功大人之命,前来押解战俘到牢狱看守。骆务整忙唤来司马,办理了交接手续。

第二天晚上,狄仁杰与姚崇到驿馆看望李楷固和骆务整,狄仁杰叮嘱了一些含枢殿献战俘应该注意的方面,二人到夜阑人静时方才离去。

盛宴当天,待李楷固、骆务整赶到三阳宫时,大臣们已在墊门聚集,等候上朝了。多数大臣还是第一次见到李、骆二人,难免聚在一处不停地打量并窃窃私语,李、骆二人自然是十分不自在,好在武钦很快便宣道:"时辰已到,请各位大人上朝。"

朝会开始，姚崇以夏官侍郎、同凤阁鸾台平章事身份向皇上陈奏："左玉钤将军李楷固、左武卫将军骆务整清剿孙万荣余党大获全胜，率部凯旋，今日向朝廷献战俘，恭请陛下御览！"

李楷固和骆务整立刻出列行大礼。

武曌伸开双臂，高声道："两位爱卿平身。押战俘上来。"

大臣们的目光便齐刷刷地转向殿门口，只见全副武装的羽林卫押解着一位契丹别帅进来，通过文武大臣之间的甬道时，何阿小一眼就瞅见了站在将军行列中的李楷固等，目光中便满是轻蔑和不屑。

徐有功上前命何阿小下跪，遭到拒绝后，他飞起一脚踢到何阿小后膝，何阿小龇了一下牙，顺势跌倒了，大骂道："好个妖后，篡唐谋位，肆意专权，海内沸腾，民怨载道。又妄自称帝，牝鸡司晨，侮辱列祖，天下人皆可诛之。今日落在你的手中，本将军毫无生还之念，只求速死。"

然而，武曌却笑声朗朗道："骂得好！你虽伶牙俐齿，然比起骆宾王，当望尘莫及。你虽善于用兵，然为李、骆将军所俘；你虽年轻，然不识大体，不谋大局，懵懂而为孙贼所用。朕当然不能放过你。徐爱卿何在？"

"臣在！"徐有功应道。

"将叛贼何阿小押至司刑寺严加审讯，以行论罪。"

接着，上官婉儿便代表武曌宣读制书——

制曰：左玉钤将军李楷固、左武卫将军骆务整清剿叛军余党有功，钦赐李楷固武姓，封燕国公。赐骆务整金百两，帛三百段。召公卿合宴。

此时，不管是对这册封心怀异议的，还是以为皇上此举乃一统天下之英明决策的，都齐刷刷地山呼"万岁"，恭颂"陛下圣明"。随之而来的便是三百人的乐队高奏庆典旋律。

骆务整在李楷固的带领下，先向武曌跪拜敬酒，祝福皇上万寿无疆。接下来逐一与朝臣碰杯，当他来到武三思、武懿宗兄弟面前时，显得格外严肃和庄重道："末将素仰二位王爷威名，今日一见果然不凡，请接受末将敬意。"

李楷固的话让武懿宗的脸顿时拉下来了，这不是在嘲笑自己临阵脱逃么？因此，当李楷固的杯子伸过来时，他却转身朝武攸宜而去了。

好在此时狄仁杰和姚崇满怀欣喜地端着酒杯过来了，满是祝贺之词地敬了他们一杯。等狄仁杰回到自己的座位上时，却见武曌在上官婉儿陪同下,端着酒杯朝自己走来了。

狄仁杰立刻诚惶诚恐地躬身行礼,武曌却笑吟吟地说道:"叛军尽灭,骁将归周,此皆爱卿之功,朕不仅要赐酒一杯,还要重重赏赐。"

狄仁杰的眼睛顿时湿润了,忙不迭地说道:"此乃陛下神威,将帅尽力,臣何功之有?陛下的赐酒臣领了,至于赏赐则万万不可。"

"怀英总是如此坦荡啊。"武曌很是欣慰,转身面对大臣们高声道,"功成而弗居,为而不恃,此宰辅之胸襟矣,前有娄师德,今有狄怀英,百官当奉为楷模。朕要册封狄怀英为梁国公。"

"吾皇万岁万万岁!"大家都没注意到,狄仁杰挣扎了两次,才踉踉跄跄地站了起来。

含枢殿上欢庆的余波在朝臣中激荡了许久,大家都感叹于狄仁杰和陛下的君臣之谊。在这个朝堂上,有对皇上的旨意唯命是从的,也有敢于犯颜直谏却因忤逆圣意,被杀被贬的,而唯独娄师德和狄仁杰例外。尤其是狄仁杰,虽好面引廷争,陛下却总能欣然接受,即使有时候意见相左,却从未伤了君臣和气。

大臣间还传闻有这样一个故事,说是有一天狄仁杰跟随皇上出游,忽然一阵风来,吹落了狄仁杰的纶巾,惊了坐下的马匹,正在危急关头,陛下要太子追上去用力拉住马笼头,终于使狄仁杰避免了受伤。

这个故事是否真实,没有人追究。可就在含枢殿献俘之后,武曌特别恩准,鉴于狄仁杰年事已高,以后进宫不必再跪拜。上官婉儿亲眼见到,陛下的眼睛里布满了忧伤道:"每见公拜,朕亦身痛。"她甚是感叹。一天,当上官婉儿把这话说给武三思听时,他却很不以为然:"皇皇大周,何缺一垂老之臣耳!陛下何必如此,难道他功过李勣么?"

闻言,上官婉儿便从心里叹息武三思太肤浅,无法理解陛下从臣子身上观照到自己也日益老去时的心境。想当年他们在并州见面时,一个三十六岁,一个三十岁,转眼都已老态龙钟,这中间经历了多少风雨,多少变故!皇上又怎么能不感叹岁煎人寿的无情呢?

的确,别人都没注意的细节,却强烈地撞击了武曌心底的最软处。在含枢殿,当她看到狄仁杰艰难地跪倒,又艰难地再站起来的那一刹那,武曌的眼睛模糊了。那一刻,她甚至觉得自己的筋骨也隐隐作痛。

唉!这还是那个曾经雷厉风行而又才貌双全的狄仁杰么?这还是那个让契丹人闻风丧胆的狄仁杰么?

　　而狄仁杰自从含枢殿回来后,也觉得浑身无力,耳鸣心慌,膳食也大大地减了。他是个明白人,尽管一生仕途坎坷,两次拜相加在一起也不过五年,可岁月催人老,到了该致仕之时,他也绝不留恋官位。因此,他不久就向武曌递交了辞呈。

　　"爱卿这是为何?"武曌边叮嘱身边的宫娥赐座,问道。

　　"微臣自并州得见陛下凤颜,蒙圣心不弃,多有恩典。拯救于水火之中,受命于为难之时,赏赐于朝堂之上,听谏于廷议之刻。臣每思及此,铭感肺腑,涕零如雨。然臣年迈体衰,难承大任,可谓心有余而力不足,还请陛下恩准臣致仕。"

　　这一番话,说得武曌心里酸涩不已,泪水盈盈:"爱卿……你……往朕这里看,朕比你还要大六岁,难道不知道老之将至的道理么?可社稷萦怀,朕岂能……"

　　"陛下!"狄仁杰喉头哽咽道,"臣虽欲退,然情系江山,未释忧国之怀。只是臣精气不济,当推贤者主事。"

　　武曌便道:"爱卿前次所举之张柬之,朕不是将他擢升为洛州司马了么?"

　　狄仁杰撩了撩衣袖道:"臣所荐乃宰相之才,非司马也。"

　　"哦?那就依爱卿,朕擢拔他为秋官侍郎。若参验考量,果有宰相之才,当大用之。"武曌沉吟了片刻后道。

　　"谢陛下隆恩。"

　　狄仁杰下意识地又要起身下拜,武曌忙道:"爱卿怎的又忘了?"

　　狄仁杰憨憨地笑了笑:"陛下恩准臣不拜,臣且忘了,遑论国事,还是请微臣告老吧!"

　　武曌语重心长地说道:"当此之际,娄公方去,朝政尚需爱卿尽力,朕不会允准的。"

　　"陛下……臣……"

　　武曌眉毛一皱,对身边的武钦道:"传姚崇来见。"

　　过了一会儿,姚崇便匆匆进殿,他看见狄仁杰在座,情知有要事商议,忙与皇上见礼。

　　"朕宣爱卿进殿,是有一件事情要告知。爱卿跟随狄公在阁中经年,其风范品格,当入你心。狄公春秋日高,朕甚悯之,于今以后,非军国大事,勿烦狄公。"说着,武曌将辞呈发还给了狄仁杰。

狄仁杰还能说什么呢？他只有接过辞呈道："臣虽年迈，然若国有大事，当不惜衰朽之骨，肝脑涂地。只是臣尚有两件事情要禀奏陛下。"

"爱卿有话尽管说。"

狄仁杰看了看姚崇，武曌立即会意，对姚崇道："朕传爱卿来，就是交代关顾之事，爱卿可退下了。"

姚崇离去后，狄仁杰调整了一下坐姿道："第一件，臣闻奉宸令之弟张昌仪收受贿赂，致六十几名薛姓选人未经考核即注册留官。"

武曌显然对此事了然于胸，顿了顿道："此事确有差池，可与易之无涉，乃张锡所为，朕已严责了他。"

"陛下之言，恕臣不敢苟同。若无奉宸令位高爵显，得宠于陛下，昌仪岂能有恃无恐？"

武曌便不好再辩解："爱卿当知朕虽属意易之，却绝不以私情误国，朕定会命婉儿细查此事的。第二件呢？"

"第二件事有涉陛下私情，还乞海涵。"狄仁杰捋了捋灰白的胡须，见武曌没有不耐烦的意思，才放胆说道，"臣深解陛下乃性情中人，故而对陛下以至尊而养男宠并无异议。可臣以为内宠者，张昌宗、张易之足矣，近闻奉宸府广纳美少年，其间不乏无礼无义之徒，臣不能视而不见，听而不闻。"

闻言，武曌吃惊地睁大了眼睛道："有这等事？"

"臣恐有人存有异心，借机朋党比周，陛下不可不察。"

武曌不无感慨地说道："朕明白了，若非爱卿直言，朕还被蒙在鼓里。朕午后即传奉宸令来问。"

见狄仁杰在司马门外颤颤巍巍上了车子，武钦才擦了擦自己脸上汗珠，感叹道："也就是狄仁杰，任谁说起今天这两件事，都会招来杀身之祸。"

消闲的日子，对于为江山劳碌一生的狄仁杰来说并不那么轻松惬意。

每天清晨，他早早地起身，督促儿子及时到东宫应卯值守，自己则到庭院中打一套拳，然后浇浇花。等到太阳爬上墙头时，他便简单用过早饭，就进了书房，开始整理自己这些年来的人生参验。他决计将这些启迪后学、弥足为训的阅历撰修成文，传给儿子。

这日，书童已经为他磨好墨，又给他泡了杯热茶，随后悄悄告退。狄仁杰在书案前坐下来，他摊开宣纸，思绪便回到了当彭泽令的那一段岁月。对他来说，那是一段难忘的日子，于是信手便写下"荀卿子曰：'故不教而诛，则刑繁而邪不胜；教而不诛，则奸民不惩。'"可再往下写，却被浮上心头的诸多事情搅乱了思绪。

昨天，姚崇到府上来，说武三思、张昌宗等向皇上谏言，令天下僧尼日出一钱，由僧人胡超监制，重建当年被薛怀义毁掉的巨佛。姚崇虽然当堂直谏，皇上却执意要颁制于天下寺院。姚崇的意思很明白，就是希望狄仁杰能够出面阻止这件事情。狄仁杰虽然当时没有明确表明态度，但心里却无法平静了。一天多来，他一直在思考，是上疏还是进宫面圣？

前事不忘，后事之师。薛怀义将自己一手监建起来的天堂巨佛付之一炬，这足以说明，游僧皆托佛法，诖误生人，他不能再看着皇上沉迷于此。狄仁杰迅速将刚刚写了一句话的纸揉成一团，扔进纸篓，重新引笔铺纸，慨然写道——

　　昔梁武、简文舍施无限，及三淮沸浪，五岭腾焰，列刹盈衢，无救危亡之祸；缁衣蔽路，岂有勤王之师？游僧皆托佛法，诖误生人；经坊过于宫阙，而功无寸于社稷……

连他自己都很惊异，一旦投入朝事，文辞竟如滔滔大江，一发而不可收。在奏疏的末尾，狄仁杰满怀忧虑地写道——

　　比来水旱不节，当今边境未宁，若费官财，又尽人力，一隅有难，将何以救之？

狄仁杰将文稿前后看了一遍，改了几个字，又认真誊抄整齐，再抬头看看窗外，日色已近午时了。他吹了吹墨迹，正欲起身，忽觉头昏目眩，胸中似有异物要呕，便顺手拿了纸放在嘴角，竟然咳出一团血来。

此事断然不可让夫人、光远知晓。狄仁杰在心里想，便在血纸外面又裹了一层纸才放进纸篓。他呼来书童，将废纸销毁。

午饭的时候，狄夫人发现他脸色有些苍白，便问道："老爷身子不适么？老身让光儿禀奏陛下，传宫中太医来诊治诊治吧？"

狄仁杰笑着摇了摇头："整日闲暇，会有何病？大概是昨夜未睡好吧？"

狄夫人拢了拢鬓发道："陛下既然恩准老爷将息，非有大事不用上朝，老爷就收收心吧！"

"好,老夫到内室小寐一会儿。"狄仁杰推开面前的碗筷便起身了。

也许是因为吐血之后,精气不支,也许是因为完成了一道奏疏,紧绷的心放松了,狄仁杰很快便进入沉沉的梦乡,微微的鼾声拂过狄夫人耳边。狄夫人爱怜地为他披了披被角,见他睡得很沉,便轻轻地退了出来。

这一睡,醒来时已红日西沉,暮色将至。一睁眼,却发现儿子站在面前:"父亲身体不适么?"

"你怎么回来了,宫中的事完了?"

狄光远回道:"夜间宫卫轮值,今夜是娄云大人,太子就恩准儿子早点回来伺候父亲。"

狄仁杰"哦"了一声,起身时有些摇晃。狄光远见状有些担心,执意要去太医署请医官。

"不妨事,你何必大惊小怪。"狄仁杰言罢,向膳室走去。狄光远紧追一步,上前搀扶,狄仁杰平生第一次没有拒绝儿子。

用餐时,狄仁杰问到太子近况,狄光远回道:"太子明日将起程前往龙门寺,陪皇上安葬舍利。"

这消息让狄仁杰伸出的筷子停住了:"不用说,必是那僧人胡超的主意。陛下何时离京?"

"太子说,辰时三刻在天津桥集合。"

"好!老夫知道了。"狄仁杰朝外面喊道,"来人!"

府令应声进来,狄仁杰吩咐道:"明日卯时三刻准时备车,赶往天津桥。"

狄夫人一听这话就急了:"老爷这又是为何?"

"老夫要面奏陛下,言佛僧之羞。"

闻言,狄夫人就不依了,看了看狄光远道:"光儿一句话,为何到了老爷处就生风?也不看看,偌大年纪了,陛下已经恩准,平日非有大事不扰,你又何必……"

狄光远也在一旁劝道:"父亲年高,有何事尽可告知孩儿,不劳父亲亲自去的。"

"你……"狄仁杰看了看儿子道,"只恐你的分量难以让陛下改弦更张。事关社稷,老夫岂能熟视无睹?你等不必再说,老夫去意定矣!"

狄光远与母亲面面相觑,只是无奈罢了。

看着母亲泪水盈眶,狄光远安慰道:"皇上毕竟还没有恩准父亲致仕,天色已晚,请母亲后堂安歇,好在明日孩儿也要前往,定当悉心照顾。"

知父莫如子。狄光远深解父亲那颗永远属于朝廷的心，第二天卯时二刻，他就起身与府令一起备好车马，在府门前等候。

见父亲在母亲陪伴下来到车前，狄光远上前作揖道："今日去天津桥，孩儿为父亲驾车。"

狄仁杰没有拒绝，只是要驭手骑了他的马跟在后面。

到达天津桥时，桥的南北已停满了车子，都是奉旨观看舍利安葬的臣僚，那阵势不亚于当初置放九鼎时的浩荡。

狄光远喝了一声"吁"，马儿便在桥南约半里路处停了下来。他来到车边轻轻地唤了一声，却没有听到回音，连续喊了两声，狄仁杰才"哼"了一声问："到了？"

"到了！"狄光远的声音带着潮湿和哽咽，心也一阵阵地绞痛，父亲曾经是何等的潇洒俊逸，可如今说老就老了。

狄仁杰被扶着下了车子，便对儿子说道："你速去迎接太子，不可误事。"

"时间还早，父亲不用担心。"狄光远笑了笑，又对驭手叮嘱了几句，才转身离去。

辰时三刻，太阳已出来了。武曌在上官婉儿、武钦的陪伴下出了瑶光殿，绕过九州池，来到司马道口，仪仗、车驾都在那里等着。武三思、胡超看见皇上的身影，忙撩起袍裾，跪倒在地。

"平身！"武曌挥了挥手，一行人便浩浩荡荡地向天津桥方向而来。

今日的仪仗里多了数十名身披袈裟的僧人，他们抬着如来佛祖的铜像，在队伍前缓缓而行。其中有一职司手捧着一个盒子，里面装的正是佛骨舍利。

张昌宗小声问兄长："陛下如此看重舍利，究竟是何意呢？"

张易之立即做了个封口的手势，用只有兄弟才能听见的声音道："莫问太多，只要陛下高兴就行。"言罢，他回头看了看，见一切如常，就稍稍放了心。

车驾仪仗一路吹吹打打，等到了天津桥，太阳已经到了树梢。接受完大臣们的朝拜，武钦传达旨意，说皇上要前往龙门寺。

队伍还没来得及动，就听见热风中传来一个有些沙哑的声音："微臣狄仁杰参见陛下。"

"哦！怀英到了？"刚刚还昏昏欲睡的武曌立刻来了精神，吩咐武钦撩开垂帘，"朕多次口谕，非军国大事不报，孰料还是惊动了爱卿。快快平身！"

狄仁杰没有动,道:"微臣有事禀奏陛下。

"朕允准你陈奏就是,还是平身吧。"

狄仁杰这才站了起来,施礼道:"臣闻陛下要去龙门寺观看佛骨舍利安葬,故而前来。"

闻言,武曌就欣慰地笑了:"难得爱卿如此忠贞,舍利者,即是无量六波罗蜜功德所重,是戒、定、慧之所熏修,甚难可得,最上福田,舍利在,即如法身所在,佑我黎民,固我社稷。朕欲亲往,礼拜菩提树、金刚宝座、佛经行之足迹,广结佛缘。朕念及爱卿身体,故而未予知会。"

"陛下所言,正是臣之所忧。"狄仁杰向前挪动了几步,说话的语调也严肃了,"佛者,夷狄之神,不足以屈天下之主。"

这话一出口,武曌的脸色就变了:"朕既已成行,爱卿便不必多说。来人,送狄公回府。"

狄仁杰却并无让开之意,反而来到车驾前,牵着六驾首马的笼头决然道:"彼胡僧诡谲,直欲邀致万乘以惑远近之人,山高路狭,不容侍卫,非万乘所宜临也。"

这一番话引来哗然,首先是武三思上前斥责道:"陛下向佛,心为社稷,狄仁杰妄言指责,乃僭越犯上,微臣以为当下司刑寺治罪。"

胡超更是怒容满面:"狄仁杰罔视佛法,必获罪于佛祖,致大周臣民蒙灾。贫僧以为,当火焚而可消业。"

武懿宗也因河北战场上的积怨而报复道:"狄仁杰罔视朝纲,欲挟持天子,罪在不赦,来人,将其拿下。"

"且慢!"当禁卫们准备一拥上前时,姚崇站出来道,"狄大人以年迈之体直陈陛下,乃内史职责所系,至于陛下采纳与否,权在圣明,狄大人何罪之有?"

他的话音刚落,秋官侍郎张柬之也出列道:"狄大人所言,乃为陛下凤体虑,其忠心天日可鉴,你等以小人之心,度君子之腹。为陛下谋是假,挟嫌报复乃真。"随后,张柬之转身面对武曌道,"臣也以为佛骨舍利远途来到中原,真伪不辨,陛下至尊,无须劳动。"

正当众臣于天津桥上争论不休时,武曌的思绪便高速运转起来,时而感到狄仁杰不免迂腐,时而又觉得武三思、武懿宗等人确有报复之嫌。可张柬之的话却提醒了她,是啊!胡超从洪州来,有谁能证明他的舍利是真呢?倘若是假的,岂不会留下笑柄?

武三思和武懿宗知道皇上自年轻时就向佛抄经，必不能容忍狄仁杰车前犯颜，孰料她竟说道："众位爱卿，朕思虑之后，以为狄爱卿、姚爱卿、张爱卿所奏甚合朕意。所谓吾心即佛，一念则心安，何须繁文缛节。朕意已决，舍利由胡大师安葬，狄爱卿随朕回宫。"

听闻这话，武三思和张氏兄弟顿时蒙了，面面相觑良久，说不出一句话来。眼看着武曌的车辇调转马头，狄仁杰、上官婉儿的车子和庞大的仪仗也都折返了，三人也只得拨马追了过去。只有胡超和僧人队伍停在桥上没有动，皇上中途改变主意，让他们的脸上无光。

李显不动声色地看着刚才发生的一切，却没有吃惊，只是对身旁的狄光远说了一句"回宫"，便闭上双目不再言语。狄光远会意，向东宫侍卫挥了挥手，也离开了。

武曌一进瑶光殿就拉下脸，对跟进来的狄仁杰道："朕已对阁僚们有言，非军国大事勿烦爱卿，你何其多事，致朕中途回驾。所谓君无戏言，你让群臣如何看朕？"

"群臣只会以为陛下圣明。"狄仁杰双手作揖道，"昔者太宗在朝，欲发国中十六岁男丁从军击突厥，诏书草拟后，却在门下省被魏徵驳回，指出此乃竭泽而渔之策。太宗闻之，旋即改矣。君王从谏如流，乃社稷之福。臣如冒犯天颜，请陛下责罚。"

武曌的脸色这才开始活泛了。任何时候，只要一提起太宗，她的心头就会升起一种庄严和肃穆。于是，武曌挥手示意狄仁杰坐下说话："也就是你才敢当着臣下的面阻拦朕……"一句话还没说完，自己倒莫名地笑了，"你这个人啊！让朕怎么说你才好呢？"

但狄仁杰却没有收敛的意思，顺手就从怀中拿出早已拟好的奏章道："臣闻陛下欲使天下僧人每日出一钱以铸造巨佛，此又一失也。"

武曌叹了一口气道："自怀义烧毁佛像之后，朕至为心痛。朕母孝明高皇后一生向佛，纵为朕祈得福祉。朕虽为天子，可佛心依旧，故而欲造佛像，以了善愿。而且现今州县水旱不节，战事频仍，朕不忍加赋于百姓，故而……"

"陛下之言，臣不敢苟同。今之伽蓝，制过宫阙，功不使鬼，止在役人，如何能不加赋于百姓？夫物不天来，终须地出，不损百姓，将何以求？"

"这……"

"诚如陛下所言，比来州县水旱不节，战事频仍，当此之际，若费官财，若一隅有难，将如何救？"

"朕不也是为百姓黎民祈福消灾么？"

"即如陛下所言，亦背佛祖宗旨。然佛像既造，尊荣既广，不可露居，覆以百层，尚忧未遍。至于廊宇，不得全无，如来设教，慈悲为怀，岂欲劳人，以存虚饰？"狄仁杰层层析理，环环相扣，而语调却完全是规劝的苦口婆心，尤其是那真诚的目光，似乎面对的不是当今皇上，而是肝胆相照的至亲密友。他注意武曌的情绪变化，从最初的责备到后来的平静，狄仁杰知道，皇上的心动了，因此继续道，"臣深知陛下以黎民疾苦为怀，今有游僧不事修行，托言佛法，蛊惑生人。陛下不可不察。"

大殿里静极了。除了二张兄弟，武曌从来没有如此柔和地注视任何一位臣僚，那神情有几分贪婪，又有几分期待。她问自己为何在他的面前，无论怎样浮躁的心都可以瞬间水波不兴，风息澜安呢？武曌收回目光，慨然道："善矣哉！公教朕向善，何得相违？来人！"

武钦闻声进来："老臣在。"

"命知制诰拟旨，罢造像之役，有再敢进言者，依律治罪。"

"陛下圣明！陛下见事之明，不逊于太宗。"狄仁杰再度由衷地跪倒在武曌面前，老泪怆然，"可惜微臣垂垂老矣，难以辅佐陛下再图大业，微臣……"

这泪水涌出狄仁杰的眼眶，却瞬间涌进了武曌的胸间，让她也伤感不已："爱卿的心事朕明白，朕明日早朝就任命张柬之为同凤阁鸾台平章事。"

狄仁杰再次庄重地向武曌行叩拜礼，可就在这时，他又一次觉得胸中发热，口中便喷出一团鲜血，染红了瑶光殿的地砖。

武曌呆了，顾不得自己年高，上前边扶狄仁杰边大声喊道："张尚宫，速传沈太医……"

武钦急忙帮着扶住狄仁杰，看着他苍白的脸色，心中就有了不祥预感。

不一会儿，沈南璆就匆匆来到别殿榻前为狄仁杰诊脉。

狄仁杰恍恍惚惚，似乎身子离开了瑶光殿，到了曾经任过县令的彭泽，身边都是些正在收割夏稻的农夫，还有县府县丞、主簿等，纷纷向他禀报今年的收成。忽然，他听到一个苍老的声音，抬眼去看，来人却是李昭德。狄仁杰喊道："李大人，你怎么也来此了？"

李昭德讪讪地笑着说道："老夫特来邀狄兄游太虚山。"

"太虚山？此山在何处？"

李昭德诡谲地眨了眨眼睛道："远在天边，近在眼前，说无却有，说有却无。"说着，他拉着狄仁杰就要登程。就在这时，狄仁杰突然听到夫人的声音，便甩开李昭德的手,朝山道岔路口奔去。

"夫人……"空旷的山涧回响着狄仁杰的呼唤。

狄仁杰睁开双眼,却见沈南璎正在为自己把脉,便问站在一旁的武钦:"公公,我怎么到了这里?"

武钦叹了一口气,正要说话,却被沈南璎用眼色拦住了:"大人只是劳累倦怠,并无大碍,下官这就去开方,三剂药后,定有回春之喜。"

待沈南璎来到大殿,武曌便迫不及待地问道:"狄爱卿病情如何?"

闻言,沈南璎"扑通"一声跪倒在地奏道:"狄大人他……恐怕不久于人世了……"

这话如一声霹雳,武曌跌坐在龙椅上,仰天长叹:"此天不予朕矣。"

第十七章

蜡炬燃尽君臣泪　隐语暗藏公主心

久视元年(公元700年)的八月似乎是一个上苍垂泪的月份,从月初开始,霏霏阴雨就笼罩了整个神都,空气终日湿漉漉的,呼吸一口都能滴出水来。

一场秋雨一场寒。七八天的雨下完后,眼见得落叶萧萧,秋已走向季节的深处了。狄仁杰躺在榻上,痴痴地望着云霭携带着浓密的雨丝从窗前飘过,在檐下的梧桐叶上汇集,多了、重了,便落在地上,发出沉闷的声响,他便禁不住长长地叹息:"好好的,如何就忽然地弱不禁风了呢?"

他收回目光,不愿意再看这伤情的风景。这些日子,他总是在想,自己是怎么进入皇上的视线的,又是怎样被她一次又一次地宽容和接纳的,以至于最后二人有了心灵上的默契。他是在仪凤年间升任大理丞的,那时候,他兢兢业业,秉公执法,一年间判决了涉及一万七千人的积案,竟无一人诉冤,他一时名声大振,引起了时为天后的武曌的注意。

有许多知遇的细节,狄仁杰一想起来心头总会涌起感动的温暖。而最让他铭感肺腑的还是长寿二年(公元693年),在地官侍郎、同凤阁鸾台平章事任上,武承嗣勾结来俊臣诬告他谋反。在面临危亡之际,是皇上明辨是非,又一次拯救了他,并且安排他去了彭泽。后来,在他重新回到神都后,就听到不少同僚告诉他,在离开神都的几年里,武承嗣等屡次于皇上面前陈奏要诛杀他,都被皇上严词拒绝了。

人之相知,贵在知心。尽管这些年狄仁杰在内心仍恪守着李唐乃正宗的理念,对皇上对李氏宗室大开杀戒心存芥蒂。但他从来都是将这些与皇上内修政治,外睦邦交,体恤黎民分开看待的。正因为如此,他总是理智而又毫不含糊地辅佐武曌。

有一段时间,因为在迎接李显回朝这一点上与右肃政台中丞吉顼契合,两人不免就多了些交往。一天,吉顼邀他外出赏秋,饮酒期间,吉顼问道:"大人可知朝野如何议论大人的么?"

狄仁杰眯起眼睛抿了一口酒,笑着道:"哦?都说了些什么?"

"同僚们对大人有诸多的不解,论年龄,大人比陛下小,然陛下却常称大人为国老。大人常好面引廷争,为何陛下每每屈意从之?陛下出游,常让大人随行,这又是为何?"

狄仁杰放下酒杯,捋着美髯笑道:"称我为国老,乃陛下宽怀之故;所谓屈意从之,乃谬言耳,非陛下屈从,乃从谏如流也。依我观之,陛下颇有太宗之风。说陛下出游,我必随之,倒是有些言过其实,大人不也常常随陛下出游么?"

吉顼闻言一时语塞,也就一笑了之了。

……

这些回忆,在蒙蒙秋雨中,化为一缕缕阳光,照进他的心苑,让他暖烘烘的。可越是这样,他的心就越是不安。他觉得自己要做的事情太多了,可上苍给予他的时间太少,并州与陛下知遇的情景犹在昨日,他却垂老病榻了。想到此处,两行热泪不由得顺着眼角流了下来。

此时,丫鬟陪着夫人端了汤药进来。狄仁杰欠了欠身子,就皱起了眉头。沈南璆曾说,服三剂即可见效,这都吃了多少剂了,却没有起色,他现今最怕闻的就是药味。

智慧过人的狄仁杰在病中俨然一个孩子,竟然拒绝服药:"端下去,自今日起,老夫不吃药了。"

丫鬟闻言很为难,回头看了一眼老夫人。

夫人接过药盏,莞尔一笑道:"哪能不吃药呢?老爷不是期盼着还能为朝廷做事吗?没有好身子,这就是一句空话。"

狄仁杰一脸的苦相:"终日服药,心都腻了。"

夫人用调羹舀起一口药汤,递到狄仁杰嘴边道:"老爷不是常常以良药虽苦利于病劝解别人么,怎么到了自己头上就不顶用了呢?喝吧……"

狄仁杰便不好再说什么,夫人则一边喂药,一边又道:"昨日老爷睡着的时候,宫里的武公公来了,说陛下要他来问问老爷的病,需要什么一定及时禀奏,并随时可以遣太医过来。"

狄仁杰不安道："我病卧榻上已属累赘,还劳烦陛下询问,惭愧……"

服罢药,嗽罢口,狄仁杰靠在榻上对夫人道："将陛下赐的紫袍、龟带拿来。"

闻言,夫人不解地问道："老爷又不上朝,要它作甚?"

狄仁杰憨憨地笑了笑道："我就是想看一眼。"

"自己都病倒了,还惦记着紫袍、龟带!"夫人嗔怪着,但还是转身去后堂拿来了。

狄仁杰缓缓地展开紫袍,就看见由武曌亲笔书写,尚衣坊绣的十二个字——敷政木,守清勤,升显位,励相臣,陛下是把自己当作臣僚的楷模来看待的啊!

抚摸着那金色的字,狄仁杰方才平静的心又激荡起来,讷讷道："知怀英者,陛下也。"说着,他就要下床,夫人想拦都拦不住。

"你帮我将这朝服穿上。"

夫人便瞪大了眼睛："老爷这是要干什么?"

"不干什么。"狄仁杰孩子般地笑了,"久不上朝,就想穿上朝服在内室走一圈。"

这一回夫人不依了,泪花涌满了眼眶："老爷也不看看身子成什么样了?人都瘦了一圈,还想着朝事,老爷若是……你叫妾如何向儿子们交代?"

狄仁杰屏退左右,上前轻轻拭去夫人脸上的泪水劝道："你不要太担心,我的病只有我知道。我朝堂一生,如今不能为朝廷尽力,不能为陛下分忧,穿一穿朝服,心里也可以平静些。"言罢,他先自下榻,未料一阵昏厥,差点跌倒。

夫人赶忙扶住："看看,不让动,偏要动。"

"不妨事。"狄仁杰强自笑了笑,仍强撑着穿上紫袍,系上龟带,可才几日工夫,紫袍显得何其松矣,脖颈处竟然露出很多。他伸开臂膀左右瞧瞧,自嘲道,"我身轻如燕了啊!想当初,心宽体胖,陛下让我试衣,还觉得绷得太紧,这下好了……"

接下来穿朝靴,他的脚却半天伸不进去,夫人用手指按了按,竟是一个凹坑,半天回不上来,分明是浮肿了。见此,夫人便再也控制不住自己的情感,捧着狄仁杰的脚放声痛哭："老爷……"

狄仁杰也伤感不已。他们一生相濡以沫,共度艰危,却总是离多聚少。尤其是他被贬到彭泽县的那几年间,夫人日日为他揪心,还要一人承担起理家、教子的责任，虽说儿子们都大了，可仕途险恶，她又怎能不担忧呢？

狄仁杰枯瘦的手抚摸着夫人不再丰润柔软的脊背，多年了，他整天忙于政事，何时给过夫人温暖呢？如今二人终于仿佛夕阳与晚霞相依偎，自己的身体却……他其实早就脚板浮肿了，只是一直隐瞒着，不愿意让夫人知道。现在，夫人既然已经看到了，就不能让家人抱太多的幻想。狄仁杰将脚从夫人的手中挣脱出来，脱下紫袍龟带，重新回到病榻道："你都看到了。"

夫人泪眼婆娑地点了点头。

"好。难得你我得闲，我今日有几句话想说说。"狄仁杰咳嗽了几声，夫人急忙递过热水，他喝了一口，气息平了下来，眼里就满是坦然，"人生譬如朝露，转瞬即逝。神龟犹有尽时，何况人乎？我一生虽无建树，可磊落光明，忠于朝廷，纵死而无憾矣。"

"老爷不要如此，妾受不了……"夫人忍不住抽泣道。

"你也已年过六旬，何以如此不明事理？死生有命，富贵在天，非人所能为之。我今生清风两袖，家无余财，若有不测，你万不可有求于朝廷，一定要节俭、就近葬之。"

"妾明白了，老爷就歇息吧。"夫人点了点头。

狄仁杰喝一口水，继续道："光儿先后陪伴两位太子，颇得狄氏家风，忠贞不贰。光嗣乃老夫亲荐，亦足称职。我唯担心者乃光昭，他入仕时老夫恰在彭泽，少有提示，恐……"

他这一说，夫人倒有了同感。前几天光远从东宫回来，就道外间传狄光昭在魏州任职，官声不佳。她担心夫君，便默默地愁在心底。此时此刻，她仍然无法将这消息告诉狄仁杰，就劝慰道："老爷给朝野百官做了楷模，孩儿们也不会差，老爷放心。"

"但愿如此。"狄仁杰说着，身子疲倦地向后靠去道，"你忙去吧，让我一人静一静。"

雨似乎又大了，隔窗听雨，"唰唰"的声音恰似秋的哀歌，一阵阵地敲击他的心房。今日已是八月十四，明日就是中秋，可看这天气，怕是不给世人赏月的机会了。往年的这个日子，他要么陪伴皇上去通神宫祭月，要么在后花园与家人静坐。也许真是上天有情，看他躺在榻上，便将这月也藏在云雨中了。本来平日不大作诗的他，此刻也百感交集，便随口吟道：

枕上思来秋又半，年年此日共团圆。

青天已误嫦娥老,碧海难归玉兔寒。

醉时犹有冲天志,醒后还为种豆倌。

我欲乘风步云汉,几回雪鬓芦羽间。

狄仁杰反复吟诵几遍,又在腹中改了几个字,才唤来书童代他将之书于纸上。

书童伏在案头铺开稿纸时,暗暗打量眼前的狄仁杰,他哪里还有在彭泽时的潇洒和朝气?脸色蜡黄而发亮,那是浮肿的痕迹;两鬓间的白发如冬日的雪花,蒙着生命的萧瑟。他禁不住泪涌心痛。狄仁杰见状笑了笑道:"你跟着老夫十数年了,总该学得坚韧些,男子汉,不可轻易流泪。"

书童"嗯"了一声,忙低下头写字。

看着书童一字一句地将诗落在纸上,狄仁杰忽然觉得很疲倦,闭上眼睛,就进入了梦乡。

暮色降临时,狄光远从东宫回来了,他先到母亲房中请了安,又到父亲的病榻前,见狄仁杰痴痴地看诗稿,唤了一声"父亲",就跪在床前了。

"回来了?"

"嗯!孩儿向父亲请安。"

狄仁杰向儿子点了点头,示意他起来说话。狄光远坐在床前,便说道:"明日中秋,皇上特遣太子、张柬之大人和武三思到府上探视父亲。"

"唉!"狄仁杰皱了皱眉头,"老夫病疴缠身,不能为陛下分忧,已属惭愧,又怎么敢劳动太子殿下前来探视?你该奏明陛下才是。"

"孩儿也曾面奏太子,可皇命如天。此乃陛下恩典,父亲也不必推脱。"

狄光远说着给父亲倒了一杯热茶,就准备离开,狄仁杰却在身后叫住了他,问道:"有光昭的消息么?"

狄光远愣了一下,转而笑道:"昨日见到从魏州回来的朋友说,昭弟在魏州官声甚好,百姓称赞说有父亲的风范。"

"他就不能比老夫做得更好些?老夫一生庸碌,何来风范?百姓这样说,你等不可以如此想。"狄仁杰显然对儿子的回答不够满意。

应完父亲的问话,狄光远便仓皇地逃到母亲房间,他忍不住心头郁闷,便将狄光昭在魏州贪婪残暴,民怨沸腾之事都禀告给了母亲:"母亲不知道,百姓由光昭而迁怒父亲,将当年为父亲修的生祠都毁掉了。"

狄夫人听着听着,眼睛就发直了,狄家一门忠烈,为何就出了这个孽障呢？她双手在膝盖上来回摩挲，问道："此事你父亲知道么？"

狄光远摇了摇头。

"远儿，你父亲的病看来是积重难返了，眼下这个关头，只能让他高高兴兴地过好每一天。他要知道了，恐怕活不到重阳节。"

"也不要让你妻子知道。"狄夫人反复叮嘱。

第二天天刚蒙蒙亮，狄光远已经起身，匆匆地洗漱之后，骑马赶往东宫了。

雨虽是住了，然天空仍然阴沉沉的。因为太子要莅临府上，狄府上下就显得分外忙碌。狄夫人吩咐府役、丫鬟们洒扫庭除，布置客厅，又用香熏了狄仁杰的房间，等一切准备就绪，已是巳时一刻了。其间狄仁杰几次欲图到府门前迎接太子，都被夫人苦苦阻拦了，他便只好在病榻上长吁短叹。

巳时二刻，太子的车驾到了，警跸和禁卫很快在周围散开，李显被王晖扶着下了车子，武三思、张柬之和太医沈南璆紧跟在后面。狄夫人与府上人等呼啦啦地跪倒了一片，异口同声道："恭迎太子殿下。"

李显不见狄仁杰接驾，想必他真是病重了，便忙道："老夫人平身，快引我进府探视狄老。"

"还是先请殿下到前厅用茶。"狄光远及时赶到李显面前道。

"先不必用茶，直接到后堂探视狄老。"李显摆了摆手，转身又对王晖道，"命宫娥、公公们在府外等候，你与梁王、张大人随我一同进府。"

"老臣遵旨！"王晖说着，与狄光远一起在前面导引，一干人跟随狄夫人来到后堂。

落座后，狄夫人吩咐丫鬟奉茶，却再次被李显拦住道："夫人进去通秉狄老，就说中秋佳节，我与几位大人来看他了。"

一言未了，却听见内室传了狄仁杰的声音："微臣一恹恹病夫，劳殿下大驾，真是折杀微臣了。光远，扶老夫出去拜见太子殿下。"

李显站起来就要去内室，被狄夫人急忙拦住道："若是这样，老爷回头会埋怨老身的，君臣有序，他要出来，就让光儿扶着得了。"

狄光远进到内室，看到父亲颜面浮肿灰暗，尤其是在为他穿鞋时脚都伸不进去，情知父亲已是病入膏肓，禁不住伤心落泪。狄仁杰忍住泪水，小声训道："朝廷命官，岂能轻易落泪，快扶老夫出去见殿下。"

狄光远掀开门帘时，狄仁杰奋力推开儿子，虽然步履蹒跚，却面带笑容地出现在李显面前。李显眼快，生怕他跪下，忙抢上前去拉着狄仁杰的手道：

"陛下有旨,大人进宫不拜。我当遵陛下旨意,狄老快坐吧。"

待大家都坐定后,李显命王晖送上中秋节礼品和武曌亲书的烫金匾额"厥功卓异"。

望着金光闪闪的大字,狄仁杰大汗淋漓,气喘吁吁道:"臣不过……尽了臣子的职责而已,何功于朝廷?陛下过誉,令臣惭愧之至。"说完,他便坚持不住,疲惫地靠在座椅上闭上了双目,众人见状,又将他扶进了内室。

这情景让李显十分揪心,忙传沈南璆为狄仁杰诊脉。沈南璆感觉与前些日子相比,其脉象沉微,如丝线应指,微脉极软而沉细,沉者重按筋骨乃得,像投水如裹砂,内刚外柔,脉细直软,举手无有;再望脸色,但见面颊潮红;大汗湿透内衣,手足厥冷……他的心就一个劲地往下沉。此病放在狄仁杰这样刚强的人身上,尚能支撑到今日,若是意志脆弱者,早已驾鹤西去了。

沈南璆松开狄仁杰的手腕道:"大人稍待,下官这就去开药。"

李显见沈南璆诊毕,急不可耐地问道:"大人病情如何。"

沈南璆看了看周围,对李显道:"请殿下、夫人与几位大人到前厅,微臣有事禀奏。"

然而,武三思却道:"既有殿下做主,我就在这里陪伴狄大人。"

当外室只剩下府令和书童时,武三思道:"你等也退下,我与狄大人有话要说。"

府令和书童正迟疑间,却听内室传来狄仁杰的声音:"王爷既是有话要说,你等退下就是。"

"夫人吩咐,要小人小心伺候大人,不可须臾离开。"府令应道。

"梁王奉旨前来探视,你等有何疑虑?还不退下。"狄仁杰说完,好一阵咳嗽。府令和书童便不忍拂逆了狄仁杰的意思,便出了外室。

狄仁杰喘了一口气道:"下官病体难支,王爷有话,不妨进内室来。"

武三思便起身来到内室,看着狄仁杰,他一脸的忧郁道:"昨日陛下宣我进殿,说起大人病患,忧心如焚,特意要我陪太子殿下前来探视。陛下言道,大人采薪正忧,纵有多少不快之事,亦不可在大人面前提起。"

狄仁杰听出武三思话里有话,回想昨日狄光远回来,问到狄光昭境况,他也是吞吞吐吐,闪烁其词,心里顿时起了疑云,便勉强支起身子问道:"发生了什么事情?"

"少将军没有禀报?"武三思显得很惊异。见狄仁杰摇了摇头,他又显出为难的样子,"既然少将军未说,我也不便言明,大人还是歇息吧!我到前厅去听沈太医的诊断。"言罢，他起身要走。

狄仁杰拉住他的衣袖道："王爷是要急死下官么？"

武三思便不得不转身再度坐下道："我实在不愿意说出事情原委，一则因为陛下有旨，为臣者不可违背；二则，大人在病中，此事又牵涉大人家事。可我生性直率，不忍看大人急痛攻心，只好实言相告。大人听了千万要挺住，不可往心里去。"

武三思这样一说，狄仁杰更是急杵捣心，连道："下官多少风雨没有经见，王爷就快说吧。"

"光昭触犯刑律，陛下降旨将其拘拿司刑寺了。"接着，武三思便一股脑儿将狄光昭在魏州司功参军任上，利用考课、祭祀、礼乐、学校、选举、表疏、医筮、考课、丧葬等职务之便，贪贿暴敛，民怨沸腾，以致百姓毁掉了狄仁杰的生祠等说了出来。其实这也是他此行的目的，他就是要风烛残年的狄仁杰明白，他自己一生刚直不阿，屡惩贪贿，可他的儿子却毁了他的一世英名。

他的话音刚落，狄仁杰就怒骂"逆子"，一时间脸色铁青，"啊"的一声喷出一股鲜血，仰面倒在榻上昏迷过去了。

武三思伸手到狄仁杰的鼻翼间试了试，发现他已气绝身亡，便冷冷地笑了笑，转身对着外面大喊："来人啊！狄大人……狄大人……"

府令和书童闻言冲了进来，武三思"悲怆"地摇了摇头道："狄大人薨了！"

府令和书童一时悲痛交加，伏在狄仁杰床前放声大哭。狄光远闻听后堂哭声，猜想一定是父亲病危，便转身疾步来到内室。书童听见身后的脚步声，回过头就扑在狄光远的面前："将军，老爷……"

狄光远推开书童，趴在父亲的床头，撕心裂肺地呼唤："父亲！你怎么了？"

哭声惊动了前厅的人们，沈南璆一听便道："不好，大人不好了。"

一干人来到后堂，见武三思正在劝解狄光远。狄光远在狄仁杰的遗体前行了三叩九拜大礼，然后站起来，狠狠地质问武三思道："你对父亲说了什么？"

狄光远眼里充血，看上去十分恐怖，武三思惊恐地后退道："你想怎样？我可是奉陛下旨意来探视的。"

狄夫人赶到后堂时，正看见狄光远与武三思对峙，忙擦了擦泪水喊道："太子殿下在此，远儿不可无礼。"然后转身又道，"让殿下受惊了，老身乞殿下恕罪。"

李显的眼睛有些潮湿："老爱卿百年归寿,尸骨未寒,你等就在此龃龉,让他在天之灵何以安息?"

张柬之也上前劝道："当此之刻,纵有多少恩怨亦当渐息。此事须及时禀奏陛下,安置灵堂,启动治服素事。"

听了众人的劝告,狄光远的怒火这才平息,他扶母亲到卧房歇息,又吩咐府令率全府上下布置灵堂,披挂素帷、素帐,陈列祭祀礼器,分发素丧服,声钟给赙,告知朝野。

李显、武三思、张柬之在吊唁之后,便一同进宫向武曌禀奏去了。

用过午膳,武曌只留张尚宫一人在身边,便歪在榻上小憩了。虽然天空浓云密布,但朝廷欢度中秋的宴会正按部就班准备着,自大清早起,尚食局、尚衣局就忙碌开了,这个中秋盛典无论是精彩程度还是规模都要超过往年。

四海睦邻,域内升平,使得武曌心中的月亮比之九霄之上的月亮更加皎洁清朗,银辉万里。她必须抓紧时间休息,好把精神和兴致留给融融月色,留给君臣同乐,留给她与张昌宗和张易之的依偎。

一旦掩上大殿的门窗,那啾啾的鸟鸣,筝笙的吹奏,便都远去了,她和张尚宫只说了几句话就进入了梦乡。她在梦中看见了狄仁杰,他依旧和颜悦色,依旧风度翩翩、美髯飘飘,只是眉目有些模糊不清,既是他自己,又好像是娄师德,仿佛风尘仆仆地巡察回来,又仿佛匆匆地离京远去。狄仁杰告诉她,他即将远行,到昭陵去拜谒太宗皇帝,去探视章怀太子,去乾陵陪伴高宗。她要他留下来,辅助她打理朝政。他却推辞,说一代新臣已脱颖而出,姚崇年方中道,慧心巧思,张柬之精明智慧,七行俱下,臣老矣,当归仙山。随后,狄仁杰向她施了一礼,转身飘然而去。她的眼前只有重峦叠嶂,千山万壑。武曌一激灵,睁开惺忪的眼睛,问张尚宫道:"狄爱卿刚来过了?"

"启奏陛下,没有人来。"张尚宫摇了摇头。

"奇怪!朕明明看到狄爱卿来向朕辞行。"武曌打了一个呵欠,忽地就有了不祥的预感,一定是狄仁杰的病加重了!她一下子就坐了起来,再一次问张尚宫,"可有狄爱卿的病情禀奏?"

还没有等张尚宫回答,武钦便在殿门外奏道:"太子殿下、梁王殿下和秋官侍郎张柬之大人求见。"

武曌情知一定是狄仁杰的消息,忙道:"宣他们进殿。"

李显一进殿门，就喉头哽咽道："陛下，狄爱卿他……"一言未了，已是泣不成声了。

武三思接着李显的话说道："狄大人已于今日午时三刻薨了。"

武三思没有听到回应，待他定神一看，原来武曌已昏厥在榻上，人事不省了。张尚宫顿时慌了，俯下身子抱着武曌，贴着耳朵呼唤："陛下！陛下！"

李显见状，一面要武钦速去太医署传太医，一面上前用力按武曌的人中，过了好一会儿，武曌才醒转过来，发出悠长的涕泣："上苍啊！你是要降罪于大周么？去岁娄爱卿离朕而去，如今狄爱卿又复殒薨，朝堂空矣！"

李显跪在武曌面前，涕泪怆然："陛下节哀，狄大人乃积劳成疾，身染肺痨，咯血而去。"

张柬之呈上一张诗稿和一道写了一半的奏章道："此是在狄大人病榻前发现的。"

武曌接过诗稿，反复看了几遍，心益发地绞痛，尤其是最后两句："我欲乘风步云汉，几回雪鬓芦羽间。"曾经的风华正茂，曾经的踌躇满志，皆如烟云，还没有来得及品味，已是白发苍苍了。这短暂而又漫长的人生，如梦如幻，那种同龄人之间的同感涨满胸臆。她再看那道奏章，狄仁杰赫然列举出天官侍郎、同凤阁鸾台平章事张锡选官受贿，提请她此风不可蔓延，那"政风之腐，社稷之危"八个字是狄仁杰最后留给朝廷的话。

武曌情感的堤坝被强烈的悲痛拉开一道裂缝，她已顾不得臣下的目光，且泣且诉，每一个字都浸着殷红的血，都承载着数十年来君臣之谊——

嗟乎！汾水汤汤兮，苍山莽莽；惟君而独秀兮，出太行以脱颖。幸吾归乡而欣遇兮，睹风采以俊逸。上尊君而效命兮，下爱民而宽惠；政令教化以安良兮，执行罚以除暴。人谓河曲之明珠兮，曰东南之遗宝。思仪凤之春荣兮，涉洛水而入神都。为政而清廉兮，知无欲而骨刚。理积案而呕心沥血兮，乃拨乱而为正；朝野以为神兮，惟朕知之甘苦。

嗟乎！江水泱泱兮，彭泽衮衮。念君之俊杰兮，惟德而是蹈。常勤政而不寐兮，忧民生之多艰；免租赋而施甘霖兮，以朝恩而远播；兴农桑之为本兮，趋四时而耕耘；重人文而化育兮，省刑罚而劝善。处江南之远兮，殷殷以怀君；据神都之殿宇兮，夙夜劳而为公。

嗟乎！漳水浩浩兮，燕山巉嶻。怀君之忠贞兮，惟皇命而是赴。契丹陷冀州兮，河山而为之震动。卿临危受命兮，慷慨以负重。安民心而归田兮，敌闻之而遁逃。疆场识将而至爱兮，感化之而善用；朝堂荐才而度量若海兮，品兰而足为楷模……

嗟乎！洛水深深，嵩山嵯峨。失君而朕痛兮，泪潸潸而盈袖。悲圣朝而丧砥柱兮，叹朝堂以为空。国有难朕与谁共商兮，望孤星而寂寥……何日君归来兮，与朕而醉饮……

武曌的声声泣血让在场众人魂魄感荡。张柬之深为狄仁杰与武曌之坦荡默契的君臣之谊感动，忙从案头拿了笔墨，将这记了下来。

武曌说完这些，身子再也支撑不住。武钦和张尚宫上前，扶她到榻上歇息。随后，张柬之又上前奏道："陛下之文，叙狄公之伟绩，吊忠烈之英灵，情真而词彩，意深而思邃，臣请将之作为狄公殡葬祭文。一则彰陛下恩德，戴天履地；二则，为朝野树立楷模。"

武曌睁开泪眼点了点头："传旨下去，罢中秋庆典，罢官民游乐，罢丝竹之律，举城致哀。"

张柬之十分理解武曌此时的心境，去岁娄师德、今岁狄仁杰的相继离去，对她的打击太大了。

李显因其坎坷的经历，自然对狄仁杰倍加感戴，上前道："陛下悲伤过度，凤体欠安，儿臣奏请为狄大人亲笔丹书。"

"好，狄公在天之灵，当瞑目矣。"武曌声音微弱地回应道。

武三思这半晌却一句话也没有说，武曌对狄仁杰之死的悲痛让他十分吃惊和不解。在他的记忆里，武承嗣殒薨时，皇上也只是哀白发人送黑发人之伤，并没有如此一泻千里的倾诉。他之所以选择沉默，是因为他清楚，是他加速了狄仁杰的去世。

"陛下，狄大人殒薨乃举国之殇。微臣以为，陛下应颁布制令，命朝野臣僚前往吊唁。"武三思思虑了一下便提出了这个建议。

"好！命知制诰草拟制书，宫中誊抄数十份，在宫内外广为张贴。"

果然，这话也打消了李显对武三思的疑虑，他想，也许是岁月磨平了人与人之间的恩怨，让武三思也渐次澄澈了吧。

洛阳城东二十里的白马寺山门外、邙山之阳新起了一座极不起眼的坟冢，远远望去，也就是新土堆起的一个土丘，与生者生前的地位和政绩相比，有一种相形见绌的寒酸。这让曾将他视为师长的姚崇和张柬之受到强烈的震撼。十一月二十五日，在狄仁杰去后百日之际，两人乘马来到坟前，献了供品，燃化了纸钱，默默地站了许久。

张柬之感慨道:"老夫虽与狄公同龄,可论起做人,不能望其项背。今后唯有效公之松风竹节,多为朝廷效力,方不辜负提携之情。"

姚崇更是感慨:"生如邙山之嵯峨,去如抔土之无声。大人品节,怀瑾握瑜,我辈高山仰止啊!"

之后,两人说起皇上与狄仁杰之间的君臣默契,都禁不住为之动容。

"从来刚强的陛下这次一连数日不上朝,真是前所未有啊。"张柬之道。

"泱泱大唐,皇皇大周,为相者以百人计,然前如魏徵,今如狄公之诤臣而主爱者,凤毛麟角。"姚崇也感叹道。

他们说的是实情,狄仁杰的辞世,让武曌心中的月亮缺了一大块,久视元年的中秋便不再有团圆之意。然而去者长已矣,生活还得继续。十月十三日,皇上下旨,罢免了韦巨源的纳言职务,任为文昌右丞,而以文昌右丞韦石安为鸾台侍郎、同凤阁鸾台平章事。

韦石安的父亲曾是大业年间的民部尚书,因此他也是望族之后。只是在文昌右丞任上,一向淡泊宁静,故而朝臣少知其详。他上任后的第一个拜见对象,不是武氏兄弟,也不是二张,而是姚崇,而且言谈举止中,他对二张也表示出明显的不屑。姚崇当时虽然给予了不置可否的回应,但他很喜欢这个人,便道:"这个韦石安为人还算正直。"

张柬之眉头一扬:"大人说的是宴上抗张之事么?"

"哦!原来大人也知道此事。"

张柬之笑了笑道:"于此可见一斑。"

原来是有一次,武曌在宫中设宴,与二张兄弟、韦石安同饮,宴后以下棋为乐。然而,当韦石安看到张易之带了一位商贾进来时,就不依了,起身向皇上奏道:"商贾贱类,不应得与此会。"并命左右将其驱逐出宫。张昌宗、张易之不由得怒形于目,陪侍在旁的武钦也顿然失色,担心武曌动杀机。孰料皇上竟当着大家的面称赞他为人刚直,为言率真,还赏赐了绢帛五十匹。

"此事也足见狄公对陛下影响之深。"姚崇深有感触。

两人说着话,便拨转马头朝回走,却见一身孝服的狄光远从墓侧的茅棚中出来了。

被恩准丁忧的狄光远泪水涟涟地向两位大人行礼,邀请他们到附近的镇子饮上几杯:"李多祚、李楷固、骆务整三位将军刚刚离开。父亲在病重时曾经反复叮嘱,他身后不许铺张,不许抛开公务祭奠,只要我们兄弟怀忠义之心为朝廷效力,他就会含笑九泉。因此,大哥一大早祭奠之后,又去地官署了。"

张柬之、姚崇一听，又是一番感慨："难得几位将军如此重情义，难得狄公一生活得如此明白啊！"说着，二人便谢绝了狄光远的邀请，打马回京了。

二人刚刚驰上阳关道，就远远瞧见前面有一队人马，想来就是三位将军。张柬之心头油然升起一种预感，也许在将来的某个要紧时刻，他们会成为朝廷的砥柱中流。

大约午时一刻，李多祚、李楷固、骆务整和他的卫队进了建春门，行走在熙来攘往的街道上。李多祚虽然出身靺鞨族，可多年在朝廷供职，对廉吏们心存百姓的情怀感知甚多，每每效仿于行。因此，他的军队所到之处，从来秋毫无犯。特别是在与契丹的战事中，他的部属与武懿宗之属形成鲜明对比。为此，班师回朝后，狄仁杰多次在皇上面前对他称赞有加，此事也令李多祚一想起来就铭感五内。他觉得，自己唯一能回报的就是将军队管好、带好。

怀着这样的心情，在即将入城之际，李多祚便下令卫队缓缓而行，绝不允许对道边的行人、幼童呵斥、打骂。

建春街的百姓们对这支队伍的有序规整投以欣喜、敬仰的目光。李多祚、李楷固和骆务整相视而笑，一脸的温暖。

前面就是天津桥，过了桥，再往前走，就是府兵军营了。可他们却突然被一支旗帜林立的队伍拦在了桥北的半坡。

"怎么回事？"李多祚吩咐侍卫队正道，"前去查看何人如此盛气凌人，竟然旗幡塞道？"

三位将军的队正来到桥上，对走在前面的将军施了一礼道："右羽林大将军，左玉钤将军、燕国公，右武卫将军于此经过，请将军让道。"

"呵呵，口气不小！"那披甲戴胄的旅帅笑道，"你也不看看这是谁的车驾？若是识相，就赶快让开，免得伤了和气。"

"今日让了道还则罢了，若是肆意横行，那先问问爷的刀答应不答应。"三位队正见旅帅一脸狂傲，气就不打一处来，交换了一下眼色，"嗖"地拔刀出鞘，摆开迎战的姿态。

旅帅也不让步，朝身后的禁卫喊道："来人，将这伙贼徒拿了。"

顷刻间，眼看一场厮杀就要发生。李多祚、李楷固和骆务整久等不见队正归来，匆匆赶到桥头，就对着自己的部属怒斥道："不得无礼，还不退下。"

对峙也引起了车驾中太平公主的注意，她也下得车来，呵斥随员不懂礼仪。

　　旅帅遭了斥责，立刻霸气锐减，懊丧地退到一边。三位将军见是太平公主，忙上前施礼道："都是属下无礼，让公主受惊了，还请恕罪。"

　　"一时误会，将军海涵。"太平公主莞尔一笑，接着眉头一转道："有道是遇得早，毋宁说遇得巧。我早听说三位将军威名，总想请到府上叙话，不想今日桥头偶遇，此乃天意。将军若是赏光，就请到前面通神宫旁的飞凤楼小坐，意下如何？"

　　李多祚、李楷固和骆务整对看了一眼，忙道："多谢公主盛意。"

　　飞凤楼坐落在通神宫西面，因官吏常于闲暇之际来此小饮，生意倒也兴旺。一干人来到楼前，见那"飞凤楼"三字笔力雄健，飘逸风流。识别落款，原是已故吏部尚书裴行俭所题，时间是调露元年(公元 679 年)，看来是有些年份了。店家见是太平公主，热情地迎到二楼雅间，君臣分次序坐了。

　　店家捧着菜谱，询问大家想吃些什么。太平公主也不看菜谱，便对店家道："菜肴拣最好的上，酒就喝永徽玉液。"

　　三位将军彼此看了看，虽然没有说话，但心里就生了疑问。当下酿者为了表示忠于大周，避免带来灾祸，纷纷改酒名曰"仪凤""丹桂"等，而太平公主却点了与"唐"有关的酒，究竟这是临场触机还是有意为之？

　　不一会儿，酒菜上齐，太平公主以主人身份举杯在手道："契丹叛乱平定，皆三位将军之功，我先敬一杯。"

　　三位将军齐刷刷地站起来道："我军大胜残敌，乃陛下神威。谢公主！"

　　三人又一一回敬，太平公主笑道："三位将军的酒我是一定要喝的，其间含着忠义，含着韬略，饮之畅意。"

　　酒过三巡之后，眼看着太平公主两颊泛红，灿若霞绯，一双凤眼润泽生光，话也多了起来，句句都充满了对高宗的追念："遥想当年，先帝视我为掌上明珠，拥之怕摔，含之惧化，每日回到宫中，只有看到我才用膳。记得我七岁时，患病在榻，父皇竟然罢朝三日，终日守在身边，直到热退病去，才愁容大展。先帝驾崩，我……"

　　下面的话她没说，但将军们已看到太平公主的眼泪像断了线的珠子似的流了下来。她举起酒杯，饮下一杯酒，接着说道："我兄妹五人，皆陛下所生，而今大哥二哥去了，唯余太子、相王与我三人。可夜阑人静之际，总是忘不了童梦快意……我娇蛮，凡是喜欢占先，大哥宽仁，总是让着我。记得有一年，兄妹几个以投壶为戏，二哥投八中七，我投八进三。我不依，大哥即让再投，直到赢了他们……"

太平公主的话说到这里，又打住了，说起另外一件事情："当今太子乃我兄长，李氏血脉，还仰赖各位将军辅佐……"

众人闻言面面相觑。

待了一会儿，太平公主抬起头，又眯起丹凤眼看着三位将军问道："你们忠于朝廷么？若陛下与我有事相约，可愿从命？"

见状，李楷固附在李多祚耳边道："公主喝醉了。"

李多祚点了点头道："某等不才，然公主者，陛下之至爱，依礼乃君，末将乃臣，敢不从命？"

"好！"太平公主站起来，身子有些摇晃，"君无戏言，臣亦应有真言，我相信诸位的话是真的。"

这时候，武钦从楼下急忙上来道："公主，陛下急传您回宫。"太平公主这才在武钦的搀扶下下了楼。

三位将军似乎明白了什么，却又一时说不清。

第十八章

念旧犹牵新疑案　飞雪怎释爱恨情

狄仁杰去了，武曌忽然觉得自己真的老了，许多事显得力不从心。虽每夜都要二张兄弟侍寝，却又总是很挑剔，找了各种理由责备他们无法让自己适意，弄得二张很是提心吊胆。她这种情绪在朝堂上也未能控制，每逢议事，她总是喜欢以狄仁杰为标尺，动辄责备众臣不思治国，不谋理政，不致邦交。有一天，她甚至直接指着武三思的鼻子怒斥："你等有狄公三成，为政岂能无绩，驱敌岂能不胜，治家岂能不齐？"

狄仁杰怎就成为风范了？他的儿子不是被陛下您抓进牢狱了么？武三思心中不服，暗自心语。但他的表情并没有逃过武曌的目光，她又继续指斥道："你不要心存不服，狄怀英虽有一子纨绔，然两子皆国之忠良。你当以狄公为楷模，洗心革面。"

"臣谨遵陛下旨意。"

武三思言毕，起身就要离去，武曌又叫住他问道："崇训近日境况如何？"

武崇训是武三思的儿子，与太子长子李重润同庚，只小几个月。李显从房州回京后，为消除陛下疑虑，将女儿永泰郡主嫁与武承嗣长子武延基。从此，武崇训因与堂兄叙话、游猎之故，常常出入于魏王府中。在那里，他与安乐郡主李裹儿一见钟情，两人常常借探亲私下幽会。据武延基说，近来两人几乎每隔一日就要见一次面。武三思真担心这样下去，会弄出宫廷丑闻来。

可现在，面对武曌的不悦，他没有胆量求皇上将安乐郡主许与自己的儿子，只是回道："崇训近来习武读书，还算上心。"

"你等在朝为官多年，朕更为牵系者乃孙辈。《礼记·大学》曰，'欲明明德于天下者，先治其国；欲治其国者，先齐其家，欲齐其家者，先修其身'，崇训年已十九,该懂些礼仪,须严加管教才是。"

"臣一定不负陛下期待,为武氏光耀门庭。"武三思立即点头表示。

出了瑶光殿,武三思没有回府上,而是直接到了奉宸府,恰遇张昌宗、张易之兄弟在署中。他们看见武三思,便起身迎道:"梁王到了。"

等三人坐定,张易之命府役给武三思上茶:"王爷从何处来?"

"从瑶光殿来。"武三思告诉他们,接着就将方才瑶光殿皇上如何以狄仁杰为衡尺,对自己多所指责,又要他严教孙辈的事前前后后述说了一遍。末了,他迷茫地看着张易之道,"一个狄仁杰为何让陛下神不守舍,精神恍惚呢?看我等鼻子不是鼻子,眼睛不是眼睛的。"

"谁说不是呢?"张易之也附和道,"陛下近来对我和昌弟也是横挑鼻子竖挑眼,弄得我等一看见太阳西沉就提心吊胆,生怕步了薛怀义后尘。"

"王爷来之前,我兄弟正为如何让陛下高兴起来发愁呢!"张昌宗也是心有不安。

武三思可算是找到了知音,三人苦思冥想半日,张昌宗忽然心生一计:"陛下不是信佛么?"

"那又怎样?"张易之茫然道。

但武三思却一下子被点开了窍,眼睛立刻闪烁出光彩,他将茶杯置于案几,在室内踱着步子,等他在二张兄弟面前站定的时候,前些年的往事便一一浮上心头:"垂拱四年,堂兄承嗣为了博得陛下欢心,曾经花钱雇人在石头上刻了'圣母临人,永昌帝业'八字,促成武周革命。今若能以佛天之意,昭示国之昌运,社稷之固,陛下定会凤颜大悦的。"

经他这一说,张昌宗立马附和:"当年薛怀义造巨佛像,我等何不造巨佛足迹,以为瑞兆?"

"此计甚妙!"武三思欢快地击节。三人当下商议,由张易之出面,矫武曌口谕,从司刑寺牢狱提出三百刑徒,在狱外墙角造巨佛足迹。再以舆论喧之,这必然引起皇上关注从而冲淡对狄仁杰的追念。

第二天,张易之到了司刑寺,见到司刑少卿杜景俭,便宣达了武曌近日要驾临司刑寺的"口谕":"请杜大人依照陛下口谕,集刑徒三百人于狱外墙角整修御道。"

杜景俭宦海一生,饱经风霜,对张易之所言将信将疑,可他也素知皇上向佛,加之刚刚降职,而张易之又是皇上男宠,亦不便当面阻拦。不一会儿,杜景俭就找来一位狱吏,要他于日内提供伏法、服管的刑徒名单。张易之要狱吏近前来,耳语几句后又大声道:"你若是能够秉承陛下旨意,修好御道,本官当奏明陛下,擢升厚赐。"说完,他便起身告辞。

杜景俭也没有挽留,只当着张易之的面要求狱吏精心筹备,悉心施工,使之成为社稷祈福之举。

狱吏出了司刑署,心中暗喜,于当日下午选择了三百刑徒,造出名册,送杜景俭审看。这一会儿,杜景俭的思维已经完全转换过来了,想当年狄大人在彭泽时不也命狱吏带上嫌犯到田间收割过稼禾吗?是的!他们闲着也是闲着,何不为国家做些事情呢?

看罢名册,杜景俭问道:"刑徒中可有冥顽不灵,肆意性恶的?"

狱吏忙回道:"所选罪犯皆伏法认罪,在牢狱内循规蹈矩。"

杜景俭满意地点了点头,叮嘱道:"一定要提高警觉,不可掉以轻心。"

暮色降临之际,狱吏吆喝刑徒们在院内集合,分发器具,然后在狱卒的押解下来到狱外,开掘足型沟穴,长约五尺,深约五寸,宛若巨型足迹。

刑徒中有好事者问监工的狱卒道:"敢问大人开此沟穴作甚?"

狱卒按照狱吏事先的安排道:"随我至内间说话。"

不一会儿,那好事者回到刑徒中间,暗中将狱吏所言一传十,十传百,不一会儿三百人便都知晓了密语,而且获得了事成之后对他们大赦的承诺。

正月初三夜间,忙于祭祀和贺年的朝臣们才松了一口气,安心在府上与家人团聚。半夜,司刑寺牢狱外却传来几百人异口同声地惊呼。狱卒明知缘由,却佯装不知,出门问道:"发生了什么事情?"

刑徒们纷纷道:"夜色中有一圣人出现,身长三丈,面作金色,言说吾等冤枉,无须怕惧。天子万年,即有恩赦了吾等。"

"空口无凭,何以见得?"

那个好事者便忙站出来道:"大人若是不信,小人引您去看。"

刑徒引领狱卒来到墙角,指着事先挖好的巨大足迹道:"小人正要谒见大仙,孰料他一顿足,跃上天空,只留下这脚印。"

"原来神话是可由人造的。"狱卒低头看了看,心中暗笑,但面对刑徒,还是煞有介事地要他们看护好脚印,自己则径直奔司刑寺禀告杜景俭去了。

正月初五一大早,武三思驱马一百四十里,来到坐落在石淙河畔的三阳宫,对守候在殿门前的武钦说有要事向皇上禀报。

"皇上正与奉宸令兄弟在殿内呢,待老臣禀奏。"武钦说罢,转身面对殿门轻轻喊道,"启奏陛下,梁王求见。"

"让他在塾门等候。"里面传出武曌懒洋洋的声音。

来到塾门，武钦命宫娥向武三思奉了茶："王爷且在这里少待，老臣这就去伺候陛下起身。"言罢，他就进了正阳殿。

武曌已穿戴整齐，正襟危坐在大殿内，张氏兄弟分侍两侧。看见武钦进来，武曌便问道："今逢破五，梁王不在府上与家人团聚，到此何事？"

张昌宗一听说武三思来了，断定几人的合谋已成，忙在旁边怂恿道："王爷此时来见，必是有无法拖延的要事，陛下还是宣他觐见为宜。"

"朕欲宁静几日都不能！宣他来见。"武曌皱了皱眉头。

武钦道一声"遵旨"，便回身来到殿门口喊道："陛下有旨，武三思觐见。"

在进殿的那一瞬间，武三思的目光迅速地与二张碰在一起，彼此不经意地相互点了点头，武曌丝毫没有察觉。

行过礼后，武三思就把巨佛足迹之事声情并茂地述说了一遍。他一边说，一边暗暗打量皇上的神色，当他发现武曌目光炯炯，口唇半日合不拢时，就知道皇上是听进去了。

果然，武曌惊诧地问道："真的有大仙降临？"

张易之在一旁煽动道："陛下，梁王所奏当不会虚。然狱吏所奏难免有出入，陛下若是亲往察看一番，真伪自知。"

"我佛慈悲为怀，也许是'天堂'大佛归来了呢。"武曌沉思片刻，转身对张易之道，"传朕旨意，明日起驾去现场。传各位宰辅同往。"

……

站在巨佛足迹前，武曌整个身心都沉浸在佛光中了，她相信，虽然再塑巨佛的动议因为狄仁杰的拦阻而搁浅，可她的诚心佛祖是领会了，故而才在这一年之初降临神都。她只是非常遗憾，竟然与佛失之交臂，无缘礼拜。她冥冥中有种感觉，此时，巨佛就在云端看着她，而她的心顷刻间获得了一种皈依，一直以来因狄仁杰去世的悲怆心境也变得明朗多了。

武三思见状，上前建议道："佛赐巨迹，乃圣朝之瑞，社稷吉祥之兆，臣奏请改元大足，大赦天下。"

凤阁侍郎、左肃政台御史大夫魏元忠近前仔细查看足迹周围，发现有新土残迹，心中便起了疑窦："臣闻汉景帝年间，有方士曾在殿门外阶陛间埋玉诳主，事情败露，景帝怒而杀了方士。臣今见土质尚新，疑为人掘之，请陛下明察。"

秋官侍郎张柬之也道："改元久视，刚刚一年，又复改元，多有不便。"

　　张昌宗对两位宰相的话很不以为然，他年轻，又深得皇上恩宠，说话难免张狂："听两位大人的口气，是对我朝改元频繁颇有微词，亦即对陛下心存腹诽了。臣以为逢吉改元，乃天意民心，两位大人之言违天意，悖民心矣。"

　　这不是借皇上的势威胁臣僚么？魏元忠气不打一处来，正要发作，却被姚崇的眼色拦住了，他微笑着对张昌宗道："二位大人所言，即臣子牵萦社稷之故，并无政见相歧一说。臣以为改元未尝不可，吾等皆遵行陛下旨意。"

　　他的话立即获得了凤阁侍郎、同凤阁鸾台平章事张锡，新任鸾台侍郎韦安石、复任凤阁侍郎、同凤阁鸾台平章事苏味道的赞同。

　　于是武曌当场下旨："由司常寺、司宾寺共同拟定，改元大足，大赦天下。"

　　出了瑶光殿，张柬之追上姚崇，埋怨他不该效仿"苏模棱"，姚崇笑了笑道："大丈夫有所为有所不为。此类事无关社稷存亡，不过就是遂了陛下的兴致，何必认真？倒是陛下依赖二张主事却是需要警觉的。"

　　望着姚崇登上车子，张柬之心底油然生出后生可畏的感喟："说来自己已是七旬之秩，反而不如年轻人见事洞彻。"

　　武三思与张氏兄弟很得意，这还是狄仁杰殒后，武氏一派的谏言第一次获得凤阁鸾台阁僚们的一致赞同。散朝后，张锡便邀武三思等人到通神宫旁的酒楼畅饮庆贺。

　　在司马道门口，张锡又邀苏味道同往，苏味道看了看车上的武氏一族，便明白了八九分，眼睛滴溜溜地转了两圈道："张大人、王爷请客，下官岂敢推辞？可夫人今日心口又疼了，下官正要去求医问药呢！"

　　武三思明知此为托词，却又不便发作。

　　席间，张锡提到对去年选官时，涉及薛姓一案的担忧，生怕皇上因为追念狄仁杰而重提此案。

　　"此事除了大人，似乎苏味道也知道？"武三思放下酒杯问道。

　　见张锡点点头，武三思又道："这就好办了，'苏模棱'其人既不投本王门下，又与姚崇、狄仁杰少有走动，但他好属文赋诗，皇上甚是喜欢，陛下若是追究，必然牵扯苏氏。此所谓投鼠忌器也。"

　　张锡赞道："还是大人明鉴。"

　　"不过此事说到底还是与奉宸令有干系，还请大人屈尊前往奉宸令府走动走动。张昌宗虽然年轻，却好古玩珍奇。本王听说大人故里贝州盛产白毡、绵、绢，何不厚赠之？"

　　张锡眉毛顿时展开道："王爷一席话，让下官茅塞顿开。不仅张大人兄弟,自然也是少不了王爷的。"

武三思笑了,笑得很开心,没有狄仁杰,他觉得这朝堂又回到了武氏手中。武三思趁着酒热,站起来举杯相邀道:"诸位,陛下春秋已高,社稷重任须得吾等担当。本王且以此酒敬各位,日后诸位须得合胆同心,绝不让奸人乱我朝纲。"说完,几个酒杯便"当"地碰在了一起。

转眼间已是大足元年(公元701年)三月。这一天早朝后,武曌召姚崇到瑶光殿,任他检校相王府长史,以其曾任兵部侍郎的资质,为时任左、右羽林卫大将军的李旦赞划京都防务。姚崇十分感喟皇上的英明,没有将京师卫戍交给武氏兄弟,而是交给了李旦。他坐在武曌对面深有感触地说道:"陛下圣明,相王掌管京师卫戍,陛下可高枕无忧矣。"

但武曌却并不乐观:"相王乃朕之子,知子莫如母。他为帝软弱,为嗣怠惰,为将疏于兵务。怀英去后,唯有爱卿精通兵法,望爱卿不负朕望。"

姚崇忙拱手道:"微臣当不遗余力,鞠躬尽瘁。"

武曌看着眼前的姚崇,一举手、一投足,都酷似狄仁杰,便又禁不住感人伤怀,泪眼婆娑道:"狄公去后,朕没有一天不思念他。想起他临终禀奏的几件事情,至今萦萦于怀,不绝于耳。他定是忧心忡忡离开朕的。"

姚崇立即问道:"陛下所牵系者,可是张锡、苏味道选官一案?"

"常言道,人之将死其言也善。况怀英一世忠良,他病中奏事,定是觉得案情重大,危及朝堂。"武曌点了点头。

"陛下明鉴。不过,此案当时搁浅,遗患在今。臣前日收到天官侍郎崔玄暐举报,说张锡竟然以向选人泄露禁中试题收取贿赂,其数达万钱,微臣已将举报上书转交知制诰了。"

这崔玄暐是龙朔二年(公元662年)明经科进士,少有学行,深为叔父秘书监崔行功所器重。后来官做到天官侍郎,与张锡同署。

"有这等事?"武曌的脸色立刻变了,转脸对张尚宫道,"宣知制诰觐见。"

张尚宫去了不一会儿,上官婉儿就抱着一摞文书进殿来了。

武曌正色问道:"彼处可有姚大人转交的举报?"

上官婉儿一看坐在殿里的姚崇就明白了,她原是要先给武三思看的,见状忙道:"微臣正要呈陛下圣览呢!"说着,便将上书呈给了武曌。

武曌展开文卷,从头至尾阅读一遍,其间列举的事实让她触目惊心。就是这个张锡,竟然将朝廷科考的试题论价泄露给选人,收取贿赂,其数甚多,他不但承诺阅卷时关照,而且答应在任官时多加照拂。举报人乃一位选人,因家贫,无钱行贿,虽文章锦绣,却是榜上无名。崔玄暐不无惋惜和遗憾地写道:

> 夫圣朝之兆,莫过于贤者进而不肖者退,忠贞者擢而奸佞者罢,然观今之朝,立身则轻楛,事行则躅疑,进退贵贱则举佞侻,其人一日权柄在握,接下之人百姓者则好取侵夺,如是者危矣。

"荒唐!"武曌将上书扔在案头,凤眉紧皱道,"朕治天下,四海晏然,彼诬我朝任用奸佞,论罪该斩。"

姚崇见武曌迁怒于举报者,忙在一旁劝道:"崔玄暐言语狂悖,着实有罪。可陛下静心推敲,字里行间皆有实据,陛下若是舍此而追究举报者,未免本末倒置,请陛下明察。"

"知制诰怎么看呢?"武曌又问上官婉儿。

上官婉儿踯躅片刻后说道:"微臣以为姚大人所言甚是,张锡身为天官侍郎,收受贿赂,罪在不赦。"事到如今,她没有任何转圜的余地,只能顺着姚崇的意思说,就是不知武三思是否牵涉其中。

"那依爱卿之见,此案该由谁来办好呢?"武曌把征询的目光投向姚崇。

姚崇没有丝毫的犹豫,就提出由凤阁侍郎、左肃政御史大夫魏元忠牵头,由秋官侍郎张柬之审理此案。

"爱卿所言,正合朕意。明日朝会上,朕就下令严查此案,以正朝纲。"但武曌接下来的决议却让姚崇十分意外,"崔玄暐出言不逊,着即免去天官侍郎之职,迁文昌左丞。"

姚崇便也不好再说什么,只是暗地里替崔玄暐惋惜。

出了瑶光殿,上官婉儿行礼作别,姚崇转身离去。

张锡是武三思任天官尚书时举荐的侍郎,想必肯定与这案子有关,怎么办呢?上官婉儿茫然地在室内踱着步子,一对漂亮的弯眉,在白皙的额头打了一个结。方才在瑶光殿,她分明从武曌的脸上看到了对自己迟滞转呈举报的不悦。她不敢再冒十几年前为李贤传递消息的风险了,可她又怎么忍心置与自己厮守多年的男人于不顾呢?

不!她决计要拯救梁王。当她抬起头时,就看见门外木槿花树下正在整理花枝的宫娥,她的眉头顿然舒展了,迅速从柜子拿出一盒岭南的云雾茶,匆匆写了一张纸条,塞进茶包封好,拉开门,轻轻朝宫娥招了招手。

宫娥莞尔一笑,就朝这边走来。她很喜欢上官婉儿,在这个宫殿里,只有她将宫女视同姐妹,隔着几步远,宫娥就笑吟吟地问道:"知制诰有何吩咐?"

上官婉儿一把将她拉进门内,掩了门,脸上就泛起两片绯红,宫娥明白了:"大人是否要给梁王……"

下面的话没有出口,就被上官婉儿捂住了:"知道了还说?"她当下将封得很严实的茶叶盒递到宫娥手中,"陛下赏赐了些茶叶,我想让梁王尝尝,劳烦妹妹去一趟,可否?"

"不就是送趟茶叶么,有何不可?"宫娥接过茶叶,转身便去了。

上官婉儿感觉得到自己心跳的加速,她双手合十,在心底祈祷武三思平安无事。

魏元忠的才智,因张锡向选人泄露禁中试题一案而得以再度绽放光彩。他并不像来俊臣、周兴之流,依靠严刑酷法迫使嫌犯招供。在那天朝堂上将张锡、苏味道剥去朝服,押往司刑寺后,他就叮嘱杜景俭和徐有功,虽不必每日酒肉伺候,但对他们要动之以情,晓之以理,促其主动招供。然后,他就到历年选人中查访去了。他听说神都城东有一乡村被人誉为"进士村",便化装成测字先生前去暗访。谁料他一进村就被乡人团团围住,有要求测算儿女婚姻的,有希望为自己消灾免祸的。魏元忠一一回答,竟然都对上了。

"先生可真是神算啊!"

"哈哈!神算不敢说,就是想着为父老们祈福消灾,图个善举。"魏元忠将着胡须笑道,"方才都是些雕虫小技,在下最擅长算仕途。"他的话音刚落,人群中一片哗然,不一刻围上来四个人,声言都是今年刚刚考试完的选人,想让魏元忠一卜吉凶。

"各位选人皆将来国家栋梁,不用急,一个一个来。"魏元忠说着,对最前面的青年人说道,"请先生写下姓。"

那人在宣纸上写下一个"魏"字,魏元忠看了看便道:"这'魏'字乃左右布局,左边乃'委'字,从禾从女。本意是指庄稼的尺寸矮小,委身于他。又'委'与'屈'乃近义字。至于右边一个'鬼'字,从人,像鬼头,鬼阴气贼害,若是在下没有猜错,足下参选,必误入委身于人的'鬼道'。"

那选人闻之大惊,忙跪倒称道:"先生真神算矣。"遂将自己从天官府曹掾手中购得试题,并重金送与张锡之事附耳告知了魏元忠,末了问道,"先生可有回春之术?"

魏元忠并不正面回答，却对旁边瞠目结舌的几位选人道："如果在下没有猜错，诸位都与这位先生有共同的经历。有话不妨直说。"

众人大惊，纷纷道出其间的苦衷："论起才学，我等虽不敢狂言饱学之士，然十年寒窗，却也是怀才抱器。无奈天官署张大人放出话来，言说照此试题方能入选，又以重金相挟，故而我等才犯下此错，还望先生点化迷津。"

魏元忠眯着眼睛笑了笑道："这个不难，诸位只需将事情缘由叙写清楚，由在下呈与上天文昌贵人，定能逢凶化吉，遇难成祥。"

首先问卜的年轻人目光中顿时就布满了狐疑。魏元忠早已猜透了他的心病，反而起身准备离去，笑了笑道："诸位不必勉强，正所谓人各有志么。"

几位年轻人见状，纷纷挽留他，不一刻，大家都写好了诉状，按了指印。魏元忠吹了吹纸上鲜红的印记道："诸位自今日起，不可随意走动，就在庄中静候音讯，否则惹恼了文昌贵人，会前功尽弃的。"

他依法炮制，连续又到郊县走了几处，对案情就了然于胸了。泄露试题主要是张锡所为，与苏味道无涉。四月初，他一回到京都，就奔秋官署询问嫌犯招供的情况。

张柬之告诉魏元忠道："审案过程并不如预设的那样简单。前日，麟台监张易之来牢狱，转达陛下口谕，要对张锡宽仁相待。因此他虽在牢狱，却是意气自若，帷屏食饮，与平时无异。"

魏元忠问："那苏味道呢？"

"陛下口谕只恩及张锡，却并不曾提到苏味道。因此他步至系所，席地而卧，蔬食而已。"

魏元忠叹息一声道："'苏模棱'自以为聪明，此次自食其果。不过，据探访结果，他与本案无涉，明日我就奏明皇上，将张锡以重刑处之。"

说着话，杜景俭、徐有功进来了，看见魏元忠，他们上前施礼问候："大人回来了？"

"大人辛苦了。"魏元忠起身还礼。

徐有功忙道："我等同为社稷，何言辛苦，只是那张锡实在可恨，非但不肯招认，反而放言要见陛下。"

"我当年遭来俊臣陷害，流放岭南时，常听乡间人说，贼没赃，硬如钢。我已掌握证据，不怕他不招认。好在二位审案谨慎，未曾动刑，不会授人以柄。"魏元忠很自信地笑着，便将据状递给张柬之道："大人看看，你我明日一同面见陛下。"

　　张柬之将据状翻阅一遍,暗暗惊叹魏元忠颇有狄公遗风,对杜景俭、徐有功道:"烦劳二位连夜审案,利用据状,点其要害,不怕他不招。"

　　第二天朝会上,魏元忠、张柬之先后将案情与审理情况禀奏了武曌。其涉案之广,受贿钱数之多,不仅武曌吃惊,更令朝堂一片哗然。

　　张柬之在陈奏张锡罪行时,用了"臧满数万"四个字。谁也没注意到,当这四个字从张柬之口中说出时,武三思的脸色一刹那变得苍白。

　　武曌便想起了狄仁杰最后一道奏章中所写"政风之腐,社稷危矣",她转而怒视武三思,厉声问道:"朕将天官署交与你,你却将如此败类举荐到侍郎高位,致其败坏政风,该当何罪?"

　　武三思最担心的事终究还是发生了,自上官婉儿将消息暗传给他后,这些天来他一直心神不宁。见武曌发怒,他"扑通"一声跪倒在地道:"微臣用人失察,罪该万死。"

　　"罢了!"武曌不再理会他,转而高声道,"张锡扰乱选制,收受贿赂,罪在不赦,着即腰斩于都亭,由张柬之监斩。"

　　张柬之立即应道:"谨遵陛下旨意。"

　　魏元忠很欣慰,作为监察官员的肃政台,终于能告慰狄仁杰在天之灵,为除掉蠹虫而尽一份力了。于是,他出列奏道:"陛下,臣多方侦查,同为考官的凤阁舍人、检校侍郎苏味道并未染指此案,请陛下明察。"

　　"赦苏味道无罪,复其位。"武曌言毕,威严地看着大臣们道,"用人之道,事关国之盛衰,岂容玷污?于今之后,有再敢贿赂考官,谋求入选者,不仅考官处以极刑,行贿者更必枭首。"

　　臣下们谨慎而又肃穆地山呼:"陛下圣明。"

　　随着武钦尖细的一声"退朝",朝臣们纷纷走出了大殿,丹墀一下子变得分外寂静。武三思没有走。他木然地跪在丹墀内,脑子里一片空白。偌大的殿宇,让他匍匐在地的身影显得格外渺小。

　　武三思根本不会想到,一个时过境迁的案子会被重新抖出来,他更不会想到武曌对它如此重视。因此,当上官婉儿给他送信时,他的方寸就乱了。他很清楚,张锡弄丢举荐信后,将六十多名薛姓选人全部录用,暗中使每人百两黄金为献,共得黄金六千两,张锡自得一千两,给了他两千两,张氏兄弟各得一千五百两。他现在最担心的就是张锡在牢狱中扛不住,将自己牵扯进去。一旦张锡将自己供出来,那就全完了。

　　此时,武钦来到武三思身边,低声道:"王爷,散朝了。"

这声音却吓了武三思一跳，惊得他浑身颤抖，惊慌失措道："你要干什么？你要干什么？"

"王爷，散朝了。"武钦无奈地笑了笑。

武三思一脸的尴尬，自嘲地笑了笑，便从地上爬起来，转身向外走去。那踉踉跄跄的背影，哪里还有一点昔日趾高气扬的样子呢？额头冰凉凉的，他抬头一看，天空不知什么时候变得灰蒙蒙的，还飘起了雪花。三月落雪，这对他意味着什么呢？武三思的心又是一阵紧缩。往日不用多长时间就可以走完的司马道，现在却显得格外的长。回眸身后的脚印，他认为必须摆脱眼下的困境，可是，他多么需要一个智慧的人商讨对策啊。

正在此时，一阵马嘶引起了武三思注意。那不是麟台监张易之的车子么？对，就是他们兄弟，一旦事发，他们也难逃罪责，只能靠他们了！这样想着，武三思立即坐上车驾，对驭手道："跟着麟台监的车驾。"

"是！"驭手的马鞭在空中来了个脆响，马蹄快速地向前奔去……

毕竟是三月了，银色的雪花一俟落地，立刻就会化为晶莹的水花，渗入大地。白马寺在融融春雪中显得静穆而又庄严。关不住的春色，总是浮现在从墙内伸到墙外的桃花枝头，云霞一样地绚丽在天地之间，而大雄宝殿覆满灰尘的琉璃瓦，也被这一夜的雪水濯洗得碧绿明耀了。循着大殿高峨的脊梁往后看，那片松林也益发苍翠了。

披着雪花，寺前的官道上走来几位骑着马的男女青年。最前面的穿一身杏黄锦袍，虽然头戴风帽，却是难掩紫金冠的闪耀；在他旁边的，是一位郡主，身着桃色斗篷，边上润了洁白的兔毛，内着瑰红色的锦袍，映得两颊的桃腮艳若灿霞。在她右边的，从打扮来看，也是一位小王爷。再往后看，还有两位，一位年约十六岁，一身大红斗篷，看上去英气勃勃；而一旁的女子，看上去也有十四五岁模样了。

"邵王爷，你为何走得那么急？踏雪寻春，又不是出兵打仗。"郡主娇喘吁吁地策马追赶着，试图跟上前面的速度。

被称为邵王的少年回过头来哈哈笑道："是妹妹等待夫婿，跟不上脚步了吧。"

"你又欺负我，回头禀奏父王，看怎么罚你。"

陪伴在郡主身旁的男子附和："何必禀告父王？本王直接奏给姑祖母，杖他二十。"

这话一出口,被称为邵王的少年亲王立刻沉默了,眉宇间凝出一个"川"字。他就是伴随着父王命运起伏而过早经历世事沧桑的李显的长子李重润,久视元年,在人生进入十八岁之春时,他被封为了邵王。

可对他来说,与其说这是祖母、皇帝陛下的恩赐,倒不如说是一种屈辱。如果不是她中途蛮横地废掉父王的帝位,他现在早该是太子了。邵王算什么?他从呱呱坠地那一天起,就是高宗钦封的皇太孙。

关于童年的往事,他几乎没有什么印象,那些曾经的荣耀都是母亲后来告诉他的。母亲怀他时,父亲还是太子,可他的降生却给大唐皇室带来了接踵的变化。不仅在满月时,高宗大宴群臣,大赦天下,而且还改元永淳。

一天,五十四岁的高宗召来吏部侍郎裴敬彝、郎中王方庆,询问可否立他为皇太孙。两位大臣便道:"礼有嫡子,无嫡孙。汉、魏太子在,子但封王。晋立愍怀子为皇太孙,齐立文惠子为皇太孙,皆居东宫。今有太子,又立太孙,置官属,于古无有。"

"自朕始之如何?"高宗就是不愿意循古礼。

大臣们见皇上立意已决,只能找理由道:"依礼,君子抱孙不抱子,孙可以为王父尸者,昭穆同也。陛下肇建皇孙,本支千亿之庆。"

高宗大悦,不但举行了隆重的册立大典,而且特为皇太孙置府与官属。敬彝等奏置师、傅、友、文学、祭酒、左右长史、东西曹掾、主簿、管记、司录、六曹等官,加王府一级。

那是李重润最幸福的一段时光,皇上爱孙之情,甚于爱子;重太孙甚于太子。他封嵩山,竟然要太孙留守长安,而全然不顾那时他只是个几岁的孩子。以致朝臣们纷纷议论,皇上有意传位于皇太孙。母亲后来告诉他,那时候他是她唯一的希望。

然而没过多久,高宗就丢下他的万里江山,丢下他喜爱的皇太孙溘然远去了,接踵而来的就是由祖母一手掀起的风刀霜剑。光宅元年那个冰冷的春天,父皇的帝位被废,遣往房州,而四岁的他却被强留在神都。他模模糊糊地记得,车出定鼎门时,乳娘抱着他追了好长时间。

十四年漫长的岁月,他与乳娘朝夕相伴,从来不敢问父母去了哪里。在他被废后,还被囚禁在神都一所偏僻的宅院里,周围终日有羽林卫巡逻看管。乳娘是一位善良的宫女,把他当作亲生儿子抚养,倾注了一个女人所有的慈爱。

有时候,他想念父母,就任性地要她带他去面见太后,去求太后召回父母。乳娘总是含着泪把他抱在怀里，告诉他无论何人问他想不想亲生父母，一定得回答不想："殿下，只有这样你才有机会再见到亲生父母，明白么？"

李重润点点头，似乎明白了什么，又似乎什么都没明白。果然有一天，武曌到别所来了，问他愿不愿意见到父母，他按照乳娘叮嘱回答了。武曌很高兴，不久，就遣司常寺的官员来为他教授《大学》《论语》《春秋》。等他十八岁再见到母亲时，在房州出生的御妹永泰郡主都十七岁了。

也许是一母同胞的缘故，永泰郡主对从未谋面的哥哥却是一见如故。她时不时地向他叙说父母在房州的艰难，说他们实际上与囚徒无异，甚至于每次出行，都要向当地刺史禀告。这些穿越岁月的旧事逐渐在李重润心头积起难以言状的愤懑，这让身为太子的李显忧心忡忡，生怕他有一天会说出不得体的话来，惹恼了皇上。

李重润拂了拂肩头的雪花，对紧随在身边的永泰郡主李仙蕙道："前面就是白马寺，不妨去看看？"

李仙蕙转脸看了看身边的武延基，见他点了点头，随即回道："好。"

去年九月刚大婚的李仙蕙已怀上了武延基的骨肉，这让他十分开心。当初李显做主将永泰郡主嫁给武延基时，她内心是极不情愿的，是李显滚热的泪水泡软了她的心。她知道不能再让父亲为难，只有这样，才能消除皇上的疑虑，才能保住全家。好在一年过去，她发现武延基心机并不深重，他悉心呵护着自己，也毫不隐瞒对皇上的看法。夫妻二人常常在夜阑人静之际说到朝廷的是非，对姑祖母养男宠之事也很是不屑。平日里，武延基和武氏其他兄弟也走得不近，而是更喜欢与李重润待在一起。

跟在他们后面的是武崇训与小妹妹安乐郡主。武崇训近来总是有事无事地找安乐郡主李裹儿。这让李仙蕙很不快，难道李氏宗室的女人注定要嫁给武氏么？姐妹成了妯娌，兄弟成了连襟，这算怎么一回事？但她很无奈，她发现裹儿也很喜欢武崇训。今天，李重润本来是约了她出来的，可恰巧裹儿在身边，就软磨硬泡地跟来了，而且还带了崇训来。

到了白马寺门前，李重润的贴身太监李越秀便上前叩门，不一会儿，一个小和尚开门探头问道："不知施主有何事？"

李越秀横了横眉毛道："烦劳禀告住持，就说邵王殿下要到寺中一游。"

听说是朝廷来人，小和尚忙道一声"少待"。不一会儿，怀清住持便手挂禅杖来到了山门外，双手合十道："不知殿下驾到，未曾迎接，多有得罪。"

李重润一干人忙下马还礼："我与几位兄弟姐妹到寺中看看，叨扰了。"

怀清忙回道："殿下驾到，禅林生辉，何言叨扰。贫僧已在禅室备下香茗，请殿下先行。"

来到禅室，李重润四顾室内陈设，果然兰香怡人，茶香醉人，尤其是墙角置一古琴，指尖拂过，叮咚作响，足见住持的宁谧与雅致。趁着职司给大家上茶时，李重润把永泰郡主等一一介绍给怀清。

怀清眨了眨眼睛道："两位郡主有些眼生，至于两位小王爷倒是随魏王和梁王来过两次，只不过如今长高了。"

李重润毕竟年轻，对住持的话没太在意。用罢茶点，怀清问大家要不要到法堂听经，被李重润婉言谢绝了："我等出来，就是为了到处走走看看。大师若是有事，不妨派一位小师傅导引，我等随便看看便是。"

怀清忙道："既是王爷要到处走走，贫僧定然要奉陪的。只是不知王爷想看哪里？"

听了这话，李重润把目光转向李仙蕙，她便说道："佛门讲究慈悲为怀，我想还是先到放生池吧！"

武延基便附和道："听闻寺院后面有一塔林，乃众僧圆寂处，殿下可愿一观？也好上香诵经，以渡苍生。"

"如此甚好。"李重润欣然同意。

一干人来到放生池边，早有僧人准备了两条红鲤鱼。李仙蕙舀起两条鱼，但见那浑身带了水珠的鲤鱼活蹦乱跳，洒了郡主一脸的水珠。武延基见状，忙接过渔网，放入水中，那两条鱼儿见了水，"扑棱"一个翻身，霎时活跃了许多。李仙蕙双手合掌，默默祝祷。那虔诚的样子，惹得李裹儿"扑哧"一声，将笑声洒进池内道："姐姐何时立地成佛了？"

见状，李重润脸色严肃道："陶令曾经有诗曰，羁鸟恋旧林，池鱼思故渊。鸟儿只有回到山林，鱼儿只有回到水中，才会自由自在。"

这句话说得李仙蕙泪光盈盈，武崇训便有些不解了，问道："郡主这是怎么了，刚才还好好的？"

李仙蕙没有回答，却是嗔怨地看了一眼李裹儿。没心没肺的裹儿啊！他武崇训从小受着父王的呵护、皇上的宠爱，哪里知道漂泊异乡的苦，哪里会明白被囚禁的痛。

武延基从袖间拿出一方绣了梅花的丝绢，为李仙蕙擦去泪水，柔声劝慰道："一切都已过去了，郡主不必过于伤情。"

李重润看着他们夫妻恩爱的样子，想这武延基还真是个好男儿，魏王的爵位他没有白袭。

放完生,一干人便向塔林走去,但武崇训和李裹儿却要到大雄宝殿去看看如来金面。怀清只有唤过一位职司带他们去了。

春雪融融,塔林里的每一座塔身都是湿漉漉的,仿佛被上苍濯洗过一样。环绕佛塔的砖铺小径上,星星点点的残雪是那样的不经消融,刚刚还洁白如玉,转眼去看,就变作晶莹的水花了。在春雪的浸润下,路边发芽不久的小草,正生机勃勃地注视着每一个走过的身影,塔林周围的松柏也抽出了嫩绿的新芽。

李重润伏下身子,缓缓地从草叶上掬起一捧水珠道:"春风一夜过,送我登瑶台。"

"浓云锁不住,丽日次第开。"李仙蕙立即接上。

这一唱一和,让怀清的心"咯噔"一声,天哪,他们这不是暗讽皇上么?那意思分明是说,不要看眼前武氏得势,可迟早还是李氏的朝廷。他的这个想法刚刚爬上心头,李重润就指着一座格外高峨的塔身问道:"这浮屠内圆寂者是哪位大师,为何塔体高过其他甚多呢?"

怀清忙上前双手合十,肃然道:"此乃薛怀义大师圆寂处。阿弥陀佛。"

哦!李重润长吟一声,没有说话,但怀清已从这叹息中捕捉到了他内心的微妙变化,于是对他说道:"这座佛塔往南就是寺院的南外墙,墙外有一片桃林,正是花开季节,贫僧去叮嘱看护后门的僧人,在那里等待殿下一行。"

闻言,李重润忙施礼道:"大师请便。我等看过之后,即刻就来。"

怀清走后,武延基道:"听说薛怀义是因为嫉妒沈南璆才烧毁佛像的。"

李重润仰望着涌到头顶的云块道:"我真不知道,她将如何面对先帝的在天之灵?"

李仙蕙接着李重润的话,替父王抱打不平:"我记得伯父李贤曾有一首《黄瓜台辞》,王兄说说,陛下怎能如此狠心,将亲子一个个置于死地呢?"

武延基说起这些,更是满腹的愤怒。他从武三思那里得知,自己的祖辈武元庆、武元爽都是死于武曌之手,就是他的父亲武承嗣,当初也是从流放地被召回朝廷的。

"不瞒王兄,"武延基乘着年轻气盛信口道,"一想起张氏兄弟祸乱朝廷,我就恨不能率领羽林军杀进奉宸府,取下二贼的首级。"

李重润绕着薛怀义的灵塔转了一圈,回到武延基夫妇面前便道:"即便是眼下,父亲虽然做了太子,却仍无权过问朝政,而这张昌宗、张易之却兴风作浪,朝臣们敢怒而不敢言。"

"张昌宗、张易之凭借一副皮囊,不仅迷惑陛下,而且与宫中多人有染。庆父不死,鲁难未已!"说起这些,李仙蕙的目光就充满了鄙夷。

正说着话,就听见武延基大喝一声:"何人在那?"

兄妹俩的声音戛然而止,惊恐地回看着武延基问道:"怎么了?"

武延基有些慌神道:"刚才我看见几步外的松树动了一下,怀疑是有人偷听我们说话。"

"也许是风吹树动。"李重润自我安慰地想了想,但是没了说话的心境,转而道,"到寺后看桃花去吧。"

在李重润兄妹前往塔林的当儿,武崇训拉着李裹儿进了大雄宝殿,二人上了香,武崇训许愿道:"愿佛祖广结善缘,玉成小人与郡主姻缘。"

李裹儿的脸腾地红了,手指戳了戳武崇训的额头嗔怪道:"佛祖在上,不可胡言。"

出了大雄宝殿,武崇训对职司道:"我与郡主走得累了,想借一间茶室歇息片刻,还望师父费心。"

"这……"职司有些为难。

一对青年男女同处一室,总是于佛门不恭。正在这时,怀清住持过来了,听了职司的禀告便道:"一个是梁王的小王爷,一位是太子的郡主,论起来,还是姑表兄妹,能有什么事?开一间茶室,备好香茗,供王爷、郡主享用。"

"好,那请二位随贫僧来。"职司看了怀清一眼,便在前面引路。

武崇训一掩上茶室的门,就按捺不住地抱起李裹儿,口里含糊不清道:"想杀我了。"

李裹儿在武崇训的怀里来回挣扎,娇喘道:"殿下不可以,不可以的。"

武崇训很惊异李裹儿身上天然的香味。他曾听说,裹儿的母亲韦妃年轻时就香气袭人,莫非遗传了她母亲的香味?他低下头贪婪地吻她的脖颈、额头、耳根……逗得她捂了嘴咮咮地笑。他把裹儿放在床上,就伸手为她宽衣,却被死死拉住:"王爷,绝对不可以的。我有了……"

"有什么了?"

"傻瓜!还能有什么,我怀了王爷的骨血了。"

"啊!"武崇训一声惊呼,放开了裹儿,"怎么会呢……"

第十九章

夜茫茫张锡殒命　恨切切青春折腰

三月的雪飘过牢狱的小窗,落到张锡面前,带来些许的寒意。牢门"咣当"一声锁住了,墙壁上映出他披枷戴锁的身影。透过小窗望向外面渐渐转暗的天色,他估计已是傍晚了。往常这个时候,都会有狱卒准时送来上好的饭菜,毕恭毕敬地请他用膳,可今天都这个时候了,连个人影也没见着。

怎么会突然发生变故?他内心很惶惑。没有饭就没有吧!那就将近来接受审讯的情况做个梳理吧,看看能不能从中捕捉到转圜的机会。

开始的时候,是司刑少卿徐有功审理。他虽然来自当年来俊臣的推事院,却从未用刑,而只是以三寸巧舌劝自己悔悟,供出幕后主使者。因此张锡觉得,司刑寺似乎并没有掌握他多少证据。而且他相信有武三思、张易之兄弟在外面,他们也寻不出什么证据来。而只要没有证据,他的受贿案不但不能成立,他还要反告魏元忠等人诬陷。

"本官遵旨行事,一向廉洁,真不知该如何说。"张锡不无讥讽地看了一眼徐有功道。

"张大人说笑了,没有证据,会在朝堂上剥掉你的官服么?没有证据,大人能到这里来么?"徐有功眼睛眯成一条线,笑出了声,"大人还是想想吧!想起来就告诉本官一声。"

第一场审理就这样结束了。回到牢狱,狱卒跟进来说道:"请大人准备行李,给您换换地方。"他当时吓坏了,以为要对他行刑。

狱卒见状就笑道:"麟台监奉皇上口谕前来,让给大人安排一个敞亮的地方。"他灰暗的心底一下子就投进了阳光,张氏兄弟和武三思果然没有忘记他。于是,在第二次审理时,面对杜景俭的审问,他愈益地强硬,放言可以对天发誓,绝没有受贿之举,若被查出,甘愿凌迟。

杜景俭并不着急,从案卷里抽出一页纸在他面前扬了扬道:"请大人回忆一下,这东西可曾流到选人中间?这里可有选人们的据状,大人还想抵赖么?"

张锡并没有回应。而杜景俭也不慌不忙念了几句,然后道:"选人现就在庭外,大人要不要传进来对质?也好洗清大人的罪名啊!"

闻言,张锡霎时瘫软了,埋头跪倒在地说道:"不劳大人催逼,罪人招认就是,试题确是罪人卖出去的。"

"很好,继续说。"

但张锡只说到这里就打住了,他怀疑他们是在诱供。当年来俊臣不就是这样做的吗?

"禀告杜大人,罪人也就卖过一次。"张锡不再看杜景俭。

第二次审讯之后,有好几天都没有动静,直到今天黄昏,他又被从三品院转移到这里,他的心才真的沉重了。他猜想魏元忠之流一定掌握了诸多证据,梁王与张氏兄弟一定陷入了很被动的境地,否则……

他顺着这个思路往下想,不禁惊出了一身冷汗。人心叵测啊,他长期在武三思属下供职,对他和二张的秉性十分了解,他们可不是狄仁杰,要紧关头舍掉自己亦未可知。

他知道,隔壁就是苏味道。这苏味道因长于诗文而颇受皇上青睐,可他对苏味道的为人却是不能苟同的。可世间的事就是这样,该你遭际的,再回避也无用。这不,连续两年他都与自己一起担任选官主考,不明不白地就被魏元忠送进来了。

他轻轻地敲了敲墙壁,试探地问道:"隔壁可是苏大人?"

苏味道听出是张锡的声音,话里就带了讽刺:"张大人不是在三品院,吃着和府中一样的美味佳肴么,怎么也到这里来了?"

"此一时彼一时么。"张锡有些尴尬地回应道。

随后,隔壁又传来一阵笑声。他抑制不住好奇,问道:"大人为何发笑?"

"真是造化弄人,你说我一世清廉,怎么会同你等同流合污呢?可还是被冤枉到了这里。"苏味道收住笑声感叹。

张锡闻言大笑道:"这都是你模棱两可的结局。你以为不跟梁王做对就能相安无事么?姚崇、魏元忠早把你看成武大人的人了。"

"胡说!清者自清,浊者自浊,我不曾有贪贿举止,相信陛下会甄别清楚的。"苏味道在隔壁大声表达不满,接着随口咏诵道——

> 金祇暮律尽,玉女暝氛归。
> 孕冷随钟切,飘华逐剑飞。
> 带日浮寒影,乘风进晚威。
> 自有贞筠质,宁将庶草腓。

这本是他前几年写的诗,可是正合了当下的境遇和心情。

他的意思张锡听出来了,"自有贞筠质,宁将庶草腓",都什么时候了,还自命清高。他立即回了一句:"白沙在涅,与之俱黑。大人欲将自己洗清,恐怕今生是没有希望了。"

苏味道正要回话,却听见牢门响了,进来的不是别人,正是杜景俭与宫中的武公公。二人一进门,武钦就大声道:"苏味道接旨。"

苏味道猜不透圣旨之意。他从地上起身,慢慢地来到牢门口跪下,高呼"吾皇万岁万万岁"。

> 制曰:查凤阁侍郎、同凤阁鸾台平章事苏味道,与选官一案无涉,并无贪贿证据,着即恢复原职,明日准时赴朝。钦此!

苏味道先是一愣,转而深深地行叩拜礼,哽咽道:"谢陛下隆恩。"

"是魏元忠大人暗访选人,查明真相,鉴别真伪,为大人脱了罪。"杜景俭在一旁解释。这情景对张锡的打击太大了,他双手扒在牢房的门框上,望着他们渐行渐远的背影喊道:"陛下,微臣冤枉啊……"

天渐渐黑了,傍晚刚停了的雪这会儿又纷纷扬扬起来,三五片从小窗飘进来,落到张锡面前的碗里。那是一碗很粗糙的饭菜,不要说与平日府上膳食相比,就是同前些日子也无法相比。可这些都无关紧要了,苏味道的出狱对他的打击太大了。他呆呆地看着白菜帮子和糜谷饭,眼泪扑簌簌地掉进碗里。这一天来的变化足以说明,魏元忠已掌握了他贪贿的事实,接下来会有什么命运等待着自己呢?也不知道这其中有没有武三思等人的举报。想着想着,他又使劲摇了摇头:"不会的,他们一旦供出我,自己也脱不了干系。"

他端起饭碗,夹了一筷子菜入口,牙齿就被沙子硌了一下,便骂道:"如此狗彘不食之物,也拿给本官吃!"他发狠地端起碗朝牢门外甩去,碗碰在墙上没有碎,饭菜却洒了一地。

狱卒见状持了棍棒过来,大声呵斥道:"你要怎样?饭菜就这一份,不吃就饿着吧!"

张锡见狱卒骂骂咧咧地走了,便挪到床上,仰面躺下,他拉开脏兮兮的被子,眼睛盯着窗外想心事,不一刻,竟迷迷糊糊地睡着了。他在梦中看见选人们一张张愤怒的脸,一双双鄙夷的眼睛,一个个青面獠牙,有的向他索要榨取的钱财,有的向他索命,忽然,那些面目化作飞沙走石将他团团围住,一会儿将他抛向空中,一会儿又摔在地上。张锡抱着头到处躲藏,绝望叫喊。

忽然一个声音传来,他便醒了,分明是狱卒站在牢门边呵斥:"喊什么喊,是遇见鬼了么?安静些,别人还要睡觉呢。"

狱卒转身离去,牢房里一片寂静,对面传来的鼾声搅得张锡再也无法入眠。他在心里一遍一遍地想,王爷,你不会扔下张锡不管了吧!

其实,他并没有睡多长时间,更漏报出酉时一刻时,牢门再度响了。接着,是狱卒很谦恭的声音:"大人,这边走。"

张锡的心就一阵阵收缩,看来,是活不过今夜了,来人肯定是将自己押赴刑场的。他悄悄打量着来人,只见他一身黑衣,包得严严实实,不像是行刑官。哦!那一定是来搭救自己的。

牢门打开,狱卒恭谦道:"杜大人并不知道您进来,还请快些。"

"你且退下。"来人开口便道。

在确认周围无人后,来人才卸掉头顶的风帽,露出一双狡黠的眼睛,张锡终于看清,来人乃左金吾将军武懿宗:"将军如何夜半来了?"

"梁王与奉宸令、麟台监要我来看看你。"武懿宗说着,命随从打开食盒,拿出备好的酒菜,"梁王听闻大人被转移到这里,心中甚为焦急,想你受苦了,特备了些酒菜为你压惊。"

张锡心头便一阵安慰,梁王没有忘记他,奉宸令也没有忘记他,他们一定会在皇上面前为自己说话的!张锡的眼睛有些湿润,说起话来便断断续续的:"下官感谢梁王,请大人一定代下官捎话给几位大人,张锡在这里守口如瓶,杜贼一无所获。"

"饿坏了吧?此狗彘之食,大人岂能用得?"武懿宗斟了一杯酒道。

这时,张锡真的觉得饥肠辘辘,便从食盒里拿起一只鸡腿,又从武懿宗手中接过酒杯,边吃边饮。没过多久,食盒里的酒菜便被一扫而光了。他拍了拍隆起的腹部道:"今天总算是吃了一顿舒心饭。"

　　吃饭时,武懿宗详细询问了案件审理的状况,得知张锡还没有供出更多的细节,也没有涉及武三思和二张兄弟,他的一颗心就放下了。他看了看面前毫无警惕的张锡,觉得没必要再说什么了,反正他将永远睡去,不会再看见明早的太阳了。

　　一想起张易之操纵的这一切,武懿宗就从心底感到可怕。他们试图灭口的手段简直可以说天衣无缝——为张锡配置的毒药并不是立即发作,而是需要一段时间毒性才能散开,进入血脉,进而危及五内;其二,在这个过程中,被害人没有任何疼痛的表现,而只是昏昏沉沉地睡去;其三,人死后,七窍如常,表面上看不出任何中毒的痕迹。

　　看着时间不早了,武懿宗便起身告辞,临走时留下一句话:"麟台监已在陛下面前斡旋,不久大人就可安然无恙地出狱了。"

　　武懿宗走了,张锡的一颗心也终于安静下来了。他在内心笑魏元忠之流竟然与武氏对抗,岂非以卵击石?他敲了敲墙壁,没有得到任何回应。哦!"苏模棱"出去了。这有什么了不起,过几天本官也将出去……

　　他觉得眼皮有些沉重,遂到床上躺下,朦胧间,似乎自己轻飘飘地飞出了牢狱,飞回到府上。妻妾和儿女们正倚门翘望,看到他,他们一个个泪如泉涌,泣不成声。张锡怒道:"哭什么,我这不是回来了么?"可他们仍号啕不止。

　　张锡就有些生气,转身来到梁王府,却被禁卫持刀拦住,厉声问道:"何方厉鬼,竟敢私闯王府,还不快快退下!"

　　他看不清自己的面容,怎么会是碧眼红发的厉鬼呢,他对禁卫道:"请你禀报,就说下官要见王爷。"

　　那禁卫并不说话,举起刀就向他砍来。他一闪身躲开禁卫,落荒而逃。忽然一阵风来,他被托上天空。回眸俯视,身下的王府广厦联署,树影婆娑,似有人影晃动……

　　武三思在梦中看见了张锡,并且清楚地听到了他的呼唤,"啊"的一声就醒过来了,惊得身边的王妃倏然起身,问道:"王爷怎么了?"

　　武三思赧颜道:"我刚做了个梦,梦见了一位去世多年的友人,故而惊呼。"

　　王妃娇嗔地看一眼武三思,拉过他的手放在自己的胸口道:"王爷一声喊不要紧,吓死妾了。摸摸,心跳都快了许多。"

　　武三思抽回手,他已许久没有与王妃一起缠绵了。并不是王妃不美,只是他一想起上官婉儿,就觉得王妃如一只敝屣,随时都可以扔掉。对于这点,王妃也不是毫无觉察,她也有自己报复的手段。一天,白马寺的怀清住持来府上拜访,恰逢武三思外出,饮茶期间,两人就从彼此的眉眼中读出了欲望。当然是王妃先把自己的香腮贴了上去,怀清便将佛家的"十重戒"置之脑后了。此后,王妃便常常借了进香还愿到白马寺与怀清幽会。

当然场面上的戏还是要演的,明知武三思不待见,可她还得装出一副娇媚的样子。她的身子软软地靠向武三思肩头,武三思一闪躲问道:"现在是何时辰了?"

"禀王爷,现时是卯时三刻了。"外面立即有丫鬟回答。

"唉!又该上朝了。伺候本王更衣洗漱。"武三思吩咐丫鬟。

"天天上朝,都烦死了。"王妃懒懒地躺下去,一扭身,面朝了里面。

武三思也不理会,洗漱一毕,用了简单的早膳,出门一看,雪还在下,不由得骂了一句。他登上车驾,驭手一声鞭响,马蹄儿踩过泥水流淌的石板路,朝洛阳宫方向而去。一路上,梦里的情景总在他的心头盘桓,不知道武懿宗的事情究竟办得怎么样了?

车驾在司马门外停住了,他心绪烦乱地一下车,就遇见了苏味道。

苏味道一见武三思,便谦恭地拱手行礼道:"王爷早。"

武三思还礼道:"大人平安无事了?"

苏味道回道:"陛下圣明,王爷力保,苏某才有今日,深恩永志不忘。"

"好说,好说!"武三思有些尴尬。

两人先后来到塾门,已经有许多臣僚在候着了。姚崇、魏元忠、张柬之等看见苏味道,纷纷上前为他庆贺,苏味道都是回一样的话:"赖陛下圣明,大人力保,苏某才有今天,深恩永志不忘。"

"真所谓江山易改,禀性难移。经过这场风波,'苏模棱'依旧如故。"姚崇就在心里感叹。其实,姚崇并不知道,苏味道此时内心正酝酿着一个思虑了一夜的谋划。

辰时二刻,武钦站在含元殿门口高喊道:"时辰已到,请各位大人上朝。"

一切如常礼之后,武曌便要大家平身奏事。

苏味道抢先出列道:"臣有事陈奏。"

"哦,苏爱卿受惊了。"

"谢陛下。"苏味道举起手中的笏板,接着朗声道,"三月落雪,乃圣朝之瑞,丰年之兆。臣以为,应由宰辅率百官前往通神宫恭贺。"

他话音一落,朝臣中就轰然起了议论,赞许声与鄙夷声并起。首先是秋官侍郎张柬之出列道:"苏大人所言甚谬,恕孟将(张柬之字)不敢苟同。荀卿子曰:天有行常,不为尧存,不为桀亡。倘以苏大人所言,三月雪为瑞雪,即腊月雷乃瑞雷乎?"

苏味道向来在朝堂上以辩才著称,却不意张柬之出言铮铮有声,倒一时语塞,情急之间道:"大人可以不以为瑞,可下官以为瑞。大人拜否下官不知,下官是一定要拜的。"

魏元忠觉得"苏模棱"很有意思,定是被这选官案吓坏了,就想了法儿讨皇上高兴,于是接着他的话说道:"苏大人忠心可嘉,然以天象比附人事,虽俗人亦不齿。元忠以为,此乃阴阳变化之故,无须大惊小怪。"

姚崇在任何时候,都是持静守定的仪态,出列奏道:"微臣以为魏大人之言甚有道理。若是将灾情误以为瑞兆,则四时之序乱矣,臣请陛下明察。"

武懿宗、武攸宜等人暗地看了一眼武三思,见他没有参与争辩的意思,便也就三缄其口了。

武曌打量了一遍一众大臣,问张昌宗道:"奉宸令以为如何?"

令武三思没有想到的是,张昌宗直截了当地站在了姚崇等人一边:"微臣以为,此非瑞兆,乃灾情矣。"

武曌点了点头,但并没有责怪苏味道。她还是喜欢他的诗的,她知道,苏味道此举也是为了取悦自己罢了。武曌挥了挥手,宽大的衮袖在空中飘扬,声音中就带了低沉的威严:"众位爱卿,三月落雪,殊难称瑞,此上天以灾情谴告朕也。朕决计自今日起,斋戒五日,以示忏悔。"

事情到了这里,本可以退朝了,可就在这时,武钦匆匆来到武曌身边,小声附耳几句,武曌脸色顿时大变道:"立即宣他觐见。"

杜景俭便急匆匆地跪倒在丹墀内禀道:"启奏陛下,选官受贿一案首犯张锡于昨夜在牢狱中死了。"

"你将详情一一奏朕,若有半点隐瞒,依律重处。"武曌很疲倦又很恼怒。

杜景俭起身道:"昨日傍晚,微臣将张锡由三品院转至牢房,其虽烦躁不安,可并无自裁征兆。今晨,狱卒检索牢中嫌犯,才发现昨夜不知何时他已死去,尸骨已经僵硬冰冷。微臣忙传狱中医官查验,乃心病猝发致死。"

武曌紧逼问道:"有没有服毒迹象?"

"医官言道,若是服毒,必七窍出血。然观之嫌犯,神态安详,脸部并无痛苦,似是梦中去世。"

武曌长吟一声,环顾臣僚后问道:"诸位爱卿如何看张锡之死?"

"张锡之死颇有蹊跷,他迟不死,早不死,恰在转出三品院时死去,是否有人暗中相逼?或者暗送毒药进狱,都需侦查清楚。"张柬之一听就觉得有问题,他的话得到了魏元忠、徐有功等人的赞同,却遭到了张易之和武三思的反驳。

先是武三思出列道:"几位大人所言不无道理。然按大周律令,办案者须重证据,杜大人有言,医官查验,并无中毒迹象,乃系心病猝发而死,陛下圣明,不难做出圣裁。"

从早朝一开始就沉默的张易之也适时地表达了自己看法。张易之在任何时候都不忘保持风流倜傥的姿态,他很潇洒地挥了一下衣袖,文雅地行礼道:"微臣以为,梁王所言甚是。张锡贪贿,败坏政风,玷污圣朝,罪不容赦。魏大人、张大人为此案殚精竭虑,弥足可敬。今张锡自绝于陛下,乃罪上加罪,故臣以为应将其暴尸三日,以儆效尤。"

他的谏言立即获得了武懿宗的支持,以为这样既可以结案,又可以对有罪者给予惩罚。

武曌一直很认真地听着臣僚们的争辩。有时候听不清楚,便会转过脸问站在一旁的武钦,就在大家争执不下的时候,她适时地说话了:"张锡畏罪自裁,死有余辜。其族流放岭南,即日离京,不可延宕。退朝。"

朝会就在武曌庄严的诏令中散了,大臣们都怀着各异的心情离开了含元殿。武三思、张易之如今再不用怕被张锡牵连了。为了避免大家怀疑,他们在走出大殿后,就各自回了署中。

而此时,武曌正与魏元忠谈论着另外一件有关社稷的大事,话题自然还是从审案开始。

"爱卿明察暗访,索取证据,终于使选官一案真相大白于朝野,朕总算是可以安慰狄公在天之灵了。"说完,武曌转头对进来的武钦道,"将此案结果知会太子,让他从中吸取教训,日后临朝,也好遵循纲纪。"

魏元忠是何等敏锐之人,他从武曌说话的口气就捕捉到了皇上心底的微澜——她不再拒绝太子参政了,也许……还没等他往深里想,武曌的声音又在耳边响起来了:"朕闻吐蕃近来政局纷乱,担心西陲不稳,故而欲任爱卿为灵武道行军总管,以御吐蕃。爱卿可愿否?"

"身为朝臣,为社稷肝脑涂地,在所不辞。微臣愿遵旨即行。"

武曌见状十分感慨:"朕从爱卿与姚崇身上屡屡感受到狄公的精魂犹

在,此乃社稷之幸矣。"

君臣的话说到这个份上,加上刚才武曌话中透露的信息,魏元忠觉得积在心里许久的话是时候一吐为快了。趁着武曌对狄公的追念, 魏元忠进言道:"狄公者,圣朝国老,臣等楷模。明于此,臣当效狄大人之风,知无不言,言无不尽。臣在离京之前,有些话想当面向陛下陈奏,不知可否?"

"爱卿有话尽可直言,无须将言而嗫嚅,朕非昏庸之君,亦非拒谏之主。"

但魏元忠还是起身向武曌施了一礼,才很严肃道:"陛下钦先圣之顾托,受嗣子之推让,敬天顺人,二十年矣。岂不闻帝舜褰裳,周公复辟,舜之于禹,事祗族亲。且与成王,不离族叔。族亲何如子之爱,叔父何如母之亲?"

武曌的眉头颤了颤道:"你我君臣, 心有相印, 不必引经据典, 直言无碍。"

"陛下从谏如流,乃社稷福祉。臣的意思是,太子孝敬是崇,春秋既壮,若使统临宸极,何异于陛下之身。陛下年高既尊,宝位将倦,机务繁重,浩荡心神,何不禅位东宫,自怡圣体?"

魏元忠知道说到了武曌数十年来的敏感处, 而且多少人还为此流血殒命。他情不自禁地悄悄打量了一下武曌,却没从她的目光中读出厌烦和恼怒来,这使他有了信心,干脆咬咬牙将剩下的话也说了出来:"自昔理天下者,不见二姓而俱主也。当今梁、定、河内、建昌诸王,承陛下之荫覆,并得封王,臣谓千秋万岁之后,于事非便,臣请黜为公侯,任以简闲。臣又闻陛下有二十余孙,今无尺寸之封,此非长久之计也,臣请分土而王之,择立师傅,教其孝敬之道,以夹辅周室,屏藩皇家,斯为美矣。"

这一番话,听来和风细雨,可对武曌来说却如洪钟大吕,响鼓重钹,震得她耳膜嗡嗡作响。她在何处听过这些话?哦!她想起来了,苏良嗣说过,李昭德说过,狄仁杰也说过。她也曾试图以铁券盟誓化解这些纠结。可张锡一案疑窦重重,使她不能不重新看待这盘根错节的关系,虽然她还不能给魏元忠一个明确的回答,但她对这些话已不再像早年那样厌烦和反感了。

武曌慢慢向魏元忠那边挪了挪身子,昏花的眼里就荡漾了柔和的光彩:"爱卿所奏,正乃朕夙夜不寐,困心衡虑所在,这样……"武曌的语气显得大度和宽怀,完全是一副商量的姿态,"容朕澄心涤虑后,再行知会爱卿如何?"

"谢陛下宽怀。"魏元忠起身告退,其实,他也没有奢望武曌今日就做出决定。

魏元忠告退后,武曌挥了挥手,对张尚宫与武钦道:"你等也退下,朕想一人静一静。"

她很伤心,父亲叱咤风云一生,可他的儿孙们为何没有一个能够为武氏争回哪怕一缕光彩呢?她御臣执政,搏击风云数十载,为何最亲近的人总是让她最揪心?而每一次平叛或者驱敌,要么是李氏宗室的将军,要么就是如狄仁杰这样的大臣。她也曾数次任命武氏一族的侄子们为行军总管,可他们要么怯敌不前,要么闻风逃遁,让她下不来台。可直到目前,她仍然摆不脱血缘对她的羁绊。其实,她根本不相信张锡乃心病猝死,可她之所以不再深究此事,就是担心武三思被牵涉进去。她开始对自己把希望寄托在武承嗣、武三思身上有了动摇。

想起魏元忠临行的一番陈词,这么多年了,一代代的大臣们都在同一件事上纠结,她没有理由不认真对待。突然,有一个遥远的声音传了进来,似乎在提示着什么。

"菁华已竭,褰裳去之。"那是《卿云歌》里的两句词,是说舜帝年老力竭,将大位传给了禹。这声音为何在此时传到自己的耳际?她大声问站在外面的武钦:"谁在殿外吟唱?"

武钦小心翼翼地禀奏道:"陛下要静一静,老臣命所有音乐都停了。"

她于是断定,这是上苍以古音警示于她。

一阵风带着雪天的春寒,从窗口拂过武曌的额头,也拂过她多味的心头。

说话间,就到了大足元年(公元 701 年)九月。张锡的案子终于过去了,武三思也有了一段平静的日子。这一天,他在宫中与上官婉儿耳鬓厮磨后,心情格外好,便想与王妃一起用顿午餐,因此没在外盘桓,就径直回了府上。

隔着老远,他就看见府令在府门前朝这边张望,那种久违的归家感瞬间就填满了胸怀,他很愉悦地对驭手道:"加快步子,我饿了。"

车子停在府门前,武三思下了车子,府令很热情地迎上前来道:"王爷回来了。"

武三思"嗯"了一声,边进府门边问道:"王妃呢?"

"小的只在门前迎候王爷,至于王妃……"府令迟疑了片刻应道。

武三思便不再问话,径直朝后堂而来。沿着天井边的回廊,进了后堂的门,他就听见内室传来男人的"哼哧"声和女人的调笑声:"大师,你真厉害!"

"美人儿,比之怀义如何?"

女人哧哧地笑道:"没有试过,如何知道?"

武三思头脑"轰"的一声,这一对狗男女何时到一起了?他挽起袍袖,就要往里冲,却被跟进来的府令轻轻拦住:"王爷息怒,家丑岂可外扬?"

武三思向府令努了努嘴,府令会意后高声道:"启禀王妃,王爷回府了。"

里面的调笑声戛然而止,过了一会儿,王妃慌张地在内室应道:"知道了!"又过了一会儿,头发有些蓬乱的王妃走了出来,怯生生地问府令道:"午饭备好了么?妾这就陪王爷用膳。"

"出来吧,本王知道你是谁。"武三思冷冷地对着里面说道。

王妃知道事情已经败露,浑身立刻颤抖不已,两腿一软,就跪倒在地了:"妾有罪,还请王爷宽恕。"

怀清明白隐藏已无可能,干脆走出内室,武三思怒不可遏,当头给了怀清三个耳光:"蠢驴,竟敢在本王府上放肆。来人,拿了。"

府役们纷纷持刀上前,可怀清却并无恐惧的意思,反而冷笑道:"王爷若是不欲陛下知道王爷所为,就让他们退下吧。"

闻言,武三思心头就立刻吃紧起来,猜想怀清究竟掌握了什么。于是,他使了个眼色,要左右退下,又挥了挥手,示意怀清到前厅去。

怀清果然对张锡一案的始末知之甚详,甚至包括他与张易之在什么地方商议配毒药,在什么时候派遣武懿宗进牢狱,什么时刻离开,都一清二楚。怀清在说完这一切后,淡淡一笑道:"贫僧相信,陛下根本不相信张锡乃心病猝死。若她真知道了王爷……"

"你想怎样?难道本王怕你不成?"武三思打断他的话。

"贫僧不想怎么样,贫僧只想送王爷一句话,与人方便,于己方便。"怀清还是淡然一笑。

这一句话,倒把武三思噎住了:"说,你还知道什么?"

怀清却是答非所问地问了一句:"小王爷近来可好?"

一提起儿子武崇训,武三思就是一肚子的火,这孩子终日在外游荡,他已经好几日没看见他的影子了。

怀清道:"小王爷常常与一女子到鄙寺来。"

"啊?"武三思吃惊地看了一眼怀清,心里就泛起无可奈何的愠怒。他一定是和安乐郡主一同去了,近来关于这两个年轻人的消息时不时传到他的耳内,这让他很不舒畅。武延基已与永泰郡主结了一门本不情愿的亲事,他怎么能容忍自己的儿子再和政敌的女儿纠缠在一起呢?当着怀清的面,武三思强压住心头的怒火问道:"他们都干了些什么?"

怀清放下茶杯道:"贫僧听说,那女子已身怀有孕了,寺内的职司说,那女子好像是安乐郡主,此事若是让陛下知道……"

闻言,武三思颓然倒在座椅上,脸上的愤怒迅速转换为无奈。怀清知道这一局算是自己赢了,但他也不想将关系弄僵,便顺口说了一句:"同行者还有……"

"如此说来,他们还不是两个人?"

"正是。据贫僧所知,同去的还有邵王、魏王武延基和永泰郡主夫妇。"怀清撩一撩袈裟,看了看武三思凝在一处的眉宇叹息道,"仅仅游玩倒也罢了,只是他们非议朝政,贫僧就不能熟视无睹了。"

武三思顿时睁大了眼睛,脖子伸出老长,吃惊道:"这是何时的事?"

"三月间……"

"你个秃驴,为何此时才告知本王?"

"若非今日之事,贫僧本就没有打算传扬。"

"哼!他们小小年纪,胆敢非议朝政,快告诉本王,他们说了些什么,本王定当奏明陛下,依律处置。"

作为平息事端的一种交换,怀清遂将塔林里李重润、武延基与永泰郡主所议话题,加上自己的理解评判,详细述说了一番。武三思一边听,一边就动了心思,好个李显,平日里装出一副事不关己、静居东宫的模样,内里却对陛下当年废掉他的帝位耿耿于怀。如果不是他与韦妃私下议论,李重润等为何知道这些事?

怀清说完这些,毅然起身便走,只留下一句话:"王爷记住一句话,与人方便,于己方便。"

望着怀清离去的背影,武三思发狠地骂道:"秃驴!本王迟早要杀了你。"

午饭时,王妃又是劝酒又是夹菜,武三思始终没有说一句话。他已经决计,为了声誉,可以不休她,但他从此不会再与她同床共枕了。

饭后,他把自己一个人关在书房里研墨赋笔,他决计将怀清所陈上奏皇上。他很自信,这定是给李显最有力的一击。他铺开稿纸,写下了第一句话,可举在手中的笔又停滞了。他忽然想到,此案还牵扯武延基,若是皇上盛怒之下连武延基一同治罪,他又怎么面对长眠地下的堂兄呢?武三思搁下笔,在书房里来回踱步,试图想出一个两全其美的法子来。当他踱步到第十个圈时,脑际忽然一亮,一个人的身影就入了心苑。怀清不是说李重润等人议论张易之兄弟吃软饭么,如果将之告知张氏兄弟,那将会是怎样的局面呢?他迅速地将开了个头的稿子揉作一团,对着外面喊道:"来人!"

府令应声进来,武三思吩咐道:"备车,去麟台监府。"

"王爷刚刚回来,又要出去么?"府令有些迟疑。

武三思就不高兴了:"休得多言,叫你去就去。"

府令便无奈地道了一声"遵命",随即出了书房,唤了驭手牵马套车。

车驾在驶出坊间的门时,武三思忽然想到崇训与安乐公主的事。若是三月,现在该是六月之身了,他必须先行一步,奏明陛下,为这个蠢子完婚,否则,又会弄得满城风雨。

……

太监王晖匆匆进了庄静殿,将一件来自瑶光殿的文书递给了太子李显。

李显拆开文书,一眼就认出是上官婉儿的手笔。那娟秀飘逸的行书,那流畅而又简洁的文字,一下子让他的眼睛亮了。他心头不禁惋惜,此等佳人,却在陛下身边荒废青春,能不扼腕?自从回京以来,他时不时地都会见到上官婉儿,她明澈的眸子、嘤嘤的语调,真让他觉得她是这个人世间最美好的女子,甚至想过有一天,她能够与自己朝夕相伴。但这也只是一闪念罢了。他知道陛下十分依赖上官婉儿,他如果提出非分之想,岂不是惹恼凤颜么?

他摇了摇头,将纷乱的杂念赶出脑际,埋头看文书,原来是遵照皇上旨意,向他知会张锡一案的。皇上在文书中要求诸王自行约束,不可恣意妄为,一俟发现,依律处置。

近来,皇上先是任相王李旦为兵马大元帅,后又不断地送朝政文书给自己,这一切,都带给李显一种预感,皇上对李氏的子孙们不再如早年那样冷酷无情了。

此时,太子宫尹豆卢钦望匆匆地进了庄静殿,他一脸的慌张,对站在一旁的王晖道:"请公公回避,下官有些话要单独禀奏殿下。"

看着王晖出了殿,豆卢钦望掩了殿门便对李显道:"殿下,大事不好了。"

李显示意豆卢钦望坐下,随后才问:"何事让爱卿如此惊慌?"

豆卢钦望就很吃惊太子的消息如此闭塞,道:"昨晚相王府的豆卢妃暗中遣人化装到府上,说是邵王和永泰郡主夫妇在白马寺私议陛下与张氏兄弟宫闱之事,被张易之得知,已经禀奏陛下了。陛下大怒,已降旨由左金吾将军武懿宗率羽林军拘捕几位小王爷和郡主去了。"

"蠢材!你是要害全家么?"李显一声长啸,只觉五内翻腾,胸口一热,霎时昏了过去。

豆卢钦望情急之中抱着李显，一边呼唤王晖，一边按摩李显的胸部。过了半天，李显才睁开眼睛，无力地伸了伸手指，指着殿外道："速请王妃、重润、郡主和驸马到殿中来。"

王晖去了不一会儿，韦香先到了。她走进大殿，将李显扶到内室榻上，又命宫娥奉了热茶。豆卢钦望也简单告诉了她事情的始末，看着太子脸色慢慢地添了红色，她才含泪安慰道："事情既已发生，殿下也不必伤心。眼下最要紧者，莫过于躲过劫难。"

李显浊泪涌流，捶打着自己的胸脯道："我愧对列祖列宗，疏于管教，以致让蠢材惹下此等祸端。"

韦香擦干眼泪，眸子里就平添了刚强和不羁道："陛下不检点，做下此等事情，难道还害怕非议么？"

李显一听这话就更心痛，都是她平日里说话毫无遮拦，以致影响了儿女，他闭着眼睛摆了摆手道："陛下已责成梁王查案，他身为太子少保，岂能轻放，王妃就少说两句吧。"

韦妃也知道事态严重，当年废黜帝位的噩梦历历在目，一切的得来和失去都不过是一瞬间的事情。自进宫以来，韦香深知武曌的为人做派，多年漂泊异乡的参验使她意识到，当下最要紧的是保住太子，不给武氏留下任何把柄。想到此处，韦香狠狠地擦掉腮边的泪水，转而满脸愠怒，对王晖喊道："命狄光远、娄云速押李重润和李仙蕙、武延基夫妇到殿中来。"

李显挣扎着起身，惊慌失措地问道："你要干什么？"

韦香傲然而立，满目森严地说道："蠢材不尊法度，非议朝政，罪在不赦，我要将他们交给左金吾将军，严加惩处。"

"你疯了么？此一去凶多吉少，作为母亲，怎可将亲子送上断头台？我绝不答应。"李显这一说，豆卢钦望和身边的太监、宫娥哗啦啦跪倒了一片。

"请王妃念在殿下与王妃漂泊房州的年月，邵王被囚别所，饱受煎熬，好不容易有今日，怎忍……"豆卢钦望也劝慰道。

韦香的泪水在眼眶里打转儿，就是忍着没有让它淌下来，她尽量让自己平静下来，大声道："宫娥们退下，豆卢大人留下，我有话要说。"

韦香拿出丝绢，哽咽道："常言道，虎毒不食子，我岂能心甘情愿将亲生儿子送入牢狱？可殿下与豆卢大人想想，眼下最要紧的是什么？是太子，只要太子在，将来总有一天能为他们洗雪沉冤，若是太子不保，万事休矣。"

众人都沉默了,他们不得不承认韦妃言之有理。但李显就是接受不了,忍不住涕泪怆然:"作为国之储君,当朝太子,我尚不能呵护自己儿女,这太子纵然做了,又有何意思呢?"

其实,韦香又何尝愿意将亲生儿女送出去呢?她怎么会忘记女儿李仙蕙出生的那个大雨滂沱的夜晚,身边只有李显和乳娘,从头一天夜间开始阵痛,到第二天凌晨女儿才呱呱坠地,其间几次她都痛得昏厥过去了。当听到婴儿第一声啼哭时,她像散了架一般,只有泪水流淌。更不用说润儿,四岁离开母亲,十四年生离死别。她此举不过是去下赌注罢了,也许,皇上会因为太子原谅他们兄妹的年幼无知。韦香背过身去,她不敢面对李显绝望的目光。

这时,狄光远和娄云带着李重润和李仙蕙夫妇到了大殿,韦香倏然转过身来,饱含着痛惜、愠怒、幽怨地看着三位年轻人,口张了几次,终于下令道:"将李重润、李仙蕙、武延基拿下。"

李重润拉着李仙蕙就跪倒在地,放声大哭:"都是孩儿不孝,使父母受牵连。孩儿死不足惜,只是妹妹腹中怀有骨血,请父亲恳求陛下饶了妹妹。"

李仙蕙更是泣不成声:"请母亲奏请陛下,待孩儿生下腹中婴儿,自去领罪。"

武延基悲愤交加,仰天长啸,上苍啊!这究竟是为什么?多少年来,他亲眼看着李、武两族屡兴血雨腥风,多少重臣良将为此死于非命,多少皇亲国戚为此喋血宫闱?就是他的父亲不也因为不能遂愿,郁郁而终么?他厌倦了这种钩心斗角,尔虞我诈。因此,当新婚大典之夜,他与郡主相拥而坐的时候,就盟誓绝不让父辈的恩怨在自己身上延续。有一天,郡主告诉他已经怀上他的骨血时,他甚至给未来的孩子起了"怡和"的名字,他要让他们的后代永远忘记这些仇怨。

"孩儿要面见陛下,问一问究竟是为什么?"武延基说着,就要向外冲。

韦香厉声喝住他道:"狄光远、娄云,速将他们拿下。"

"王妃……"狄光远、娄云手按剑柄没有动。

"你等不动手,我亲自动手。"韦香转身从两位将军手中抢过绳索,狄光远看着韦妃铁青的脸色,忙上前将三人锁了。

李显看着眼前发生的这一切,痛不欲生,对着窗外呼唤:"父皇啊!您在天有灵,救救重润和仙蕙吧!"

"圣旨到。"随着宫门外一声喊,一位府役仓皇地进来禀报,说武懿宗带领禁卫来了。

"扶我起来。"李显对王晖道。他刚刚下得榻床,就看见禁卫在庄静殿外密密麻麻地排开了,武懿宗捧着皇上制书高声道:"陛下有旨,请太子殿下接旨。"

一众人等都随太子跪下后,武懿宗看一眼李显,展开制书,念道——

　　制曰:查邵王李重润、魏王武延基、永泰郡主李仙蕙,非议朝政,图谋反叛,着即赐死。钦此。

庄静殿霎时陷入一片死寂。接着,就是断断续续、此起彼伏的哭声。

"太子谢恩。"武懿宗在一边提醒,但他没有听到来自李显的回应,接着声音就提高了,"李显谢恩。"

跪在身旁的韦妃撞了撞李显,率先头贴地道:"谢陛下隆恩。"然后转过头去看三位受缚的儿女,倏然发现李仙蕙已昏厥在地,身下淌出的血染红了地砖。她急忙上前抱起郡主,手伸到鼻翼处试了试,似已气息奄奄。韦香泪如泉涌,吻着女儿的额头呼唤:"蕙儿!蕙儿!"

李仙蕙睁开眼睛,挣扎着说道:"母妃……孩儿对不住母亲、父亲……孩儿……"不一会儿,她眉宇间凝固着一息痛苦,便气绝身亡了。

武延基发疯般地挣脱押解他的羽林卫,扑到李仙蕙身上,放声大哭:"郡主,是我害了你啊!"

哭了一阵,武延基站了起来,一步一步地来到武懿宗面前,眉宇间凝聚了极度的轻蔑:"我要问问,您为何要这样?您以为将李氏宗室赶尽杀绝,就可以坐上储君的位子了么?您的这些想法譬之犹以指测河,以戈舂黍,以锥餐壶,您残害忠良,总有一天要遭天谴的。"

面对指责,武懿宗脸上白一道、红一道,说话的声音却有些怯颤:"你放肆……"

韦香最后看了一眼李仙蕙逐渐冰冷的身子,慨然擦掉眼泪,吩咐将李仙蕙的尸体抬往偏殿。

李显对眼前的一切已经木然,没有悲伤,没有愤怒,没有泪水,仿佛所有的一切都已离他很远了,仿佛眼前的劫难发生在别人的府邸。他就那么坐在地上,沉默而无助。

这时,跟随武懿宗来的一位宫中太监传达了武曌的口谕,将李重润、武延基杖杀。

当死神真正降临时，那种初始的恐惧已被因难以抗拒而生出的冷静所取代，李重润很平静地接受了这一切，他先向李显深深地叩头，感谢父亲带给他的一切。他唯一遗憾的是，在天各一方十四年之后，与父母相聚的时间太短："若有来世，还要您做父亲。"

这一句话让父子相拥而泣，李显道："儿啊，若有来生，定要觅一位雄杰做父亲，万不可如我……"

李重润来到韦香面前，长跪三拜，对自己给母亲带来的一切深深负罪。

韦香一狠心，甩开李重润的袍裾，咬了咬牙道："皇命如天，你去吧！"

武延基面对李显，带着深深的歉疚道一声："是武氏对不起李氏。"

羽林卫便上前将他们押向了别殿，不一刻，便从别殿传来了惨烈的叫声，每一声都让李显浑身战栗。

渐渐地，喊声越来越低，直到最后听不到一点声息。李显知道，他的儿子已经抱恨而去了，便忍不住大哭："先帝啊，你可知儿臣的丧子之痛么？"

这时，有雷声从天空滚过，庄静殿上空蓦地闪现一道电光。王晖很吃惊，重阳节前雷声大作，上天真的发怒了么？

第二十章

隐忍为磨心中剑　思归难破梦里结

临淄郡治所历城,南倚泰山,北临黄河,素来是商旅繁盛、富可敌国之地。相传当年舜帝就曾在这里躬耕垅亩,故而境内的历山又称为舜耕山。不过,现在它却以数以千计的石佛而得名千佛山。

九月,秋高气爽,也正是千佛山香火旺盛的季节,南来北往的善男信女们在佛窟间穿梭礼拜。有的求早得贵子,承继家业;有的为先慈先严祈福纳祥;有的则为了自己的仕途前程求签卜运。当然,也有不信这些,而只是徜徉于明山秀水之间养心怡情的。

太阳悬挂于树梢时,从山下走来一干人,为首的少年十五六岁,着一身紫色箭衣,披一件猩红斗篷,腰挎龙泉宝剑,气宇轩昂、英姿勃勃。他时不时地抽一鞭胯下的坐骑,对后面的人喊“跟上”,留下一团滚滚烟尘。跟在他后面的随从们大多也是些二十岁左右的年轻人,听见呼唤,便争先恐后地放马过去,引得过往的路人侧目不已。

“这是哪家少爷,生得如此英俊?”

“他可不是哪家少爷,而是当朝王爷。”一位商旅模样的中年人不无夸耀地说道。

“足下如何得知?”

“这……”中年人卖了个关子,但还是忍不住道,“一日王府的人找我采购海鱼,说是给王爷享用,若是好吃,今后就在我这专事购买。当我被引进王府时,就看见一位少年在厅中念书,其他人见了他都毕恭毕敬的。那少年就是刚才过去的这个人。”

看他说得有鼻子有眼的,周围人都投来信服和羡慕的目光。

中年人说得没错，策马而过的正是大周相王李旦的三子、临淄王李隆基。从长寿二年改任临淄王以后，他远离京城已经八年了，当年那个懵懂的孩童，如今已长成翩翩少年了。

一干人来到山下，李隆基勒住马头，回身看了一眼卫队队正和年龄稍长的府令道："山路陡窄，干脆寻一家车马店拴了坐骑，步行上山，一则是对佛心虔诚，二则也可沿路观景。"

队正应了声"遵命"，遂从李隆基手中接过马缰，向道旁的车马店去了。借着等候队正的当儿，李隆基与府令一起向前面人群聚集的地方走去。

人群中不断传来"呼嗨"的喊杀声，他挤了进去，就瞧见一夷族女子正在舞剑，一把宝剑在她手中舞得呼风唤雨，云涌涛卷。随着她翻腾跳跃，周围笼罩着一层热腾腾的水汽，显得她益发俏丽动人了。李隆基禁不住在心底惊叹：不想这食肉驱马的夷族，竟有如此美貌女子。

就在这时，从路南走来一群异族男子，拨开人群对女子道："可汗有令，请公主回去。"

那女子也不理会，只是停下舞剑，平定气息，收拾行囊向外走去。那几个男子见状，相互传递了一下眼色，便亮开兵器将女子团团围住。那女子眉毛一横，从鞘中抽出宝剑迎战，双方厮杀在一起。不一会儿，女子终因寡不敌众，娇喘连连，想卖个破绽跳出圈外，不料却被死死缠住。忽然，那为首的汉子大喝一声，那女子顿时失势倒地，目光中满是绝望，却仍凛然道："将军今日纵然杀了我，也难收我南去之心。"

李隆基见状，顿感愤愤不平，挥起宝剑上前一步，将女子与几位汉子分开道："有话好说，何必动刀？朗朗乾坤，你等妄生事端，放了她……"

那汉子见半路杀来个翩翩少年，便不以为意地扫了李隆基一眼道："何处来的杂碎，竟敢在此说三道四，轰出去。"

闻言，几个黑脸汉子凶煞煞地朝李隆基扑来。他一个闪躲，为首的汉子扑了一个空，扑通一声趴在地上。接着他飞起一脚，向尾随上来的那人踢去。那人一躲，李隆基趁势一刺，那人几个滚翻，虽未伤及生命，心里却是慌了。

另外两人见擒拿无法近身，干脆手持兵器，向李隆基发起夹攻。李隆基的龙泉剑恰似蛟龙出水，时而平刺，猛虎掏心；时而上刺，直取天庭；时而当空力劈，壁立千仞。只见剑光闪闪，喊杀阵阵，剑锋所指，对面就传来一声惊呼。刚刚准备散去的人群纷纷又围了上来，发出起伏连绵的欢呼。

李隆基年轻气盛，听见欢呼，更是心力倍增，意气高涨。他瞅着左侧一个斜刺,只听"哎呀"一声,剑刃上就沾了血。那汉子捂着胳膊向一边退去,另一个见状正要转身逃去,却不料遇见了匆匆赶来的队正和卫士,一番厮杀后,那汉子就地毙命了。

为首的男子一看大势已去,便仓皇逃进了山边的小沟。队正欲率人追赶,却被李隆基拦住。接着,他来到姑娘面前,双手打拱道:"姑娘受惊了!"

那女子对大周礼节似乎很通晓,忙还礼道:"多谢少将军搭救之恩。"

李隆基收了宝剑,问道:"姑娘从哪里来,又要到哪里去?"

女子警惕地看了一眼李隆基,嗫嚅道:"这……敢问少将军是……"

话音未了,府令便上前介绍道:"此乃大周临淄王。"

李隆基笑着补充道:"在下姓李,名隆基。"

"哦!"女子惊叹一声,心想当初见那武延秀一表人才,今日见了这小王爷,方知中原人才济济,个个潇洒俊逸,忙屈身见礼:"参见王爷。敢问王爷可认得一位叫武延秀的王爷?"

李隆基闻言就笑了:"岂止认识,他就是本王的表兄。"

"他在神都可好?"

"他很好!敢问姑娘尊姓大名,又是如何认识表兄的?"

"我乃默啜可汗的女儿颉妍。"女子目光中流溢出淡淡的忧伤。

"姑娘既是公主,却为何被一伙强人追杀?"

"此事说来话长,待有机会再禀告王爷。"言罢,颉妍公主欲转身离去。

李隆基拦住她道:"方才让公主受惊了。公主孤身一人,若是再遇到此等强人,亦是寡不敌众。若是不介意,公主不妨随我一同游山,也好有个照应。"

颉妍公主看李隆基言谈举止礼貌而儒雅,是可信之人,便颔首道:"恭敬不如从命。"

于是,一干人沿着盘山路缓缓而行。大约走了二里路,前面有一凉亭,亭前有一槐树,亭亭如盖,金色的槐叶飘飘洒洒地落了一地。府令便告诉李隆基道:"此槐乃贞观年间左武卫大将军秦琼所植,原是做拴马用的。不想七十多年过去,龙枝虬爪,夏日浓荫遮蔽,眼见得长成参天大树了。"

李隆基抚摸着槐树沧桑斑驳的树身,心中油生感慨道:"我读《说文》乃知槐,木也,从木,鬼声。鬼者,归也,故而室外植槐,乃寄怀乡之意。"话说到这里,他就不再往下说了,但府令却听懂了殿下的弦外之音。是啊!从长寿二年至今,除了皇上在通神宫举行朝觐大典时才有机会回到京都以外,其余时间他都只能待在历城,甚至他的一举一动都有人暗中监视。这样的亲王,还有何贵可言？倒不如普通百姓自在。

李隆基的话也在颉妍公主心中激起了思乡的情怀，黑沙城外的草原多么辽阔，她本该是草原的女儿，如今却为了寻找属于自己的真爱而背井离乡。她没有读过《说文》，但她理解临淄王所说的那个"归"字，只有回到家里，心才能靠岸。可她的家在哪里呢？

继续往上走，就到了半山腰，李隆基止步回眸，但见近处，"历水波"水面如镜，波光粼粼，远处，黄河如带，东归大海。要说临淄这地方，也算是天下福地。当年齐国在这里称霸一隅，成为一方盟主。惜乎齐王建昏庸无能，最后竟被强秦鲸吞。这一段历史让李隆基很是感慨，追昔抚今，当今皇上与齐太后何其相似，但这些话他只能藏在心里。凭栏远眺，他油然叹息人事代谢，江山兴废，吟出一首七绝来：

> 满眼风来秋色愁，黄河历水一望收。
> 几度兴废烟波里，忍将浊醪醉国忧。

"王爷果然才思敏捷。"颉妍公主虽然没听懂诗中的意思，但李隆基吟诗的神采，却给她留下了深刻的印象，遂称赞道。

"随口吟来，不成章句，见笑了。"李隆基憨憨一笑。

几人转身继续上山，就到了贞观年间修建的兴国禅寺。府令问道："要不要知会寺院住持？"

李隆基摆了摆手道："我不过是闲来转转，何必兴师动众？"这话又让颉妍公主一阵感慨。

随着人流，大家便到了大雄宝殿，李隆基命府令买了香火，然后合掌闭目，聆听耳边钟磬声声，心却是飞到神都了。据当地人说，天授元年武曌称帝后，又在寺院后面的山崖上凿了不少石窟。多年过去，气象越发的壮观了。可他就是不明白，对佛事如此上心的皇上为何举止却总与佛意相违。长寿二年，他的母亲窦妃与刘妃进宫面圣，不明不白地失踪。还有祖母逼迫父皇让出帝位时，他们兄弟的艰难处境。这些往事让他一想起来就觉五味杂陈，便暗暗地立下夙愿：有一天定要夺回大唐的万里江山！

境遇教会了他许多。他知道，以目前的力量还不可能与皇上抗衡。他年龄虽小，却深知韬光养晦的道理。只要回京，他就一定要到武成殿去拜谒皇上，毕恭毕敬的陈奏他在封邑内的一切，极言临淄百姓如何感谢皇上恩典。

可现在面对着佛像,他眼睛却湿润了,他现在能做的就是祝祷母亲的在天之灵能安息。当他侧目看身边的颉妍公主时,惊异地发现她不知何时已泪流满面了。她和武延秀之间究竟有着怎样的故事呢?他知道武延秀曾奉旨到黑沙城和亲,可具体细节就不得而知了。

从大殿出来时已是正午,府令向李隆基禀奏道:"殿下,山下有一家齐地风味酒庄,名曰'历水居',菜肴虽出于民间,却是十分可口。"

李隆基点头应允,遂邀颉妍公主一同用餐。

到一雅间坐了点好菜,不一刻,酒肉便上齐了。酒是当地产的"高阳春",初饮味甘醇,多饮则易醉。李隆基平日在历城难得潇洒,今日便放开了饮。颉妍公主也为途中结识了又一位大周亲王而兴奋,加之来自草原,有些酒量。几巡下来,便都有些微醉了,特别是颉妍公主被酒染红的两腮,艳若桃花,边喝酒边和李隆基聊起了自己的经历……

原来,自默啜与大周开战后,她本来准备救出武延秀,并跟着他私奔到洛阳的。孰料中途事情败露,武延秀被囚禁,而她也被默啜锁在穹庐里不许出来。后来,她听父亲说已将武延秀交给了阎知微,而阎知微为了讨好武曌,护送武延秀回了神都。于是有一天,她用蒙汗药酒灌醉了看守她的侍卫,化装逃出了黑沙城,一路朝南而来。她相信,总有一天会再见到武延秀的。

一个突厥女子千里奔波,就为能够与自己心爱的男子在一起,这种勇气让李隆基十分感动,他没有理由不帮她。借着酒意,李隆基承诺道:"我要派侍卫护送公主去神都。"

闻言,颉妍公主流泪了,向李隆基行礼道:"多谢王爷,颉妍一定会报答的。"

李隆基一回到历城,郡刺史王彦就遣人送来了皇上的制书,那是一个令他十分震惊的消息:邵王李重润、魏王武延基因妄议朝政而被皇上杖杀了,同案的永泰郡主李仙蕙也因早产身亡了。

李隆基感到万分悲愤,他似乎听到了李重润惨烈的呼喊声和李仙蕙赢弱的呻吟,看到了他们愤怒的目光。他比李重润小两岁,与李仙蕙同龄,如果是生在寻常人家,这个年龄正是烂漫花季。李隆基又想,仅是一般的朝事显然不足以让皇上如此大开杀戒。想必是他们的议论伤了陛下的自尊,触动了她最敏感的部分,除了那几个男宠,还能有什么呢?

李隆基很快就明白了,皇上之所以要颁这个制书给各个亲王,就是要杀一儆百,堵住诸王的口。他庆幸自己平日里谨言慎行,没有在属官们面前流露出任何不满的情绪。而且,他在心头盘算着,如何让皇上淡忘李重润、武延基之事。思虑了一会儿,李隆基对着外面喊道:"来人!"

侍卫队正应声进来,李隆基便吩咐道:"传长史、司马和咨议参军到王府议事。"

在队正传唤各位属官的同时,李隆基进一步梳理了自己的思路。他觉得眼下必须要办的一件事情,就是一定要平安无事地将颉妍公主送到神都,此举必能达一石二鸟之效:其一,它可以消除武曌因为默啜背约而积在心头的块垒,尤其是武延基被杀后,武承嗣一系唯有武延秀是她最喜欢的,皇上会因此而对他更加信任。其二,此举足以麻痹武三思、武攸宜等人。欲图大事,必须隐忍,这也是李隆基从父亲的沉浮中得到的最大收获。

过了一会儿,队正进来禀报道:"殿下,各位大人到了。"

在前厅坐定后,李隆基便把皇上的制书给大家轮流看,众人面面相觑,都深感恐惧。长史关心道:"想邵王深受皇恩,报犹不及,怎会暗怀私愤?必是有人谗言陷害。属下以为,殿下应多加警惕,以防有人诬报。"

"长史大人所言极是。"司马也点了点头。

闻此,李隆基就笑道:"各位在本王身边任职经年,对本王秉性应该熟知。本王对陛下的忠心,天日可鉴。眼下当务之急,是要让陛下明本王之志,大家有何良策,不妨讲来?"

"临淄,齐之故地,世刺绣,恒女无不能,襄邑俗织锦,纯女无不能,日见之,日为之,手狎也。陛下重女红,不如选绣女进宫如何?"司马一听,便如此建议道。

李隆基看了看咨议参军,问道:"参军以为如何呢?"

咨议参军乃在座的长者,沉吟片刻后道:"司马大人所言不无道理。不过以属下看来,尚衣局绣女三千,何在乎些许绣工?属下以为,殿下召臣等来,必有计在心头。"

李隆基点了点头:"正是如此。陛下春秋日高,阶前亟须分忧之人。前年本王回京觐见,听说奉宸府令张昌宗、麟台监张易之兄弟二人年轻干练、辅政有能,故有意上奏朝廷,谏言陛下封其为王,如何?"

"这……"长史和司马很吃惊,一向深明大义的李隆基怎么会出此下策?

咨议参军的眼睛转了转,不由得诡谲地笑了,他已明白殿下的想法了。于是毫不犹豫地赞同李隆基的决策,并且自告奋勇要承担奏章的撰写,孰料李隆基站起来道:"本王口述,参军来写如何?"

不一刻,侍卫铺开绢帛,笔墨。咨议参军执笔,龙飞凤舞地开始了——

> 臣虽远处齐地,然迢迢千里,不隔牵念陛下之心;关山重重,难阻祖孙血脉之情。魂牵梦绕,唯陛下寿海福山。夫陛下春秋日高,不可一日无分忧之臣;朝事多风云,不可一日无股肱之辅。奉宸令者,体强思锐,深谙圣意;麟台监者,才高智深,直谅多闻。功在大周,情在社稷,臣乞陛下册封王位,此安天下,强社稷之大计也。臣顿首,切切。

这一番话,说得属官们瞠目结舌。李隆基不是没有看到他们迷惑的目光,但在他看来,属官明不明白,甚至误解,都无关紧要,要紧的是太子伯父和父亲明白就行。

长史似乎从两人的表情中明白了一些,却又不敢确定。到历城这些年来,他总是将李隆基当孩子看待,可今日之事若真如自己所想,那就不得不对他刮目相看了。想到此处,他不禁追悔自己见事太迟,忙站起来说道:"属下愿专程赴京呈送殿下的奏章。"

李隆基眨了眨眼睛道:"不必劳动大人,呈送的人有了。此人不是别人,乃突厥颉妍公主是也。"

闻言,大家又是一愣。李隆基并不多做解释,只说颉妍公主逃离黑沙城,欲往神都与淮阳王完婚,他欲遣司马护送。

众人散了后,李隆基留下司马吩咐:"你明日就起程。临行前到王府来,本王有家书给父亲,你务必送至王府,不可让颉妍公主知道,明白么?"

司马领命便退下了。

……

李旦看着李隆基的书信,久久不发一言,由衷地感叹他长大了。

> 儿臣近读《庄子》,其曰:"强力忍垢,吾不知其他也",夫欲图存者,必欲能忍;欲雄起者,必先能忍;于谋大举者,必定能忍。畴昔汉之高祖能忍,而有大汉之兴;项籍不能忍,乃招垓下之悲。于今朝堂,李氏式微,当以强力忍垢,而后有社稷兴,皇兄暗于此道,故而喋血瑶光。明于此,儿臣已上奏陛下,求封奉宸令、麟台监,万望父王解之……

李旦转过身,在烛火上燃化了密信,当那些纸片化为黑色蝴蝶后,相王府长史姚崇便进殿来了,他向李旦施了一礼后道:"微臣刚从东宫过来。"

李旦挥手示意姚崇在对面坐下,随后便问道:"太子情绪如何?"

"太子情殇之至,每日晨起便念着邵王和永泰郡主的名字,悲泣不止。"

"中年丧子,情何以堪?若是在我身上,必更甚之。"李旦长叹一声,"我碍于处境,不便探看,还请大人代为聊表慰藉之情。"

"太子理解殿下难处,要微臣转致谢意,毕竟兄弟情深。只是韦妃悲愤交集,终日凤噪,太子担心……"

听闻此话,李旦的脸色严肃了:"明日爱卿可再去东宫劝解,定要韦妃明了大局,不可因小失大。"

"微臣责无旁贷。"姚崇答毕,接着就谈到今日朝会上,皇上对临淄王派司马护送颉妍公主来到神都很是高兴,说她早就看出临淄王身上有高宗的遗风,当殿便命武三思、武攸宜兄弟为武延秀择定吉日完婚。

李旦的脸上这才活泛多了,心想果然不出隆儿所料。可姚崇没有提到李隆基向皇上呈送奏章之事,他便带着试探问道:"皇上没再说什么了?"

"没有了,陛下言语中似乎流露出想回长安的意思。"姚崇应道。

李旦"哦"了一声,这的确是他没想到的,也不想多问,便另起了一个话题:"自重润与仙蕙出事之后,我内心一直不安。依爱卿之见,我该如何对儿女们说这些事情呢?"

姚崇沉思片刻后道:"有道是祸从口出,小不忍则乱大谋。臣以为殿下当正告各位王爷与郡主,务必约束言行,才不致重蹈覆辙。"

李旦又"哦"了一声,他相信姚崇是真诚的,觉得这些日子对姚崇的戒备是有些太过了。他已打定主意,今夜就与豆卢妃等几位嫔妃商议,给寿春王李成器、衡阳王李捴、巴陵王李隆范、彭城王李隆业写信,要他们慎言慎行,各安其位。

姚崇也从李旦的眼睛里看出了与往日异样的目光,他很欣慰,那种无形的隔膜终于被信任打破了。

第二天,武钦到相王府来传武曌的口谕,召他到瑶光殿觐见。他又陷入忐忑不安中,猜不透陛下召见他为了什么。不知是不是隆儿在奏章中说了触怒凤颜的话?登上车驾的时候,他又在心底埋怨自己,这些年是不是太杯弓蛇影了?

这一次,他的确猜错了。当他跪在瑶光殿时,武曌很高兴地让他平身,然后坐下来说话。在李旦的记忆中,这种情景寥寥无几,他竟一时无法适应。

还是武曌先打破了沉默："朕欲近日返回长安，留下太子监国，你需要切实担负起左右羽林大将军之责。"

李旦一脸的仓皇，口中讷讷道："陛下赋重任于儿臣，儿臣不胜感激。可神都安危，事关社稷，儿臣恐怕……"

"正因为京师安危，关乎存亡，朕才命你统领卫戍之师，以备不测。你也知道，太子羸弱，凡事皆决于韦妃，朕担心……"下面的话武曌没有说，但她相信李旦已经明白了意思，"你不必忧虑，朕之所以任姚崇为相王府长史，正是要辅佐你掌管京师禁卫。其人精通兵务，有他在，你尽可安心。"

李旦早已没有享受母子间不用设防，不谈国事，只叙亲情的氛围了，一切都是刻板的。在接受皇上的任命后，李旦准备告辞，武曌却又问道："隆儿从临淄呈送奏章，要朕封张昌宗、张易之为王，你怎么看？"

李旦暗暗地打量武曌，可从她平静的脸上看不出倾向，只有保守地回道："隆儿年幼无知，若是有不得体之言，还请陛下恕罪。"

"常言说，知子莫若父，你竟对隆儿一无所知。朕记得光宅元年除夕，他母亲抱着他向朕贺岁时，朕就看出这孩子将来有出息。你听听，他写给朕的文字。"武曌说着，竟然将李隆基奏章中的话一字不落地背了下来：

> 然迢迢千里，不隔牵念陛下之心；关山重重，难阻祖孙血脉之情。魂牵梦绕，唯陛下寿海福山。夫陛下春秋高，不可一日无分忧之臣；朝事多风云，不可一日无股肱之辅。

"听听，朕这孙儿可比儿子们更能懂得朕的心啊！"

李旦见状便道："隆儿所言，正是儿臣欲奏之事。为社稷谋，为陛下康健虑，亦应封奉宸令和麟台监为王。想必朝臣们也会倾心拥戴。"

"是这样么？"武曌睁大了眼睛。

李旦向前挪了挪身子，真诚地说道："儿臣所奏皆为实言，望陛下明察。"

武曌的眉宇这才展开了，她相信李重润的死对宗室是一个警示；她也很欣喜，圣历二年的铁券盟誓没有虚设。她多么希望这种局面能继续下去，这样，即便有一天她去了，也可以瞑目了。

"隆儿之奏，情真意切。不过，朕不久就会回长安，一切待到了长安再说吧。"武曌颤巍巍地要起身，武钦忙上前搀扶，却被她推开了，"朕还没有到龙钟之岁，你何其多事？"

可李旦要搀扶她的时候,她却没有拒绝。儿子的手让她觉得很温暖,那是一种久违的亲情。她回过头,慈爱地看着李旦,从额头到口唇,似乎要寻回早年的记忆。

"京都卫戍之事,你与太子和姚爱卿商议,今日就从武懿宗那里尽快交接,他要随朕回长安去。"武曌一边走一边叮嘱着。九月的太阳,淡淡的光芒从殿门口投射进来,洒在武曌和李旦肩头……

大足元年十月初三,在为武延秀和颉妍公主举行了婚礼盛典之后,武曌便起程西入潼关,开始了她回长安的旅程。临行那天,太子李显、相王李旦、太平公主以及留守神都的姚崇等大臣到天津桥送行。

李显的车驾走在最前面,他也是最先上前向皇上话别的。可拂不去的伤子之痛,使李显一时语塞,直到车辇驱动时才憋出一句话来:"陛下保重。"

韦妃陪伴在李显身旁,低眉垂首,机械地履行着宫廷的礼节,却一句话也没有说。昨夜,李显反复叮嘱她,纵有多么大的痛苦都要忍着,他已失去了润儿和蕙儿,不能再失去她。

武曌是否听到了李显的声音,不得而知,可他矜持而肃然、悲痛而不能自拔的情绪让李旦很担心,让太平公主很纠结。

望着浩浩荡荡的车队渐行渐远,太平公主和武攸暨来到李显面前问安并劝慰道:"事情已经过去了,也是他们失之谨慎,皇兄还要珍重。"

李旦也在一旁相劝:"凡事还请皇兄放长远看,青山犹在,春之必至。"

韦妃冷眼看了看太平公主,话里就带了脾气:"没有痛在自己身上,自然什么话都可以说。若是公主之子被杀,又该是何心境?"

太平公主的脸一下子落了霜,道:"我与皇兄说话,你何必多言?所谓子不孝,教之过。都是你这做母亲的惹的祸。"

武攸暨见两人说话都带了气,暗地拉了太平公主一把:"太子妃也是失子之痛难忍,公主就少说两句吧!"

"多嘴!"太平公主一甩衣袖。

武攸暨十分尴尬,众人也顿时愣了。

浩浩荡荡的车驾、仪仗行了十九天,终于在十月二十二日到达长安。

长安,对武曌来说,有着千丝万缕的纠结,千头万绪的感喟。这里,有她青春的体温,记载着她与高宗浪漫的温馨;也留下了她失落的泪水,演绎过她同嫔妃们的钩心斗角。这一切,都像在昨日一样,她却已垂垂老矣。车过潼关那天,望着南峰苍郁的松柏,她想,当年栽在乾陵上的松柏也该是亭亭如盖了吧!都说是白头偕老,连皇家夫妻都不能如愿,遑论百姓之家?武曌的心酸酸的,眼睛有些湿润。

当她在朝会上提出要西归长安时,包括姚崇在内的宰辅们十分不解,她也没有解释为什么。其实,只有她明白,她无法忍受一夜又一夜的梦魇,自李重润、李仙蕙和武延基死后,她又回到了当初杀死王皇后和萧淑妃的境况,不管张氏兄弟如何调情狂欢,可只要她一合上眼,李重润、武延基和李仙蕙就会浑身是血地出现在她的榻边。他们仇恨的眼睛死死地盯着她,口口声声要向她索命。然而,张昌宗、张易之除了安慰她外,别无良方。

她传来沈南璆,推拿多日,依旧头昏脑涨,见效甚微,她就断定,必是那几个该死的魂灵作祟。

她思谋多日,终于决定回长安。即便是走,她也是怀着诸多的牵挂踏上旅程的。她没有想到,武延秀会等来默啜可汗的女儿颉妍公主,虽然婚礼大典很是热闹喧哗,可她知道,武延秀对武延基的被杀必是悲痛的,他是否会因为婚典而淡化了对她的埋怨?离开时,李旦父子提出封二张兄弟为王,她虽然以回长安为由暂时搁浅了,可这事她总得给二张兄弟和宗室一个明确的交代。这真是心事浩茫无边际,眉头心头两相结。

回到长安,武曌的第一道旨意就是恢复了高宗在龙朔三年改为蓬莱宫的大明宫宫名。当年高宗改大明宫为蓬莱宫时,一切对他们而言都是充满了遐想和憧憬,而今,往事何堪回首,她更愿意以新的心境在这尘封多年的殿宇间行走。接下来的第二道旨意,就是将年号由大足改成长安,这样从十一月起,就是长安元年了。这个带着浓浓的回忆色彩的年号,没有遇到任何障碍,无论是留守神都的太子、姚崇,还是随她来西都的二张、武三思以及长安留守姚璹等,都一致拥戴。

连她自己也说不清,自久视二年起,她就喜欢在追忆中度过政务之余的时光。只要上官婉儿来送检索过的奏章,都要留她说话,向她讲述自己早年与高宗的故事;即便是夜间,当张昌宗和张易之兄弟侍寝时,她也会絮絮叨叨地说那些琐碎的但在她看来却很幸福的往事。有一天,她要张昌宗为她修面,而让张易之为自己画眉。她的眼里悠然复活了早年的水色,说先帝年轻时常常会为她画眉装扮。她说这些事情的时候,很少顾及别人的感受,完全沉浸在自我世界中。

长安留守姚璹早在皇上还没有起程时,就把诸事安排得十分妥当。这让武曌非常满意。于是,紫宸殿又多了一位可以陪她说话的老臣。她到长安后的几天,姚璹不失时机地问她可否要去乾陵祭祀,她婉言谢绝了。她的理由是,新回京师,诸事未就;北有昭陵,即便祭祀,也要先祭昭陵。其实她内心的纠结在于,那地方总会让她想到自己的明天。她还有一个难以启齿的缘由,就是她担心高宗的在天之灵不能容忍她的风流。

岁月匆匆,当年在平息契丹叛乱中任安抚副使的姚璹须发洁白,龙钟日现,特别是皇上要回长安的旨意传到后,他为整修殿宇而日夜奔忙,常常是食不甘味,夜不安寝,生怕有疏漏之处。等到皇上进了城,他脸上的皱纹又增添了不少,深感精力不济,致仕归老的意念油然而生。

这天,姚璹揣了辞呈来到紫宸殿觐见。走完司马道,武钦的身影就映入眼帘。

"武公公早安!"姚璹向武钦打拱行礼。

武钦忙回道:"大人是要见陛下?"

姚璹点了点头。

"陛下正和崔大人说话呢?"

"是哪家崔大人?"

"就是随陛下来京的文昌左丞崔玄暐啊!"

"哦! 老夫记得他是天官侍郎,为何就成了文昌左丞?"姚璹有些不解。

武钦叹了一口气道:"这个崔大人性情耿直,张锡一案中,也有选人以重金贿之,遭到他严词拒绝,并且举报到了姚崇大人那里。皇上大怒,将张锡下狱,张锡不明不白地死在狱中。而他也因为言辞过激,陛下盛怒之下,将之贬为文昌左丞了。"

两人正说着话,崔玄暐出来了,看他喜气盈眉的样子,该是云开日出了。果然,崔玄暐看见姚璹,忙上前施礼道:"拜见姚大人。"

姚璹赶忙回礼道:"崔大人好!"

武钦在一旁笑道:"看崔大人的气色,皇上一定是嘉奖了。"

"陛下圣明,下官的冤情得以平反。皇上恢复了下官的夏官侍郎之职,并赐锦七十段。"崔玄暐说话时满眼的笑意。

"可喜可贺!皇上明察秋毫,乃臣下之幸,社稷之福。"姚璹言罢告辞,进了紫宸殿。武曌因为刚才恢复崔玄暐的夏官侍郎职务,正在兴头上,看见姚璹进来,忙要宫娥为之搬座。

姚璹谢过恩,肃然坐下说道:"陛下回京,微臣以垂老之躯打理宫观殿宇修葺,难免不周,深感惭愧。"

"爱卿留守京师,功莫大焉。朕自回到大明宫,神清气爽,在神都时的梦魇之症现在好多了,此皆爱卿殊勋。"姚璹忙起身感谢皇上体恤之情,却被武曌拦住了,"朕正要召爱卿进宫呢,不想爱卿倒来了,真可谓心有灵犀。"

皇上这句话一出,姚璹就有些不好意思了,原来打算说的话也只有暂时收起来,等着武曌说话。

"朕近日总在思虑凉州兵备。长安之于凉州,千八百里,西去吐蕃不远,朕闻吐蕃屡次寇城,不唯百姓苦之,更危及朝廷。依爱卿之意,该如何处置?"

"微臣任长安留守期间,雍州都督曾发兵往陈仓以备吐蕃,此乃陛下圣明之举。凉州者,长安之屏障也,须得骁将明帅守之。臣举荐一人,可担重任。"闻言,姚璹就觉得皇上思虑甚远。

"哦!不知是哪位将军?"

"臣以为,夏官尚书唐休璟可以胜任。"

"就是那个继任裴行俭为西州都督的唐休璟?"

姚璹发现皇上听得很专注,便继续道:"唐休璟任西州都督多年,素来掌握吐蕃情势,必不负陛下重望矣。"

"爱卿之言,正合朕意。朕即刻命上官婉儿拟制,任唐休璟为检校凉州都督、陇右诸军大使。南可以控凉州,拒吐蕃;东可以拱卫京师;北可以与灵武道遥相呼应也。"武曌很高兴,解决了京师的防御问题。

"陛下圣明。"皇上如此高龄,思路如此清晰,实在让姚璹惊异。他在心中掂量了许久,还是从怀里拿出焐了体温的辞呈,递给武曌。然后肃然起身来到武曌面前,伏地而泣道,"臣蒙陛下恩泽,久居留守,不胜惶恐。臣年近七旬,华发垂老,不胜政事,故乞骸骨,请陛下恩准臣致仕。"

"爱卿这是为何?"武曌诧异,他好好地怎么就想起了辞职。

"当今我朝才俊云集,贤者蜂起,老者有张柬之,少壮有姚崇,臣若让贤,必是长江东去,后浪迭起。"

武曌相信姚璹的话是真的,在这个朝堂上,可以谏言尽忠的臣下很多,但真正能够与自己在宽松的气氛中议论国政的,只有早年的刘仁轨、后来的狄仁杰,再就是姚璹。但她的挽留也绝无虚意,她艰难地挪了挪身子,对匍匐在地的姚璹道:"爱卿请抬头,看着朕说话。"

姚璹怯怯地抬起头,就从武曌的眼角发现了两行晶莹的泪水:"朕已七十有七,尚坐在朝堂治国理政,爱卿小朕九岁,岂敢言老?"

闻言,姚璹的心绪一下子变得很复杂。是的,当年那个年轻美丽的武曌永远回不来了,她也该颐养天年了。他在留守任上多次欲上奏朝廷、而最终作罢的那些话一时都涌上了心头。姚璹缓缓地往前移,直到距离武曌很近的地方,才有些声音发颤地说道:"微臣不仅自己要归老,有几句知心的话也要对陛下讲,请陛下恕臣直言之罪。"没等武曌恩准,姚璹便长吁了一口气继续道,"臣闻天下者,神尧、文武之天下也,陛下虽居正统,实因李氏旧基。当今太子追回,年德俱盛,陛下贪其实位而忘母子深恩,将何圣颜而见李家宗庙,将何诰命以谒大帝坟陵。陛下何故日夜积忧,不知钟鸣漏尽。陛下虽安天位,殊不知物极必反,器满则倾,故臣以衰朽残年奏请陛下,慨然还政于太子,此陛下天年之明,圣者之智矣。"

说完心中的话,姚璹仿佛卸下了一肩重负。至于接下来是武曌凤颜勃然,治罪投狱,抑或赦过恕罪,对他都不重要了。要紧的是他不仅表达了自己的意思,也表达了朝臣中耿介、忠直之士的心愿。

大殿里陷入难耐的沉寂,武钦悄悄地打量着武曌的情绪,暗暗埋怨老留守不知深浅,毫无顾忌地要皇上让位,难免招来横祸。他慑于武曌的威势动不了脚步,只能呆若木鸡地站着,一会儿看看皇上,一会儿看看姚璹。

武曌的脸色时而苍白,时而泛红。这样的奏言她好像在哪里听过?哦!早年的裴炎、后来的狄仁杰不止一次地这样规劝过她,以致病入膏肓时也不改初衷。

"若太后念先帝在天之灵,就当返政于皇上,则李敬业不讨自平矣。"

那是裴炎的声音。

"太后既能废昏立明,何用临朝称制?不如返政,以安天下之心。"

那是刘祎之的声音。

"陛下钦先圣之顾托,受嗣子之推让,敬天顺人,二十年矣。岂不闻帝舜褰裳,周公复辟,舜之于禹,事祇族亲。且与成王,不离族叔。族亲何如子之爱,叔父何如母之亲。"

那是魏元忠的声音。

曾经是北门学士中坚的刘祎之为此殒命,裴炎为之喋血都亭。

而面对魏元忠和姚璹,她再也唤不回当年那种凛冽之气了。今非昔比,她不能不承认,无论是狄仁杰、魏元忠还是姚璹,都说出了一个严酷的现实:往者不可追,来日已有时。她不能只顾自己,在日益走向衰老的日子里,她需要逐渐退守,才能使身后的武氏避免劫难。

武曌轻轻地抚摸自己的胸口,长长地舒一口气,似乎要将所有的不快和伤感一吐而散。她示意武钦扶她来到姚璹身边,弯腰要扶姚璹,却不料一个趔趄,差点摔倒。姚璹眼快,慌忙上前扶住皇上的胳膊。

"爱卿平身。"武曌气喘吁吁地说道。

"谢陛下不杀之恩。"姚璹站起来时,膝盖已经麻木。

"爱卿所奏,亦朕之所忧,朕会认真思虑的。"武曌疲倦地闭着双眼,过了一会儿,她又挥了挥手道,"明日早朝,朕就准了你的辞呈,回乡颐养天年吧!朕会传旨有司,依旧以三品秩禄待之。"

……

长安二年的新春说到就到了。

除夕夜,武曌接到了太子、相王、太平公主早在腊月就起程送来的祝岁礼。申时二刻,上官婉儿、武三思、武攸宜、崔玄暐、张柬之、苏味道等纷纷来到紫宸殿,除了向皇上祝岁,就是跟随武曌到宗庙祭祀。自天授元年称帝以来,她一直试图让武氏宗室在祭祀规模上超过李氏宗室,但都没有奏效。每逢除夕夜,这样的祭祀也是最让人纠结的时候。

尤其是今年,中宫和东宫天各一方。虽然刚刚进入腊月,她就命司宗寺精心筹办神都两家宗庙的祭祀,可她不在的时候,谁知道是否可以让先祖在天之灵心安理得呢?

长安夜灯初上之际,浩浩荡荡的车驾从丹凤门驶出了大明宫,先前往李唐宗庙,依据"天子七庙"的礼制,这里供奉着李唐七代先祖的神位。车驾走在长安大街上,借着一街两行的灯光,武曌的目光摇过一座座熟悉的建筑。物是人非,长安市景依然,而逝者长已,生者日老,她不忍目睹眼前风物,干脆闭上了双目。坐在她身旁的上官婉儿见状便问道:"陛下不适么?"

"唉!物是人非,流水落花。"武曌的泪水终于忍不住流了出来。

上官婉儿拿出崭新的丝绢,为皇上揩去腮边的泪珠,并劝慰道:"除旧布新,陛下该高兴才是。"

"想亦无益,不想了,除旧布新,高兴!"武曌报然地笑了笑。

申时三刻,祭祀的队伍准时在崇尊庙前站定,司宗寺和崇玄署的官员备好的太牢都已摆放齐全。太乐署的乐师们高奏《郊天旧乐章·豫和》。武曌带着臣僚们庄严地来到先祖神位,正要行三叩九拜之礼,孰料耳边传来一个洪亮而又凌厉的声音:"且慢,微臣有事禀奏。"

武曌回身一看,是秋官侍郎张柬之,便不耐烦地皱了皱眉头道:"今夜乃先灵归庙之际,有事下去再奏不迟。"

张柬之提起袍裾,来到武曌面前说道:"微臣所奏之事正关乎宗庙祭祀,恳请陛下恩准臣陈言。"

"说吧!"武曌挥了挥手。

张柬之的脸色严肃起来,双目炯炯有神,环顾了一眼随祭的朝臣道:"宗庙乃先帝、大帝神居之所,德合天地,泽流河海,庶物和平,灵光充塞,岂容佞臣末流玷污?臣请将张昌宗、张易之逐出庙堂。"

武曌一下子没回过神来,她没有想到张柬之会在这个时候发难:"他们身为奉宸令、麟台监,为何不能随祭?"

未料话音刚落,复职不久的崔玄暐出列响应张柬之的奏言:"高宗大圣皇帝神位在此,张昌宗、张易之随祀,必使大帝蒙羞。臣以为应劝二位张大人退出。"

崔玄暐一句话噎得武曌说不出话来,眼看凤目怒睁,孰料张昌宗和张易之兄弟出列说话了:"请陛下恩准臣等退出祭祀。臣等受陛下恩泽,只知陛下而不知李唐,不拜也罢。"言罢,他们向武曌施了一礼,转身离去。

太乐署的祭祀乐典旋律冲天的时候,主持祭祀的司宗寺少卿高声道:"祭拜先灵,护佑社稷,享国长久。"

可武曌似乎没有听见,仍木然肃立。武钦被这种情景强烈触动了,低声嘀咕了一句:"看这节过得……"

第二十一章

洛水难载积年怨　长安开启恩过心

爆竹在洛阳坊间撼天动地的时候，相王李旦已在王府大厅里坐了许久了。昨夜守岁本就睡得很晚，但是当第一声庆岁的爆竹响起时，他就醒了。宫娥们服侍洗漱完毕后，他就来到前厅细想昨夜祭祀的风波。

陛下不在，宗庙祭祀的主祭自然是太子李显。夜色渐沉的申时二刻，李显、李旦、太平公主、武攸宜、武延秀等都先后到了李氏宗庙门前。依照礼制，他们应先在这里祭奠李氏列祖列宗，然后去武氏宗庙祭祀。

司宗寺的官员早早地在门口迎接太子和各位王爷、大臣了，他高昂的声音在祭祀乐声中听来有些沙哑："时辰已到，请太子殿下、各位亲王殿下、各位大人就位。"

谁知，当李显携韦妃刚刚迈进供奉着列祖列宗神位的献殿，耳边就传来武攸宜的声音："太子且慢，臣有话要说。"

李显的脚步便倏然停滞了，回转身来看了一眼武攸宜道："时辰已到，列祖回来，何事有祭祀要紧？待会儿再说吧。"

武攸宜一挥衣袖，穿过众人，便来到了李显的面前："微臣所言，正为今夜祭祀之事。敢问殿下，何人是当今皇上？"

"你这是何意？"李显一脸的不解。

"陛下领四海臣民，御九域锦绣，德配天地，享国万世。天授元年，陛下降旨，将武氏宗庙改为七庙，依情该先往武氏宗庙祭祀，今太子逆鳞而行，意欲何为？"武攸宜大声道。

"你……"李显顿时满面通红，而身边的韦妃早已按捺不住，蛾眉横卧，双目怒视，李显生怕她说出不该说的话来，暗暗用力握了握她的手，韦妃才没有发作。

李旦见状，上前道："除夕之夜，朝野尽欢，王爷为何计较枝节？"

"慎终追远，国之大维，岂能谓之枝节小事？陛下既已赐武姓予太子、王兄，就该以武氏血脉为耀。为何耿耿于李姓不舍，是否以为这大周江山不姓武而姓李呢？"武攸宜瞪着眼睛，这句话噎得李旦十分愤怒。他知道自己若是意气用事，说出大周托大唐之基的话来，就恰好中了武攸宜下怀。

而武延秀也跟着武攸宜的话，指责太子无视皇上，轻慢武氏祖宗。这些话句句都刺在李氏子孙的最痛处，大家却又不便发作。

这时，武攸暨暗暗拉了拉武延秀的衣袖道："你一个孙辈掺和什么，还不退下？"

武延秀一瞪眼，甩开族叔的手道："叔父若怕惹事，就闭口罢了。祖姑母乃当朝皇上，武氏庙祀理所当然为国祀。"

武攸暨一脸的尴尬，正进退两难，就听见太平公主厉声道："你怎么说话呢？乳臭未干，世事不晓，竟敢目无尊长？来人，将这不知大小的狂徒拿了。"

第一次参加祭祀的颉妍公主不明白发生了什么事情，一双仓皇的眼睛时而瞅瞅武延秀，时而看看太平公主，及至看到禁卫执刀上前拘拿武延秀，才一下子扑到他身旁伸开双臂，对冲上来的禁卫喊道："不可以！"

正在此时，豆卢钦望和姚崇穿过爆竹声匆匆来到李显面前，因为城中燃放爆竹，行道阻塞，他们绕了两条街才赶到。两人瞬间都感到现场气氛的沉闷和紧张，又不便问李显情由，便忙退至一边，拉过司宗少卿悄声问道："眼看申时三刻将过，为何迟迟不行祭祀，难道不怕列祖列宗降罪么？"

司宗少卿叹了一口气，附耳对姚崇道："本来太子都要进献殿了，建安王却提出要先往武氏宗庙祭祀。"

闻言，姚崇便明白了，他缓缓来到武攸宜前施了一礼道："微臣有事禀奏，王爷可否借一步说话？"

武攸宜点了点头，两人便来到庙前的旗杆旁，姚崇谦恭却很明晰地对他说道："王爷所言极是。天授元年，陛下确曾降旨将武氏祭祀改为七庙。然王爷只知其一而未知其二，就在同年，陛下颁制将长安李唐宗庙改为崇尊庙，因此，祭祀当以崇尊庙为先。微臣想，此时此刻，陛下一定是在崇尊庙献殿上香、献太牢。若是陛下听闻王爷为祭祀先后而置气，岂不要以违旨论之？"

"这……"

姚崇笑了笑，语气益发地和缓："子曰：'君子务本，本立而道生，孝悌也者，其为仁之本与。'故孝悌者，国之本也，论心不论迹。李氏如何，武氏又如何，说起来都是兄弟，兄弟之间全在一个'悌'字。微臣记得圣历二年，陛下命武氏诸王与李氏诸王明堂盟誓，以铁券书之。若陛下闻之武、李兄弟为祭祀而反目，能不伤心？因此臣以为，以崇尊庙祭祀为先，乃合陛下圣意。"

话说到此处，武攸宜自然也无话可说。

姚崇见事情有了转机，忙向武攸宜施了一礼，转身来到司宗少卿面前低语几句，于是，乐声重新响起，庄严肃穆的气氛立刻笼罩着每一个人的心。李旦紧跟在李显后面，泪眼模糊中，似乎看见先帝忧伤惆怅的眼神。但他强忍着，没有让眼泪涌出眼眶。

可这多年的积怨在李显那已化为锁不住的波涛，在跪向祖宗神位的那一刻都泻出了心堤："父皇，儿臣来看您了。儿臣携润儿、蕙儿的祈福来看您了。您可记得，润儿降生，您欣喜盈胸，大赦天下，改元永淳。可他……哎……父皇！你听见儿臣说话了么？他们兄妹春秋正富，可语无轻重，青春早殇。儿臣无能，未尽教子之责，愧对父皇先灵。想润儿、蕙儿夫妻已拜于膝下，还乞父皇天灵，撒甘露于心，降恩泽于身，慰儿臣追念之苦……"

泪水载着不尽的辛酸，从李显的腮边流入韦香的心苑，一时间，早年得宠的如鱼得水，为皇后时的志得意满，流放房州时的度日如年，太子妃后的抑郁不申，丧子失女后的柔肠寸断，都一起涌上心头，她跟随着李显哭诉的尾音，凄然长呼，谁知一口气堵在胸口，竟无法哭出声来。

乐师们的心也被李显夫妇的哭声搅乱了，宫、商、角、徵诸音不谐，后来干脆弦息管哑，寂然无声，献殿的各个角落都弥漫着李显的悲泣。

这出乎预料的情景让李旦惊呆了。这情景若是传到长安，授武三思、张昌宗和张易之等人以柄，宫廷难免又是溅泪洒血，天日易色。他悄悄拉了拉豆卢钦望的衣袖。豆卢钦望也很尴尬，作为太子宫尹，出了这样与祭祀极不协调的事情，他深感难辞其咎，更担心皇上追究下来。但他也不知怎样才能尽快结束这种局面，于是将求助的目光投向了姚崇："大人，此事怎么办？"

"即止。"姚崇只回答了两个字，就站起来越过人群，来到司宗少卿面前问道，"岁交冬春，时换新旧，雅乐彻夜，何故中途乐止？"

司宗少卿暗暗指了指李显夫妇，姚崇装作没有看见，严厉道："倘惹恼了太宗、大帝先灵，以灾祸谴告，你罪莫大焉！"

见此，司宗少卿顿时明白了，他惶恐地转过身去，不久，两庑间的乐声重新响起，立刻淹没了李显的哭声。

姚崇又躬身来到李显身后,耳语道:"众目睽睽,殿下却号啕不止,有失国体,请节哀。"

其实,就在乐声重奏的那一刻,李显已经知道自己失态了。他暗地握了握韦香的手,韦香也止住了哭声。豆卢钦望不失时机地起身来到大家面前,展开祭文,高声宣读。那些礼赞贞观之治,永徽盛业,神皇伟功的雅瞻翰藻,迅速冲淡了方才的气氛,唤起新春的紫气跨过洛河,铺满神都的坊间巷间。

其实,要说痛悲和积怨,李旦比之李显更甚。三次被迫让国,六年别殿空悬,爱妃双双失踪,时而太子时而相王。他的自尊已被陛下摧毁得荡然无存,留下的只有心灰意冷。可谁又能想到,陛下在前往长安之前,竟将掌管神都禁卫的要职委与他,这究竟有多少是出自试探,又有多少是出于对母子情感的修复呢?他很庆幸,岁月将自己的情感打磨得近乎麻木,虽有些冰冷,却也是一种沉稳。但他从昨夜回到王府后,一想起献殿中的情景,就陷入忐忑之中。

迎春的爆竹声渐渐平息之际,豆卢妃穿戴整齐地来到前厅,向李旦恭祝元日新岁。李旦笑着回了一句"天地同喜",豆卢妃便在李旦的对面坐下了,她有些忧伤地看了一眼李旦后道:"年节之际,隆范、隆基兄弟却不能回京,这节庆就显得冷清多了。"

李旦理解豆卢妃的心境,她最牵挂的还是李隆基,自从窦妃和刘妃神秘失踪后,她就把李隆基视为己出,倾注了一个母亲全部的情感。隆儿是个重情感的孩子,他也视豆卢妃如生母。早在腊月间,她就不断打问隆儿的消息,希望在年节时,母子能在一起说说话。

"王妃是明白人。他们现今都是朝廷钦封的亲王,只有在每年十月朝觐时才能回京。随意回京,那是要担罪名的,我的处境你也不是不知道,回来于彼无益,于我无益。"

豆卢妃掏出丝绢,擦了擦眼角后道:"妾身明白,也不过是说说罢了。"

李旦借着晨光看去,心里就是一阵疼痛。自刘妃、窦妃去后,豆卢妃跟着自己吃了不少苦,眼见得已失去了青春光彩,眼角也悄没声息地爬上了皱纹。

豆卢妃的贤惠、忍让,使她总能在要紧关头提醒李旦,相王府因此而少了许多的麻烦。现在,想起昨夜宗庙祭祀的情景,她拧了拧手中的丝绢后道:"待会儿到了东宫,还请殿下劝解太子,凡事想开些,千万不可惹恼陛下,若再来一次改立国嗣,于社稷并非幸事。"

她说的是元日清晨的"诗宴"。朝廷的宴会被定为三级,其"韵宴"为官吏饮宴,"诗宴"为王侯饮宴,"文宴"为皇帝饮宴。

"王府无事，王爷倒不如先行一步，好和太子说话，免得待会儿人多嘴杂，徒生事端。"豆卢妃又道。

李旦点了点头，转身要郭纬去备车。

辰时三刻光景，李旦进了东宫。节日的东宫张灯结彩，煞是鲜亮，各个殿宇也都装扮一新，空气中弥漫着清晨迎春爆竹留下的淡淡的呛味，乐坊里传来盈耳的笙竽吹管，丝竹缠绵。宫娥和太监们对面而立，从庄静殿前一直排到司马道口。在他们的后面，是宫廷禁卫组成的阵列，一个个披甲戴盔，雄姿勃勃。每隔一段路，都有一位领班的太监或宫娥负责招呼前来拜年的臣僚。

李旦的车子刚刚停在司马道口，立刻就有几名太监上前行礼道："恭迎相王殿下。"

王晖见是李旦夫妇，快步上前大礼参拜道："老臣恭迎王爷、王妃殿下。"

李旦挥手示意平身，王晖道谢后接着道："太子殿下正在庄静殿中，王爷、王妃请。"

李旦一进殿门，就拉着豆卢妃行礼道："臣弟恭贺太子殿下新春之喜。"

这是场面上的礼节，李显只有欣然接受。然后，才以皇兄和嫂子的身份邀请他们入座。宫娥们鱼贯而入，送上新春茶点，顿时，茶香弥漫，年味儿也越发浓了。

李显兴致勃勃道："我从江南带回一盆兰花，现开得正盛，就在别殿放着，旦弟若有兴致，可去一观。"

于是，四人便一起来到别殿。只见中央那盆兰花开得甚是雅致，花枝很繁密，整整有二尺高，紫色的花朵散发的淡香在大殿的各个角落弥漫。李显解释道："此兰乃腊月有人自南国带回，原是放在暖房里，故而开花了。"

韦妃拉着豆卢妃的手插话道："不就是一盆兰花么，旦弟若是喜欢，待会儿席散后随车带走就是。"

"既是有人送给皇兄，自是有缘由的，小弟就不掠美了。"李旦忙摆手。

韦妃说话随意，笑道："难不成旦弟担心我夺了你的心爱之物不成？"

"姐姐说笑了。哪天姐姐过府上去，有喜欢的东西可尽管拿去。"豆卢妃忙解围道。

大家便是一阵脆笑。就在这时，李旦脸上的笑容倏然隐退了。他发现在大殿的另一头的案几上，竟然竖着两尊牌位，上面写着李重润、李仙蕙和武延基的名字。李旦沉默了片刻，问道："皇兄这是……"

"润儿……"还未开口，李显已是泪流满面了，"唉！他们兄妹去了，陛下无安葬旨意,我只有在这里为他们设置灵位了。"

"自古及今,未有如陛下如此对儿孙大开杀戒的。善恶有报,她必不能善终。"韦妃接上李显的话茬。

"爱妃思子心切,但须谨言,万不可祸从口出。"李显瞪了一眼韦香,随后看着孩子们的灵位,也忍不住感叹道,"我至今仍不能相信润儿和蕙儿已经离去了,似乎总能在这宫中听见他们的声音,看见他们欢笑的身影。尤其是到了夜间,我总感到他们就站在门外,披风戴霜,瑟缩发抖。可开了殿门,除了值守的太监,就是穿过林的风声。旦弟,你说说,他们怎么就走了呢?"

李旦能说什么呢,只能陪着流泪。他暗暗打量皇兄,禁不住感喟生活的残酷。刚刚年过四十五岁,鬓角就撒上了银霜,看上去比实际年龄老了许多。

豆卢妃也牵着韦香颤抖的手,尽力安慰着。

突然,韦香松开豆卢妃的手,来到李显和李旦面前道:"陛下临行长安前,不是降旨旦弟知左右羽林卫大将军事么?"

李旦很诧异,不知韦妃为何提起这件事呢?他点了点头。

"现今陛下在长安,对神都鞭长莫及,旦弟何不借此机会兴师兵谏,逼迫陛下还政?也好雪天授以来宗室的耻辱。"

韦香这话一出,大家都大惊失色,李显更是着急得直跺脚。

李旦看着韦妃圆睁的杏眼,似乎看到陛下的影子。韦香并不等他回答,紧逼一步道:"机不可失,错过了这个机会,将会铸成遗恨千古的大错。"

"太子妃怎么会有这样的想法,这不是要陷我于不孝么?"李显脸上写满了惊恐。

韦妃横着眉毛道:"妾也是为李唐宗室着想。这江山乃高祖兴业,太宗创业,大帝励精图治而来。武士彟无非一将,武曌凭什么以周代唐呢?"

李旦示意豆卢妃关了殿门,回转身来对韦妃道:"尊嫂所言也是实情,可此时朝局纷乱,如陛下不执政,则奸佞得逞。故弟辞让政事,也是为了朝廷。"

韦妃闻言,不以为然:"旦弟此话似有言不由衷之意。当时陛下虽立旦弟为帝,却囚之别殿,不许过问朝事。皇帝空悬,太后霸朝,可谓一鹗入林,鸦雀无声。我相信,辞让之举,旦弟也是出于无奈。"

李旦闻言便语塞了,他与李显是一个心思,就是绝不能违背孝道,兴兵讨伐陛下。而且他深感此时举兵,亦非其时。他看了看李显,又分析道:"皇上虽委臣弟主持左右羽林大将军事,可她为何又将武攸宜留在了神都?武攸宜与府卫经营长久,盘根错节,爪牙甚多,岂能轻易听令于臣弟?还有一个武延秀,说不定彼等正在虎视眈眈地盯着东宫呢!一旦动起刀枪,非死即亡,不唯李唐恢复几成泡影,你我也将死无葬身之地……"

听完李旦这番分析,韦妃双手就在胸前反复摩挲,她的确没有想到武攸宜、武延秀这一层,反问道:"如此说来,李唐宗室只能如此了么?"

李旦摇了摇头道:"臣弟记得先祖老子有言:'将欲取之,必先予之。'昔者孙仲谋怂恿曹孟德称帝,孟德曰:'是儿欲踞吾著炉火上邪',陛下现为武三思、张昌宗和张易之等奸佞所惑,欲封二张为王,吾等何不推波助澜呢?"

李显的眼睛一亮,顺口道:"旦弟是说,踞二张于炉火上?"

李旦没有直接回答,只是笑道:"这也是尽孝,陛下春秋日高,身边不可无分忧之臣啊!"

李旦并没有说明此议是出自李隆基之口,他只是强调,待会儿宴前,此议由李显率先提出,随后作为一道奏章,由姚崇草拟后送往长安。

这时候,王晖在门外禀奏:"各位王爷和大人都到了,在庄静殿中等候。"

"我不欲外人知润儿、蕙儿灵位,故吾等从后门出去。"说完,李显又对王晖道,"我一走,你立即锁上前后殿门,任何人不许进来。"

"遵命。"

东宫的"诗宴"整整持续了三个时辰,其间除了丰盛的佳肴山珍外,还上演了盛大的乐舞。乐舞的歌词乃武曌所写,太乐署经过精心排练,一套随武曌去了长安,一套留在了神都,不过出于礼制的要求,在人数上较之长安少了很多。

宴会的最后,李显端起酒杯道:"诸位爱卿!自陛下返归京师后,我夙夜思念,寝不能安。陛下春秋日高,左右不能无股肱辅佐之臣分忧。奉宸令、麟台监,风流云集,龙跃凤鸣,乃陛下左右股肱。我与相王商议,决计上疏陛下册封二位大人为王,不知各位意下如何?"

这消息如一石击水,引得一阵哗然。武攸宜和武延秀不禁有些失落,这谏言本是由他们提出的,却让李显抢在了前面,于是只得率先响应了倡议。

武攸宜道:"太子所言,正是臣之所愿。臣将在上疏上签名。"

武攸暨不解,早年踌躇满志,扬言要将社稷赠予韦玄贞的太子,如今好像换了一个人似的。他不知道自己该不该跟着武氏叔侄的脚步,便很不自然地看了看身边的太平公主。

太平公主并未理会他,而是站起来高声道:"殿下所举,深得人心。我早有此意,故而与安定郡王必是要签名的。"

　　不管李氏宗室和武氏家室对李显的动议怀着怎样的心态，但在朝臣们看来，他们这一次倒是勠力同心了。太阳快下山时，新春宴会才结束，朝臣们纷纷出了东宫，打道回府。

　　豆卢钦望和姚崇被李显留下，他们商议如何将上疏写得入情入理，让陛下凤心欢悦。一切拟定以后，二人乘着元日新春的喜气走在了司马道上。豆卢钦望不无感慨地说道："不知道陛下对这道上疏将会如何看呢？"

　　姚崇摇了摇头说道："依下官之意，陛下必是要拒绝的。"

　　"这是为何？还请大人明示。"

　　"当然，从内心来说，陛下也许愿册封二张。可毕竟彼等系男宠，此朝野尽知之事，陛下何等聪明之人，她总得试探舆情啊！"

　　"大人言之有理。"豆卢钦望点了点头。

　　姚崇眨一眨眼睛，就诡谲地笑道："太子殿下这一出戏演一场不行，恐怕还要多演几场才能奏效。"

　　姚崇的感觉一点也没错。上疏是由东宫侍卫狄光远专程以六百里快马送到长安的。临行时，李显特别叮嘱，上疏先送到武三思那里，如果梁王没有异议，即可签名呈送陛下圣览。但后来武曌只看了一遍，什么话也没有说，只批了"缓议"两个字，就束之高阁了。

　　除了武三思和上官婉儿，张易之兄弟自然是最先看到皇上的批阅的，这让他们很不解，也很郁闷。

　　不管心境怎样，长安的元宵节还是以它不同于神都的风韵而来了。武三思督促司常寺精心地安排了武曌到望仙门楼观看元宵夜景。二张、苏味道、张柬之、崔玄暐、武懿宗以及刚刚调回京城任夏官尚书的唐休璟、知制诰上官婉儿等陪同。

　　暮色刚刚降临，大小街巷便成了灯的海洋。千姿百态的花灯，有的悬挂在大门前，有的悬挂在亭榭间，有的干脆就挂在树梢，恰似万朵春花绽放，使得月色都显得黯然。尽管新春最隆重的时刻在元日，因为那是对祖先恩德的追忆，对未来的期待，但是在长安，元宵才是新春的高潮。这一天，城内的才子佳人、高官显贵，往往要乘车前往郊外观看花灯，而城外的百姓也纷纷进城感受灯市的繁华。因此，朝廷命令，这一天的城门彻夜敞开。武曌平日理政的疲惫也被眼前的绚烂华彩驱散了，随口问一边的凤阁侍郎、同凤阁鸾台平章事苏味道："如此好景，爱卿岂能无诗？"

苏味道起身,略思片刻后道:"微臣小吟一首,请陛下指谬。"

> 火树银花合,星桥铁锁开。
> 暗尘随马去,明月逐人来。
> 游伎皆秾李,行歌尽落梅。
> 金吾不禁夜,玉漏莫相催。

"好诗! 朕要赐你御酒一杯。"

苏味道连忙谢恩,他虽官居宰相,可处理起政事来远不及姚崇、张柬之应付裕如。也只有在这样的场合,他才有一种池鱼归渊的自在,也才能真正在朝臣心目中赢得尊敬。

武曌又转身问上官婉儿:"今夜可有诗?"

上官婉儿嫣然一笑道:"启奏陛下,微臣白日阅看奏章,有些疲累。随奉一首,献丑了。"

> 阳祛寒气去,灯逐明月来。
> 遥知三月里,桃花丽人裁。

武曌笑道:"苏卿诗虽好,但只写一时盛景。知制诰此诗写得很有气势,连类绵延,看到来日春色,境界高出一筹矣。"

张柬之是第一次陪同皇上观灯,深感皇上虽一女主,却于吟诗中因会发明,语出精湛。

武曌再转脸看去, 不远处夏官尚书唐休璟却是昏昏欲睡的样子, 便问道:"唐爱卿在西州久矣,未曾看过此景乎?"

唐休璟为自己的走神很不好意思,道:"异族之节,与我中原之节殊异,微臣确是初见。"

"爱卿数十年戍边卫国。此次回京履职,还要多有谏言。"武曌表示理解地点了点头。

唐休璟戎马一生,一听皇上询问起武备,立刻来了兴趣,趁势道:"微臣奉调回朝,见将军皆华发垂老,少有少壮。微臣谏言设置武举,选拔将才,如此则远可以御强兵,近可以备吐蕃、突厥之扰。"

"好,此事就由爱卿与武三思、姚崇、崔玄暐议定,呈朕审阅。"

"遵旨。"武三思见点到自己,忙应和道。

整个观灯过程中,张昌宗和张易之一直都是沉默不语,武曌知道,他们的心结在封王上,便也没说什么。

子时时分,在长安东市、西市坊间撼天动地的爆竹声声中,武曌回到了紫宸殿。司宫监在她回来之前已将木炭火烧得红红的,一进殿门,融融暖气就扑面而来,仿佛春天就在窗外。

一回到紫宸殿,武曌被诗情抚慰的心立刻又陷入了难言的孤独和寂寞。她咬了咬下唇,就觉得这个夜晚绝不能这样过。她唤来张尚宫,要她传宫娥来为自己沐浴,又让武钦到别殿传来二张兄弟。

热腾腾的水汽弥漫在武曌周围,疏通着她的每一条脉络,洗淡了她苍老的痕迹,仿佛经过一次补水,那些凹进去的沧桑又恢复了活力。武曌闭上眼睛,一任宫娥们小心翼翼地将透亮的、洁净的水洒在她的身上……这场洗浴持续了半个时辰,武曌才在宫娥们的伺候下出了浴盆,上了皇榻。

张尚宫适时出现在帷帐外,轻声禀奏道:"奉宸令与麟台监已经沐浴更衣,正在别殿候旨。"

"宣他们进来。"

张昌宗、张易之刚刚洗过的躯体,浑身上下都有不尽的蒸热在膨胀,特别是那白玉般的肌肤,在新岁的灯光下,绸缎一般闪闪发光。

可张昌宗很快发现,春药也顶不住心境的郁闷。武曌就很不高兴了:"你怎么了,一副心不在焉的样子?"

张昌宗打了一个寒战道:"六郎该死,六郎该死。"

武曌纤细的手指点着张昌宗的额头说道:"你那点小心思朕要是看不出,就枉为人主了。你不就是惦记着那个王么?朕就不明白了,一个亲王的封号对你就那么要紧?朕赐你等田宅无数,美玉盈室,又追封你父亲为襄州刺史,难道不比这个虚衔强?"

"陛下!"张易之给了武曌一个吻道,"微臣对陛下之心,天日可鉴。可微臣总是在想,除夕夜那个张柬之凭什么对微臣说三道四,不就是看不惯微臣在陛下左右伺候么?微臣是想,如今太子、相王、公主均上疏陛下册封,也是人心所向。"

武曌斜睨了一眼张易之道:"你等说来也算是官宦世家,为何对政事人心茫然无知?你如何就断定太子上疏是出自内心呢?"

张昌宗、张易之这时才多少有些理解了,武曌便道:"时间不早了,你等回府去吧。朕还要提醒你等,朝臣之间当勠力同心,共固社稷。若再搬弄是非,朕定惩不饶。"

张昌宗兄弟走了,大殿里恢复了寂静,可武曌依然毫无睡意。她问自己,太子为何忽然也支持封二张为王呢,是因为李隆基么?

报晓的时候,武曌才迷迷糊糊地睡去。她在梦中看到了高宗,他看上去面色很红润,完全没有生前病恹恹的样子。他来到武曌榻前,告诉她李重润、李仙蕙和武延基都在自己膝下,终日诵经念佛,他还埋怨她不该负气与他们诀别。武曌脸上有些发热,道:"他们非议朝政,妾不得已而为之。"

"真的如此么?朕在仙界俯瞰人间,目及八荒,天后一举一动朕看得清清楚楚。你年过七旬,该是急流勇退,追往思过之时了。"李治说完这些,停顿了一下又道,"除夕夜张柬之之举,忠贞可嘉,天后不可妄生问罪之思。否则,朝纲大乱,生灵遭劫,圣朝危矣。"

"陛下,妾……"

但李治没有答应,转身而去。武曌欲起身去追,可眼前只有云霓翻卷,旭日临空,照得她睁不开眼睛。

"陛下……"武曌一使劲,忽然就醒了。

"陛下!"张尚宫听到声音赶忙进来。

武曌应了一声,问道:"朕昨夜睡得晚了,在梦中说了什么?"

"皇上刚才在梦中呼唤陛下。"张尚宫小心翼翼地回答。

"唉!朕梦见先帝了。"武曌长长地叹息,"现在是何时辰?"

"启奏陛下,辰时二刻。"

"呀!朕睡过了,快扶朕起来。"

张尚宫忙招呼宫娥进来为武曌梳洗装扮,等她在案头刚刚坐定,武钦就进来禀奏:"东宫侍卫狄光远求见,现在塾门候召。"

"宣狄爱卿来见。"

狄光远是来向武曌辞行的,在返回神都前,他希望能得到武曌对太子、相王等上疏的回音。武曌关切地询问了狄光远母亲的境况,在得知狄仁杰去后,狄光远兄弟膝下尽孝,老夫人身心康健后,她很欣慰:"狄公一世,光明磊落,功绩巍伟。朕望爱卿以你父为楷模,效忠朝廷,光耀门庭。"

"微臣谨遵陛下旨意,牢记父训,不敢懈怠。"

武曌从案头拿起一封书札,要武钦递给狄光远后道:"回去告诉太子,多思国政,勿生他念。封王一事,暂缓图之。"

狄光远告退以后，武曌想起昨夜的梦境，整个上午便再也没有心思批阅奏章了，梦中李治的音容使她油然想起了感业寺。日月流转，自永徽二年回宫以后，恍惚五十二年了，她再也没有到过那曾让她感伤的寺院。她顿然萌生了要去感业寺看一看的想法，便立即要武钦传话下去，命司宾寺崇玄署知会感业寺，准备迎接圣驾。

第三天，武曌一行便起程前往感业寺。这一回，她没有感伤，没有离愁，车驾载着他，警跸护着她，仪仗开道，奉御驾车，向北而来。这是自去年十月回京师后她的第一次出行，她破例没有让二张陪伴，而宣了武三思、张柬之、上官婉儿随行。

武三思一听说上官婉儿随行，心中自是十分高兴。他早早地来到紫宸殿前等候，远远地看见上官婉儿出现在门口，便兴冲冲地上前打招呼："知制诰亦奉旨前往？"

上官婉儿莞尔一笑道："明知故问。"

张柬之这次被宣随皇上去感业寺，这让他很是意外，除夕夜他厉声进言将二张排除在随行祭祀的臣僚之外，原是准备接受皇上降罪的，不想后来却风息浪宁了，这使他想起狄仁杰曾对皇上给予的"荦荦大端"的评价，看来狄公所言非虚啊。他猜想，皇上点名要自己随行，绝非无意之举，定是有朝事咨询，搞不好就与太子上疏册封二张有关。他正这样想着，就见武三思过来了。

"张大人到了？"

"王爷安好！"张柬之打拱回礼。

两人寒暄几句，武三思随口问道："太子、相王上疏言及册封奉宸令与麟台监张大人为王，大人做何感想？"

"此事下官也只是听说，并未见到上疏。不过依下官……"张柬之一句话没有说完，就听见耳边传来武钦尖细的嗓音，"陛下有旨，移驾感业寺"，张柬之便中断了话头，转身迎接皇上去了。

"老奸巨猾！"武三思望着张柬之的背影骂道。

立春才半个多月，北国还是冷风凛冽，加之关中去冬无雨，天气就显得干冷。感业寺山门前的两棵杨树光秃秃地站在天地间，明静法师早已圆寂，在寺院后面的塔林长眠二十多年了，现任感业寺住持的明月法师率众女尼在山门前迎候。

当警跸、禁卫们在寺院周围散开后，武曌被宫娥搀扶着下了车辇。当武曌和明月相对时，两人倏然就回到了贞观二十三年那个忧伤的日子，回到了永徽初年在一起的时光。当年颖悟绝伦的明空如今是万里江山的君主了,却也老了,而那个大大咧咧、被武曌视为没心没肺的明月也是一脸的皱纹了。

今非昔比,明月自然不能再以姐妹相称。于是,一切都归于刻板和程序,明月双手合十道:"贫尼率寺院众尼恭迎吾皇陛下,南无大方广佛华严经。"

"南无大方广佛华严经!"随着众女尼的颂声,武曌的眼睛模糊了,明月又道,"请陛下到寺内饮茶。"

走进茶室,早有职司将上好的云雾山茶奉上,武曌和随行的臣僚呷了一口茶,顿时余香满口。明月一边品茶一边介绍道:"佛门清静,不染荤腥,故而以饮清茶为上。"可明月刚说完,就觉得自己有些好笑,当年武曌在寺中待了将近两年,岂能不知这个?

"一如往日,清香怡人。"武曌倒是没有在意。

这时候,一位职司的身影在门外晃了一下,明月便道:"今日恰逢鄙寺说法之日,陛下稍等,贫尼去去就来。"

武曌看了看随行的臣僚后道:"既是来到寺中,不妨也去听听,感受我佛慈悲。"

于是,在明月陪同下,一干人来到了法堂。

在法坛上说经的是一位中年女尼,看上去大约刚过三十岁,但于华严宗却是十分精到。她今天讲授的主题是"忏悔罪业",她从世间人为何无法跳出三界,讲到前世今生的善缘和恶缘;从冤亲债主讲到精进忏悔业障。她的眸子平静如水,可是当讲到"六道轮回之根蘖,在众生与众生之间冤冤相报,相互还债,无有边际"时,眼眶里就湿漉漉的。这情景让武曌心弦悠悠颤动,想当年自己坐在法坛上时也不过二十六岁,一时间百感交集。

在讲述了"作法忏""取相忏""无生忏"三种修行之法后,那位中年女尼虔诚地说道:"各位佛姑,贫尼这里要告诉诸位,往昔苍生所造之罪业,若不想尝相报之苦果,则定要精进忏悔业障!何谓忏悔?一言以蔽之,忏者,发露昔日之旧恶;悔者,知错而知其所以错也。忏悔之合,即求冤亲债主之宽谅,世间至无冤孽矣。"

走出法堂,明月问道:"陛下可要放生?"

"初春时节,寒意料峭,能放的大概只有鱼儿了。"

于是,一干人便又来到放生池旁,各选了一条鱼放入池中,又撒了些鱼食进去,方返回方丈茶室。

正午的太阳驱散了晨间的寒意,春阳亮亮地照着寺院,一切都在悄没声息中葳蕤勃发，尤其是枝头杏花的花苞，已隐约可见红萼点点。在砖砌的小径上缓缓漫步，方才说法的声音还如"佛乐"一般在武曌心头回旋，那"忏悔"二字恰如两盏心灯，照着她的胸臆。难道人来到这世间，真注定要冤冤相报么？而武三思却在这时候打断了她的思绪。

"近日朝臣中有为扬州徐敬业、豫州李贞谋反案之余党鸣冤叫屈，以为陛下肆意牵累众人。微臣以为为反贼张目，罪同谋反，当依律严惩。"

"有这等事？"武曌转过脸来问张柬之，"爱卿在秋官署掌管刑狱，如何看这件事？"

张柬之捋了捋美髯道："方才法师讲到冤冤相报何时了，臣深以为然。夫儒家讲究宽容，荀卿子曰：'接人用抴，故能宽容，因众以成天下大事也'，佛学讲究'消业'，门不同而其理一也。徐敬业、李贞父子伏诛多年，余众多为胁迫所为。臣以为陛下当赦免其罪，天下闻之，必称颂陛下宽仁厚德。"

武曌侧目打量张柬之，就觉得狄仁杰慧眼识人，他的一番言语入情入理，很对自己的心思。看来，确如狄仁杰所言，柬之有宰相之才，便点头道："爱卿所言，正合朕意。知制诰替朕拟敕，告言扬州、豫州、博州余党，一无所问，内外有司不得再理。"

这个旨意给了张柬之很大的鼓舞，他把另一个重大事件提到了武曌面前，近前一步拱手道："臣闻陛下已知来俊臣之奸，并处以极法，微臣作为秋官侍郎，乞陛下恩准详察来俊臣所推狱案，甄别冤假错案。"

此话一出，立即遭到武三思反对："张大人此议，未免节外生枝，来俊臣虽是奸佞，未必所断之案皆冤狱，若遇事都要详察，岂非危乱朝纲？"

张柬之正要申辩，耳边却传来武曌的声音："三思此言差矣。来贼酷刑之下，岂无冤案？朕意由张爱卿总理，监察御史苏颋协理，甄别来贼审案的真伪，昭雪冤情。"

"微臣遵旨。"张柬之不失时机地表示皇上英明。当他侧目看去，武三思的脸拉得老长。

从感业寺回来后，武三思又几次谏言册封张昌宗和张易之，却都被武曌搁置了。

转眼到了七月，姚崇从神都来长安觐见了。君臣相见，武曌询问了神都朝野诸事，姚崇一一回答，言说太子秉承陛下旨意，悉心署理神都政事。说到李显、相王和太平公主请封二张之事，武曌问道："爱卿对此请怎么看？"

姚崇不假思索地答道："殿下此议，乃大孝大忠之举。陛下春秋日高，长安、洛阳迢迢千里,殿下欲行孝而不能及,于是望二位张大人为陛下分忧。"

武曌"嗯"了一声,却没有了下文。姚崇猜想,皇上一定是心动了,可良久之后,武曌却道:"太子之议且不去论,爱卿以为可册封否?"

自打离开神都那一刻起,一路上姚崇都在思索如何应对皇上。他已经清楚太子的用意了,也明白二张根本不具备册封王侯的资格,若是依了太子的谏言,必然冷了前方功臣的心;而武曌出于对男宠的私情,很可能接受太子的谏言,恣意要册封。他担心的是,这种滥行封赏会导致君臣离心。可如今他发现,皇上在这件事情上并不似自己想象的那样,其实也举棋不定。他知道,自己说话的时机到了,遂道:"微臣记得贞观年间,太宗于凌烟阁图写二十四功臣时,其异姓王皆出将入相,或驰骋疆场,被坚执锐,屡立战功;或辅佐圣主,挽狂澜于既倒。即如李勣者,身后也不过册封为英国公。请陛下权衡,二位张大人与李勣相比,功劳孰伟?"

武曌听得很认真,心想这姚崇受狄仁杰的影响颇深,特别是以李勣为镜。此人在显庆年间屡次对她的支持,至今历历在目,虽说他去世后国公是皇上册封的,但是出自武曌之意。她离不开二张,但大周的天下更重要,她需要股肱臣僚为社稷竭忠尽命。这个姚崇真是聪颖过人,他不但坚定了自己放弃封二张为王的意念,而且为自己打开了思路:"爱卿所言,亦朕之所虑也。朕会斟酌的。"她放下这个话题,却问起朱敬则其人来。

这朱敬则乃亳州人氏,祖辈均以孝义名世,咸亨年中,高宗闻其美名召见,拟擢拔任用,但被中书舍人李敬玄所贬毁,只授了洹水县尉。长寿中,任右补阙。

"近来张柬之屡次向朕举荐正谏大夫朱敬则,爱卿以为如何?朕记得,就是他曾上疏指斥来俊臣用法严酷,诬良为奸,朕当时以为善。"

"张大人之言甚是。朱敬则恪尽职守,朝野传为美谈。臣也以为其堪当大任。"

闻言,武曌便很高兴姚崇在她徘徊之际来到了长安,当下要武钦知会御膳房,赐宴宫中,并要武三思、张柬之作陪……

姚崇在长安逗留的日子,游历了山川秀景,又在唐休璟的主持下,与崔玄暐等夏官署官员议定了武举的科考项目。到他于七月底离开长安时,皇上已经下旨,册封张昌宗为邺国公,张易之为恒国公了。

第二十二章

回恩路徘徊曲折　谏诤臣又遭贬谪

长安三年(公元 703 年)七月,正谏大夫朱敬则以同凤阁鸾台平章事之位跻身宰相行列。这时候他已是六十八岁了,从初任洹水县尉走到今天,他耗费了几乎一生的时间。与他一同起步的许多人早已入阁任相,而他总是壮志难伸。因此在接到皇上的制书后,他感慨盈胸,满心都是说不尽的辛酸。与他同时任为同凤阁鸾台平章事的,还有夏官尚书唐休璟。

他听武钦说,此次自己能够入阁,得益于两个人,一个人是秋官侍郎张柬之,另一个人是夏官侍郎、同凤阁鸾台平章事姚崇。而年已七十九岁的张柬之却没能拜相,这让朱敬则内心很是不安。于是,在七月的一天,他专程到秋官署拜望张柬之,说道:"张大人翼戴兴运,谟明帝道,沉厚多谋,资质才干在敬则之上,如今却才高运蹇,令敬则深为忐忑。"

张柬之却将这一切看得很淡然,抚着朱敬则的肩头道:"大人不必如此,我等出仕,未为稻粱谋,乃在国之兴昌。"

"大人襟怀,可以容海,日后,敬则还要仰仗大人。"朱敬则就愈益感佩张柬之的品格。

但令他没想到的是,就在两人见面后没多久,他就遇到了一件十分棘手的事。张昌宗和张易之举报,说凤阁侍郎魏元忠曾与司礼丞高戬私下密谋,说陛下老矣,不若挟天子为久长。武曌闻之大怒,严令秋官署将魏元忠、高戬下狱。

散朝以后,朱敬则追上张柬之,疑惑地问道:"魏大人与高戬密谋挟持陛下,大人以为可信么?"

张柬之左右看了看道:"老夫决然不信。高戬乃太平公主男宠,此为朝野尽知之事。魏大人一向谨慎,岂能与一司礼丞谈及此类秘事,显系陷害。"

"那魏大人究竟为何事得罪了太平公主?"

张柬之长叹一声道:"他哪里是得罪了太平公主,是因为他阻挡了张易之的兄弟张昌期的仕路。尤其是近来皇上多病,二张担心有一日陛下晏驾,自己被魏元忠所诛,故而罗织罪名,张昌期之事不过是个由头而已。"

说起来,这还是在八月的朝会上,天官侍郎崔玄暐陈奏,说雍州长史薛季昶年迈,亟待选勤廉之官接任;而夏官署也陈奏,西突厥之突骑施酋长乌质勒与突厥诸部相攻,安西道绝,奏请朝廷商议应对之策。

夏官尚书、新任同凤阁鸾台平章事唐休璟便出列道:"兵来将挡,水来土掩。陛下可命安西诸州兵马接应,利用西突厥内讧之机,正好固边。"

大臣们没有任何异议,皇上也通过了唐休璟的谏言。

可当武三思提请皇上以张易之之弟张昌期代雍州长史薛季昶之时,事情就不那么顺利了。

首先是苏味道响应了武三思道:"张昌期者,恒国公之弟也,定然能够胜任。陛下得人矣。"

武攸宜随后便附和道:"苏大人所言甚是,张大人年轻少壮,正乃国之栋梁。"

朱敬则刚刚入阁,又长期在国史馆供职,对任吏景况知之渺渺,见大家都赞同张昌期,便迎合了众论。唐休璟也附和了武三思的谏言,他本是武将,毕其一生精力都在保境戍边。对于朝堂奥妙,他不甚了了。

可这种时候,武曌总是十分注意听取魏元忠的意见:"魏爱卿为何一言不发呢?"

魏元忠见皇上问话,便不假思索直言道:"若论知雍州,朝臣中无如薛季昶者,彼于任内,惩治豪强,除暴安良,辖内百姓安居乐业,朝野誉为历任长史之佼佼者。微臣不解,为何陛下要撤换他。"

"薛爱卿老矣!"

听闻陛下如此感慨,魏元忠发现自己陷入了进退维谷的境地。他依稀记得,当年任洛州长史时,张易之之弟张昌仪借其兄之势,每次都以主将的身份听事,他的前任敢怒而不敢言。魏元忠到任后,第一次就怒斥其不懂法度,由此也得罪了张易之。还有一次,张易之的家奴恃主威势,当街殴打百姓。恰逢魏元忠从此经过,严令侍卫杖杀之。当时由于证据确凿,皇上只有责备张易之了事。如今已是他第三次得罪二张了,看来必遭陷害了。

但是,他更知道雍州位置的重要,不能为了迎合皇上而置社稷于不顾。他把顾忌都抛到一边,直面武曌道:"昌期年少,不谙吏事,其在岐州任刺史,巧取豪夺,置百姓疾苦于不顾,以致岐州户口逃亡殆尽。雍州京畿,事任繁剧,他当然不如薛季昶强干习事。"

他在说这些话的时候,皇上已面呈愠怒之色,宰相们也都用吃惊、担忧的目光打量着他,朝堂上的气氛一下子凝住了。

张柬之此刻义无反顾地站在了魏元忠一边:"魏大人一向知人善任,臣以为魏大人所言甚是。"

崔玄暐也跟着张柬之的话道:"微臣也以为,魏大人之言顾全了大局。"

"那你们就是说朕错了?"武曌横了横眉毛。

"微臣不敢。微臣只是觉得魏大人言之有理。"张柬之见武曌震怒,连忙辩解。

"张大人绝无此意,请陛下明察。"魏元忠也急忙为张柬之开脱,他何尝不知这样做的后果呢?

前些日子,他刚一回京,张柬之就兴冲冲来府上拜访,说皇上七月去了感业寺后,情绪大变,赦免了扬州、豫州反叛余党,甄别了来俊臣时期的冤案。魏元忠在感动之余,并没有特别轻松。皇上执政五十多年,积习日久,要一下子改变确实很难。但他自觉还是比较了解皇上的,因此,在陈说了理由之后,他很坦白、也饱含情感地表达了自己的心意,声音有些发颤道:"自先帝以来,臣蒙被恩渥,今承乏宰相,不能尽死节,使小人在侧,臣之罪也。"

武曌黑着脸,没有回应魏元忠的话,宣布散朝。

走出含元殿的时候,魏元忠的脚步分外沉重,甚至有些僵硬。

张柬之想到此事,便接着道:"谁知道又过了几天,不但张昌仪被任为尚方监,而且还发生了举报魏元忠意图挟持陛下的案子,还举出高戬为证。"

"难道就没有转机了么?"朱敬则又问。

"也不是没有转机。陛下口谕,要魏大人与张昌宗廷辩。如有第三方佐证,也许可以洗清冤情。不过,其人须得秉正刚直,不妄言,不谄媚才行。"张柬之顿了顿,又问道,"大人可知昔者汉朝窦婴、田蚡廷辩的故事么?"

朱敬则点头道:"下官此前终日在国史馆,怎能不知?想那窦婴自恃有先帝诏书护佑,对廷辩并不惧怕,孰料府令受贿变节,藏了诏书,以致他百口莫辩,冤死狱中。"

"岂知我朝没有受贿作伪证者?"张柬之又叹了一口气。

二人正说着话,就听见身后传来急促的呼唤:"二位大人慢行,下官有话要问。"

张柬之回头一看,是凤阁舍人宋璟赶上来了。

这宋璟年方四十,生于龙朔(公元663年)二年,眉清目秀,却留着美髯,人称"髯公"。他年少便博学多才,擅长文学。十七岁中进士,首任义昌令。刚过三十岁就任了监察御史,现在做到凤阁舍人,以职掌制诰。可自从武曌用了上官婉儿以后,其人就清闲多了。平日不显山不露水,但在张柬之的印象中,此人做事明析毫厘,擘肌分理。

张柬之和朱敬则停住脚步,等宋璟来到面前后问道:"大人有什么事?"

宋璟左右看了看,小声道:"方才下官走得晚了些,听到武三思、张昌宗、张易之几位说,不仅高戬知道魏大人所言,张说也知道,他们欲在明日廷辩时召张说出来做证。"

"张说……是曾与张昌宗、张易之、李峤等一起编纂了《三教珠英》的张说么?现与宋大人同为凤阁舍人?"朱敬则有些疑惑问道。

见宋璟点了点头,张柬之耸了耸肩,摊开双臂道:"看!果然不出所料。"

再问到宋璟与张说的关系,宋璟道:"其人性烈如火,自命清高,且好利贪财。不过,与下官倒还有些机缘,平日交往较多。"

"大人的话,他听得进去么?"

"可以一试。"

张柬之随之对宋璟附耳密语几句,宋璟点了点头:"下官明白了。"随后,他就向两位告辞走了。

见此,朱敬则便问道:"大人刚向宋大人说了什么?"

张柬之皱着眉头道:"成败就在这张说,他能不能秉持公正,出以公心,现在还尚未可知啊!"

朱敬则明白了,也为自己在朝会上贸然站在张昌期一边而惭愧不已,当即表示:"下官既然进入内阁,就不能听任忠良遭诬。明日廷辩,下官将仗义执言,为魏大人辩冤。"

再说这张说刚送走张易之的府令,便屏退左右,打开了府令送来的锦盒,里面竟是一尊金佛,那闪闪的金光刺得他都睁不开眼了,脸色也随之不大自然了。张易之遣府令登门的来意不言自明,可平心而论,他哪里知道他们说了些什么呢?但是他若执意不从,不仅得罪了二张,更会惹怒陛下。他正犹豫间,就听见府令慌慌张张地在门外禀报:"凤阁舍人宋璟过府来了,现正在前厅等候。"

张说闻报,急忙收拾好礼品,平静了一下心境才来到前厅。一进门,他就抱拳道:"不知贤兄到了,未能远迎,还请恕罪。"

两人互相客套了一番,然后坐定,张说让丫鬟奉上了好茶便道:"你等退下吧。"

在凤阁舍人中,其他几位张说都看不上眼,就是与宋璟很谈得来。这全是因为宋璟其人颇有才华,且品格高洁耿直,颇得阁中同僚称赞。即使与同僚稍有嫌隙,他也总能及时化解,让人如沐春风。

张说笑道:"什么风把贤兄吹到寒舍来了?"

宋璟也不遮掩,直言道:"金佛之风啊!"

张说闻言,心中暗惊:他是如何知道此事的?

其实宋璟并不曾知道二张送了些什么,只因为本朝时兴送佛,他也是顺口一说罢了,孰料却歪打正着。张说的脸一下子就红了:"不瞒广平兄,方才张易之遣府令前来,确是送了一尊金佛。"

宋璟也很惊讶,便道:"如果下官没有猜错,张易之必是为魏元忠一案。"见张说没有否认的意思,宋璟又问道,"请问贤弟年方几何?"

张说不解地问道:"贤兄为何问这个?你我同在凤阁,难道不知小弟刚刚过了三十六岁?"

"贤弟正是风华正茂、前程无量之时。因此,有些话下官不能不说了。"

张说直言道:"阁中人谁不知你我交好,贤兄有何话不妨直说。"

宋璟亦不再客气:"魏大人一案,是非十分清楚。本就是蓄意诬陷,无中生有。魏大人一朝名相,岂能与高戬之辈谈论朝事,更不必说共谋挟持陛下了。张易之今又送你金佛,其居心昭然。因此,愚兄要奉劝贤弟名义至重,鬼神难欺,不可助邪陷正以求苟免。若贤弟果遇不测,愚兄当叩阁力挺,与君同死,请贤弟慎思慎行。"

宋璟一番话,荡气回肠、磊落慷慨,让张说深受感染,何况他已将金佛之事和盘托出了,倒不如明日一搏,落个好名声。想到此处,他当即道:"子曰,富与贵,是人之所欲也,不以其道得之,不处也。贫与贱,是人之所恶也,不以其道得之,不去也。君子去人,恶乎成名?请贤兄放心,愚弟绝不助纣为虐,落井下石。"

"贤弟深明大义,令人感佩之至,请受愚兄一拜,且替魏大人谢过了。"宋璟立即起身,向张说行大礼。

　　这场廷辩一方是曾颇受武曌器重的宰相，一方是皇上的宠臣，自然引起了朝野的瞩目。当卯时三刻临近之时，塾门已聚集了不少臣僚。武三思到得最早，他刚走完司马道，就看见了二张从紫宸殿出来的身影，便主动上前问候，并小声问道："昨夜大人可见到张说？"

　　张易之回道："府令回来说，张说欣然接受了礼品，表示定当相机行事。"

　　武三思点了点头："只要他接受了礼品，说不说就由不得他了。否则，就告他收魏元忠贿赂。"

　　三人正说着话，朝臣们也纷纷到了。张易之一眼就看到了张说，隔着十几步远，便热情地招呼道："张大人到了。"

　　张说和颜悦色，谦然回礼，看不出情绪上有何变化。可他一转身，殿中侍御史张廷就没头没尾地说了一句"朝闻道，夕死可矣"，而站在他身旁的左史刘知几也说了一句"无污青史，为子孙累"，他立刻就感到了一种无形的压力，若今天做了伪证，那可真是要落千古骂名的，他不禁在心底感谢宋璟的提醒。他环顾左右，朱敬则、张柬之、宋璟等人反倒很平静与坦然。

　　辰时三刻，当初升的太阳照向长安宫苑时，武钦站在含元殿门口，尖着嗓子喊道："时辰已到，请各位大人上朝。"

　　进了含元殿，臣僚们发现今日的朝堂与往日有很大的不同。以皇上的宝座为准，两边呈半圆形散开，一边为文官行列，一边为武官行列，中间有一大块空地，留备廷辩之用。

　　武曌一上朝就满脸肃然，把目光投向司刑少卿徐有功并点了点头。徐有功便高声喊道："陛下有旨，带嫌犯魏元忠。"朝臣们闻言都看向殿门，只见魏元忠戴着镣铐，被禁卫押了进来。在牢狱的这两天，他想得很多。今日一大早，徐有功就来了，一是关切他昨夜睡得可好，并为他准备了丰盛的早膳；另外就是告诉他今日的廷辩证人乃凤阁舍人张说，让他心中有数。

　　因此，当魏元忠站在大殿中央时，他的内心很平静，他相信只要心底坦荡，也就无所畏惧了，自己一定能够洗清冤屈的。

　　武曌看了看张说，问道："张昌宗言道，你知魏元忠谋反言，可有此事？"

　　张说低着头没有说话。

　　魏元忠见状，鄙夷地看了一眼张说道："你为何要与张昌宗罗织罪名陷害我？"

　　张说也不示弱，以鄙夷的口气回应道："魏大人乃一朝宰相，怎能效委巷小人之言？"

张昌宗见张说言语模糊,不免有些着急道:"张大人何其啰唆,只言魏元忠有无反心可矣。"

孰料这一来,张说更是满腹委屈,面向武曌陈奏道:"陛下已经看见,当着陛下的面,张大人犹自逼臣如此,何况在外面乎?"

武曌狠狠地瞪了张昌宗一眼,对张说道:"你据实言之,何必在乎逼迫?"

张说双手打拱道:"臣乃一朝凤阁舍人,知制诰事,最明实事求是乃立身之本。今日对质朝堂,不敢不以实对。"

他这话一出,朝堂上立刻一片寂静。正当众人心异而目灼之际,张说凛然道:"臣实不闻魏大人有此言,乃张昌宗、张易之逼臣诬证耳。"

此话一出口,朝堂上顿时喧哗不已。朱敬则、张柬之没有急于表态,但张昌宗、张易之顿时被张说的证词和朝臣的议论弄得六神无主,心想这小人收了大礼还不领情,真是岂有此理!但眼前他们顾不上这些,冲出朝列声嘶力竭地大呼道:"张说与魏元忠同反。"

其实,最为闹心的还是武曌。昨夜皇榻上张昌宗兄弟还亲口告诉她,张说知道魏元忠的反词。他们不是对廷辩信心满满么?怎么如今又道张说与魏元忠是同案犯呢?

武曌凤眼冰冷,直视着张昌宗厉声问道:"说,这到底是怎么回事?"

张昌宗转而举报张说道:"臣闻张说每谓魏元忠可比周、尹。昔者,帝太甲既立三年,伊尹放之于桐宫;武王驾崩,成王年幼,周公摄政,挟天子以令诸侯。张说以尹、周比魏元忠,非欲反而何?"

张说闻言,仰面大笑,良久方以揶揄的口气道:"人言张大人不学无术,于今可见一斑,试问你就是如此读史的么?"

听张说这样一讲,武曌的脸色就红一阵、白一阵的。

"当初魏大人初衣紫,臣以郎官往贺,听魏大人谓客曰:'无功受宠,不胜惭惧',臣曰:'明公俱尹、周之任,何愧三品?'彼伊尹、周公皆为忠臣,古今慕仰。陛下用宰相,不使学尹、周,当使学谁邪?且臣岂不知今日附张昌宗立取台衡,附魏大人立致族灭?但臣畏魏大人冤魂,不敢诬之耳。"张说说完,大殿里再度陷入一片死寂,几名宰相也都面面相觑。苏味道心说这年轻人疯了,竟敢在朝堂上连同皇上与她的宠臣一起挖苦,岂非伸着脖子挨刀。那张昌宗、张易之更是面色发紫,怒发冲冠。

就在这时,武三思说话了:"启奏陛下,张说出言不逊,乃魏元忠党徒,当发司刑牢狱。"

武懿宗跟着武三思的话道："如此反复小人,当杀之以正朝纲。"

张说却含笑道："陛下若是欲见张大人行贿诸事,微臣已命府令在殿外等候。"

事到如今,武曌是又恼又恨,对二张兄弟的愚蠢积了一肚子火,却无处发泄,她更担心这张说真的将行贿之物供出来,自己更加尴尬。情急之中,她怒不可遏道："张说反复小人,宜并系治之。散朝!"

"且慢!"宋璟大声喊道。

武曌刚要迈开的脚步顿时停住了,回过头来,几乎是竭尽全力地喊道："你有何事?"

宋璟"扑通"一声跪倒,头贴着地道："张大人忠贞刚锋,不畏生死,乃在秉持正义,护卫朝纲,却遭此下场,请皇上赦免魏元忠、张说,否则,臣愿与之同死。"

"反了!反了!"武曌只觉得眼前一黑,昏厥了过去。武钦见状,急忙上前扶住……

"陛下!"当宋璟高喊着抬起头时,张易之惊呆了,只见宋璟的额头已是血流如注,头下的地砖已是一片红。

二张精心设计的这场廷辩,就这样草草收场了。可魏元忠被押离大殿时,内心却没有丝毫的轻松,反而被隐痛所折磨。他痛在朝纲废弛,皇上讳疾忌医。唉!当年那个坐在武成殿与自己竟日交谈的皇上到哪里去了?那个曾经颁布了《兆人本业》的皇上又到哪里去了?魏元忠抬头望了望前面,张说已被推上了囚车,他内心就更添了一分牵累旁人的负疚感。

武曌病倒了,这一病还不轻,接连多日,朝会都取消了。每日的奏疏都由上官婉儿念给她听,并由二张代为处理后报与洛阳的太子知晓。

为皇上诊病的是太医署的沈南璆,当他看到皇上革带移孔,心里便升起了无言的酸涩。不管当时是怎样慑于皇命,毕竟他与皇上也有过肌肤之亲。他精心地为皇上诊脉看病,可岁煎人寿啊,皇上老了,这一病恐怕就很难风云再起了。

二张如今谈论最多的就是皇上晏驾了他们该怎么办? 他们自知树敌太多,恐怕难逃千夫所指的结局,如果不趁着皇上在病中,多剪除些劲敌,恐怕日后就难以招架了。而魏元忠一案就是最好的机会,他们一定要把魏元忠谋反案办成铁案,从而达到杀一儆百,震慑朝野的目的。

这几天,他们都秘密遣人到牢狱里劝解张说,要他推翻朝堂上的证供。

可张说不为所动,宋璟都血溅朝堂了,他又怎么能出尔反尔呢?

这一天,二张来到武曌的病榻前,先是悉心探问皇上的病情,接着又将张说之事添油加醋地说了一番。武曌听后,不无责备地说道:"朕将朝事委与二卿,然区区一案举证亦无良方,遑论理政?"

张易之道:"微臣不能为陛下分忧,忧心如焚。臣以为像张说这样的狂徒,不动大刑,定不会招供。"

"那就让武懿宗给他点颜色瞧瞧吧。"武曌沉吟片刻后道。

然而三天以后,当他们再度来见武曌时,带来了一个更不好的消息:不仅张说在大刑之下毫无所动,更为严重的是,正谏大夫、同凤阁鸾台平章事朱敬则呈上了为魏元忠辩冤的上疏。

张易之又诬陷道:"依臣观之,朱敬则亦魏元忠同党矣。"

武曌瞪了他一眼道:"朕还没听他说些什么,岂知其乃魏元忠同党?武钦,为朕念上疏。"

"遵旨!"接着,武钦念道——

元忠素称中正,张说所坐无名,若令抵罪,失天下望。

陛下革命之初,人以为纳谏之主,暮年以来,人以为受佞之主。自元忠下狱,里巷恟恟,皆以为陛下委信奸宄,斥逐贤良,忠臣烈士,皆抚髀于私室而箝口于公朝,畏忤易之等意,徒取死而无益。方今赋役繁重,百姓凋敝,重以谗佞专恣,刑赏失中。窃恐人心不安,别生他变。争锋于朱雀门内,问鼎于大明殿外,陛下将何以谢之,何以御之……

武曌听着听着,呼吸就紧迫起来,以致后来咳嗽不断。二张交换了一下眼色,双双跪倒在武曌面前连道:"陛下息怒,为此等奸人怄气,实在不值。"

武曌摆了摆手,平息了一下呼吸道:"还有事么?"

"如此忤逆乱贼,臣以为当千刀万剐。"张昌宗又加强了语气。

"你等退下,让朕静一静。"武曌说完就闭上了眼睛,二张兄弟便只得离开了。

第二天,服过沈南璆开的补中益气汤,武曌的精神稍好了一些,便吩咐武钦道:"宣上官婉儿来与朕说说话。"

不一会儿,上官婉儿便到了。她一见皇上脸色苍白的样子,眼泪就忍不住淌了下来:"陛下为社稷操劳,身子如此虚弱,微臣的心都要碎了。"

"朕无大碍,传你来就想说说话,你倒好,哭天抹泪的。"武曌强颜笑道。

上官婉儿赧然笑了,等她在对面坐了,武曌便道:"如果朕没有记错,你该三十九岁了。数十年来,你跟在朕的身边,耽误了大好青春,朕于心何忍?待返回神都,朕要册封你为太子嫔妃,也好有个着落。"

闻言,上官婉儿便泪花盈盈道:"微臣能陪伴陛下,乃臣下之大幸,臣无憾矣。"

"朕亦是女人,最能懂得孤守空房的苦楚。眼看着朕日渐衰老,误你年华,朕之罪也。"武曌婉柔地抚着上官婉儿的手道。

"陛下之恩,臣不胜感激。"

聊完这些私情,武曌便拿起榻上的奏章递给上官婉儿道:"你都看过了?"

"微臣都看过了。"

"跟朕说说,你怎么看?"

上官婉儿欠了欠身子道:"朱敬则言辞虽然过激,有些事实也不尽当,可其敢言直谏之气度,让微臣想到了狄大人。当年狄大人在朝任凤阁鸾台侍郎、同凤阁鸾台平章事时,屡次犯颜直谏,陛下都欣然听之。今朝堂之上,秉承狄公遗风者,唯魏元忠、姚崇、张柬之、朱敬则耳。臣以为陛下宜慎听之,慎处之。眼下魏元忠已在狱中,若是又将朱敬则治罪,臣恐……"

"你的意思朕明白了。"

随后二人又叙了些闲话,上官婉儿怕武曌累着了,便起身告辞。她出殿没走多久,就看见武三思朝自己的居处去了。唉!又是多日不见,她对这种生活都有些厌倦了。她知道,武三思近来心境亦不舒畅。早年,武承嗣在世时,皇上几度欲改立国嗣,武承嗣都是唯一人选。自武承嗣去后,皇上就很少提及改嗣之事了。此次皇上卧病之际,却把长安的朝事悉数委与二张,这让武三思更加失落,却又无处倾诉。掩上房门,武三思便急不可耐地将上官婉儿拥入怀中,道:"想死我了。"

上官婉儿半推半就地依偎在武三思肩头,却道:"你们这些男人啊,都是心口不一。明明自己心中有事,偏要说想女人,岂不是言不由衷?"

武三思有些郁闷道:"你真是冰雪聪明,不瞒你说,我近来着实抑郁。你说说,二张是什么人?不就是长了一个好脸蛋么?凭什么将朝事委与他们?"

"这也是妾不解之处,不过这样也好。"上官婉儿平静地说道。

"这话怎么说?"武三思疑惑地看着上官婉儿漂亮的眼睛。

"王爷也不想想,眼下魏元忠的案子闹得沸沸扬扬,二张本欲借廷辩之机置魏元忠于死地,孰料张说殿前倒戈,不仅他们弄巧成拙,而且让陛下也下不了台。这样,臣僚们怨恨二张者多矣。新任宰相朱敬则在上疏中就直指其为奸佞,王爷若是此时掺和进去,岂不自招祸患?"

经上官婉儿这么一说,武三思才算是明白了,连道:"还是你有见事之明,心里想着我啊。"

上官婉儿接着道:"不仅不能掺和,王爷还要劝陛下对魏元忠从轻发落,这样才能赢得人心。"

武三思立马凑上去给了她一个深吻,上官婉儿娇嗔地瞄了一眼武三思道:"妾这都是替王爷着想。"

武三思又想到了那个高戬,便道:"那个高戬不是太平公主的最爱么?为何也牵进了魏元忠的案子?"

"二张之蠢,正在于此。太平公主是什么人?他们竟敢在太岁头上动土。"上官婉儿笑道。

武氏家族的女人们一个个都是情种,太平公主也概莫能外。

九月,正是秋高气爽的季节。可在安定郡王的府邸,却是夜色凉如水,心境有如冰。太平公主已三十八岁了,可看上去不过二十八九岁的模样,她常常借故将武攸暨支出府邸,自己则与男宠们嬉笑欢爱。她的这些作为,让武攸暨身心备受打击,他看在眼里,恨在心头,却慑于武曌的威势只能忍气吞声。不仅如此,武攸暨在儿子武崇敏、武崇行面前也没有任何做父亲的尊严。

这是重阳节后的一天,太平公主忽地起了恻隐之心,一大早起来,就说要和武攸暨一起去神都苑看枫叶。这一天,武攸暨分外殷勤地为太平公主张罗前后,太平公主玩得尤为开心。

回到府上,武攸暨又吩咐丫鬟们悉心为太平公主沐浴,温热的水将太平公主洗得浑身芬芳、血液充盈、面如桃花。

太平公主懒洋洋地躺在榻上,对武攸暨道:"王爷也去沐浴吧!"

"嗯!"武攸暨转身就出了卧房。他太激动了,他许久没有沾过公主的身子了。可当他想到那些男宠时,心中便又生出满满的憎恨来。

太平公主很快猜透了武攸暨的心思,便从床上爬起来,轻轻地拉他在自己身边躺下,贴着身子去亲吻自己并不喜欢的那张脸,可任她使遍浑身解数,武攸暨都没有反应。终于,太平公主满脸怒气地飞起一脚,将武攸暨蹬到了床下："你真让我丧气。"

冷战就从这一刻开始，武攸暨无奈地站起来，到侧室去了，留下太平公主孤零零地躺在床上想心事。她的脑际闪过一个个男人的身影，冯小宝、张昌宗、高戬……

与高戬认识还是前年四月她到龙门山踏春时的事。那日，满山碧草翠树，装点着坡坡岭岭，桃花之后山花次第开放，香透了洢河水和少男少女的袍裾袖头。太平公主在丫鬟的陪伴下沿着石砌的山道缓缓而行，不一会儿，便娇喘吁吁。武攸暨见她累了，便让丫鬟在道旁的石头上垫了蒲团，扶她歇息片刻，可就在她准备坐上石头的当儿，却悚然喊道："蛇！蛇！"

武攸暨定神一看，一条长蛇正从石头底下的缝隙里往上爬，他也仓皇失措，欲喊府役们打蛇，又怕激怒了那蛇，伤了公主。正犹豫间，忽听耳边传来一声"退后"，说时迟，那时快，只见那男子飞身来到太平公主身旁，一把掐住了蛇头，顺势提起来。那蛇在空中不停地抖动着，不一会儿便死了。随后，那男子来到公主身边，彬彬有礼道："公主受惊了。"

他们就这样认识了。又过了几日，太平公主在安定郡王府答谢这个年轻人，席间，他告诉公主，他名为高戬，乃高宗时户部尚书高履行之孙，年方二十六，现在洛州府任曹仓参军。高戬的儒雅和勇猛让太平公主十分心动，因此那次会面之后没多久，两人就在一起了。

再过了些日子，高戬便被任为司礼丞，在司宾寺任职。高戬明白，这都是太平公主在皇上面前举荐的结果，这样，他们见面的机会就更多了。但让太平公主万万没想到的是，这种欢悦只维持了几个月的时间。长安元年十一月，皇上起程回长安时，竟点了高戬随行。她没有任何理由阻挡，只能眼巴巴地望着阳关尽头。

这一夜，太平公主到黎明前才睡着，到醒来时，已经是秋阳绚烂了。她感到有些眩晕，但也无心继续歪在榻上了。她准备去东宫见太子，看能不能向陛下上一道奏疏，以神都需要礼仪官员的名义，将高戬调回来。若不是为了高戬，她是绝不愿意踏进东宫的，她无法容忍韦妃的刻薄和尖酸。

巳时一刻，太平公主已经进了东宫，沿着司马道向着庄静殿而来。

王晖最先看见了她的身影，忙上前施礼道："老臣参见公主。"

太平公主点了点头后问道："殿下在么？"

王晖眨了眨眼睛道："在呢！长安来了使者。"

太平公主"哦"了一声，本能地加快了步子。长安来人，会不会带来高戬的消息呢?但她旋即笑自己太痴情了,像司礼丞这样的官员,满朝数不尽数,怎么可能有他的消息呢?

太平公主突然出现在殿门口,让李显有些吃惊,她是怎么知道高戬出事了?难道长安有另一路使者到了安定郡王府?

使者见太平公主来了,先行了礼,随之起身告辞道:"陛下旨意,让微臣在神都等着,殿下有什么话,微臣带回去就是。"

送走信使,李显问太平公主:"御妹为何一早过来了?"

太平公主回应道:"小妹惦念陛下,特来问问长安的消息。"

见妹妹问起,李显也不隐瞒,严肃地说道:"长安出事了,说是魏元忠与司礼丞高戬趁陛下生病,欲图挟持陛下,以令天下。"

啊? 这消息如同晴天霹雳,顿时让太平公主蒙了,但她旋即笑道:"定是有人拿了这消息寻开心吧,高戬怎么会做出如此大胆的事情?何况他一个小小的司礼丞,如何能号令天下? "

"事出蹊跷,我也难以相信,可这是知制诰亲笔起草的文书,说魏元忠与高戬已在狱中了。"李显也是不得不信。

"啊? "太平公主惊呼一声,拿过文书,看了几遍,一颗心就飞到长安去了,"他定是遭人陷害,妹妹绝不相信他会有此鲁莽之举。"

李显示意太平公主坐下,然后说道:"举报魏元忠、高戬的不是别人,正是张昌宗和张易之兄弟。"

"啊? "太平公主再一次惊讶地捂住了嘴,半天说不出话来,接着,她就在心里大骂二张忘恩负义,当初若不是自己引荐,他们怎么能到陛下身边? 如今,他们不思报恩倒也罢了,反而陷害自己心爱的男人,是可忍,孰不可忍!她恨恨地说道,"妹妹定要上疏陛下,将这两个逆贼碎尸万段。"

"养痈为患,事情绝非御妹所想的这样简单。从长安来的使者说,陛下因为廷辩之事已病倒了,并将朝事悉数委与二张署理,所以这事岂是一道上疏可以改变得了的。"李显摇了摇头。

"难道就让这两个贼人为所欲为么?"太平公主思虑了片刻,随后灵机一动道,"妹妹倒有一计,只是不知兄长敢为否?"接着她就把如何认识李多祚、李楷固等几位将军的过程大致述说了一遍, 也托出自己的打算,"不如由妹妹出面说服几位将军发兵长安,迫使陛下杀了二张。"

李显吃惊地看了看太平公主,很快否定了她的动议:"万万不可!你难道忘了李贞父子的惨局吗?陛下尚在,我等起兵,无异于僭越犯上,罪莫大焉。"

"皇兄畏首畏尾,结果人为刀俎,我为鱼肉。"太平公主恨恨道。

"我已命娄云宣豆卢钦望和姚崇两位大人进宫商议,御妹少安毋躁。"

而此时,豆卢钦望和姚崇刚刚下了车,朝殿前而来。两人在司马道上相遇,互致早安后,姚崇问道:"殿下急召你我进宫,发生了什么事?"

"不知道。下官只是听说好像长安来了使者,带了陛下的制书。"豆卢钦望也是一脸的困惑。

姚崇皱了皱眉头,情知长安一定是出事了。会是什么事情呢?去年七月,他从那里回来时,一切都很顺畅,而且他举荐的朱敬则入了阁。莫非……姚崇的脑际一闪,毕竟皇上已八十岁了。

豆卢钦望被姚崇的叹息惊了一下,问道:"大人想起了什么?"

姚崇却摇了摇头,没有说话。

王晖早已在门口等着,看见两人忙道:"太子殿下等候多时了,请二位大人快进去吧!"

见太平公主也在,姚崇断定自己的估计没有错,一定是皇上凤体欠安了。两人刚刚请了安,李显就把从长安来的文书拿给他们看。

"怎么会有这种事?魏大人为人持重,足智多谋,岂能有如此不慎之举?"姚崇一脸的不信。

"再者,两人一为宰相,一为司礼丞,年龄也相差甚远,是什么机缘让他们单独走在一起的呢?时间、地点皆很模糊,为何定为谋反罪呢?"豆卢钦望也认为定是有人陷害。

"长安使者言道,为举证定罪,二张曾奏请廷辩,并要张说做证。孰料在朝堂上,张说指斥二张陷害。皇上凤心愠怒,病倒在宫中了。"李显在一旁细说详情。

"不是有朱敬则、唐休璟、苏味道几位宰相么?为何会让事情闹成这样?"

"唉!"李显叹气道,"陛下病中,将朝事悉委与张昌宗和张易之了,连梁王都不能插手。我担心二张真的会借机挟持皇上,以令天下。"

"殿下所言极是。微臣最担心因此而人心离散,国无宁日。"姚崇也表示同意。

"我以为,诛杀二贼乃当务之急。"太平公主见状便插话道。

见太平公主如此激进,豆卢钦望分析道:"张昌宗、张易之背天逆人,千夫所指。可要除掉彼等,非借重陛下不可,依微臣观之,眼下时机尚不成熟。"

太平公主最关心的还是高戬的命运,见几位大人议而未决,不免急躁道："诛之不能,讨之不能,如之奈何？"

"如今之计,莫过于洗冤。既然张说指证二张诬陷,足见其证据不足。加之张柬之执法如山,徐有功、杜景俭办案有序。只要我等力主魏、高两位大人无罪,陛下必有圣裁。"姚崇顿了顿,继续说道,"请公主修书一封给武三思大人,言明利害,力求皇上甄别此案,不要轻易定罪。微臣与豆卢大人同时上疏皇上,言明此案于理不通,于情不合,于据不实,陈请陛下明察。"

李显很满意姚崇的分析,对太平公主说道："魏、高二卿,一脱俱脱,一罪俱罪。"

于是,众人当下商定,由姚崇起草上疏,太平公主回到府上,给武三思修书。姚崇还提醒李显,让他将长安来书知会留在神都的武攸宜,要他听令于相王,稳定禁卫军心。

午时一刻时分,太平公主回到了府上,武攸暨正坐在客厅里打着呵欠,昨夜他在侧室一夜无眠,现在还头昏脑涨。

已时一刻时,他一个激灵醒来,随后来到内室,却发现太平公主出门了。当初薛绍殒薨后,他就不该遵照皇上的旨意,与太平公主成婚,他们本就不是一类人,他太木讷,而她太风流。如今,太平公主与薛绍生的两个儿子已经成人,自己的两个儿子也都大了,分开已不可能,只是不知这样苦涩的日子,还要过多久……武攸暨想着想着,竟是泪流满面。

午饭时,太平公主还没有回来,他草草地吃了,就来到前厅发呆,而就在这时,太平公主回来了。她一改昨夜的冰冷,满脸堆着笑坐到了他的旁边,温柔地问他是否吃过饭,并为自己的任性向他道了歉。武攸暨一时感动道："都是我不好,惹公主伤心了。"

太平公主摆了摆手,唤来丫鬟,要她们备些酒菜来。当夫妻举杯对饮的那一瞬间,仿佛所有的不快都已淡去。

酒过三巡,太平公主不失时机地向武攸暨讲述了长安发生的事情,并要他向远在长安的武三思修书。武攸暨不假思索,一口就答应了。

第二十三章

老凤归巢意迷乱 姚崇将行风云激

　　情势急转直下,连武三思也上疏武曌,声言魏元忠谋反无据。张昌宗、张易之捧着上官婉儿转来的一卷卷奏章,面面相觑,却不知所措,只有到病榻前向武曌陈奏。

　　武曌看着年仅二十四岁的张易之和二十二岁的张昌宗,目光中就含了爱怨交加的责备:"你等年少,更事未多,总干些授人以柄的蠢事,如今弄巧成拙了吧?"

　　张易之跪在武曌床头,一副做错事的模样:"微臣这也是对陛下忠爱有加之故。事已至此,还请陛下明示。"

　　"此事你等撒手吧,一切皆由朕来处置。"武曌用枯瘦的手指戳了一下张易之的额头,长叹一声,"五郎,让朕说你什么好呢?"

　　两天后,武曌贬魏元忠为高要县尉,高戬、张说流放岭南。

　　杜景俭到牢狱宣读完制书,发自内心地替魏元忠欣慰:"大人吉人自有天相。只是此去路途遥远,大人年迈,还望保重。"

　　魏元忠走出牢门,抬头看了看九月的长安,天还是那样的蓝,地还是那样的宽,天地间弥漫着菊花的淡香。他深深地吸了一口清新的空气,就发现张柬之在不远处站着,陪伴在他身边的,还有徐有功。

　　"多谢大人秉持正义,使下官冤情得以甄别。"

　　张柬之忙谦让道:"大人不必这样。大人主持左肃政台,奸人闻之丧胆。如今劫后余生,赖陛下圣恩。至于贬谪,也是陛下为自己寻个台阶下而已。不久,相信你我依旧会重逢于长安的。"

　　魏元忠看了看张柬之,再看看自己,脸上掠过一阵苦笑,心想二人已是黄土埋颈之人，不知能否等到那一天。他倒是从内心对张说怀着深深的愧疚，他却因为自己而误了前程。因此，他决计不管皇上见不见，都要在临行前向皇上辞行，为张说讨个说法。

九月初十一大早，他就来到紫宸殿外，在塾门等了一会儿，就看到正谏大夫、同凤阁鸾台平章事朱敬则出来了。在牢狱的日子，杜景俭告诉他，朱敬则曾向皇上上疏为他辩冤。魏元忠便怀着深深的谢意上前向朱相施礼。

朱敬则忙拦住道："轻身重义，君子之气，况大人乃国之栋梁，下官定当义无反顾。"

这时，就听见武钦在殿门口高呼："陛下有旨，魏元忠觐见。"

太好了，皇上没有忘记自己，魏元忠想着道："大人慢行，下官进去了。"

魏元忠一进殿就发现张易之、张昌宗兄弟侍立在皇上身边，脸色一下子就凝重了。

武曌示意魏元忠在病榻前的机凳上坐下，直到看完一卷奏章，才回过头来与他说话："凡事总得有个转机，你也要给朕一个转变的机会，毕竟这是一件惊动朝野的大事，朕总得给臣僚们一个交代。"

魏元忠道："率土之滨，莫非王臣。臣就算走遍天涯海角，可心依然在陛下身边。微臣今来，一则是向陛下辞行，二则是为了张说之事……"

武曌打断了魏元忠的话道："张说罪有应得，你不必再为他说情。他年轻气盛，朕流放他到岭南，正是要教他些做人的道理。"

可魏元忠还准备继续，武曌就不高兴地挥了挥手，那意思是他该告退了。可魏元忠却装作没有看见，继续道："臣老矣，今去高要，九死一生，陛下他日必有思臣谏言之时。"

武曌没有说话，但她的眼神告诉他，她十分在意他的话。魏元忠挺直了身体，指着张易之和张昌宗厉声道："此二小儿，终为乱阶。"

闻言，张易之、张昌宗的脸色立刻变得十分难看，忙不迭地跪在武曌面前，连呼"冤枉"。

"站起来，你等这是干什么？"武曌严斥道。

"陛下，微臣去矣。"魏元忠没等到二张站起来，就离开了紫宸殿。

第二天，就有人向张易之禀报，说魏元忠离京时，宋璟以及门生崔贞慎等借送行之机，谋划反叛。

消息传到武曌耳内，她便叹道："刚刚经历尴尬，如今又听风即雨，世间诸事，流言止于智者。你等须明辨真伪。"

秋渐渐深了,站在大明宫甬道,凭栏远眺,终南山隐没在灰色的秋云中,影影绰绰;俯视墙外,已是落叶萧萧;北顾渭水,汤汤远去。武曌蓦然回首,不禁惊呼韶光易逝,一转眼,她回到长安已两年多了。接二连三的变故,让她掩饰不住心底对长安的厌倦。每每触机,这厌倦就会从被遗忘的角落再度复苏,折磨着她的灵魂。

这些微妙的心迹,只有不离左右的张氏兄弟看得很清楚。于是有一天,他们向皇上谏言,再回到神都去。

"好!那就回去,那里才是朕的归宿。"

如此,十月初,武曌的车驾又踏上了回神都的旅程。可她一回到神都,就遭遇了接连的闹心事。

在那天喜迎武曌回神都的朝宴后,太平公主就跟到了瑶光殿,哭着埋怨陛下将高戬流放岭南之事,说陛下心中只有社稷,没有儿女。

武曌先是忍着性子劝说,可太平公主就是听不进去。她就生气了,责备道:"高戬是你什么人,值得你如此牵肠挂肚?"

"五郎、六郎是什么人,值得陛下言听计从?"孰料太平公主软软地回了一句,噎得她半晌答不上话来。如果这事放在太子和相王身上,早就囚之别殿了。可在她的眼里,太平公主最像她,她始终还是偏心的。

"放肆!你怎敢与朕这样说话?"武曌只是青着脸色斥责了太平公主,便罢了。

而就在二月,凤阁侍郎、同凤阁鸾台苏味道借归葬父亲之机,侵毁乡人墓田,使役过度,被肃政台弹劾,她不得不将这位颇为喜欢的近臣贬为了坊州刺史。接下来,夏官侍郎崔玄暐又禀奏,始安郡(今广西桂林)有一位叫欧阳倩的僚族女子拥众数万,攻取州县,直逼郡治所桂州,希望能派一位良吏前去平息。

朝会上,武曌询问何人堪当此任,正谏大夫、同凤阁鸾台平章事朱敬则奏道:"尚书主爵郎中裴怀古可前往平叛。"

武曌记起来了,圣历元年(公元697年),突厥默啜汗国有和亲之请,但中途毁约。阎知微、杨齐庄相继叛国,裴怀古不屈,冒死回到神都。于是,武钦秉承皇上旨意,宣裴怀古到瑶光殿问话。

自回到神都后,裴怀古许久没有见到皇上了,所以在去瑶光殿的路上他就想好了说辞。当武曌问他如何平息欧阳倩的叛乱时,他没有丝毫的踟蹰:"陛下明察,欧阳倩乃一猎户女子,若非官吏逼迫,岂能舍弃父母,聚堞山泽,为匪为寇？臣闻始安郡州县官员无视《兆人本业》之规制，任意加重赋税，每个猎户每年要向当地州府交二十张鹿皮，县府十张。否则，就抓入牢狱。"

"哦！有这等事？"

裴怀古又道："其实，此类消息在朝臣中已非秘闻。可当今臣僚为讨陛下欢心，报喜隐忧，因此，唯陛下不知耳。"

裴怀古说这话的时候，张昌宗、张易之的脸色就极不自然。武曌也明白裴怀古所指，但她现在不愿意听这些，于是将话题转到平叛上来："爱卿可有破敌良策？"

"臣不带一兵一卒，一骑赴之，广播陛下恩德，使民知陛下厚德宽仁，然后，晓之以理，示之以威，减之税赋，寇必自散矣。"裴怀古自信地说道。

张易之对裴怀古的话很不以为然，转身对武曌道："陛下，夷僚无信，不可忽也。臣以为必兴兵讨之，方能震慑贼众。"

裴怀古用余光扫了一眼二张，犹自道："臣仗忠信，可通神明，况人乎？"

武曌当即传旨，以裴怀古为桂州都督，充招慰讨击使，前往始安招安。

再接下来，便是力挺魏元忠、举荐裴怀古的朱敬则生出告老还乡之念。

当初姚崇、张柬之将他推到皇上面前时，他确是踌躇满志的。可几件事情下来，他的心逐渐又冷了。魏元忠一案真相大白后，他多次在皇上面前奏请，恢复其凤阁侍郎、同凤阁鸾台平章事的职位，却遭到了武曌的拒绝；与此同时，诬告良吏的二张却由往日的侍寝转成终日陪侍皇上左右……

每日清晨，朱敬则便对镜自顾，心中总在不断地问自己，年已迈、华发生，守在这个位子上不仅挡了年轻人进阶之路，更不愿与这些小人同朝置气。既然不能兼济天下，不如独善其身。因此，他也曾隐晦地向武曌提过此事，却被她默然拒绝了。

长安四年（公元704年）二月十七日，去心日切的朱敬则向皇上递交了辞呈。武曌打起精神，将朱敬则的辞呈仔细地看了一遍，问二张兄弟道："二卿如何看朱老爱卿的致仕呢？"

张易之没有任何犹豫："微臣以为，朱大人让贤致仕，高风亮节，襟怀广大。夫江水滔滔，后浪前涌；芳林陈去，新叶葳蕤。朝中老臣若能以朱大人为楷模，何愁朝纲不顺，国运不昌？"

张昌宗也跟着张易之的话道："朱大人既有退意，陛下不如玉成，也好让老大人退居乡里，颐养天年。"

朱敬则并不理会二张，一直沉默地站在那里，等待着皇上的旨意。

武曌反复读了朱敬则的奏章,被最末的几句感动了——

> 夫臣区区乡老,蒙陛下不弃,得以入阁。然微臣白发苍颜,体衰耳聋。徒食俸禄,效国力不从心;志在千里,赢弱形同驽马。与其空占台衡,于国无益;无如让贤退居,以利后秀。臣虽告老,然依旧唯社稷以系念,忠心赤胆,天日可鉴。

贤哉爱卿!武曌在心里感叹着,便放下辞呈道:"朕就恩准爱卿致仕吧。"接着,她又对身边的张易之道,"传朕旨意,朱敬则告老,秩三品依旧。"

朱敬则向武曌深深叩拜,抬起头时,已是老泪纵横:"魏大人忠国老臣,高要地远土瘠,臣乞陛下召他回京。"

武曌没有说话,给了朱敬则一个背影。

这所有的焦心事,都使得武曌的身体每况愈下,在朱敬则致仕后的第三天,她又病倒了。张昌宗和张易之传了淳于太医诊脉开药,可服了几日,总无回春之象。

病中的武曌,性格也越来越不可捉摸。她采纳了武三思的谏言,将设在石淙河畔的三阳宫拆毁,以其材在偃师县与伊川县交界处的万安山修建了兴泰宫。武三思发两县数万徭役,终于在三月底竣工。此宫刚刚落成,武三思就请武曌住了进去。

她对平日笃信不移的佛门也愈来愈关注,希望在禅林寺院里获得内心的宁静。于是,她采纳了张易之、张昌宗的建议,以左金吾将军武懿宗为督建使,将曾遭狄仁杰等人劝阻的重造大佛之议付诸实施。朝会上,地官署禀奏,其耗资巨亿。武曌便敕命天下僧尼日税一钱,地址选在洛阳城北北邙山麓的白马坂,又是役工数万。

在这样的日子里,姚崇和新任同凤阁鸾台三品的李峤到兴泰宫觐见了。

两人一同出了洛阳城,李峤对走在身边的姚崇道:"大人有没有发现,陛下现今越来越倚重二张了?他们才二十多岁,皇上将朝事委与他们……"

"年龄不是问题。周瑜联刘抗曹时,也不过二十八岁。要紧的是,皇上的这对宝贝除了侍寝卖好、进谗诬良,恒舞于宫内,酣歌于室外,别无他能。"

几个月前刚刚被任为内史的李峤,近来接到不少举报,说武懿宗派到白马坂的监工随意盗卖劳役粮食,动辄打骂服役的百姓。一天,役工们忍无可忍,将一监工围而打死,这数十人便都被武懿宗抓进了牢狱。这位武大人担心发生骚乱,干脆给役工都戴上脚镣,有人的脚磨出伤后未能及时治疗,溃烂得都生了蛆……李峤想到此处,便感慨道:"如此下去,社稷岂能稳固?"

"而张易之、张昌宗之流报喜隐忧,蒙蔽圣听啊……"姚崇说到这里,忽生一念,"你我何不到工地上查看一番,也好向陛下禀奏实情。"

"大人之言,亦是下官之意。"李峤附和道。

两人说罢,便放开马儿奔向前去,大道上只留下一路烟尘。

不一会儿,白马坂就在眼前了。那里果然人头攒动,号子连天。姚崇和李峤翻身下马,向工地走来。他们沿途所见,都是一堆一堆的役工在忙碌,有的正在精心雕琢莲花座,风尘飞扬中,莲花基座已见雏形;有的在雕刻巨佛头像,从眉宇间的笑容判断,是一尊弥勒佛。役工们脚踝上果然都戴了脚镣,他们苦不堪言的表情,让李峤与姚崇都眉头紧锁。

姚崇上前问一位埋头干活的役工道:"这位小哥,你在这做事可吃饱?"

那役工冷眼看了看,见是一位穿着官服的人,并不搭话,继续埋头做工。如此问过三人,都是一样的结果。恰在这时,耳边传来李峤的呵斥声,他一转身,就看见一个监工正在抽打一个青年役工。那青年腿部显然受了伤,旁边的一块大石头上留下皮肉的碎屑。

"他已受伤,你何故还要打他?真是岂有此理。"李峤拦住监工喝道。

那监工看上去与青年役工的年龄不相上下,瞪了一眼李峤道:"你是哪来的鸟官,敢拦爷的公事,闪开!"

姚崇凑上前道:"年轻人不得无礼,他是内史李大人。"

"李大人?爷就不曾听说过,爷就认识武大人。"那监工一笑,扬起脚就要踢躺在地上呻吟的役工。这时候,四面响起了一片"不许打人"的喊声,监工已彻底激起了众怒。

但那监工并不惧怕,大吼一声道:"你等要干什么?是要造反么?"

"两位宰相在此,你尚且如此,不知平日何等的作威作福!"姚崇也被激怒了,向跟在身后的侍卫吼道,"今日本官不打别的,就打你个仗势欺人。来人,将这个不知深浅的狂徒杖二十。"

侍卫们一拥上前,夺了监工的鞭子,顺手拿过工地上的抬杠狠狠打去。开始的时候,这监工还在咒骂,到后来声音便越来越弱。待二十杖打完,他早已皮开肉绽了。姚崇看了看周围叫好称快的役工,大声道:"我知道你们中就有监工,我正告你们,你等也有兄弟姐妹,若再对役工无礼,我一旦发现,定惩不饶。"说罢,他们便翻身上马,一干人呼啦啦离开了工地。

役工们望着他们的背影,纷纷议论道:"这是哪家大人?敢在武大人头上动土。"

一位年长的役工小声猜道:"听说朝中有一位姚大人刚正不阿,不畏权贵,不知是否就是他⋯⋯"

正说着,众人远远瞧见武懿宗在督工司马的陪同下朝这边来了,便急忙散开,各自干活去了。武懿宗来到躺在地上无法动弹的监工面前,吃惊地问道:"这是怎么回事?"

一位监工跑过来解释道:"刚才一位役工偷懒,被王大哥发现,鞭挞处罚,不料来了两位大人,不由分说,将王大哥按倒在地,杖责二十,差点让他丢了性命。"

那监工声音微弱地哭诉道:"大人,小人冤枉啊!"

"他们朝哪个方向去了?"

监工指了指去偃师的路口道:"好像朝那边去了。"

"竟敢在本王头上动土,等着吧!"武懿宗看着远方,咬牙切齿地自语。

洛阳到偃师,六十里行程,不到一个时辰就到了。

四月,正是万安山岚浮翠、碧草葳蕤的季节。姚崇和李峤驱马行走在山道上,马蹄被各种不知名的花草染得芬芳扑鼻。远望坐落在密林间的兴泰宫,他们心底有种难以言状的滋味。当初,武三思发京畿数万人赶修兴泰宫之事,也曾遭到他们还有张柬之的反对,可皇上十分坚持,武三思也因此与皇上更加亲近了。二人登上高坡,却看见在兴泰宫外已拴着一匹马了。看来,是有臣僚先他们而到了。值守的禁卫看到两位宰相到了,上前牵住马缰。

"不知是哪家大人的坐骑?"姚崇一边向殿前走,一边问。

禁卫回道:"陛下正与梁王在里面说话呢。"

姚崇"哦"了一声,就见武钦道:"两位大人到了,咱家这就去禀报陛下。"

姚崇与李峤向皇上行过礼后,转而问候武三思道:"王爷倒先到了。"

武三思点了点头,算是回应。

武曌因为身子不爽,就坐在榻上与臣下说话,张昌宗和张易之分立两侧。她看了一眼姚崇和李峤,对武三思道:"你继续说,姚爱卿和李爱卿不是外人。"

武三思便只得接着道:"微臣听武懿宗说,白马坂上的佛像进展神速,大概五月即可开光。微臣以为届时当知会州、县官吏,令各国使节前来朝贺。"

"好,此事就由你来办。"武曌道。

姚崇和李峤交换了一下眼色，便站起来道："微臣与李大人也刚从白马坂来,正有些事情要向陛下陈奏。"

"哦？说来听听。"

于是,姚崇将在白马坂所见一一禀奏给了武曌,当她听闻役工都是戴着脚镣干活时,惊得张大嘴道："真有这事？"

武三思的脸上就红一道、白一道的,吞吞吐吐道："微臣也听武懿宗说过,凡戴镣铐者,皆囚徒和强人也。"

"王爷之言恐怕有误吧？"李峤正色道,"微臣到工地查看,见人人皆有镣铐。而且司马伙同监工克扣盗卖役工粮食,致彼等食不果腹,衣不遮体。还有,司宾寺崇玄署官员禀报,说天下僧尼日税一钱,眼下许多寺院已是入不敷出了。"

武三思随便应了一句："寺院不够,可以向州县征缴啊！"

"王爷之言差矣。天下编户,贫弱者众,造佛像之资十七万缗,若将其散施,人与一千,可济十七万户。岂非正我佛慈悲为怀之光？"李峤显然不买账。

姚崇也跟着道："夫拯饥寒之弊,省劳役之动,顺诸佛慈悲之心,露圣君亭育之德,人神皆悦,功德无穷。愿陛下明察。"

这一番说辞,有理有据,二人相补,严丝合缝。武三思就急了,暗中向二张使眼色。张易之看了看两位宰相道："两位大人所言不无道理,可世间诸事,总以善始善终为好,现今既已开工,岂可中道罢役？"

"与其半途而废,毋宁一鼓作气。"张昌宗也附和。

姚崇明知这三人沆瀣一气,看来只是讲道理,尚不能说动皇上,于是,他又搬出了边关军情道："臣记得,陛下方回神都,朱敬则大人曾举荐司封郎中裴怀古任桂州都督、招慰讨击使,征讨始安僚族猎户女子欧阳倩。前日,夏官署来报,说裴大人已将欧阳倩一众招安,急需安置。且夏官尚书、同凤阁鸾台平章事唐休璟大人也来报,说近来吐蕃屡犯边境,需充实军力,恳请府库补给。可现今府库空虚,难以供给,若他日吐蕃进犯,长安危矣。"

武曌闻之,沉默不语。

李峤趁热打铁又道："臣以时政论之,则宜先安边境,蓄府库,养人力;以释教论之,则宜救苦厄,灭诸相,崇无为。愿陛下察臣之愚,行共佛之意,明察秋毫,以理为上,而勿以人废言。"

听了这些,张昌宗正要说话,却被武曌拦住了："此事容朕思虑之后再做定夺。二卿今日来见朕,是有什么事要奏么？"

姚崇先道:"前些日子,陛下任臣检校夏官尚书,臣反复思虑,臣已为相王府长史,不宜典兵马。因此,臣恳请辞去夏官尚书一职。"

武曌沉思片刻后道:"爱卿此言至诚矣,朕改卿为春官尚书如何?"

姚崇便跪倒在地道:"谢陛下隆恩。"

李峤所来目的与姚崇一样,也是以已任同凤阁鸾台三品为由,恳请自解内史之职。武曌也答应了,却问姚崇:"依姚爱卿之见,谁任内史合适呢?"

未及姚崇回答,武三思却抢先道:"臣举荐神都副留守杨再思为内史。延载元年,他就任过鸾台侍郎、同凤阁鸾台平章事,内史一职必能胜任。"

姚崇却皱了皱眉头:"其人当年任同凤阁鸾台平章事间,因贪贿而被免官,前车之鉴……"

"大人未免多虑,杨再思当年固然有错,可早已改之,岂可揪住不放。"

武曌听了也点了点头:"杨再思虽然年高,办事尚干练,就以他为内史。"

其实,在此过程中,武曌一直在心底权衡如何处置佛事与边事之矛盾。她郁郁于武三思竟然不报实情,更感到边关安宁关乎社稷,因此在姚崇、李峤起身告退之际,她终于做出决定:"二位爱卿所奏,令朕猛醒。与其塑佛于山,毋宁存佛于心;与其诵佛于经,毋宁慈悲为怀。朕决计罢白马坂之役,将所募资费充府库,以作御敌之用。"

姚崇、李峤闻言,顿时拜倒高呼"皇上万岁",可出了兴泰宫,二人的心境却是喜忧参半,喜的是皇上终于肯罢这无谓之役,忧的是居然让杨再思做了内史。

"皇上应该知道,杨再思向来善阿谀逢迎,这样的人怎么可以重新入阁呢?"李峤愤然道。

"此后武三思又多一爪牙矣!"姚崇其实是想举荐张柬之的,可……

七月,武曌从兴泰宫回到了洛阳。杨再思感激武三思举荐自己,使他东山再起。因此特地邀了武三思、二张和二张的堂兄张同休在府上饮宴。

酒菜上齐后,杨再思请大家入座,举起酒杯道:"下官因遭狄仁杰排挤,而被罢相。今能重新入阁,亏了王爷与诸位大人。下官在此先干为敬了。"

武三思只是摆了摆手,夹了一口菜肴入口道:"后厨妙手,这菜做得颇富晋味。"

杨再思道:"不瞒王爷,下官这后厨还真是来自并州。"

"哦?"武三思顿时有种亲近感,并心生一念道,"大人也知道,陛下就喜欢吃晋菜,若能割爱,将其送入宫中任御厨如何?"

杨再思立即道:"此乃下官荣幸,改日下官就送到王爷府上!"

酒过几巡,张易之道:"下官观杨内史有高丽人之相啊!"

经他这一提,大家仔细打量,纷纷道确有几分相像。张易之又道:"内史可会高丽舞乎?"

"既是王爷与几位大人高看,下官就献丑了。"杨再思谄媚地笑了笑,即翻披紫袍,歌之舞之,足之蹈之。但他毕竟已年过七旬,身材臃肿,扭捏作态,不伦不类,引得众人大笑。

其实,从内心来讲,武三思实在瞧不起这杨再思,只不过为了不让姚崇等人得逞,他情急之下便出了下策。如今,看着他一副丑态,武三思内心就更不是滋味。

谈笑间,府令忽然匆匆进来对杨再思耳语了几句,眼见得这杨内史就慌了神,转身对武三思低声道:"王爷,张同休大人犯事了,左台署官兵正朝这里来呢。"

武三思闻言心中一惊,当即站起来道:"本王府上还有些事情,今日到此为止吧。"说罢,便急急地离开了。

见二张一副莫名其妙的样子,杨再思又解释道:"有人向陛下禀奏,说司礼少卿张同休大人、汴州刺史张昌期大人、尚方监张昌仪大人涉嫌暗分白马坂工地资费,现左台官兵正朝鄙府而来。"

二张和张同休一下子就瘫软了。他们心中都很清楚,私分巨佛资费,他们都有份,若是被左肃政台查出来,难免倾舟。张易之抓住张同休的胳膊直视着他道:"事到如今,小弟只有一句话,若真被抓进牢狱,不可牵累旁人,小弟定会想办法救你的。"

正说着话,就听见门外人声嘈杂,杨再思出门看去,见是左肃政台御史中丞桓彦范,他便装作一无所知的样子,上前施礼道:"不知桓大人来府上有何要事?"

桓彦范出示了皇上的敕命道:"还请内史遵旨行事。"

杨再思知道拦不住,遂将桓彦范请到府中,却见张昌宗、张易之正押了张同休出来,看见桓御史便道:"兄弟情谊虽深,也当依律行事。"当下将人交与了桓彦范。

众人回署后,继魏元忠任左台御史大夫的李承嘉却觉得事情并不那么简单,张昌宗和张易之是否亦牵涉其中,尚未可知。

桓彦范回道:"这个不难,只要审过张同休、张昌期和张昌仪便知分晓。"

"从何人身上入手更容易些呢?"

桓彦范回道:"依下官观之,张昌仪虽纨绔却胆小,只要严加审问,便没有不招的。"

"好!就从他身上入手。好个二张,平日里狐假虎威,陷害魏大人,看他这回还有何话说?"

果然不出所料,当日后半夜,桓彦范便敲响了李承嘉的门,欣喜地禀报:"张昌仪全招了。但他声言,此事与张易之无涉。"

"你可用过大刑?"

桓彦范笑道:"此贼胆小如鼠,焉用大刑?他一看见那些刑具就竹筒倒豆般地说了。大人真是料事如神,张昌宗果然牵涉其中。"

"张易之、武懿宗呢?"

"贼人们都说,武懿宗、张易之不知此事。"

李承嘉便冷笑道:"这怎么可能?"

天一放亮,李承嘉与桓彦范就带了张昌仪的"狱辞"来见武曌,却发现平日侍立皇上左右的二张今日却未到。二人互看了一眼,便将审案经过陈奏给了皇上。

"当真如此?"武曌满腹狐疑道。

桓彦范便将张昌仪的"狱辞"呈上。

武曌见了,十分恼怒道:"六郎甚失朕望,着令拘捕。"

"微臣遵旨。"李承嘉、桓彦范正要离去,却被武曌唤回,示意他们坐下。

武曌的语气很和蔼,也很庄重:"二位爱卿为国除腐,功莫大焉。可白马坂私分资费一事非同小可,爱卿所拘之人为邺国公,当重证据而不轻信口供。朕还要召丞相集议才好定夺,今日之奏,切勿外传。"

见两位肃政台御史有些迟疑,武曌便肃然道:"事关社稷,岂可儿戏?二卿只管遵旨即可。"

出了瑶光殿,桓彦范茫然地看了看李承嘉道:"陛下这葫芦里卖的是什么药?又是要拘捕,又是要丞相集议,下官就糊涂了。"

李承嘉心里很明白,皇上这是担心自己的男宠受刑,却又不便明说,便道:"继续审张同休和张昌期,我就不信,铁证如山,皇上能如之奈何?"

可李承嘉与桓彦范根本不知道,皇上昨夜便已知道此事,而且这些决定也是与武三思商议后的结果……

第三天朝会上,武曌降旨,要姚崇领头,对私分白马坂造佛资费一案进行集议,还特别传了口谕,让武三思参加。

集议的地方在纳言韦安石的公署。首先是左肃政大夫李承嘉向大家介绍了案情,然后各位大人就如何处理此案各抒己见。李承嘉内心很踏实,经过这两天的审讯,他从张同休、张昌期口中又获得了不少证据,而且已牵出了武懿宗。他断定张昌宗这回定是身败名裂无疑,就连皇上也救不了他。

待让各位大人说话时,众人都把目光投向了姚崇。姚崇做事从不推诿,也就当仁不让道:"依照审理结果,不仅案中主犯左金吾将军武懿宗、司礼少卿张同休、汴州刺史张昌期、尚宝监张昌仪当依律治罪,张昌宗亦应免官。"

李峤与韦安石均以为姚崇之言依法重据,言之成理,主张以此上奏,将张昌宗绳之以法。但这时候,武三思却说话了:"几位大人之言,不无道理,然则既是集议,就应集思广益,广纳众意。"他说着,将脸转向杨再思,"大人有话要说么?"

还没等杨再思说话,桓彦范便抢先道:"据张昌仪供词,张同休兄弟各分得四千缗,均当免官。"

"大人所言,不辨是非,不分功过,难以令人信服。"杨再思打断桓彦范的话,"据下官所知,张昌宗献合神丹,圣躬服之有验,此莫大之功。下官以为应奏明陛下,恭请圣裁。"

"本案的涉案人皆是王公,依照律令,一并恭请圣裁。"武三思接着杨再思的话说着,又把视线转向了唐休璟。

唐休璟虽官居宰辅,然长于军务,对朝堂之事并不熟稔。虽然对张昌期贪腐之举颇为义愤,可当武三思提出"恭请圣裁"时,他也认为这不失为一个好办法,于是赞同道:"梁王之言有理。陛下圣明,相信一定会公平决断的。"

他这话立即得到了杨再思的响应:"吾等皆臣下,纵毕其才智也不及陛下万一,与其坐在这里互不相让,不如提请陛下裁断。"

武三思要的就是这个结果。

姚崇自然很不满意,在大家走出公署的时候,他大声道:"古云王子犯法,与民同罪,纵然陛下裁决,亦不能置大周律令于不顾。"

出了公署,姚崇有意等着唐休璟,问道:"大人这是怎么了,焉能失之思虑,为奸人利用。"

"交与圣裁,不就省了许多事。"唐休璟有些不明所以。

"唉!大人所言差矣!"姚崇低声道,"大人回朝的时间已经不短了,难道对张氏兄弟所为一无所知么？彼等恃宠不臣,乃国之大患。"

唐休璟便道:"下官以往只知外贼当防,对朝事确实不上心,但经大人这么一说,下官刚才所为确实不妥。"

"大人署中事繁忙否？若有空,与下官喝几杯如何？"

唐休璟忙道:"恭敬不如从命,下官也正有事要向大人讨教呢!"

几天以后,皇上对私分资费一案的决议下来了:武懿宗、张易之以失察之责,令其闭门思过;张昌宗因献合神丹有功,功过相抵;张同休贬为岐山丞;张昌仪贬为博望丞。制书是在朝堂上宣布的,朝臣们除了以"陛下圣明"回应外,便只能私下腹诽。

散朝以后,张昌宗和张易之服侍武曌回了瑶光殿,一进殿门,二人就双双跪倒了,感谢不杀之恩。

武曌爱恨交织地指着张昌宗的额头道:"你们纵然不为社稷谋,亦当为日后虑。朕年事日高,总不能永远陪着你等。一旦有事,你等如之奈何？"说着,武曌的眼角竟涌出了泪水,"还有你那几个兄弟,总该好好约束。下次若再犯,朕也救不了他们……"

八月底九月初时,朝廷先后任命韦安石检校扬州刺史,唐休璟兼陶营都督、安东都护,姚崇兼灵武道行军总管,未及行,又改任为灵武道安抚大使。

三位宰相相继兼任外职,这让姚崇对太子和相王的安危很是担心。他觉得自己在离开神都前,一定要做些什么。

这一天,姚崇到瑶光殿向武曌辞行,他并不避讳二张道:"陛下春秋日高。社稷者,乃万世基业矣,不可一日无主,请皇上勿将政事尽交于近臣,当委政于太子。"

"此事爱卿提过多次,朕必善思而慎虑之。"闻言,武曌的眉头就锁紧了,她知道对杨再思的任命让姚崇一直耿耿于怀,便决计给他一个荐才的机会,"依爱卿观之,诸司中尚有何人堪当宰相？"

姚崇不假思索道:"张柬之沉厚有谋,能断大事,且其年高,请陛下急用。"

"好!就依爱卿所言。"

姚崇一走,张易之就道:"张柬之春秋已高,老态龙钟,且多次面折圣颜,臣恐其……"

武曌狠狠地瞪了一眼张易之,打断了他的话道:"你勿复再言,你等若是遵纲守法,又善治大事,朕岂能用一老者？"

　　过了两天,武曌便颁旨任秋官侍郎张柬之为同凤阁鸾台平章事。当圣旨送达他府上时,适逢其八十岁生日。姚崇、李峤、韦安石、崔玄暐等均向他恭贺,他自我解嘲道:"不晚,比起冯唐来,老夫尚差十岁。"

　　然而,在座的没有一个人随他笑,心里都酸酸的。

　　以往,姚崇曾数次奉旨出京赴任,却从来没有像这次这样忐忑不安,总觉得有什么事情要发生似的。因为最近皇上病体日重,朝会的次数越来越少,许多事情不再是武钦转达,而是由二张兄弟传递。他最担心此二贼与武氏兄弟私下密谋,挟持皇上,矫制废掉太子,那就麻烦了。离京前一天,他便到相王府辞行。

　　李旦至今仍对朝政疏而远之,倾心于作画。见姚崇到来,他放下手中的画笔道:"大人不日即行,我今日就在殿中为大人饯行。"

　　两人坐下后,侍女们奉上香茗。李旦又道:"此茶乃太子殿下所赐,说是南方送来的,颇有清心明目之效。"

　　姚崇也不客气,喝了一口热茶后道:"依微臣观之,殿下着实需要借茶明目了。"

　　李旦听出了姚崇话中有话,便笑道:"爱卿有话,不妨直说。"

　　"殿下真的对神都风云漠不关心么?"

　　李旦笑了笑道:"我让帝位于陛下,让储位于皇兄,早已无心帝业,唯丹青为伴。"

　　"殿下此言差矣。"姚崇长叹一声道,"殿下即便不为自己想,也该为李氏宗室考虑吧!"接着,他为李旦分析了自"私分白马坂资费案"后朝廷情势的变化,以及对皇上的担心,"皮之不存,毛将焉附?没有李唐宗室,殿下危矣。"

　　李旦沉默了,过了好一会儿才道:"依爱卿观之,我该当如何?"

　　"殿下知左右羽林大将军事,京师禁卫,即便不能全部掌握,亦当有一部分听令于殿下。将军李多祚,虽系靺鞨族,然归唐以来,骁勇善射,忠贞不贰,处事沉稳,一旦有事,可大用之。"姚崇说着说着,就跪倒在了李旦面前,声音哽咽道,"陛下、太子安危,关乎宗庙,殿下责任,重于泰山啊!"

　　李旦扶起姚崇,感慨道:"我明白了,大人尽可放心而去,一旦有事,我当飞鸽传书,告知大人。"

　　从相王府出来,姚崇直接驱车来到东宫。他没想到,在这里看见了唐休璟。看来,之前他们的那次小坐奏效了啊。那是一次推心置腹的心交,他们从西州都督麴智湛说到裴行俭,又说到唐休璟。姚崇盛赞他早年拜马嘉运、贾公彦为师,学习《易经》《礼经》,后以明经科及第,在与突厥的战事中,屡立战功,是难得的文武兼备的军中骁将。唐休璟则十分感激像姚崇这样刚年过不惑的朝臣,能如此尊敬一位戍边老将。在两人叙话渐渐深入时,姚崇不失时机地给唐休璟分析了朝廷情势的变化,也对他平日的贸然表态给予了恰当的提醒,姚崇的口气很谦恭,但唐休璟却大受裨益。

显然,唐休璟谒见太子,绝不仅仅是因为要离京而专程辞行。作为后辈,姚崇在向太子行过礼后道:"下官特来向殿下辞行,不料大人倒先来了,惭愧惭愧。"

二人便围着太子坐下,唐休璟也不避讳,对太子道:"微臣今日来,既是向殿下辞行,也有些心里话要说。好在姚大人不是外人,微臣就直言了!"

唐休璟向李显禀告了一个让姚崇也十分震惊的消息,他说有一日到京城外赏秋,途中饥饿,遂于洛阳宫西苑附近一家酒店吃饭,却不料在那里看到了二张。这二人鬼鬼祟祟,嘀嘀咕咕地密语,他只听到了"隔绝觐见"四字。他们究竟要隔绝谁呢?他觉得此事显然与皇上近来病笃有关,便诚恳道:"微臣以为,二张恃宠不臣,必有为乱之心,殿下宜备之。"

姚崇闻言,一击掌道:"大人所见,与下官同。下官刚从相王府上来,说的也正是备乱防变之事。"

"两位爱卿乃股肱之臣,就是二位不来,我也正要召二位进宫呢。"李显十分感慨。

三人正说着话,王晖在外禀报道:"太子宫尹豆卢钦望大人来了。"唐休璟闻报,便刹住了话头。

姚崇见状便道:"豆卢大人乃太子近臣,大人但说无妨。"

其实,豆卢钦望来此,也正是因为听说二张近来与术士过从甚密,担心其危及皇上,才来向李显禀奏的。

姚崇据此分析道:"种种迹象表明,若陛下凤体不愈,二张必图谋不轨。"

"可否将二张拘拿,促陛下醒悟?"唐休璟建议道。

"眼下陛下虽病,但思路尚清,加之对二张倚重太多,强力为之,必授武氏以柄,我等更是难逃谋反罪名,因此当相机而行。"姚崇摇了摇头,停顿一会儿又道,"相王掌京师卫戍,不可掉以轻心。若二张妄动,可召李多祚将军议之。朝中有异动,可召张柬之、崔玄暐、宋璟密议之。"

但姚崇却不曾料到,在另外一个地方,也有一场密议正在紧锣密鼓地商议中……

第二十四章

满朝尽发除奸吼　神龙政变周归唐

姚崇的确没想到,在他们进入东宫之际,张易之、张昌宗与杨再思,新任凤阁侍郎、同凤阁鸾台平章事的韦承庆等人也正在秘密聚会,商议皇上病体不愈时的应对之策。

韦承庆乃光宅年间左肃政台御史大夫韦思谦之子,此前任过凤阁舍人、天官侍郎,前不久才被张易之举荐到皇上面前任为宰相。因此,他一直对张易之怀着感恩之心。

张易之先是恭贺韦承庆晋升宰辅,接着又道:"大人之父在朝为肃政大夫时,刚正不阿,官至同凤阁鸾台三品,韦门父子皆相,可喜可贺啊!"

韦承庆忙欠身打拱道:"下官有今日,全赖恒国公提携。日后国公大人有何吩咐,下官定肝脑涂地,在所不辞。"

"痛快!眼下就有事需与各位大人商议。"张易之闻言便举起酒杯,接着他转脸对张昌宗说道,"你将陛下的境况知会各位大人吧。"

张昌宗一边邀请两位宰相吃菜,一边说道:"依下官观之,陛下凤体违和已久,加之春秋八秩,不敌疾侵,每况愈下,如今已是久不上朝,难免使大家人心惶惶。今天我等邀请两位大人小坐,就是来议议应变之策。"

韦承庆忽然觉得自己入相的时机与父亲当年何其相似,都是多事之秋啊。

此时,杨再思眉头紧皱,心生一计道:"下官倒有一策,不知当否?"

"哦!大人有何妙计?快说说看。"

"陛下凤体染疾,一半乃阴阳失和,一半乃为国积劳。若能觅一静处,暂绝案牍之劳,也许康复有望。"

"此计甚好！下官夜观国史，乃知帝王寝疾，多在长生殿。长安有长生殿，洛阳亦有长生殿。若陛下移驾彼处，止百司奏事，所有上疏、章奏，悉由下官与昌宗转呈，或可凤体安康。"张易之分析道。

"仅仅这样还不够。"韦承庆从思绪中回转过来，打断道，"姚崇、唐休璟、韦安石虽然离京，李峤也被罢为地官尚书。可据下官所知，朝臣中尚有左肃政台中丞桓彦范、凤阁舍人宋璟等，此皆姚党中坚，不可不防。"

"这有何难。一则不让他们与陛下见面，让他们有话无处说；二则，说动陛下将宋璟调出京外即可。"杨再思却不以为然。

听闻此言，张昌宗很自然地想到了武氏兄弟，便提议传书给武攸宜，并密联武懿宗，让其枕戈待旦，以备事变。

张易之听了两位宰相的话，顺势击节道："此计甚妙！为护卫陛下，除贼安国而畅饮。"说完，几只酒杯便"当"的碰出一声脆响。

散席之后，韦承庆有意留下没有走，向张昌宗建议道："下官近来结识一术士，号曰邙山真人，其人可测前程，且十分精准，大人可愿一试？"

张昌宗沉吟良久道："若是有人禀奏陛下，岂不要落个诅咒圣上之罪么？万万不可。"

韦承庆笑了笑道："天下事有欲为而成之者，大人何不事前禀知陛下，就说作法为陛下祈福祛疾。"

"这……"张昌宗仍是举棋不定，孰料张易之在一旁应道，"陛下最为揪心者，莫过于凤体康复，因此必会恩准，此事就由下官去办。"

送韦承庆出了门，张易之便站在府门口抬头看天，刚才还可见一轮朗月，皎如白昼，此刻便被从龙门山飘来的黑云覆盖了。他顺着门口西望，几盏街灯发出昏黄的光，徒添了神秘和阴森。此时，城中角落里传来几声凄厉的枭鸣，仿佛鬼魂的哭泣。张易之不禁打了一个寒战，忙转回院中，要府令关了府门。

张昌宗看到兄长的脸色有些苍白，便问道："方才还好好的，如何出去一趟就不适了。"

张易之摇了摇头："没什么，你且回府歇息去，为兄想一个人静一静。"

当厅中只剩下他一人的时候，张易之忽然产生了想照一照镜子的欲望。秉烛自照，铜镜里就显现出他青春的面容。他十分感谢父母，几乎把男人和女人最美的地方都给了他。

的确，在刚刚入宫的那一段日子，他几乎天天都在感谢上苍，感谢自己能有这陪伴君侧的机会。可几年过去后,他看着掌握大周江山的女人一天天老去,以致卧床不起,就有了无言的失落和害怕。皇上给了他如此奢华的宅院,却不能给他一个年轻的女人,他只能属于皇上。这对他来说,既是一种恩宠,也是一种桎梏。他曾经一次又一次地问自己,这样的日子还能持续多久,他拿什么来补偿这些年流逝的青春。他终于明白,必须把皇上紧紧地抓在手中,挟持也罢,架空也罢,他要借这行将就木的老妪实现自己对权力的占有!他要将自己这些年所受的屈辱,转换成作为男人的荣耀。

张易之放下铜镜,开始筹划明天如何说服皇上搬进长生殿……

腊月初五的夜间,入冬以来的第一场大雪降临在中原大地。飘飘洒洒的雪花一夜间将神都装点成一个银色的世界,昔日错落参差的楼台、亭榭掩在白雪之下,倒是少了许多的喧嚣,而多了些许的静谧。

武曌一觉醒来,就看见张昌宗和张易之正在埋头翻阅奏章的身影。大殿的夹壁墙和殿中央的木炭,在这隆冬也能营造出春天的温暖。殿宇的一角飘来淡淡的梅香,武曌侧目看去,一盆蜡梅正开得正盛。那瘦枝横斜,几多黄花,正于孤寂中期待着春日的到来,她的心顿时也飞出了窗口。

武成殿与长生殿只一墙之隔。当年从长安来到洛阳,后来在这里称帝,武成殿留下了她多少苦涩却又欢悦、温柔却又冷酷的记忆啊。长孙无忌、褚遂良的罢官去职,李义府的埋骨他乡,刘仁轨、裴行俭的人生起落,刘妃、窦妃的悄然而去……数十年春秋寒暑,在这一瞬间复活。唉,人生再怎么轰轰烈烈,风云叱咤,到头来属于自己的,也就是连接生与死的一寸光阴。

宫娥上前披了披被角,武曌问道:"朕在这长生殿中待了多久了?"

宫娥小心翼翼地回答:"启奏陛下,已经月余了。"

"太子、相王和公主没有来过?"

还没等宫娥回答,张昌宗放下手中的奏章,来到床前道:"陛下,微臣已知会太子、相王和公主了。"

"既是知会了,为何不来看朕?"

"微臣想,他们不久就会来的。"张昌宗做了个无奈的手势。

"不知孝道,何以立国!"武曌觉得心口不禁堵得慌。

这时,武钦引着宫娥来到榻前道:"禀奏皇上,该吃药了。"

望着褐色的汤汁,武曌便一阵发呕,摆了摆手道:"这药都吃了数十服了,就是不见好,朕不吃了。"说着,她便孩子般地背过身去。

武钦悄悄来到二张兄弟面前使了使眼色,他们只有停下手中的事情,来到床前,双双地跪地劝道:"陛下要回到瑶光殿,就得好好服药。臣僚们盼望陛下康复,若久旱盼甘霖一样迫切啊。"说到这里,张昌宗不禁眼睛湿润了,"陛下就是为了大周江山,这药也该服啊。"

武曌还能说什么呢?她紧闭双目,憋着一口气将苦涩的汤药咽进腹中,宫娥急忙递上净水,为皇上漱了口,又扶她躺下,这才退了出去。

武曌喝完药便又开始漫无边际地想心事,想太子和相王、最疼爱的太平公主为什么不来看她?难道他们真的如此恨朕么?她决计一旦自己能够坐朝问事,定要将他们一个个叫到面前责问。可还没等她想清楚,就感到眼皮越来越沉重,晃晃悠悠又睡了……

"陛下……"张易之放下正在翻阅的奏章,轻轻呼唤了两声,却没有听见武曌的回答,但她均匀的呼吸声让他悬着的心落了地。

张易之来到外间,张昌宗便问道:"陛下真的睡了?"

张易之点了点头,小声道:"这药还真管用,要不,这些奏章……"

张昌宗将一道道奏章摊在案头,眉头蹙郁地说道:"你看看,这些千刀万剐的贼子,竟敢向皇上举报你我。"

张易之接过那一卷卷奏章,看着看着,额头就汗水津津,身子不由自主地颤抖个不停。

东平王李续(唐太宗第十子纪王李慎的儿子)的外孙杨元嗣竟飞书皇上,检举张昌宗召术士李弘泰占相,卜天子之运。幸好他们事先禀奏了皇上,否则,早就被姚崇他们抓住不放了。

还有那个先是做了左肃政台中丞,而今又检校司刑少卿的桓彦范也在奏章中道:"张昌宗无功荷宠,而包藏祸心,自招其咎,此乃皇天降怒。陛下不忍加诛,则违天不祥。且张昌宗既云奏讫,则不应再与弘泰往来……"

还有那天官侍郎崔玄暐之弟崔昇竟也跟着趁火打劫……

可如果说这些奏章还都是以举报为主,那刚刚由凤阁舍人迁为御史中丞的宋璟直接送到长生殿的奏章则更是字字都剑拔弩张、杀气腾腾——

> 张昌宗宠荣如是,复召术士占相,志欲何求?弘泰称卦得纯"乾",天子之卦。张昌宗倘以弘泰为妖妄,何不送有司?虽云奏闻,终是包藏祸心,法当处斩破家。请收付狱,穷理其罪。倘不授罪,恐其摇动众心。

"哼!这不是必欲杀之而后快么?"张昌宗咬着牙道。

"罢了！罢了！"张易之将数十份奏章掷于案头，就觉得眼前昏花一片，一个趔趄就跌倒在地上。

张昌宗急忙上前扶起兄长，给他递上一杯热茶道："现在，皇上就在你我手中，看彼等能奈我何？"

张易之摇了摇头道："姚崇之辈，盘根错节，我等须小心应对才是。"

午后未时，武曌再度从昏睡中醒来，吃了些午膳，便歪在榻上叫来二张兄弟，询问起近来的朝事。张昌宗正要回答，就听见殿外传来嘈杂声，武钦急匆匆地进来禀奏："崔玄暐大人要觐见陛下。"

张易之瞪了一眼武钦道："我不是对公公说过，陛下寝疾，百司不得扰动么？让他回署中，有何事等到陛下康复了再奏不迟。"

一言未了，就听见武曌在内室问道："武钦，有何事进来说。"

武钦趁机来到内室，将崔玄暐要觐见的消息禀奏给了皇上。

"朕今日精神尚可，宣他进来吧！"对于崔玄暐，武曌素来印象很好，而且刚刚任他为检校天官侍郎，相信他会带来好消息的。

"遵旨。"武钦转身就跑出去尖着嗓子喊道，"皇上有旨，崔玄暐觐见。"

崔玄暐在殿门前掸掉身上的雪花，又顿了顿足，才进了殿。武曌隔着幔帐，就看见他的身影，道："爱卿不必拘礼，进内室回话。"

崔玄暐是从太子李显那里来的，他的目的就是要问清为什么皇上不让大臣们觐见，还没等他开口，武曌便先问道："你等何以不来向朕奏事？"

闻言，崔玄暐"扑通"一声跪倒在地："启奏陛下，自陛下采薪长生殿，诸位宰相忧心如焚，结伴前来探视，都被张易之、张昌宗阻于殿外，言说陛下有旨，患病期间，不见朝臣。微臣今日冒死觐见，还请陛下恕罪。"

武曌瞪了瞪二张兄弟道："怎么回事？"

张易之、张昌宗跪倒在崔玄暐身侧道："微臣担心陛下凤体违和，不堪其扰，故而……"

崔玄暐接着道："太子殿下、相王殿下仁明孝友，足侍汤药，要微臣奏明陛下，愿不令异姓人出入。"

武曌沉默了一会儿道："百行孝为先，心到可矣。你转告太子、相王，朕知他们孝心若此，足矣。至于昌宗、易之，他俩忠贞不贰，你等勿复多疑。爱卿可以告退了。"

崔玄暐一走，张易之就对武曌道："臣等谏言陛下移驾长生殿，本欲为陛下凤体着想，孰料却遭到贬斥、误解，臣等闻之，战战兢兢，还是请陛下宣太子进宫伺候吧。只要陛下凤体康复,臣纵死无憾矣。"

张昌宗更是声泪俱下:"微臣召术士是为陛下祈福,然则其人口吐狂言,竟然推卦谓臣有天子相,臣当即指斥其为妖言,并奏陛下得知。孰料宋璟、崔玄暐揪住不放,必欲置臣于死地。陛下要臣死,臣毫无二话,陛下……"

一声声啼哭钻进武曌的心,那种酸楚就来回折磨着她,毕竟耳鬓厮磨数年了,她绝不相信他们会存有异心。如此想着,她侧过身子抚摸着张昌宗的脸道:"六郎于朕,不可须臾不在。你等起来,朕心中有数便是了。"

从此以后,凡是朝臣们举报二张罪行的上书,武曌都搁置一旁。而接下来发生的事,却让张柬之、宋璟、崔玄暐等人感到危机正一步步临近。

腊月十五,皇上以崔玄暐非议朝政为由,要司刑寺官员议其罪。会议是由武攸宜举荐的司刑卿崔神庆主持的,司刑少卿崔昇因为替兄长辩护,而被处以大辟。

腊月二十三,大雪送崔昇上路。他没有丝毫的悲痛和恐惧,含笑着走向行刑台,对前来送行的兄长道:"二十年后,崔昇又是一好汉矣,兄长勿复悲伤,替为弟膝下尽孝可矣。"

他们的母亲卢氏竟没掉一滴泪,只是道:"老身有此子,乃列祖列宗之荣矣。"

而就在这一天,御史中丞宋璟接到了皇上的敕命,要他前往扬州处置当地发生的一起聚众叛乱案。敕命是由杨再思送来的,他在宣读完皇上的敕命后,又传达了武曌的口谕,要他即日离京。宋璟接过诏命,置于案头,对杨再思道:"请内史转呈陛下,就说臣知道了。"

"陛下想知道,大人何时动身?"

宋璟埋头书卷,不再回答,却对外面喊道:"送客!"

府令进来,看了一眼杨再思便道:"请吧!"

杨再思脸上无光,悻悻而去,只留下一句话:"大人想想抗旨的后果吧。"

第二天,崔神庆带着皇上的第二道敕命来了,要宋璟奔赴幽州查都督屈突仲翔贪腐案,宋璟一如头日一样回答。

第四天,杨再思再度登门,捧着皇上的第三道敕命,又任命宋璟为陇、蜀安抚副使。

宋璟心明如镜,皇上所做的这一切,无非就是一个目的,要将他外放京城。这一回,他干脆直截了当地对杨再思说道:"看来大人口拙,没有陈明下官的意思,不劳大人枉费口舌了,下官直接去面见陛下。"

杨再思刚刚回到长生殿,向武曌禀奏了宋璟拒不肯行的举止,武钦就来禀奏,说宋璟求见。

武曌重重地应道:"宣他进来,看他有何话说?"

宋璟肩头的雪花还没来得及拂去,足上的雪泥还没来得及掸掉,就匆匆进殿来了。宫娥们忙上前为宋璟脱下斗篷,他顺势就跪在武曌面前道:"微臣参见陛下。"

武曌一脸的不快,问道:"你知罪否?"

"微臣不知何罪,还请陛下明示。"

"哼!朕三道敕命你外行,你竟敢抗旨,该当何罪?"

宋璟向前挪了挪膝盖道:"陛下,往者州县官有罪,品高则得侍御史,卑则监察御史按之,中丞非军国大事,不当出使,请陛下明察。"见武曌没有阻止的意思,宋璟继续道,"今陇、蜀无变,不知陛下遣臣外出何故也?故而臣皆不敢奉制。"

杨再思在一旁插话道:"古语云,君叫臣死,臣若不死,乃为不忠。今宋璟抗旨,即为不忠之举。"

宋璟听罢,仰天大笑,笑得张易之、张昌宗和杨再思毛骨悚然。杨再思又指着宋璟问道:"中丞大人为何发笑?"

"若说有罪,臣确实有罪,臣之罪在于没有将与术士妖言欺君者绳之以法,愧对列祖,愧对大帝,愧对陛下。"

武曌辩道:"术士作法,昌宗已自奏闻。"

"非也!"宋璟站起来,挺立在殿中央,慷慨陈词道,"张昌宗为奏疏所逼,穷而自陈,纯属狡辩。且其谋反大逆,无容首免,若张昌宗不伏大刑,安用国法?"

话说到这个地步,武曌也不好再一味维护自己的近臣了,于是,她转换了面容,语意也温软多了:"爱卿所言,不无道理。然谁能无过,改之者善也。依朕之意,令其面壁思过可矣。"

孰料宋璟并没有给武曌这个台阶,而是声色俱厉道:"臣知祸从口出之理,然义愤填膺,虽死无恨。"

宋璟的义正词严,让武曌一时无言,也让二张兄弟深受震慑。杨再思见事情陷入僵局,忙在一旁道:"陛下有敕,宋璟退下。"

宋璟忽地转过身来,以讽刺的目光冷冷地看着杨再思道:"圣主在此,不烦宰相擅宣敕命。"

杨再思又落了个大红脸,只得退到了一旁。

武曌这才对张昌宗道:"总是错在爱卿,你就随宋爱卿去肃政台说清楚事情的原委吧。"

"陛下……"张昌宗情知此去定是凶多吉少,便苦苦地哀求着。

宋璟却不由分说,对着外面喊道:"来人!"

禁卫立即拥了进来,将张昌宗押出殿去了。

"陛下,救救六郎!"张易之扯着武曌的衣袖,跪倒在病榻前……

杨再思叩响梁王府门环的时候,天色已渐渐暗了。武三思正在灯下看《战国策》,那还是许敬宗亲手抄写,送给他父亲武元庆的。后来父亲在流放期间病逝,弥留之际,又转送给了他。他随手一翻便看到了"鹬蚌相争"四个字,目光也定格了。当前神都的情势可不就是如此吗?如果二张兄弟与拥戴太子的臣僚就是这"鹬"和"蚌",那么他不就是渔翁了?任何一方的败北,对他来说都是一个机遇啊。

张易之有一点说对了,就是要有所准备,可这不是为二张准备,而是为自己准备。如今,他只需作壁上观,看这"鹬""蚌"相争即可。武三思如此想着,便拉开了书房门,却见府令匆匆走来了。

"有事么?"

"王爷,杨内史来了。"

"哦!"武三思立即想到,一定是长生殿那边出了事,便匆匆忙忙地赶到了前厅。两人一见面,杨再思就迫不及待地告诉他,张昌宗被宋璟带走了。

"什么时候?"

"午后未时。"

武三思顿了一下问道:"陛下怎么会同意?"

杨再思道:"有人飞书陛下,而且也向左肃政台举报了。这宋璟真的好生厉害,一副无惧生死的架势,陛下也是无计可施了。"

武三思没有再往下问,而是沉默了一会儿,抬起头对杨再思道:"大人不来,本王也要遣人去造访大人呢。眼下时局扑朔迷离,你我皆要清醒些,切不可为人所用。"

"请王爷明示。"杨再思眨了眨眼睛。

"二张窃幸蒙宠,但其恃宠生骄,迟早会惹起众怒,大人不可陷得太深。"

杨再思这才明白,连连在心里感叹还是武三思高明,忙回道:"谢王爷提点,下官定然谨遵吩咐。"

送走杨再思,武三思向远在长安的武攸宜修书一封,大致的意思是要他做好准备,以应突变,眼下万万不可轻动。

他传来府令,让他将书信送给武攸宜的司马带去,又嘱咐道:"你从驿馆出来后,不要急于回府,亲去左金吾将军府上,就说本王请他过府议事。哦!对了,传安定郡王亦来。"

在这个雪后的黄昏,张柬之的府门也被一个陌生的身影叩响了,府令拉开门问道:"壮士这是要问路,还是要借宿?"

来人道:"请您禀告张大人,就说有一位从荆州来的杨姓汉子求见,他自然明白。"

府令转身回府,对正在想事的张柬之如实传达了。他立即不胜欣喜,起身就向门口走去。来人果然是荆州前任长史杨元琰,故旧相逢,两人一见面便抱在了一起。

进得厅里,张柬之立即要府令准备酒菜,为杨元琰驱寒。忆起昔年旧事,两人都是满腹感慨。那还是圣历元年,张柬之因反对武延秀前往突厥和亲而得罪了武曌,被贬为荆州长史,接替了杨元琰。在交接的日子里,两人经常徜徉于荆州山水,泛舟于浩浩大江。一天,两人说起武周革命,杨元琰慷慨抒怀,声言一旦有机会,定要匡复唐室。张柬之至今想来仍是十分钦佩,便道:"就为大人当年的一腔壮志,老夫亦当敬你。书信大人收到了?"

"不仅收到了大人的信,连司卫寺的文书也收到了。"杨元琰回道。

"正所谓赶得早不如赶得巧。相王殿下早知将军中直,期待多时了。眼下神都波谲云诡,人心浮动,正是用人之际。"张柬之言道。

杨元琰双手打拱道:"士为知己者死,下官赴汤蹈火,在所不辞。"

……

去岁的除夕还历历在目,新的年节又说到就到了。

除夕夜,武曌因为在病中,不仅没有参加祭祀宗庙,而且传下口谕,除了太子、相王、太平公主及武氏诸王,臣僚们从除夕夜到元日,都不必进宫恭贺新春。然而臣僚们还是收到了朝廷送的"名刺",官员们也通过司宫监向皇上呈送了新春贺词,期待皇上早日康复。

大年初一,皇上颁布了制书,宣布改元神龙,大赦天下。

可武曌的病却并没有因为改元而减轻,反而益发地重了。她时而清醒,时而糊涂,有时候还自言自语,口口声声恳求原谅自己早年的错失,仿佛她对面坐着一个人似的;有时候,她突然在睡梦中就会悚然大呼"皇上救我";有时候,她人躺在榻上,眼睛却盯着门外讷讷道:"弘儿、贤儿,你们回来看朕了。"

武钦见状,便在一旁抹泪。

这一日的长生殿显出少有的寂然,昨夜武曌闹腾了半宿,直到黎明才睡去。

"也不知武攸宜收到书信没有?"张易之有些焦急。

"想来也该有回音了。"张昌宗沉闷地回答。比之张易之,张昌宗更是惶惶不可终日,虽说在宋璟审讯的紧要关头,他被皇上特赦了,可他明白,事情远没有结束。随着年节过去,宋璟还会追究的,"小弟感觉杀机四伏,危在旦夕啊。不知长生殿禁卫可靠否?"

张易之回道:"长生殿卫将余仲乃心腹,兄弟尽可放心。至于宫外,武大人定会襄助的。"

"事关生死存亡,兄长不可不慎。"张昌宗还是不放心。

张易之点了点头道:"你且在此守候,为兄这就去找余仲细细筹谋。"

可从元旦到破五,一切平静如常,除了太子和太平公主过来请安外,并无任何不妥。

元宵节,武曌已不能登上则天楼与臣僚同乐了,节日的气氛也就淡了许多。朝会也许久没开了,官员们有要紧事还是由二张记下转达,至于不要紧的事,即往东宫向太子禀奏。这一切都让张易之觉得,也许是庸人自扰罢了,只要皇上一息尚存,就没有人敢怎样。

正月二十二日,凤阁侍郎、同凤阁鸾台平章事姚崇从灵武道回到了京城。但他没有回家,而是直接趁着暮色到了张柬之府上,适逢左肃政台中丞桓彦范也在,两人一见姚崇,立即眉头大展,忙要府令准备饭菜:"大人远途归来,先果腹再说。"

姚崇的确有些饿了,他也不客气,抓起一张蒸饼就狼吞虎咽地塞进肚子。桓彦范见状,忙奉了一杯茶。姚崇口中含着饼食,说起话来便有些含混不清:"陛下凤体如何?"

张柬之回道:"陛下疾甚,除夕祭祀都是太子主持的,元日也谢绝了百官恭贺。据武钦说,陛下如今膳食锐减,脸颊浮肿。"

桓彦范接着道:"麻烦的是,陛下越是病重就越是依赖二张,已到了不可须臾离开的地步。”

姚崇吃完，净了手说道："太子对此事有何看法？"

"唉！太子担心惊扰，会加重陛下病症。"张柬之捧起雪白的胡须继续道，"老夫去日无多，若不能扶太子正位，有何面目见先帝于九泉之下？"

"当断不断，必受其乱。"见状，姚崇做了个斩杀之势，眼睛闪着冷光，又指了指外边问，"那边呢？"

张柬之明白他指的是武氏兄弟，便回道："还看不出异动迹象。"

"依下官观之，不要看平日里武氏与二张朋党比周，若真的诛杀二张，他们未必会出手相助。他们是想我等与二张厮杀，好坐收渔利。"

姚崇又问起举事兵力，张柬之道："老夫已与李多祚、杨元琰将军盟誓，共杀国贼，两人现都在相王属下任羽林将军。"

桓彦范还提到一个叫李湛的散骑将军，姚崇立即道："此人不是李义府的儿子么？"

桓彦范忙解释道："李将军虽为李义府之子，可性格与乃父殊异，为人刚正，不畏权贵，对李义府生前所为颇为不齿。"

姚崇便又问起太子身边的兵力，张柬之回道："除了狄光远、娄云两位侍卫，还有安阳公主的丈夫、驸马都尉王同皎，左威卫将军薛思行。半个月来，老夫已同他们反复商议过了，他们对二张的恣意横行早已义愤填膺了，纷纷表示愿意相助。"

姚崇感佩张柬之虑事周密，断然道："万事俱备，事不宜迟。吾等须抢占先机，一役除贼。"

姚崇回到府上时已是午夜，母亲和夫人见他深夜归来，十分不解。母亲生气地埋怨儿子道："皇上任你为灵武道行军总管、安抚使，你不在边城保境安民，却回到京城。若是陛下知道了，岂不降罪于你？"

姚崇先向母亲叩首拜年，又从囊中拿出一件羊羔毛冬衣献给母亲道："儿知道此物神都不缺，可这毕竟出自灵武草原，乃上好的皮货，可为母亲御寒。"

但老夫人的神情并未好转，依旧训斥道："你当知晓，为国者乃大忠，亦即大孝；事父母者，乃为小孝。你若不说清为何回家，纵然老身可以原谅，然姚门家法定不轻饶。"

闻言，姚崇便扶着母亲坐下，再向母亲拜了三拜，才将回京诛杀二张，护卫太子的计划从头至尾说与母亲听了，末了道："儿虽久怀报国之志，然谋事在人,成事在天。今夜归来,儿既是探视母亲,也是辞行,若儿遭遇不测,还请母亲保重。"

老夫人闻言,自是惊讶不已。过了许久,才上前扶起姚崇道:"儿啊!你乃社稷之臣,不为江山而战,生欲何为?纵然事败,老身与你同往。"

"夫君!"妻子也在一旁道,"如此大事,夫君岂能瞒着妾身。妾身虽一女流,亦知为国尽忠乃男儿本分,岂能阻挡于你?"言罢,她怆然涕下。

"谢母亲、夫人。"说罢,姚崇拱手相别,消失于夜色之中了。

正月二十三日丑时三刻,神都还沉浸在梦乡之中,下弦月清冷地悬挂在早春的天际。一支五百人的队伍,就在此时悄悄地来到了玄武门。

夜色中,右羽林大将军李多祚、散骑侍郎李湛、驸马都尉王同皎等来到姚崇和张柬之面前小声道:"大人,已到玄武门前了。"

张柬之看了看姚崇道:"李将军率军在此接应,请驸马都尉进宫谒见太子。"

"遵命!"禁卫们迅速散开,在暗处埋伏。

张柬之对杨元琰道:"玄武门内有一千骑兵,乃由殿中监田归道统领。田归道当年与阎知微一起护送武延秀赴突厥和亲,阎知微叛国,然田归道正气凛然,不为敌动,此真忠义之士也。将军可遣使说明利害,不可强攻。"

"大人所言,下官记下了。"杨元琰点了点头,当即找来一位司马,令其上前叩门。

值守的队正喝道:"你等为何深夜到此?玄武门是什么地方,你难道不知道?"

司马抱拳道:"末将要见田大人,烦请通禀。"

队正见来人不像是寻常之辈,便进去通禀了。不一会儿,田归道来到门口,看眼前的司马很是面生,遂警觉道:"司马夜闯玄武门,可是死罪!"

司马打了一拱道:"末将奉张大人、杨将军之命前来诛杀国贼张易之、张昌宗,请大人交出骑兵。"

田归道大吃一惊道:"本官在这里值守,事关陛下与太子安危,未得陛下旨意、太子之命,岂能轻信?"

"张柬之大人就在玄武门外,大人可出门一问。"

田归道却并不理会,转身就要离去。熟料杨元琰仗剑上前,对身后的禁卫道:"护送田大人出门,不可慢待。"

几位禁卫立即上前对田归道彬彬有礼道:"请吧,田大人!"

田归道便不得不随了禁卫来到门外,面对张柬之,他不无担心地问道:"大人完全可以面奏陛下,弹劾二张,何必大动干戈?"

张柬之微笑道:"大人忠厚,老夫不难为您,待日后详说。"

这时候,杨元琰已将门内的一千骑兵集合起来,言明了来意,骑兵们平日里早已看不惯二张对他们作威作福,纷纷道:"我等愿意听命太子,共诛国贼。"

张柬之于是让王同皎进宫去请李显。

王同皎率领十几名禁卫进了东宫,到袭芳殿前时,恰逢王晖夜间出来。他忽然看见几个黑影,以为是刺客,正要喊叫,被王同皎捂了嘴拉到暗处:"别喊,我乃驸马都尉王同皎。"

王晖舒了一口气,差点瘫了,低声道:"驸马为何深夜至此?吓死老臣了。"

王同皎轻轻附耳几句,王晖惊慌地点了点头,急忙进殿禀奏。李显正拥着韦妃在睡梦中,忽然被叫醒,他以为武曌病危,急忙起身。待王晖说明情由后,李显的脸色顿时变了,倒是韦妃镇定自若地对王晖道:"宣驸马进来。"

不一刻,王同皎进殿说明了情由,接着道:"姚大人、张大人都在玄武门外等候,小婿来接殿下。"

李显仍在犹豫:"你等为何如此?"

"先帝以神器付殿下,横遭两废,人神同愤,二十三年矣。今北门、南牙同心协力,以诛凶竖,匡复社稷,愿殿下至玄武门,勿负众望。"

李显仍是惴惴不安,推辞道:"凶竖诚当夷灭,可上体不安,得无惊悸,请你转告诸公,此事宜缓图。"

"殿下此言差矣。存亡大计,岂能缓图?"韦妃在一旁说话了,"诸将相不顾家族性命以殉社稷,殿下怎能让他们枉死?"

"太子妃所言甚是。"王同皎连忙附和。

事情到了这个地步,李显也别无他法,战战兢兢地与韦妃一同走出殿外。此时,狄光远和娄云已手按剑柄,英姿勃勃地站在面前。王同皎便要两位护卫东宫,自己则扶了太子上马,来到玄武门外。

久等不出,姚崇都有些着急了,看见太子过来,他忙拉了一把张柬之,就率领将军们跪倒在地道:"让殿下受惊了。"

李显忙抬了抬手:"诸位爱卿平身。"

张柬之拱手道:"请殿下发令,微臣进迎仙宫(长生殿在其内)诛杀二贼。"

李显犹豫了片刻,点了点头。张柬之立即转身对李多祚和李湛道:"二位将军到迎仙宫前,与杨元琰将军会合,进殿杀贼。"

李多祚等立即领命,此时已是卯时二刻。

此时,迎仙宫羽林将军余仲已巡查完岗哨,回到营所就在心里笑张昌宗、张易之成了惊弓之鸟。整个正月,一切都很平静,会有什么事呢?尽管如此,他还是荷甲坐寐,以备不测。连日来的劳累,使他很快就入梦了,如雷的鼾声从窗口一直传到院内。

正朦胧间,他忽然被人叫醒,睁眼一看,一位旅帅在面前惊慌失措道:"不好了,宫门外火光耀天,恐有事发。张大人要将军速去长生殿护卫陛下。"

余仲二话没说,从剑架上拿过宝剑就冲出了门。这时候,潜伏在宫中的内应早已开了城门,羽林军一拥而入。火光之中,余仲挥动宝剑,对跟在身后的禁卫大喊"护卫陛下",只是迎面就遭遇了李多祚。

余仲仗剑问道:"陛下病笃,将军夜闯长生殿,不怕落下谋反的罪名么?"

李多祚应道:"张易之、张昌宗挟持皇上,矫制横行,本将军领太子之命,诛杀二贼,请将军速速闪开。"

余仲没有回答,手执宝剑就刺了过来。李多祚奋臂挥刀,镇定迎战,两人大战数十回合,余仲终被李多祚一刀结果了性命。等李多祚提着余仲的首级到长生殿前时,杨元琰和李湛手里也各提着张昌宗和张易之的首级。

姚崇、张柬之进到殿内,武曌刚从昏睡中醒来,她似乎在梦中看到了血腥的厮杀,睁眼看见两位宰相,忙问道:"乱者谁也?"

张柬之回道:"张易之、张昌宗谋反,臣奉太子之命诛之,恐有漏泄,故而惊动陛下。"

"臣等称兵宫禁,殊非得已,罪当万死。"姚崇言罢,来到外面请李显进来。

武曌这会儿已完全清醒了,情知事已至此,难以挽回,于是当着太子的面褒扬了诸将相。

李显跪在武曌面前,凄然流泪道:"二贼欲挟主以令天下,儿臣命诸将诛之,陛下若降罪,就诛儿臣,与臣下无涉。"

武曌见状,便换了宽怀的口气道:"二贼咎由自取,你等何罪之有?现叛乱既平,你还是回东宫去吧。"

见状,张柬之上前问道:"太子岂能东归?"

武曌不解，问道："爱卿这是何意？"

"昔天皇以太子托陛下，今年齿已长，久居东宫，实为不妥。群臣不忘太宗、天皇之德，故奉太子之令诛杀国贼，愿陛下传位太子，以顺天人之望。"左肃政台中丞桓彦范上前请道。

武曌发现人群中有一位年轻将军，遂问姚崇："此乃何人？朕似曾相识。"

崔玄暐回道："他是李义府之子。"

"朕对你们父子不薄，奈何有今日？"武曌终于低下了头。

李湛不知该怎样回答，只有沉默地退向一边。

武曌又对崔玄暐道："他人因人而进倒也罢了，你是朕亲自擢拔的，却也来倒朕。"

崔玄暐并不提崔昇被杀之痛，却道："此举正是报陛下之大德。"

武曌彻底绝望了，她看了看身边的臣僚，只说了一句："朕已决计，即日传位给太子，请姚爱卿、魏爱卿择定佳期，请太子登基。"

当日，武曌发了在位的最后一道制书——

> 朕以虚寡，宿承先顾，社稷宗庙，寄在朕躬。亲理万几，年逾二纪，幸得九元垂佑，四海乂安。何尝不日昃忘食，夜分辍寝，战战而临宝位，乾乾而握圣图。忧百姓之不宁，惧一物之失所。但以久亲庶政，勤倦成劳，顷日以来，微加风痰。逆竖张易之、张昌宗兄弟，比缘薄解调炼，久在园苑驱驰，锡以殊恩，加以显秩。不谓豺狼之性，潜起枭獍之心，积日包藏，一朝发露。皇太子显，元良守器，纯孝奉亲，知此衅萌，奔卫宸极，与北军诸将，勠力同心，剿扑凶渠，成就枭斩。斯乃天地之大德，幽明所赞叶者乎！岂惟朕躬之幸，抑亦兆庶之福。朕方资药饵，冀保痊和，几务既繁，有妨摄理，监临之寄，属在元良。宜令皇太子显监国，百官总已以听，朕当养闲高枕，庶获延龄。可大赦天下。

制书是由上官婉儿草拟的，她含着热泪一字一句地斟酌着，直到觉得恰当时才落笔。她想，这大概是自己为武曌起草的最后一道制书了。她丝毫不记恨武曌曾让她血洒宫中，也不记恨祖父死在她手中，反而为她的今日感到悲凉。

两天以后，李显即皇帝位，大赦天下，唯张易之余党不在其列。李旦加封安国相王、拜太尉、同凤阁鸾台三品；加封太平公主号镇国太平公主。以姚崇为太仆卿、同凤阁鸾台三品；张柬之为夏官尚书、同凤阁鸾台三品；崔玄暐为内史;袁恕己为同凤阁鸾台三品;桓彦范为纳言,并赐爵郡公;李多祚赐辽阳郡王;王同皎为右千牛将军,琅琊郡公;李湛为右羽林将军、赵国公;田归道授为司仆少卿;其他在诛杀二张中建立功劳的,也均有赏赐。但不知什么原因,宋璟在凤阁舍人位子上没有动。

接下来,张昌期、张同休、张昌仪先后归案,被枭首于天津桥。韦承庆、崔神庆等一干二张余党先后也被革职,投入了牢狱。张柬之唯一感到遗憾的是,杨再思仍留在相位上。

正月二十六日,武曌徙居上阳宫,由散骑侍郎李湛任宿卫。正月二十七日,李显率百官到上阳宫朝见武曌,尊之为则天大圣皇帝。尊号典礼后,群臣自觉地退下,留下武曌母子。

一场神龙事变使得武曌的病体已成不愈之势,勉强参加完典礼,她便很疲累地被李显扶到了榻上。看着眼前几度被自己废黜的儿子如今又重新登上了皇位,她心底五味杂陈,心想,坐在这个位子上的,应该是李贤才对。

往事如烟,一切都已逝去,一切无可追回。她慈祥而又温柔地看着李显,从他呱呱坠地到将近知命,她从来没有这样用一个母亲的目光看过自己的儿子。他什么时候成为一位中年男子了?她现在觉得,这样看着儿子,其实就是一种享受。

“你近前来,朕有话对你说。”武曌道。

李显将机凳向病榻前挪了挪道:“陛下对儿臣有何训示?儿臣静心聆听。”

“你已是当今皇上,朕无训示给你,只是有一事相托,不知皇上愿否?”

“陛下请讲。”

武曌轻轻地说道:“朕去日无多,唯有一事牵挂。上官婉儿从十四岁进宫,至今已二十七年。她聪慧贤淑,处事得体,朕望你立她为昭容,任她继续做知制诰如何?”

“儿臣谨遵陛下旨意。”李显没想到母亲记挂的是这样一个让他心仪已久的女人,当下就答应了。

“好!这样朕就放心了。朕累了,皇上也回宫去吧!”

在武曌与李显说话的当儿,姚崇一人来到谷水边,望着淙淙远去的河水,眼睛渐渐地就模糊了。他的心境此刻非常复杂,毕竟他在武曌朝堂十数年,亲自见证了她的大功与大过,于私而言,武曌待他不薄。

他不知道张柬之和桓彦范什么时候站在了身后。

张柬之道："今日皇上登基，本是国之大喜，姚公岂可涕泣？"

姚崇擦了擦眼泪："下官事则天皇帝久，乍此辞违，悲不能忍，且下官前日从公诛奸逆，此乃人臣之义，今日别旧君，亦人臣之义也。虽获罪，实所甘心矣。"

闻言，张柬之也无言以对，只是长长地叹息。

当日，姚崇主动请辞，出为博州刺史。他离开京都时，张柬之不顾八十高龄，亲自出东城相送。两人并马而行，张柬之依依惜别道："大人正当盛年，乃为国效力之时。朝廷不可一日无大人，何必如此耿耿于心？"

姚崇道："为人之难，正在于忠。太后以周代唐，固然有违人心，然伟业皇皇，著于青史，千秋功过，可对日月。下官深受太后之恩，突遇此事，总该有个过程。不是下官有意诋毁，无论是陛下还是相王，与太后相比，尚差强人意。朝廷诸事，全仰赖大人了。过个一年半载，皇上若是想起下官，也许下官还会重回京都。"

"只怕到那时，老夫早已驾鹤西去了。"张柬之再也无法遏制地老泪纵横。

姚崇无言，只有深深地作揖，转身打马而去。

身后传来张柬之的声音："昔我往矣，杨柳依依。今我来思，雨雪霏霏。"

……

二月甲寅，复国号曰唐。

神龙元年十一月二十六日，武曌驾崩于上阳宫，年八十二。弥留之际，以则天大圣皇帝名义遗制——

　　去帝号，称则天皇后，王（皇后）、萧（淑妃）二族及褚遂良、韩瑗、柳奭亲属亦赦之。

遗言——

　　身后立无字碑。

十二月，李显朝会，议太后合葬乾陵。

后 记

走进一个千年女人的世界

——写在长篇历史小说《武则天》之后

暮秋的夕阳在阳台上留下橘红色的光晕时,我终于在长篇历史小说《武则天》第三卷写下了最后一段颇有些生命诗学意味的话:

> 二月甲寅,复国号曰唐。
>
> 神龙元年十一月二十六日,武曌驾崩于上阳宫,年八十二。弥留之际,以则天大圣皇帝名义遗制——
>
> 去帝号,称则天皇后,王(皇后)、萧(淑妃)二族及褚遂良、韩瑗、柳奭亲属亦赦之。
>
> 遗言——
>
> 身后立无字碑。

那是一个曾让史学家众说纷纭的女人对生命的终极交代,也标志着一颗升在初唐星空的灿烂帝星,在燃烧了近半个世纪后,最终熄灭在浩渺的夜色中。

至此,我长达两年之久的伏案,也随着作品中武曌生命的终结而告一段落了。

沉迷在作品中的日子,总是寸阴尺璧,如白驹过隙的。第一部长篇历史小说《汉武大帝》出版时的情景,犹在昨日,可蓦然回首,我已在武曌这个中国历史上唯一的女皇的生命中,穿梭两年之久了。

思绪回溯到 2013 年"近腊饶风雪""暖帐温炉前"的一个月,当时长篇历史小说《汉武大帝》刚刚出版上市,一时网络上好评不断,而我也沉浸在跋涉后的欣慰之中。有一天,我又接到了《汉武大帝》编辑的约请。他问我还有没有精力再写一部历史题材的作品,并且提议我写武则天。我想,他之所以做出这样的选择,不仅仅基于他对图书市场需求的明晰把握,更因为武则天从来就是史学界和文学界十分关注和颇受争议的人物。艺术地呈现她辉煌而又复杂、丰富而又多变、执着而又曲折的政治生涯、情感世界和心路历程,无疑会为琳琅满目的文学画廊增加一个新的艺术形象。说实话,我当时很疲倦,因此,对于能不能完成这部物理长度初步设计为百万字的长篇作品心中并没有底。然而,编辑敏锐的文学目光,奔涌的青春激情和炽热的情怀强烈地感染了我。好在我自己在大学读的就是历史专业,也曾因为得到授课老师好评的原因,对隋唐史有过一段专攻。因此,我对他说:"给我一段时间,让我考虑考虑。"

话虽是这样说,可事实上,我的心已经被他荡起了滚滚的思潮,也被他激起了创作的冲动。于是,我将书架上珍藏的《旧唐书》《新唐书》《资治通鉴》等重新搬上案头,一本一本地阅读,一条一条地摘录汇集"武则天记事",一次又一次地做关于作品结构的构想、故事线索的设定和重要人物形象的勾画。"出岸桃花红锦英,夹堤杨柳绿丝轻"的二月初,我们如约相聚在新的文学源头,开始了编辑与作者携手登程的新跋涉。

题材从来都是客观的存在,而选择题材却是浸渍着审美意识的主体行为。对于广大读者,武则天给予他们的深刻印象,丝毫不逊色于秦皇、汉武和唐宗、宋祖。她曾以超人的勇气和胆识,悍然发动了一场带着血与火的"武周革命",取代了生机勃发的大唐帝国,并且以中国历史上第一位女皇帝的姿态进入了恢宏的中国历史画卷,书写了属于她也属于那个时代的精彩。而她对于传统道德的颠覆、极度膨胀的女权欲望,以及因为她的多疑和独裁,而酿成的史上少有的酷吏政治,都给后来的历史研究留下了诸多争论不休的话题。另一方面,关于武则天的文艺作品,不仅有过不少文学文本,而且相关的影视作品也屡屡见诸银屏。这一切都注定了我们的选择从一开始就面临许多新挑战。但我相信一个亘古不变的真理:审美从来都是个性的。作家笔下的武则天,绝不仅仅是历史人物的复制,它必然打着作者的审美印记。

我做的第一件事情就是从历史的真实中引出艺术的真实。马克思曾说过:"如爱尔维修所说,每一个社会时代都需要有自己的伟大人物,如果没有这样的人物,它就要把他们创造出来。"武则天出现在初唐贞观之治后,有着内在的必然因素,至于她所谓的"武周革命",不过是一种形式,要紧的是她把李世民开创的大唐的帝国经济与政治推向了一个新阶段,从而为后来的开元盛世铺垫了基础。她从一个宫廷才人走到权力的巅峰,既有着李世民去世后唐朝经济、政治风云变幻的推动,特别是李世民晚年在选择权力继承者上的"失误"是她突出烟岫的诱因,也与她复杂而又立体的性格特征、过人的政治智慧、丰富的情感有着密切的关系。因此,从"人"和"人性"的视角去刻画一个"艺术真实"的武曌,是对于艺术创作规律的尊重和遵循。

整部作品,在三条线索上展开故事:一条是武曌的生命线。她十四岁进宫到在后宫血雨腥风中被立为皇后,继之垂帘听政直至登基称帝,她就像一颗灿烂的星,燃烧着自己,也影响和观照着周围的人们。一条是她的事业线。她登基前后,充分运用自己的权力,推行节俭政治、重视经济发展、关注文化繁荣,改革吏制、肃贪反腐,从而赢得了人心,这样,她最终登上帝位,就不是突兀的偶然现象,而是一种历史的选择。一条线是她的情感线。武则天是一个情感丰富的女人,她敢于冲破宫廷的束缚,把青春付与宽仁厚德的太子李治。因此,单纯地将之视为出于攫取权力的需要是不客观的,我在作品中也酣畅淋漓地描绘了她与李治的真爱;而她与几位男宠之间的情感纠结,也散发着人性的本然。以往人们容易忽视的武曌与辅政大臣之间那种纯洁却又充满着温馨的情感,在本书中也得到了理性而富于质感的描写。特别是与李勣、刘仁轨、苏良嗣、娄师德、狄仁杰等几代宰相之间的相互尊重、相互关爱,成为武曌情感世界的重要组成部分。当然,她也有残酷、无情的一面,唯其如此,她才是一个活生生的真实的人,诚如托尔斯泰所说:"所有的人,正像我一样,都是黑白相间的花斑马——好坏相间,好好坏坏,亦好亦坏。"

小说的艺术,从某种意义上说,就是结构的艺术。《武则天》这部小说的题材资源决定了它必会以史诗式的品格实现叙事和审美表达。作品依据黑格尔关于"史诗"作品的三大要件,力求在历史的意蕴上展示初唐经济、政治的演变对于历史人物命运、情感的影响;力求对于贞观以后唐帝国到周帝国转型中重大事件和人文生态做全景式的反映和真实的再现;力求对主要人物的性格有完整的、立体的刻画,使之成为"众多人物、激烈冲突、曲折情节、宏大结构"的综合体。

一切的艺术真实都取决于细节的真实。因此,从一开始着笔,我就十分重视对于细节的刻画,从礼仪制度到朝会程序、从服饰纹理到民情风俗,都努力使之符合唐代文化的真实。

以上几点,既是我两年间的一直努力的目标,也是多年来信守的创作和审美原则。至于能不能达到心中的理想和期待,只能等待读者的判断和批评了。

　　我十分感谢本书的编辑,从相约创作开始,几乎在每一个重要阶段,他都不失时机地提出了富有见地的建议和意见;我十分感谢出版社的领导,使这部作品很快就同读者见面;我十分感谢这些日子与我结伴而行的文学挚友,是他们给我以巨大的精神力量,使我克服年龄、精力等许多困难,最终完成了这部长达百万字的作品;我十分感谢原陕西文学院院长、著名评论家常智奇先生在百忙中为本书作序。

　　谨以此书回报给予我生命的三秦热土。

杨焕亭

2014 年 12 月于咸阳